地脉

——中国名人故里与文化精神

范文章 著

中原出版传媒集团
大地传媒

大象出版社
·郑州·

图书在版编目(CIP)数据

地脉：中国名人故里与文化精神／范文章著.— 郑州：大象出版社，2016.6
ISBN 978-7-5347-7873-5

Ⅰ.①地… Ⅱ.①范… Ⅲ.①随笔—作品集—中国—当代 Ⅳ.①I267.1

中国版本图书馆 CIP 数据核字(2014)第 140675 号

地　脉

——中国名人故里与文化精神

范文章　著

出 版 人　王刘纯
责任编辑　徐淯琪
责任校对　钟　骄
书籍设计　付锬锬

出版发行　大象出版社(郑州市开元路 16 号　邮政编码 450044)
发行科　0371-63863551　总编室　0371-65597936
网　　址　www.daxiang.cn
印　　刷　河南省瑞光印务股份有限公司
经　　销　各地新华书店经销
开　　本　787mm×1092mm　1/16
印　　张　24.25
字　　数　375 千字
版　　次　2016 年 6 月第 1 版　2016 年 6 月第 1 次印刷
定　　价　48.00 元

印厂地址　郑州市二环支路 35 号
邮政编码　450012　　电话　0371-63956290

与历史的深情对话

——《地脉》之序

夏挽群

与范文章先生相识已30余载，故而对其知之非浅，亦深知文章善文的内在根由。

如果说文章善文章这种姓名与专长的相遇只是一种偶然，那么，善文的文章后来成为一家颇有影响力的报社的社长兼总编辑，就不再是巧合了。他在把自己最美好的岁月和年华都奉献给了这座文化花园的同时，也完成了自己学识方面的积累和完善。他在为其他作者的文稿进行编辑的同时，自己也一步步成为一位著名作者。加之又涉猎中国理学的探寻，进一步形成了属于他自己的文化心态、精神素质、思维框架和情感方式，使他具备了深厚的文字功力和底蕴。文章好读书而务求甚解，凡遇困惑不解之理、真假莫辨之事，必加考证，方能释怀。故文章喜好远游，凡读书有感，无论奇峰幽谷、历史遗痕、人文胜景，必亲历之而后快。唯其天南海北地“行万里路”，方能形成他宏阔的视野、广博的心胸和细腻的情感。以上种种，使他为自己的创作开辟了一条宽阔的通道。

文章尤喜散文，而且著述颇丰。他的散文、游记或者报告文学，不同于一般冷静的介绍性文字，他总是能够把每一个散文的主人公放到他们独特的历史环境、生活环境、人文环境中去描述，让人读到作家作品独有的思想魅力，让人感到字里行间有一种情感在流动。他总是能够用散文的方式，融化理性的评判，让理性注入情感的生气，使散文带有纯朴而温馨的情感关怀。

近日，文章把他的一部叫作《地脉》的书稿放在我的面前，这是一部集纳34位中国历代圣贤名人故里的游记。读后，浮想联翩，感慨系之，故作此序，寄怀于言。

我一直认为，华夏历史文明的传承与保护是一个体量庞大、宏伟繁复的浩大工程。但什么是其中最为重要的？就历史而言，我认为古都文化是重要的，每一个古都都代表了一个时段的历史记忆。就文明而言，我认为圣贤名人文化是重要的，每一位圣贤和名人都代表了一个时期的一种文化创造的高峰。这些圣贤名人的文化涉及政治、经济、军事、宗教、科技、文学、艺术各个领域，有叱咤风云的贤臣良将，有运筹帷幄的智者谋士，有开宗立派的思想大家，有福泽苍生的科学巨星，有名芳千古的文人学士……他们以“为天地立心、为生民立命、为往圣继绝学、为万世开太平”的价值观，以崇高的人格和宏大的文化贡献，浸润和濡染了我们一代又一代的人，引领着一朝又一朝的世风，助推华夏民族步步前行。

他们是一颗颗璀璨的星辰，镶嵌在中国历史的天幕上，让我们时时去瞭望。

仰以察古，俯以观今。当前的中国正经历着猛烈的社会转型，我们正在告别漫漫的农耕文明，快速进入现代工业文明。但我们在享受着现代社会的便利的同时，也不经意地进入了一个物质主义和重商主义的时代，注重物质而轻视精神正在成为全世界的通病。我们原有农耕文明架构下的文化正在日渐弱化、淡化、空洞化，形成了今天与昨天之间的历史断层、文化断层和情感断层。

面对这一切，越来越多的人意识到我们必须重拾我们民族的文化自信，推动文化的复兴。我们到哪里重拾这种文化自信？中国的大历史是我们文化自信的不竭源泉，这使我们去重新梳理我们的历史文化成为一项刻不容缓的必须。首先，我认为，任何一个民族如果蔑弃并割断自身的历史文化传统，必然会患上历史失忆症和精神分裂症。其次，随着中国经济飞速发展，国力日渐强盛，中国人正在走出“事事不如人”“拼命往西走”的心理阴影，重拾对本民族文化的自信是大势所趋。再次，全球化愈是深入，民族性愈是凸显，本土文化无疑是呵护民族特性、表达民族诉求、扩大民族文化共识、培育民族精神的最重要资源。因此，中华民族不同寻常的历史文化决定着中国必须要同时实现两个崛起——经济的崛起和文化的崛起。一个是外在的、物质的，另一个是内在的、精神的，二者缺一，这种崛起将是残缺的、不完整的。一条腿硬，一条腿软，中国这个巨人无法远行。

从这个意义上讲，我必须对这部集纳和梳理中华历代圣贤名人文化的书的著作者表达我的敬意。今天，当我们面对这本书的时候，我们看到这是著作者对文化遗产的一次挖掘、扫描、整合和解读，是今人与古人的一次深情对话，表现出他对传统文化的珍视，洋溢着他的文化情怀、文化眼光和文化才情。可以体会到，他不仅把著述当作一种文化积累和文化传播的方式，而且当作了自己不可推诿的文化责任。

这本书不仅是对过去历史文化的探究，更是为了现在与将来。正如著名文化学家罗迈德·威廉姆斯所说："文化研究最精彩的片段，将不再是回溯古老洞穴的火把，而是照亮未来选择的光柱。"所以，我们说这是一本送给我们自己，同时又是送给我们后代的礼物。

范文章先生给这本考察名人故里的书起了一个名字叫"地脉"，意境神秘而悠远。纵观古今，任何一个地域的文化，最终都服从于这个地域的地理分野，繁华如梦的都城、硝烟弥漫的战场、鸡鸣犬吠的山乡野渡……都是由它地理分野的属性所决定的。一个地域为何出现圣贤与名人？当深情地打开一个地方的发展史的时候，我们总能找到它之所以能够孕育出圣贤与名人的深层原因。这是一种文化的风水和地气，这种文化的风水和地气就是自然环境与人文环境，就是天时、地利、人和综合形成的"运势"，这个"势"就叫地脉。从这个角度去解读圣贤名人故里，就使故里骤然深刻起来。

我喜欢这本书，因为范文章先生不仅寻访圣贤名人的踪迹，并且从文化学的立场给以自己评判，这首先体现了中华文化固有的文明的、知识的、道德的良心，体现了一个伟大民族慎终追远、不忘本源的文化情怀。同时，通过这种遥远的回望，在我们寻觅到对民族历史文化的自豪与自信的同时，也迫使我们每个人重新审视自己。

我喜欢这本书，还在于这些游记所给予人的文学美感。古典文化往往总是被锁在古汉语里，接不住文化的地气，显得平面、刻板和苍白。而这些游记将古典文化搬到了野外。一种原版乡土的味道，不需要豪华名贵，却必须贴紧大地；不在于德高望重，而在于朴素的纯真。一种最少修饰的湿润，总是由某个深处泛起，浸润和沐浴着我们，从故里的自然山水到圣贤名人的思想情感，一层比一层深刻，又互相关联着，道出了圣贤名人人生的诗意，拓展出了一个精神的空间。

这就是范文章先生的“考古学”。

历史就像大河里的水，水当然不会不动，不动的是我们的眺望，向大河上下去眺望，猜测它的来历与去向是一大乐事。于是，我们找到了在自己的国家旅行的感觉。这里，自己的国家和族群，这远远超出了“乡愁”的含义，它其实是在提示，一个包括作者与读者在内的“根”一样的深度，那就是我们民族悠久的传统……

这既像是我们这个民族永远的归宿，又像是在每个人艰苦奋斗历程中准时出现的驿站，抚慰着、鼓励着每一个人的心灵，确定着每一个人的文化身份，校对着我们观察这个民族、观察世界的视矩，凝聚着我们的文化情感和民族情感。这是我们永远的精神家园。

这也是我们的宿命：无论我们的国家将来如何现代，我们不会因为走得远了就不再回家，也不会因为回家了就不再远行，个人这样，我们这个有五千年文明史的国家注定也会这样。

我祝贺这本书的出版，并作文以为序。

2014年3月2日于郑州

目 录

道德真源

——访老子故里

我去探访老子的遗迹，下榻在鹿邑县的真源宾馆。毫无疑问，这个宾馆的得名取自该地为“道德真源”之意。安顿下来稍事休息，我便去拜访当地的潘又泉先生。他是作为老子学说研究专家出任中国老子学会副会长的。潘先生热情地接待了我。寒暄之后，他送我一本刚出版的《道德经刻译》，说：“在老子诞辰2557周年时，我刻了‘犹龙遗迹’‘道德真源’两枚印章，打算利用业余时间，把老子所著《道德经》全文刻出来，以表示对乡贤的敬仰。从此，我就不停地刻，历时五年，得印七百余方，竟把《道德经》刻完了。”我听了潘先生的一番话，崇敬之情油然而生。回到真源宾馆，我挑灯夜读了《道德经刻译》，第二天，便急切地去探访老子故里了。

据司马迁《史记·老子传》记载：“老子者，楚苦县厉乡曲仁里人也。姓李氏，名耳，字伯阳，谥曰聃，周守藏室之史也。”楚苦县厉乡曲仁里即今鹿邑县的太清宫集，距县城东去十几里路，不一会儿就到了。周灵王元年（前571）农历二月二十五日，我国道教始祖老子就诞生在这里。关于他的出生，在这一带民间附会有一则传说：曲仁里所在的厉乡因一条厉乡沟而得名，这条小沟即今太清宫集东南的一条小河。它发源于老子故宅西北隅的隐山之侧，多段已干涸，不见流水，可能在周代水量会丰沛些。当年，厉乡沟两岸生长着茂密的李子树，在树林深处，住着一户人家，家中有一个出息得水灵灵的姑娘。一天,她在厉乡沟洗衣时,抬头看见从上游漂来两颗鲜红的对瓣李子,伸手捞起来仔细一看,只见那两颗李子都是一面鼓肚,一面扁平,就像两只耳朵合在一起似的。她捧到面前一闻,顿觉清香扑鼻,忍不住想咬一口尝尝鲜。谁知嘴刚张开,那两颗李子便"哧溜"一下滑进了肚里。她由此怀孕在身,历经十八个年头,自肋间生下一个男孩。因她吞下的是两颗李子,便为这个男孩取姓为"李";又因那两颗李子像两只耳朵,就为这个男孩取名为"耳";再因这个男孩是母亲怀孕十八年才出生的,刚生下来就像个小老头模样,后人也就称这个叫"李耳"的男孩为"老子"。

老子故里的太清宫,既是老子的诞生地,也是祭祀老子的祠庙。它位于今太清宫集的东北隅,北临涡河,西傍新石器时代的文化遗址隐山。厉乡沟水从西北向东南蜿蜒流去,把这一带滋润得土肥粮丰,打扮得风景旖旎。太清宫初为老子庙,始建于东汉桓帝延熹八年(165)。当时,汉桓帝先后两次派人到这里朝拜老子,并立老子庙碑。据《水经注》记载:"涡水又北,适老子庙东,庙前有二碑,在南门外,汉桓帝遣中官管霸祠老子,命陈相边韶撰文。碑北有双石阙,甚整肃是也。"那时的老子庙,有古碑,有石阙,有殿堂,有井泉,已经初具规模。到了李唐时代,帝王自称是老子的后裔,对老子更是尊崇有加,尊老子为圣祖,以老子庙为家庙。高祖李渊曾到终南山谒老子祠,敕令大兴土木建造"如帝者居"的宫阙殿宇。高宗李治谒老君庙时,追封老子为"太上玄元皇帝"。玄宗李隆基令华夏五岳均置老子庙,也叫真君祠,并把庄子、文子、列子、庚桑子列为道教四大继承人,赐庄子号南华真人,文子号通玄真人,列子号冲虚真人,庚桑子为洞虚真人,并将"四子"著作列为道家真经。天宝八载(749)闰六月丙寅日,李隆基朝觐太清宫,加封老子为"圣祖大道玄元皇帝",不久又加封为"大圣祖高上大道金阙玄元天皇大帝",并"义疏"于天下。宋代皇帝好道,真宗赵恒自称道君皇帝,册封老子为"太上老君混元上德皇帝",并拨国库白银重建太清宫,使其规模远远超过唐代。当是时,太清宫达到极盛,声名远扬四方。不幸的是,"靖康之乱"给它带来了毁灭性的灾难。到了金代,太清宫虽然重新建立起来,但已元气大伤。元代亦重道教,朝廷曾颁布保护太清宫的旨令,明确规定在太清宫方圆四十里内的土地、树木等一切财产属其所有,太清宫的元气渐渐得以恢复。然而,元末豫东涡河流域屡遭水患,太清宫建筑被冲得荡然无存。直到

用“恢宏壮丽”“富丽堂皇”之类的词语形容太极殿,一点也不过分

清代康熙年间,经过多方努力,才在原址陆续建起了太极殿等,但其规模已明显不如昔日,“较之于唐宋,仅存什一也”。

今太清宫的山门是新修的,高大宽阔,颇具气势。走入山门沿神道前行,便可来到太极殿。殿门两侧有副楹联:“地古永传曲仁里,天高近接太清宫”,形象而又深刻地揭示出老子故里在人们特别是道众心中的崇高地位。它是太清宫的主体建筑,椽牙高啄,琉璃覆顶,格扇门窗,古香古色,坐落在一处方形平台之上,异常庄严肃穆。据立于太极殿前西侧的金代“续修太清宫碑记”载:“亳之太清宫,即老子旧居也。今之太极殿,即老子降圣之地。殿之南有虚无堂,相传为老子讲经宴息之所。”立于殿前东侧的清代“重修太清宫碑记”亦载:“鹿邑东赖乡仙境,名曰太清宫,有太极殿,老子居焉。”它们都明明白白地说这里就是老子的故居。大殿内塑有老子金躯,神情安详,栩栩如生,手拿如意钩,上面写有“道德天尊”四字。原来,道教有一气化“三清”之说,所谓“三清”,就是玉清、上清和太清的总称。玉清是“元始天尊”,为开天辟地创造人类的神;上清是“灵宝天尊”,为使百姓超越世俗境界并常救济众生脱离苦海的神;太清就是“道德天尊”,又称“太上老君”,是主持天上人间伦理道德与刑罚的神。太清宫祭祀的是太上老君,所以老子手执的如意钩上写的就应该是“道德天尊”了。太极殿前有铜铸的八卦炼丹炉,为老子炼丹之用,一年四季有香客供奉,终日香火不断,青烟袅袅。

太极殿前,有两株古桧分列神道两侧,传为老子当年手植。桧者,柏也。据史志记载,太清宫“旧有‘八桧’,八株相对,每二株共一名,曰‘丹桧’,曰‘纽桧’……老子所植”。果如此,这两株桧树当为丹桧,树龄也应在两千五百年以上。李氏唐王朝以太清宫为祖庭,对祖庭里的这些桧树爱护备至。玄宗李隆基曾下诏书:“瑞木(即太极殿前的八株桧树)表灵,奇文自现。用彰大庆,以福洪图。配五德于易经,迎万叶于休运。”历朝历代前来观瞻桧树的达官显贵、墨客骚人络绎不绝,留下的尊老崇道、咏物状景的诗词歌赋更是不可胜数。唐代大诗人李白于天宝年间拜谒太清宫,写下“先君怀圣德,灵庙肃神心。草合人踪断,尘浓鸟迹深。流沙丹灶灭,关路紫烟沉。独伤千载后,空余松柏林”。宋诗的开山祖梅尧臣写下“八月风渐冷,高木叶披披。郊原枣已剥,雾圃黍可治。必期宽赋敛,无乃息羸疲。何当过苦县,肯暇观旧碑”。这两首诗中的“空余松柏林”“高木叶披披”句,吟咏的就是那些桧树。欧阳修曾在老子故里做官,多次拜谒太清宫。宋神宗熙宁元年(1068)二月,他亲率僚属谒太清宫诸殿,徘徊两阙之下,周视八桧之异,窥九井禹步之奇,酌水以煮茶而归。他在《游太清宫出城马上口占》中写道:“拥旆西城一据鞍,耕夫初识劝农官。鸦鸣日出林光动,野阔风摇麦浪寒。渐暖绿杨才弄色,得晴丹杏不胜繁。牛羊鸡犬田家乐,终日思归盍挂冠。”苏东坡步前贤之后,也写下“谯郡君命重,苦县祖风殊。仙桧留阴在,甘棠印花敷”的诗句。陆游在《老学庵笔记》一书中记载:鹿邑“太清宫多桧树,桧花开时,蜜蜂飞集其间,不可胜数。作蜜极香,而味微带苦。谓之桧花蜜”。然而,历经岁月沧桑,老子手植的八株桧树如今只剩下太极殿前的两株了。关于这两株桧树,老子故里人传说,西边那株为阴,酷似一位窈窕淑女,身材苗条,婀娜多姿;东边那株为阳,膀奓腰圆,威武雄壮。它们就像一对恩爱夫妻,共度着漫长的历史岁月。更为神奇的是,这两株桧树的表皮纹理,其旋转方向与八卦图中阴阳鱼的旋转方向完全相同,但凡前来观赏之人,无不为之赞叹,说那是因为老子毕生追求“道”,即追求阴阳的和谐与统一,这两株桧柏生长在他的道场,早已被“道”化了,才出现如此奇观。

老子故居原有九眼水井，传说老子出生的时候，这九眼井里就像烧开了水一样翻滚起来。老子故里人说，这九眼井中藏着九条龙，它们平时从未翻动过，老子出生时翻动，预示着有圣人要面世，真龙要降生了。那一刻，井水翻滚而出，形成了九条小溪，汇成了一汪池水。人们把那池水唤作“灵溪池”，刚出生的老子就是在这个池里沐浴圣体的。南北朝时庾信在《至老子庙应诏诗》中写道：“虚无推驭辨，廖廓本乘蜺。三门临苦县，九井对灵溪……”隋文帝诏亳州刺史杨元胄在老子庙故迹处营建宫宇，并敕薛道衡作《老君堂颂》，颂曰：“赖乡旧里，涡川遗迹。古往今来，时移世易。灵庙凋毁，祠坛空虚。九井生祠，双碑碎石。”两人的诗文中均提到了老子出生地的“九井”和“灵溪池”。鹿邑古“八景”也有“秋高龙井月孤圆”之说。灵溪池今已不存，九井也只剩下一井，位于太极殿前的神道上，每逢农历八月十五风清月圆之时，天上一轮明月投影于水井中央，当是时，天上月即水中月，水中月亦即天上月，成了当地又一大神奇景观。这眼井如此神奇，足以说明古代人设计开凿它时构思之高妙、测量之精到。据传，少年李耳曾不止一次在此赏月观景，陶冶性情。时至今世，每年的八月十五中秋之夜，前来赏月者依然如潮。出于对这眼井的特殊感情，老子故里人亲切地把它称作“望月井”，把那井水当作圣水，若是哪年遇到了旱灾，人们就来到井旁，祈祷老君爷显灵保佑这一方风调雨顺，五谷丰登。而每当这时，“望月井”也就会“水温清随人意”，“取水往往有验”。老子故里人悉心保护着这眼神奇的古井，用青砖围以圆形井口，而将其原井口龙首饰物保存于博物馆内。此龙首饰物呈花瓣形，浮雕九龙，各具神态，栩栩然若吐云纳雾、腾飞九霄之状，具有很高的文物价值。

“柱下吏”的铁柱、传说中的“赶山鞭”、道徒们头上的发簪，三种风马牛不相及的什物，不知怎的却“道”在一起了

太极殿前，有一根一米多高、碗口粗细的铁柱，老子故里人称其为“赶山鞭”。由此“赶山鞭”，当地还流传着一个神话故事：原来，老子故里有一座大山，就在老子所住的村子南边，挡住了阳光，使山北数十里

漆黑一片。人们把这座山叫作隐阳山,时刻盼望着有人能把它移走。一日,老子云游返乡,正赶上乡亲们在议论移山之事。听着乡亲们声声诉苦,他顿生移山之念,于是便上山采来五彩石,支起八卦炉,一连炼了七七四十九天,直到炉中岩水沸腾了九九八十一次才停了下来。他把沸腾的岩水倒进事先做好的模范之中,铸成了一根巨大的“赶山鞭”,然后运足神力,念起咒语,举鞭打了下去,只见鞭花响处,狂飙骤起,山崩地裂,隐阳山顿时无影无踪。待到人们惊醒过来,四野已是一马平川,村子里洒满了金色的阳光。过够了苦日子的人们欢呼雀跃,齐颂老子的功德。老子赶山时,因用力过猛,把“赶山鞭”震为两截,下半截丢在了家门口,就是我们今天在太清宫前见到的这根;上半截被甩到了十里外,即今老君台上矗立着的那根。据说老子当年赶走的隐阳山,跌落在东海里,形成了蓬莱、方丈、瀛洲三座神山。这则神奇的故事,寄寓了人们对老子的崇敬与爱戴之情。其实,据史学家考证,这根铁柱是老子爵位的标志。当年,老子在东周王朝任“守藏室之史”,主管国家存放的竹简,并负责记述周天子上朝时颁发的旨令。由于当时森严的等级观念,老子不能像周天子那样伏案书写,只能和群臣席地而坐记录。周天子见他写字很不方便,便赐一根铁柱,让他靠着书写,并封他为“柱下吏”。从此,那根铁柱便成了老子官职的标志。后世创立道教,对老子顶礼膜拜,就模仿“柱下吏”的铁柱形状做成了发簪戴在头上。至今,人们在游览道观时就会发现,道士们所戴的发簪与太清宫前和老君台上的铁柱形状是多么相似。

太清宫后里许,过清净河便是洞霄宫。同太清宫一样,洞霄宫也建造于东汉时期。《水经注》载:“涡水之侧有李母庙。庙前有李母冢,冢东有碑,为汉桓帝永兴元年(153)谯令长沙王阜所立,碑云老子生于曲涡间。”唐代,武则天追封李母为“先天太后”,李母庙遂改为“洞霄宫”,俗称“后宫”。道家追求的是“升仙”,居住的地方被称为“洞天福地”。“霄”指云霄,“洞霄宫”即高入云霄的宫殿。老子是道教中羽化成仙的第一人,他的母亲当然就生活在最高的宫殿里。历史上,太清宫和洞霄宫曾分居道士、道姑。道家规矩甚严,平时两宫“鸡犬之声相闻,老死不相往来”,若有要事相商,则于清净河会仙桥上云牌传示。现洞霄宫内主体建筑为“三圣母殿”,内供奉着老子之母、孔子之母、释迦牟尼之母的塑像。唐代定道教为国教,玄宗李隆基称老子道家思想“东训尼父,西化金仙”。“东训尼父”意为老子是孔子的老师;

老子故宅望月井。至今人们仍用这里面的水祈求老君爷保佑风调雨顺,五谷丰登

"西化金仙"意为老子思想可以包容佛教思想,意即道教并不排斥儒教和佛教,所以在祭祀李母时也把孔子之母、释迦牟尼之母供奉起来。老子故里的这种现象,在孔子和释迦牟尼的故里都没有出现过。由此,不由得使人对中国文化的多元性产生深深的思考,对道、儒、释三教在中国文化中的地位和影响有了高度的认知,从而也对老子故里人献上崇高的敬意。

据《宋史 · 真宗本纪》载,宋大中祥符七年(1014)正月十五日,真宗赵恒"朝谒太清宫,天书升辂,雨雪倏霁,法驾继进,佳气弥望。是夜,月重轮,幸先天观,广灵洞霄宫。曲赦亳州及车驾所经流以下罪。升亳州为集庆军节度,减税赋十之二"。这次,宋真宗还拜谒了李母冢,并御笔撰写了《先天太后赞碑》。该碑现屹立于洞霄宫东南角之李母冢左侧,额雕二龙蟠伏,篆额"先天太后赞碑"六个大字,两侧为花草图饰,整个碑身置于巨大的赑屃座上。因该碑为御文御书并篆额,故称"三御碑"。碑文中有:"所以感流星而受气,指仙李而诞生,居楚国之灵封,宅历乡之名壤""五千言之经,百世膺其佑,万灵归其尊""上以显天经,下以扬孝道""李氏之道,李母之迹""一刊乐石,永耀琳宫"等记载。由此可见,人们在怀念老子的同时,也没有忘记对李母的祭奠。每逢农历的初一、十五,前来拜谒李母冢的人络绎不绝,人们观赏"三御碑",叩头焚香,向这位伟大的母亲寄托由衷的怀念之情。

东周王朝在周景王死后,发生争夺王位的内讧。王子朝与敬王、悼王展开了长期争夺战,结果王子朝战败,裹携周王朝图书典籍,逃亡楚国。图书既已不存,作为"守藏室之史"的老子已无官可做,更因厌倦了官场的争斗,他毅然回到故乡,重新修缮了明道宫,修道讲学。我在访问了老子的出生地太清宫之后,又特意游览了老子讲经论道的明道宫和羽化升天的老君台。

从太清宫折回鹿邑县城方向约十里处,路旁有一座富丽堂皇的牌坊,这便是取老子《道德经》中"玄之又玄,众妙之门"之意而建的"众妙之门"牌坊。牌坊一侧有一座“问礼碑”，上面镌刻着“孔子问礼处”五个大字。碑后是宽敞的“问礼广场”，广场中央矗立着一座孔子问礼于老子的石雕像：两位历史哲人端庄地站在高台之上，老子双目平视远方，脸上洋溢着智慧的神采；孔子在他的旁边，侧身注视着他，好像正在倾听他讲述着什么。老子比孔子年长十九岁，当年孔子曾数度问礼于老子，向他请教学问。其中最著名的一次是在周敬王二年（前518），孔子正准备编写《春秋》，在鲁昭公的支持下，他与门人南宫敬叔一起来到东周都城洛邑，问礼于老子。“孔子适周，将问礼于老子”。今洛阳市瀍河边，有座“老子祠”，大门西壁上嵌有石碑一方，上刻“瀍东寺老子故宅”，传说当年孔子与老子就是在这里切磋学问的。那时，孔子刚过而立之年，风华正茂，才思横溢，而老子则已过知天命之年，正在周王朝守藏室之史任上，掌管着周王朝的图书典籍，知识渊博，精通礼乐。老子说：“子所言者，其人与骨皆已朽矣，独其言在耳。且君子得其时则驾，不得其时则蓬累而行。吾闻之，良贾深藏若虚，君子盛德，容貌若愚。去子之骄气与多欲，态色与淫志，是皆无益于子之身。吾所以告子，若是而已。”孔子回到鲁国，对弟子们说：“鸟，吾知其能飞；鱼，吾知其能游；兽，吾知其能走。走者可以网，游者可以纶，飞者可以矰。至于龙，吾不能知其乘风云而上天。吾见老子，其犹龙耶？”意思是说，老子的学问实在是太深奥莫测了，就好像龙一样，一会儿在云中，一会儿又在水中，来无影去无踪啊！孔子问礼于老子，是中国思想史上一件意义深远的大事，为了让人们永远记着它，老子故里人在问礼广场北面的一汪湖水边特意修建了一条“犹龙堤”。那是一条环湖而建的青石堤，走在上面，心中默念着孔子的话，脚下好像真的有一条龙在游动，恍恍惚惚，若腾云驾雾一般。湖水中央，有一座“升仙桥”，桥东是“紫凝池”，传说老子曾在这里讲学修炼，祥瑞紫气从此在这个地方氤氲不散。古人有诗曰：“崇台拾级上，临眺属新秋；紫气凝清观，丹霞隔绛楼。风来双桧冷，水涌半城浮。悟彻常无妙，当前即十洲。”桥西水面清澈明净，好像一面镜子，因名“清溪池”，古人亦有诗曰：“登临平望倚云堆，下俯清溪似镜开。鹳井当檐迎绛节，虹桥飞絮落苍苔。钟听雁鹜三更梦，道悟松风万劫灰。华表当年传往迹，青牛何事不重来。”站在升仙桥上，脚下石拱若游龙出水，左右两泓碧水映照着蓝天白云，池树倒影在粼粼波光里婆娑弄姿，矫捷的小鸟剪翅掠过水面，留下一串含义隽永的鸣啾，不知陶醉了多少游人。

过犹龙堤再往前走，便是明道宫。它原名“紫极宫”，亦名“太清坛”，为老子及其后世道家讲授道学之所。在这一片建筑群中，有依老子《道德经》精义而建的观复亭、迎禧殿、尚德亭、崇道亭、腾云阁等，一字排列在长长的神道上，从一端向前望去，幽深莫测，杳不知尽头在何处。神道两旁，楼台亭榭联袂，曲径回廊沟通，一步一景，扑朔迷离。台上祥云氤氲，“半空紫气下青云”；台下湖水潆绕，“一片绿波飞白鹭”。晨钟暮鼓响处，墨客骚人诗赋酬和；香烟袅袅升起，善男信女诵经朝圣，好一个洞天福地所在！遥想当年老子在此修身养性、诵经传道的情景，不由使人顿时产生洗去世间红尘，走进超凡脱俗的道德境界。

继续前行，不远处便是高高耸立的老君台了。台下路旁，有一座后人依拓片摹勒而成的“老子造像碑”。斑驳的碑面上，山峦连绵，瑞云缭绕，老子怀抱如意，骑着青牛，正款款通过函谷关。应该说，我对于函谷关并不陌生。记得小时候过年贴春联，村里的私塾先生为许多家写下“紫气东来”的门额。我不懂是什么意思，就去问他，他给我批讲说，这是大吉大利的征兆，典故出自老子骑青牛过函谷关之事。这是我第一次听到函谷关这个名字。自此，这座雄关就巍峨在我童稚的心田里。后来离开了家乡，供职于省会，由于工作需要足迹遍及中原大地，无论是豫南、豫北，还是豫东、豫西，许多家的门楣上都写有“紫气东来”四个大字。改革开放以来，中原农村面貌发生了很大的变化，不少农家盖起了小楼房，门楣也比以前气派了，有些家庭还把“紫气东来”烧制在瓷片上，镶嵌在门上方。每当我在中原农村看到“紫气东来”几个大字，就想起函谷关。后来，我看到一位常年在豫西生活的朋友在省报上发表了一篇题为“紫气升函谷”的报道，再也抑制不住激动的心情，盼望能早一日目睹它的雄姿。朋友陪我去了，那是我第一次见到函谷关。它位于灵宝城北二十里处的王垛村。当天，我们游览了关城遗址、望气台、太初宫、函关古道等处。后来，我又多次陪外省到河南的朋友到此凭吊，每一次凭吊，都会使我受到道教文化的熏陶。古函谷关关城始建于周，秦汉时已达鼎盛，为我国建置最早的雄关要塞之一。其关楼位于函谷口，坐西面东，正对弘农涧河，背依衡岭，南傍秦岭，北濒黄河，在冷兵器时代可谓“一夫当关，万夫莫开”的战略要隘。登上修葺一新的城楼，函谷胜迹尽收眼底，“山川函谷路，尘土游子颜；萧条去国意，秋风生故函”，让人止不住顿生历史与人生的沧桑之慨。南瞻望气台之雾缭绕，不是紫气，疑是紫气，仿佛把人引进老子骑青牛过关的历史一瞬。关内的太初宫，为老子著经处，同鹿邑的太清宫一起，被称为“天下圣宫”。据清顺治年间《重修太初宫》碑文载，当年，关令尹喜望东方有紫气，知有异人通过，整日恭候，果见老子驾青牛薄畚自东而来，即迎邀留居，著《道德经》五千言以传于世。先天一气浑成者，名为“太初”，后人因宅而观曰“太初观”。唐开元年间，玄元降丹凤楼，告曰：“我藏灵符，在尹喜故宅。上遣使于古函谷关尹喜台旁求得之，尚有天篆，文曰：‘千载天宝灵符’。”唐玄宗因授开元年号为“天宝”，赐“太初观”为“天宝观”。宋崇宁年间，有甘霖降真武殿后，皇上乃敕修殿宇行廊，改为“太初宫”。有宋以降，太初宫历遭兵火，损坏严重，辉煌的殿宇、林立的碑碣、参天的古柏，几近荡然。现宫内新塑有栩栩如生的老子一气化“三清”塑像，旁有关令尹喜和牛童徐甲陪享。今游人在宫内瞻拜老子，无不对关令尹喜肃然起敬。试想，若不是关令尹喜慧眼独具，像放无数个出关人一样让老子过关，老子最终死在关外的扶风，葬在槐里，《道德经》今安在？道教今安在？当年，老子看到周王朝无可复兴，就骑着青牛出函谷关去隐居，是关令尹喜“迎邀留居”，“强为我著书”，才有了五千言《道德经》传世，中华民族的传统文化才有了道教一派。由此而知，函谷关令尹喜功莫大焉！功莫善焉！

回忆着老子骑青牛过函谷关的故事，我循着青石台阶向老君台攀登。据史书记载，这里是传说中老子得道成仙的地方，原为“升仙台”，也称“拜仙台”，自宋真宗大中祥符七年追封老子为“太上老君混元上德皇帝”，才称作老君台。全台为圆柱形，上立垛口女墙，颇似一座古代的城堡。将宫殿、祭祀设施建在夯土台上，是我国早期建筑的一个特点。秦代，我国就有了颇具规模的高台建筑，汉代达到极盛时期。老君台沿袭了我国早期高台建筑的形式和规模，继承了我国传统建筑的思想与理念，至今已成为研究我国建筑史的一个不可多得的实物。

我气喘吁吁地登上象征着老子飞天升仙的三十三级台阶，来到台上一处清静的庙院，见森森古柏掩映着一座大殿，硬山出厦，琉璃覆顶，庄严古朴，金碧辉煌。这便是玄元殿，因唐高宗李治曾追封老子为“太上玄元皇帝”，故名。“玄”为“深”“奥”之意；“元”为“始”“初”之意。“玄”“元”合在一起，意为老子博大精深的道家思想是从这里孕育产生并发扬光大的。玄元殿墙上，镶嵌着两方碑刻，其一曰“犹龙遗迹”，取之于孔子“吾见老子，其犹龙耶”句；其二曰“道德真源”，顾名思义，是

"道德真源"碑刻

"犹龙遗迹"碑刻

说这里为道教的源头。明清时期,在玄元殿两侧建起了配殿,扩大了庙院的规模。在左配殿南山墙外,立着一根铁柱,它就是上文提到的老子赶山时甩到这里的那半截"赶山鞭"。玄元殿两侧,镌刻着一副楹联,上联为"修道悟德生一生二生万物",取《道德经》中"道生一,一生二,二生三,三生万物。万物负阴而抱阳,冲气以为和"句。这是老子著名的万物生成论,阐述的是道生成万物的过程:道是世界的本原,是它产生了世界,而世界有阴阳两个对立面,阴阳结合之后产生冲合之气,谓之"三","阴""阳""冲合之气"这三个方面又产生了万物。下联为:"明志清心法天法地法自然",取《道德经》中"人法地,地法天,天法道,道法自然"句,是说人的生存要依赖土地,土地是天的意志形成的,天的行为是为道的意志所制约的,而道的意志又是遵守自然规律的。殿内正中供奉着老子紫铜像,高若真人,左手持如意,右手抚竹简,鹤发童颜,目光炯炯,一派古代大学问家形容,令人肃正仰观,顿生无限敬意。铜像两侧,有青石碑刻对联:"开张天岸马,奇逸人中龙。"传为宋代道教代表人物陈抟所书,字体苍劲奇秀,遒劲洒脱。大殿后原有老子的炼丹房,内有八卦炼丹炉,传说老子曾在此炼过仙丹。玄元殿前后,十几株千年树龄的古柏虬枝参天,浓荫覆地,氤氲出一片虚无缥缈的境界。我站在柏树下,任清风拂面,紫气盈身,感到有一种神圣与庄严,随之萌生无尽的遐想。是啊,老君台饱经风侵雨蚀,至今仍岿然屹立在老子故里的大地上,撑起道教文化的旗帜,使之在人类文化的历史中永久飘扬。两千多年来,老子思想超越时空,不仅影响和启迪了一代又一代中国人,而且对世界文化,特别是东方哲学的形成和发展产生了深远影响,成为全人类共同的精神财富。由此我也想到，生活在老子故里的人们该是何等幸福，他们世世代代遗传着老子的智慧，传承着老子的思想，发扬着老子的精神，使老子创立的《道德经》文化光照千古，泽被后世。这是老子故里的骄傲，也是中华民族的骄傲！

披一身道光，呼吸着浓浓的仙气，我走下老君台，回到了真源宾馆。一天来在老子故里的探访，回想老子其人其事，回顾老子故里其景其物，竟至夜不成寐。我索性打开床头台灯，又捧起了潘又泉先生送我的那本《道德经刻译》，贪婪地读起来。读着，读着，我突然想起了德国哲学家尼采说过的一句话："一本老子书，像一口永不枯竭的井泉，满载宝藏，放下汲桶，垂手可得。"

阙里人家

——访孔子故里

跨进阙里牌坊,就算走进孔子的家了。两千多年前,孔子就居住在这个地方。

孔子于鲁襄公二十二年(前551)农历八月二十七日,生于鲁国昌平乡陬邑。据《阙里文献考》记载,孔子的父亲叔梁纥“仕鲁,为陬邑大夫,有勇力”。又载:“叔梁公望众鲁邦,业传陬邑。”也就是说,孔子从其父辈就居住在陬邑,为官在陬邑。稽考他的家世,应是殷人的后代,其远祖微子启是宋国的贵族。武王伐纣灭商时,商纣王的庶兄微子启到军前投降。后周公旦平定东方,便把商朝故都商丘封给了他,国号为宋,成了周王朝的一个诸侯国。微子启的第五代传人为弗父何,弗父何生宋文周,宋文周生世子胜,世子胜生正考父,正考父生孔父嘉。孔父嘉是孔子的六世祖。从弗父何算起,到孔父嘉已满五代,按照当时的规矩,作为支系,应当另立姓氏,所以自孔父嘉以后,其子孙就以“孔”为姓。孔父嘉在宋廷的一次争斗中被华氏家族的华督所杀,从此两家结下冤仇。孔父嘉之孙孔防叔因不堪忍受华氏的逼迫,举家逃到鲁国,做了鲁国贵族臧孙氏的家臣,为防邑的邑宰。孔防叔生伯夏,伯夏生叔梁纥,他就是孔子的父亲。叔梁纥为鲁国的陬邑大夫,身高力壮,“以勇力闻于诸侯”,曾立过几次战功。据《左传》记载,鲁襄公十年(前563)四月,晋国联合鲁、宋、卫等诸侯国,意欲攻下鲁国南面的偪阳,把它送给宋国的大夫向戌。叔梁纥作为鲁国的武士,参加了这次攻打偪阳的战斗。诸侯联军包围了偪阳,却因城池坚固一时难以攻克。当双方僵持之际,偪阳人突然吊起城上的悬门,诸侯联军乘机纷纷向城中涌去。这时,悬门突然又往下放,眼看着就要把攻城的诸侯联军拦腰截断。就在这千钧一发之际,叔梁纥奋力向前,双臂托起正在下落的悬门,使已攻入城内的诸侯联军迅速退出,避免了伤亡。从此,叔梁纥因战功在晋、宋、鲁诸国名声大震,但他此时毕竟是六十多岁的老人了,已不适宜征战,便回到了家乡陬邑。

叔梁纥在孔子出生前,已娶妻施氏,生有九个女儿,没有儿子。后又纳妾,生了一个跛足的儿子,名叫伯尼。他以没有一个健全的儿子继承自己的家业为憾,于是便向鲁国国都曲阜城内阙里的颜家求婚。颜家有三个女儿,老大、老二都不想嫁给一个比自己年纪大得多的人,只有二十岁的小女儿颜徵在大概是因为敬佩叔梁纥勇力过人的缘故吧,倒是愿意嫁给他。当颜父询问女儿们谁愿意嫁给叔梁纥时,只有小女儿颜徵在说:“女子之义,在家从父,惟父听命,将何问焉?”于是,颜父便将颜徵在嫁给了叔梁纥。孔子出生那年,叔梁纥六十七岁。因为“梁纥老而徵在少,非当壮室初笄之礼”,所以他们的婚姻在人们看来“不合礼仪”,为此,司马迁在《孔子世家》中说是“纥与颜氏女野合而生孔子”。据民间世代传说,当初叔梁纥盼儿心切,按照当地的风俗,领着妻子去曲阜东南的尼山“祈祷山神”。他们上山时,草木的叶子都向上飘起;祷告完下山时,草木的叶子又都向下倒垂。那天晚上,他们住在一个山洞里,颜徵在依稀梦见有神灵召见,对她说:“汝有圣子,若必于空桑之中。”醒后便觉有了身孕。又一天,颜徵在于恍惚之中,看见有五位老人并列于庭堂之上,声称是“五星之精”,狎着一只小兽,似小牛而独角,文若龙麟,看见颜徵在便麒于地下,口吐玉尺,上面写着文字:“水精之子,继襄周而素王。”颜徵在心中甚觉奇怪,便用绣绂系在了它的独角上,怪兽这才离开了。她把这件事告诉了丈夫,叔梁纥说:“此必是瑞兽,预示着吉兆啊!”到了临产的时候,她问丈夫:“地有名空桑者乎?”叔梁纥回答:“南山有空渎,渎有石门而无水,俗名亦呼空桑。”到了夜晚,便有两条苍龙自天而降,守护在南山左右,又有两位神女手擎香露在空中对着颜徵在沐浴。没过一会儿,颜徵在生下了孔子。这时,石门中忽然有一股温泉流出,颜徵在和孔子刚沐浴完,泉水就干涸了。孔子生有异像,牛唇虎掌,鸳肩龟背,海口辅喉,顶门如反宇。叔梁纥见了说:“此儿秉尼山之灵。”这就是司马迁在《孔子世家》中说的“祷于尼丘得孔子”。由于孔子的出生与尼丘有关，且排行第二，所以起名为“丘”，取字为“仲尼”。另据晋代干宝在《三日纪》中记载，孔子出生在“空桑之地”。这个“空桑之地”就在鲁国南面的山谷里，平常没有水，但若祭祀祷告，则有清泉自石门涌出，足以供人使用，祭祀停止，则泉水随之枯竭。司马迁和干宝记述孔子的出生地虽有尼山的“山洞”和鲁国的“空桑之地”的不同，但孔子并没有出生在陬邑叔梁纥的家宅中，两人的记载却是吻合的。

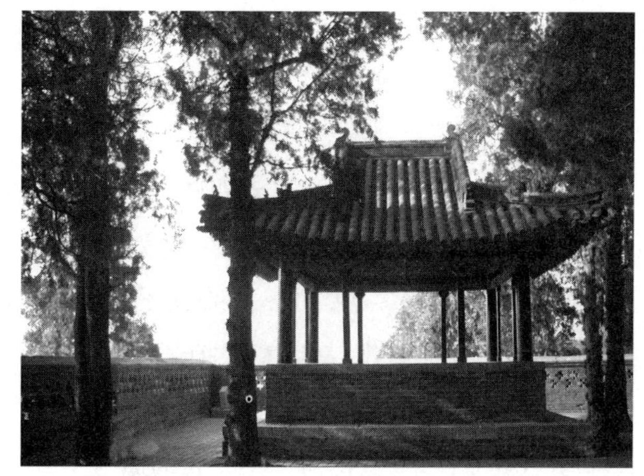

观川亭。子在川上曰:“逝者如斯夫!”

孔子出生后三年，年届古稀的叔梁纥就去世了，颜徵在带着幼小的儿子，离开了叔梁纥家，迁居阙里。阙里是她的娘家，孤儿寡母在那里安顿下来，过着“贫且贱”的清苦生活。在那时，寡母带着孤儿过活，常常受人奚落、鄙视，幼小的孔子看惯了别人的白眼，自幼养成了谨小慎微、机敏行事的习惯，待人谦恭，处事得体，左邻右舍倒是很喜欢他。颜徵在对这个聪明、早熟的孩子十分喜爱，想方设法对他进行教育，让他学习各种礼仪。他从母亲口中了解到孔家祖上的事迹，心中不知不觉地萌生了决不玷污祖先的信念，因此学习更加努力，到五六岁时，就能看懂各种祭礼，并且不厌其烦地模仿、演练。十三岁那年，他开始入学，所学的内容主要是敬神祭祀的礼节、对待长辈的礼貌和一些修身做人的道理。学校的老师是一位德高望重的长者，教授的是诗、书、礼、乐的知识。礼是当时流行的礼仪制度，配合其典礼仪式，还要有与之相应的舞乐，这便是赋于诗的乐曲。书指的是书写，包括文字水平、文学修养和写字的基本功。开始时，孔子只是静静地听老师讲，不久便主动地提出一些疑问要老师解答，有时竟把老师问得茫然不知所措。然而，孔子真正对学问产生浓厚兴趣是在他十五岁以后，“吾十有五而志于学”是他的自述，也就是从那时起，他更加勤学好问，不放过一切求知机会，开始了自己的奋斗生涯。

据《水经注》记载，孔庙即孔子故宅，宅大一顷，所居之堂，后世以为庙，“庙屋三间,夫子在西间,东向;颜母在中间,南向;夫人隔东一间,东向。夫子床前有石砚一枚,作甚朴,云平生时物也”。汉代以降,历代帝王尊孔成习,竞相扩修。汉武帝时,孔子学说开始登上中国思想的统治舞台,阙里孔子故宅日益被人看重。李唐王朝时对孔子故宅多有整修,至赵宋朝进一步得到扩展。女真族入主中原,被被征服者的文明所征服,拜服在孔子脚下,对其故宅更是维护有加。明、清两朝,有记载的对孔子故宅的修葺竟多达数十次!在孔子故宅修建的孔庙终于成为天下第一庙。所幸的是,不管如何修建,都留意保护了孔子故宅的文物遗迹,使孔子故宅今天仍能较完好地呈现在人们面前,供人们瞻仰。

进入孔子故宅门,沿着一条狭长的通道走到尽头,迎面是一座黄瓦歇山顶式的碑亭。亭子不大,但小巧中透出玲珑。亭内立碑一幢,刻有清乾隆十三年(1748)高宗凭吊孔宅时撰书的《故宅门赞》:“居庙之左,厥门斯故,藻缋不施,意存后素。徘徊瞻仰,心焉学步。告尔后人,由慈义路。”绕过碑亭,就是孔子故居。鲁哀公十一年(前484),孔子在周游列国十四年后,又回到了自己的“家”。此时的他在朝野上下声望很高,待遇也比以前优裕得多,但他始终为自己的政治抱负无以施展而郁郁寡欢,悲观失望。当时,周王室已名存实亡,礼崩乐坏,孔子认为这是国家动乱的根源,于是便决定把周王室散乱的礼乐整理出来,为后世留点有价值的东西,以告诫天下,恢复先王之道,让人们懂得上下礼仪。他把自己所掌握的大量资料进行了鉴别、分类,为《易》作了注解,为《书》作了传解,还整理了古代流传下来的诗歌,把它们结集为《诗》。尤其是《春秋》的编撰,开创了私人修史的先例,在我国历史上做出了创造性的贡献。他以《诗》《书》《礼》《乐》传教,教授学生。这里原有三间茅庐。鲁哀公十六年(前479),孔子就病逝在这个茅屋里。孔子病重时,子贡前去探望。孔子拄着拐杖,倚在门旁,对子贡说:“赐,汝来何其晚也?”接着,他叹息道:“太山坏乎!梁柱摧乎!哲人萎乎!”边叹息边流下了热泪。过了一会儿,他又用微弱的声音对子贡说:“天下无道久矣,我无力挽救,昨晚梦到我坐在堂上两柱之间,这是殷人的殡礼啊!”七天之后,孔子离开了人间。为纪念孔子,后人将他生前居住的三间茅屋改为寿堂。当时的鲁国国君鲁哀公非常悲痛,亲自为孔子撰写了诔文。第二年,即周敬王四十二年(前478),鲁哀公下令祭祀孔子,把他在阙里的故宅改作祀庙,奉祀着孔子的母亲颜徵在、孔子和他的妻子亓官氏的神位,内藏孔子衣冠、琴

“金声玉振”牌坊。“孔子之谓集大成。集大成也者,金声而玉振之也。”

瑟、车驾和书籍等。按照周礼的规定,天子七庙,诸侯五庙,大夫三庙,士一庙,平民百姓不得立庙。孔子虽然做过鲁国的大司寇,是诸侯国的三卿之一,地位相当于周天子的大夫,但很快就去官,死时仅是一介布衣,是不能立庙的。鲁哀公为他立庙,是破了例的。相传,孔子生前对待弟子就像对待自己的亲生儿子一样,从来没有亲疏之分,绝不厚此薄彼。有一次,弟子陈亢见到孔子的儿子孔鲤,问他在家里是不是能经常听到孔子的教导。孔鲤说不是,陈亢不信,一再追问,孔鲤想了想说,有那么两次。有一次,孔子在庭院里徘徊沉思,自己恭敬地从孔子的身边走过,孔子便叫住他问:“学诗乎?”孔鲤答:“未也。”孔子说:“不学诗,无以言。”因为当时无论是诸侯之间宾主相见,还是上层社会的交际应酬,交谈中都要引上几句诗,这是一种风气,不引诗句语言就不会典雅,就会被人瞧不起。于是,听了孔子的诘问,他就认真地学起“诗”来。又有一次,还是在这个庭院里,他又被孔子叫住了。这次孔子问他:“学礼乎?”他答道:“未也。”孔子说:“不学礼,无以立。”也就是说,不学习“礼”,不懂立身处世的准则,就不能名正言顺地做人。于是,他又认真地学起“礼”来。陈亢听了,不无感慨地说,学习“诗”“礼”是我们经常聆听的教诲,孔子对自己唯一的儿子也没有偏私啊!孔子教子学“诗”“礼”的事,渐渐地被传为美谈。后来,孔子的五十三代孙孔治,为了孔门“不忘过庭之教”,就“作堂私第,名以诗礼”,从此寿堂便呼为“诗礼堂”了。

孔子十七岁那年,颜徵在不幸去世。按照当地的习俗,父母是要合葬在一起的。据说,孔子当时并不知道父亲葬在哪里,于是就将母亲的灵柩先殡于一个十字路口,以便引起人们的注意,也好打探父亲的墓地。一个车夫原来和孔家是邻居,他的母亲知道孔子的父亲埋在了一个叫作防山的地方,便把具体的地址告诉了孔子。孔子来到防山,找到了父亲的墓址,便把母亲的灵柩移往那里,与父亲合葬。

就在他母亲去世的那年,鲁国的季孙氏举行招待诸士的盛大宴会。当时,季孙氏与孟孙氏、叔孙氏都是鲁桓公之子的后裔,史称“三桓”。“三桓”之中,犹以季孙氏的权力最大。他听到这个消息,就急匆匆地赶去赴宴。他以为自己是已故陬邑大夫叔梁纥之子,又学得了一些士应该具备的知识和本领,应该是有资格参加这个宴会的。但因母丧不久,他仍在服丧,腰间还系着麻带,身穿孝服,刚走到季孙氏府前,就被季孙氏的家臣阳虎拦住,大声呵斥道:“季孙氏宴请的是士,没有请你!”这一番羞辱,对于刚刚失去母亲的少年孔子,无疑是个沉重的打击。但是,这件事非但没有使他从此一蹶不振,反而更加激发了他奋发学习、跻身士林的决心。十九岁时,他娶宋人亓官氏为妻,第二年生子孔鲤。据传亓官氏生子时,鲁哀公特送一条大鲤鱼贺喜。为纪念国君送鱼这件事,孔子才给儿子起名孔鲤,字伯鱼。孔子能得到国君如此殊遇,说明那时他已学有所成,在鲁国有了名气。鲁国是西周开国元老周公旦的封地,其长子伯禽当年就国时,曾带来大量的典章文物。因此,当时的鲁国都城曲阜,有着浓厚的礼教文化氛围。这里不仅有诸侯以下所使用的礼乐,还有天子的礼乐,在祭祀周公时,被允许使用天子的礼乐制度。所有这一切,都为孔子习礼创造了得天独厚的条件。但是,真正使他学业大进的,还是他那勤学好问的治学态度。据《论语·八佾》记载:“子入太庙,每事问。或曰:‘孰谓鄹人之子知礼乎?入太庙,每事问。’子闻之,曰:‘是礼也。’”另据《左传·昭公十七年》记载,郯国的国君郯子来朝见鲁昭公,在鲁国招待郯子的宴会上,鲁国大夫昭子问起少昊时代职官的情况,因为郯子是少昊的传人,自然熟悉其祖先的历史,便做了详细的回答。孔子听到这个消息,十分佩服郯子的学问,立即设法往见。郯子向他传授了许多以前闻所未闻的知识。事后,孔子曾感叹地说:“吾闻之,天子失官,学在四夷,犹信。”二十六岁时,孔子曾做了两次小官:一次是当管理仓库的“委吏”,另一次是管理牲畜的“乘田”。他说,要我管仓库,我就要把仓库里的账目算得清清楚楚;要我管牛羊,我就要让牛羊茁壮成长。他是这样说的,也是这样做的,司马迁在《史记》里就说他管仓库做到了“料量平”,管牛羊做到了“畜蕃息”。

历代名人凭吊孔子故里,最早应追溯到文学家司马迁。他在访问了屈原沉身之地、考察帝舜葬身的九嶷山、收集帝禹传说并“探禹穴”之后,于公元前126年跨淮水、溯泗水、抵曲阜,观看孔子的庙堂、车服、礼器等遗物。在孔子故宅,他看到陈设如故,众儒生讲习礼仪四时不断,由衷地感叹道:“天下君王至于贤人众矣,当时则荣,没则已焉。”而“孔子布衣,传十余世,学者宗之”。由此足见孔子“诗礼传家”遗风之盛。司马迁在孔子故里经过一番考察,感慨不已,下决心要为孔子作传,把他的道德文章传之于后世。这就是我们今天看到的《史记》中的《孔子世家》。在写作《史记》的过程中,司马迁因“李陵之祸”被汉武帝处以宫刑,蒙受奇耻大辱,但他从“仲尼厄而作《春秋》”中汲取了战胜逆境的力量,终于完成了一部彪炳史册的史学巨著。

至圣庙的大门

诗礼堂因是在孔子故宅原址上建造的,所以也成了历代帝王前来祭孔的场所。刘邦于汉高祖十二年(前195)回沛县看望乡亲,在回京师长安的路上,特地去了阙里,以隆重的“太牢”祭祀孔子。这是历史上第一个亲祭孔子的君主。宋真宗大中祥符元年(1008),真宗赴阙里祭孔时,特意选中诗礼堂驻跸。为了表达对孔子的仰慕,真宗赐给孔府一部经史,又赐宋太宗印制御书一百五十卷,珍藏在诗礼堂西南的奎文阁御书楼内。明洪武元年(1368),太祖朱元璋称帝后便遣使去阙里祭孔,召即衍圣公孔克坚晋见。因朱元璋是造反称帝,孔克坚便以疾推辞,朱元璋遂降诏曰:“吾虽起庶民,然古人由民而称帝者,汉之高祖也。尔言有疾,未知实否,若称疾以慢吾,不可也。”孔克坚接到诏书,惊慌中日夜兼程赶到京都朝拜。朱元璋问:“尔年几何?”孔克坚跪答:“三十又九。”朱元璋又问:“今去尔祖孔子历年几何?”孔克坚又答:“近二千年。”朱元璋说:“年代虽远,而人尊敬如一日者,何也?为尔祖明纲常,兴礼乐,正彝伦,所以为帝者师,为常人教。传至万世,其道不可废也。且尔祖无所不学,无所不通,故得为圣人。”清康熙二十三年(1685),康熙帝赴阙里祭孔,行的是三跪九叩之礼。祭毕,在诗礼堂设立御座,听讲儒家经书。受族人推荐,清代著名文学家、《桃花扇》的作者、孔子六十四代孙孔尚任曾和族兄一起在这里为康熙帝讲经。传说,在开讲前,两人先入诗礼堂演习礼仪,刚一进门,便看见了大堂上悬挂的杜甫诗句:“两个黄鹂鸣翠柳,一行白鹭上青天。”孔尚任高兴地说,好兆头,好兆头,我们两个要入朝做官了!族兄不知好兆头何在,便向孔尚任请教。孔尚任说,君不见杜诗说得明白:“两个黄鹂鸣翠柳”,是说你我二人为皇帝讲经;“一行白鹭上青天”,是说我们将官运通天。原来,清廷规定,朝廷六品以上的官服胸前都要有白鹭图案。那次,孔尚任讲了《大学》,族兄讲了《易经》。他们二人靠家传的礼仪修养,广博的儒学知识,娓娓讲来,精到十分,令康熙帝赞叹不已。果然没过多久,他们就接到了朝廷的诏书,被破格提升为国子监博士。后来,孔子后裔将康熙帝的诗文、书法刻成《康熙二十五年阙里至圣先师孔子庙记碑》,立在“御碑亭”内。雍正即帝位后,遣礼部侍郎诣阙里祭告孔子。雍正元年(1723)四月,下诏追封孔子以上五代为王爵,之后用六年时间修阙里孔庙,“发帑金令大臣等督工监修,凡殿庑制度规模,以至祭器仪物,皆令绘图呈览,亲为指授”。乾隆帝曾先后八次临幸阙里祭祀孔子。据《孔府档案》和《幸鲁盛典》记载,乾隆十三年(1748)二月,乾隆帝偕其母皇太后到阙里朝圣,路上走了五十天。乾隆帝先到孔庙拈香,行三跪九叩礼,驻跸泮池行宫,当时的衍圣公孔昭焕蒙赐诗一首。翌日,乾隆帝再次亲奠孔子,并献祭文:“昔者趋庭,诗礼垂训。维言余力,伊维不奋。九仞一篑,愿勉于进。御堂听讲,景仰圣舜。”祭毕,令孔子六十九代孙孔继汾进讲《中庸》《大学》。从事孔氏家族史研究的孔继汾凭着自己的学识与口才,讲得有声有色,当场受到乾隆帝的赞赏。事过不久,孔继汾依据自己研究孔氏家族史所得,写出了《孔氏家仪》一书。一些嫉妒孔继汾才华的人却上疏朝廷,言称孔继汾在《孔氏家仪》中私自篡改朝廷颁布的礼仪大典。乾隆帝大怒,立即降诏将孔继汾押进京师,打入大牢,而后又发出“从重发往伊犁,充当苦差”的诏文。可怜这位六十岁的老人,身戴枷铐,死在了发配伊犁的路上。

诗礼堂前,有唐代的槐树和宋代的银杏树。槐树树干固呈老态,然枝头仍现勃勃生机;银杏树居东者为雄株,居西者为雌株,皆老当益壮,亭亭然浓荫匝地。如今人们瞻仰孔宅,春有唐古槐流香吐馥,秋有宋银杏硕果盈枝,于春华秋实中令人既品尝到中华民族的历史沧桑又品尝到儒家经典的博大精深。置身如此氛围,沐浴孔宅遗风,手把《论语》吟读,似觉儒家文化正如一股融融暖流,从这里汩汩流出……

谒罢诗礼堂，从后门穿过，只见一堵照壁迎门而立，壁前立有一碑，上刻“鲁壁”二字。就是这堵照壁，立体地记载着一件近乎传奇的故事：传说当年秦始皇焚书坑儒时，孔子的第九代孙孔鲋认为：“秦非吾友……吾将藏之，以待其求”，秘密地将《论语》《尚书》《礼》《孝经》等典籍藏在孔子故宅内的墙壁内，自己悄悄地到中岳嵩山隐居去了，最终逃过了被“坑”的劫难。直到去世，孔鲋也没把这些经典取出来，但“竹简不随秦火冷”，它们也都逃过了被“焚”的厄运。一直到汉景帝前元三年（前 154），景帝将他的儿子刘馀从淮南迁到曲阜，封为鲁王，史称恭王。鲁恭王好治宫室，在扩建王宫拆除孔子故宅时，忽然听到天上传来金石丝竹的声响，且有六律五音之美。恰在这时，工匠们发现墙壁里藏着一大捆经书，取出来一看，见这些经书是用蝌蚪文写成的，不同于当时市面上保存的用隶书写的经书，于是人们就把这些经书称为“孔壁古文”。其中最有影响的是《古文尚书》，比《今文尚书》多十六篇。为了纪念孔鲋藏书，早在金代就在孔子故宅内修建了殿堂，因传说拆墙取书时天上有金石丝竹之声，故取名为“金丝堂”。到了明代，又在诗礼堂后建起了这堵鲁壁。“经天纬地存千古，岂系恭王坏宅时。”历代文人墨客对孔鲋藏书保护文化典籍给予很高的评价，宋代王禹在《鲁壁铭并序》中说：“文籍不可以久废，亦受之以兴……其废也，赖斯壁而藏之；其兴也，自斯壁而发之。”

除了大有文化复兴功劳的鲁壁，孔子故宅有纪念意义的就要属“杏坛”了。孔子是我国历史上最伟大的教育家，杏坛是他在两千多年前设教的地方。传说孔子“弟子三千，贤者七十二人”。他在教育弟子时设立了“文”“行”“忠”“信”四种科目，严格按照“格物”“致和”“诚意”“正心”“修身”“齐家”“治国”“平天下”为学、立身、处世的宗旨，具体教授“礼”“乐”“射”“书”“数”，以达到“智”“仁”“勇”三德。据《庄子・渔父》记载：“孔子游乎缁帷之林，休坐乎杏坛之上，弟子读书，孔子弦歌鼓琴。”如此教授弟子，可谓别出心裁，实非“大成至圣先师”莫能为之。这是教育家的大智慧，开创了形象教育的先河，使得后世儒生竞相效法。宋真宗天禧二年（1018），孔子第四十五代孙孔道辅监修孔庙，在原大殿旧址辟地为坛，环植杏树，名曰“杏坛”。今杏坛四面悬山，碧瓦朱栏，周围杏树成林，每当早春时分，杏花次第开放，先是满树锦绣，后是落英缤纷，别有一番情韵，蔚然成为孔子故宅一大景致，吸引游人驻足观赏。当年乾隆皇帝曾赏得此景，赋诗赞曰：“重来又值灿开时，几树东

先师手植桧。被后人视为孔子后裔兴衰的象征

风簇绛枝。岂是人间凡卉比，文明终古共春熙。”

“葱茏何论大夫松，婆娑谁数将军树。”历史上，秦始皇曾到东岳泰山钦封“大夫松”，汉武帝也曾把中岳嵩山的一棵柏树赐号“将军树”。那都是帝王所为，不足称道。今孔子故宅内有一棵桧树，根若盘龙，干可盈抱，高愈数丈，冠如帷盖，旁有一古老的树桩，虽饱岁月沧桑，仍倔强而立，傲然风霜雨雪。这就是驰名天下的“先师手植桧”。据传，孔子生前曾在故宅植下三棵桧树，至晋怀帝永嘉三年(309)枯死，后其根部新生一棵幼桧，繁衍至今。如今人们拜谒孔子故宅，都要到这棵桧树前凭吊一番，在人们的心目中，它是孔子以及他的思想的象征，同时也是孔门兴衰的象征。

孔子故宅内有一眼井，据传为孔家当年的饮水井。井深丈余，水质清洌，趴在井口，可鉴毛发。斑驳的井壁，深深的绳痕，厚厚的苔藓，昭示出这眼井的古老与神奇。井周有石栏杆，为明正德年间兖州知府童旭建造。井口北有一石碑，上刻“孔宅故井”。井西有一古亭，亭中也有一碑，为清高宗乾隆御制“故井赞”碑。赞诗曰：“疏食饮水，曲肱乐之。既清且渫，汲绳到兹。我取一勺，以饮以思。呜呼宣圣，实我之师。”诗意源自孔子的“饭疏食饮水，曲肱而枕之，乐亦

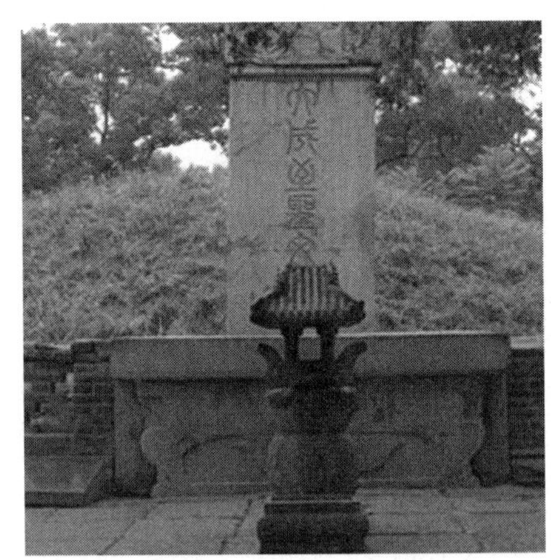
孔子墓。孔子死后，弟子葬师时曾是“墓而不坟”，到秦汉时才筑起

在其中矣。不义而富且贵，于我如浮云”句。流连井旁，细细品味这句话，孔子的文品人格，着实为后人树起了楷模，千祀万龄，令人景仰。

走出阙里人家，再去参观孔府、孔庙、孔林，富丽堂皇的豪华建筑群与它们怀抱中的简陋的孔子故宅形成鲜明的反差！正是在这种反差的历史观照中，折射出中国儒文化的传统力量。阙里，是两千多年前中国儒文化的发起点，也是两千多年后中国儒文化的凝聚点。这两点形成了一条柔韧而刚正的直线，任两千年前秦始皇大火焚烧，任两千年后“文化大革命”中口诛笔伐，都未能使它弯曲或折断！个中原因何在呢？我苦苦寻思着，回过头来把目光再次投向那阙里人家……

凫峄毓贤

——访孟子故里

“尼山祷圣，凫峄毓贤。”今人瞻仰孔子，大都会去曲阜的孔庙、孔府和孔林，其实孔子最具纪念意义的地方，应该是他的诞生地尼山。据司马迁《史记》记载，颜氏“祷于尼丘得孔子”，指出“夫子生在邹，长徙曲阜”。同样，司马迁也在《史记》里明确地说：“孟轲，邹人也。”他们一个生于尼山下的鲁源村，一个生于凫峄山下的凫村，而这两个村都在山东邹县境内。这是一个钟灵毓秀的地方，凫山峄峰高耸，洙水泗河环流，孕育出这一带古老的文明。尤其是诞生了孔、孟这两位中国传统文化巨人，更使这个小小的地方蜚声中外，饮誉世界。孔子自不必说，他创立的儒家学说使之名正言顺地坐上了“大成至圣先师”的尊位；孟子继承孔子的学说，完成了统治中国两千多年的儒家思想体系——“孔孟之道”的构建，自然也就坐上了“亚圣”的位置。

早年读《三字经》，知有“昔孟母，择邻处。子不学，断机杼”句，“三迁择邻”“断机教子”的故事曾不止一次地打动过我的心。大概就是出于这样的心理支配，使我在拜谒了曲阜的“三孔”之后，踏上了生养孟子的土地。

周烈王四年（前372）四月二日，孟子出生于山东邹城北十五里的凫村。孟子出生时，正值我国历史上战国时代的中期，那是个社会大动荡、大变革的时代，又是战事频发、民不聊生的时代。当时,华夏大地上残存的周王朝统治已不复存在,不少小诸侯国已先后被秦、齐、晋、燕、楚等大国兼并,各国统治者为扩张自己的势力,拓展各自的疆域,连年征战。争地以战,杀人盈野;争城以战,杀人盈城,老百姓连年生活在水深火热之中。与此同时,新兴地主阶级已在各诸侯国登上历史舞台,正在运用政权的力量自上而下地进行变法与改革。这个剧烈的社会变动,为士阶层创造了“百家争鸣”的社会环境。新兴地主阶级为巩固自身统治表现出来对各种人才的迫切需求,更加“礼贤下士”,于是士阶层有了机遇施展自己的政治才能。而且,诸侯割据的局面又为士阶层寻求仕途提供了有利的条件,他们可以不囿于一国之君的束缚,奔走于各诸侯国游说,宣传自己的政治主张和治国方略,一旦被某一国君赏识,便会出将入相,施展自己的抱负。孟子曾以士的身份游说诸侯,力图推行自己的政治主张,先后到过梁(魏)、齐、宋、滕、鲁等国。但这几个国家当时正在致力于通过暴力手段富国强兵,他的仁政学说最终没有得到实施的机会,只好退居讲学,“序《诗》《书》,述仲尼之意,作《孟子》七篇”。

孟子因“居贫轗轲”而名“轲”,其字有“子居”“子车”“子舆”“孟叟”“孟生”等,疑为后人所加。究其原因,诚如东汉徐幹所说:“孟轲、荀卿,怀亚圣之才,著一家之法,皆以姓名自书,至今厥字不传,原思其故,皆由战国之士,乐贤者寡,不早记录耳。”论起他的家世,东汉的赵岐在《孟子题辞》中说:“孟子,鲁公族孟孙之后,故孟子仕于齐,丧母,而归葬于鲁也。三桓子孙即以衰微,分适他国。”焦循在《孟子正义》中说:“邹有孟孙,孟子即以孟为氏,宜为孟孙之后。”宋代的郑樵在《通志·氏族略》中也说:孟氏“姬姓,鲁桓公子庆父之后也。庆父曰公仲,本为仲氏,为闵公之故,讳弑君之罪,更为孟氏”。孟子的父亲几乎不见经传,史籍亦不载其事。至明代,陈镐始在《阙里志》中说:“孟子父名激,字公宜,娶仉氏。”孟子的母亲虽以贤良著称于世,但史籍中也鲜有记载,仅仅在郑樵《通志·氏族略》中有那么寥寥数语:孟母,仉氏,即鲁大夫党氏之族,后为仉氏。孟子的祖上虽是鲁国的贵族,但到了孟激这一代,已衰微为平民百姓。在孟子出生三年以后,孟激不幸去世,家庭生活的重担和抚养幼子的重任一下子落在了年轻的仉氏身上。仉氏是个坚强而又有贤德的女人,不仅心地善良、乐于助人,而且女红奇巧,什么活都能干。她决心不惜含辛茹苦,也要把孟家这个后代培养成有用的人才。全村人都称赞孟子有个好母亲。

凫村，又称傅村，明朝时也称富村，古称孟儒里，晋魏时称邹兴乡，后再称邹儒里。它的东面有座山，其上有两峰，中间较低，呈马鞍状，故名马鞍山，又名天马山。这里山川环抱，民风淳朴，人丁兴旺，富饶而又秀美。据《邹县续志》记载："在城东北马鞍山之西傅村，或曰富村，旧名邹兴乡。池方数亩，冬夏不涸。池傍相传为孟母故宅，盖三迁之一也。"据《重修亚圣祖妣祠堂记》载："……有村名富村，初不祥其名之所自，始考之旧制志，是为吾亚圣夫子孕粹钟英之故址也。其鸡犬相闻，茅茨连楣，屈指不满百室，询之姓氏，则一孟之外无他族焉。盖自三迁之后，世沂本源，不忍仳离其桑梓，亦胡马北风，越鸟南枝之真性耳……"嘉靖二十七年(1548)，孟氏六十世举事孟承义等，在这里重修"亚圣祖妣祠堂"，于堂内精心绘塑了诞圣之祖妣二像，自此族人岁岁祭祀，香火不断。再据清康熙年间县令娄一均《蠲免富村杂谣记》载："余读四子书，至孟子历叙尧、舜、禹、汤、文、武、周公、孔子之统，而终之以自任。曰近圣人之居，若此其甚，因思孔子生鲁昌平乡而孟子邹人，未解所生之地。逮余来宰邹邑，至邹之北境，见有居民稠密，山川环抱之区，为之停骖而采风焉。父老告余曰：'此亚圣孟子诞生处也。古纪云，孟母梦有大人自泰山来，将止于峄，明旦，里人见有祥云五色环绕其宅，而孟子生焉。盖周烈王之四年四月初二日也。伊时名其地曰：孟儒里，及晋魏时称邹兴乡，今又名凫村，尚有孟子宅在焉。其后裔聚族而居，代有优崇之典，并无差役。'"于是娄一均下令："一切摊派杂项概行豁除，以示优崇"，并勒石致意后之莅斯土者。这位孟子故里父母官的如此善举，可谓实施孟子"仁政"思想的具体体现。

当我来到凫村的时候，首先看到是村东头挺立的那座古老的牌坊。牌坊三门四柱，中门楣上醒目地镌刻着"孟子故里"四个大字，上方檐牙高喙，覆盖的琉璃瓦闪着金光。它既是孟子故里的标志，也是儒家文化源远流长的象征。穿过牌坊，沿着"孟子故里街"西行，看见前面有一处古柏围绕的院落，坐北朝南，大门楼上悬挂着"孟子故宅"匾额。我怀着朝拜圣人的心情，缓缓地走到门前，仰望着那方匾额，遥想起两千三百多年前孟子在这里生活的情形。据西汉刘向《列女传・母仪篇》记载，当时孟子故宅的西边是孟氏的茔地，附近村里姓孟的人死了，都要埋葬在那里。按照周朝的礼仪，安葬死人是很隆重的。每当送葬的队伍从孟子的家门前经过，好奇的孟子总会跟着大人们去观看。观看的次数多了，孟子就模仿着做起了掩埋死人的游戏。仉氏心想,孩子长大了要是成为一个操办丧事的人,自己怎能对得起他死去的父亲呢？于是,她便领着幼小的孟子离开了凫村,开始走上了“三迁”之路。我站在孟子故宅前默忆起这个妇孺皆知的故事,无限感慨霎时涌上了心头。是啊,这里不但诞生了一位伟大的人物,同时还诞生了“孟母三迁”这个传颂千古的美谈。

孟子故宅。“孟母梦有大人自泰山来,将止于峄,明旦,里人见有祥云五色环其宅,而孟子生焉。”

时值正午时分,阳光普照的凫村静悄悄的,街上连个人影都没有。孟宅的大门紧锁着,看护人回家吃午饭了。近在咫尺却不得入内,我感到一阵茫然,禁不住扒着门缝向里张望。这时,我听到身后传来了脚步声,扭头一看,见一位老乡来了。他笑眯眯地把端着的饭碗放在门墩上,顺手取出系在腰间的钥匙,打开了孟宅大门。我回报他一个微笑,赶忙走了进去。院子不大,紧凑的布局中显现出少有的庄重与肃静。几株劲拔的古柏掩映着一座并不俨然的屋舍,这便是孟子故宅的正殿,也就是“亚圣祖妣祠堂”。两千三百多年前,孟子就是在这里呱呱坠地。从此,儒家文化的传承中有了一位堪与孔子齐名的伟大人物,中国传统文化的星空升起了一颗璀璨的明星。殿内的孟母塑像,仪态端庄,眉目慈祥,不失为“母教一人”的伟大形象。我久久地肃立在她的面前,仰视着她的尊容,敬仰之情油然升起。长期以来,我一直尝试着从人类学和社会学的角度对“母爱”做些研究,因此常常被一些伟大的“母爱”感动着。在这里,我终于找到了中国“母爱”的制高点。有了这个“母教一人”的榜样,中国历史上才有了许许多多像“画荻教子”“喻竹教子”“刺字教子”那样的动人故事。念及这些,我真诚地鞠躬礼拜,向着孟母,也向着中华儿女所有的母亲。

孟子故宅的前面是一片空地,这里每年都要举行为期三天的祭奠孟母活动。那是一个真正的母亲的节日,孟氏族人和远近居民齐聚在这里,追思孟母的懿德,抱着虔诚的感恩之心,为天下所有的母亲祈福。这片空地的西边,有一条叫作“白马河”的小河，河里流水淙淙，由南向北蜿蜒而去。走过河面上的石板桥西行，路南即为“孟母故井”。这便是孟母当年的汲水井。这眼古井在漫长的历史岁月里曾多次湮灭，又经里人多次修砌，才得以完整地保存下来。清代光绪年间，井旁立有“重修井台碑”一座，记载着这眼曾经哺育过孟子的古井的沧桑历史。当年，孟母就是从这里“背乡离井”踏上“三迁”之路的。这位伟大的母亲当时可能不会想到，她就这么一走，中国历史便跟着走出了一位伟大的思想家、哲学家、教育家；她就这么一走，竟走了两千三百多年，走遍了中华大地！

孟母走了，但故乡人不愿她离开，时刻都在想念这个有贤能有德行的孟家媳妇。她死后，魂归孟子故里，归葬凫村东边的马鞍山上，与孟子的父亲孟激合墓。因孟子的成名，“母以三迁之教，历天下后世推原所自功莫大焉”，所以墓地称为“孟母林”。历史上，孟母的贤德不仅感动了“庙堂”之远，也感动了“庙堂”之高。唐代天宝七载(748)，唐玄宗“诏历代忠臣义士孝妇烈女史籍所载德行弥高者，并令郡县长官随其所在立祠宇，岁时致祭”。孟母因贤德冠世位列其中，孟子故里也便有了祭祀孟母的祠堂。元代延祐三年(1316)，元仁宗“追封亚圣邹国公父为邾国公、母仉氏为邾国宣献夫人，更塑像为一品冠服”。清代乾隆三年(1738)，又追封孟母为“端范宣献夫人”，立碑于孟母墓前，上面镌刻“亚圣孟母端范宣献夫人墓”。朝廷不断追封，地方官员也不断地前往祭拜。明代万历年间任山东巡按的钟化民在《祭孟母文》中写道：“子之圣即母之圣，妻之圣即夫之圣。不有三迁之教，孰开浩然之圣。”今孟母林已是一个规模庞大的墓葬群，依山势而建，几乎占据整个马鞍山东麓。我在参观了凫村孟子故里以后，前往马鞍山拜谒了孟母墓地。远远望去，马鞍山上松柏茂密，浓荫蔽日，呈现出一派森然气象。进入古朴的“孟母林”阙，我沿着杂草野卉簇拥的甬道，来到一座红墙围起来的院落，走过八字形砖砌的门楼，方知这里是祭祀孟子父母的享殿。殿堂三楹，居院子正中央，为清代乾隆年间所建。殿后有孟子父母的神位碑，上面镌刻着“启圣邾国公、端范宣献夫人神位”。出享殿西行，便是孟子父母合葬墓。墓周翠柏掩映，墓上绿草茵茵，于一派静谧之中笼罩着几分肃穆。墓前有石碑三座，正中的那座上刻着“大明邾国宣献夫人之墓”，左为金代所立的“邹国公神庙碑”，右为元代所立的“孟母墓碑”。墓前的石供案上摆着面点、时果和鲜花，石鼎炉里香烟袅袅，看来平日里前来祭祀的人也不少。我怀着无比景仰之情，在墓前肃立良久，默默地献上由衷的敬意，然后沿着崎岖的山路，向马鞍山上爬去。马鞍山虽远远没有泰山那样巍峨险峻，气势雄伟，但满山怪石嶙峋，危岩耸峙，攀缘其上，也是险象环生。我气喘吁吁地爬上山顶，在阵阵山风的吹拂中放眼山下，只见苍松翠柏、红墙碧瓦交织出一幅浑然天成的图景，座座墓冢、幢幢碑碣散落其中，于自然景观中氤氲出经久不灭的人文气息。这时，定睛再看那林海中的一株株柏树，俨然一支支如椽巨笔，正饱蘸蓝天上的彩云，在苍茫的大地上书写着一个古老民族的历史。书写者是孟老夫子，但此刻我分明听到山林里传来“孟子作圣之功，出于母氏蒙养之正”的天籁之音。

孟母三迁祠。这里至今流传着许许多多孟子和他母亲的故事

孟母领着年幼的孟子“三迁择邻”是从凫村开始的。拜别了孟母林，我沿着孟母当年的“三迁”路，来到了一个叫庙户营的村子。这个村子在凫村的南边，距凫村有十来里地，当年是一个比较繁华的集镇。曾几何时，那里商贾辐辏，市井繁华，喧嚣之声从早到晚不绝于耳。孟母安顿下来以后，仍然靠为人纺线织布、裁缝衣裳维持着日常生活。幼小的孟子对这里的一切都充满了好奇，不久，就和附近的孩子混熟了，便三三两两地结伴来到街面上，模仿着商家的叫卖声，像模像样地讨价还价，

做起了“生意”，并且乐此不疲。孟家的邻居是个屠户，孟子有时还纠集一伙孩子，学着做起了杀猪卖肉的把戏。孟子所做的一切，孟母看在眼里，急在心里，这里的环境显然也不利于孩子的成长，尽管当时家里的生活已十分拮据，她还是带着孟子离开了这个地方。岁月悠悠，时光已流逝两千多年，今日的庙户营已非往日模样，但作为孟母当年的迁居之地，仍然保留着一些纪念性的建筑物。村子里有一处歇山斗拱式房屋，院外大门旁立着一座刻着“孟母三迁祠”字样的石碑，当地人传说那就是当年孟子住过的地方。它始建于清代康熙五十二年(1713)，为居住在这里的孟氏后裔集资兴建的。这处遗迹虽几经倾圮，现正殿仍存，内供孟子父母像。殿廊左侧壁间镶嵌《创建亚圣祠碑记》，右侧壁间镶嵌《庙户营村添设祭田碑记》。后者为孟子七十代孙孟广均所题，其中写道：“庙户营在城西六里，旧有圣母邹国端范宣献夫人神祠，谓是‘三迁’曾经之地。”孟子在这里究竟住了多久史无记载，但这里至今仍流传着许许多多孟子和他母亲的故事，人们讲起来总是那么绘声绘色，仿佛就发生在昨天一样。

据邹县史志记载，当年孟母领着孟子离开了庙户营，又来到邹县城南门外，暂居在一所“学宫之旁”。所谓的“学宫”，就是“子思书院”。当年，孔子之孙子思在这里创办了一所学校，专门教授儒家弟子，同时完成了《中庸》一书的写作。子思死后，他的弟子们继续在这里收徒办学，学校就叫作“子思书院”。告别了庙户营，我也来到了这个地方。站在邹县古城墙的废墟上望去，眼前一片迷茫，昔日的一切早已被岁月尘封，如今只能靠着想象去发思古之幽情。那时候，子思书院背依古老的邹县城墙，面对一条清清的小河，搬到这里不久，孟子就爱上了这个环境僻静而又优雅的地方。从此，孟母在家纺线织布，他在学宫旁玩耍，童年生活充满了乐趣。有时候，他还和孩子们一起学习周朝的礼仪，照着先生的样子摆设礼器，演习宾主相见时揖让进退的程式。孟母见了非常高兴，说“此真可以居子也”，于是便在学宫旁定居下来。从此，孟子得以在学宫里学习礼、乐、射、御、书、数等六艺，由于他聪明好学，长进很快，老师见人就夸他是个可成大器的孩子。大约在孟子十五岁那年，有一天，不到放学的时候，他就回到了家，正在织布的母亲问：“为什么这么早就回来了？”孟子回答：“学得厌烦了，跑出来遛遛，散散心。”孟母听了很生气，也很伤心，就把他叫到跟前，二话没说，拿起一把刀，把织布机上的经线全都割断了。孟子顿时吓得目瞪口呆,惊问母亲为什么要这么做。孟母说:“子之废学若我断斯织矣。夫君子学以立名,问以广知,是以居则安宁,动则远害。今而废之,是不免于厮役而无以离于祸患也。何以异于织绩而食,中道废而不为,宁能衣其夫子而长不乏食哉!”孟子听了非常悔恨,自此“旦夕勤学不息”,终成一代硕儒。这就是世人皆知的孟母“断机教子”的故事。

自秦汉以降,孟母“三迁”的故事虽广为传颂,但并没有人去认真考究当年“三迁”故址的所在。随着孟子地位的不断升高,到了宋代以后,他被封为邹国公、亚圣,其书始与《论语》并列,被定为科举命题之经,这时人们才逐渐关注起他的成长过程,并开始寻访起“三迁”故址来。元代元贞元年(1295),司居敬主政邹县,心想自己仕于孟子故乡,对孟子“三迁”故址却了无所知,难免被人耻笑,因而时常感到惶惶不安,于是便四处寻访起来。功夫不负有心人。经过一番努力,他最终找到了孟子的两处故宅:一处在县城南关的崇教门外,前面是一条叫作“因利沟”的小沙河,河上有桥名“因利桥”,当时庐舍里居住着本地的几户人家;另一处在治东的一片空地上,旧名“子思讲堂”。他想先把子思讲堂恢复起来,便召集附近的百姓说:“圣贤以斯道觉斯民,功万世,神而有知,固当辟正堂以舍,使据圣贤之居,以扬其灵,恐不能妥侑乎是,况借此赐百福于斯邑,神必不然,苟佗所奉而迁之,神得以永厥祀,而圣贤之迹不废。”他原想这番话定能打动百姓,孰料百姓却说:“惧神之不我福也,不敢。”无奈,他再去动员居住在孟子故宅里的几户人家搬迁,最终得到了响应,于是便在这片故址上建起了四楹房屋,取名“渊源”,内奉子思、孟子像,子思面南,孟子西向,若当年子思教诲孟子状。故宅既已恢复,司居敬不无感慨:“入门则兴孟母三徙之思,升堂则如在孟子受业之日,登台则知登高自卑,而极高明为人道之方,岂徒曰存古而已。”于是又请人作《子思中庸精舍记》,刻石以志。记曰:“按孟母三徙,自墓而市,自市而学宫旁,此地母所徙耶?孟子佗泊居耶?受学固当在鲁,岂子思子时至驺邪?历世滋久,文字不完,传信传疑,顾人心所向何如耳。于今千六百余年矣,邑人犹曰:此故宅也,此讲堂也,洞洞属属,如将见之,可不因人心所向以存其迹乎?”此论妙则妙矣,然岁月无情,虽“人心所向”,“其迹”又有几存呢?

盘桓在这片孟子童年曾经生活和学习过的土地上,我的心灵不时地被一个个故事打动着,审视着脚下这片古老而又神奇的土地,有着比读古籍丰富而生动的收获。“孟氏三迁宅已荒,至今犹说断机堂。丝成交匹勤方得,身入芝兰久自香。俎豆容仪非贯炫,经纶事业岂寻常。母贤子圣谁能似?故里千秋尚有光。”是的,我千里迢迢来寻孟子故地,还是希望有所发现。沿因利桥往东走,路旁原来竖立着两座石碑,一座为“子思子作中庸处”碑,另一座为“孟母断机处”碑。为了保护这两座弥足珍贵的古碑,20 世纪人们把它们移入了孟庙内。过古碑遗址沿着古城墙下的一条小路向前走,可见一座牌坊,上面镌刻着“三迁故址”四个大字。过牌坊再沿因利沟向东,就是“三迁祠”,正门上方悬“三迁祠”匾额。门东南侧的墙壁上,嵌有“孟母断机处”刻石。北面东侧有“孟母三迁祠、断机堂碑记”。门内正殿上方,高悬“断机堂”匾额,匾额下的神龛里,奉安“邹国端范宣献夫人之神位”,东侧一龛配祀孟子之神位。明代李化龙有《断机》诗:“三迁辛苦伴书堂,谁信慈亲有义方?一断机丝延圣绪,丈夫空自说刚肠。”断机堂的东南有一高台,当地人唤作“曝书台”,台上有亭曰“曝书亭”,传说是孟子曝书处。明代刘浚有《题曝书台》诗:“沂国书台何处寻?邹城南面对寒林。千年道在人应远,一代碑流迹已沉。世换任从蝌蚪废,功成不计蠹鱼侵。可怜索隐终何用,谁识中庸万古心。”与断机堂一路之隔,就是传说中的孟子洗砚处,此处亦有一碑,上刻“亚圣孟子洗砚处”。可惜的是,这些珍贵的历史文物不幸毁于 20 世纪 40 年代的那场战火。此时此刻,我站在这片有着厚重历史文化积淀的土地上,触景生情,心头顿时升起几多欷歔,几多感慨!

“邹鲁相望一舍过,四基山下冢嵬峨。千年正路乾坤大,一片荒祠草棘多。书著七篇功不朽,母非三迁道如何?泰山大字丰碑在,读罢徘徊重拊摩。”难得来趟孟子故里,不瞻拜孟子墓将会留下重重的遗憾。在沿着孟母三迁路踏访了有关孟子的遗迹后,我便驱车向孟子墓地驶去。埋葬孟子及其后裔的墓地被当地人叫作“孟林”,也叫“亚圣林”,位于邹县城东北二十多里的四基山西麓。和孟母林所在的马鞍山一样,四基山也是个并不高大的山岭,所不同的是,它是由四座连绵不断的山头组成的,“以山顶耸立如基”,故名四基山。孟子殁后千余年间,其墓既不闻于世,亦不见于史籍。正如东汉赵岐所说:“大道遂绌。逮至亡秦,焚灭经术,坑戮儒生,孟子徒党尽矣……”徒党既尽,坟墓谁来守护?故岁久湮灭。直至北宋景祐四年(1037),才为时任龙图阁直学士、兖州知府的孔子第四十五代嫡孙孔道辅访得。孔道辅以弘扬儒学、兴复斯文为己任,曾说:“诸儒之有大功于圣门者,无先于孟子。

孟子力平二竖之祸而不得血食于后,兹其阙也甚矣。祭法曰:能御大灾则祀之,能捍大祸则祀之。孟子可谓能御大灾能捍大祸者也。且邹昔为孟子之里,今为所治之属邑,吾当访其墓而表之,新其祠而祀之,以旌其烈。"于是派出官吏四处寻访,果然在四基山下找到了孟子的坟墓。坟墓既已找到,旋即铲除荆莽,砌石培土,扩建墓地,遂使这里成为人们凭吊、瞻拜孟子的一个圣地。对此,北宋孙复曾在《新建孟子庙记》碑文里说:"子云能述孟子之功而不能尽之,退之能尽之而不能祀之,惟公也既能尽之又能祀之,不其美哉!"高度赞美了孔道辅访得孟子墓的历史功德。车行半个小时,亚圣林石坊便迎面而来。这是一座明代风格的陵墓石坊,"亚圣林"三个大字在阳光照射下熠熠闪光。过石坊便是一条悠长的"神道",两旁参天的白杨和沧桑的古柏阴翳蔽日,使这条神道显得更加神秘。这千年古木可曾记得,历史上有多少帝王将相、文人墨客和芸芸百姓来祭奠过他们心中的圣贤呢?

孟子墓神道古柏蔽日,深邃又神秘

神道的尽头,是一座石拱桥,又名"御桥",古朴而又隽永,给人一种莫名的意象。桥下有山溪潺潺流过,侧耳细听,仿佛是为前来朝拜的人们轻奏着哀婉而又缠绵的乐曲,思念孟子的心情不由陡然升腾。自古以来凡是前来拜谒孟墓的人,到了这里武官要下马,文官要下轿,然后整理衣冠,徒步前去瞻拜。自御桥向北,是一条直通孟子享殿的石砌甬道。那天,我一步一步向前踽踽行走着,犹如行走在千百年来儒家用思想和智慧铺就的中华民族传统文化的大道上,脚步敲击着甬道上的石板,像是在一声声地叩问着历史,心情是那么沉重,又是那么自豪!据史料记载,当年孔道辅在扩建孟子墓地的同时,还在墓旁兴建了一座纪念孟子的庙堂,是为祭祀孟子的享殿,让公孙丑、万章等弟子配享。自此,从宋代至金代,都是依墓建庙,以庙护墓。虽然因祭祀不便，于宋代元丰年间将孟庙迁建于邹城之东郭，又于宣和年间再度迁建于城南道左，而孟林之庙依然存在。“距邹仅一舍，在四基亦有孟茔之旧祠宇严立”，城南孟庙“与山中之庙轮奂相辉矣”。今人看到的享殿是明嘉靖年间重建的，面阔五楹，灰瓦覆顶，单檐斗拱，朱漆彩绘，基本保持着明代的面貌。殿内高大宽敞，设有供案和孟子神位，是孟氏后裔祭祀孟子的场所。每年的孟子诞辰日，这里都要举行盛大的孟林庙会，成千上万的孟氏子孙都要来到这里烧香叩拜，祭奠自己的祖先；四方百姓也络绎不绝地来到这里，深情缅怀自己心目中的一代圣贤。两侧壁间陈列的碑刻，跨越宋、元、明、清诸代，翔实地记载着历代帝王祭祀孟子的祭文和修建孟子林的情况。穿过享殿一侧的角门，孟子墓便赫然于眼前。那是一座巨大的墓冢，比起孔子墓来一点也不逊色，磊磊然，巍巍然，森森然，让人真正理解了什么是崇高，什么是精神，什么是懿范！墓冢的底座由花岗岩垒砌，上面覆盖着黄土，下方上圆，契合“地方天圆”之说。这位和孔子齐名的儒学大师，已在这个地方静静地安息了两千三百年！千年古柏为他挡风，岁岁枯荣的芳草为他遮雨，他在这里继续弘扬着儒家的事业。他的墓冢自孔道辅访而复彰，在漫长的岁月里历经风雨漫漶、兵燹洗劫，几近倾圮，然或官府重修，或后裔补葺，或朝廷赐田，或儒人捐祭，终使墓冢千古不灭，香火更年不绝。此刻，我站在墓前，想孟子其人其事，整个身心被儒家文化包围着，感到自己瞬时长进了许多，丰富了许多，也成熟了许多！

孟子为中国传统历史文化做出了超越前人、影响后世的巨大贡献。但历史上也有不少学者仅仅看到孟子对孔子的继承关系，认为其“功不在禹下”，而忽视了孟子思想对孔子学说的发展。而其实，孟子的“性善之说”“王霸之辨”以及“知言养气之论”等，都是发孔子所未谈、述“六经”所不载。他提出的“民为贵，社稷次之，君为轻”的思想，是先秦时代最鲜明的民本思想，也是我国古代哲学中的民主性精华。他提出的“富贵不能淫，贫贱不能移，威武不能屈”的人格标准，在中华民族历史上产生了积极而深远的影响，孕育了一代又一代、一批又一批的民族精英。他提出的“人人有贵于己者”的学说，肯定人人都有着天赋的、不可剥夺的价值，进而断定“人皆可以为尧舜”。所有这些，都是中华民族传统文化宝库中的瑰宝。孟子墓前，有螭首龟趺巨碑，上书“亚圣孟子墓”五个大字。这是孟子在儒林地位的标志，也是对他弘扬儒学的价值定位。孟子继往圣之正传，承尧舜禹汤文武周公孔子之道统；遏

“邪说”于横流，致仲尼之教独尊于千古；扩前圣之未发，作《七篇》与《六经》并传之巨著，在儒学发展的道路上树起了一座里程碑。儒学的开山祖师孔子逝世后，世称先圣。大约在西汉初年，为配祭孔子，将他生前自叹弗如的大弟子颜回配享首位，“以颜子亚圣”。对此，东汉的赵岐提出了不同见解，他在《孟子题辞》里首先称孟子为“命世亚圣”。到了唐代，韩愈提出了“道统论”，极力推崇孟子。他认为，儒学的道统“尧以是传之舜，舜以是传之禹，禹以是传之汤，汤以是传之文、武、周公，文武周公传之孔子，孔子传之孟轲；轲之死，不得其传焉”。“自孔子没，群弟子莫不有书，独孟轲氏传得其宗……故求观圣人之道，必自孟子始。”他甚至还说：“向无孟氏，则皆眼左衽而言侏离矣。故愈尝推尊孟氏，以为功不在禹下者，为此也。”宋代，王安石谏言改革科举制度，罢诗赋、帖经、墨义，以经义策论取士。令士各占治《易》《诗》《周礼》《礼记》一经，兼《论语》《孟子》。后改《论语》《孟子》义各三道，次论一首，次策三道……自此，《孟子》开始成为科举必考之书。元代至顺年间，皇帝颁谕：“孟子，百世之师也……可加封为邹国亚圣公。”明代，尊孟一度出现了曲折。朱元璋在浏览《孟子》时，看到“君之视臣如手足，则臣视君如腹心；君之视臣如犬马，则臣视君如国人；君之视人如土芥，则臣视君如寇仇”等语，谓非臣子所宜言，遂命罢其配享孔子。刑部尚书钱唐冒死入谏：“臣为孟轲死，死有余荣……”次年，在大臣们的强烈反对下，朱元璋不得不改言：“孟子辨异端，辟邪说，发明孔子之道，配享如故。”清王朝沿袭明制，仍尊孟子为亚圣。康熙二十五年(1686)立巨碑于孟庙，盛赞孟子曰：“……岳岳亚圣，岩岩泰山，功迈禹稷，德参孔颜……”康熙二十八年(1689)，又在孔庙立石，御制《孟子赞》：“哲人既萎，杨墨昌炽。子舆辟之，曰仁曰义。性善独阐，知言善气。道称尧舜，学屏功利。煌煌七篇，并垂六艺。孔子攸传，禹功作配。”重温着这些历史记载，民间广为流传的孟子故事又浮现在脑际，不知不觉地，孟子墓冢在我的眼前渐渐隆起，隆起，直薄晚霞斑斓的天穹。

披一身霞彩，我离开孟子墓地，登上了四基山顶，极目四望，饱览孟子故里旖旎的风光。这里“南面凫峄，北拱岱岳，层峦叠嶂，环拱交错，远接洙泗之水，近连岗岭之脉”，真是个风水绝佳的地方。山下蓊蓊郁郁的千年柏林，像一片望不到边的林海，林涛荡漾着，翻滚着，铺向无垠的大地。孟子墓就隐藏在林海深处，此刻正沐浴着一抹金黄，墓中的孟夫子该会思考些什么呢？

乐平里求索

——访屈原故里

拜谒屈原故里,首先让我体验了他的那句名言:“路漫漫其修远兮,吾将上下而求索。”

众所周知,秭归是屈原故里,位于长江的巫峡和西陵峡之间。那天,我从江轮上下来,热情的出租车司机听说我要去屈原故里,不由分说便把我拉到了江南岸的茅坪。在那里,我面对着一大片近几年拔地而起的建筑物直纳闷,怎么看也看不出屈原故里的迹象。原来,这几年修建长江三峡大坝,临江的几座县城都已搬迁,原来位于江北的秭归县城也搬到了江南岸的茅坪。屈原故里在江北,过了江就找错了地方。那就再回江北打听吧。早听说秭归县城的东门外矗立着一座高大的牌坊,上边镌刻着的“屈原故里”四个大字是研究屈原、翻译过屈原作品、写过话剧《屈原》的大家郭沫若先生的手笔。牌坊的一侧,还立有一座“三闾大夫屈原故里”碑。司机又把我拉到了老秭归县城,然而,我心目中的那个古城已荡然无存,面前只是一片浩渺的江水。好在它背后山坡上的那座屈原祠还在,寂寞地依偎在江边,被一大片橘林包围着,远远看去就像中原一带的地主庄园。“快去看看吧。”司机似乎是有点戏谑地提醒我,“再过一段时间,江水一上涨,连那也看不到了!”

远远望着屈原祠,失望中略略有了点希望。我急忙从山坡上走下来,迈进了屈原祠的大门。经祠内管理人员讲解，我才知道，它的前身是始建于唐元和十五年(820)的屈原祠，因修建葛洲坝水库，怕被江水淹没才改建在这里。祠内有明嘉靖十六年(1537)的屈原石刻像，祠后还有屈原的衣冠冢。就在屈原石刻像左侧的一座建筑物上，我看到一条耀眼的水平红线。管理人员告诉我，那条红线是三峡水库的水位线，也就是说，到三峡这个高峡平湖蓄满水的时候，现在的屈原祠又要被淹没了。“那怎么办?”我问。“那就再搬迁吧。”管理人员回答。“会搬迁到什么地方去呢?”我又问。“可能会是茅坪。”管理人员又答。“不是说屈原的出生地在乐平里吗？搬迁到那里不更好吗?”我再问，管理人员只是摇了摇头。

屈原塑像。一座中国诗的丰碑，与天地兮同寿，与日月兮同光

我一时愕然，望着屈原的石刻像，不知说什么才好。

从屈原祠走出来，见那辆出租车还在等着我，司机照样热情，笑着问：“还去哪儿?”“去乐平里。”我不假思索地回答。

汽车沿着滨江公路向东驶去，不一会儿到了一个叫作屈原沱的地方。司机特意停下车来，让我饱览一番那里的景色。站在江岸边高高的山冈上，鸟瞰浩浩长江一路东去，突然在这里拐了个角，形成了一个天然港湾。就在这个港湾的旁边，原来有一处宽阔的沙滩，现在已被江水淹没了，传说当年屈原怀石投汨罗江的噩耗传回故里，正在沙滩边浣洗衣裳的屈原的妹妹幺姑悲痛欲绝，连连哭喊着：“阿哥回，阿哥回……”幺姑那深情的呼唤感动了江中的一条神鱼，它便游到汨罗江，寻着屈原的尸体，驮回故里，安放在幺姑身边的沙滩上。从此，这个水域就取名为屈原沱，秭归人每年端午节都要在这儿举行龙舟竞渡，祭奠屈原的英灵。

上车继续东行，经过西陵峡口的香溪镇，沿着在这里折向北去的公路，溯香溪河岸而上，一路上风光也够旖旎的，青山层层叠叠，连绵着铺展开来，眺望四周，目及之处，皆是山与天相接的地方。香溪晶莹剔透，泛着翡翠般的光。车子就像行驶在长长的山水画廊之中，不知不觉地便来到临香溪的一个小镇上。司机突然停住车，对我说："对不起，不能再送你了。""为什么？"我问。他用手指着香溪的对岸说："乐平里在香溪的那一边，汽车就是再好，也不能当渡船使唤呀！"

唉，真是"路漫漫其修远兮！"我感叹着下了车，看看天色已晚，就在小镇上寻了家客栈安顿下来。这个小镇叫峡口，原来叫屈家铺，曾经是一个屋舍俨然、树木参天的傍溪而建的商贾驿站，少年屈原经常来到这里，至今这里还流传着许许多多关于屈原的传说。我住的那家客栈就在香溪边，那一夜，伴着潺潺的溪流声，我睡得很香甜。

第二天，当朝霞辉映得香溪泛起粼粼波光的时候，好心的客栈主人划起一叶木舟，早早地把我送到了香溪对岸。从香溪边到乐平里，大约有十里路光景，路虽然不算远，但其中有七里路却是"两山欲合，中留一线"的崎岖山道。这段路叫"七里峡"。峡内，峭壁千仞，深渊万丈，一条明澈的小溪蜿蜒其中。山道就开凿在陡峭的山崖上，我怀着惴惴的一颗心走在上边，仰头看天，天成一线；俯首看溪，溪成一线；一线的天，一线的溪，衬托着峡谷的深邃与幽婉，仿佛永远也不会走到尽头似的。看雾岚从脚下袅袅升起，云朵在头顶依依盘绕，似觉此刻的自己飘飘然如身临仙境一般。岩壁上松柏装点如画，山涧中溪流氤氲如诗，悬崖上帘瀑宣泄如歌，一幅恬淡自然的山水画卷，令我欣赏着，赞叹着，忘记了山高路险，忘记了旅途疲劳，心头充满了挥之不去的惬意。昨天，我听出租车司机说，屈原当年离开家乡到楚国的郢都去做官，走的就是这条路。两千三百年后，我就要从这条路上去到诗人的故里，自然别有一番欣喜在心头。

刚出七里峡口，只见一大堆巨石巍然屹立在那里，溪流在巨石间倾泻着，撞击着，奔突着，激起雪白的浪花，发出悦耳的鸣响。溪流旁那自然形成的石凳上，坐着几个当地的农民，他们见我汗涔涔的样子，热情地招呼我坐下歇会儿。我这时也感到确实走累了，便在溪边的一块石头上坐下了，就势掬捧溪水洗洗脸，喝口溪水解解乏。只片刻工夫，我便觉得神清气爽，浑身有了力量。站起身来继续前行，只见地势渐渐开阔起来，再往前行约三里路，风景如画的乐平里便出现在眼前了。这时，再回首七里峡，仿佛它就是通往乐平里的一条长廊，出了这条长廊，才算真正地跨进了乐平里的大门。

乐平里牌坊。即使没有它的存在，这个地方也会标志在每个人的心里

乐平里四面皆山，南为月明山，北为天池山，东为五指山，西为九岭头，山山岭岭参差错落，围拢起来好似一个天然的圆圈椅，拱卫着一个平平展展的乐平里小盆地。清澈的屈平河从盆地的中央由东向西蜿蜒流过，河两岸散落着点点村落，村落里升腾着袅袅炊烟；家家户户房前屋后生长着簇簇竹林，竹林里摇曳着缕缕风情；由一个个村落伸展出的一条条小路上，飘散着阵阵俚曲……还有村墟里鸡鸣与狗叫，河水里鹅欢与鸭闹，田塍上羊咩与牛哞，交织出一部纯自然的天籁，整个乐平里盆地俨然一处有声有色的“桃花源”所在。

在一片柑橘林中，矗立着一座高大的牌坊，上书“乐平里”三个大字，斑驳的字体显得特别苍老，仿佛它就是一件颇具岁月沧桑感的历史文物。穿过那牌坊，又见一块大青石碑迎面而立，上书“楚大夫屈原故里”几个隶书大字。据《水经注》记载：秭归“县北一百里，有屈平故宅，方七顷，累石为屋基，今其地名乐平……”实证确确，史记凿凿，这里为屈原故里应该是无疑了。

按照我国传说的风水学说，坐落在圆圈椅中的乐平里是一个十分吉祥的居住地。作为故里人祭奠先贤屈原的一个圣地，屈原庙就建筑在乐平里左侧山坡上的一个叫“钟堡”的地方。庙宇坐北朝南，青瓦粉墙，飞角翘檐，古朴典雅，门楣上“屈原庙”三个古铜色的大字亦为郭沫若先生手迹。门两侧有一对石雕坐狮，颈系彩铃，脚踩绣球，怒目圆睁，仰天长啸，似在为屈原的遭遇鸣着不平。走进庙门，迎面是一面屏风，屏风上刻有屈原《离骚》中的诗句：正面是“路漫漫其修远兮，吾将上下而求索”；背面是“既莫足与为美政兮，吾将从彭咸之所居”。转过屏风，便有阵阵香气扑面而来，只见小小的天井里栽种着屈原在《离骚》中提及的花卉，争芳斗艳，流馨吐馥。看着它们，人们不知不觉地便走进了《离骚》所创作的氛围中。庙宇的正中，供奉着屈原那高大的汉白玉雕像，诗人头戴高冠，身佩长剑，衣袂飘拂，似在风中款款行走。他那憔悴的面容、凝重的眉宇、忧郁的眼神，无不折射出他胸中那颗跳动着的忧国忧民的心。庙宇的左、右壁间，分别书写着《屈原列传》《屈原外传》《屈原庙史》以及李白、杜甫、陆游、苏轼等历代诗人咏屈原的诗作。众所周知，由于历史的局限，在汉代以前，屈原的事迹以及他的诗作是很难见诸经传的。正像唐代诗人张祜写的那样："谗胜祸难防，沉冤信可伤。本图安楚国，不是怨怀王。古碣碑无字，洲畴惠有香。独醒人尚少，谁与奠椒浆。"汉代以后，人们对屈原含恨投江的悲惨遭遇寄予深切的同情，历史也给予屈原以应有的评价。自此，不但有了纪念屈原的铭文碑碣，也有了祭祀屈原的庙宇。然而，乐平里的这座屈原庙始建于何时，今人已无从查考了。人们只知道它最早是建筑在乐平里的水池湾，庙内供奉着屈原的一尊泥塑像和一尊小铜像，还有屈幺姑的一尊塑像。由于年久失修，庙宇坍塌，又将原庙迁建到磨岭山上。后因疏于管理，房梁被白蚁蛀空，再加上山体滑坡，庙基下沉，才再度迁建至今址。庙旁，立着一座"重修三闾屈原庙记"碑："楚三闾大夫屈原，公元前340年庚寅岁生于乐平里之香炉坪。公自幼躬耕勉学，壮而出仕，官居左徒，明'举贤授能'之治，奉'联齐抗秦'之策，身事怀襄，行廉志洁。孰料君王昏聩，奸佞进谗，孤忠见妒，累遭放逐，于公元前278年农历五月五日冤沉汨罗。公文思高远，辞章瑰丽，著《离骚》等二十余篇，抒忧国之志，哀民生之艰。历朝推尊孤忠，谥号清烈；乡里父老，立祠而祀……"

肃立在屈原的塑像前，我望着他那"游于江潭，行吟泽畔，颜色憔悴，形容枯槁"的样子，止不住浮想联翩。屈原年轻时即为楚国左徒，"博闻强志，明于治乱，娴于辞令。入则与王图议国事，以出号令；出则接遇宾客，应对诸侯。王甚任之"。但是，他却遭到了妒贤嫉能者上官大夫靳尚、南后郑袖、公子子兰等的极力攻击，昏君楚王听信谗言，遂贬屈原为"三闾大夫"，旋又被长期放逐。屈原叹祖国多难，哀民生多艰，写下《离骚》等大量诗篇，抒发自己的愤懑与不平、理想与抱负，最终含恨投汨罗江而死，结束了悲剧性的一生。是啊，屈原是个典型的悲剧性人物，他生前怀才不遇，命运多舛，就连他身后也不得安居，屈原祠、屈原庙一迁再迁，若是屈原在天有知,该做何感想呢?

在乐平里,有一个月牙形的台地,远远望去,这个台地两边凸起,中间凹陷,酷似一个硕大的檀香炉,故名“香炉坪”。台地的下边,竖立着一座石碑,上刻“楚三闾大夫屈原诞生地”。公元前 340 年农历正月初七,屈原就诞生在这里。从此,乐平里的上空升起了一颗璀璨的明星,我国有了一位忧国忧民的大诗人。我沿着窄窄的青石路径拾级而上,翻过一道山梁,不一会儿便到了坪顶。这里柑橘油绿,柚子葱茏,柿树秀挺,修竹摇曳,层层梯田里刚刚返青的稻秧随风舞动,酷似一幅生气盎然的木刻版画。台地月牙形的凹陷处,坐落着两栋粉墙青瓦的房屋。就在这两座房屋中间,生长着几簇青翠欲滴的青竹,为这个台地的景色平添了几许幽邃与雅韵。屈平里人世代相传,这就是屈原当年降生的地方。《水经注》记载:“屈平故宅方七顷,累石为屋基。”这里的地貌与其记载十分吻合。我怀着崇敬的心情,在这山水环抱的台地里深情地审视着,踽踽行走在这里的田埂上、竹丛中、树荫下,踏着这方浸润着诗、浸润着歌的土地,每走一步,都仿佛有一句优美的诗句从心中迸出;每走一步,都好像有一个动听的音符从心底升起。悠悠岁月已经逝去了两千三百多年,让人依然觉得诞生屈原的那座古老的庄园仿佛还在这里存在着。“访古屈原宅,犹传名字香,寒烟笼户碧,斜日映溪黄;忠骨埋荒土,吟魂绕故乡,离骚重细读,一字一心伤。”谁也无法计算,有多少朝多少代,有多少迁客骚人、达官显贵甚至平民百姓到这里凭吊,或发怀古之幽情,或抒即时之感慨,或寄内心之哀思:“垣颓宇圮莓苔藏,三间大夫居此乡”“蠨蛸在户故宅荒,岁岁燕泥落空梁”“三椽野屋围松篁,时废时兴迭更张”“花开花落岁月长,两千年来谁颉颃”……

两千三百多年前的一个寅年正月初七的早上,瑞雪初霁,晴空万里。香炉坪四周的山峦披着厚厚的银装,突然,瓦蓝瓦蓝的天空袅袅飘来一朵洁白的云,从这朵云里隐隐传来了悠扬动听的丝竹之声。坪上一座房屋的主人伯庸认为这是吉祥之兆,赶忙清洗香炉,燃起香炷,朝天叩拜。正在这时,屋里传出婴儿呱呱坠地的哭声,随着那哭声,弥漫出一股清新的奇香,比兰草的香味还馥郁,比檀香的芬芳还浓烈。按照当时楚国的风俗,这一天当属“人日”,伯庸便给刚刚来到人世的婴儿取名为“平”,又取了个字叫“原”。在古代,“平”的意思是说像“天”一样的公正无私;“原”的意思是说像“地”一样能协调万物。他希望儿子长大以后能做一个这样的人。这个说法在屈原的《离骚》中也得到了印证。他说:“皇览揆余初度兮,肇锡余以嘉名。名余曰正则兮,字余曰灵均。”看来,伯庸是个具有一定天文知识的人,他完全是按照历数来为儿子起名的。屈原诞生之日正是寅年寅月寅日,他一生独占“三寅”,这是极其罕见的。寅日是楚民族的吉祥日,当时就有“人生于寅”为吉祥的说法。“名余曰正则兮”中的“正则”,是平正可为法则的意思,平正又是天的象征,并寓名“平”之义。“字余曰灵均”中的“灵均”,是“神田”的意思,是“地”的象征,寓字“原”之义。诚如东汉楚辞研究大家王逸在《楚辞章句》中所说,“名我为平以法天,字我为原以法地”。加上正月初七又叫“人日”,这样就神秘地暗合了“天”“地”“人”三者的美德。回味着这个颇具传奇色彩的故事,我的心中久久不能平静。我抚摩着葳蕤的青竹静静地沉思着,仿佛看见那位身着委地长袍、头戴峨然高冠、腰佩长长宝剑的诗人,就在这橘林里吟诗,就在这溪水旁啸唱。是啊,这里嵯峨的山峦、清澈的溪流,孕育出这位诗人;这里丰登的五谷、芬芳的果实,养育过这位诗人。正因为受了这灵山秀水钟毓之气的熏陶,他的诗句才会那样绮丽而诡异,他的品格才会那样高洁而坚贞,他的气质才会那样端庄而秀雅,他的精神才会那样刚强而崇高!

屈原衣冠冢

屈原故宅坐西面东,正门对着一座叫伏虎山的大山。伏虎山上耸立着三个小山头,远远望去,好像缀在天幕上的三颗星星,正对着香炉坪这个半月形的坝子。乐平里人把这一奇景唤作“三星照半月”。传说,屈原小时候学习很用功,常常读简册到深夜,姐姐女媭每晚绩麻与之相伴,妹妹幺姑也来绣花作陪。由于更深灯暗,屈原读简册总是把头勾得很低很低,身子也弯得像个弓似的。姐妹俩心疼他,各自把自己用的油灯也放到他的面前。一天夜晚,屈原读一册竹简,只见那上面已有多处磨损,字迹早已漫漶,越读越吃力,三盏油灯也显得不够用了。正在屈原一筹莫展之时,恍惚之中见面前的三盏油灯不翼而飞,夜空中突然出现三颗流星,拖着长长的尾巴,陨落在伏虎山上,隆起三个亮晶晶的山包。这三个山包如同三颗明亮的星星,把香炉坪的夜晚照耀得如同白昼,屈原的书房也被映得亮堂堂的。自此以后,只要天色向晚,那三个山包便亮了,接着,从屈家的宅院里便传出了屈原琅琅的读书声。听着乐平里人绘声绘色地讲述着这神奇而又美妙的故事,漫步在这块诞生了世界级诗人的坝子里,我的眼前不时浮现出少年屈原的身影。在漫长的历史岁月里,受大自然风霜雨雪的侵蚀,屈原故宅早已荡然无存,然而,扎根在人们心中的屈原形象却经久弥深,愈发清晰。这是为什么呢?我俯下身来,叩问斑驳的屈宅础石,探访散落在泥土中的秦砖汉瓦,在苦苦地求索着,求索着……

告别了屈原故宅,我向香炉坪对面的一座山丘走去。那儿有一口古老的天然石井,乐平里人称为“照面井”,传说少年屈原经常来这儿照面、濯缨。我到那儿一看,这口古井果然与众不同,井筒倒是不深,约有一米,探身视之,只见无数泉眼从井底石罅中汩汩喷涌,形成一簇簇盘旋着上升的水泡,到水面便荡漾开来,成为一朵朵倏忽即逝的水花。“照面井”前,有两面石鼓,这是我在踏访其他古井时从未见到过的,不知派何用场。宽阔的井台,被两排龙骨石围成一个半圆形的台坝。井台两侧有两座石碚,上面分别生长着一棵青树和一棵柞树,得益于井水的常年滋润,至今仍根深叶茂,生机勃勃,撑起一片浓荫将井口覆盖着,使前来观瞻的游人尽享清凉。井畔石凳上放着用树叶卷成的“杯子”,供游人随时品啜这井水。旁边立有一座石碑,正中刻有“照面井”三个大字,两侧有数行小字:“预白遐迩人等,此系屈公遗井,特遵神教,重新整顿,以后切勿荒秽,倘若故违,定遭天谴……”乐平里人世代传说,少年屈原有面青铜小镜,每当他不愿读简册或者做了错事的时候,只要拿出来一照，镜中的屈原便会羞辱他；每当他学业上有了长进或者做了好事的时候，镜中的屈原便会褒扬他。屈原视它为珍宝，时刻带在身上。在屈原离开家乡入朝做官时，特意将这面青铜镜送给了前来送行的乡亲们。一位老大爷接过青铜镜，也许是心情太激动的缘故，青铜镜从老大爷颤抖的手里落到了地上，一眨眼工夫，那面青铜镜竟神奇般地变成了一口清澈的水井。送行的人们顿时惊呆了，围着那口井议论纷纷。屈原分开众人，站在井边说："乡亲们，我的青铜镜已变成这口井了，就让它留在家乡照人吧，但愿它不仅能照见人的面，也能照透人的心！"从此以后，家乡人都会不时地到这口井边照一照：那些积德行善做了好事的，井里浮现的是他们美好的容颜；那些缺德寡善做了坏事的，井里浮现的便是他们丑陋的面目。久而久之，人们便把这口井叫作了"照面井"。听着这神奇的传说，我忍不住拿起"树叶杯"，盛了满满一杯井水，仰起脸咕嘟嘟喝了个净光，然后鼓足勇气去照那井水，还好，井水中浮现的我一如我的模样！

读书洞

照面井

参观完"照面井"，我折道而下，来到了屈原庙东的一条小溪旁。这条小溪从崇山峻岭间蜿蜒而出，潺潺地流过屈平里西南绿毯似的原野，注入屈平河里。它有一个生动的名字——"响鼓溪"。缘着这条翡翠似的溪流而上，是一条峭壁夹峙的峡谷，两岸杂花生树，鸟语花香；谷里溪流潺潺，游鱼可数。站在峡谷口向前望去，山，重重叠叠；水，潺潺湲湲；路，弯弯曲曲，行走起来就好像捉迷藏似的。峡谷的尽头，有个巨大的溶洞，洞里悬挂着千姿百态的钟乳石，石上布满了苔藓，晶莹的水珠簌簌而下，洞里淅淅沥沥地落起了如帘的"珠雨"，乐平里人称之为"珍珠帘"。在珍珠帘上方约百米处，有一个天然洞穴，这就是闻名遐迩的屈原读书洞了。我到那里的时候，阳光特别灿烂，照耀得响鼓溪一派明澈，镶嵌在岩壁上的“读书洞”三个大字熠熠闪光。我气喘吁吁地攀至洞口，撩开垂挂的藤蔓，走进洞里，顿觉一股冷气迎面扑来，身心霎时凉爽了许多。我想，在这里读书，大脑一定会比在别的地方清醒，效率不知会比在别的地方高出多少倍！相传，少年屈原时常来到这洞中读书。现在，虽然依旧是“寒烟古洞存”，却“不见读书客”了。据说那时的读书洞里，石桌上摆放着石雕的笔筒、笔架、墨水盂等，石几上还有一个石雕花盆，盆里栽着屈原最喜爱的畹菊花，一年四季都散发着清幽幽的香气。平时，少年屈原除了到伏虎山的松柏场上学外，一有闲暇便到这个洞里读书。可那时书很少，屈原读的多是些志怪类的“野书”。一天，屈原读得实在太困倦了，便趴在石桌上睡着了。睡梦中，他依稀看见一位仙女正婀婀娜娜地走来。那位仙女手中捧着一大摞书，全是楚国的民歌，什么《樵郎谣》《渔夫曲》《越人歌》《五谷调》……应有尽有。屈原喜出望外，正要伸手去接，那位仙女却倏忽不见了。不一会儿，天空中传来仙女的声音：“真诗在民间，好诗在民间……”少年屈原顿时大悟，再也不去读那些“野书”了。从此，他经常出入山野村墟，找樵夫、猎户、蚕女、庙祝，向他们采集歌谣，听他们讲传说故事，然后整理出来，吟诵成章。少年屈原就是这样不断地从民间吸取丰富的知识营养，加上自己的刻苦努力，终于创作出了绝唱千古的骚体诗。读书洞的西边，是刀劈斧凿的响鼓崖，崖上有一个高高的石台，传说那就是屈原当年的吟诗台，少年屈原曾在那里朗诵过自己的诗作。

我在乐平里仔细地寻觅着，悉心地求索着。我想，如果人的生命结束后真的有灵魂在继续，屈原也一定会叶落归根，魂系故里的。也许，此刻他正在故乡的山山岭岭中、茂林修竹里、村墟巷陌间、田间地头上……乐平里人说，他们那里有“三闾八景”，景景都有关于屈原的故事与传说。近年来，为了宣传先贤，故乡骚坛诗社的诗人们写出了许许多多歌颂屈原的诗篇。屈原虽然离开故乡亲人两千三百多年了，可故乡人一直认为他还活在故乡的山水间，和故乡的亲人们一起，日出而作，打樵，放牧，耕田；日落而息，读书，作诗，吟唱。虽然，外界人早已把他视作伟人、圣人，但故乡人却不那么看，在他们心目中，屈原还是那个从乐平里走出去的屈原。

当夕阳为乐平里四周的群山抹满霞彩的时候，我漫步在屈平河畔，任河岸上那一排排垂柳拂面，梳理着我纷乱的思绪。渐渐地，我在乐平里的求索有了与乐平里人的共同感。是啊，屈原还是那个屈原，他在乐平里的土地上幸运地降生，在乐平里人辛勤的哺育下长大成人，故乡的山涧清流冲刷掉他身上的污秽，故乡的晴空明月溶化出他圣洁的心灵。他人走出了乐平里，但他把魂留在了乐平里。在乐平里，处处有他的遗迹，处处有他的身影，处处有他的印记。他时刻都和故乡人形影相随，讲他的诡谲诗歌，讲他的为政理想，讲他的未来期许……然而，我知道，屈原的一生毕竟是悲剧性的一生，但那悲剧，也不单单是绝无仅有的他一个人的悲剧，仰观祖国的灿烂星空，笼罩着悲剧色彩的星座一个连着一个，在那一个个星座下面，缀着一串串苦涩的名字；那悲剧，也不单单是绝无仅有的他所处的那个时代的悲剧，好像是个痼疾，任凭时代如何变幻，悲剧一直都在不停地上演着。

这是为什么呢？

我问面前的屈平河，屈平河缄默着，泛着粼粼的光，打着漩涡向远方流去……

“迁生龙门”

——访司马迁故里

司马迁，字子长，约在汉景帝中元五年(前145)出生于西汉左冯翊夏阳(今陕西韩城)龙门南的芝川镇。据《尚书·禹贡》载:“异河积石，至于龙门。”《金履祥尚书注》云:“河南至河中府龙门县之西，山开岸阔，自高而下，奔放倾泻，声如万雷，是为龙门。”大概是因为龙门既闻名遐迩又充满神奇传说的缘故吧，虽然司马迁的出生地芝川镇离龙门尚有七十多里，但他仍在《史记·太史公自序》中自称:“迁生龙门。”

龙门位于晋陕黄河大峡谷的南出口处。我去拜谒司马迁故里，那里恰是必经之地。那天，我有幸跨上黄河铁桥，一览龙门雄姿。相传当年大禹曾率众在此导河治水，故“龙门”亦称“禹门”。这一带的黄河，两岸对峙，悬崖绝壁犹如斧劈刀削一般，河水自高而下汹涌而来，直泻千仞，浊浪滔天，正有排山倒海的声势，像脱缰的野马向下游冲去。这里还有优美的鲤鱼跃龙门的传说。据《三秦记》载:“龙门山，在河东界。禹凿山断门一里余，黄河自中流下，两岸不通车马。每岁季春，有黄鲤鱼，自海及诸川争来赴之。一岁中，登龙门者不过七十二。初登龙门，即有云雨随之，天火自后烧其尾，乃化为龙矣。”又载:“河津一名龙门，巨灵迹犹在，去长安九百里。江海大鱼薄集龙门下，数千，不得上。上则为龙，不上者鱼，故云曝腮龙门。”

"龙门"之称亦由此来。所有这一切,都给龙门罩上了一层迷人的色彩,难怪司马迁要以龙门作为其故乡的代称了。

说起司马迁的家世,可谓源远流长。据司马迁自己说,他出生于一个史官世家,其家族史最早可追溯到颛顼帝时的重黎氏。在我国古代传说中,颛顼又号高阳,是中华民族始祖黄帝之孙,昌意之子,上古的"三皇五帝"之一。重黎氏被颛顼帝委任为"巫史",负责观察天象,收集和保管史料,尧、舜、禹夏、殷商诸代,这个氏族仍承袭这一职务。到了周朝,重黎氏的后裔中有个叫休甫的武将,带兵平息了徐方发生的叛乱,被封于程地,得为伯爵。司马迁曾说过:"其在周,程伯休甫之后也。"休甫因担任司马之职,被周天子赐姓为司马。从此,全族人改姓司马,仍然世代掌管周王室的国史。后来,由于时世动乱,史职中绝,大约在公元前 651 年,司马氏家族离周到了晋国。他们在晋国居住、生活了约三十年,又因那里爆发内乱,被迫四散逃离,家族中的一支于公元前 620 年西渡黄河,离晋入秦,逃到秦国的少梁(今韩城芝川)。这就是司马迁的直系祖先。从黄帝时代经过夏、商、周三代直到春秋时期司马氏入少梁,来到韩城这片古老的土地上定居,其间经过了两千多年的漫长岁月。这段历史,司马迁在《史记·太史公自序》中说:"自司马氏去周适晋,分散,或在卫,或在赵,或在秦。其在卫者,相中山。在赵者,以传剑论显,蒯聩其后也。"后来,晋国征讨秦国,攻占少梁,司马氏又成了晋国的居民。随着韩、赵、魏三家分晋,少梁又属魏国管辖。秦惠王八年(前 354),秦军占领少梁,司马氏家族最终成为秦国的居民。

司马氏家族在韩城繁衍生息的两千三百多年里,出了不少名垂青史的人物。其中最早也最有名的,首推司马错。他是司马迁的八世祖,也是韩城司马氏家族中有名姓可考的第一人。他一生历事秦惠王、秦武王、秦昭王,统兵三十多年,西出巴蜀,南定楚黔,东征赵魏,为秦开拓疆域、安邦定国立下了汗马功劳。司马错的孙子司马靳曾跟随秦国大将白起鏖战长平,大破赵军,北定太原,一生战功卓著。司马靳的孙子司马昌,做过秦始皇时的主铁官。司马昌的孙子司马喜,也就是司马迁的祖父,于汉初曾得到"五大夫"的爵位。到了司马迁的父亲司马谈这一代,司马氏家族又重操旧业,他在汉武帝初年任太史令,掌管天时星历,记录并整理朝廷的文献典籍。自此,中断了将近三百年的史官世家又得以恢复。

我去司马迁故里，先到高门塬上凭吊了司马氏祖茔。这里西依禹山，东临芝川，沆水和涺水一南一北蜿蜒流过，看得出是一处风水颇佳的地望。韩城司马氏家族中，从司马错到司马谈，几代人都葬在这里。司马错墓位于一个叫作"华池"的村子的南边，一抔黄土上长满了茂密的杂草，墓前新修的碑楼里镶嵌着一通古碑，上镌"秦国大将司马错之墓"。旁有对联"西征巴蜀挥刀斩断三江水，东取垣轵纵马奠定一统天"，高度概括了司马错的生平功绩。司马靳墓位于华池村东北，墓前立着的"司马靳墓"碑上，刻有介绍司马靳生平的文字："靳系司马迁六世祖，秦将。《太史公自序》云：错孙靳，事武安君白起。而少梁更名曰夏阳。靳与武安君坑赵长平军，俱赐死杜邮，葬于华池。"据华池村民说，司马靳墓原有阙坊，很有气魄，每年清明节，村上司马氏和邻村的冯、同两姓人家都要来这里扫墓。在东高门村南，有一座大墓，墓前有两座石碑，当地人称作"双碑楼"。其一为"汉太史司马公高门先茔"碑，碑文为《汉太史司马公高门先茔记》："汉太史司马公子长，我龙门人。继麟经而崛起，发炳千秋。其卒也，葬于我芝川镇芝水之南。负高原，俯黄河，墓祠崛峙，峻坂之左，而世争为墓，争其为太史公耳。亦知太史公之先，果安在乎？《史记》自序其先司马靳葬华池，靳孙昌以下卒，皆葬高门。""汉至今数千余载矣，其先茔犹辉映于梁山之野，人人见司马公之遗泽长，而子长公显扬者大也。……昌以下葬者三冢，今则岿函者仅存。自斯以往果何如乎！"其二为"汉先太史司马公之墓"碑，额刻"学贯天人"四个大字，此为司马谈之墓。后人有咏高门司马先茔诗，诗曰："嵬岫千寻华岳强，子长文笔镇相当。也知著述留终古，好趁登临酹一觞。芝水风烟寒漠漠，高门气象郁苍苍。把茱泛菊重阳近，云表猿吟雁影翔。"

司马谈学问渊博，通天文，懂历法，熟悉朝章典故。他曾"学天官于唐都，受易于杨何，习道论于黄子"，是当时颇有名气的大学者。在《论六家之要旨》一文里，他有理有据地批评了儒、墨、名、法和阴阳等五家的思想，而对道家却情有独钟，给予了高度的赞扬，阐明了自己鲜明的黄老道学立场。有感于国史多年无人编撰，他立志写一部表彰"明主贤君忠臣死义之士"的史书。司马迁自幼受到良好的家庭熏陶，父亲对他抱有极大的期望，亲自进行启蒙教育。他年龄稍大些，便帮助家里做些力所能及的劳动，"耕牧河山之阳"，在"有层阜秀出云表"的高门原耕田放牧。这里位于黄河西畔、龙门山以南的梁山脚下，依山傍水，气候宜人，土地肥沃，民风淳厚,是一个安居乐业的好地方。附近有魏长城、少梁城、三义墓、韩原大战遗址等古迹,还有传说中大禹开凿龙门时率领众人驻扎的嵬山,山上有大禹的家庙和他手植的柏树。众多的人文景观和丰厚的历史积淀营造出浓浓的文化氛围,司马迁沐浴着家乡淳厚的民风、吮吸着家乡丰富的营养快乐地成长着。华池村中的"司马书院",相传是司马谈设帐授徒之处,当年司马迁就在这里诵经读书,"年十岁则诵古文"。每次出门放牧的时候,司马谈总要他带上一册竹简,嘱咐他好好读书,不要贪玩。从小就懂事理的司马迁便一声不响地把竹简轻轻地放在牛背上,牵过牛绳,微笑着向田野里走去。他看着牛背上被阳光映得闪闪发光的竹简,总会想起父亲含辛茹苦烧制这些竹简时的情形。到了牧场,他一边看着牛吃草,一边在地上练习写字。有时,附近的小伙伴们也牵着牛和他一起放牧,他就教小伙伴们读书、习字。久而久之,小伙伴们不论比他小还是比他大,无不佩服他能认得并写出那么多的字。元朔二年(前127),汉武帝下令迁徙各地豪强地主及家产在三百万以上的富户到茂陵居住,司马谈也移家京师附近的茂陵显武里。在那里,司马迁又学了"籀文"和"古文"等古代的文字,并向当时的经学大师董仲舒学《公羊春秋》,向古文家孔安国学《古文尚书》。有了名师的指教,再加之自己的勤奋好学,他在少年时代就打下了深厚的古文基础。正如《汉书·儒林传》所说:"迁书载《尧典》《禹贡》《洪范》《微子》《金滕》诸篇,多古文说。"

司马迁二十岁的时候,汉朝廷发生了一件大事:张骞出使西域成功返回,轰动了全国。司马谈由衷地感到,这件事将改变中国人夜郎自大的观念,因为它让人们知道,天底下除了大汉帝国外,还有许多国家,而每个国家都有着各自的文明,即使是在一个国家内,各个地方也有着各自不同的文明。他想到儿子已经长大成人,很需要开阔视野,何不让他出去到各地游历,以开阔视野、增长见识、丰富阅历呢?他的想法与儿子不谋而合,此时的司马迁也正打算漫游名山大川,实地考察历史遗迹,搜集民间流传的逸闻逸事。于是,在司马谈的支持下,司马迁开始了一生中最为辉煌的一次大游历。他从京师长安出发,出武关(今陕西商南),经南阳(今河南南阳),过南郡(今湖北江陵),渡过长江辗转来到汨罗江畔,凭吊了屈原的沉身之地。望着波涛翻动的江水,想起屈原悲剧性的一生,他禁不住潸然泪下,深情地悼念这位伟大的爱国诗人。然后,他逆湘江而上,到达零陵郡(今湖南宁远),考察了

远望太史祠，犹如一座古老的城堡

帝舜南巡时葬身的九嶷山。在搜集了许多帝舜的传说后，他从湘南到湘西，“浮于沅、湘”，又东浮大江，登上江西的庐山，搜集大禹疏导九江的传说。接着，他顺江而东，登上大禹大会诸侯的会稽山，实地考察了“禹穴”。游历了江南之后，他掉头北上，渡江来到淮阴（今江苏淮阴），从当地父老口中了解淮阴侯韩信的故事。尔后跨过淮水，溯泗水北上抵达鲁国的都城（今山东曲阜）。这里是儒家思想的发祥地，也是司马迁此次游历停留时间最长的地方。他怀着崇敬的心情祭奠了孔子墓，考察了孔子的身世，参观了孔庙中收藏的孔子的衣、冠、琴、车、书等。经过一番考察，他更加景仰孔子的高尚人格，赞赏孔子的道德文章，以至于流连“三孔”，迟迟不忍离去。他说：“余读孔氏书，想见其为人。适鲁，观仲尼庙堂车服礼器，诸生以时习礼其家。余祗回留之不能去云。”从曲阜披一身浓浓的儒风，他又来到了齐国，考察了秦始皇刻石颂德的邹峄山，并在那里请人演习饮酒、射箭等礼节。完成了鲁、齐游历以后，他也像当年孔子周游列国一样，遍游鲁南苏北。这些地方历史上都曾名人荟萃，其中“薛”地是孟尝君田文的封地，他在考察后把自己的感受写进了《孟尝君列传》：“吾尝过薛，其俗闾里率多暴桀子弟，与邹鲁殊；问其故，曰：‘孟尝君招致天下任侠奸人入薛中，盖六万余家矣！’世之传孟尝君好客自喜，名不虚矣。”“邳”地是秦末农民起义的中心，汉初的重要人物多半生长在这里。如汉高祖刘邦是邳地沛郡丰县中阳里人，萧何、曹参、周勃、卢绾、樊哙、周昌、夏侯婴等也都是这一带的人。张良虽是外地人，但正是因为他亡匿下邳，才遇见圯上老人的。项羽的里籍下相，也在离沛郡不远的地方。秦二世元年（前 209），陈胜、吴广在沛郡蕲县（今安徽宿县）揭竿起义，扯起了反抗暴秦的大旗。楚汉相争时，刘邦的十万大军被项羽追赶到睢水中，睢水堵塞为之不流。这个有名的古战场就在彭城一带。司马迁深深地被这里的历史遗存所吸引，进行了翔实的考察，获得了大量珍贵的第一手资料。他在《史记》里详细记载的关于秦、汉之际许多重要人物的行迹，大都是这次考察时得到的。在《樊郦滕灌列传》中，他说：“吾适丰沛，问其遗老，观故萧、曹、樊哙、滕公之冢，及其素，异哉所闻！方其鼓刀屠狗卖缯之时，岂自知附冀之尾，垂名汉廷，德流子孙哉？”他所说的这些人，大都出身于社会的下层，经过秦末那场风起云涌的农民大起义，从而成为权极一时的王侯将相。刘邦当年为泗水亭长，好酒及色，经常喝得烂醉如泥，还喜欢说大话，后来成了汉开国帝王；萧何、曹参原为狱吏，后来官至相国；周勃原为给人治丧时的吹鼓手，也挤身相国之职；樊哙本来是屠狗的，被封为舞阳侯；灌婴是卖缯的，被封为颍阴侯；夏侯婴是个车夫，也是刘邦儿时的伙伴，被封为滕公；周昌是个小吏，后来官至御史大夫；卢绾与刘邦既是同里，又是同日生，两人从小就很友好，随刘邦起义后被封为燕王。如果不是经过认真踏访，是很难得到这些真实情况的。考察完鲁南苏北，司马迁又马不停蹄地行至“陈”（今河南淮阳）地，这里战国时属楚，春申君黄歇的城池和宫室还完好地保存着。他凭吊了这些古迹，采集了有关春申君的事迹，紧接着由此往西北至魏国的都城大梁（今河南开封），从当地人中了解到魏国灭亡的最后一幕：“秦之破梁，引河沟而灌大梁，三月城坏，王请降，遂灭魏。”由魏的灭亡，他想起了那位对魏国的存亡产生过深刻影响的信陵君，于是遍访信陵君的逸闻旧事。他在《魏公子列传》中写道：“吾过大梁之墟，求问其所谓夷门。夷门者，城之东门也。天下诸公子，亦有喜士者，然信陵君之接岩穴隐者，不耻下交，有以也；名冠诸侯，不虚耳；高祖每过之，而令民奉祠不绝也。"文中生动地讲述了信陵君执辔迎夷门监者侯嬴的故事。至此,司马迁的这次遍及大半个中国的漫游告一段落。这次漫游,使他有机会遍览了祖国的名山大川,领略了各地的风俗习惯,考察了许多名胜遗迹,接触了各个阶层、各种人物,搜集了许多历史资料和传说故事。宋代的苏轼曾精练地概括了司马迁这次游历对他著述《史记》的意义:"太史公行天下,周游四海名山大川……故其文疏荡,颇有奇气。"

汉武帝元封元年(前110),司马谈染病不起,临终前嘱咐司马迁:"勿忘吾欲论著矣。"要儿子继承他的遗志,在孔子的《春秋》之后写出一部体系完整的史书。元封三年(前108),司马迁继父职出任太史令,开始阅读并整理宫中收藏的书籍。这些书籍虽然很多,但陈放杂乱,又没有目录可查,给他的整理和考证工作带来了很大的麻烦。这时的司马迁年富力强、精力充沛,他"绝宾客之知,亡室家之业,日夜思竭其不肖之才",每天"细史记石室金匮之书",从浩繁的断简残编里"网罗天下放失旧闻"。他花费了几年时间,夜以继日地整理古籍、考证史料,做着撰写《史记》的准备工作。太初元年(104),司马迁在经过反复的酝酿构思,掌握了大量的历史资料后,开始了《史记》的写作。然而,谁也不会想到,就在他潜心写作《史记》时,一场灭顶之灾降临到了他的头上……

事情是这样的:天汉二年(前99)五月,汉武帝派贰师将军李广利率三万大军,从酒泉(今甘肃酒泉)出兵北击匈奴。李陵请求随军前往,他向汉武帝表示,自己可以不用骑兵,只带五千步兵,就能以少击众,出奇制胜,直捣匈奴单于的巢穴。汉武帝觉得李陵很有气魄,便答应了他的请求。李陵率领五千步兵,从居延(今甘肃西北境)向北进军,历时一个月,到达浚稽山扎下营寨。匈奴单于闻讯大惊,迅速调集三万骑兵把汉军营寨团团围住。李陵即命士兵以强弩射之,匈奴骑兵纷纷中箭落马,其余的皆抱头鼠窜。汉军乘胜追击,又斩杀了数千敌人。匈奴单于初战失利,又调集八万匈奴骑兵,气势汹汹地向汉军反扑过来。汉军一时难以招架,只好边战边退,在撤退中又斩杀了三千多敌人。汉军退至南山,在树林里与敌人展开肉搏战,又杀敌数千人。正当匈奴单于怀疑李陵设有伏兵,不敢继续追赶,准备撤兵的时候,一名汉军校尉却投降了匈奴,向匈奴单于透露了李陵并无伏兵的军情。匈奴单于听后喜出望外,即命骑兵包抄了汉军的退路,万箭齐发向汉军射来。这时,汉军已有一半阵亡,所带的一百五十万枝箭也用光了。李陵命令士兵烧掉了军车,用车辐作武器,冒死突围,最后退进一处峡谷。匈奴单于尾追上来,堵住了谷口,欲置汉军于死地。汉军身处绝境,李陵命士兵斩断了全部旌旗,掩埋了所有珍贵的东西,每人只带二升干饭,一片冰,趁着夜色奋力突围。到了半夜时分,李陵见身边仅剩十数人,而后面的追兵却有好几千,料定难以逃脱,便仰天长叹道:"我已无颜见天子!"遂投降了匈奴。

李陵投降匈奴的消息传来,汉武帝大为震怒,朝臣也纷纷附和斥骂李陵。司马迁感愤于安享富贵的朝臣对李陵的声讨,仗义执言,进谏汉武帝,竭力为李陵辩护。他认为李陵"其为人自奇士,事亲孝,与士信,临财廉,取予义,分别有让,恭俭下人,常思奋不顾身以徇国家之急。其素所畜积也,仆以为有国士之风"。指出李陵是因寡不敌众,全军溃败,才不得已投降的。然而,司马迁对李陵的辩护却触怒了汉武帝,被定以"诬罔主上"的罪名,判处死刑,囚于大牢。按照汉代的法律,犯死罪的人可以交五十万钱赎死,或以腐刑免死。他的家境并不富裕,无钱赎死;职位不高,达官显贵不会去为他疏通;过去的一些亲朋好友深怕受连累,也不愿为他去求情。因此,他只能"独与法吏为伍,深幽囹圄之中",饱受牢狱之灾。一年之后,司马迁被施以腐刑。他感到受了奇耻大辱,声泪俱下地诉说了自己悲愤交加的心情:"祸莫憯于欲刑,悲莫痛于伤心,行莫丑于辱先,而诟莫大于宫刑","每念斯耻,汗未尝不发背沾衣也"。在极度的痛苦中,他曾想到"引决自裁",一死了之;但也想到如果此时去死,"若九牛亡一毛,与蝼蚁何异?"历史上许多"弃小义,雪大耻,名垂于后世"的圣贤,给他以巨大的精神力量:"盖西伯拘而演《周易》;仲尼厄而作《春秋》;屈原放逐,乃赋《离骚》;左丘失明,厥有《国语》;孙子膑脚,《兵法》修列;不韦迁蜀,世传《吕览》;韩非囚秦,《说难》《孤愤》。《诗》三百篇,大抵贤圣发愤之所为作也。"这些在逆境中大有作为的先贤们启发了他,使他最终"隐忍苟活",没有走上绝路。特别是当他想到父亲临终前的嘱咐,《史记》还在"草创未就"的时候,更加坚定了活下去的信念,"就极刑而无愠色",将所有的愤懑、耻辱都化为动力,全身心投入到《史记》的写作之中。经过十几个春秋的奋笔疾书,终于在他五十三岁那年完成了一部"究天人之际,通古今之变,成一家之言"的皇皇历史巨著。

司马迁自称生在龙门,"江海鱼集龙门下,登者化龙"的神话传说从小就在他的心里打下深深的烙印。《史记》的写作完成,使他登进了龙门。五十九岁那年,他把自己的名字作为一个完整的符号融入他的《史记》,悄悄地离开了这个世界。也许是他毕生都在眷恋着生他养他的故乡吧,他最终回到了这方土地上,被安葬在芝川镇南的高冈上。芝川镇因芝水而得名。芝水原名陶渠水,发源于梁山,一路东去,最终注入黄河。据北魏郦道元《水经注》记载,汉武帝时曾在这里采得一枚灵芝草,认为是祥瑞之兆而改名为芝水。河上横跨一石桥,因河而名为"芝秀桥"。司马迁祠就坐落在芝川镇南奕坡旁的悬崖上,东濒滔滔黄河,西枕巍巍梁山,南接茫茫韩原,北临潺潺芝水,山河襟带,气势壮观。"关中文物最韩城",司马迁祠尤为韩城诸文物之冠。在芝川镇头仰望司马迁祠,犹如一座古色古香的中世纪城堡。这座古祠始建于西晋永嘉四年(310),经宋、元、明、清历代多次修建,依然保持着一种特有的古朴之貌,庄严之势。我跨过芝水桥,沿着"司马坡"石道向前走去。这是一条古老的通道,早在春秋战国时期,它就是晋国和魏国通往秦国的要道,历经三千年的岁月,铺路的石条已被人走车辗、雨水冲刷得凹凸不平,走在上面,仰望着高冈之巅的太史祠,自然就要想起司马迁的悲壮人生。闻名遐迩的"高山仰止"牌坊就坐落在这条古道上。司马迁在《史记·孔子世家》中说:"高山仰止,景行行止。虽不能至,然心向往之。"后人借用司马迁称颂孔子的这句话,喻指他的功绩如山,表达了人们对他的仰慕之情。站在这座木牌坊下,我的心里仿佛顿时也矗立起一座文学与史学的高山,是那么的伟岸,那么的瑰丽,景仰之情油然而生。

司马古道从太史祠下神秘地延伸进莽苍的韩原

再往前行,就要攀登九十九级险峻的石磴了。古人认为,"天地之至数,起于一,极于九"。就是说,所有的数字都是以"一"为开始,以"九"为终极,"九"是自然数中最大的一个。由此,我想在司马迁祠前修九十九级石磴,大概也是有其寓意的。今人攀登在这九十九级石磴上，该做何感想呢？感谢古人的良苦用心，之所以要建造这九十九级石磴，意在启示后人明白一条真理：只有不断攀登的人，只有不畏逆境的人，才有可能到达光辉的顶点。

屹立于高冈之巅的太史祠，须登完九十九级石阶才能到达

攀完九十九级石磴就到了位于冈顶的太史祠院，站在院中参天古柏的阴翳里四下望去，只见司马古道从南面的山崖下神秘地延伸进莽苍的韩原，古老的芝水河在北面蜿蜒流淌着，一种莫名之感不知不觉地涌上了心头。太史祠院的主体建筑为穿堂式献殿，是祭祀司马迁的地方。殿内高悬“文史祖宗”牌匾，下方有宋代所塑司马迁坐像，宽衣博带，方脸长髯，显示着刚毅不阿、耿直不屈的神采。塑像旁原有两副对联：其一为“黄河澎湃祠前，鼓浪翻涛，信是词源浩荡；翠柏盘旋冢上，凌霜傲雪，原来文势昂苍”。其二为“垂表纪于廿一史前，春秋既没鸿文重；持论断于五千年外，货侠将书血泪寒”。献殿里陈列着琳琅满目的历代碑刻和牌匾，或记载司马迁的生平事迹，或记载参谒者赞颂他的诗文，或记载历次修葺祠庙的情况。这些都已成为我们今天研究司马迁的珍贵资料。其中的一通碑上，刻有清咸丰十四年(1854)韩城县知事蒋琦淳写的一首诗：

河岳钟神秀，奇才聚一门。
周南惜留滞，史笔接渊源。
定策犹孤女，能文有外孙。
后来褚登善，还感侍妾魂。

蒋琦淳在这首诗里讲了三个故事：第一个讲的是“定策犹孤女”的故事。司马迁有一个女儿，嫁给了杨敞。后来，杨敞做了宰相，但他是个树叶掉下来也怕砸烂脑袋的胆小之人,虽权至高位也不敢忠言直谏自己的主张。汉昭帝死后,昌邑王刘贺即位,淫戏无度,不理朝政。大将军霍光等决定废掉这个昏主,派人来和杨敞商议。杨敞一听,顿时吓得汗流浃背。他的夫人就向他晓以大义,明以利害,说服他匡扶朝廷,济世为民。杨敞终于打消了顾虑,同霍光等人一起,废掉了昌邑王,立刘询为汉宣帝。第二个讲的是“能文有外孙”的故事。《汉书·杨敞传》载:“恽始读外祖《太史公记》,颇为《春秋》,以材能称。”恽即杨敞的儿子,也就是司马迁的外孙。他初被封为平通侯,后迁中郎将。司马迁生前将《史记》的正本“藏之名山”,秘而不宣;“副在京师”,以俟“传之其人”,亦即“能行其书之人”。现在看来,司马迁心中的“能行其书之人”是有所指的。他把女儿嫁给了杨敞,杨家也就有了“俱百三十篇完帙”的《太史公书》。司马迁死后,杨恽得以保存并研读外祖父的遗著。他向汉宣帝请求将《史记》传播于世,得到批准,从此这部“藏之名山”的巨著才流传开来。试想,若不是杨恽的奏请,《史记》还不知道要隐匿多少年,多少代!第三个讲的是“还感侍妾魂”的故事。唐代大书法家褚遂良曾为司马迁的侍妾作过墓志铭,铭中说:“(唐高宗)永徽二年(651)九月,余刺同州,夜静坐于西厅,若有若无,犹梦犹醒,见一女子高髻盛装,泣谓余曰:‘妾,汉太史司马迁之侍女也,赵之平原人,姓随名清娱。年十七事迁,因迁周游名山大川,携妾于此,会迁有事去京,妾缟居于同。后迁故,妾亦忧伤寻故,瘗于长乐亭之西。天帝闵妾未尽天年,遂司此土。代易时移,谁为我知?血食何所?君亦将主其地,不揣人神之隔,乞一言以铭墓,以垂不朽。’余感悟铭之,铭曰:‘嗟尔淑女,不世之姿,事彼君子,弗终厥志。百年亿年,血食于斯。’”这些在民间流传很广的故事,寄寓着人们对司马迁的无限思念之情。

司马迁受过宫刑,还有没有后裔?这是海内外研究司马迁的人普遍关心的问题。清代康熙年间韩城翟世琪郎官所撰的《重修太史庙记》回答了人们的疑问:“康熙八年(1669),众为太史公庙会,适有华山方外士,自言知其详,谓史公有二子:长临,字与仲;次观,字何求。传说司马迁受刑时,他的两个儿子为免株连,埋名改姓,避归乡里。司马临取“司马”的“司”字,加上一竖,姓了“同”;司马观取“司马”的“马”字,加上两点,姓了“冯”。原先司马迁故里的龙门寨,就生活着同、冯两姓居民。明朝一次大地震,房屋被毁,便一起迁到邻近的徐村。现徐村仍有纪念先祖司马迁的祠堂,祭祀活动依旧隆盛,同、冯两姓都称自己是司马迁的后裔。

“功业追尼父，千秋太史公”。司马迁墓上之柏，犹孔子之桧也

寝宫后面，便是司马迁墓。墓冢呈圆形，高约一丈，周围刻着八卦图案。墓前，立有一通石碑，为清代乾隆年间陕西巡抚毕沅所立，中刻“汉太史司马公墓”几个大字。司马迁原葬汉武帝茂陵，西晋时里人才将他迁入故乡的祠庙里。何以如此？原来，古人认为身体发肤，受之父母，不能损伤，此为孝之始；立身行道，扬名后世，以显父母，乃是孝之终。为了继承父亲的遗愿，完成《史记》的著述，以终极之孝事亲，他忍辱负重，遭受宫刑，身体受到极大的摧残，精神受到极大的打击。同时，也使得他死后“无颜进父母之坟丘”，不能葬入祖坟。后人只好另择墓地，将他葬在这个头枕梁山、足蹬黄河的地方。元代以前，石砌的墓冢因年久失修，多有散裂。元世祖中统元年(1260)，忽必烈将其改作“八卦墓”，意在向人们显示，这里埋葬的是一位“究天人之际，通古今之变，成一家之言”的大智慧者。墓顶中央，生长着一棵树冠分为五枝、绿叶茂盛的古柏，撑起一柄巨大的伞帷，抬眼望去，犹如苍龙盘绕，煞是壮观。当地人将其称作“五子登科”柏。远在清代康熙年间，韩城县令翟世琪

就曾撰文赞叹:“大哉柏乎!既能防山陵之变,又能诱子孙之哀,司马子长之柏,犹孔子之桧也。”至今前来拜谒的人,莫不为之欷歔叹赏。那天,我肃立司马迁墓前,遥望万里黄河从龙门倾泻而出又浩荡东去,不觉吟诵起郭沫若为司马迁祠整修告竣写下的诗句:

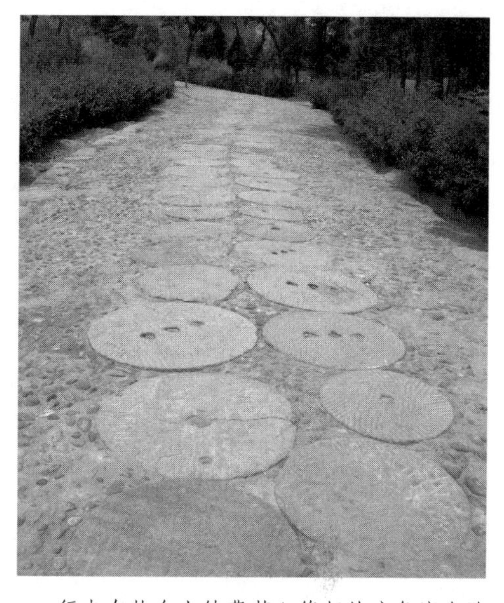

行走在故乡人煞费苦心修起的这条磨盘路上,让人不能不想起司马迁历经磨难的一生

龙门有灵秀,钟毓人中龙。
学殖空前富,文章旷代雄。
怜才膺斧钺,吐气作霓虹。
功业追尼父,千秋太史公。

是啊,司马迁生在这里,死后葬在这里,一座并不高大的墓冢屹立在高高的山冈上,向世人诉说着墓主人多舛而辉煌的一生,使草木为之蕴悲,山河为之动容。千百年来,多少人到这里顶礼膜拜!多少人在这里扼腕叹息!我也像数不清的游人一样,向司马迁墓恭恭敬敬地三鞠躬,献上我的哀思。恰在这时,一阵山风裹着河风吹来,墓冢上的“五子登科”柏霎时摇动起来,沙沙作响,仿佛掀动着司马迁呕心沥血写就的《史记》,一页又一页,讲述着数千年的沧桑历史……

未了香溪情

——访王昭君故里

要造访王昭君故里的念头,在脑子里已酝酿了好多年。记得有一年过长江三峡,见一条碧绿的溪流从北岸缓缓地注入长江,把一段江水染得如同翡翠一般。我好生惊奇,便急切地打听它的名字。同船的朋友告诉我,那条溪便是香溪,在它的上游有个"明妃村",是王昭君的故里。当时我的心里涌起一阵激动,想到那里去看一看,可惜行程不允许,未能如愿,留下了一个遗憾。后来,我有幸北上内蒙古大草原,拜谒了位于大黑河畔的昭君墓,参观了王昭君纪念馆,随着对她的事迹越来越多的了解,她的形象在我的心中越来越清晰,造访她的故里的念头也因此愈加强烈了。

2007 年春天,我到重庆去参加一个会议。会议一结束,我便急切地买舟沿江东下,深夜里至巴东港下船,在码头上捱到天亮,租了一辆车子,径直向王昭君故里驶去。

王昭君故里位于鄂西兴山县宝坪村,早听说那是个山清水秀的好地方。王昭君是和西施、杨玉环、貂蝉并称为我国历史上"四大美女"的。考察这四个美女的出生地,都是好山好水的所在。王昭君的故里兴山更是如此。它位于长江西陵峡口的北岸,以"环邑皆山,县治兴起于群山之上"而得名,境内有数千座山头,崇山连着峻岭,蜿蜒的层峦叠嶂起伏着,犹如一片山的海洋。兴山在汉时属与它毗邻的秭归县所辖,后来从秭归县分出。秭归有"与天地兮同寿,与日月兮同光"的曾在漫漫修远的长路上求索的大诗人屈原。按现在的地域划分,王昭君故里和屈原故里虽不属于一个县,但彼此相距也不过四五十里,而且是在同一个山脉的两个山洼里,一条如诗如画的香溪流过王昭君的门前又流过屈原的门前。天地化物,钟灵毓秀,在古老的中国大地上,这么近距离地产生两位彪炳史册的人物,真可称得上是一个十分奇特的文化现象。

汽车在鄂西的丛山中盘绕而行,绿的麦苗和黄的油菜花交织的景色像壁毯一样挂在一面面山坡上,山脚下是叮咚淌过的溪流,间或有瀑布在山涧宣泄,打破了早春的宁静也熨平了我心头的寂寞。仰起头来看天,流云被清风梳理成一片片白絮,自由自在地飘浮着。扑面而来的是一阵阵清新的气息,顿时使人感到身心俱爽,是那么旷达与飘逸。车行画中,鸣着清脆的汽笛,如一头牛犊或者一匹马驹在山野间撒欢。开车的司机孙师傅是当地人,说起屈原和王昭君的事来如数家珍。他见我如此虔诚地来拜访自己家乡的先贤,自豪感一直洋溢在脸上,车子开得既欢畅又安稳,虽斗折蛇行在弯弯曲曲的山道上,却像行使在一马平川的原野里。在车轮轻快的旋转声里,他给我讲起了王昭君出生地宝坪村的故事——

陶醉在旖旎醉人的香溪风光里,会让人油然感到这一带出个绝代佳人是丝毫不容置疑的

据《太平寰宇记》载："昭君村在县南，有昭君院，又有昭君台。""昭君村"是晋代以前的称呼，晋代为避司马昭讳，改称"明妃村"，民国年间又称作"妃台乡"，可当地人总是习惯地称它为"宝坪村"。

宝坪村远眺。"群山万壑赴荆门，生长明妃尚有村。"

传说很久以前，这一带荒无人烟，周幽王时为了边境安宁，筑起了一座烟火台，派人点火报警。后来，烟火台坍塌，只剩下一个土墩，人们遂称这里为"烟墩坪"。到了西汉年间，烟墩坪住进了一户王姓人家，夫妻俩男樵女织，小日子过得颇为红火，只是年逾不惑，膝下仍不见儿女。夫妻俩难免惆怅，便到庙里进香拜神，祈求生儿育女。进香至百日时，恰逢三五之夜，妻子蒙眬之中梦见一轮明月投入怀中，十个月后，生下了一个比月宫里的嫦娥还要美丽的姑娘。夫妻俩给小女儿取乳名"皓月"，视若掌上明珠。这位姑娘便是日后流芳百代的王昭君。昭君十岁那年，父母在村里修了一座"望月楼"，让她在楼上赏月观景，读书习字，弹琴作画。在一个月残星淡的夜里，昭君推窗望见乡亲们正在对面的山坡上荷锄开荒，躬着脊背，不时地发出哀叹声。她想，要是有一盏天灯照明该多好啊！从此，昭君整日苦思冥想，寝食不安。许是她的心愿感动神灵了吧，没过多久，山坡上长出了一棵绿油油的油桐树，一直长到十来个人都搂不住，枝桠上挂满了一个个小灯笼，每到夜晚，照得附近的山山岭岭如同白昼。村民们在灯光下开荒种地，地越开越多，越种越好，而且年年都有好收成。村民们都说，这是昭君姑娘祈求苍天赐的一块宝地，天长日久，便把这里唤作了"宝坪村"。

听着这美妙的传说，时光仿佛流逝得特别快，约莫一个小时的工夫，车子便来到了宝坪村前。抬头望去，宝坪村坐落在一个高高的向前突起的台地上，北倚一座连绵起伏的大青山，南面和左右两侧缠绕着哗哗流动的绿水。那青山唤作扇岭，似长空下呼啦啦展开的一面巨扇，又像是大自然刻意为宝坪村树起的一道大屏风。那绿水，左边的是发源于神龙山凤凰井的深渡河水，右边的是发源于神龙山老君寨的白沙河水。两道水在宝坪村前如约相会，汇成汩汩流淌的香溪，载着数不尽的关于昭君的美妙传说，矜持而又浪漫地注入浩荡东去的长江。三条河水巧夺天工地在这里描绘出一个“丫”字，宝坪村就背山面水地坐落在这个“丫”字的岔口上，背山看山倚天作画，面水听水临溪觅音，好一个天造地设的风景绝佳之地！身临其境，使人感到这里出个绝代美人是丝毫不容置疑的必然。

沿着一条新修的公路，车子盘旋着向宝坪村驶去。车窗外，层层梯田里种着一排排橘树，把一架架山坡装饰得一片翠绿，想秋天橘树挂满金果的时候，该是多么醉人的道道风景！村中，家家户户门前嫩篁团簇，繁花似锦，箭杨刺天，垂柳覆地，犹如一座座小巧玲珑的花园。比起城里的花园来，这些山村花园更加自然，别具情调。

停车甫定，就看见迎面矗立着一尊汉白玉质的王昭君雕像：高绾的发髻，圆润的脸庞，含情的眼睛，翕动的双唇，仿佛一个已经不朽了两千多年的王昭君出现在我的眼前。这尊雕像由内蒙古雕塑家在呼和浩特创作完成，然后不远千里运到昭君的故乡，安置在生育昭君的土地上。她犹如一座新时期民族大融合的丰碑，使我想起了中华民族历史上那一幕动人的故事。当年出塞的是一位有血有肉的昭君姑娘，两千多年后回归故里的是一个不朽的昭君形象。为昭君立像那天，连绵阴雨骤然停了，雨后的阳光照得宝坪村一派明丽，乳白色的昭君雕像放射出耀眼的光芒，人们还依稀听到了从万里晴空传来悠悠的琵琶声。我用心灵读着面前的这尊雕像，好像看见王昭君正摆动着裙裾，婀娜着身姿，从自家小院中款款走出，行在曾经生于斯长于斯的自己再也熟悉不过的村落巷陌，好像在细细咀嚼着自己传奇的一生，又好像在悉

王昭君雕像。“丰容靓饰，光明汉宫，顾影裴回，竦动左右。”

心辨析着家乡两千多年来的沧桑变化。她那脉脉的双眼倾注着对家乡的一往深情，那翕动的双唇似乎有许多话要对家乡亲人诉说。是啊，这里毕竟是自己的根之所在啊！是家乡土地上生长的五谷杂粮、满山野果以及淙淙的清泉养育了她，是家乡善良的父老以及淳朴的民风哺育了她，她呼吸着家乡山水之灵气，采纳着家乡日月之精华，终于出息成一位惊世骇俗的绝代佳人，一步一步地完成着从一个“良家子”向“胡阏氏”的人生过渡。如今，“群山万壑赴荆门，生长明妃尚有村”“如何一段琵琶曲，青草离离味未休”“昭君自有千秋在，胡汉和亲始见高”等诗句早已传遍了神州大地上的大街小巷、家家户户，王昭君这位民族友好的使者被尊为“和平女神”，在祖国大家庭的每个成员心中景仰着，敬仰着。

王昭君的美，史书多有记载，最权威的当属《汉书》，虽然只有“丰容靓饰，光明汉宫，顾影裴回，竦动左右”十六个字，却为我们描绘出一幅绝代佳人的绝妙形象。同时，也正因为史书中没有对王昭君的美作细致的描写，反而给后人留下了丰富的想象空间，几乎使每个知悉王昭君的人心中都有一个美丽的形象，那就是各个人自己心里的王昭君。汉代以降，历代文人更是以这寥寥的十六个字为蓝本吟诵他们各自理解的美人。汉代的李延年吟道：“北方有佳人，绝世而独立。一顾倾人城，再顾倾人国。”他与王昭君同处一个朝代，其审美意识可能更能体现出王昭君美的本位。唐代大诗人李白吟道：“明妃一朝西入胡，胡中美女多羞死。乃知汉地多明姝，胡中无花可方比。”浪漫的想象，以夸张的比喻，把王昭君的美描绘得无与伦比。宋代的大文学家苏东坡吟道：“昭君本楚人，艳色照江水”，也把王昭君描绘得既靓丽又水灵！宋代曾巩吟道：“蛾眉绝世不可寻，能使花羞在上林。自信无由污白玉，向人不肯用黄金。”个中更是触及了王昭君美的本质与内涵！明代的夏完淳吟道：“粉黛三千貌不同，倾城不买画图功。夜夜秋光长信殿，年年春色未央宫。”这与李延年的吟诵有异曲同工之妙，试想，倾城倾国之美该是什么样的姿色！清代的郭润玉吟道：“漫道黄金误此身，朔风吹散马头尘。琵琶一曲干戈靖，论到边功是美人。”在这首诗里，美已不再是闺阁扬眉，也不再是裙钗吐气，而是赋予它慷慨激昂的力量。这力量“差胜防边十万兵”，能使“鸣镝无声五十年！”在我国历史上，人们用“沉鱼落雁，羞花闭月”来形容“四大美女”的美丽。王昭君因为出塞关外，漠北多雁，当她站在大草原上的时候，高空中的群雁一个个纷纷坠地，那该是一种多么壮美的力量！矗立在我们面前的王昭君雕像，就是这样一尊生动的美的杰作，它形象地昭示出王昭君美的魂魄，再现出王昭君美的神韵，流泻出王昭君美的质地。它逼真地刻画出昭君那脱俗的美、高洁的美、坚毅的美、朴实的美、智慧的美和善良的美。是啊，所有这些集于王昭君一身的大美都是家乡秀丽的山水滋润出来的，都是家乡淳朴的民风陶冶出来的。在宝坪村，我清醒地感受到了出息王昭君美的氛围，而营造这氛围的，一方面是天造地设的大自然，另一方面是世代居住在这里的山民。

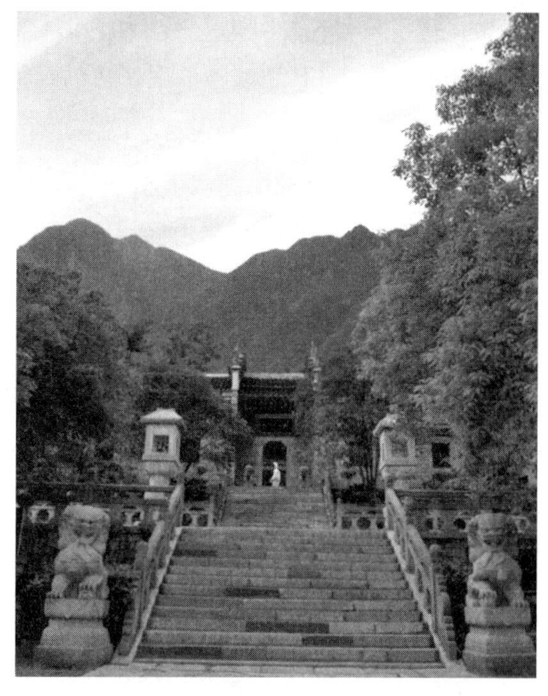

宝坪村中的昭君宅。两千多年前，就是从这个宅院里，走出了一位普普通通的农家姑娘

孙师傅边引领我去昭君故宅，边以与专业导游员毫不逊色的知识继续向我讲解着。传说，汉代的昭君宅是一座雅致的农家院落，屋舍参差，三进五出，颇具规模，显然是非殷实人家不能居。院后有株千岁松树，树上悬有祖宗碑。《舆地纪胜》载："村有古松，碑在树上，去地十丈许，立昭君祖宗碑。"唐代，兵燹战乱祸及这个山中小村，昭君宅一片破败景象："不堪逢旧宅，寥落暮江滨。"今天人们看到的昭君宅，是专家、学者依据史料记载并遍采村民世代传说重建的。新建的昭君宅占地数十亩，以昭君故居为主体，从设计风格、房屋结构、器具款式等，都力求恢复昭君生活的那个时代的原貌。整个建筑，楼阁玲珑，画廊剔透，被秦砖汉瓦装饰得古香古色，再现出西汉时期鄂西山村民居的鲜明形象，让人们看到了既古拙厚朴又原始自然的汉代村落文化原型。

在这个院落里沉思遐想，自然会感到两千多年前从这里走出的王昭君绝不是个四体不勤、五谷不分的大家闺秀，也不是个金枝玉叶、弱不禁风的千金小姐，而是一位正直倔强、勤劳善良的农家姑娘。她和生活在这里的姐妹们一样，上山砍过柴,下溪浣过纱,袅袅炊烟里有她升腾的情愫,哞咩牧歌中有她甜润的和唱。这样想着,想着,仿佛昭君姑娘已出现在我的眼前,正躬身洒扫庭除,羞涩地迎接远方来的游人。此时此刻,使我感到自己已不是个一般意义上的游人,而是久违了的昭君家的客人,不知不觉地也和这个农家院落融在一起了。

出昭君宅向前走不到百步,有一个隆起的台地。那便是望月楼遗址。望月楼又称昭君梳妆台。台为方形,过去,四周曾生长着十六棵高大的柏树,家乡人称它们为“妙龄柏”,寓意昭君姑娘在家乡度过的二八年华。为了还原人们对昭君梳妆台的遐想氛围,家乡人在枯死的“妙龄柏”树址上又种植了一片柏树。试想,若在秋高气爽之夜,登临斯楼,手把栏杆,翘首望天,看皓月从天幕上尽洒银辉,听微风拂动柏林浅吟低唱,享受的该是多么惬意的时光!若是此时昭君驾鹤归来,登楼推窗,再也不会看到村民荷锄开荒的佝偻身影,而是满山坡密匝匝的柑橘园林,树,绿得滴翠;果,红得耀目,熏风洋溢着,郁香包裹着,即使不被醉倒也会忘记今夕何年!

从望月楼东行一里,有一棵古老的核桃树,粗得数人不能合抱,虽历沧桑而枝繁叶茂。树下有一眼泉,即令是天旱地裂抑或暴雨成河,它都不竭不溢。那是世代宝坪村人的生存之源,名唤“楠木井”。传说,这楠木井为昭君幼年汲水处。几千年来,夏天,不管如何溽热,井旁依然凉气袭人,喝上一口井水,顿觉浑身清爽;冬天,无论怎样寒冷,井旁总是热气蒸腾,喝上一口井水,顿觉暖气穿心。井中横有一截楠木,碗口粗细,两端嵌入井壁,透过清冽的井水,可以清晰地看见楠木上有两个凹痕。那楠木原来放在井口,供人们汲水时脚踏,以免滑倒,上边的凹痕就是村民们千百年来用双脚踏出来的。前些年整修楠木井时,村民们为了保护那截楠木,特意将它放进了井水中。如今,那楠木已经石化成了阴沉木,坚硬如铁。现在的楠木井口为青石嵌砌围成的六边形,石上刻有纹饰,游人驻足井旁,探身视之,只见井水如明镜一般,可鉴毛发。听村民们说,若在雨后初霁的夕阳斜照之时,游人再看倒映井中的身影,头上还罩着一圈美丽的光环呢!我顺手拿起井旁的一个小竹筒,俯身舀了满满一筒井水,咕嘟咕嘟喝了个精光,那滋味,那韵味,就只可意会不可言传了。

徜徉在荡漾着汉代遗风的昭君故里,悉心地踏访着每一处遗迹,品味着村民们讲述的一个又一个美妙的故事,我的目光仿佛穿过了悠长的历史隧洞,注视着王昭君生活的那个时代，最后定格在从这个山村走出的一位普普通通的农家姑娘身上。这个深深爱恋着自己家乡、自己祖国的纯朴少女的形象，这个绝不媚颜屈膝、随波逐流、安于听天由命的汉宫女的形象，这个忍辱负重、远嫁他乡为换取边境安宁、人民安居的胡阏氏的形象，像电影蒙太奇镜头一样变幻着在我的眼前闪现。是什么因素影响并造就了王昭君那传奇而又浪漫的人生？我在她的故里凝思着，试图找出一个明晰的答案。

我把目光转向宝坪村前流过的香溪。

此刻，香溪仍迈着亘古不变的步子在变幻着的时空里缓缓地流淌着，载着一溪诗情，一溪画意，一溪浪漫，一溪神秘。这条充满梦幻色彩的溪流已在诞生王昭君的大山里流淌了不知多少年，如今仍不知疲倦地流淌着，毫无懈怠地向着前方梦幻般的时空。它原是鄂西崇山峻岭间的一条无名溪流，因“昭君临水而居，恒于水中浣手，溪水尽香”而得名。是它以清醇甜美的乳汁养育了王昭君，使她在它那渔歌樵曲包裹着的摇篮里出息成人。

香溪畔，有一座突兀而立的山头，比起兴山县境内其他嵯峨的山峰来，这座山头也许是毫不起眼的，但它因王昭君而闻名遐迩。它的名字叫妃台山。传说王昭君当年入宫途中曾登临此山，在这座山上翘首眺望过故乡，后来，因“乡人怜昭君，筑台而望之”而得名。自汉代始，山上历代都有亭台楼阁类建筑物，并有详细的文字记载。宋代，故乡人在山上建魁星阁时，曾从土中挖出一通石碑，碑上“昭君故里”四个大字清晰可见。至清代，“台在人已没，人去台亦渺。野渡无人问，落花风自扫。娥眉数千年，荒烟下萝草”，妃台山上已呈一片破败景象。近年来，故乡人思念昭君，在山上又建起了一座双层八角、斗拱翘檐、红柱黄瓦、溢金流彩的亭子。游人每每登临，看香溪两岸柑橘累累，压弯枝头，如林海中挂满闪闪的红灯笼，金光耀眼，令人馋涎欲滴。青山列屏，香溪从中间安闲地流过，好一幅动中有静、静中有动的水墨丹青！清风送来缕缕花香、阵阵鸟语，游人于心也旷神也怡之中难免还会生出些别样的情绪：“生长明妃何处村，高台犹倚白云根。名山一角余芳泽，薄命千秋共泪痕……”

香溪之上，凌空横卧一座吊桥。这座桥是参照当地民间传说精心设计的，为现代建筑，钢架结构，向上牵引的钢丝呈半圆状，远远看去，酷似一面铮铮作响的琵琶。汉代,这里曾有一座石拱桥,是王昭君在家乡时和村民们一起修建的,曾免除了人们涉河耕种的许多不便和痛苦。她被选入宫时,曾在这里弹奏琵琶,和着浅浅低吟的香溪水,借琵琶声表达对生养自己的家乡的眷恋之情。王昭君走后,乡亲们日夜怀念她,每逢走过这座桥时,就仿佛听到了那铮铮作响的琵琶声,索性将这座桥唤作了"琵琶桥"。传说,当年王昭君出塞行至大黑河时,曾被浪涛滚滚的河水挡住了去路,进退两难之时,她在河边弹起了琵琶,随着悠扬的琵琶声,天空中突然降下一道彩虹,化作一座大石桥凌空飞架在河水之上,她才得以渡河而去。原来,这是故乡的琵琶桥知道她出塞遇到了困难,化作彩虹不远千里去帮助她的。随着时光推移,故乡的石拱桥被岁月的流水冲刷得只剩下两个荒凉的桥墩,为了永远记着王昭君,村民们在两个桥墩上建起了这座琵琶形的钢丝吊桥。今游人行走在吊桥之上,于摇摇晃晃之中听山风和着溪水吟唱,仿佛铮铮的琵琶声正从遥远的塞上草原款款传来……

距琵琶桥不远的地方,有一处岸柳成荫、溪流潺潺的河滩。那是少年王昭君浣纱的地方。溪旁,有一块石头,人称"捣练石",为王昭君浣纱时捣衣之用。当年,满身童贞稚气的王昭君经常携村里的姐妹们踩着松软的河滩来这里浣纱。试想,这群村姑在溪畔一边捣衣浣纱,一边嬉戏打闹,该是多么自由与自在、天真与烂漫!当我来到那片河滩的时候,正有一群宝坪村的姑娘在溪边洗衣,我仿佛看见,她们中就有一位叫王昭君的姑娘,一如我想象中的昭君模样,依然是那么清纯与靓丽,那么婉约与动人。在这里听那流传千古的昭君浣纱故事,听姑娘们的捣衣声和着溪流声交织出自然和谐的乐章,让我不觉想起一首诗来:"香溪溪水碧天涯,照见云鬟日浣纱。溪上泉声和佩响,叫侬怎不忆琵琶?"

昭君故乡人传说,昭君在出塞前曾回乡省过亲,回去时乘坐的是雕花大木船。那天,附近山村的乡亲们都来为她送行,站满了香溪两岸。船起锚了,大家依依不舍,沿着溪岸送了一程又一程,一直送了六七里远。突然,船被溪流中一个深潭挡住了去路,在漩涡里直打转转。昭君知道,这是香溪在和乡亲们一起挽留自己。她摘下发髻上镶饰的一颗珍珠,缓缓地放入潭中,以寄托留恋家乡之情。谁知,片刻之间,潭水中竟冒出了一串串像珍珠一样的水泡,辉映得满潭金光闪烁,五彩缤纷,船也不再打转转了,慢慢地向前划去。从此,人们便称这里为"珍珠潭"。以后每年的中秋节，珍珠潭总会出现一幅绝妙佳境：天空皓月倒映潭中，空中月水中月交相生辉，天地间一派光明，照得风平浪静的潭面如碧玉一般。村民们传说，若是夜行人至此，只要把一个小石子投入潭中，潭水里就会冒出串串珍珠，发出耀眼的光亮，一直伴随夜行人平安地回到家中。另有传说，当年昭君将珍珠抛落潭水时，曾有三条龙从龙宫一齐跑出来争抢。这个传说后来演化为“三龙争珠”的灯会。一直到现在，兴山县每年举办的正月灯会，必定有黄、白、青三龙戏珠的场面。

过珍珠潭约两里地，有一条小溪注入香溪。这条小溪叫“小礼溪”。当年昭君乘坐的雕花大木船经过这里时，站在船头的王昭君见家乡渐渐远去，送行的人已看不清面目，内心涌起不尽的难割难舍之情。她缓缓地转过身去，向乡亲们深深地鞠了三个躬，这条小溪因此而得名。又继续前行了两里路光景，家乡渐渐隐入群山之中，昭君愈发伤悲起来。她想，这次离开家乡远嫁漠北，可能今生今世再也难以回来，此时的分别可能会是生死离别。想到这里，乡亲们送别时的千叮咛万嘱咐又浮现在心头，她再也抑制不住自己的感情，禁不住潸然泪下，欷歔连声。她强忍着泪水，再次转过身来，面对家乡行了三跪九叩的大礼。正好这里也有一条溪流注入香溪，因此这条溪流便被唤作了“大礼溪”。

雕花大木船继续前行，来到了香溪与长江的汇合处，昭君望着滚滚东流的江水，想着这里距漠北有千里之遥，这一去恐怕再也不能喝上家乡的水了，便深情地俯下身来，饮了一口又一口。就在她俯身喝水的时候，长江水的浪花一簇一簇地向她涌来，好像向她朝拜似的。她也好像听到有人在呼唤：“昭君姑娘，再住些日子吧，你看，江水都来向你朝拜了，大家都舍不得你走啊！”昭君又是一阵激动，再次泪如泉涌，连连回首，向江潮拜谢：“免朝！免朝！”没想到江中的浪花将“免朝”误听成了“免潮”，从此以后，不管长江涨多大的洪水，一到这里便乖乖地退去，香溪口再也无浪无潮，一年四季水平如镜。

昭君少年时代十分喜爱桃花，每当桃花盛开的季节，香溪两岸灿若朝霞的桃花倒映溪中，流动的香溪变成了一匹飘动的彩绸，缠绕在蓝天之下，绿山之间。而每当这个时候，昭君总要面对桃花弹起心爱的琵琶，倾诉心中的情愫。昭君离家那天，正值香溪两岸桃花盛开，她望着一树树含情脉脉的桃花，触景生情，不由自主地操起琵琶弹奏起来。顿时，好像天空中突然下起了一阵红雨，那桃花纷纷落在了香溪里，把雕花大木船团团围住，船行花亦行，船停花亦停，眷眷恋恋，依依不舍。昭君被深深地感动了，不觉流下了眼泪，泪水落在桃花上，桃花顷刻之间变成了无数红光烁烁、闪闪漂游的桃花鱼，成群结队地簇拥着雕花大木船，簇拥着昭君姑娘。见此情景，她边弹琵琶边对溪流中的桃花鱼儿说，自己真的不想离开家乡啊！但是，她肩负着汉匈民族和睦团结的重任，怎么能留下来呢？如泣如诉的琵琶声感动了桃花鱼，它们慢慢地散开，散开，让出了一条五彩路，一直送昭君到了长江。千百年来，每到桃花盛开的季节，香溪两岸便聚集许多人，大家竞相跳入溪中，捕捞桃花鱼，尽情观赏，寄托对王昭君深深的怀念和对那段历史无尽的遐思。

……

“昭君去已远，溪水至今香。”就在即将告别昭君故里的时候，我依依不舍地徜徉在香溪边，凝视着溪流从我眼前潺潺流过，心中的联想就像铺满溪底的五彩石一样斑斓。啊！这就是少年时的王昭君浣过纱、梳过妆的香溪吗？这就是她到了漠北后还在日夜思念着的香溪吗？沿香溪走着，走着，仿佛王昭君的倩影伴着香溪的碧流，在我的眼前不住地闪现，哗哗的流水是她倾诉不尽的心里话，轻轻泛起的漩涡是她发出的一个又一个既是历史又是现实的问号。是啊，正是从兴山千峰万壑中流出来的这一充溢着大自然灵气的溪水，才孕育出王昭君这样一位沉鱼落雁、闭花羞月的绝代佳丽！那千古流淌的溪流，可以冲走悠悠岁月，却冲不走人们对王昭君绵绵的怀念！

啊！香溪，看到了你，就像看到了王昭君，她的心地就像你一样澄澈，她的胸怀就像你一样坦荡，她的容颜就像你一样靓丽，她的情操就像你一样高洁。香溪长流，昭君永在；昭君永在，香溪洒向祖国民族大家庭的，就是一腔未了的情！

日落碑暗古木吟

——访张衡故里

我和张衡是同乡。我的家乡和他的故里只有五六里地远,中间仅隔着一条汉代叫淯水现在叫白河的河流。小时候住在老家,记得奶奶曾教我一首儿歌:“小石桥有座塔,离天一丈八,塔旁睡着一个科学家。”那塔,指的是小石桥镇那座建于隋大业十三年(617)的七级浮图,那个科学家,指的当然就是张衡了。应该说,就是那首儿歌在我幼小的心田里植下了科学的种子,萌发了长大后做一个科学家的理想。也许是心中藏着这个秘密吧,我曾无数次去过张衡故里,参拜过他的墓园,但那时毕竟年幼,对于张衡其人知之甚少,墓园的碑文又看不懂,所以只是留下个懵懂的印象。后来参加了工作,离开了家乡,去张衡故里的机会少了,慢慢地那个懵懂的印象也就渐渐模糊了。

大概人都会有这样的感觉,幼年的心思会牵动一生的情感,好多年没去张衡故里了,心里好像缺了点什么,有时竟感到惴惴不安起来。于是,我决意再去张衡故里了。这次,我特意选了一个天高气爽、秋雁排空的日子,从古宛城驱车沿着宽阔的柏油马路北行,溯白河,越独山,跨泗水,过蒲峰,半个多小时光景,便到了张衡故里所在的古西鄂县(今南阳市小石桥镇)。清澈的泗水河和小洱河静静地流淌着,怀抱着它们冲积的一片肥腴的原野,孕育出一派秀美的田园风光。汉章帝建初三

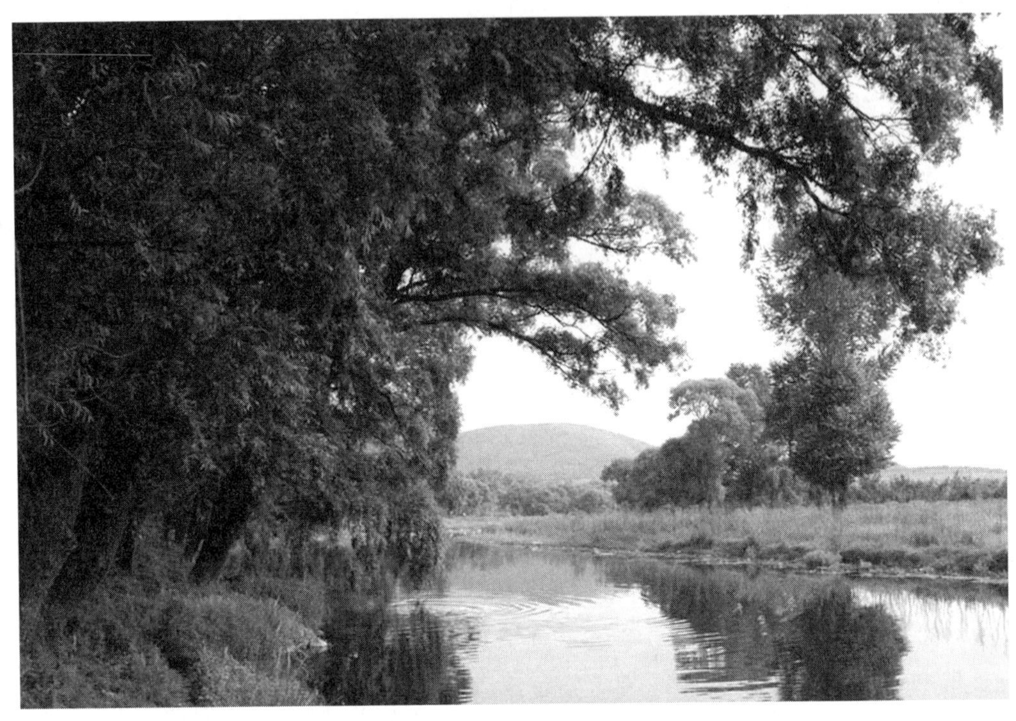

小洱河静静地流淌着，冲积出一片肥腴的原野，在张衡故里孕育出一派秀美的田园风光

年（78），我国伟大的科学家、文学家和发明家张衡就诞生在这里的一个没落官僚家庭。

我在小石桥镇下了车，双脚踏上了张衡故里的土地，心中霎时感到一种莫名的激动。就在这片土地上，一千九百多年前诞生了张衡这位世界级的人物，以他的辉煌业绩载入了中华文明乃至世界文明史册。如今的张衡故里，东边傍依着古老的鄂城寺，西边连绵着起伏的紫山，蒲峰在它的南边构成一道天然屏障，宛若银带的小洱河绕过它的北边又径向东流去，注入白河。在这里，沧桑的历史遗迹与秀美的自然景色交织出一幅涵义隽永的图画，千百年来，吸引着无数慕名前来踏访的人们流连脚步，拜谒瞻仰，寻古探胜，发思古览物之幽情。虽然，岁月的风尘已湮灭了曾经繁华的过去，厚重的文化也已积淀进浩瀚的历史，但此刻站在这方土地上，我分明感到有缕缕汉风迎面扑来，呼唤着我，导引着我，走进那个科学昌炽的时代，踏着张衡的足迹去叩动天门和探测地心！我下意识地在这方土地上寻觅，寻觅他勾留在地上的脚印，寻觅他散落在地上的智慧花瓣。我突然看见，在古老的道路旁，站立着一座饱经风侵雨蚀的石碑，斑驳的碑面上镌刻着“汉尚书令张公神道碑”九个大字。它就像一块磁石一样，吸引着我的目光，也揪住了我的心。看着它，我仿佛看见了我心中的那个张衡，那个从历史中一直走向现实的张衡。我缓缓地走到碑前，抚碑向西望去，见不远处有一围四角高耸着亭子的花墙，护卫着一个古老的墓园，古朴而幽静。围墙外，是故里人近年来为繁荣经济、装扮生活发展起来的千亩玫瑰园，园内玫瑰花姹紫嫣红，竞相开放，若是从高空鸟瞰，就像是为墓园的主人佩戴的一个硕大无比的花环。

这些年来，人类的足迹已踏上茫茫太空，嫦娥奔月已不再是神话；地震的预测水平也远远超过了历史上的任何朝代，但人们并没有忘记走在前面的那位先驱，来这里凭吊的人络绎不绝。他们中有白发苍苍的老者，也有胸前飘着红领巾的少年；有知识渊博的专家、学者，也有普通的工人、农民。他们默默地走进张衡墓园，也就走进了他们心中的文学园、科学园、智慧园。我随着前来拜谒的人们来到墓园入口处，只见两侧有一对高大雄伟的砖石结构汉阙，上部饰有斗拱和凤鸟，这大概是汉代建筑的特有风格吧。汉阙过后，东西两侧建有望楼，古拙厚朴，蔚为壮观。大门为圆月形，左右各有古碑一座，左侧为明嘉靖四十三年(1564)所立的“汉征尚书张公平子墓”碑，右侧为清光绪八年(1882)依明碑重刻的石碑。因为年代久远，现两碑均已字迹模糊，很难辨认。进入墓园，跨过一座十字形曲桥，沿中轴线北行，甬道两侧依次排列着石人、石马、石羊、石猴等，这些石像无一不显示出汉代石雕艺术水平。园内红粉朱颜的长廊流光溢彩，壁间陈列着张衡的生平事迹及图片。长廊两旁的石碑上，分别镌刻着“泽被千秋”“芳流万古”八个大字，潇洒豪放，汪洋恣肆，一定是大书法家手笔。越过正中的祭台拾阶而上，是一片平坦的高地，站在这里四下望去，只见蒲峰耸峙，淯水如练，古塔入云，阡陌纵横，张衡故里风光奔来眼底。远处，缭绕着炊烟的村舍不时传来鸡犬之声；近处，洒满金色阳光的亭台楼榭辉映出古香古色。领略过这如画风景，再穿过石享堂，便是一尊高大的张衡半身花岗岩雕像，神态庄重，仰首凝视，炯炯双目闪烁着智者的光芒。雕像基座四周的浑天仪和地动仪浮雕，代表着他一生的科学成就，以示他的英名和他的业绩相映生辉。雕像背后为一堵碑墙，上面镌刻着张衡歌颂家乡的《南都赋》。张衡故乡南阳历史悠久，文化灿烂，两汉时期已“商遍天下”，“富冠海内”，是全国著名的五大都会之一，同时也是著名的政治、经济、文化中心，与当时的洛阳、长安鼎足而立，战略地位十分重要。因其位于京都洛阳之南，汉水之北，东汉开国皇帝刘秀发迹于此，故有“南都”“帝乡”之称。《南都赋》以饱满的爱乡之情，生动地描绘了位于“陪京之南，居汉之阳。割周楚之丰壤，跨荆豫而为疆”“武阙关其西，桐柏揭其东。流沧浪而为隍，郭方城而为墉。汤谷涌其后，淯水荡其胸”之南阳郡的社会面貌、人民生活和社会风俗，讴歌了南阳秀美的山川、肥沃的土地、丰富的物产、宝贵的矿藏、便利的交通、华丽而又壮观的宫殿楼阁等。我站在碑墙前，面壁而立，高声朗诵“皇祖止焉，光武起焉。据彼河洛，统四海焉。本枝百世，位天子焉。永世克孝，怀桑梓焉。真人南巡，睹旧里焉”，止不住为这位家乡赤子、科学巨人热爱南阳、赞美南阳的拳拳之心所感动。是啊，故乡的水土养育了他，他怎能不对故乡寄予无限深情呢？

绕过碑墙，张衡墓便突兀眼前。它悄然隆起在墓园正中，上面古柏森森，碧草茵茵，野卉灼灼，蜂飞蝶舞，笼罩着一派深不可测的神秘。汉顺帝永和四年(139)，张衡病逝于京师尚书令任上，友人扶柩归里，把他安葬在这里。他一生度过了六十二年既苍凉而又辉煌的岁月，最终叶落归根，又回到了他魂牵梦绕的故乡。张衡晚年，曾在朝廷担任“尚书”之职，故乡人因此又亲切地称他的墓为“尚书坟”。我在他的墓地缓缓地迈着脚步，默忆着他生前身后的往事，止不住心旌摇动，浮想联翩。我想，这抔黄土下安葬着的，不仅是一位顶天立地的巨人，同时还是中华文明不朽的魂灵。这个魂灵至今仍漫游在广袤的大地上，翱翔在浩瀚的太空中，激励着后辈人去攀登一个又一个科学高峰。我绕着张衡墓走了一圈又一圈，抬头看看天，天是那么高邈；低头看看地，地是那么辽远，使人很难想象，他在远古时代就叩动了天门，探测到地心。这是何等的智慧，何等的胆略，何等的气魄啊！想到这里，再回过头望去，我看见张衡墓上不知名的野花正随风摇曳，听到花丛中不时传来唧唧虫吟，眼前仿佛霎时矗立起一棵科学大树，它植根于厚重的历史土壤，正以垂天绿荫展现出蓬勃生机……

张衡墓前，有郭沫若先生 1956 年撰文题词方碑一通。碑文中写道：“张衡(78—139)，东汉末叶杰出的文学家，他的《二京赋》在汉代文学中有优越地位。但在天文学方面，他也有独到的成就。年四十时(117)，制成浑天仪，以观察天体运行。其后十五年，又制成候风地动仪，以测候地震。如此全面发展之人物，在世界史中亦所罕见。万祀千龄，令人景仰。”碑阴刻有张衡传略，记载着这位科学巨人彪炳千秋的生平业绩。张衡虽出身于官僚家庭，但家境早已破败，不得不过着清苦的生活。他的祖父张堪做过渔阳太守，为官清廉，一生不曾有积蓄，父亲早死，甚至连名字都没有留下。因此，张衡少年时代的生活状况并不优越。他祖父的好友朱晖是当地富豪，见张衡从小就有着不同凡响的志向，便给了他多方面的资助，使他自幼遍览群书，靠着博学强记掌握了许多知识。用他自己的话说，就是“约己博艺，无坚不钻”，表现出“才高于世”的良好天赋。他谦恭慎行，“无骄尚之情”，深受乡里推崇。东汉和帝永元六年(94)，十六岁的张衡便告别母亲，离开家乡远游考察。虽然家境贫寒，但青年张衡依然视功名利禄如粪土，故此，他平生第一次远足并没有去京城洛阳以谋取一官半职，而是径往前朝故都长安，旨在饱览祖国的大好河山，“读万卷书，行万里路”，以实现自己的远大志向。一路上，他遍览关中胜迹，攀缘太华终南，开阔了眼界，增长了见识，积累了丰富的创作素材。渭水之滨蕴涵着厚重历史文化的骊山，山下的千古一帝秦始皇陵，给他留下了深刻的印象。在那里，他写下了平生第一篇辞赋《温泉赋》。他在这篇赋的序言里写道：“阳春之月，百草萋萋，余在远行，顾望有怀。遂适骊山，观温泉，浴神井，风中峦。”他在温泉里痛快地沐浴后，到骊山顶上迎风而立，想着天地竟有如此造化，生成了如此壮美的骊山，孕育出神奇的温泉，把温润的泉水嘉惠给普天下的人们。他有感而发，写下了声情并茂的赋章。当时的长安，是世界上有名的文化都市，云集着许多闻名遐迩的大学问家、文学家、艺术家。张衡在那里如饥似渴地吮吸着知识的营养，学识有了很大的提高。《后汉书·张衡传》说他“游于三辅，因入京师，观太学，遂通《五经》，贯六艺”。在汉代，入太学要经过严格的资格审查，首先是由当地县令推荐，再经郡守考查后方可选送。张衡不具备这个条件，因此不可能进入太学学习。但他日渐显露的文学才能为大学问家贾逵所赏识，贾逵便破例让他“观太学”，收他做太学的旁听生。在那里，张衡结识了一些出类拔萃的人才，其中有在天文历法研究中造诣很深的崔瑗，博通各种典籍、终成一代硕儒的马融，隐居潜读、著作等身的王符等。其中尤以崔瑗对他影响最大，成为他的终生挚友。他在太学发愤攻读各种典籍，广泛涉猎多种知识，达到了“一物不知实以为耻，闻一善言，不胜其喜”的地步。在五六年时间里，他不但创作了一批优秀的文学作品，而且在天文学、数学、史学研究等方面也颇有建树,成为名重京师的年轻学者。至二十三岁时,他便以其卓越的文学天赋,写成了轰动当时文坛的《西京赋》和《东京赋》(合称《二京赋》)。这两篇文学名著描述了东汉时期西京长安和东都洛阳的繁华景象,讽刺了官僚贵族荒淫无耻的寄生生活,对上层统治阶级进行了酣畅淋漓的批判,被誉为汉代京都大赋的"长篇之极轨",二赋既出,竞相传抄,致使一时"洛阳纸贵"。

可能是张衡时刻牵挂着居家的母亲吧,他离开长安回到了故乡,一边侍奉母亲,一边继续钻研学问。也就在这时,在朝中担任黄门侍郎的鲍德调任南阳太守,他在京城时就知道张衡的品行与学识,便邀请张衡出任南阳郡主簿,协助他处理郡里事务。张衡从此走上仕途,在主簿任上辅佐鲍德治理南阳。张衡一向推崇教化,重视学问,上任伊始便主持修缮荒废多年的南阳郡学,广收四方学徒,聘请德高望重的学者任教,并亲撰《南阳文学儒林书赞》,详细介绍郡学的情况,《后汉书》称赞说:"百姓观者,莫不叹服。"不久,鲍德升任朝廷大司农,张衡也离开了郡府,再次回到家乡。当朝邓太后之兄、时任大将军的邓骘闻其名,多次征召他到府中任职,都被他婉言拒绝。他在故乡闭门谢客,潜心研究扬雄的《太玄经》。《太玄经》虽然是本哲学著作,但书中记述了许多天文学知识,使他对天文学产生了浓厚的兴趣。

东汉安帝元初二年(115),张衡出任太史令,职责是掌管历法,观测天文气象。这个职务虽无权无势却为他从事天文学的研究提供了直接的条件。无论白天还是夜晚,他仰视着茫茫太空,观测天象,研究阴阳,寻求日月星辰运行的规律,终于写成了《灵宪》一书。这是我国第一部天文学理论著作。在这部著作中,张衡阐明了天地的生成、结构和日月星辰运行的客观规律,提出了"赤道"与"黄道"、"南极"与"北极"等科学概念,记录了两千五百多颗恒星的轨迹,并绘制出我国第一张星图。他核准了"月行九道"的度数,解释了月盈月亏的现象:"当日之冲,光常不合者,蔽于地也,是谓暗虚。在星则星微,遇月则食。"就是说,"望月"的时候,应该能看到满月,但有时看不到,这是因为日光被地球遮住的缘故。他把地影遮住的暗处叫作"暗虚",月亮经过"暗虚"就发生月食。他还指明了"月光生于日之所照"的道理:"夫日譬犹火,月譬犹水,火则外光,水则含景,故月光生于日之所照,魄生于日之所蔽;当日则光盈,就日则光尽也。"形象地把太阳和月亮比作火和水,火能发光,水能反光，指出月光的产生是由于日光照射的缘故，有时看不到月光，是因为太阳光被遮住了。他还对冬天日短夜长、夏天夜短日长的现象作了科学的解释。关于天体和地球的关系，他在系统地总结了天体运行规律的基础上，推翻了“盖天说”所谓的“天圆地方”，创立了“浑天说”，主张天是浑圆的，日月星辰会转入地下。根据这一学说，他把天比作鸡蛋壳，把地比作鸡蛋黄，蛋黄包在蛋壳里，并于汉安帝元初四年(117)研制出世界上最早用水力推动的“浑天仪”。这个仪器的主体是一个大空心铜球，上面布满了星辰，球的一半隐没在地平圈下面，另一半显露在地平圈上面，就像人们看到的天穹一样。仪器靠漏壶流水的力量推动齿轮系，带动铜球缓慢地运转，一天旋转一周，人们从仪器上可以看到星辰的起落，其运行轨迹与实际天象完全相合。浑天仪的发明，在世界天文学研究历史上树起了一座巍峨的里程碑。

地动仪的发明，又一次彰显了张衡的科学天赋。东汉末年，各郡地震频繁，引起地裂山崩、江河泛滥、房倒屋塌，给百姓生命带来很大威胁，财产损失严重。张衡在太史令任上，还负责记录灾情，于是，他又把精力转移到地震研究方面，并于汉顺帝阳嘉元年(132)发明了地动仪，从此开启了人类用仪器记录、研究地震的新纪元。汉顺帝永和三年(138)的一天，一个铜球从仪器上的一条龙嘴里突然吐落，掉进下面准备承接的铜制蟾蜍口中，发出很大的声响。这是地震的征兆。数日后，果然有驿马星夜报入京师，说千里之外的陇西发生了地震。这是对地动仪功能的科学验证。

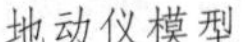
地动仪模型

浑天仪模型

张衡之所以在科学和文学等方面作出如此彪炳史册的成就，固然有其特定的历史条件和个人的主观努力等因素，但更重要的还是他有着坚实的唯物主义哲学基础。他认为宇宙的形成是以物质性的“气”为基础的，而且是分为阶段性的。其第一阶段叫“溟涬”，是“无”的阶段，这个阶段是“道”的根本，称之为“道根”；第二阶段叫“庞鸿”，在这一阶段形成了“道”的“主干”；第三阶段是宇宙形成的最后阶段，叫“天元”，在这一阶段“道”就要结实了，所以叫“道实”。他以植物的生根、长干、开花、结实来形容宇宙形成与发展的整个过程。他还提出了“宇之表无极，宙之端无穷”的哲学论断，即宇宙在空间上是无限的，在时间上是无穷的，认为无限的空间和无穷的时间的对立统一，构成了矛盾，这便是宇宙。他的这一论断彻底否定了在他之前哲学上早已存在的“天人感应”“天人合一”和“天不变，道亦不变”的唯心主义与形而上学的观点，为他的科学研究和文学创作打下了深厚的思想基础。他重视实践，尊重科学，是一位唯物主义的科学家和文学家。同时，他那高尚的道德情操和百折不挠的事业心也是他成就伟大功业的精神支柱。他一生淡泊名利，孜孜以求的唯有他的事业。《后汉书》称赞他：“三才通理，人灵多蔽。近推形算，远抽深滞。不有玄虑，孰能昭晰？”他在《应间》中也写道：“君子不患位之不尊，而患德之不崇；不患禄之不夥，而耻智之不博。”宣告“捷径邪至，我不忍以投步；干进苟容，我不忍以歙肩”，决不肯曲意侍奉权贵，以不正当途径谋取高官厚禄，充分表现了他不阿权贵、不谋禄位的崇高品质。

张衡生活的时代，正值东汉王朝日趋腐败，宦官、外戚争权，巫师、方士之流大搞封建迷信，最高统治者信奉的不是科学，而把荒诞不经的“谶纬之学”尊为朝章国典。谶纬之学以封建迷信来解释经书典籍，预卜吉凶，其基本思想是宣扬“王权神授”“天人感应”等唯心思想，用图谶解释历史和重大事件。面对真理与谬误、科学与迷信的斗争，张衡坚持唯物观点，砥柱中流，冒死劝告皇上“不可任疑从虚，以非易是”，并上《请禁绝图谶疏》，指出：言谶者不肯研究实际的学问，偏喜虚伪的邪说，正如画工不愿画犬马，而好画鬼怪一样。原因是鬼怪无形，可以随便涂抹；而犬马人人可见，画得不像是不行的。他建议“宜收藏图谶，一禁绝之”，表现了坚持真理、反对谬误、不畏权势、敢于斗争的可贵精神。但是，在历史向前发展的螺旋柱上，有时谬误也会战胜真理，张衡被排斥出了京师。他满怀忧愤，涕泪纵横地写下了这样的诗句：

我所思兮在泰山，欲往从之梁父艰，侧身东望涕沾翰。美人赠我金错刀，何以报之英琼瑶。路远莫致倚逍遥，何为怀忧心烦劳。

张衡借诗言志、抒怀，反复咏叹了自己忧国忧民而又无从报国的苦闷，抒发了自己沉郁、忧伤、压抑、悲愤的心情，寄托了自己的政治抱负和对美好理想的追求。

历史上最早记载张衡墓园的文献当为北魏郦道元的《水经注》。他在其“淯水条”中写道：“淯水又南，洱水注之……又径西鄂县南，水北有张平子墓。”还写道：“张衡墓之东侧有平子碑。”另据史书记载，张衡故里原有张衡故宅以及纪念他的庙宇等建筑，至唐代犹存，文人学士和平民百姓经常到这里探访、瞻仰，缅怀这位科学巨人、文学大家的功绩，抒发殷殷思念之情。“初唐四杰”之一的诗人骆宾王到此凭吊时，曾写下了一首悼念诗：

西鄂该通理，南阳擅德音。
玉卮浮藻丽，铜浑积思深。
忽怀今日昔，非复昔时今。
日落丰碑暗，风来古木吟。
惟叹穷泉下，终郁羡鱼心。

骆宾王在这首诗里，既对张衡的品行与才学表达了由衷的钦敬与赞扬，又对他晚年的郁郁不得志寄寓了深深的惋惜与同情。

唐朝以后，历经战乱，张衡墓园荒没，祠庙坍塌，碑碣散失，故里呈现出一派破败景象。宋代天圣年间，故里人曾发现了张衡墓志铭碑，但后又佚失。据故里人传说，明朝嘉靖年间，有一个叫周纪的人，在一天夜里忽然梦见有人进入他的内室，对他说：“我是张平子，我的墓地被人占据了，求您设法给我收回，重修墓穴，我在九泉之下感激不尽。”周纪醒来，其人面貌依稀仍在眼前，其人话语犹在回响。受梦中张衡之托，周纪遍访乡间老人，终于找到了张衡墓址，重金赎回，重修了张衡墓园，建了庙宇，勒石立于墓前。周纪梦见张衡其事勿论信否，但史书中确有周纪重修张衡墓园的记载："张衡墓在县北五十里石桥镇西南，墓久湮，明嘉靖中县人周纪重封筑之。"清光绪八年（1882），小石桥镇夏村一师姓乡绅又对墓园进行了修葺，并将"字迹半就剥落、凝目细审幸可卒读"的明代石碑复制重刻，分立于墓的两侧。

张衡在《归田赋》中写道："徒临川以羡鱼，俟河清乎未期。"呼唤着清明之世再现，希望在科学研究上作出更大的建树。然而，东汉动乱的年代最终熄灭了他的希望之光。面对朝政一片混乱，他愤然上书，直陈宦官乱政之罪行："贵宠之臣，罪行昭著，妄作威福，有目共睹，积恶成祸，为害黎民，四海怒愁，灾眚屡见。"又写道："天道虽远吉凶可见……万事不忘，后事之师也！"他因此得罪了宦官，于顺帝永和元年（136）被调离京城，到远方任河间相。到任后，他整治法度，惩办了一批为非作歹的豪强，同时还清理冤狱，释放了一批无辜之人。但是，他发现自己惩治的多是从犯，而那些"豪侠游客"却早已"悉惶惧逃出境"，由此，他感到自己对这种"天下渐弊"的局面已无能为力，于是便在六十一岁那年上书"乞骸骨"，请求告老还乡，谁想顺帝非但未批准他回乡，反而又把他调到朝中任尚书令。任职一年后，他便在极度忧郁的心境中离开了人世。生前好友扶柩归里，把他安葬在家乡。崔瑗为他撰写了墓志铭，立《河间相张平子碑》。碑文中写道："河间相张君，南阳西鄂人，讳衡，字平子。其先出自张老，为晋大夫，纳规赵武，而反其侈，书传美之。君天姿浚哲，敏而好学，如川之逝，不舍昼夜。是以道德漫流，文章云浮，术数穷天地，制作侔造化；瑰辞丽说，奇技伟艺，磊落焕炳，与神合契。然而体性温良，声气芬芳，仁爱笃密，与世无伤，可谓淑人君子者矣。初举孝廉，为尚书侍郎，迁太史令，实掌重黎历纪之度，亦能焞耀敦大，天明地德，光照有汉。迁公车司马令、侍中，遂相河间，政以礼成，民是用思。遭命不永，暗忽蹶徂。朝失良臣，民陨令君，天泯斯道，世丧斯文，凡百君子，靡不伤焉。乃铭斯表，以旌厥问。"张衡一生所交之人，论友情以崔瑗为最。崔瑗是他的终生挚友，由他来为张衡写墓志铭是再好不过的了。"死而不朽，芳烈著兮"，是崔瑗对他的评价，也是历史对他的评价。

从张衡墓园出来，只见距墓园北边一箭之地，有一座束腰形方台，台上立碑一通，上书"汉尚书张平子读书台故址"，故乡人传说，那里就是少年张衡读书的地方。我刚刚走出张衡墓园，便听到一阵琅琅的读书声，那是附近小学校的学生在台上读

“日落丰碑暗，风来古木吟。”这抔黄土下面安葬的，不仅是一位科学圣人，还是中华文明不朽的魂灵

书。听着那读书声，不仅是风华少年，就是皓首老人也会受到激励和鞭策。童年张衡曾在那里发奋读书，“如川之逝，不舍昼夜”。多少个白天，他的读书声唤醒金鸡报晓，和着田野里牛羊的欢叫迎来日出送走日落；多少个夜晚，他披着满天星斗于万籁俱寂中垂首沉吟，苦思冥想。如今，伟人已随书声去，这里只留下这么个孤零零的纪念，然而，只要人们一看见它，便会联想到日后成为科学巨人的那个张衡。

不知不觉地，夕阳快要挂在紫山上了，隋塔的影子被橘红色的阳光扯得很长很长。我徜徉在张衡故里，思绪被历史与现实的经纬巨线交织着，感情被历史与现实的潮汐巨浪激荡着，产生了许许多多的联想。在世界历史上，为什么唯有中华文明没有断代而日益隆盛？为什么唯有中国虽累经磨难而生生不息？答案只有一个，那就是贯穿这个五千年古国的文化！是它，使中华民族颠扑不绝；是它，使中华民族世代相因。一个民族的文化撑起了一个民族的脊梁，一个时代的代表人物荟萃了一个时代的文化精华。我们今天念念不忘张衡，就是因为他代表了他所处的那个时代的文化精华，在一千九百多年前的神州大地上空升起了一颗灿烂明星。这时，我回首再向张衡墓园望去，见园中那一抔黄土霎时高大起来，有如他生前所思之泰山一样巍峨，在红彤彤的晚霞辉映下，直薄缈缈天幕。

天幕上，有一颗星格外耀眼，那是太阳系中用张衡的名字命名的、编号为“1802”的小行星！

荫高树兮临曲涡

——访曹操故里

汉献帝建安五年(200)十月官渡大战之后,曹操率领大军马不停蹄地班师回许都。一天,曹操在马上缓辔而行,听到队列中有几个兵士在窃窃私语,仔细一听,那几个兵士操的都是谯县口音。他一时感到格外亲切,便下马走在队列里,和那几个兵士边走边聊起来。从他们的话语里,曹操得知他们在外面打仗久了,都很想家。有的甚至说,就是战死了,灵魂也要回家。

曹操听到这里,心里禁不住“咯噔”了一下,两道浓眉顿时凝了起来。他缓缓地上了马,一言不发,沉思起来……

当时正值深秋时节,霜花满天,败草遍地。突然,长空中传来一阵凄厉的雁唳,曹操举目望去,只见乱云飞渡之中有几只失群的大雁,正鸣叫着向南方飞去。他仰望着远飞的大雁,更是触景伤情,浮想联翩:是啊,大雁南来北往,万里飞行,历尽千险,每年都要飞回自己的家啊!而自己呢,从三十五岁于陈留起兵,至今已将近五十岁了,整日在外南征北战,难道真的就像那秋天的飞篷一样,随风飘荡,再也回不到故根上了吗?唉!我什么时候才能回到故乡,哪怕是看上一眼,住上一宿也好啊!曹操想到这里,一股思乡之情强烈地撞击着他的心头,故乡的一老一少,一宅一院,一草一木,一个劲儿地在眼前晃动起来。他想着那既熟悉又陌生的故乡,止

曹操故里涡河风光。“荫高树兮临曲涡，微风起兮水增波。”

不住泪流满面，多想早日完成统一大业，解甲归田，回到故乡的怀抱啊！

建安六年(201)九月，曹操得知刘备受袁绍之命侵扰汝南，便率军南征迎敌。刘备闻讯，掉头南下投奔了荆州牧刘表，汝南之围不战而解。曹操率军北归，正好路过谯县，终于回到了阔别多年的家乡。刚进村子，他便急匆匆地来到祖居的家门前，然而，眼前的一切使他大吃一惊：幼年时生活的家园，如今却堆满了碎砖烂瓦，长满了杂草野卉，已是面目皆非，就连门前那棵自己童年时不知爬过多少次的老榆树也枯死了。连年的天荒兵祸，人民流离失所，一些地方已是荒无人烟，地处淮北大平原上的亳州更是难逃其灾。他在村里走来走去，走了整整一天，虽然乡音依旧，却没能见到一个熟悉的人。打听起幼时和自己一起打猎游玩的伙伴，人们都说早已不知去向。他正叹息着，忽然看见那天行军途中遇到的几个兵士，一个个满脸泪痕。经询问，知道他们家里不是父母惨死，就是兄弟离散；不是妻子饿亡，就是儿女夭伤。故乡几经战乱，已经破败得不成样子了！“旧土人民死伤略尽，国中终日行，不见所识，使吾凄怆伤怀。”曹操心想，自己当初举起义旗，本是为了除暴安良，造福乡梓，可如今……他不忍心再想下去，禁不住潸然泪下，唏嘘不已。当天晚上，他就在自己祖居的废墟上，发布了一道《军谯令》：“凡跟随我出征的将士，死亡了没有后代的，可以让其亲属作为后代，由官府分给田地，并配牛马耕作；有条件的，要设立学堂，让他们去读书。同时，还要给死亡的将士建立祠堂，让后代春秋祭祀。”

这一次，曹操在故乡住了三个月。其间，他派人四处打探年轻时曾经拜访过的梁国名士桥玄的下落。得知桥玄已去世多年，他写了一篇长长的祭文，感谢桥玄对自己的举荐，使他从一个默默无闻的年轻人到很快被世人所知，对桥玄寄予了深深的感激之情。他还派人带了祭文和祭品，到桥玄墓地去祭奠。离开故乡的那天，曹操勒马伫立在涡水岸边，久久不愿离去。部下多次请行，他才依依不舍地上了路。一路上，他还忍不住频频回首向故乡怅望，直到泪水模糊了双眼……

汉桓帝永寿元年(155)，曹操出生于沛国谯县一个显赫的官宦之家。据《三国志·武帝纪》记载：“太祖武皇帝，沛国谯人也，姓曹，讳操，字孟德，汉相国参之后。桓帝世，曹腾为中常侍大长秋，封费亭侯。养子嵩嗣，官至太尉，莫能审其生出本末。嵩生太祖。”他的祖父曹腾，曾在宫廷中当了三十多年宦官，是东汉末年宦官集团中的一员，建和元年(147)，因劝大将军梁冀迎立汉桓帝有功，朝廷特许他的养子承袭爵位。这个养子就是曹操的父亲曹嵩。曹嵩的出身在当时就不很清楚，所以陈寿称他“莫能审其生出本末”，也有人说他是“夏侯氏”之子。凭借先辈在朝中打下的根基，他也做了几任大官，直至太尉之职。曹操就生活在这个畸形的大家庭中。曹家没有“累世经学”的家承，曹嵩对于用封建礼教训化子女很不在行，所以，曹操少年时代“既无三徙教，不闻过庭语”。但他自幼勤奋好学，博览群书，儒法经典、史记汉书、楚辞汉赋、乐府诗歌等，无所不读。他尤其喜欢读兵书，凡能收集到的，他都认真阅读，并把其中的要点一一摘录下来，汇编成册，名为《兵书接要》。他对辅佐齐桓公成就霸业的那位从囚车中放出的相国管仲、襄助秦孝公鼎力革新旧制而终被车裂而死的商鞅，还有统一中国的秦始皇、胸怀雄才大略的汉武帝，以及那演阵斩姬的孙武和智擒庞涓的孙膑，充满了由衷的敬意。少年曹操除了潜心读书外，还遍访社会名流，向他们请教经世之道。他听说梁国的桥玄曾在朝中任过太尉，是一个很有政治远见的人，便千方百计前去拜访。一见面，曹操就直率地把自己的政治见解和远大抱负一股脑倾吐出来，还直言不讳地公开承认自己出身于宦官家庭，但对宦官专权深恶痛绝。桥玄听后，赞叹道：“天下将乱，非命世之才不能济也，能安之者，其在君乎！”桥玄还告诉曹操说，汝南有一个很有眼力的名士叫许劭，他每月初一这天，都要聚集一批名人高士，对一些尚不知名的人物进行评论，称之为“月旦评”。凡是得到他们好评的，即使是无名之辈很快也会被人器重。听了桥玄的话，曹操便带上礼物，长途跋涉去求见许劭。曹操说明了来意，倾谈了自己的想法，紧接着便问自己是怎样的一个人。许劭开始一言不发，经曹操再三追问，许劭终于说出了一句话：“君清平之奸贼，乱世之英雄。”说不准许劭的话对曹操是褒是贬，但不管怎样，经过许劭的评品，曹操的名字便很快传扬出去了。

曹操少年时，任性好侠，放荡不羁，常常到谯县郊外去打猎，骑马射箭，练就了一身好武艺。一天，他和一群少年伙伴相约到郊外打猎，刚到林中，只见他纵马径直向一处悬崖驰去，眼看就要跌落深渊，小伙伴们都为他捏了一把汗。说时迟，那时快，只见他忽地猛勒马缰，随着一声长嘶，那马腾空跃起，转过头来，双蹄“噌”地落了地；还没等小伙伴们从惊恐中还过神来，曹操又拉弓搭箭，“嗖”的一声，一只大雁应声落地。他不仅武艺高超，而且胆量过人，曾多次赤手空拳同猛兽搏斗。十岁那年，他曾在涡水披浪击蛟，一时被乡里传为佳话。他还学了一些农耕、打铁、盖房屋等技能，成了远近闻名的多面手。因他的父亲在洛阳做官，他曾几次去过洛阳，有机会接触到广阔的社会。他看到了农村中“地广而不得耕，民众而不得食”的凄凉景象，也看到了京城里花天酒地、纸醉金迷的腐朽生活。他见过豪强士绅鱼肉乡里、欺诈百姓的残暴行为，也见过贫苦农民妻离子散、家破人亡的悲惨情形。所有这一切，都使他萌生出“忧世不治”的感慨。尽管家乡是那么贫穷，他依然留恋自己的家乡，热爱自己的家乡。因此，他在青少年时代除了几次去洛阳看望做官的父亲以外，大部分时间都是在家乡度过的。他的足迹踏遍了家乡的村村寨寨，沟沟坎坎，对家乡倾注了无限的深情。家乡的淳朴民风、秀美风景陶冶着曹操幼小的心灵，使他在乡亲们的哺育下渐渐长大。

据郦道元《水经注》载：“亳州城东有曹太祖故宅，所在负郭对廛，侧隍临水。”曹丕称帝后，追尊曹操为武帝，故“曹太祖故宅”又称“魏武帝故宅”。曹操故里到底在什么地方呢？郦道元也仅仅是指出了个大致方向。多年来，几经专家考证，它应在今亳州旧城东南的涡河南岸，从建安路折向白果树街，再走不远就到了。由于年代久远，曹宅的一切早已被历史尘封，不可能再现当年情形。现在这里的民房一座连着一座，各家院子里的树木和涡河边的树木连在一起，呈现出一派蓊郁的景象。路旁有一棵高大的银杏树，树下立一石碑，上镌“魏武故里”几个大字。附近的居民说,这里过去确有一座古碑,在动乱的年代丢失了,现在这座是近几年重立的。但他们确信这里就是曹操的祖居所在,因为生活在这里的人们世世代代都是这样传说的。看着他们那一张张朴实而又厚道的脸,不由得让人对他们的话深信不疑。曹操生活的东汉时期,这一带丘陵起伏,林深木秀,田畴万亩,四季飘香。特别是那条绿绸带似的涡水,更为这片土地增添了无限的灵气与生机。建安十八年(213),曹丕随父亲回故乡祭祀祖墓,沿着涡水纵马饱览故乡风光,曾作了一首《临涡赋》:

想当年这里"众宾会广坐,明灯喜炎光。清歌制妙声,万舞在中堂",该是何等景象

> 荫高树兮临曲涡,微风起兮水增波。
> 鱼颉颃兮鸟逶迤,雌雄鸣兮声相和。
> 萍藻生兮散茎柯,春水繁兮发丹华……

这是一幅多么美丽的乡村景色啊!

亳州是一座历史文化名城。三千多年前,商代成汤曾建都于此。西周时,属诸侯封地焦。春秋时,曾名焦邑。秦置谯县。三国时设谯郡,与邺城、洛阳、许昌、长安同为魏的五都之一。这里地处一望无际的淮北大平原上,涡水缓缓地自西北绕向城东,水量丰盈,流动平静。在古代,涡水常年桅樯如林,舟楫如梭,是东西南北的水上交通要道。谯郡因此商贾辐辏,会馆棋布,为神州大地上的一个繁华的商埠。曹操自幼就生长在这个交通发达、人文荟萃的地方。至于曹操故居到底是什么样子,遗憾的是史书中没有记载传世;东汉至今历经一千多年的风侵雨蚀,已不可能保存下来。所幸的是"建安七子"之一的刘桢,于建安十四年(209)随曹操回乡时,曾写下了一首《赠王官中郎将》诗,使我们从中略可揣度一斑:"众宾会广坐,明

灯喜炎光。清歌制妙声,万舞在中堂。”仅从这几句诗中,就不难看出曹操故居当年的规模。试想,众宾客在中堂“广坐”,于明灯照耀下,聆听“清歌”,观赏“万舞”,那故居该是何等的屋宇轩敞,宏丽辉煌!可惜的是,这一切早已随着时代的变迁和朝代的更替化为乌有了。虽然曹操故居今已杳然无存,但故乡人为了纪念他和他开创宏图大业的伟绩,历代都注意保护了与此相关的文物古迹,至今仍有大量的遗址供人们凭吊瞻仰。

东汉末年,天下大乱,“白骨露于野,千里无鸡鸣。生民百遗一,念之断人肠”,黎民百姓颠沛流离于战乱之中。汉灵帝熹平三年(174),二十岁的曹操被乡里举为孝廉,入洛阳为郎,旋任洛阳北部尉,于天下大乱的东汉末年登上了政治舞台。中平元年(184),他在镇压黄巾起义中崭露头角,被封为“西园八校尉”之一,积极联络天下诸侯讨伐董卓。董卓死后,他加快发展自己的势力,纵横乱世,南征北战,以自己的雄才大略先后翦除了吕布、袁术,又接受了张绣的投降,消灭了这些割据一方的军阀势力。献帝建安五年(200),他在官渡以少胜多挫败了河北袁绍十万人马,又于第二年再次击破袁绍军队。建安十二年(207),他率军北伐三郡乌桓,彻底铲除了袁氏残余势力,统一了大半个中国的土地。建安十三年(208),他出任东汉朝廷的丞相,开始掌控东汉政权。这年七月,他南征荆州刘表,十二月又于赤壁同孙刘联军作战。建安十六年(211)七月,他领军击溃了以马超为首的关中诸军,构筑了整个魏国的基础。次年又击败了张鲁,占领了汉中地区。至此,三国鼎立之势基本成形,结束了东汉末年各地诸侯蜂起,军阀连年混战的局面。

曹操一生戎马倥偬,征战无数,其中有几次大的征伐,是以先世本邑谯地为要冲,首先治兵于谯,由谯发轫,然后逐鹿四方的。他一直把家乡作为屯兵、屯田、储粮、制造兵器的后方基地,在家乡操兵练武,演习战法。他在家乡修建的北曹寺和南曹寺,就是他的重要屯兵处。据北曹寺遗碑记载,当年该寺筑有楼台亭榭,颇具规模。为了军事上的需要,曹操还专门在家乡修筑了运兵道。这运兵道又称隐兵道,位于亳州老城区的主要街道地下,今已部分修复供人们参观。当时谯县城内的运兵道,纵横交错,结构复杂,布局奥妙,变化多样,从城中心向四面延伸开来,分别通达城外。曹操把为数不多的兵士从运兵道暗暗送到城外,然后再从城外开进城内,如此循环往复,使人摸不清他到底有多少兵马,以此迷惑敌人,麻痹敌人。这些

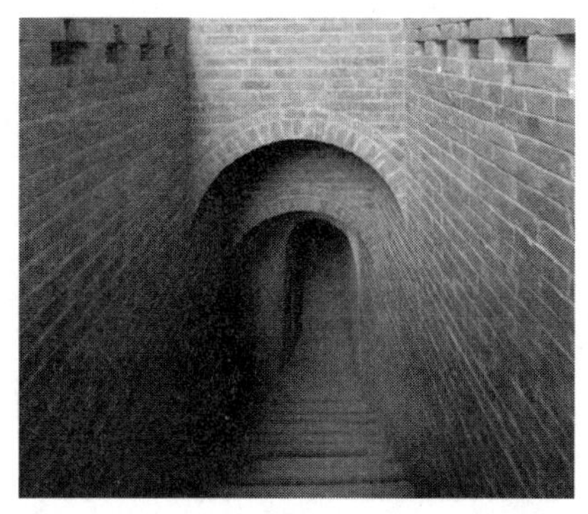

这些运兵道,规模最大,历史最久,被誉为“地下军事长城”

运兵道距地面大都在二至七米之间,分为“土木结构”“砖土结构”“砖砖结构”三种,并有“单行道”“并行双道”和“上下双层道”等多种形式。在T字形的转弯处,特意筑有障碍墙,仅容一人侧身通过。道壁上留有方形龛洞,供放油灯照明用。券顶每隔一段距离,留有透气孔,直通地面。在双道并行时,两道间还留有方形传话孔。道内现已发现有障碍券、绊脚板、陷阱等陷敌设施,并有枪棒、刀戟、战灯、铜镜、衔枚等军事用器。这些运兵道,是我国迄今发现的历史最早、规模最大的地下军事战道,被誉为“地下军事长城”,其价值远远超过地面上的一座完整的古城池,对研究我国古代军事建筑、古代战术以及曹操本人的军事思想都有着重要的意义。在曹操的军事生涯中,多有利用地道出奇制胜的战例,如在官渡之战时,“(袁)绍射营中,矢如雨下”,而他却“起土山地道”,避免了伤亡,保存了实力。又如在攻打邺城时,他“为土山地道”,打通了进攻道路,最后取得了胜利。今人在探秘曹操家乡地下防御战道的时候,一定会更加认知曹操足智多谋而又疑人疑兵的军事指挥才能。曹操在远征东吴时,也是预先在家乡的涡水操练水师,然后沿涡入淮,过巢湖,下长江,浩浩荡荡进军的。有时打了胜仗,曹操还要在家乡犒赏军队和父老乡亲。现存亳州东南的八角台,据记载就是曹操在东征吕布凯旋后奖赏军士和阅兵的饷军台。如若在仕途上失意或在战争中受到挫折,他都要回到家乡,以浓浓的乡情抚慰心头的创伤。三十三岁那年,他因受权贵排挤,被朝廷调任东郡太守,他愤然托病辞官回到谯县,在故乡闲居了一阵子,于城东一条叫泥水的小河旁修建了一座小屋,同夫人卞氏一起在这个低洼的地方安居下来。曹操谢绝宾客,夏秋读书,继续研究兵法,注释兵书;冬春则骑马出外打猎,自寻乐趣,陶冶性情,过着隐士般的生

活。他想等天下太平了,再重返仕途。《三国志·魏书》曾记载了这件事。清代桐城人刘开曾作有《魏武帝故宅》诗,诗曰:

谯东精舍没苍苔,射猎冬春亦壮哉。
乱世纷纭谁识主,奸雄猜忌尚怜才。
成功天限三分局,飨土风生八角台。
知己归推乔太尉,墓门祭罢泪犹哀。

汉中平四年(187)冬天,卞氏在这里生下了曹丕,他就是后来的魏文帝。后人于此处建起谯令寺,今寺虽废,遗址尚存。此诗从已经被岁月湮没的精舍叙起,歌颂了曹操冬春射猎的壮举,以及后来运筹帷幄、唯才是举、荡平中原,终成魏、蜀、吴三分天下的丰功伟绩。

曹操少有抱负,曾贷耕牛、设私塾。他曾在家乡实行民屯,奖励耕战。建安十四年(209),曹操"军至谯,作轻舟,治水军"。为了筹集军饷,曹操亲自视察督导,于谯城东西各筑一高台以观农事,并"亲耕籍田"。东郊为东观稼台,后建为大悲寺;西郊为西观稼台,后建为崇兴寺。据崇兴寺碑文记载:"郡之东西台也,相传为魏黄初时所建,所以表邦镇名胜也。东台地辐辏,四方宾至者或邮会其中,故多车马焉。"此时,故乡成了他筹饷练军的巩固的大后方。今西观稼台已无迹可寻,东观稼台也成为一个行将绝迹的大土堆,然而来这里凭吊的人们似乎还能从它们身上领悟到曹操"挟天子以令诸侯,修耕植以蓄军资"的战略思想。东汉末年战祸频仍,灾荒连连,千村萧疏,万户鬼唱。曹操的这一战略思想固然是首先从军事上考虑的,但对人们特别是家乡的人们修耕植以度灾荒也算是做了件好事。

同曹操一样,儿子曹丕对生他养他的故乡也倾注了一往深情。他多次于戎马倥偬中回到故乡。建安十四年(209)三月,他随父回到故乡,协助曹操造战船,练水军。七月,随父率军南征,十二月又随父回到故乡;延康元年(220)八月,他效法汉高祖刘邦衣锦还乡之举,率军回到故乡祭先茔,乡中父老扬尘遮道,奉觞进酒。他大飨将士及故乡父老于城东,设伎乐百戏,并立坛于故宅,建立大飨堂。坛前立有"大飨之碑",由钟繇篆额,曹子建撰文,梁鹄书刻,时人称为"三绝碑";曹丕称帝后,于黄初二年(221)定五都,以谯县为陪都;黄初六年(225)五月,他率军东征,再次回到故乡,八月,先是从水路循涡水入淮河,后转陆路抵徐州。黄初七年(226),他于洛阳病逝前还遗诏后宫淑媛、昭仪以下归其家乡。为了纪念曹丕,故乡人在亳州城里修了座"魏文帝庙"。

建安二十五年(220),征战了一生的曹操一病不起,这时他六十六岁,自觉会不久于人世。他是个豁达之人,对于生老病死之类的事看得很开,对自己一生的功过得失看得也很平淡。临死前,他在《遗令》中说:"吾在军中持法是也,至于小忿怒,大过失,不当效也。天下尚未安定,未得遵古也。"他要家人用平时的衣服把他装殓,"无藏金玉珍宝",埋葬后,要立即除去丧服,领兵的武将不得离开屯驻的兵营,各级官吏照常担负起自己的职责,都要兢兢业业地去完成他的未竟之志。接着,他对后事还做了更为仔细的安排:婢妾和艺妓们平时都很辛苦,我死了以后让她们住铜雀台,不要亏待她们。余下的熏香分掉,不要用来祭祀,免得浪费。各房的女人可以学着编丝带草鞋卖。相传,曹操并没有叶落归根、魂归故里,而是葬在了邺城西面西门豹祠附近的高陵上。《方舆纪要》载:彰德府临漳县有曹操七十二疑冢,高者布列如小山。南宋诗人范成大有《七十二冢》诗,其中有"一棺何用冢如林,谁负如公负此心"句。曹氏家族世居于谯,自曹腾发迹以后,遂形成了一个庞大的官僚家族。据《水经注·阴沟水》记载,谯城南侧有曹操的祖、父辈诸人的墓葬。今亳州城南郊绵延几公里的古墓群,即为曹氏宗族墓地。过去,人们沿着一条长长的神道可直达那里,如今神道早已废弃,现为宽阔的"魏武大道"所替代。墓地原来遍植苍松翠柏,一派郁郁葱葱的景象,如今也多为田舍覆盖。这里埋葬着曹操父亲曹嵩、祖父曹腾、曹腾兄曹褒、褒子曹炽和曹胤等人,故乡人亲切地称之为"曹家孤堆"。遥想当年,墓地汉阙林立,石刻对列,古木参天,该是何等的肃穆!故乡文物部门有计划地发掘整理了其中几座墓葬,发现墓为石料筑成,由甬道、石门、前室、中室、后室、南北耳室、东西偏室组成,墓内建筑设计精到工整,甬道两侧有"文武门侍"汉画像石刻,造型逼真,镌工精美。墓室四壁及穹窿上布满壁画,虽因年代久远而脱落残缺,但彩绘的楼台亭阁、旌旄旗帐、鸟兽花卉等图案仍隐约可见。墓中残留有大量的铜缕、银缕玉衣,象牙、玉石、琉珀雕刻,鎏金车饰、青色瓷器等珍贵文物。整座墓葬工程浩大,气势非凡,俨然一座地下宫殿。尤为引人注目的是,从墓中出土了三百八十三块有文字的墓砖刻辞以及石碑、印章等，字体有篆、隶、章草、草隶等，分朱书文字和划刻文字两种，每块字数少则几个，多则几十个。其内容大体为墓主姓名身世、生卒年月；曹氏族人、部属的奠敬赞颂哀吊之辞，诸如“故长水校尉沛国谯炽”“颖州太守曹君”“会稽曹君永年”“苍天乃死”等。字为阴文，用锥划刻，然后烧制而成。笔法自然，体势流畅，结构合理，用力适度，细细揣摩，似觉如锥划沙，如钗拆骨，每一块字砖，都是一块独立而精到的工艺品。这些墓砖刻文，不但对进一步研究、考证曹氏宗族历史有重要的价值，而且为研究我国文字源流以及书法、篆刻艺术提供了宝贵的资料。从墓砖刻辞中时常可以看到的“文”“文学”等字样，从一个侧面印证了曹氏父子在建安时期的文学地位。建安时期文风昌盛，文学大家济济，曹操父子以其在文学上的成就，被后人拥戴为“建安风骨”的代表。而曹操，更是被后人公推为我国历史上独树一帜的文学大家。他“处相王之尊，雅爱诗集”，喜作诗，爱音乐，善谱曲，工书法，一生中“内修文学，外完武功”。他曾在故乡的谯望楼上多次与文人聚会，登楼赋诗，对天啸歌；他在邺都辟有西园，专门接待文人学士，切磋学问，酣畅为文。他虽然政务缠身，又时常南征北战，但“登高必赋，每造新作，被之管弦，皆成乐集”，正所谓“昼携壮士破坚阵，夜接辞人赋华屋”。东汉末年天下大乱的动荡局势和水深火热的社会图景加之他执着的文学追求和勤奋耕耘，不仅成就了一位政治家、军事家的曹操，同时还成就了一位文学家的曹操。曹操传世诗有二十余首，散文四十余篇。他在《蒿里行》中以“铠甲生虮虱，万姓以死亡。白骨露于野，千里无鸡鸣”，形象地描绘出一幅凄凉的战乱景象。在《龟虽寿》中以“老骥伏枥，志在千里；烈士暮年，壮心不已”，抒发了人生有限、壮

屹立在故乡的土地上，这位“清平之奸贼，乱世之英雄”在回味着什么呢？

志无穷的远大抱负……同乃父一样，儿子曹丕和曹植也有很高的文学造诣。“三曹”文学代表着建安文学的最高成就。《艺概》中说：曹操“气雄力坚，足以笼罩一切，建安诗子未有其匹也”。《围炉诗话》中也说：“魏武终身攻战，何暇学诗，而精神老健，建安诗子所不及。”又说：“作四字诗，多受束于《三百篇》句法，不受束者，惟曹孟德耳。”近代史学家范文澜说他的四言乐府诗“立意刚劲，造语质直，《三百篇》以后，只有曹孟德一人号称独步”。鲁迅更是称赞他的文风“清峻”“通脱”“简约严明”，“是一个改造文章的祖师”。

在曹操故里，还有谯望楼、饮马坑、拦马墙、黉学巷、斗武巷等遗迹。出于对曹操的崇敬，这些遗迹有些难免有穿凿附会之嫌，甚至还会有荒诞离奇之疑，但每一处遗迹，故乡人都能讲出一连串神奇的故事，而每一个故事，都是对他真诚的颂扬。尽管历史已过去了一千七百多个年头，流淌不息的涡水仍在回响着对他的怀念：“汉末，天下大乱，雄豪并起，而袁绍虎视四州，强盛莫敌。太祖运筹演谋，鞭挞宇内，揽申、商之法术，该韩、白之奇策，官方授材，各因其器，矫情任算，不念旧恶，终能总御皇机，克成洪业者，惟其明略最优也。抑可谓非常之人，超世之杰矣。”

啊！ 圉镇的圆月

——访蔡文姬故里

自从“文姬归汉”的故事打动了我的心灵以后，每当吟哦起那悲天怆地的《胡笳十八拍》和《悲愤诗》，总要泛起访问圉镇的念头。因为，那里是我国历史上著名的女诗人蔡文姬的故里，有着许许多多关于她的神奇传说……

汽车在布满霜花的豫东大平原上疾驰，车窗外成熟的秋庄稼编织着这片古老大地的繁荣，高天，淡云，萧瑟的秋风，掠空的雁阵，酝酿出“文姬归汉”的氛围，历史的镜头一下子推到一个遥远的时代，任你跨越时空，去想象、去勾画心灵中崇拜的那个偶像。在历史的朦胧中，我依稀看见蔡文姬正在迎候我们。待到历史与现实拉开了距离，我才定睛看到，那是矗立在圉镇中心广场上的蔡文姬汉白玉雕像。

蔡文姬雕像在秋阳下闪着银光。她身披斗篷，站在黑色大理石砌成的高高的底座上，双目炯炯，凝视着南方，右手抚在胸前，左手持着诗卷，正在吟诵一首刚刚写就的诗章。一代女诗人洒脱的气质和典雅的风范再现在故乡人面前。但细心的参拜者也不难看到，蔡文姬那紧蹙的双眉间依然流泻出淡淡的愁绪，那紧绷的双唇中依然漫溢着哀哀的幽怨。那愁绪，曾经是故乡长空的缕缕白云；那幽怨，曾经是故乡小河的涔涔流水。故乡人看得见，听得出，一直牢牢地记在心里，任朝代更迭，沧桑变换，至今没有消失。

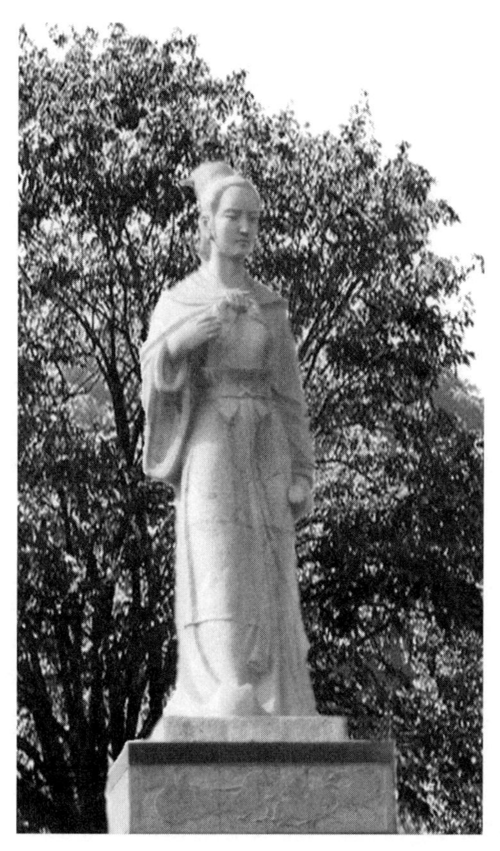

蔡文姬塑像。她站在圉镇街头，迎候着来自四面八方的游人

蔡文姬的故里陈留郡圉镇，有着悠久的历史，自商汤封夏后于杞地始便在这里建城。据史书记载：该城为春秋陈地，“郑取之，苦楚之难，修干戈于境，以虞其患，故曰圉”。到了西汉时，圉城已初具规模，朝廷置圉县。蔡家祖籍本不在圉县，其先世早年曾显赫于关陇，到了文姬的高祖辈才举家东迁，定居圉县。蔡家用祖留家赀，盖起了房宅，购置了田地，不及两代便成了圉县周围数十里内有影响的豪门大户。然而，在东汉末年天下大乱之中，这里的人们也饱受着频仍的战祸之灾、流离之苦。蔡文姬曾满含对故乡土地和乡亲的深切同情，发出了“城郭为山林，庭宇生荆艾”“出门无人声，豺狼号且吠”的声声哀叹。如今时过境迁，圉镇也换了人间。故乡大地上荡漾着的阵阵和风虽吹不散她眉宇间的愁云，故乡天空中抛洒着的丝丝笑雨虽洗不去她满面的幽怨，但那已凝固为《悲愤诗》和《胡笳十八拍》的诗篇，凝固为一个个生动而悲怆的历史故事。

记得几年前的一个暮秋天气，我曾怀着一颗虔诚之心，裹一身秋天的阳光，来到陕西蓝田的蔡王村，凭吊蔡文姬的英灵。湛蓝的天空下，潺潺流淌的蓝水河是那么的清冽；融融的秋阳里，坦荡的原野上一抹金黄色。高空中列阵南翔的雁群发出凄厉的叫声，树枝上不时落下几片黄色的枯叶，空旷的天地间被一片悲凉的气氛笼罩着，秋风在寂寥原野的沟沟壑壑弹奏着琴弦，蓝水河涌起一层层波浪，好像翻开了一页页史书。我依稀看见，蔡文姬正吟唱着《胡笳十八拍》，从历史中向我们走来。

在一条川道里，我找到了蔡文姬的墓冢，千里迢迢为寻她的英魂而来，当她的墓冢映入眼帘的时候,我的心里蓦地萌动出一股抑制不住的喜悦,然而顷刻便被淡淡的哀思冲去了。一代女诗人的墓冢,既没有同在八百里秦川里的秦陵那样巍峨,也没有汉陵那样雄浑,更没有唐陵那样高峻,只是一丘黄土在秋风中孤零零地瑟缩着。我伫立在她的墓前,想着她那坎坎坷坷、悲悲怆怆的身世和经历,止不住吟诵起她的《胡笳十八拍》:

……为天有眼兮何不见我独漂流?
为神有灵兮何事处我天南海北头?
我不负天兮天何配我殊匹?
我不负神兮神何殛我越荒州?
制兹八拍兮似排忧,
何知曲成兮心转愁……

我此时此刻吟诵着这悱恻凄婉的诗篇,俯瞰大地,遥望长天,真是别有一番滋味在心头。蔡文姬死后之所以未归葬故里而厝柩蓝田,是因为那里有其父蔡邕的别墅。今蔡文姬墓地所在的蔡王庄,就是由看墓人一代一代繁衍起来的。村上的人世世代代春秋祭祀蔡文姬,护其墓,耕其田,深情地怀念着她的英魂。我想,九泉之下的蔡文姬该一扫悲愁离愤了吧?这里是她汉民族的故乡,山川秀丽,民风古朴,与彼时的南匈奴该是何等的天壤之别!就在这思绪飞扬的一刹那,我仿佛感到蓝水河欢唱起来了,九泉之下的蔡文姬也朗朗地笑出声来了。虽然,蔡文姬已离开我们一千八百多年,但她的墓地依然是一处值得瞻拜的地方,是一处令人久久不忍离去的地方。因为,那里埋葬着的是一页令人回味不绝的历史,是一个昭示后来人绵绵思索的象征。这页历史闪耀在华夏大家庭的神龛里,这个象征无形地矗立在华夏大地上,眼前的一丘黄土只不过是一个弱小的标志而已。

访问蔡文姬故里那天,我先到圉镇政府办公室里说明了来意。一位工作人员放下手头的工作接待了我。从他那份热情中,我分明感受到故乡人对蔡文姬的热爱与怀念。他领着我在圉镇一条幽长的小胡同里,找到了蔡文姬故居遗址。由于年代久远,昔日的蔡府大门早就被无情的岁月尘封,如今的蔡府遗址已成为一个巨

围镇，凝重的一砖一瓦都仿佛烙上了蔡文姬时代的印记

大的土坑，坑里存有积水，水面上布满楔入坑底的木桩。我知道，那坑里一定养有鱼虾，豫东大平原上的养鱼塘大都是这样的，楔入木桩，是为了防止有人用网偷捕。土坑的四周，坐落着清一色的农家小院，静悄悄的，祥和中弥漫出古老民风的淳朴。土坑的水面上，鸭群悠闲自得地划着水，还不时地振翮叫几声。坑边，有农家妇女在洗衣裳，捶布声在水面上荡漾。早就听人说，蔡府故宅有一眼汉代古井，但我们四下搜寻也不见踪影。镇政府的那位工作人员也纳闷起来，因为他去年陪同外地有关人员来考察蔡府故宅时曾亲眼看见过。正当我们仍在苦苦寻觅时，家住蔡府故宅旁的一位姓梁的农民回来了，他听说我们要看那眼汉井，便不由分说地回到自家院里拿来了铁锹，在一片荒园里挖了起来。原来，老梁怕这眼汉井受损，便自觉地承担起保护责任，把它用水泥预制板盖了起来，还在上面封了一层土。不一会儿，老梁已挖开了土，预制板露了出来。他放下铁锹，用力把预制板掀了起来，一眼古朴的汉井便呈现在我们眼前了。我探身望去，见它并不是很深，井底水源已经枯竭，砖砌的圆形井壁上，生长着绿色的苔藓，好像在眨巴着眼睛诉说着故乡的历史。我深情地审视着它，很久很久，没有移开目光，心早已飞向蔡文姬生活的那个遥远的时代。我在想，虽说蔡文姬没有在故乡留下多少遗迹可供后来人凭吊，却在故乡人心中留下了个代代引以自豪的形象。诚然，任何遗迹总有消失的时候，但人们心目中的形象却会在天地间长存。故乡人把对蔡文姬的崇敬编织成有声有色的故

事,一代一代地传说着,传说着……

蔡文姬生下来刚满百日那天,正值一年一度的重阳佳节,蔡家人在大厅里置办了酒席,按照圉县的民间风俗,让她“抓前程”。桌面上摆满了杂乱的物品,有笔砚书帖,有琴棋书画,有刀弓箭囊,还有菱花铜镜、胭脂盒、首饰匣以及花花绿绿的裙襦、商幌、兽皮、鸡翎等。她好奇地看看桌面上的东西,伸出小手抓起了胭脂盒,玩了一会儿便丢开了。接着,她又把目光盯在了围棋和鸡翎上,不过一直没有动手去抓。最后,她牢牢地抓住了一支毛笔,再也不肯撒手了。蔡家人见状,一齐欢呼起来:“好啊,太好了!”原来,那支毛笔是蔡家的传家之宝,早在汉平帝元始年间,蔡文姬的七世祖蔡勋便开始使用它,并把它取号“诚真”。当时,蔡勋为郿县令,为人耿直,为朝忠诚,把郿县治理得政通人和,井井有条。王莽新政时,迁升蔡勋为郡守,蔡勋当即用“诚真”写了一篇痛斥王莽的檄文,然后把拜迁的印绶抛在了地上,弃官避入终南山中。从此以后,尽管蔡家门势时起时落,但后辈人一直都把“诚真”当作传家宝珍藏着,一代一代传递着。蔡文姬看着那么多东西不抓,却偏偏抓住了“诚真”,蔡家人怎会不喜出望外呢?父亲蔡邕双手把她抱进了怀里,亲了又亲,嘴里不住地说:“我们蔡家有希望了,后继有人了!”

蔡文姬到了四岁那年,蔡邕便开始对她进行启蒙教育。蔡邕是当时大名鼎鼎的文学家和书法家,还精于天文数理,妙解音律。梁武帝曾说:“蔡邕书,骨气洞达,爽爽如有神力。”他的字整饬而不刻板,静穆而有生气。除闻名遐迩的《嘉平石经》外,据传《曹娥碑》也是他写的,章法自然,笔力劲健,结字跌宕有致,无求妍美之意,而具古朴天真之趣。蔡文姬生活在这样的家庭,自小耳濡目染,既博学能文,又善工诗赋,兼长辩才与音律。蔡邕每天都要抽出时间,把她叫到身边,教她歌谣或者诗赋。蔡邕悉心教,她用心学,父女俩有教有学,其乐融融,不知不觉中,她已能吟诵出许多诗句来。一天,蔡邕在庭院里研读《诗经》,蔡文姬在一旁玩耍。沉浸在诗境里的蔡邕,情不自禁地吟诵起《关雎》来。他的话音刚落,耳边突然响起一阵甜脆的童声:“关关雎鸠,在河之洲。窈窕淑女,君子好逑……”蔡邕听见是女儿在吟诵,一下子惊呆了,简直不敢相信自己的耳朵。为了验证听觉,他又把自己在北疆流放途中所作的《饮马长城窟行》吟诵了一遍。吟诵罢,他把女儿叫到跟前,要她复诵。蔡文姬知道这是父亲在有意考问她,便张开小嘴,稚声稚气地背了起来,那么一首长诗，竟然背得一字不差。蔡邕被女儿的记忆天赋折服了！他高兴地把女儿抱了起来，一下子举过头顶。从此，蔡邕更加认真地教育女儿，到蔡文姬七岁时，已能吟诵上千首诗词了。

在汉代圉县城的西门里，有一座望月楼。每值三五之夜，满城人都要到望月楼赏月，幼时的蔡文姬也曾多次随蔡邕登上望月楼，一边弹琴，一边赏月。蔡文姬三岁那年的中秋之夜，月光似乎特别明朗，直照得圉县城里亮若白昼。她和父亲坐在望月楼上，看着一轮玉盘从蓝蓝的天幕上缓缓地碾动，尽情地把一抹银光挥洒在大地上，圉县城里顿时沉浸在一片明丽之中，犹如仙境一般。蔡邕触景生情，操起了“焦尾琴”。琴声弹皱了月光，秋风一吹，那月光仿佛也荡漾起来。一时间，人们忘情地端坐着，虔诚地倾听着，沉醉在这明丽的仙境里，任悠长的琴音导引着去超度各自的魂灵。蔡邕更是陷入美妙的旋律之中，手指把那琴弦拨动得如行云流水一般。突然，只听“嘣”的一声，琴弦断了一根，正在一旁听得津津有味的蔡文姬好奇地问：“父亲，你怎么把第二根弦弄断了？”蔡邕好生奇怪，小小年纪怎么知道是第二根弦断了呢？他又弹了一阵，故意又弄断了一根弦。蔡文姬又说：“父亲，这次断的是第四根弦。”蔡邕一阵惊喜，女儿自幼便识音律，长大定是有用之才。以往，他的焦尾琴是任何人都不能动的，连蔡文姬也只能远远地看着他弹奏。他之所以视这张琴如绝世之宝，是因为它有着不同寻常的来历：一次，他在江南游历，住进一家小店，忽然听到一阵烧劈柴的爆响声，上前一看，发现灶膛里正燃烧着上等的梧桐木。他知道，梧桐木是制作琴瑟的好材料，便不顾一切拽出来一截，请人雕成了一张七弦琴，轻轻一弹，琴声果然不同凡响。因为这张琴的尾部留有烧焦的痕迹，他就把它命名为“焦尾琴”。他常常对人夸起，这张焦尾琴可与齐桓公的“号钟”、楚庄公的“绕梁”、司马相如的“绿珠”相媲美，也是一件稀世之物。如今看到女儿有着高超的音律天赋，蔡邕自然高兴。他把女儿叫到跟前，问：“你想学琴吗？”蔡文姬答道：“琴棋书画乃蔡家之宝，我为蔡家之后，岂有不学之理？”蔡邕听了更是欢喜，自此便悉心教女儿弹起琴来。蔡文姬自幼聪颖，一学就会，一听就懂，往往是蔡邕刚弹奏一遍，她便心领神会，深得要领，弹奏起来，节奏分明，韵味优美。到了十二岁时，她的琴艺已与父亲不分伯仲，每每操起琴来，便会有百鸟在上空盘旋，和着悠扬的琴声鸣啭。今望月楼虽已不复存在，然人们盘桓在它的废墟上，仰望天际明月，那婉转

蔡文姬之墓

悠扬、清脆激越的琴声仿佛还萦绕在耳边，故乡人思念先贤之情，也就油然从心里升起。

蔡文姬一生命途多舛。东汉初平元年(190)，她随父亲来到都城长安，大约两年以后，她嫁给了河东卫仲道。当时，天下大乱，朝政腐败，以豪强地主为代表的地方势力逐渐坐大，大将军何进被宦官“十常侍”杀害后，陇西军阀董卓又进军洛阳尽诛“十常侍”，把持朝政。为巩固自己的统治，董卓刻意笼络当时名誉京师的蔡邕，将他一日连升三级，拜为中郎将，封为高阳侯。后来，董卓火烧洛阳，迁都长安，引起地方势力的联合反对，最终为吕布所杀。当时，蔡邕受到株连，被治死罪，他请求黥首刖足，以完成《汉史》的撰写，士大夫也多矜惜而救他，说：“伯喈旷世逸才，诛之乃失人望乎?”但他终为奸佞构陷，囚死于长安狱中。几个月后，蔡文姬的母亲也去世了。失去了双亲，她只好迁居父亲在京畿蓝田的乡间别墅。然而偏偏祸不单行，第二年卫仲道也离开了她。她悲痛万分，把丈夫的灵柩护送回故乡安葬，并身着素服，结庐为丈夫守墓。当时正是天下大乱的动荡年代，蔡文姬在丈夫墓前为胡兵所掳，遭受凌辱和鞭打，并被掳至匈奴。在那里，蔡文姬虽然受到左贤王的厚爱，但"思蜀"之心依然时常煎熬着她。在风吹草低的大草原，她时时满含热泪仰望着天地间那一轮明月，呼唤苍天，为什么偏偏让她这个弱女子独自漂流？问询大地，为什么偏偏让她这个苦命人四处流浪？她思念故乡，思念故乡的亲人，然而，故乡在哪里？亲人又在何方？多少次，她在帐篷前的草地上，弹起从家乡带来的焦尾琴，让琴声诉说她那抽不完斩不断的愁绪。她多想托蓝天上的明月，带去她对故乡、对亲人的问候啊。久而久之，她的形象也印在那一轮明月中了。年年都要赏月的故乡人，有一年突然看到月亮中有一位仙女在边弹琴边歌唱，面容倦怠，哀婉动人，人们望着，望着，止不住和那仙女一起欷歔起来。故乡人说，那是文姬姑娘在思念家乡亲人啊！感谢一代豪杰曹操，他在统一了中国北方之后，派使臣用重金赎回了蔡文姬。据说，当年曹操派出的两位使臣，一位叫董祀的中途患了病，另一位叫周近的护送她回到了邺城，住进了铜雀台旁边的西苑。周近密报曹操，说董祀在匈奴与左贤王互换宝剑图谋不轨，途中还曾夜入蔡文姬住宅，曹操一听勃然大怒，不由分说便下令处死董祀。消息传到西苑，蔡文姬还未起床，就披发跣足跑上铜雀台，为董祀求情。曹操随即收回成命，派人把董祀接到了铜雀台上，亲自做媒，把蔡文姬嫁给了董祀，还在台上设宴为其压惊。席间，蔡文姬操起焦尾琴，弹唱了《悲愤诗》。听着那悲悲切切、如泣如诉的琴音，在座的人无不潸然泪下。曹操也忍不住连声赞叹："好诗！好诗！这简直是用血写的，连天地鬼神都骂了！"曹操接着问道："闻夫人家多存典籍，能记忆否？"蔡文姬从小就以班昭为偶像，处处留心家藏典籍，博览经史，有志与父亲一起续修汉书，于是答道："昔亡父赐书四千卷，流散失落，已无所存，能背诵记忆者，盖四百余篇。"曹操说："今当使十吏帮夫人誊写之。"蔡文姬说："闻男女之别，礼不亲授；乞求笔纸，真草唯命。"曹操欣然应允，蔡文姬于是回到西苑，昼夜默书，八年之中，她"追所诵忆，载四百余篇"，继承了父亲续写《后汉书》的事业，为祖国整理了一份珍贵的文化遗产。

秋日的黄昏，显得那么深沉与凝重。当我再一次把敬仰的目光投向蔡文姬雕像时，我的耳边同时响起了童年时齐诵的蔡文姬诗章！那是从故乡学堂里走出的学子，正潮水般地向蔡文姬雕像前涌来。蔡文姬遗风正沐浴着故乡的后来人，去成就新时期新的伟业!

当一轮明月再次从东天升起的时候,我有幸和蔡文姬故乡的亲人们一起围坐在望月楼遗址上,把酒向月,谈论着今年的好收成,憧憬着明年的好时光。

啊! 圉镇的圆月!

旧宅千余载，君侯去不归

——访关羽故里

那天，我谒罢解州关帝庙，驱车向东去凭吊关羽故里。约莫行了二十里，望见路旁矗立着一座砖砌的碑楼，楼内石碑上镌刻着“关圣故宅”四个大字。不用说，关羽故里已经到了。

据《解县志》记载：“关圣家庙在县东常平里下冯村，距城二十里，相传有关圣故宅。”“关圣故宅庙貌岿然，东距安邑玉钩山夏忠谏大夫讳龙逢公墓四十余里，南对条山石磐沟。”常平南依逶迤绵远的中条山，北临烟波浩渺的古盐池，风景秀丽，人杰地灵，一千八百多年前，一代武圣关羽就诞生在这里。关羽的生辰，陈寿在《三国演义·关羽传》里没有记载，但清代康熙三十二年（1693）刊行的《关圣帝君圣迹图志》，说他出生于东汉延熹三年（160）六月二十四日。关于他的出生，当地流传着许多神话故事，其中一则收录于《历代神仙考》：“（汉）桓帝时，河东连年大旱，蒲坂居民闻雷首山泽中有一尊龙神，相传亢旱求之极灵，便集众往跪得告。老龙悯众心切，是夜遂兴云雾，吸黄河水施降。上帝方恶此方崇尚华靡暴殄天物，当灾害以彰罪之谴，而老龙不秉上命，擅取封水救济过民。上帝令天曹以法剑斩之，掷头于地，以警人民。蒲东解县有僧普静，晨出视之，溪边有一龙首，即提至庐中置合缸内，为诵经咒九日，忽闻缸中有声，启视已无一物，而溪东有呱呱声，发自关道远（夏忠谏大夫关龙逄之后)家,(道远)名毅,世居解梁常平宝池里。(延熹三年)六月十五日,忽快雨如驶,一黑龙显于村,绕道远之庭,有顷不见。夫人淹芳方娠,至二十四日产一子,啼声远大。普静索观,竖眼攒眉,超额长面,遍体如巽血。普静点头曰:'忠义性成,神圣之质。'乳名寿,幼从师学,取名长生,及长,膂力敌万夫,读书明易象,尤好春秋。"

"关王故里"石牌坊,也称"关帝祖祠"。关羽从出生到避祸出走前,一直生活在这个院子里

过"关圣故宅"碑楼,首先映入眼帘的是一座庙院式建筑,古朴典雅,庄严肃穆。这就是常平关帝祖祠,也称常平关帝庙。庙址是关羽家的旧宅院,关羽从出生到避祸出走前,一直生活在这座院子里。关羽在当阳遇难后,家乡人在他家的旧宅上修了一座祠堂,塑起他的神像,奉祀他的英灵。这座祠堂的修建年代没有见诸文字记载,大约和解州关帝庙始建于同一时期,距今已一千四百多年了。宋金时期,祠堂逐渐形成庙宇,人们称之为关羽家庙。以后,随着历代统治者不断地对关羽追封,庙宇也随之不断扩建,至清代形成了现在人们看到的规模。

走近关羽家庙,迎面就是"关圣故里"石牌坊,四柱三楼,清而不寒,简而不陋,为明代正德年间所立,距今已四百多年。据当地老人们讲,石牌坊上原有一些精美的雕刻图案,由于这一带山风太大,受风化后毁掉了。在石牌坊的两边,矗立着两座木牌坊,左右对称,上面分别镌刻着"灵钟鹾海""秀毓条山"。"鹾海"是指庙后自古闻名的盐湖,"条山"则指绵延起伏的中条山,而"秀毓"和"灵钟",在赞美常平一带优美自然风光的同时,又隐喻着这里还是一个人杰辈出的地方。

通过石牌坊进入山门,便走进了关羽家庙的前院。刚一进院,我发现在千年古柏的掩映下,有一座砖塔卓然耸立着,吸引着众多游人驻足观赏,投去疑惑的目光。我顿时感到一阵惊奇。说实话,这座只有七层的塔说不上高大,更称不起巍峨,要

“秀毓条山”和“钟灵鹾海”，隐喻着这里是一个人杰地灵的地方

是在佛教寺院里遇到，大概不会引起人们太大的注意，但这是在家庙里，大家都会觉得稀奇了。我来到塔前，见塔身上嵌有一块石碑，碑文曰：“关圣于灵帝光和二年己未，愤以嫉邪，杀豪伯而奔。圣父母显忠，遂赴舍井而身殁。至中平元年甲子，里人为帝有扶汉兴刘之举，遂建塔井上。金大定十七年，又有本社工兴，重加弘竣。凡往来过客，知建其塔，不知其塔为墓者十有八九。”原来，这座塔的下面是关宅的一眼水井，全家人吃喝洗涮用的全是这眼井里的水。关羽自幼习武，练就了一身好武艺，而且刚直不阿，爱抱打不平。当地有一恶霸熊员外，横行乡里，欺男霸女，无恶不作，将附近各家的饮水井强行填上，只留他家后花园里的一眼，并且只许姑娘们去打水。他每日都带着家丁坐在井旁，看到有年轻貌美的姑娘便强行霸占。人们对其恨之入骨，却敢怒而不敢言。关羽气愤不过，乘黑夜携刀潜入熊家，杀了熊员外，逃离了家乡。官府四处布兵捉拿关羽，并声言要诛连其九族，满门抄斩。常平的关姓人家为免遭斩草除根、诛灭九族之祸，四散出逃，隐名埋姓，远走他乡。关羽的父母却因年迈多病，无力出逃，又不甘心被捉受辱，连累乡邻乡亲，便投井自尽了。乡亲们感慨于这对老人的壮烈之举，就在这眼井上建起了一座砖塔，取名“忠

义塔”,以志永久纪念。

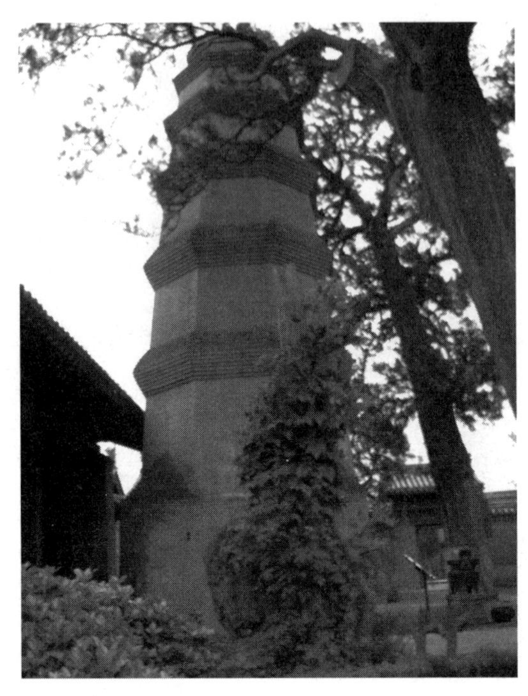

墓是一座塔。“忠义塔”下的古井里,埋葬着关羽父母的英魂

关羽从家乡出逃时,正值张角领导的黄巾大起义爆发,全国各地反抗东汉统治的斗争风起云涌。他逃亡到涿郡,在那里结识了刘备和同郡人张飞,三人一见如故,意气相投,遂在桃花园里杀牲祭天,结拜为异姓兄弟。关羽跟随刘备在涿郡招募乡勇,组织武装,同黄巾起义军作战。黄巾起义被镇压后,刘备虽然因功得到了一官半职,但由于各地军阀混战迭起,不得不四处流离。中平六年(189),朝廷一连发生了几次政治动荡,国贼董卓专横跋扈,肆意弄权,招致关东州郡一致声讨。关羽又随刘备参加了讨伐董卓的战斗,屡立战功。初平元年(190),刘备投靠蓟县中郎将公孙瓒,后因功领平原郡相。刘备任命关羽为别部司马,与张飞一起分统部曲。初平四年(193),曹操率兵攻打徐州牧陶谦,刘备率关羽、张飞援救,被陶谦表奏为豫州刺史,屯住小沛。陶谦死后,刘备出领徐州事务,引起吕布不满,出兵相攻。刘备此时羽毛未丰,无力与之抗衡,为了保存自己,遂率关羽、张飞投降了曹操。建安三年(198)十月,曹操向吕布发起攻击,关羽一马当先,屡战屡胜,直杀得吕布退入下邳城中不敢出战。不久,下邳城内守将反水,吕布不得已出城投降,被曹操斩于军中。曹操班师回到许昌,表荐刘备为左将军,“又拜关羽、张飞皆中郎将”。曹操“挟天子以令诸侯”,引起朝中大臣共愤,车骑将军董承称其奉献帝衣带中密诏,与刘备等谋诛曹操。有一次,曹操外出打猎,尽兴之时,众人皆已散去,连翼卫也不见了踪影。关羽即劝刘备乘机除掉曹操,以解朝臣之恨,刘备出于谨慎,没有让他下手。刘备在许都期间,终日为“衣带诏”所忧,生怕一旦败露殃及性命,食不甘味,夜不安席。建安四年(199)六月,曹操命刘备前往徐州治所下邳,截击袁术。这下正中刘备下

怀，他乘机带着关羽、张飞等逃离许都，星夜兼程，到达下邳，跳出了虎口。半年以后，“衣带诏”事件败露，董承等均被曹操所杀，刘备侥幸免去一劫，没有成为曹操的刀下之鬼。不久，刘备杀死徐州刺史车胄，占领了徐州，开始招兵买马，发展自己的势力。他命关羽镇守下邳，执行太守职务，与自己互成犄角，牢牢地掌控着以徐州为中心的广大地区。这样一来，刘备集团的势力渐渐壮大起来，成为一支不可轻视的力量。看到刘备集团的崛起，曹操深感对自己的威胁，为了消除这个心腹之患，他采纳了荀彧之计，亲率大军进攻徐州。刘备闻讯，揣度无力与之为敌，慌忙撤离徐州，北往邺城投靠了袁绍，妻儿遂被曹操掳去。

徐州失守，下邳成了一座孤城，被曹操攻破。关羽为保护刘备的妻子，被迫投降了曹操。临降之前，他与曹操约法三章：一是降汉不降曹；二是要给刘备一个职位，以领取俸禄赡养其被掳的妻子；三是一旦得知刘备的去处，不管千里万里，都要去寻兄长。曹操虽感不悦，但早知关羽之秉性与为人，仍然对他甚为亲近，“拜为偏将军，礼之甚厚”。曹操十分欣赏关羽的才能，欲留之日后重用，便派张辽去试探。张辽与关羽年龄、位望相当，在徐州时两人时有来往。关羽听张辽说明来意，便说：“吾极知曹公待我厚，然吾受刘将军厚恩，誓以共死，不可背之。吾终不留，吾要当立效以报曹公乃去。”张辽听后钦敬不已，将关羽的这番话报告了曹操，曹操也禁不住为关羽的忠义情怀赞誉有加：“事君不忘其本，天下义士也。”建安五年(200)，袁绍与曹操展开官渡大战，派大将颜良率大军围攻白马，曹操命张辽和关羽为先锋率兵迎战。关羽为报答曹操厚恩，策马直冲敌阵，挥青龙偃月刀斩颜良于马下。袁军大惊，纷纷溃逃，“白马之围”遂解。关羽割下颜良头颅，拨马回营。曹操论功行赏，表奏汉献帝封关羽为“汉寿亭侯”。从此，曹操对关羽更是宠爱有加，上马金，下马银，三日一小宴，五日一大宴。但关羽身在曹营心在汉，始终都在打探刘备的下落。有一次，曹操会见关羽，见他穿的战袍破旧，就让人专门量其体，为他做了一件上等的战袍。关羽收下后却把它穿在了里边，外面仍然穿着那件旧袍。曹操见了，不解地问：“关将军为何这等节俭？”关羽回答：“我并不是为了节俭，只因旧袍为兄长所赐，穿着它如同见兄长之面，因此，不敢以丞相所赠之新袍而忘了兄长之旧袍，才将旧袍穿在了外面。”没过多久，曹操又把一匹赤兔马赠给了关羽，关羽欣然接受并一再拜谢。曹操感到异常纳闷，就对关羽说：“赐美女金帛，公不拜，今赠一马，为何再拜,何贱人而贵畜也!”关羽又回答:“此马日行千里,我骑着它,若知兄长处,可一日而见也!”曹操听了,后悔不已。不久,刘备派袁绍部下陈震秘密致书关羽,告知自己的下落。关羽得知兄长消息,立即到相府去向曹操拜辞,一连去了几次,曹操始终不予接见。关羽思兄心切,无奈只好修书一封:“丞相新恩,刘公旧义,恩有所报,义无所断……每留所赐之赏,尽存库府封缄。”就这样,关羽“封金挂印”,“拜书告辞”,率领旧日跟随人役,护送两位皇嫂车仗,径出许都西门而去……

建安六年(201),关羽随刘备来到襄阳,投奔荆州牧刘表。当时中原不断爆发战乱,荆州地区相对安定一些,刘表“开立学官,博求儒士,使綦毋闿、宋忠等撰《五经章句》”,荆州一时文教大开。关羽在那里也得以习读经书,对《春秋左氏传》尤为喜爱,经常爱不释手地秉烛夜读,《三国志》关羽本传称其“好《左氏传》,讽诵略皆上口”。《春秋左氏传》中宣扬的伦理思想给了他很大的启示,直接影响到他日后忠义人格的形成。建安十二年(207),刘备与关羽、张飞三顾茅庐,拜见了诸葛亮。在著名的《草庐对》中,诸葛亮为刘备谋划了成就霸业的战略决策:“先取荆州为家,后即取西川建基业,以成鼎足之势,然后可图中原也。”按照这一战略决策,关羽在荆州训练了一支数量可观的水军,为刘备集团积蓄争夺天下的军事力量。建安十三年(209),曹操南下征讨荆州。这年八月,刘表病死,代任荆州牧的刘琮屯襄阳,次子刘琦出镇江夏郡,刘备率关羽等屯驻樊城。曹操一到新野,刘琮闻讯即降,刘备只好离开樊城,与关羽一起投奔夏口。在夏口,诸葛亮向刘备提出了东联孙吴共抗曹操的建议,刘备即令诸葛亮前往柴桑拜会孙权。经诸葛亮、鲁肃等人多轮协商,终于促成了“孙刘联盟”,并在赤壁大败曹操,刘备得以占领了荆州江南四郡。翌年底,东吴大都督周瑜病死巴丘,刘备从孙权手中“借”得荆州江北诸郡,任关羽为襄阳太守、荡寇将军,带兵屯驻江陵。建安十六年(211)冬,益州牧刘璋得悉曹操大将钟繇向汉中进击张鲁,遂遣法正前往荆州迎刘备入川相助,以拒曹军由汉中南下进攻益州。刘备留诸葛亮、关羽镇守荆州,自己亲率大军入川。建安十九年(214),刘备进攻雒城失利,急调诸葛亮等人入川支援,留关羽独守荆州,总督荆州事务。诸葛亮等率军溯江水而上,攻城略地,与刘备夹击成都,迫使刘璋投降。刘备占领成都前几天,凉州马超向刘备投诚。马超向以勇猛善战闻名,声威震于四方。远在荆州的关羽给诸葛亮写信,询问马超可与谁人相比。诸葛亮回信说:“孟起兼资文武,雄烈过人,一世之杰,黥、彭之徒,当与益德并驱争先,犹未及髯之绝伦逸群也。”诸葛亮在信中把马超与西汉开国名将黥布、彭越并提,给予了高度评价,同时也安抚了一向刚愎自用的关羽。建安二十年(215),孙权向刘备索要荆州,刘备借故推脱,引起孙权不满,吴蜀矛盾加深,吴国派往长沙、零陵、桂阳三郡的官吏遂被关羽驱逐。孙权盛怒之下,派大将吕蒙袭取长沙、桂阳,关羽得报后率精锐之师进至益阳,刘备也率大军顺江而下支援关羽。就在荆州大地战云笼罩、吴蜀大战一触即发之时,东吴鲁肃邀关羽谈判,遏止战局发展。关羽按约单刀赴会,虽然谈判未果,但也暂缓了危机。这年二月,曹操进攻汉中,刘备恐益州有失,就派使者去向孙权讲和,双方商定以湘水为界,湘水以东的长沙、江夏、桂阳三郡归东吴,以西的南郡、零陵、武陵三郡归西蜀。在这期间的摩擦战中,关羽的左臂被毒矢所中,而且毒性已经入骨,要治疗就必须剖开皮肤,用刀把骨头上的毒刮掉。实施手术时,正值关羽宴请诸将饮酒,被剖开的左臂血流不止,竟至满盘,但他依然端着酒杯狂饮,面不改色,若无事人一般。这就是我国民间妇孺皆知的“刮骨疗毒”的故事。

建安二十四年(219),刘备击败曹操占领汉中,自称“汉中王”,拜关羽为前将军。这年七月,关羽发动樊城战役,命南郡太守糜芳留守江陵,将军傅士仁屯驻公安,自己亲率大军向樊城的曹魏大将曹仁发起攻击。曹操闻报,急令左将军于禁率军救援。时值八月,大雨倾盆,江水暴涨,泛滥成灾,赶来救援的于禁等七军只好登高阜以避洪水。关羽乘船攻打,于禁被洪水包围,走投无路,被迫投降。另一路救援大军在大将庞德的率领下据高堤与关羽展开激战,怎奈洪水不断上涨,越来越深,庞德翻落水中,独抱覆舟,终被生擒。关羽怜庞德之勇,劝其投降,遭到庞德一阵痛骂:“竖子,何谓降也!魏王拥兵百万,威震天下,刘备庸才,岂能敌邪!我宁为国家鬼,不为贼将也。”关羽劝降不成,便斩杀了庞德。此时的曹仁,只有城中的数千守军,且粮草殆尽,形势非常危急。有部下劝曹仁说,以区区数千兵力,恐难固守孤城,不若乘关羽重围未合,驾轻舟连夜遁走。曹仁听后,严厉斥责了这种悲观论调,还将白马沉于水中,以表示和樊城共存亡的决心。众将士见主将决心已下,也纷纷表示要誓死守卫樊城。关羽率军将樊城团团围定,斩杀曹仁,指日可待。一时间,关羽逼降于禁,擒斩庞德,围困樊城,威胁京师,声威震动华夏。曹操被关羽的咄咄气势吓破了胆,不得不考虑迁徙许都以避其锋芒。然而司马懿等人则认为“关羽得志,孙权必不愿也”,建议曹操联合孙权,抄关羽后路,使其后方受制,然后对关羽实行前后夹击,以解樊城之围。曹操依司马懿之计,派人出使东吴,许以割江南之地给孙权,要他从背后袭击关羽。孙权朝思暮想的就是能早日从关羽手中夺回荆州,出于为东吴在荆州的利益考虑,孙权爽快地答应了曹操的请求,即刻让吕蒙着手做军事上的准备,并将进攻关羽的具体方案告诉了曹操。为了达到让东吴与关羽相互争斗、自己坐收渔人之利的目的,曹操命人将孙权进攻关羽的计划写成文字,束在箭上射入关羽营中。关羽看了以后,似信非信,犹豫不决,没有采取任何防范措施。十月,孙权开始袭取荆州,首先命吕蒙抄关羽后路。关羽率大军在樊城前线,后方空虚,吕蒙轻而易举地占领了江陵。南郡太守糜芳、将军傅士仁素受关羽轻视,早就心存不满,便在吕蒙占领江陵后投降了东吴。吕蒙尽得关羽及其将士家属,以他们为人质,出兵配合曹军,实施对关羽的夹击。关羽腹背受敌,在荆州的处境瞬间发生了逆转。十一月,关羽从樊城撤军,企图夺回荆州。曹仁守军见樊城围解,犹死还生,斗志激增,配合城外援军向关羽屯营发起了攻击。关羽在撤退途中连遭吴军截击,损兵折将,不得已向上庸守将刘封、孟达求救。刘封、孟达以“山郡初附,未可动摇,不宜发动救远”为由,委婉地予以回绝。关羽孤军无援,荆州旧属将吏悉皆归附东吴。孙权以陆逊为宜都太守,屯于夷陵,守长江之西陵峡口,据险西拒刘备,东扼关羽。孙刘联盟彻底破裂,荆州局势分崩离析,关羽走投无路,只好边战边退,西走麦城,意欲经上庸逃往西川,与刘备会合。十二月,关羽仅带少数随从趁夜色从麦城突围,沿临沮小道日夜兼程向上庸奔去。孙权即令偏将朱然和潘璋率兵截击,断其退路,当关羽逃至罗汉峪时,被潘璋部下马忠俘获。今罗汉峪内有“关公回马处纪念亭”,亭中有碑,碑文曰:“呜呼!此乃汉寿亭侯关圣帝君由临沮入蜀遇吴回马之处也。”碑阴镌刻关羽像,勒马持刀,英武非凡,像下有文曰:“汉末三国鼎立,建安二十四年冬,吴蜀大战,蜀将关羽兵败,至此回马被擒,亡年五十八岁,后人有诗叹曰:汉末才无敌,云长独出群。神威能奋武,儒雅更知文。天日心如镜,春秋义薄云。昭然垂万古,不止冠三分。”

孙权俘获了关羽后动了恻隐之心,有意留下关羽为己所用。有谋臣窥测到他的心思,便说:“狼子不可养,后必为害。曹公当年不除之,自取大患,及议徙都。今岂可留他活命。”孙权从其言,斩杀了关羽,并将其首级送给曹操,企图“嫁祸于人”。

曹操识破了孙权的阴谋，以王侯之礼在洛阳埋葬了关羽的头颅。孙权迫于压力，也在荆州以诸侯的礼仪安葬了关羽的尸骸。今湖北当阳和河南洛阳都有关羽墓冢，前者有身无首，后者有首无身，因此便有关羽头在洛阳身在当阳之说。关羽死后以其“忠义仁勇”受到了后人的不断尊崇，先是被普遍视为盖世英雄，后又被作为神灵供奉。“儒称圣，释称佛，道称天尊，三教尽皈依，式詹庙貌长新，无人不肃然起敬；汉封侯，宋封王，明封大帝，历朝加尊号，矧是神功卓著，真可谓荡乎难名。”他的封号最多时竟达二十六个字：“忠义神武灵佑仁勇威显护国保民精诚绥靖翊赞宣德关圣帝君”。人们称他为“关公”“关夫子”“关老爷”，把他与孔子齐名并颂，顶礼膜拜，称他们为“文武圣人”。

砖塔的东侧，有一座小小的庙宇。这就是关羽家庙中的“庙中庙”——“于宝庙”。传说，过去常平村有一个叫于宝的人，因家境贫穷，跟着别人到西川去跑生意，积攒了些钱，在当地开了个小店铺，做起了小买卖。开头几年，生意红火，每年都能给父母捎些钱来。后来，一场大火烧毁了他的店铺，从此穷得一贫如洗，连回家的盘缠也没有了，只好流落街头，白天挨门乞讨，夜里露天睡觉。一个风雪交加的夜里，于宝正蜷曲在街头的屋檐下，见一位牵着红马，提着大刀的人向他走了过来，问他为什么要露宿街头。于宝哆哆嗦嗦地以实情相告。那人又问于宝：“你为什么不回家呢？”于宝回答：“我虽有家，但在很远很远的解州常平村，身无分文，怎能回去呢！”那人一听，便说：“我也是解州常平村人，姓关名羽字云长，咱可是老乡哩，我给你点盘缠回去吧。”说着，从衣袋里取些银两，递与于宝。于宝有了盘缠，便回到了家乡。为报答关羽的恩德，他每天在关羽家庙里祭扫、擦洗，早晚供飨，直到寿终。常平人说，于宝护理关庙一辈子，对关帝感情至深，就让他永远陪伴关帝吧。于是，便在砖塔东侧建起了这座小庙。一直到今天，常平人还时不时地说起一句谚语：“官向官，民向民，关老爷为的解州人。”

转过砖塔，穿过楣额镌刻着“神盈宇庙”的仪门，便是祭祀关羽的献殿。自古以来，每逢关公诞辰日和清明节、中秋节，关家后裔和当地百姓都要齐集这里，举行盛大的祭拜关公活动。那一刻，礼炮依次鸣放，彩旗自天而降，故乡人敲起了气势磅礴的“关公锣鼓”，身着古装的祭拜队伍向关公施大礼太牢，颂读祝文，上香叩拜。整个祭祀活动庄严隆重，蔚为壮观。献殿后面，是关羽家庙的主体建筑关帝殿，同解州关帝庙一样，因宋代徽宗三年（1104）关羽被封为“崇宁真君”，这座殿取名为“崇宁殿”。殿内神龛里，供奉着一尊色彩艳丽、气势恢宏的关羽神像，头戴冕旒，身着帝装，威严地坐在龙椅之上。与其他帝王像不同的是，这里的关羽神像手中持有一块“笏板”。笏板原是臣子上朝奏本时的手持之物，关羽神像手持笏板，表明他生前为臣，死后称帝，有着集臣子与帝王于一身的特殊身份。两侧侍立王甫、赵累站像，着朝服，抱笏板，身微前倾，似在上奏着什么大事，传神地表达出他们与关羽亲密无间的关系。神龛前，蜡炬闪闪，香烟袅袅，弥漫为缥缈的雾霭，氤氲出肃穆而又神秘的氛围。神龛两侧，悬挂着一副对联：“紫雾盘旋剑影斜飞江海震；红霞缭绕刀芒高插斗牛清。”严谨的平仄对仗，深刻的联语内涵，含蓄而又形象地描绘出关羽生前的功绩，同时也表明了作者对缥缈而又清明的神灵世界的由衷感叹。殿内东西各有一顶明代万历年间的木轿，内乘关羽塑像，其一为半木雕衣冠像，着帝王服，两手撑住轿杆，若乘轿去民间察访之状。另一为托胎漆工艺制作之像，关公表情威中有慈，一副魁伟端庄的儒将风范。崇宁殿外，有两棵千年古柏，东边的一棵形如苍龙昂首凌空，称为“龙柏”；西边的一棵根部突起个酷似虎头的大瘤，称为“虎柏”。这颇具神奇色彩的龙虎双柏，无声地向前来瞻拜之人讲述着一段传奇故事：当年，关羽杀了熊员外，逃离家乡，奔出潼关，来到涿郡，与刘备、张飞结义后四处征战。但是，家中音讯全无，使他常常牵肠挂肚。一天夜里，他梦见熊员外气势汹汹地带着家丁去杀他年迈的双亲，就在万分危急的时刻，突然跑来一只白虎，飞来一条青龙，分别守在他家的门两边。熊员外见了，吓得拔腿就跑，从此再也不敢去关家了。关羽死后，故乡人为他修建了庙宇，并在殿前栽下了两棵柏树，日久天长，那两棵柏树竟长成了龙形虎象。故乡人说，它们是青龙白虎的化身，矗立在关帝殿前，既守护着关公的英灵，也守护着故乡百姓的平安。

关祖殿，内祀“关圣始祖夏大夫忠谏公之神位”

由崇宁殿的回廊绕过，重花门里是一座被称作寝宫的院落。院内有娘娘殿，殿内神台上的暖阁里，端坐着关羽夫人塑像。据史料记载："关羽年十八，娶胡氏。"这里供奉的关夫人头戴凤冠，身着霞帔，面颊丰腴，慈祥端庄，俨然帝后王妃一般。细心的人们发现，无论站在殿里的哪个地方，关夫人的眼睛都会慈祥地望着你，使你不得不佩服其雕塑技法的传神。两旁的侍者，皆谨而有度，慎而有礼。看着这些塑像，使人不由得佩服其雕塑技法的传神。这些雕塑的风格既有宋塑的纹理飘逸，又有唐塑的圆润神韵，堪称雕塑艺术品中的上乘之作。寝宫的后边，也是一处自成格局的院落。院中的月台上，坐落着圣祖殿，坐北向南，面阔三间，进深三椽，悬山式屋顶，没有太多的装饰，就像是常平一代的民居。殿门有匾"绍谋绳武"，前有一座香炉，用于设醮祭祀。殿内主祀关羽始祖关龙逢，牌位上写着"关圣始祖夏大夫忠谏公之神位"。据解州地方志记载，关龙逢原是安邑人，可能是后来迁到常平定居的。《庄子》曰："昔者桀杀关龙逢。"汉韩婴撰《韩诗外传》载："桀为酒池，可以运舟，糟丘足以望十里，而牛饮者三千人。关龙逢进谏，立而不去朝，桀囚而杀之。"这里神坛上端坐的关龙逢神像面色如铁，剑眉高扬，垂髯拂胸，目光厉中有温，面容刚中有柔，整座塑像奇逸清雅，威而不猛，呈现出一派刚直不阿、旷达傲岸的风度。

瞻仰过关羽家庙，我又去拜谒了关羽祖茔。关羽祖茔位于中条山上的石磐沟，在去的路上要经过近年来为拍摄电视剧《武圣关公出解梁》而建的"关帝汉城"。这座城池是依汉代解梁的上官里和下冯里（即今常平村）仿建的，建在中条山坡上，坐南朝北，北望关羽祖庙，背依关羽祖茔。筹建伊始，当人们测量汉城上下坡的海拔高度时，惊奇地发现它的南北落差刚好是五十八米，这个数字与关羽一生活了五十八岁正相吻合！关羽五十八年的坎坷人生路就这样巧合地叠印在故乡的山上，让人不得不惊叹自然现象所释放出来的精神意蕴。穿过古风犹存的汉城，沿山坡一路向关羽祖茔走去，心中一直想象着关羽家族到底会是个什么样子。然而，关羽家族的情况，陈寿在《三国志・关羽传》里只字未提，现在人们能够见到的关于关羽家世的最早史料，是康熙十九年（1680）的《汉前将军壮缪侯关圣帝君祖墓碑铭》："帝祖石磐公，讳审，字问之，以和帝永元二年庚寅生，居解梁常平村宝池里五甲。公冲穆好道……以《春秋》《易》训子，数十年绝尘市轨迹，至桓帝永寿三年丁酉终正寝，寿六十八。子讳毅，字道远，笃孝有至性……庐墓号踊，终丧，发归村居。已为桓帝延熹岁，明年庚子六月二十四日生圣帝。”仅此而已。由于年代的久远和史料的匮乏，人们对关羽祖辈和父辈的生活状况已无法知晓，但据当地人世代传说，关家祖上多为半耕半读的文化人，父辈没有走向仕途，以砍柴卖樵为生计，也有说是卖豆腐的、打铁的，可能是有点文化的手艺人。

我就这样一边想着，一边走着，山路越走越陡，不知不觉已是汗湿衣衫了。在路旁的一棵树下驻足歇息，放眼四下望去，发现这里的景致竟是如此之美！那山，陡而不峭；那石，奇而不怪；那树，古而不衰；那谷，幽而不野；那潭，碧而不深；那瀑，流而不喧……一幅恬淡的山野画卷默不作声地展览在中条山里，令人百看不厌。本是为拜谒关羽祖茔而来，却走进了一方纯朴的天地，欣赏了一幅工笔山水画轴，心中也就多了几分惬意。及至关羽祖茔前，看到的景象更使人惊诧不已。这里背依千古盐池，三面山峦环抱一条幽邃的山峪，这山峪，当地人称作石磐沟。关羽祖茔正位于这石磐沟的尽头，端坐在三面山峦围起来的“圈椅”之上。面对如此风水，即令不是堪舆学家，也会觉得在这块宝地上出现圣人，那只是早晚的事。在《解梁关帝志》里，有一段记述关羽祖茔的文字：今盐池巡捡王闰久官兹土，并传至备询之。闰曰：“王州守在官，闰犹未至。闰至自庚申。比奉新参议大本修石磐沟墓，掘地得旧碑于墓所，碑亦楷书刊‘汉寿亭侯关公祖考石磐公墓’，但无建碑岁月、建碑人姓名。”这座古碑现立于关羽祖茔前，读了碑文，方知原关羽祖茔规模很大，四周有石墙围护，墓前有献亭、祭台，可惜这一切已随着时光流逝，早已化为历史陈迹。

“旧宅千余载，君侯去不归。英雄轻昼锦，田舍薄征衣。古墓高槐合，遗龛细草霏。画梁双燕子，还似汉时飞。”我在关羽祖茔前蓦然想起了清人写的这首诗，禁不住高声吟诵起来。一边吟诵，一边把目光投向中条山的一架山梁上，那里，一尊巨大的关羽雕像顶天而立，让人感受到关羽博大的人格力量、精深的文化力量！

踏访“三国”源

——访陈寿故里

南充是一座古老的城市，秦设巴郡，汉置安汉县。蜀汉后主刘禅建兴十一年(233)，一代史学大家、《三国志》的作者陈寿(字承祚)就诞生在这里。

正是草长莺飞的仲春时节，我怀着浓烈的探源三国的感情冲动，不远千里，跋山涉水来到了南充。经打听，得知陈寿故里在南充的西山，我便马不停蹄地往那里赶。远远望去，西山的确是一处风景迷人的地方，山峦耸翠，蜿蜒如一道绿色的屏障。点点古建筑物散落其上，在春日和煦阳光的照耀下，整个西山酷似一幅大自然匠心独运的图画，色彩绚烂，景象生动，使怀着寻古探幽前来的人们首先感到的是赏心悦目，于轻松愉快的心境里自觉地和这里有了几分亲近。跨进山门一路走来，只见由鹅黄换装翠绿的树木映衬着清新的蓝天，满坡的花草散发出醉人的芬芳。幽幽的山道旁，绿树荫翳，花团簇拥着一方褐色的巨石，兀然映入人们的眼帘。巨石的旁边，赫然镌刻着“读书台”三个大字。不用说，此处一定是少年陈寿常来读书的地方。如今在陈寿读书台旁，塑有同乡硕儒谯周教授陈寿的师生两人像，谯周手拈胡须，正循循善诱地为陈寿讲解经典；少年陈寿手托下巴，聚精会神地听讲，形象逼真地再现了当年陈寿从师的情形。谯周是陈寿一生中最敬仰的人，他们俩被称为“师生楷模”。来到陈寿故里，首先看到他读书的地方，似乎有一种象征的意义在

陈寿读书台。来到陈寿故里，首先看到他读书的地方，似乎有一种象征的意义在里边

里边。它似乎在暗示前来凭吊的人们，陈寿之所以能够穷毕生精力写成《三国志》这部皇皇巨著，是与他少年时代博览群书分不开的。

从读书台往前走，便是陈寿故居。前人有诗曰："西晋陈承祚，归隐西山西。小筑屋三间，曾撰三国志。"诗中指的就是这个地方。它原位于安汉故城西郊的果山之麓，重建时才把它迁到了这里。一条涓涓小溪从它的旁边潺潺流过，一座玲珑的小桥横跨在溪流之上，呈现出"小桥、流水、人家"的诗情与画意。在小桥之上驻足倚栏，听山涧清泉欢悦地鸣溅，看蜿蜒的溪流一路远去，即刻便会引发出一种溯探源头的意念。跨过小桥进入陈寿故宅院落，只见楼台高耸，庭院低回，幽雅中渗透出本来意义上的质朴，肃穆里氤氲着似可捉摸的灵秀。这座建筑是近年来为纪念陈寿而重新建造的，房舍的格局和样式都体现出浓浓的汉代遗风，给人以古朴、厚重的审美感觉。庭院内连环的走廊间、长长的过道里，以明晰简洁的汉代线刻艺术，绘制出形象生动的三国故事，细细浏览，便会渐渐进入陈寿纪实的那个三国历史氛围。故居里边，规整地展示着魏晋时期耕读型家庭的生活陈设，无形之中把人们带进陈寿那个时代的一个陌生的空间，让人们凭借自己的知识和修养去想象各自心目中的那个陈寿。故居里披露了鲜为人知的陈寿家事，再现出陈寿在这个家庭中勤学进业、笃志修身的生活情景。历代文史学家对陈寿以及他的《三国志》的评价，更是琳琅满目，让这部史学著作的分量陡然得到了大幅提升。我踯躅其间一一观看，仿佛置身于一泓历史的活水。为有源头活水来。正是因为有了这泓活水，才使得三国文化随着岁月的不断流逝呈现出不可遏止的汹涌澎湃之势。由此也让我感悟到《三国演义》卷首的那阕《临江仙》"滚滚长江东逝水，浪花淘尽英雄……"写得是多么真切，多么隽永。尽管这一切如今已付于笑谈之中，但它的深刻内涵依然焕发着无穷的能量，丰富着中华民族的文化宝库。

陈寿故居。“西晋陈承祚,归隐西山西。小筑屋三间,曾撰三国志”,传说就是在这个地方

从陈寿故居继续往前走,就是许多“三国迷”心仪的“万卷楼”了。“万卷楼上书万卷”。这是陈寿青少年时代读书治学的地方。据史书记载,陈寿自幼便受到严格的家庭教育,父母亲不惜花费家资,特地在南充城西的果山脚下为他修建了这座万卷楼,并聘请当地名儒担任塾师悉心教授,决心把他培养成德才兼备的人才。由此可知,万卷楼当始建于蜀汉建兴年间。它依山岩而建,三重檐式木石结构楼阁,飞檐斗拱,古色古香,虽规模并不算大,但名气很大。至唐代,家乡名儒在楼前建起了一座甘露寺院,明代东阁大学士、《永乐大典》总校陈以勤,又在万卷楼前加修了文昌殿、观音阁,并置金泉书院,使之逐渐形成了一个颇具规模的建筑群落。历代文人墨客为了表达对陈寿的仰慕之情,也多有解囊襄助修缮万卷楼者。鼎盛时期的万卷楼,远远看去一片金碧辉煌,四周古木蔽天,翠竹葱郁,清泉淙淙,花香四溢,构成一幅优美宜人的山水画卷。因年代久远,加之饱受灾难,至 20 世纪初,万卷楼及其楼前建筑群落,渐渐地荒废了。人们今天看到的万卷楼,是故乡人于20 世纪末仿原建筑重修的。它由陈寿读书楼、陈寿纪念堂和藏书楼组成,气势恢宏,流光溢彩。在故乡历代人的心里,这是前人留给他们最珍贵的文化财富!它背依起伏有

致的玉屏山，面对浩荡奔流的嘉陵江，突兀而起，直摩云天，那挺拔的身姿，恢宏的气势，让人感受到从古至今知识之于人类的力量。威严的高台，斗折的回廊，加上那本色的朱檐和黛瓦、古拙的廊柱和门窗，从远处望去，俨然一座肃穆而又庄严的汉家宫殿。一千七百多年来，人们络绎不绝地来到这里，踏访陈寿故里，瞻拜陈寿其人，探寻“三国”源头，无不由衷地感到三国文化是那么的博大与精深。如今，由陈寿耗费毕生精力构思著作的《三国志》所肇始的三国文化，已成为一种独特的文化现象，对不断前进的中国社会产生着日益深远的影响，渗透到人们的日常生活里，历久弥深。这大概也是他始料未及的。

踏着依山势而修的青石板台阶，我向万卷楼攀登。石阶的两旁，有雄壮的石狮护卫，有庄重的石阙迎迓。石阶路很长很长，刚刚攀登一半，我便累得气喘吁吁了。立定休息片刻，任山风拂去额头上的津津汗滴，再抬头望那依偎在山腰上的万卷楼，仰慕之情油然升腾如高山一样巍峨。及至跟前，见宽大的门楣上，高悬着赵朴初先生所题的“万卷楼”金字巨匾，在阳光的照耀下熠熠生辉。两旁联语“重修万卷楼迎来万卷史籍再放万丈光芒辉耀北斗；泛览三国志仰慕三国文化遍及三千世界源起南充”，高度地概括了万卷楼的历史功绩和南充在传播三国文化中的历史地位。置身于读书破万卷的圣地，目睹着万卷书楼的风貌，沐浴着山野里拂荡的融融春风，似有浓浓的书卷气扑面而来。

万卷楼现已辟为“三国文化展览馆”。主楼大厅为展览馆第一展厅，中央立有陈寿半身铜像，青年陈寿发髻高盘，表情深沉，清癯而不失英俊，炯炯双目放射出智慧之光。铜像的后面，巨大的屏风上木刻着常璩撰写的《陈寿传》全文。四周墙壁上有陈寿家世及他的治学历程、官宦生涯、史学著作等图文。陈寿的父亲早年投身军旅，在马谡帐下任参军。街亭一役失利后，他和马谡一起受到了军法处治。马谡被投进大狱，最后死在狱中。他受了髡刑，被削去头发，逐出军营，回到了家乡。几年后，陈寿出生，父亲抑制着遭受侮辱性处罚时的满腔义愤，忍受着有志不得申的深深郁闷，把所有的希望都寄托在了儿子身上。少年陈寿聪颖好学，从小就对历史表现出特殊的兴趣。在父母亲的关注和督促下，他读了许多儿童启蒙书，文章写得通达流畅、形象动人，表现出近乎神童的才思潜能和终成大器的美好前景。《华阳国志》中称他“聪警敏识，属文富艳”。20 世纪末重修万卷楼时，在陈寿故居意外地挖出了一块汉砖，经专家辨认，汉砖上的图案为“教子图”，形象地再现了父亲教授儿子读书的情景，有力地佐证了少年陈寿勤奋好学和父亲谆谆教导的事实。可以说，父亲是影响他一生的第一人，他与父亲不仅有着父子亲情，还有着师生的情谊。大约在后主刘禅延熙年中后期，他以淳朴敦厚的品行和优异的学业成绩，来到当时的蜀汉都城成都，进入蜀国最高学府太学。在那里，他勤奋研读儒家经典《尚书》和《春秋》，学习先代明主贤君治民兴国之道，不厌其烦地精读了司马迁的《史记》和班固的《汉书》，并旁及先秦以来的各种典籍，常至夜阑人静仍面对孤灯，端坐在学堂里攻读不辍。当时谯周正在成都担任蜀汉中央的典学从事，得以亲自为太学生传道授业，看到陈寿可堪造就，前途无量，对他十分器重，常常不辞辛劳伴他读至深夜，随时为他解疑释惑。陈寿聪敏睿智，凡读过的书简无论如何艰涩，都能过目成诵并记住其要旨。他善于著述，文章构思巧妙，辞采熠熠，议论风生，为同窗中的佼佼者，经常受到太学师生的赞誉，被喻为孔子弟子中长于文学的子夏。就这样，在谯周的悉心培养下，他逐步掌握了写作史书的方法技巧，为日后撰写《三国志》打下了坚实的基础。在太学完成学业后，陈寿入仕，担任卫将军姜维的主簿，典领文书，办理军务。之后，他又先后调任蜀国图书馆秘书郎和侍从皇帝、传达诏命的黄门散骑侍郎。此时的蜀汉政权国力已每况愈下，加之曹魏大兵压境，正处于危急存亡之秋。而刘禅亲小人远贤臣，致使宦官弄权，朝纲混乱，百姓怨声载道。陈寿因不愿趋炎附势而仕途受挫，心情沉郁，终日闷闷不乐。也就在这个时候，父亲去世，他回家奔丧，料理后事。由于悲伤过度，他一病不起，迫于病情越来越沉重，不得已让侍婢帮助调制药丸。此事被乡里所闻，被讥为触犯了“男女授受不亲”的封建戒律。回到朝廷后，也就因为这件事，他的仕途更加沉滞，累年不得升迁。延至蜀汉灭亡，他便返归故里，深居于万卷楼里，把先父之嘱托、为官之冤怨、亡国之痛楚深深地埋进书山，沉入墨海，在安汉老家度过了近十年的寒窗生活，《三国志》的构思也许就从这几年开始了。

第二展厅门首上悬挂的“并迁双固”匾额，是后人对陈寿史学成就的高度褒扬。“并迁”，是说他可以与史学大家司马迁并肩；“双固”，是说他可以与另一位史学大家班固成双，称其有“良史之才”。展厅内宽阔的四壁上绘有十六幅彩墨巨画，从“黄巾大起义”到“三国归一统”，再现出三国由兴至衰的那段历史。南北廊轩内以

《三国演义》中的“桃园结义”等故事为内容的三十二幅仿汉代拓片线刻壁画，令依次览赏之人有如置身于三国时代，感受那风云跌宕、诡谲万变的历史。展厅前的草坪上，于绿树丛中端坐着老年陈寿青铜塑像，峨冠博带，怀抱竹简，手执毛笔，神韵四溢，若有所思，让人从他那饱经沧桑的脸上仍不难寻出老骥伏枥的刚毅。铜像基座的圆形墨色大理石地面，其形似铜镜，名为“鉴池”，颇有“以史为镜”之意。我肃立在陈寿塑像前，与之对目而视，崇敬之情油然从心中升起。晋武帝司马炎泰始元年(265)，晋国新朝为翦灭东吴，统一全国，下令广泛网罗人才，续用魏、蜀遗臣及先辈子弟。泰始四年(268)春天，晋武帝在华林园与群臣宴会，席间让大臣们举才荐贤。武陵太守罗宪早年与陈寿同为蜀汉太学同窗，深知陈寿的学识与品行，便极力向晋武帝推荐陈寿。得到晋武帝准允，三十六岁的陈寿离开故乡赶赴晋朝都城洛阳，被授予佐著作郎，兼任巴西郡中正官，专门负责编撰史书。不久，中书令和峤奏请司马炎批准陈寿编订蜀汉丞相诸葛亮的文集。陈寿受命后，历经数年艰辛，终于编纂而成二十四篇“凡十万四千一百一十二字”的《诸葛亮集》，整理和保存了诸葛亮生前安民、强国、治军等方面珍贵的文献资料。据说，晋武帝看了《诸葛亮集》后大加赞赏。人所共知，诸葛亮是司马氏宿敌，陈寿在晋朝写《诸葛亮集》，要写出诸葛亮的高明，同时又要写出司马懿的智慧，肯定会遇到很多棘手的问题，在人家的屋檐下，端人家的饭碗，能够做到明大义、不屈节，除了需要骨气以外，还要有像诸葛亮一样的智慧才能做到。咸宁六年(280)，西晋灭吴，中国历经东汉末以来百年的分裂，重归统一，此时已四十八岁的陈寿也步入了他人生的新阶段。天下一统的政治环境使他编撰《三国志》的设想成为可能，他开始全面整理三国史事，着手《三国志》的写作。从此，他废寝忘食，夜以继日，搜集整理三国时期的档案文献，四处搜集三国人物的逸闻逸事，遍采三国的民间传说、歌谣，踏勘三国历史遗迹，稽考旧史所载人物姓氏年里、官爵行事，前后历经十年，大约于太康十年(289)完成了皇皇巨著《三国志》的写作。这是一部记载魏、蜀、吴三国鼎立时期的纪传体国别史，其中《魏书》三十卷、《蜀书》十五卷、《吴书》二十卷，共六十五卷，三十七万多字，记述了自汉末至晋初中国社会由分裂走向统一的六十年历史。陈寿撰写《三国志》时已是晋臣，而晋又是继承曹魏才有天下的，所以，《三国志》也就尊魏为正统，在《魏书》里专为曹操立了本纪。《蜀书》和《吴书》只有传，没有纪，记刘备则为《先主传》，记孙权则为《吴主传》。但是，陈寿虽然名义上尊魏为正统，实际上仍是以魏、蜀、吴三国单独成书，如实地记录了这三个国家从各自发迹到鼎足而立再到先后灭亡的整个历史过程，表明它们是各自为政，互不统属的。从记事的方法上看，《先主传》和《吴主传》也都是以时间为经线、以事件为纬线来组织的，与本纪的记事方法完全相同，仅仅是不称纪而已。今天看来，陈寿这样做还是符合当时实际情况的，由此也不难看出他驾驭历史题材的高超技巧和政治上的远见卓识。毋庸讳言，总的来说，《三国志》的记事还比较简略，这可能与陈寿当时占有的史料多少有关。陈寿所在的蜀国灭亡时，他刚过而立之年，正是年富力强的时候。作为那个时代的人，他撰写的《三国志》应该说是现代史，记述的很多事可能就是自己或亲身经历或耳闻眼见的。如此说来，当时他搜集起三国史料来可能会容易些。但也正因为他与《三国志》所记载的史实或同属一个时代，或距那个时代太近的原因，许多有价值的史料还没来得及披露出来；同时，虽然三国征战已随着各自的灭亡远去了鼓角争鸣，但各国遗老遗少彼此之间的恩恩怨怨还不可能一朝消除，对同一个事件的看法也就会大相径庭。这也会给他的修史工作带来史料的鉴别和选用上的困难。如果把《魏书》《蜀书》和《吴书》放在一起比较，《蜀书》只有十五卷，比《魏书》少了一半，比《吴书》少了五卷，显得有些简约和单薄。究其原因，是陈寿在撰写《三国志》时，魏国已有王沈的《魏书》和鱼豢的《魏略》，吴国也已有韦昭的《吴书》，从中可以查阅两国大量的史料，而蜀国既没有史官，也没有史书，搜集史料非常艰难。他花费了很大精力，连一些零篇残文也不放过，才将《蜀书》凑够十五卷。尽管如此，《蜀书》中的许多重要人物的事迹，记载得还是过于简单。另外，严谨的治学修史态度，也使他不可能把一些道听途说、似是而非的东西塞进史书里去。通观《三国志》全书，陈寿秉笔公允，取材严谨，考究有据，行文洗练，使得它有着很高的史学和文学价值。他死后，尚书郎范頵上表说：“陈寿作《三国志》，辞多劝诫，朋乎得失，有益风化，虽文艳不若相如，而质直过之，愿垂采录。”由此可见，《三国志》成书之后，就受到了很高的评价。晋惠帝司马衷在看过《三国志》之后当即下诏，命令全国每家每户都要抄写，使得《三国志》中的故事很快就在民间传播开来。刘勰在《文心雕龙》中说：“凡魏代三雄，征传互出……唯陈寿三志，文质辨洽，荀、张之比迁、固，非妄誉也。”我国史学界历来都将《三国志》与《史记》《汉书》《后汉书》合称为“四史”，视为纪传体史学名著。

陈寿塑像。从他那饱经沧桑的脸上，不难看出丝丝忧郁

但是，对于这位杰出的史学家，历史上也不乏批评之声。择其要者，不外乎“索米二丁”和“微词诸葛氏”这两件事。《晋书·陈寿传》在肯定陈寿“有良史之才”的同时，又认为他因为私仇而在《三国志》里有所宣泄。说什么“丁仪、丁廙有盛名于魏，寿谓其子曰：可觅千斛米见与，当为尊公作佳传。丁不与之，竟不为立传”。这个说法，看似凿凿，实则漏洞迭出，历来只为北周的柳虬、唐朝的刘知幾等几位史学家所乐道，大多数史学家则认为其不足挂齿。清朝的潘眉在《三国志考证》中就指出：“丁仪、丁廙，官不过右刺奸掾及黄门侍郎，外无摧锋接刃之功，内无升堂庙胜之效，党于陈思王，冀摇冢嗣，启衅骨肉，事既不成，刑戮随之，斯实魏朝罪人，不得立传明矣。《晋书》谓索米不得不为立传，此最无识之言。”至于“微词诸葛氏”之事，《晋书·陈寿传》说：“寿父为马谡参军，谡为诸葛亮所诛，寿父亦坐被髡。诸葛瞻又轻寿。寿为亮立传，谓亮将略非长，无应敌之才；言瞻惟工书，名过其实。议者以此少之。”对此，清朝的赵翼在《廿二史札记》中也指出：“此真无识之论也。亮之不可及处，原不必以用兵见长。观寿校定《诸葛集》，表言亮科教严明，赏罚必信，无恶不惩，无善不显，至于吏不容奸，人怀自励。至今梁、益之民，虽《甘棠》之咏召公，郑人之歌子产，无以过也。又《亮传》后评曰：亮之为治也，开诚心，布公道，善无微而不赏，恶无纤而不贬。终于邦域之内，咸畏而爱之，刑政虽峻而无恶怨者，以其用心平而劝戒明也。其颂孔明可谓独见其大矣。”由此可见，“微词诸葛氏”之事亦不可信。事实恰恰相左，陈寿在《三国志》里对卷入街亭一战而受牵连的父亲始终只字未提，而对于惩罚父亲的诸葛亮却大加颂扬，从中不难看出他对待历史的客观公正的态度。然而，正如人无完人一样，书亦无完书。《三国志》在叙事时，除了在一些纪和传里有明显的自相矛盾之处外，最

大的瑕疵莫过于对曹魏和司马氏多有庇护和溢美之词。从体例上说,作为一部纪传体史学巨著,只有纪和传,而无志和表,也不能不说是一个缺憾。大概也就是上述这个原因,到了南朝宋文帝时,史学家裴松之为之作注,增补了大量材料,字数竟达三十二万之多。

陈寿虽因写作《三国志》的成功受到时人赞赏,但同时也为秉笔直书历史事实得罪了当世的权贵,晚年屡次遭贬,郁郁不得其志。晋惠帝元康七年(297),六十五岁的陈寿没来得及赶回故乡便死在了洛阳。然而,他临死也没能预料到,他的《三国志》不仅被国人奉为经典,而且还能影响整个世界。如今,《三国志》中所表现出来的谋略和智慧已被人们广泛地运用到政治、军事、经济等社会的各个领域,已经发挥出和正在发挥着不可估量的作用。《三国志》被改编成评书、小说、戏剧、电影等多种题材,向全世界辐射着它强大的生命力。

“藏书阁”现辟为第三展厅,陈列着丰富的三国文化珍品。如仿汉代《教子图》、长信宫灯雕塑、木牛流马,仿汉代骑兽俑、战车、战船、兵器,仿汉代石刻、陶瓷、铜器、汉鼎等,还有各种版本的陈寿著作以及琳琅满目的三国图书。所有这些,都会把前来观赏的人引入浓浓的三国氛围,于潜移默化中接受三国文化的熏陶。藏书阁门首高悬“万卷留芳”匾额,两旁联对为“千秋笔写千秋史;万卷楼藏万卷书”。在一定意义上可以说是陈寿因“万卷楼”而写成了《三国志》,从而一举成名的。楼以人名,楼亦以书名,万卷楼也就因陈寿因《三国志》而流芳千古了。从藏书阁登上万卷楼顶,远望嘉陵江水天一色,江两岸沃野千里,阡陌纵横,村落点点,呈现出一派太平盛世的景象。沉浸在这三国历史文化的源头,于对太平盛世的憧憬之中感悟历史统一与分裂的功过,不由得使人抒发出无限的感慨。

“一志三国出安汉”。一千七百多年前,出生在这里的陈寿完成了一部伟大史书的写作,忠实地记录了那段三国鼎立的历史。如今斯人已去,我徜徉在他的故里,睹物思人,有的是怅惘,有的是怀思。好在有《三国志》传世,有万卷楼高耸,人们还能感觉到他的存在,感悟到他的精神。

山风拂吹,翻动着三国历史。

暧暧远人村

——访陶渊明故里

难得去趟庐山,又没有被庐山的胜景绊住脚步,那原因是除了我自己谁也说不清楚的。在我的老家流传着一个古老的说法,某人要是被谁吸引着了,就说是某人的魂被谁“勾”走了。

庐山南麓有晋代大诗人陶渊明的故里,我的魂就是被他“勾”走了的。

还是早早地就被“勾”走了呢！少时爱读诗,爱抄写诗句,尤其爱诵读和抄写描绘山水田园风光的诗句。在我那发黄的笔记本上,至今还可见幼稚的童体字抄写的陶渊明的《归园田居》。及至长大成人,多接受理想教育,每当讲起理想王国时,必先提到陶渊明笔下的桃花源。青少年时期的天真无邪,使我常常在那个极乐世界里幻游,因此,完全可以说是魂系陶渊明呢!

从九江市弃舟乘车,驶过一段铺满锦绣的田园,便见飞峙在长江边的庐山。汽车驶到山下加大了油门,一鼓劲儿“跃上葱茏四百旋”,进入庐山游览区。一个个醉人的风景点一掠而过,汽车径直向山南驶去。因为是下山,车速要比上山快得多,不到两个小时光景,便到了我在梦中不知游过多少次的陶渊明故里。那是一个长长的山坳,两边的丘陵蜿蜒起来夹峙着一个平坦的坝子,坝子里坐落着灰色的房舍,房舍的周围散布一畦一畦的菜地,狗慵懒地蜷曲着身子,鸡在悠闲地刨食,农家风情漾溢在田园风光里。当年，陶渊明就是在这里“采菊东篱下，悠然见南山”，同妻儿一起打发着平淡的光阴，虽饱尝着民间的疾苦，却享受着远离官场的轻松。怀着与大自然融化在一起的愉快心情，他在这里日出而作，偕妻子一起荷锄走向田间，夕阳西下时分，则拖着长长的身影走进低矮的茅屋，放下锄头，摘去帽子，弹掉身上的泥土。也许就在这时，他又来了诗兴，随口吟诵着，随手写了下来。一首首带着泥土味的诗诞生了，没有刻意的雕饰，也没有反复的推敲，似乎都是些不经意之作。然而，就是这些不经意之作，日后竟成了响彻历史的绝唱，开启了我国田园诗风的先河。沿着一条幽静的小路向山坳里走去，只见一座四角亭子矗立在路中央。亭曰“归来亭”，左右有题联“云无心以出岫；鸟飞倦而知远”。驻足亭前，似可扪到陶渊明的心灵之音。

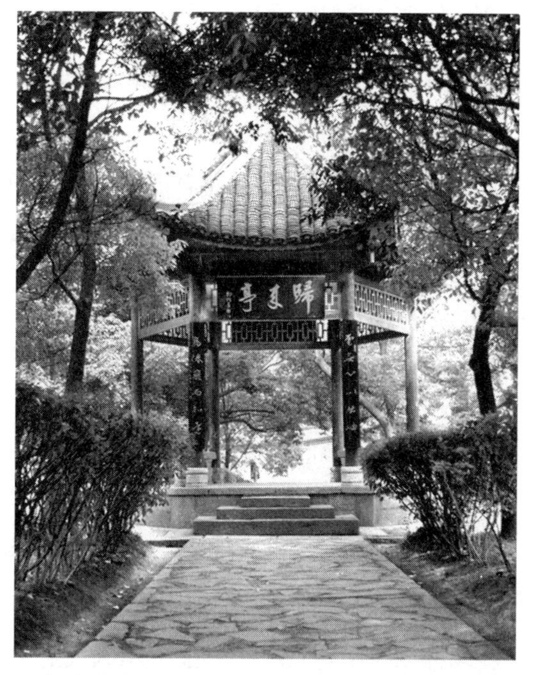

归来亭。“云无心以出岫；鸟飞倦而知远。”

在我国历史上，一些知识分子为了寻求栖息精神的天地，不约而同地选择了归隐的道路，平静地向面对的那个浑浊的世界挥一挥手，在普天下找到属于自己的一隅，悄无声息地颐度余生。他们默默地离开了自己只要违愿即可实现的人生理想，这种舍弃的结果使他们在痛苦的煎熬中冶炼出中国知识分子应有的品格。中国历史上，闪耀着一串苦涩的名字。

陶渊明便是他们中的一位。

陶渊明，名潜，字元亮，浔阳柴桑（今江西九江）人，大约在东晋哀帝兴宁三年（365）出生于一个没落的官僚地主家庭。曾祖父陶侃因军功显著，官至大司马，都督八州军事，为荆、江二州刺史，封长沙郡公，是东晋朝的开国元勋。祖父陶茂和父亲陶逸都做过太守、县令之类的官。陶逸对官场并没有多大兴趣，后来赋闲居家，很早就去世了。陶渊明幼年时，陶家开始衰败，他与母亲、妹妹一起度日，孤儿寡母经常住在外祖父孟嘉家里。孟嘉是当时的名士，“行不苟合，年无夸矜，未尝有喜愠之容”，有着朴素自然的艺术情趣，其审美观对陶渊明后来的文学创作产生了深远的影响。孟嘉藏书很多，给陶渊明提供了阅读古籍、了解历史的条件，使他在以老庄为宗罢黜“六经”的两晋时代，不仅像一般的士大夫那样读了老庄，而且还读了“六经”及其他一些“异书”，从而接受了道家和儒家两种不同的思想，培养了“猛志逸四海”和“性本爱丘山”两种不同的志趣。少年陶渊明大部分时间是在农村度过的，优美而又恬淡的田园风光和清淡而又和谐的村居生活在他的心中留下了深刻的印象，这个印象一直挥之不去，萦绕到他日后的归隐。他从小就对曾祖父陶侃十分仰慕，希望自己能像曾祖父那样干一番事业，以实现“大济苍生”的宏愿。但当时的门阀士族几乎垄断了所有的高官要职，陶侃虽以军功取得晋朝的高官，但本身并非门阀士族，仍然不能荫及子孙。尤其是家道败落以后，陶家更是被人瞧不起，所以，陶渊明“少年罕人事”，很少与人交往，只是自娱自乐，陶醉在自己的小天地里。随着年龄渐渐长大，他为了实现自己的政治抱负，也为了改变自己的生活状况，于晋孝武帝太元十八年(393)开始做官。然而，他所做的只不过是祭酒、参军之类的小官，不仅“大济苍生”的抱负无以施展，还必须时常违心地和那些腐败的官场人物周旋。这使他对现实感到灰心失望，继而厌恶起来。同时，仕途的不得志，也使他更加怀恋少年时度过的那种恬静自然、不为世俗所扰的生活：“静念园林好，人间良可辞。”他看到前途一片渺茫，产生了归隐的念头，辞官回到了家乡。他在家乡闲居了七八年，其间州里召他做主簿，也被他回辞了。一直到晋安帝隆安四年(400)，他才到荆州投入桓玄门下做属吏。那时，桓玄控制着长江中上游地区，势力逐渐强大起来，正伺机篡夺东晋政权。他看到桓玄存有野心，便决定与桓玄分道扬镳，“如何舍此去，遥遥至西荆”，“久游恋所生，如何淹在兹”，流露出对随仕桓玄的悔恨之意。隆安五年(401)，母亲去世，他以此为借口，奔母葬回家，“寝迹衡门下，邈与世相绝。顾盼莫谁知，荆扉昼常闭”，如此度过了三年时光。就在这段时间，桓玄举兵攻入建康，篡夺了帝位，改国号为楚，把安帝幽禁在浔阳。元兴三年(404)，下邳太守刘裕自京口起兵讨桓平叛，陶渊明离家投奔刘裕幕下任镇军参军。刘裕攻入建康后，对东晋王朝长期存在的“百司废弛”陋习进行“以身范物”的威禁整顿，“内外百官，皆肃然奉职,风俗顿改”,朝政出现了新的气象。陶渊明看到刘裕的性格颇与陶侃相似,曾一度对刘裕产生了好感。但不久他看到刘裕为了剪除异己,杀害了讨伐桓玄有功的刁逵,并凭着私情,把众人认为应该杀的桓玄心腹人物王谧任为录尚书事领扬州刺史,感到异常失望,心中再次泛起归隐田园的渴望:“目倦山川异,心念山泽居”,“聊且凭化迁,终返班生庐”。义熙元年(405),他再度转入建威将军刘敬宣部任建威参军。秋天,经叔父陶逵介绍,他出任彭泽县令。一天,他接到通知,说是有督邮来视察政务,按官礼,他要束带迎接。督邮未到前两天,陶渊明就知道了这件事,他对家人说:“这次来视察的督邮,是个专门欺上压下、拍马奉迎的家伙,我岂能为五斗米折腰,拳拳向乡里小儿!”第二天,他把官印封好,官服留下,偕家人乘船离开了彭泽,慨然还乡了。应该说,是这次“督邮事件”最终圆了陶渊明的归隐梦,玉成了这位“古今隐逸诗人之宗”。中国历史有时很会善待人,就看你是否做好了必要的准备。那一年,陶渊明四十一岁。他从此更名为“潜”,回家了。这一走,他头也没回,抛却了乌纱,释去了重负,落得个一身轻松,心情也愉快,有《归去来兮辞》为证:“归去来兮!田园将芜,胡不归?”

事实上,陶渊明早有归隐之心。他从二十九岁第一次出来做官到四十二岁挂冠归田,十三年中一直处于“出世”与“归隐”的思想矛盾之中。说到他的归隐,人们大都会从魏晋时期崇尚隐逸之风和他内儒外道的思想去理解。诚然,陶渊明性格的特征是追求心灵的最大自由和心态的闲适优雅,仕宦生活显然不符合他崇尚自然的本性。而他正处于一个崇尚自由、玄风扇炽的时代,动荡的社会现实使一味寻求避祸全身的士人极易形成隐逸的品格。也许就是这种崇尚自由、悠然洒脱的个人禀赋,使他不堪“为五斗米折腰向乡里小

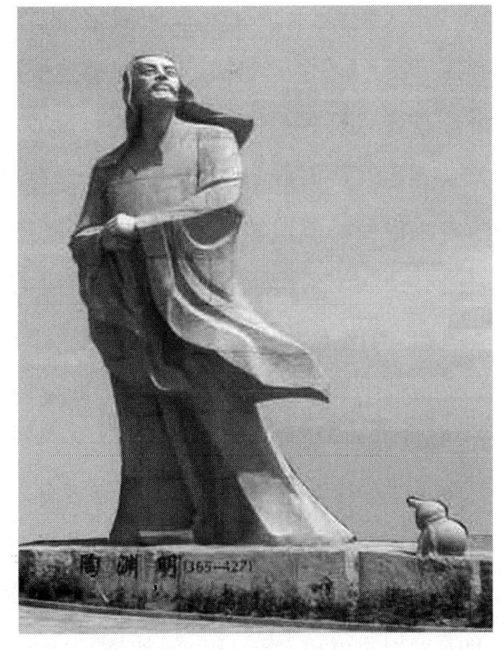

陶渊明塑像。诗人回到故乡的榜样,诗也回乡魂也回乡

儿”，最终挂冠归田。虽然，他曾有着“逸四海”的“猛志”，意欲干一番济世大业，但当他目睹了统治阶级内部勾心斗角、争权夺利的丑恶现象之后，发现黑暗的官场与他济世的抱负竟是那么的抵牾！在冷酷的现实中，他成就济世大业的思想火花燃了又灭，灭了又燃，凡此再三，由此完全可以看出他曾为是否归隐有过痛苦的犹豫和徘徊。这种犹豫和徘徊固然反映出他性格软弱的一面，但也只能说那是时代的局限。他生活的时代，是一个大动乱的时代，晋太元八年(383)爆发的淝水之战，虽然东晋一时获胜，但北方诸民族的势力一点也没有被削弱，各种战争依然绵亘不断。在南方，孙恩、卢循领导的起义，可谓风起云涌，席卷许多州郡。如此这般，社会动荡，政治混浊，哪有知识分子施展才华的一席之地？非但妄想施展才华，相反还会成为统治集团内部勾心斗角的牺牲品，最终沉溺在政治斗争的旋涡里。魏晋时期知识分子的这种悲剧，真是不胜枚举！著有《道德论》《无名论》的玄学家何晏，虽官至侍中、尚书，爵列侯，还是被司马懿所杀；著有《嵇中散集》《声无哀乐论》的文学家、思想家、音乐家嵇康，被司马懿之子司马昭所害；著有《博物志》《张司空集》的大才子张华，可谓学富五车，才华横溢，在“八王之乱”中被赵王伦所杀；与张华同时，著有《潘黄门集》的文学家潘岳，也在“八王之乱”中遭到同样的下场；文冠一时，并有“文赋”传世的陆机、陆云兄弟，被成都王司马颖加害……魏晋时期的知识分子混迹官场，走的是一条凶险的路。陶渊明似乎是刚一涉足，便体察到那环生的险象。然而，“少时壮且厉，抚剑独行游”的豪情壮志，又使得他忍不住向着官场频频回首。但最终使他痛下决心远离官场抛弃仕途而归隐田园的，还是那一幕幕闭起眼睛扑面而来的文人悲剧。那些冤魂们在告诫着陶渊明，提醒着陶渊明。陶渊明惊醒了，做出了审时度势的选择。“督邮事件”及时地促成了他的归隐，又使他落了个千古传颂的“不为五斗米折腰”的知识分子清高的美名。事实上，发自陶渊明内心，即使没有“督邮事件”发生，他也会听取那些冤魂们的劝诫，不会在彭泽县令任上干下去。因为，中国文学史更需要他。一个又一个文人被害了，一颗又一颗文学之星陨落了，文学事业后继乏人，惊醒了的陶渊明意识到了自己的责任——中国知识分子的责任！诚然，他的归隐是时代的悲剧，也是他个人的悲剧，但这个悲剧为中国文学史做出了划时代的贡献。试想，如果没有他的归隐，中国文学史上就没有这么一颗诗星在闪烁。是魏晋那段历史跌宕出这么一幕悲剧，是这幕悲剧推演出这位文化巨人。毋庸置疑,归隐有时也是一种官场失意的无奈之举。历朝历代,哪一个文人志士不想报效国家?不想施展自己的为政理想?然而,文人性格与官僚性格有着不可调和的差异,当这两种性格作用于一个人身上的时候,就必然会出现苦闷与彷徨。综观中国历史,有些文人放弃了文人性格,在官场上也建树了一定的政绩;而有些文人则坚守着文人性格,那就不得不退出官场,如果还在官场混迹,其结果必然是要么像上面列举的那些文人们一样惨遭杀戮,要么终生一事无成。陶渊明决定坚守文人性格,于是便痛苦而又潇洒地向仕途挥手诀别,背过身向另一个方向走去。虽然路途中时有踯躅和彷徨,但中国知识分子的责任感驱使他再也没有回头,最终走进了属于他的那个天地,那个充满了他的理想的"世外桃源"。

陶渊明辞官归里,回到了他的老家庐山南麓的上京,过起了"躬耕自资"的生活。他的夫人翟氏,与他志同道合,安贫乐贱,"夫耕于前,妻锄于后",共同劳动,维持生活。他家原在浔阳的柴桑,即今九江县的荆林街,故居在荆林街附近的鹿子坂,后来举家迁到了上京,即他在《还旧居诗》中所说的"畴昔家上京",也就是今星子县的玉京山。至今玉京山仍有陶渊明故居。落脚甫定,陶渊明按捺不住释去思想重负的轻松和喜悦,有感而赋一篇《归去来兮辞》,抒发了归家后的愉快心情和终生隐居的愿望。这是他长期思想的结晶,也是他毕生追求的心境。他用朴实的语言在真挚的情感河水中波澜不惊地宣泄着思想的涓涓清流,于恬淡与静谧中执着地选择了驶向自由与自然的人生航向,在萧条的文学园地,写出了犹如纪念碑式的力作。他所处的那个时代,玄学兴盛,文人对清淡生活的追求,有力地推动了魏晋时期的社会文化。与此同时,社会文化的发展也造就了大批的名士文学家。他们生逢乱世,心存林泉之隐,寄情山水之乐,精神生活丰富多彩。其中最有代表性的当属"竹林七贤"。陶渊明在人格和诗歌创作上就是继承了他们的传统,将那个时期形成的隐逸思想发展到一个新的精神境界。所以,南朝的钟嵘在《诗品》中称陶渊明是"古今隐逸诗人之宗"。他的出现,标志着我国名士文学家以其隐居生活和诗歌创作构建的山水林泉之隐,已经形成了一种典型的意识形态。

陶渊明在玉京山麓的故居里,热爱大自然的本性潜滋暗长。从故居仰望匡庐,"横看成岭侧成峰,远近高低各不同",从庐山诸峰中流来的"斜川"之水,向东泻入鄱阳湖中。斜川两岸地势开阔,山峦拱峙,面山临水,相映成趣,"东皋""西畴",夹川相望，好一处修身养性、淡泊明志的所在。陶渊明常在这里畅游，寄情家乡山水，陶冶性情品行，从大自然中吸取精神营养，升华自己的人格。然而，三年后的晋义熙四年(408)六月，一场不期而遇的“祝融之祸”突然降临，山林大火无情地吞噬了他家的草屋，再加上连年饥荒，收成不好，家境急剧衰败。为了维持生计，他不得不在亲友的帮助下举家移居西南二十五里的栗里村，即他在《移居》诗中所写的“南村”。这是一个山环水绕的小山村，只有十几户人家，都姓陶，是陶渊明的后裔。当年，陶渊明就是在那里辛苦耕作，艰难度日的。即使这样，他家的生活还是难以为继，有时还要向邻里乞贷。贫穷窘迫的生活现状，使他更深刻地体会到下层人民的疾苦，对劳动人民寄予深切的同情。虽然，他自己有时穷得衣食无着，但这丝毫未能动摇他洁身守志的隐居之念。“但愿长如此，躬耕非所叹”，“长吟掩柴门，聊为陇亩民”，他默默无闻地开拓着中国田园诗的开山事业。村前有一带碧流，从一座石桥下潺潺流过。这座石桥，据说就是当年他“带月荷锄归”走过的“清风桥”，亦名“柴桑桥”。桥头的大树下，斜依着一块青石，上刻“柴桑桥”三个大字。顺着清清的溪流南行，有一处浅浅的水池，池间巨石上，刻有“醉仙濯缨之池”字样。当地人唤作“濯缨池”。传说他当年在劳作过后，常在此池涤锄洗缨。柴桑桥和濯缨池可以作证，他是怎样年复一年、日复一日地踏着晨露去南山下种豆采菊，披着星光荷锄而归的。陶渊明作为一位文人，能够躬耕垄亩，自食其力，在当时是一件了不起的事情。魏晋时期同整个封建社会一样，统治阶级是鄙视劳动的，有身份的名门望族尤其看不起体力劳动者，他却冲破了这种剥削阶级思想意识的束缚，走上了躬耕自给的生活道路。这实际上是他与当时社会观念形态的决裂，也是一种叛逆。在劳动实践中，他的

濯缨池。当年陶公在劳作过后，常在此池涤锄濯缨

思想也发生了变化，改变了鄙视劳动的态度，进而认识了劳动的价值。同时，在与农民共同劳动、平等交往的过程中，他对农民产生了亲切的感情，写出了大量赞美田园风光、赞美农村淳朴生活的诗篇。他把平淡自然的田园风光和深厚醇美的思想情感有机地统一起来，表面看来写的是司空见惯的田园风光和平平常常的村居生活，流泻出的却是他归隐后恬淡的心境与怡然的情趣。这些诗篇多采用白描的手法，信手拈来身边的一景一物，朴素自然地嵌入诗句之中，生动而又传神地表现出他对生活和自然的真诚的热爱，使人感受到他那美好的人格和崇高的理想。

陶渊明自"逃禄归耕"之后，归隐思想日渐成熟起来，从少年时期的"刑天舞干戚，猛志固常在"到青年时期的"策仕策隐""孰仕孰隐"再到中年时期的"皈依于隐"，终于实现了一个完美的求隐过程，得到了"隐"之精髓。在中国历史上，也不乏一些利用当隐士而沽名钓誉之人。他们的退隐是官场上惯用的一种权术，待价而沽，专钓朝廷的胃口。因此，隐士复出再做官的也大有人在。说到底，这都是些假隐士。陶渊明的归隐，追求的是一种精神上的独立，是一种不愿陷于污浊的自清，也是一种智者的人生态度。他把自己的身心全部交给了他所钟爱的精神田园，一直到终老，都坚守着隐士的情操。综观他的一生经历：始为江州祭酒，"不堪吏职，少日自解归"。后仕职于桓玄、刘裕、刘敬宣的幕下，最后任职彭泽令八十余日，毅然辞职归耕田园。后有人劝他再度出仕刘宋王朝，他宁愿贫病交加、穷困潦倒也不愿再涉足官场。他在动乱的年代勇敢地做出了自己的人生选择，从而使自己的心灵皈依到与大自然和谐的境地。在《归去来兮辞》里，他写道："质性自然，非矫励所得；饥冻虽切，违己交病。"在他看来，饥饿贫寒固然可怕，但若违背人的本性而活着就更会让人感到痛苦。为了追求这种不"违己"的自由，他宁可忍受"饥冻"的生活！他在归隐以后，写出了许多描写田园自然景色和歌颂村居生活的诗作。在《归园田居》里，他毫无掩饰地流露出回归田园的喜悦："少无世俗韵，性本爱丘山。误落尘网中，一去三十年。羁鸟恋旧林，池鱼思故渊。开荒南野际，抱拙归园田。"他用"羁鸟""池鱼"比喻自己，用"旧林""故渊"比喻田园，形象而又深切地表达了自己的归隐情感。"方宅十余亩，草屋八九间。榆柳荫后檐，桃李罗堂前。暖暖远人村，依依墟里烟。狗吠深巷中，鸡鸣桑树巅。户庭无尘杂，墟市有余闲。"可以想象得到，那该是何等安乐、祥和、恬静的田园自然风光啊！他在这里守望着自己的精神家园，

陶渊明纪念馆。“春来便是桃花水,不辨仙源何处寻。”

抚慰着自己的心灵。唐代大诗人白居易,也是一位鄙弃利禄之人,对陶渊明不慕名利、热爱自然、洁身自好的品格,甚是推崇。他在《题浔阳楼》一诗中曾写道:“常爱陶彭泽,文思何高玄。”在江州司马任上时,他曾专程去拜访陶渊明故里,寻访陶渊明遗迹,采访陶渊明族人,写下了《访陶公旧宅》诗,对陶渊明充满了钦敬之情。白居易曾许下心愿,要像陶渊明那样为人,像陶渊明那样归隐。他在庐山香炉峰下兴建了一处“三门两柱、二室四牖”的草堂,以便将来司马官任期满了,“左手引妻子,右手抱琴书,终老于斯,以成就平生之志”。

故乡的山水陶冶了陶渊明,给了他丰富的创作素材。他寄情山水,亲近农民。农忙时,多务农桑,互有帮忙;闲暇时,则披衣而聚,但话桑麻,言笑无厌,同农民阶级建立了息息相通的感情。久而久之,官场的黑暗,农民的疾苦,使他不能不时时陷入深沉的思考。魏晋时期的先哲们用抽象的哲理写出了思考的答案,同时代的他却把思考的答案塑造成一个完美的形象,即一个令人向往的境界:桃花源。在那里,土地平旷,屋舍俨然,阡陌交通,有良田、美池、桑竹,公鸡啼鸣着,小狗摇着尾巴,风光秀美,和平而宁静;在那里,人人劳动,日出而作,日落而息,春收长丝,秋收五谷,但却没有人来收租,也没有官府来为皇家收税;在那里,一切都保持着淳厚的古风，祭祀仍沿用古代的礼器，种地也不用历志，看到青草荣发，就知道该下种了，看到树叶凋落，就知道该收割了；在那里，没有官僚，没有战争，没有强盗，乡邻的感情是融洽的，彼此和睦相处，亲如一家。这是一个多么“大同”的境界啊！凡是读了陶渊明那篇《桃花源记》，对他描写的那个理想王国倾慕的人，都充满了对桃花源的深情向往。“春来便是桃花水，不辨仙源何处寻”。神州大地上，桃源盛景处处，数其典型者，有的说它在浙江的天台，有的说它在湖南的武陵，有的说它在安徽的歙县，有的说它在福建的龙溪……但纵览陶渊明的履历，他并没有像后代的旅行家徐霞客那样踏遍祖国山水，应该是他家乡的美景向他提供了桃花源这个理想社会的环境，使他展开憧憬的翅膀，恣肆汪洋地想象着，描画着。在从含鄱口北去天池的途中，就有一处这样的桃花源胜景，诚如曹学佺的《游庐山记》所载：“……又径一谷，如入桃源焉。桥换者再，而水曲者屡矣。其中平衍，百亩井宽，山围之如城，翠色自满。”在庐山南端的康王谷中，也有一处桃花源景色：从大汉阳峰的谷帘泉而来的溪水，在长达二十余里的群山中聚集起涓涓细流，水面逐渐开阔起来，及至下游处，小舟渔船竟可往来。谷内山水环绕，迂回曲折，形成一个又一个方圆里许的盆地。其间茂林修竹，茅篱草舍，古风犹在，野趣天成，俨然一处陶渊明描绘的桃花源。早在一千六百多年前的魏晋时代，陶渊明就为我们描绘出这么一幅理想国的蓝图，使我们至今仍在不懈地憧憬着。此时此刻，流连在这片秀美的土地上，止不住让人浮想联翩，神采飞扬！

在距栗里村不远的一处叫作虎爪崖的山下，横卧着一块巨石，传说那便是陶渊明醉后高卧的地方，人称“醉石”。登上这块巨石，见石面宽阔如台，可容十数人仰卧。宋代朱熹题“归去来馆”和诗人陈舜俞所书“醉石”二字，尚依稀可辨。据《南史》记载，陶渊明“醉辄卧石上，其石至今有耳迹及吐酒痕焉”。在常年风雨剥蚀下，至今仍可清晰地认出上面镌刻的《题醉石》诗：“渊明醉此石，石亦醉渊明。千载无人会，山高风月清。石上醉痕在，石下醉源深。泉石晋时有，悠悠知我心。似醉元非醉，永怀宗国屯。明明石上痕，相识欲无言。沉醉非关酒，深情石应领。睥睨当时人，懵腾谁复醒。”醉石上能留下耳迹和吐酒痕，当然是夸张的说法，但陶渊明嗜酒成癖，却是事实。他给自己写的《五柳先生传》，把“性嗜酒”作为重要的性格特征。在陶渊明的诗集中，凡一百四十二篇诗文，谈及饮酒的竟达五十六篇之多。故有“渊明之诗，篇篇有酒”之说。他在归隐之初,有田庄别业,醪酒盈樽,尚可“无夕不饮”。遭了“祝融之祸”之后,家境趋贫,以至于“短褐穿结,箪瓢屡空”,只能靠亲友“置酒而招之”。据《续晋阳秋》记载,有一年重阳节,陶渊明在东篱下赏菊,抚琴吟唱,突然间酒瘾大发,但遗憾的是家中早已没有酒了。无奈之中,他只好漫步菊花丛中,采摘一大束菊花,久久地坐在篱笆边,盼望亲友来招饮。适逢好友王弘送来酒一坛,他急不可待,接了过来,立即打开酒坛,便在花丛中畅饮起来。饮至酒酣,诗兴大发,即兴吟出了一首诗:“世短意常多,斯人乐久生。日月依辰至,举俗爱其名。露凄暄风息,气澈天象明。往燕无遗影,来雁有余声。酒能怯百虑,菊解制颓令……”晚年,挚友颜延之出任始安太守,路过浔阳,以两万钱相赠。他将所赠之钱,“悉送酒家,稍就取酒”,才又开怀痛饮起来。但陶渊明嗜酒,绝非俗人所视之“酒徒”。他借酒浇愁,酒酣则吐露真情,“语时事则指而可想,论怀抱则旷而且真”,揭露了当时的腐败政治,或曲或直地反映了当时的社会矛盾和自己的理想抱负,乃所谓的“其意不在酒,亦寄酒为迹者也”。今登临醉石,仿他当年模样侧身卧了,一种酒后陶然自乐、忘我返真的心绪油然升腾,逸荡在他曾经劳作并讴歌过的山水间……

陶渊明逝世后,就埋葬在他生前采菊时悠然可见的南山上。沿着一条象征着他一生活了六十三年的六十三级石阶,便可来到他的墓地。同陶渊明故居一样,他的墓地也是一派田园风光。这里背靠巍峨的汉阳峰,面临浩渺万顷的鄱阳湖,林静谷幽,静得那么安然,幽得似乎有点神秘。闻名中外的大诗人,其墓冢并不显赫得无须寻找便垒然眼前。生前,他告别喧嚣的官场,归隐在这片土地上;身后,他也不事张扬,和生前一样,归结为一个“隐”字。陶渊明年过花甲时,曾自觉“候颜已冥,聆音愈漠”,写了一篇《自祭文》,叹息自己“匪贵前誉,孰重后歌”,遗嘱死后“不封不树”。他的墓“不树不封”,也就融入自然之中了。循着树丛中

陶渊明墓。“死去何所道,托体同山阿”,一如他崇尚的自然,亦如他追求的心境

掩映的石阶，便可来到墓前。墓冢坐落在一个向阳的山冈上，外壳为长形拱顶砖石结构，高仅五尺。墓碑中直刻“晋徵士陶公靖节先生之墓”，额首横刻“清风高节”四个大字，左为墓志，右为《归去来兮辞》文。墓碑左右，各列碑刻一块，左为《五柳先生传》，右为修墓人姓氏和修墓年月。墓周四角各有古松一棵，皆枝壮叶茂。当地封建士大夫送给他一个“靖节”谥号，以赞颂他一生的品行。本来谥号是皇上赐封的，而他的谥号却是封建士大夫所赠予，这在我国历史上是少有的。墓地一片静寂，一如他崇尚的自然，亦如他追求的心境。就这样，陶渊明耐住寂寞，在隐逸的自然境界中构筑着自然主义的不朽之作，构筑着“隐逸诗人之宗”的不朽人格，诗意地栖居在他钟情并讴歌过的土地上。我在他的墓地沉吟良久，缅怀他那坎坷而又清贫、清淡而又辉煌的一生，不觉默诵起他逝世那年所作的《挽歌诗》：“荒草何茫茫，白杨亦萧萧。严霜九月中，送我出远郊。四面无人居，高坟正嶕峣。马为仰天鸣，风为自萧条。幽室一已闭，千年不复朝。千年不复朝，贤达无奈何！向来相送人，各自还其家。亲戚或馀悲，他人亦已歌。死去何所道，托体同山阿。”是啊，荒草茫茫，白杨萧萧，当初相送之人连同那仰天悲鸣的马早已不知去向了！亲戚馀悲，他人已歌，或许确有此事，然而，被陶渊明打动了诗心的，勾去了魂魄的，历代又有多少人！陶渊明的诗魂永垂不朽，像鄱阳湖一样不竭，像汉阳峰一样永固。当年，陶渊明愤世嫉俗，宁愿忍受交迫饥寒，也不为五斗米折腰，我今日千里迢迢而来，瞻仰您的故居，凭吊您的英灵，后来人可要为您折腰了！

我肃立在陶渊明墓前，深深地鞠了三个躬，寄上我的情思，循石阶路缓缓走下山来，乘车从原路返回，游览了庐山风景：仙人洞、花径、锦绣谷、三叠泉、含鄱口……但我怎么也找不到陶渊明所描绘的田园风光。

襄阳属浩然

——访孟浩然故里

唐代是我国历史上诗歌大丰收的时代,同时也是诗人辈出的时代。在灿若星汉的诗人星空中,有一颗星放射出淑清散朗、爽远怡淡的异彩。

这颗诗星便是孟浩然。

我最先知道孟浩然,是因为他那首脍炙人口的《春晓》:“春眠不觉晓,处处闻啼鸟。夜来风雨声,花落知多少。”这首诗短小精悍,读起来朗朗上口,所以成为许多幼童背诵唐诗的首选。我至今仍能记起那年春天在白河岸边的一片柳林里,我们村的私塾先生教我背这首诗的情景:恰逢一场春雨洗过,新抽的柳芽黄中泛绿,沙洲上白鹭在悠闲地觅食,白河水打着漩涡向南流去,一只只帆船正赶桃花春汛运输货物。先生对我说,乘船从白河驶进汉水,到了襄阳,那里有一座鹿门山,便是这首诗的作者孟浩然长期隐居的地方。后来,每每看到白河上鼓满风的帆船,我幼小的心灵里总会泛起一丝念头,期望着到诗人的故乡去,看看那里到底是个什么样子。

谁知,这愿望竟在我的心里埋藏了几十年!

去年春天,终于有了一个难得的机会,我去游历了鹿门山。那天,也是一场春雨刚过,空气显得格外清新,杨柳风吹面不寒,田野里一派春耕备播景象。我们乘坐的汽车奔驰在江汉平原上,明媚的田园风光一个劲儿地扑进车窗,我的心随着车轮的转动渐渐融入了鹿门山的怀抱……

鹿门山位于襄阳城东南三十里处，隔汉水与岘山相望。它濒临汉水，峭壁苍苍，烟树笼荫，景色幽丽。据史书记载，它原名苏岭山，为什么改为鹿门山呢？当地有一则传说：东汉时期，光武帝刘秀同侍中郎习郁巡游苏岭山，一天夜里，刘秀梦见苏岭山神在一旁护驾，甚觉奇怪，梦醒后告诉了习郁，谁知习郁当晚也梦见了苏岭山神，两人所遇梦境完全一样。刘秀顿时大喜，遂封习郁为襄阳侯。习郁走马上任，为答谢苏岭山神相助之功，在苏岭山上修建了一座规模宏大的寺庙。寺庙建成后，又选上等石料雕刻石鹿一对，分置寺门左右，夹神道口，取名为鹿门寺，从此，山以寺名，苏岭山也就唤作鹿门山了。西晋时鹿门寺改称万寿寺，唐代仍名鹿门寺，庙宇富丽，工艺精巧，古朴雅致，蔚为壮观，鼎盛时有佛殿、僧寮、斋堂、方丈五百多间，僧众五百余人。故此，历代都有名僧来主持佛事。唐代贞观年间，处贞、丹霞相继为鹿门寺之名僧。长期以来，鹿门寺都为中原和长江中下游流域名寺，也是我国东汉至宋末的佛教圣地。东汉时期，天下大乱，中原战祸频仍，襄阳一带相对安定一些，加上这一带山水颇佳，因此中原的知识分子多有来此隐居避战乱者。像司马徽、庞德公、诸葛亮、庞士元、孟公威等，均来此隐居，或潜心学问，或韬光养晦，或修身养性，襄阳一时成为隐逸圣地。这种习气一直延至唐宋之际，经久不衰。文人学士荟萃于此，寄情襄阳山水田园，彼此酬唱应和，留下了许多千古绝唱和优美动人的传说。襄阳借助名人之笔而名播天下。孟浩然就生活在这山水形胜、文化氛围双双浓郁的环境里，这里奇秀的风光和丰厚的文化陶冶出他特有的诗人气质。鹿门山更是以它“山色翠微”“岩潭屈曲”的姿色，和他结下了不解之缘，成为他终生隐居之地。凡到鹿门山游览过的人，都会感受到在那里诞生一位山水田园诗人的必然。这种感觉在来到鹿门山的时候，似乎体会得更深刻些。在江汉平

“鹿门山”牌坊。当年，孟浩然就生活在这山水形胜、文化氛围双双浓郁的环境里

原上耸起这么一座山头，本身就是大自然的神来之笔，加之那汩汩而流的诗韵和款款放轴的画意，鹿门山不知醉倒了多少文人学士、迁客骚人！

我站到鹿门山上的时候，仿佛觉得自己成了孟浩然讴歌过的山水田园画中人，身心被洗礼一空，洁净如眼前的蓝天、碧水、翠峰，看那鹿门山满岭青翠，听那鹿门山春溪鸣溅，不是仙境，胜似仙境。我缓缓地在那林木茂盛、葛藤缠绕的山间小路上行走着，突然发现，在那林阴深处，坐落着三幢房屋，被茂林修竹疏落成“品”字形。据传这里就是鹿门寺的旧址。我在房前屋后巡视了一圈，看到一些残缺的碑刻，有的嵌在墙壁上，有的或倒或伏在地面上。从残缺漫漶的碑文中，我得知当年孟浩然就住在寺庙大殿旁的一间耳房里。那时，他没有官阶所累，没有仕途纷扰，而是以布衣之身于鹿门山自在着，自由着，与山樵野夫、出家僧人一起朝闻晨钟，夜听暮鼓，把自己的情趣和智慧寄予这里的山水田园和风土人情。他仰慕东汉隐士庞德公，闭门艺竹，开门灌蔬，为乡邻救患释纷。但更多的时间，他伴随着长明的青灯，吟出了“骨貌淑清”“风神散朗”的诗行。春天到了，那哺育故乡人的汉水啊，“雪罢水复开，春潭千丈绿”，该是多么的生机勃勃；夏季接着春天的脚步走来了，那高阳池畔“澄波澹澹芙蓉发，绿岸参差杨柳垂”，该是多么的画意盎然；秋阳高照之时登上万山，则见“天边树若荠，江畔舟如月”，该是多么的引人遐思；而冬日在隔江的岘山，看到的会是另一番景象，“水落鱼梁浅，天寒梦泽深”。这就是他心目中的鹿门山啊！为了讴歌鹿门山和它怀抱中的那一片田园，他捧出了全部的爱，钟情为一串串诗行……

据《襄阳县志》载，汉末名士庞德公拒绝荆州刺史刘表出仕邀请，携妻子登鹿门山采药不返，终身隐居于鹿门山中，后人在山上建有“庞公祠”“庞公栖隐处”，鹿门山自此成为隐逸圣地。之后，孟浩然谋仕不遇，归隐鹿门，在这里吟诵出许多“冲淡中有壮逸之气”的不朽诗句。唐代另一位诗人皮日休也在此隐居，山上还建有皮日休读书堂。因此，自唐以降，更有“鹿门高士傲帝王”之说流传。明嘉靖四年(1525)侍御王公见鹿门寺颓圮，于旧址基础上重建起“三高祠”，祠内塑庞德公、孟浩然、皮日休彩像，供人们早晚奉圮。祠周围有宋刻塔记和明清石碑数十通，记载着鹿门寺高僧事迹及寺院兴废始末。据明代石刻本《下荆南道志》记载：“鹿门山，襄阳县东南三十里，汉光武梦苏门山神，命习郁立祠，因刻二石鹿夹道竦山寺如门。山上有清泉，茂林映带左右。汉庞德公居焉，后唐庞蕴皮日休孟浩然亦俱隐此。”祠前，有一清澈见底的池塘，当地人唤作“灯公洗钵池”，又称“龙头池”。泉边原有两棵银杏树，雄雌并峙，周十数围，树干参天，枝壮叶茂，华盖苍翠，为鹿门寺一大胜景。那池水来自寺后的“灯公泉”，只见泉水悬空倾泻，状如珠帘，从池畔两个石雕龙口中喷薄而出，屈曲流经寺前。自古至今，泉水昼夜奔流，而池中水不见盈虚，人们不由得发出“杳不知其何之”的疑问。出于好奇，我循着泉水的响声向寺院后的山上攀去。在半山腰处，有一处泉眼，仰视可映蓝天，俯视可鉴毛发，无声无息地闪亮在葱茏的鹿门山间。当地人告诉我，这眼清泉上原来建有一座凉亭，周围砌有八角栏杆，称作“八角井”，又称“八卦井”。关于这眼泉的来历，当地人都能讲出一个传说：很久以前，这鹿门山上没有水源，每到干旱季节，僧俗饮水要到山下很远的汉水边去挑，世代受尽了缺水的苦头，是鹿门寺住持法师灯公在祈祷山神时，山神显灵涌出了这眼山泉。也有的说是法师灯公在山上采药，为僧俗解除病苦，感化了山神，山神恩赐给鹿门寺这眼山泉。不管是哪种说法，它们都能给人以许许多多的联想。我从“八卦井”折身而返，顺着泉水流动的方向缓缓地走着，思索着，品味着。突然，泉水倏尔不见了，像有意要和人捉迷藏似的。我继续往下走，发现泉水在不远处又露出了头，汇成一泓井水，当地人称作“天坑”，又称作“天井”，依然如“八卦井”一样明丽、诱人。再往下去，泉水流入一个天然石洞。从远处望去，只见洞口有一块巉岩凭空而出，上面挂满了绿色的水草和苔藓，周围盘根错节地缠绕着密匝匝的藤蔓，那泉水倏忽化作一挂水帘借着天造地设的自然之力倾泻而出，散如珍珠，注入下面的一个水池之中，发出银铃落玉盘般的响声。每到梅雨季节，泉水陡涨，犹如暴雨从天而降，故称“暴雨池”。当地人传说，孟浩然在鹿门山隐居时，饮用的全是这“暴雨池”的水，久而久之，他的眼睛越来越明亮，脑子也越来越灵活，奔流的诗绪就像那泉水一样不停地涌出，凝结为一串串清丽的诗行。孟

暴雨池那汩汩流淌的山泉，也是孟浩然永不枯竭的诗的源泉

浩然正是沾了这泉水的灵性,诗才写得那么好。听了这些传说,我也忍不住蹲下身来,双手掬了一捧泉水,就着那“叮咚”的响声送入口中。啊!泉水竟是那么的醇美甘甜、清爽宜人,我顿觉眼前豁然开朗,心想,面前的鹿门山,不就是一座诗的山吗?那汩汩流淌的山泉,不就是永不枯竭的诗的源泉吗?

鹿门寺。因二石鹿夹道竦峙如门而得名,当年孟浩然曾隐居于此

我盘桓在鹿门寺的废墟上,徜徉在孟浩然为后人描绘的山水田园图画中,整个心灵也仿佛消融在这里了。历经岁月沧桑,鹿门寺虽已不复原貌,但在原址上新建了“孟浩然生平陈列室”。在那里,我看到了正面墙上绘的孟浩然像,一派隐者的形容,好像正在吟诵新的诗篇。孟浩然生在盛唐,早年有用世之志,但政治上困顿失意,以隐士终身。他是个洁身自好的人,不会趋承逢迎。他耿介不随的性格和清白高尚的情操,为同时和后世所倾慕。王士源在《孟浩然集序》里说他:“骨貌淑清,风神散朗;救患释纷,以立义表;灌蔬艺竹,以全高尚。”是鹿门山的山山水水出息了孟浩然,使他完成了自身完美人格的塑造。他因此更热爱鹿门山,这种热爱充溢在他的心中,流泻在他的诗行里。他热爱鹿门山,当然就会对鹿门山投入异乎寻常的情感。他在《过故人庄》中写道:“故人具鸡黍,邀我至田家。绿树村边合,青山郭外斜。开轩面场圃,把酒话桑麻。待到重阳日,还来就菊花。”在这首诗里,他写了受故人之邀至“田家”赴“鸡黍”宴的情景。他怀着愉悦的心情向那个村里走去,只见村内绿树环抱,村外青山依依,清淡而又幽静,恬适而又宜人!及至“田家”,宾主临窗一边频频举杯,一边述说桑麻农事。窗外,远山、近树、房舍、谷场、园圃,构成一幅优美宁静的田园风景画。这是多么亲切的乡村情景啊!这风景并不是陶渊明描绘的那个桃花源,而是他看得见摸得着的鹿门山水!孟浩然就这样在故乡生活着、逍遥着,渐渐地忘却了名利得失、人生挫折,也忘却了隐居中的孤独与抑郁。诚然,他是在求仕失意后才不得已归隐的,因而“仕”与“隐”的矛盾一直在他的心里不停地纠缠着,是“故人庄”这样的农家生活使他得到了心灵的解脱,从而把人生的天平倾斜到“隐”的一边。时光虽然

流逝了一千多年,但诗中的意境还为人不断地陶醉着。

盛唐山水田园诗,在继承陶渊明、谢灵运诗风的基础上,有着新的发展,形成了一个诗派。其代表作家中以孟浩然年辈最长,对当世和后世都有着很大的影响。他的诗歌创作以清旷冲淡为本色,多为五言短篇,题材也多为写山水田园和隐居的逸兴以及羁旅行役的心情,其中虽不无愤世嫉俗之句,于冲澹中洋溢着壮逸之气,但更多的则是他的自我表现,尤其表现为他对田园风光的一往情深。他与同时代的王维都是山水田园诗大家,王维的诗歌描写山川美景,抒发融入自然的喜悦,读来清新自然;孟浩然的诗歌描写田园风光,表达对农家生活的热爱,读来朴质感人。两人相比,孟浩然虽在诗界的广阔上逊于王维,但在艺术上也有着自己独到的造诣。他的诗不事雕饰,起兴巧妙,富有超然自得之趣。他擅长探索自然奥秘,挖掘生活宝藏,刻意从自然和生活中截取美的片段,即景会心,写出一时真切的感受,从而达到"意境清迥,韵致流溢"的美学效果。杜甫称他的诗为"句句尽堪传"的"清诗",由衷地发出"赋诗何必多,往往凌鲍谢"的赞叹。皮日休则说:"先生之作遇景入咏,不拘奇抉异,令龌龊束人口者,涵涵然有干霄之兴,若公输氏当巧而不巧也。北齐美萧悫'芙蓉露下落,杨柳月中疏',先生则有'微云澹河汉,疏雨滴梧桐'。乐府美王融'日霁沙屿明,风动甘泉浊',先生则有'气蒸云梦泽,波撼岳阳城'。谢朓之诗句精者有'露湿寒塘草,月映清淮流',先生则有'荷风送香气,竹露滴清响'。此与古人争胜于毫厘也。"他的抒情之作往往点染空灵,笔意在若有若无之间,而蕴藉深微,挹之不尽。严羽以禅喻诗,谓浩然之诗"一味妙悟而已"。清人王士祯推衍严氏绪论,标举"神韵说",曾举他的《晚泊浔阳望庐山》一诗作为范本,说:"诗至此,色相俱空,正如羚羊挂角,无迹可求,画家所谓逸品是也。"

品味着后人对孟浩然诗意的评价,我徜徉在鹿门山的山间小路上,听山泉叮咚,山溪鸣溅,看绣球般的群山众岭连绵起伏着,心中也涌动起绵绵的诗意。是啊,山是水骨骼,水是山精神,山山水水,水水山山,鹿门山俨然一个具有生命活力的浑然人格!听山间的清风伴奏着潺潺溪流歌唱,感悟到的绝不是山水田园诗的抒情小调,而是把个人的尊严与抱负融入大自然、皈依大自然之后酝酿而成的"楚山横地出,汉水接天回"般的黄钟大吕!难怪孟浩然要吟出这样的诗句:"我家襄水曲,遥隔楚云端!"是的,诚如同时代的诗人张祜所说"襄阳属浩然"。孟浩然如若没有对襄阳的鹿门山执着热烈的爱恋，就不会写出那么淳朴、亲近、情真的诗句。是鹿门山的山水田园、风土人情成就了诗人孟浩然。这也正如近代一位诗人所说：“浩然也属于襄阳，属于襄阳的鹿门山。”

我就这样一边想着，一边踽踽行走在鹿门山的小径上，走了好远好远，似觉一个诗的幽灵仍在伴随着我。我仿佛觉得，鹿门山就是孟浩然，就是孟浩然的诗。随后，我又和诗的孟浩然结伴，走访了鹿门山附近的几处遗迹。

首先去看了孟亭。孟亭亦称浩然亭，是襄阳人为怀念孟浩然而修建的。据《襄阳县志》载：“孟亭在城内，供唐孟浩然像，久圮。乾隆年间，襄阳守道陈大文曾复构于道署东偏，并肖像刻石，系以诗僚属和之。道光间守道杨以增重建。”辛亥革命后，道署辟为公园，孟亭遂置于公园内。亭内有孟浩然的阴雕石刻像，为诗友王维所绘，有题跋“浩然亭”于石侧，后人因尊崇他，不愿直呼其名，改作“孟亭”，成为当地名胜。诗刻数块，嵌于墙上，多为人们怀念孟浩然之作。其中《陈大文孟亭诗并序》石刻曰：“襄阳旧志载，有孟亭，亭中绘先生小像，后人续修……予遍访遗迹，不独先生遗像无存，即亭址已渺，不知所在。因于廨舍之东偏，结屋半楹，仍额曰‘孟亭’。绘先生像，仍系以诗，既正旧志之失，且慰仰止之思焉。其诗为：坐对鹿门深，清诗惬道心。江山长古蔡，风雨自桃林。蔓草凄以绿，荒亭不可寻。写图仿摩诘，千载仰知音。”

沿着当年孟浩然走过的路，我来到了习家池。当年那位和光武帝刘秀一起巡游苏岭山并督建鹿门寺的侍中官，在被封为襄阳侯后，仿照越大夫范蠡养鱼的方法，在白马山下修筑了一座鱼塘，引白马泉水注入池中，后人称为习家池。“数声翡翠背人去，一片芙蓉含日开”，“荇叶深深埋钓艇，鱼儿漾漾逐流杯”，习家池那一池碧水，曾吸引许多人在此驻足著述，也吸引许多人来此凭吊游览。当年孟浩然也曾陶醉于习家池的诗情画意，写下了“当昔襄阳雄盛时，山公常醉习家池。池边钓女日相随，妆成明镜竞相窥。澄波澹澹芙蓉发，绿岸参差杨柳垂”的诗句。可以想见孟浩然每次来游习家池，或临风饮酒，纵论时事，或泛舟微波，赋诗抒臆，该是多么惬意！

我去了檀溪。据《襄阳县志》载：檀溪在城西南，先主（刘备）屯兵樊城，刘表请先主宴会，所乘马名“的卢”走渡檀溪中，溺不得出。先主曰：“的卢！今日厄矣，可努力!”乃一跃三丈,遂得过。檀溪面迎真武山,背负汉江山,也是一处山清水秀、景色迷人的地方。三国时期刘玄德马跃檀溪的故事,妇孺皆知。千百年来,无数文人墨客络绎不绝地前往凭吊,或发思古之幽情,或抒瞻时之感慨。孟浩然当年来游时,曾作《檀溪寻故人》诗:“花伴成龙竹,池分跃马溪。田园人不见,疑向洞中栖。”可能是檀溪的扬名四海主要是因了当年刘皇叔“的卢”的一跃吧,在这里孟浩然直呼檀溪为“跃马溪”。

紧接着,我又去了万山。这座和祖国的名山峻峰相比显然既不高也不险、既不雄也不奇的山,稳坐在汉水南岸,又名汉皋山。北来的汉水就是在万山脚下折转浪头,打着漩涡流向东方的。由于水流的冲击作用,在万山下形成了一个深深的潭窝。晋朝时,襄阳太守曾把一块刻有自己功德的石碑沉入潭底,故名“沉碑潭”。这里还流传着一则民间故事:很久以前,一位郑姓小伙子来到万山下的江洲上,遇见了两个美丽的少女,遂生爱慕之心,就上前与她们交谈。话别时,少女解下身上的佩玉赠给了小伙子。小伙子小心翼翼地将佩玉藏入怀中,谁知走了几十步,回头看时,少女不见了,再摸摸怀中,佩玉也没了。以后,这个沙洲就叫作“解佩渚”。可能是受这座虽不算险峻但却透露着灵秀之气的山峰的诱惑,也可能是对襄阳太守沉碑潭底的一片倾慕,还可能是为了品味优美的民间传说,孟浩然当年经常到这里荡舟垂钓,还写下了《万山潭作》:“垂钓坐磐石,水清心亦闲。鱼行潭树下,猿挂岛藤间。游女昔解佩,传闻于此山。求之不可得,沿月棹歌还。”

岘山是襄阳的一大名胜,孟浩然不可不游。据传说,晋代名将羊祜一生喜乐山水,在他镇守襄阳时,曾多次登临岘山,置酒言咏,饱览山景。羊祜死后,当地百姓在山上为他建庙立碑,很多人因怀念他的功德而望碑流涕。后来,接替他守襄阳的大将军杜预,把“羊祜碑”改作“堕泪碑”。孟浩然曾与“诸子”登岘山,写下了一首脍炙人口的五言诗:“人事有代谢,往来成古今。江山留胜迹,我辈复登临。水落鱼梁浅,天寒梦泽深。羊公碑尚在,读罢泪沾襟。”他与诸子一起登上岘山,放眼山川形胜,纵观英雄历史,不觉潸然泪下。我想,这是喜悦的泪,他在为这里的优美山水,为曾经发生在这里的可歌可泣的英雄人物和他们的事迹而自豪,而喜悦。

从岘山下来,翻过汉水大堤,就到了古鱼梁渡口。望着百舸争流的景象,我不觉朗诵起孟浩然的《夜归鹿门歌》:“山寺鸣钟晨已昏,鱼梁渡头争渡喧。人随沙岸向江村,余亦乘舟归鹿门。鹿门月照开烟树,忽到庞公栖隐处。岩扉松径长寂寥,惟有幽人自来去。”孟浩然隐居鹿门山,来来往往都要经过这鱼梁渡口,他对这里是再熟悉不过的了。唐玄宗开元十六年(728)冬,孟浩然四十岁时,就是从这里冒雪进京应试的。按照当时的规矩,应试者需经一知名的大诗人举荐,才有可能应试。孟浩然到长安后,曾在当时的太学赋诗,显示自己的才能。当时的著名诗人王维,对他的诗才很是叹服。有一天,孟浩然正在王维的官署内赋诗,不期唐玄宗突然驾到。孟浩然一时躲避不及,仓皇之中藏到了王维的床下。然而王维不敢向皇帝隐瞒,就禀报了玄宗,玄宗听了很高兴,说:“我早就听说此人的诗名了,何必藏起来呢?赶快出来吧。”孟浩然只好从床下爬出来见过玄宗,玄宗问他:“你带诗来了吗?”孟浩然答应着,在玄宗面前朗诵了一首新诗《岁暮归南山》:“北阙休上书,南山归敝庐。不才明主弃,多病故人疏。白发催年老,青阳逼岁除。永怀愁不寐,松月夜窗虚。”诗中流露出灰心政治,归隐敝庐的情绪,哀叹自己没有才能,得不到英明皇帝的赏识,虚度岁月,愁苦难眠的心境。玄宗听了,顿时不悦,说:“是你不求仕进,并非我要抛弃你,何故在诗中如此发泄呢!”孟浩然不得不认罪。其实,孟浩然也并非想隐居终年,他也有自己的为政理想,他曾在另一首诗中写道:“欲济无舟楫,端居耻圣明。坐观垂钓者,徒有羡鱼情。”委婉地表明了自己愿意入仕的追求。至于为什么没有在皇帝面前朗诵这首诗,史无记载,后人也就不好猜测了。过了一年多,孟浩然看在长安求仕实在没有希望了,便给王维留下了一首诗:“寂寞竟何待,朝朝空自归。欲寻芳草去,惜与故人违。当路谁相假,知音世所稀。只应守索寞,还掩故园扉。”他冒着风雪由鱼梁渡口返回鹿门山故居,关起门来过活了。隔了一段时间,采访史韩朝宗仰慕孟浩然诗才,约他一同到京师,想再次把他推荐给朝廷做官。孟浩然又经过鱼梁渡口去了长

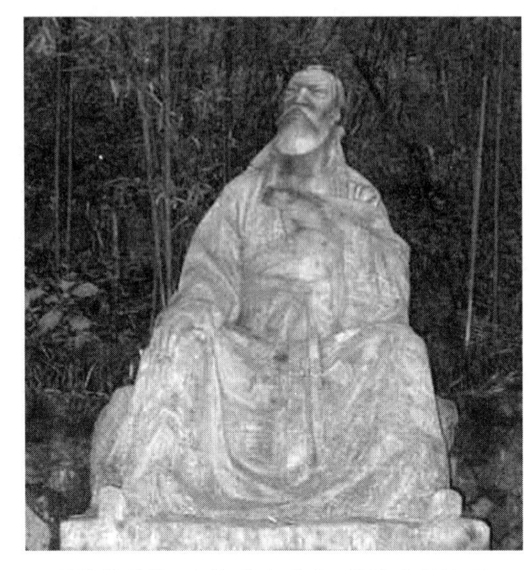

孟浩然塑像。“隐迹今尚存,高风邈以远。”

安。到长安后，孟浩然不断会见诗友，饮酒赋诗，心情也畅快了起来。在韩朝宗约他同去谒见尚书省官员的那天，孟浩然正与诗友们在一起饮酒，当韩朝宗派人来催促他的时候，他却十分不悦地说："我正在饮酒呢，管别的啰唆事干吗！"就这样，他没有去应荐，当然也就没有被朝廷任用。这件事，后来他从未表示过后悔，韩朝宗也从未责怪过他。个中原因，不得而知。不久，孟浩然仍由鱼梁渡口返回故里，长期隐居在鹿门山了。鱼梁渡口作为历史的见证，孟浩然终于回来了，他没有做朝廷的一介命官，而成为中国诗词星空的一个闪光的星座。还是在这鱼梁渡口，大诗人李白来了，他要去鹿门山造访孟浩然，互表倾慕之情。他先后写下了《春日归山寄孟浩然》等诗。在《赠孟浩然》中，李白写道："吾爱孟夫子，风流天下闻。红颜弃轩冕，白首卧松云。醉月频中圣，迷花不事君。高山安可仰，徒此揖清芬。"表达了对孟浩然的无限敬仰之情。王昌龄来了，他在被贬岭南那年，途经这里，渡过汉水，去拜会了孟浩然。孟浩然很受感动，写下了《送王昌龄之岭南》赠别："数年同笔砚，兹夕异衾裯。意气今何在？相思望斗牛。"表达了十分深厚的友情。王维也来了，不过，他来晚了，孟浩然已病逝鹿门山，再也不能与他议论时事，切磋诗歌了。悲痛叹息声中，王维写下了一首《哭孟浩然》："故人不可见，汉水日东流。借问襄阳老，江山空蔡州。"是啊，景在人非，故人已逝，连襄阳的山水也显得空寂了。然而，空寂的襄阳鹿门山水正好融入了孟浩然和他的诗魂，襄阳的鹿门山属于孟浩然，孟浩然也属于襄阳的鹿门山啊！

"江山留胜迹，我辈复登临。"我沿着当年孟浩然走过千百次的羊肠小道，登上了鹿门山巅，临风而立，极目远眺，滚滚汉江奔来眼底，莽莽群山绵延脚下，江山之间，是描不尽画不完的田园景色。整整一天的走访，使我近距离地接触了孟浩然，理解了孟浩然，深深地爱上了这位孟夫子！此时此刻，我由衷地感到："人事有代谢，往来成古今。"以孟浩然为例，入仕做官和退隐山林在历史的客观规律中完成了对立的统一。从中，我也得到了许多有益的启示。

怀着终于实现了自己几十年夙愿的满足，我走下了鹿门山，依依不舍地告别了孟浩然。

陇西院

——访李白故里

不知从何年起,兴起了争名人故里的风气。这给我的踏访带来了不小的麻烦。要访问一位历史名人的故里,就得先考证一番他(她)的故里究竟会在哪里,然后才能决定行程。踏访唐代大诗人李白故里之所以迟迟未能成行,原因也就在于此。因为,比起其他历史名人来,踏访他的故里要复杂得多,也困难得多。郭沫若是一位历史考据大师,他在《李白与杜甫》一书里,认定李白的故里在中亚碎叶城的楚河南岸,即在今吉尔吉斯斯坦境内,唐时属设在西域的安西都护府管辖。这就把我们和李白故居的距离一下子拉得很远很远,要去踏访还要先办理护照才能出境。但这么多年来一个关于李白故里的研究成果引起了我的注意,即李白的故里在四川的江油,具体地说是在今江油市的青莲乡,那里的陇西院就是他的出生地。

那就先去江油看看吧,尽管它远在蜀道上,但比起碎叶来毕竟近得多了。临行前,我照例先查阅了有关资料。范传正在《唐左拾遗翰林学士李公新墓碑》中说:“神龙初,潜还广汉,因侨为郡人。”李阳冰在《草堂集序》中说:“神龙之始,逃归于蜀。”魏颢在《李翰林集序》中说:“因家于绵。身既生蜀,则江山英秀。”“神龙”为唐中宗李显年号,神龙初年当是公元705年。广汉为郡名,现在的绵阳、江油和历史上的彰明均属广汉郡所辖。宋代淳化五年(994)的《唐李先生彰明县旧宅碑并序》、熙宁元年(1068)的《敕赐中和大明寺住持记》、宣和五年(1123)的《谪仙祠堂记》记载:“先生讳白字太白,事迹已具范传正姑熟碑及李阳冰文集序矣。今旧宅已为浮图者居之。”“唐代第七主玄宗朝,翰林学士李白,字太白,少为当县小吏,后上此山。读书于乔松滴翠之坪有十载。”“至于陇西之故,在彰明有旧第,其迹颐然,历历可考。”……这些都是宋代的史料,记载的内容应该是可信的。20世纪80年代,江油市文管所在原彰明县城北街发掘了一个宋代窖藏,清理出一件极其珍贵的“太白醉酒”石雕笔洗,雕像人物为李白,其形象清晰可辨:宽衣大袖,敞胸腆腹,倜傥狂放,飘逸潇洒,把李白的性格特点表现得淋漓尽致、惟妙惟肖。我越查阅这些资料越萌发踏访李白故里的兴趣,索性带着没有查阅完的资料上路了。

李白生前曾叹息过“蜀道难”,其实“陕道也不易”。我翻过巍峨险峻、连绵起伏的秦岭山脉,穿过“一夫当关,万夫莫测”的剑门关,一路南下,向江油赶去,脑海里不时回想起三国时魏国大将邓艾孤军深入、偷渡蜀道、直取成都的故事。和剑门关一样,同在一条蜀道上的江油关也是一座险关要隘,地势险要,易守难攻,是当年蜀国北部的重要屏障。它雄扼涪江上游,四周群山环抱,中间是一个古老的坝子,江水从中穿过,滋润得这个地方风景秀丽而又物产丰饶。我在江油一下车,就径奔青莲乡青莲场外的天宝山而去。这“天宝山”原是一座无名山包,其得名源于唐玄宗的“天宝”年号。天宝元年,由友人吴筠推荐,李白来到了长安,后又经贺知章引见,受到了唐玄宗召见,被任命为翰林待诏,侍从玄宗,起草诏书。尽管他在此任上仅仅三年便被“赐金还乡”,故乡人还是把青莲场外的这座山命名为“天宝山”了。当我来到天宝山的时候,望着眼前的一切不觉惊讶起来。一个新修的广场从山麓延伸开来,地上铺着清一色的大理石,规规整整,宽宽绰绰,站在这里连心胸也不知不觉地开阔了许多,坦荡了许多。广场的入口处,矗立着一座高大的石牌坊,门额上镌刻着“李白故里”四个大字。通过牌坊走进广场,眼前又是一番景象:天宝山与广场相接的地方,陡立的山崖上刻满了李白的诗。把李白的诗雕刻在他故里的山上,这是故乡人对先贤一种特有的崇尚,也是故乡人对他“万祀千龄”的纪念。远远望去,那天宝山成了一座诗的山,仿佛李白一生写的诗都凝固在这座山上了。

李白诞生的陇西院就坐落在这座山上,唐代武则天大足元年(701),他就在这里呱呱坠地,开始了人生旅程。“陇西院”取意于李白的祖籍在甘肃成纪,甘肃简称

“陇”，成纪在陇之西，因以得名。李白就曾自称为“陇西布衣”。据《唐李先生彰明县旧宅碑并序》记：“先生旧宅在青莲乡，后往县北戴天山读书，今旧宅已为浮屠者居之。”宋代元符二年（1099），彰明县令杨天惠所撰《彰明逸事》记：“青莲乡故居遗址尚在，废为寺，名陇西院。”李白出生时的陇西院究竟是个什么样子，现在已无从知晓了。据当地史志记载，明末陇西院曾毁于战火，至清代乾隆年间予以重修，光绪年间还增设了仓颉、太白、文昌、地母四殿，颇具规模，但终因年久失修，今仅存小院古屋了。

天宝山碑廊（局部）。把李白的诗刻在故乡的山上，是故乡人对他“万祀千龄”的纪念

陇西院前有一条小溪，两岸绿树成荫，溪中流水潺潺，从天宝山前蜿蜒流过。这就是传说中的“磨针溪”。它原是一条无名小溪，传说李白小时候，一天读书厌倦了，悄悄溜出了学堂，来到这条小溪边玩耍，看到溪边蹲着一位白发苍苍的老婆婆，正在石头上磨一根粗大的铁杵。他好生奇怪，便走上前去询问：“老婆婆，您磨这铁杵做什么呀？”老婆婆一边磨一边回答：“我要把这铁杵磨成一根绣花针！”“那要磨到哪年哪月呀？”李白又问。老婆婆停了下来，打量了一番面前站着的这个孩子，说：“我天天磨，月月磨，年年磨，只要功夫用得深，铁杵也一定能磨成绣花针！”李白是个聪明的孩子，他从老婆婆的话里得到启发，悟出自己读书和老婆婆磨针有着同样的道理：世上无难事，只怕有心人。从此，李白持之以恒，苦读诗书，最终成为我国历史上一位伟大的诗人。后人为了纪念这件事，就把这条小溪取名为“磨针溪”了。这个故事曾被收入小学课本里，我在上小学的时候曾读过，而且深深地印在了脑海里。穿越历史时空，我也和李白一样，受到那位老婆婆要把铁杵磨成绣花针的启发，不断地攻克一道道学习难关。今天站在磨针溪边身临其境般地回忆着这一切，我好像来到了李白身边，和他一起聆听那老婆婆教诲似的。骤然间，历史和现实交织在了一起，我感到是那么的亲切。

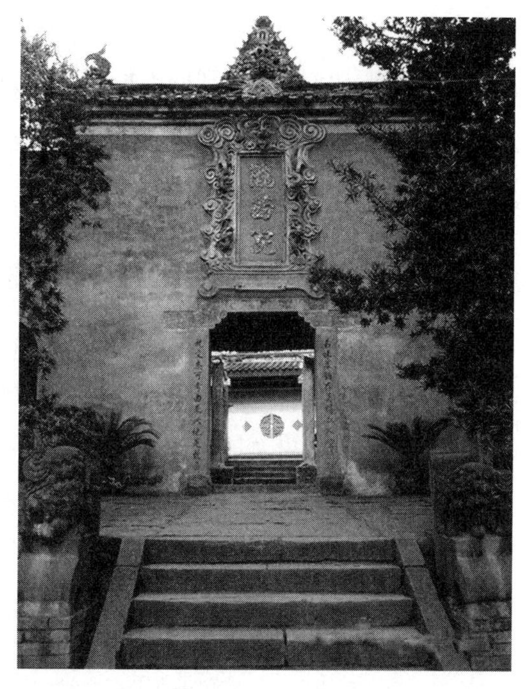
陇西院。“弟妹墓犹存,莫为仙人空浪迹;艺文犹可考,由来此地是故居。”

通过磨针溪上的“启智桥”,循着绿树掩映的石阶向上走,便可到坐落在山腰的陇西院。院门向阳,开在高大厚实的一堵墙上,飞檐翘角,巧绘彩饰,五彩生辉,古色古香。正门上方,竖镌“陇西院”三个大字,门两旁有石刻对联:“弟妹墓犹存,莫为仙人空浪迹;艺文犹可考,由来此地是故居。”不知为何人所撰,意在回答长期争论不休的李白故居问题。走进院内,眼前豁然开朗,亭台凝古,绿树滴翠,嫩篁弄姿,花团吐蕊,俨然典型的川西农家院落。踯躅院内,令人不由得忆起李白在这里生活的情景。巴蜀大地钟灵毓秀,孕育出一个又一个精英人杰。一千三百多年前,就是在这个院子里,诞生了一个被称作“诗仙”的旷世奇才,我国唐代的上空,升起了一颗光芒万丈的明星。尽管岁月的悠久已尘封了属于李白的那个时代,模糊了他曾经生活过的这个空间,但这里依稀仍然活动着他的身影,回响着他的声音。正屋“陇风堂”的楹联:“旧是谪仙栖隐处,恍闻昔日读书声。”似可领略这户人家的书香遗风。堂前的一棵大树下,站立着他的少年塑像,是那么的风流倜傥、洒脱豪放,从他如电光炬火般的目光里,不难感受到他那狂傲奔放的性格以及聪颖睿智的天赋。传说有一天,李白去青莲场买纸墨,看到集镇上围了好多人,也忍不住挤进去看个究竟。原来,那天是青莲一个大绅士过生日,有人要送匾贺寿,请了一位先生来写字。岂料那先生不愿把字直接写在匾上,执意要先写在纸上,然后再贴在匾上用刀刻。李白见了好生奇怪,便说:“先生写字,何必多此一举?以匾作纸,岂不省事?”那先生见说话的是一个小孩子,便摆起了谱,冲着李白没好气地说:“你写得来,你就写吧!”说完,把笔往纸上一撂,不写了,任人怎样求情,还是无动于衷。这时,人们开始埋怨起李白来,说:“你有能耐,你来写嘛!”

“我来就我来!”李白说着拿起了笔,在匾上写了“福寿康禄”四个大字,又问了送匾人的名讳,题了款识。围观的人们看了,莫不夸赞这个小孩子的字写得好。当送匾人付润笔时,李白却悄悄地挤出人群走了。人们纷纷打听他是谁家的孩子,围观的人中有人认识他,就说:“那是陇西院李客的孩子,叫李白。”大家听了,齐声赞叹:“这孩子真是个神童!”李白十岁那年秋天,随父亲到青莲场风雅楼参加一个宴会,席间有一位雅士,听说李白吟诗作赋,出口成章,便戏谑着对李客说:“今夜明月高照,然无诗赋吟唱,似乎少些雅致,何不让令郎吟诵诗赋,以助酒兴!”李客一听,忙起座稽首道:“犬子不才,仅识几字,倘吟诗赋,恐令诸位耻笑,还是免了吧。”哪知李客话音刚落,李白却说:“谦让不如从命,晚生只好班门弄斧,还望前辈们多多指教。请出个题吧。”那绅士好像早有准备,张嘴就说:“就以这风雅楼为题吧。”李白沉吟片刻,便朗声吟道:“危楼高百尺,手可摘星辰。不敢高声语,恐惊天上人。”众人听了,无不叹服。席间另有一位雅士,不相信李白有倚马可待之才,怀疑这诗是他事先准备好了的,于是站起来说:“我想再出个题目,让李白再吟一首,诸君意下如何?”“好,好!”大家随声附和。那雅士便指着窗外上下翻飞的萤火虫说:“就以萤火虫为题吧。”李白不慌不忙地把目光移向窗外,恰在这时,天空中飘来一片云彩,落起了一阵细雨,萤火虫在雨中闪闪烁烁,漫天飞舞,顿时吟成了一首诗:“雨打灯难灭,风吹色更明。飞到天上去,好作月边星。”李白吟完,四座又是一片赞叹声,大家纷纷向李客祝贺:“令郎自有曹子建之才,大器可成啊!”

陇西院是李白成长的摇篮,他在这里启蒙,从读“六甲”开始,至十岁时已读完了《诗经》《尚书》等古代经典,以及楚辞、汉赋和诸子百家的著作。到十五岁的时候,已经学会了写赋。年龄稍长,他又把目光投向陇西院以外的世界。江油境内有一座大匡山,山势险峻,风景优美,林壑中有一座寺院,初名匡山寺,唐贞观中,僧法云开堂于此,僖宗幸蜀,敕赐中和寺,李白曾在这里隐居读书。据《敕赐中和大明寺住持记》载:“玄宗朝翰林学士李白,字太白,少为当县小吏,后止此山读书于乔松滴翠之坪,有十载。”当年,杜甫入蜀到江油寻访李白游踪,曾吟诗道:“匡山读书处,白头好归来。”在那里,他还从师赵蕤,探讨王霸之术,“巢居数年,不迹城市。养奇禽千计,呼皆就掌取食,了无惊猜”。有时,他也去附近的小匡山,山上有一座峰,宛若一支毛笔指向蓝天。因李白也曾在那里读过书,后人遂唤作“读书台”。五代时前蜀诗人杜光庭到此游览，曾吟诗曰："山中犹有读书台，风扫晴岚画障开。华月冰壶依旧在，青莲居士几时来。"今山上建有"太白祠"，悬"古读书台"额匾，祠内楹联琳琅满目："书可读于台上，字应化入库中""倒笔写天，气贯星半；举笔邀月，诗惊鬼神""樽酒何时怀落月，书台空自锁闲云"……山上有一岩石，酷肖书箱，因名"书箱岩"。传说当年李白读完一册书便放在这个山岩上，久而久之，这些书便变成了坚硬的岩石。不知从何时起，一到每年的农历三月，人们都会络绎不绝地到那里凭吊，祈祷李白庇佑子孙读书成才。除了匡山，李白还到窦团山、梓州、江油关、石泉禹穴等地游学，写下《初月》《雨后望月》《对雨》《晓晴》《望夫石》等诗篇，《明堂赋》《拟恨赋》《大猎赋》就是他这个时期的试笔之作。二十岁时，益州长史苏颋即赞誉他"天才英丽，下笔不休"，"若广之以学，可与相如比肩"。以后，李白游历了益州、渝州、嘉州等地，写下《登锦城散花楼》《春感》《上李邕》《白头吟》《峨眉山月歌》等瑰丽诗篇。他在故乡恣意地读书游历、吟诗作赋、歌舞弹琴、寻师访道、击剑任侠，"五岁诵六甲，十岁观百家，""十五观奇书，作赋凌相如"，"十五游神仙，仙游未曾歇"，"十五学剑术，遍干诸侯"，"结发未识事，所交尽豪杰"……故乡的山水滋养了他，故乡的风物陶冶了他，故乡的父老哺育了他，使他树立了"济苍生、安社稷"的远大志向，形成了惊涛万里、自然奔放的诗风。他在故乡度过了自己的童年、少年和青年时期，一直到唐玄宗开元十二年(724)二十四岁时"仗剑去国，辞亲远游"……

"太华直接青莲宅，天宝遥看粉竹楼。"出陇西院，我来到了李白胞妹李月圆的故居"粉竹楼"。这是李白故里的一处重要遗迹。当地民间传说，李月圆住在粉竹楼时，常将梳洗用的胭脂水洒在楼前的竹子上，久而久之，那一丛丛竹子居然变成了粉白色，她的绣楼也就唤作"粉竹楼"了。现楼前有《重修粉竹楼石碑》，记载清代道光年间修楼之事："粉竹楼者，李青莲先生为其妹月圆所筑也。自唐迄明，祟祀不绝。迨兵燹后庙宇倾圮，基址犹存。"粉竹楼前是一堵巨大的粉红色照壁，正门上方镌刻"粉竹楼"三个大字，其规模和陇西院相仿，左右有侧门各一，都可出入。正门对联为："月冷江干成胜迹；风来海表识高贤。"左右侧门对联分别为："月圆徽音不远；谪仙何时归来。""日斜孤吏过；帘卷乱峰青。"李白兄妹之才德与节操，尽在这几副对联里蕴含着。通过照壁走进院内，呈现在眼前的是一座四合院式的庙堂。大概是为了名副其实，院内遍植粉竹，微风起处，竹影婆娑，日光斑驳，院内的亭、台、

李白旧宅。一千三百多年前，这里诞生了一个旷世“诗仙”

楼、阁，也就时隐时现于其中了。漫步竹荫，于一片迷离之中享受着那特有的娴静与安适，心中不觉泛起一种说不出道不尽的感受。两根高大的石柱上镌刻着一副楹联：“犹是陇西布衣，不吾欺也；或为山东李白，其谁信之。”对仗工整自不必说，然其意颇费猜测，不敢妄言。楼前的荷塘里碧波涟涟，莲叶田田，阵阵清香扑鼻而来而又倏忽而去。花木扶疏之中，有一尊李月圆塑像，一袭素衣，腼腆羞涩中流露出丝丝哀婉与幽怨。她未过门时夫婿已逝，因而终身未嫁。故乡人怀念她，每年农历八月十五她生日那天，都要举行隆重的月圆会，祭祀这位淑女。今天宝山上有李月圆墓，这是李白亲人中唯一留下来的一座坟墓。楼后的草坪上有一眼水井，井口两尺见方，井水清澈，泉水汩汩上涌，水面上经常冒出像珍珠一样的水泡，酷似一朵朵蒲花，因名“蒲花井”。传说当年李白受老婆婆“只要功夫深，铁杵也能磨成针”的启发，每天读书习字，早伴晓雾，夜陪青灯，经常到这蒲花井汲水研墨，涮笔洗砚，久而久之，这蒲花井水便呈现出淡淡的墨色，散发出幽幽的墨香。后人为了纪念李白，就把蒲花井改名为“洗墨池”了。今井栏上仍留有“李白洗墨池”字样。故宅老井，可鉴故人故事，想当年这里发生的一切，还都蕴含在这一汪井水之中吧！

纪念李白的“太白祠”坐落在陇西院的南边,祠前壁间嵌着一方刻石,记载着这座古祠兴建的历史。它始建于宋,几经兴衰,清乾隆二十四年(1759)予以重建。祠堂共有两院三殿,被一抹红墙环绕着,团团翠竹拥抱着,显现出少有的凝重与肃穆。院内两株古老的桂树,历经两百多个春秋,依然充满生机,每当桂花吐蕊季节,阵阵清香随风飘荡,弥漫在李白故里,陶醉着前来参拜的游人。前殿内竖有《怀李太白》《过彰明漫坡渡谒太白祠七古》等诗碑,游人至此,莫不驻足审读,或感叹李白风雨飘零的人生,或寄寓自己的崇敬之情。正殿为祠堂的主题建筑,楹柱上悬挂着一副楹联:“真赏难逢,今古几人如贺监;大恩不市,平生无语及汾阳。”联语中的“贺监”指的是唐代大诗人贺知章,“汾阳”指的是唐代大将军郭子仪。他们是李白一生中遇到的两个关键人物。天宝初年,李白入京献《蜀道难》与贺知章,贺知章吟诵后,连呼:“好诗！好诗!”称赞能写出这样的诗,只有天上的神仙下凡才能做到,遂把他唤为“谪仙人”,并推荐给皇上,被任命为翰林待诏。开元二十三年(735),李白在太原认识了郭子仪,当时郭子仪因为受到案件的牵连要被判刑,他通过朋友元演家的关系,救了郭子仪。安史之乱后,李白被以参与永王谋反活动罪判处死刑,时任天下兵马副元帅的郭子仪冒着触犯龙颜的危险,求见唐肃宗,为李白说情,才使李白由死刑改为流放,免于一死,终使自己的命运有了转机。祠内有一块奇石,酷似一头安卧着的水牛:四蹄跪伏,脊背发亮,双目传神,栩栩如生。传说这是当年李白从陇西院去匡山时在一条山沟里发现的。为此,他曾写了一首《咏石牛》诗:“此石巍巍活像牛,埋藏是地数千秋。风吹遍体无毛动,雨滴浑身有汗流。芳草齐眉弗入口,牧童扳角不回头。自来鼻上无绳索,天地为栏夜不收。”正殿中央塑有李白立像:宽大的袍服若带风而扬,眉宇间凝结着傲岸之气,几多潇洒,几多悲凉!

少年李白塑像。尽管岁月尘封了李白的时代,但这里依稀走动着李白的身影,回响着他的诗声

生前举头望明月,死后安息回故乡。宝

应元年(762)十一月,李白在穷困潦倒中去世,葬于安徽当涂龙山。李白生前,始终怀念自己的故乡。当年仗剑出游刚离开蜀地,他便吟出了“仍怜故乡水,万里送行舟”的诗句,流露出依依惜别之情。出游至舜帝葬身的九嶷山时,又发出了“余以鸟道计于故乡兮,不知去荆吴之几千”的感慨,寄寓对故乡的深深思念。离开故乡时间越长,距离越远,他的怀念也就越浓烈:“故乡路遥,魂魄无主”“国门遥天外,乡路远山隔”“此夜曲中闻折柳,何人不起故园情”……更有甚者,他的思乡情达到了刻骨铭心的程度:“故乡不可见,肠断正西看”“蜀国曾闻子规鸟,宣城还见杜鹃花。一叫一回肠一断,三春三月忆三巴”……故乡无时无刻不在牵动着这位游子的情思。生前,他魂萦故乡;死后,他魂归故乡!故乡人深谙他的心思,在青莲场为他建起了衣冠冢。《彰明县志》载:“太白固有墓,墓亦并不在蜀,而彰明人曰,此固其桑梓地也,于是相议为衣冠墓,具章服如唐制,殓以诗集,筑土于仙人旧馆之右。”墓旁原有一奇石,传说,清同治年间修建李白衣冠墓时,这块石头突然从天而降,人们都说,李白是太白金星托胎下凡,虽然客死他乡,也要化作陨石,魂回故里。近年来,当地政府对李白衣冠墓又进行了培修,砌以条石,筑起城垛,种树植草,一年四季绿草如茵,花团锦簇。墓前立“唐翰林学士李太白之墓”碑,供人们春秋祭祀。

“问余何意栖碧山,笑而不答心自闲。桃花流水杳然去,别有天地非人间。”李白深情地离开故乡走了,但故乡人时时刻刻没有忘记他。我在江油的青莲乡,在那里的太白祠、太白洞、太白渡、太白楼、诗仙堂、青莲书院……分明感受到李白的存在,他仍在故乡的大地上诗意地活着。就在我即将离开他的故乡的时候,突然发现天空飘来一朵乌云。抬眼望去,那朵乌云很奇特,好像一只大鹏鸟展开双翅盘旋在陇西院上空……

山峦辐辏，川流沦涟

——访王维故居

读王维的诗,总有一种难得的清新享受;尤其是读王维写在辋川的诗,更是给人以返璞归真,回归自然的感觉。就拿他的《山居秋暝》来说吧,诗中描绘王维辋川别墅的黄昏景色,是那么的幽静、恬淡、优美!细细品味,清新之气扑面而来,令人感到身心俱爽,仿佛置身于一个宠辱皆忘、赏心悦目的世界。试想,清秋的黄昏,天空中突然降了一阵新雨,凉爽的空气浸润着空寂的山川。不一会儿,雨霁天朗,月亮升起来了,银辉透过松隙泻了下来,淙淙的泉水在洁净的岩石上缓缓地流着。这时,浣衣的姑娘回村了,竹林里的小径上洒下一片嬉笑;湖面上收网的渔舟回来了,水路上一朵朵绽放的莲花轻轻地拂动……这是一幅多么怡人的自然画面啊!

同样,欣赏王维的画,也常有一种赏心的愉悦。特别是欣赏王维在辋川临摹写生的山水画,更是给人以"笔踪潜思,参于造伦"之感。就拿他的那幅《辋川图》来说吧,真是把辋川山水活灵活现地展现在人们眼前了,仔细揣摩,仿佛能听到辋川的青山之语、碧水之声。他用数年工夫对辋川二十处有代表性的景色反复写生,最终绘制成的巨幅辋川山水图,被人誉为"画思入神,至山水平远,云峰石色,绝迹天机,非绘者之所及也"。展卷凝视,辋川的松间明月、小桥竹篱、清泉石瀑、茅舍炊烟、湖波篷船……皮影戏一般在眼前浮动,让人于遐思之中领略不尽隽永的意境,陶冶不尽怡神的情操，真想一下子扑进辋川的怀抱。

王维晚年隐居辋川，写了大量的赞美辋川的诗，画了许多描绘辋川的画。是辋川的自然美赋予他创作的灵性，启发了他创作的灵感；他又以自己的诗画杰作赋予辋川自然美的诗情画意。辋川，玉成王维成就为我国山水田园派的一代诗宗和画宗！

辋川景色，是一部山水田园诗集，也是一个山水田园画廊

为了领略辋川的诗情画意，我特意去了辋川。

我是怀揣《辋川集》进辋川的。王维在辋川隐居时，曾与他的亲密诗友裴迪时常在那里弹琴赋诗，终日啸咏，久而久之，唱和为四十首五言绝句。我曾不止一次地吟诵过这些诗句，而每读一遍，都使我作一次形象逼真的辋川神游。那四十首诗，犹如四十扇山水画屏，就悬挂在我的心房里。由此说来，似乎我对辋川并不陌生。因此，当我乘坐的车子刚一进入一个小河弯弯、石壁夹道的峡谷时，我就在心里暗暗惊喜地叫道："辋川到了！"

车子进川以后，伴着两山夹道的清清河水继续前行，辋川美景便一处处地从眼前闪过。这条小河是灞河的一条支流，水清见底，露出大块大块被岁月和河水冲刷的卵石。唐代时这条河水源丰盈，可以行船。当年，王维就是从辋川乘船，经灞河进入渭河，来往于京都与别墅之间的。

王维生活的时代距今已一千多年了。岁月变换，沧海桑田，王维的辋川别墅已被山水冲刷殆尽，当年的清源寺，亦即鹿苑寺，也就是后来的王维庙，也在20世纪60年代末被拆毁了，就连庙里壁间的王维《辋川图》真迹也未能幸免。这幅画原来是绘在绢上的，当时争相观瞻者居多，王维又在这寺庙的壁间画了一幅，其价值可谓连城。唐代艺术大评论家张彦运品评说："清源寺壁上《辋川图》，笔力雄壮""泼墨山水笔迹劲爽""工画山水，体涉古今"。这幅画和王维的"辋川二十咏"相得益彰：《辋川图》成为“辋川二十咏”的形象再现，“辋川二十咏”为《辋川图》的意境延伸。诗画并蒂，遂使后来人至此，回味“辋川二十咏”，仿佛置身于《辋川图》中行。

值得庆幸的是明代郭漱六和清代熊墨樵二人依据《辋川图》摹绘镌刻的“辋川真迹”石碑尚在，我们可以按照石碑上《辋川图》的导引，从峣关口到飞云山，在三十里清静的山水中，在三十里淡雅的风光里，去寻找那曾经是诗是画的辋川景色，凭吊那永不褪色的诗心和画魂。按图索骥，王维的辋川庄就在辋川口外。遥想当年，这里一定是阡陌纵横、清泉淙淙、屋舍错落、炊烟袅袅，一片田园风光吧。在王维的《辋川图》中，辋川庄是一处围以垣墙的圆形庭院，四周全是水，正门对着辋河，河里有船只往来。庄内古木参天，湖水潋滟，亭榭生辉。辋川庄正对着辋川口，进口便是悬崖绝壁对峙的长长的峡谷。出峡谷东望，有一山岭横卧，那就是“华子冈”。“华子冈”背依起伏不绝的群山峻岭，千谷万壑流出的山水将其团团环绕，山翠水碧，酷似移来的江南景色。瞭望冈下水边，有一小船系缆于一棵大树下，“野渡无人舟自横”的意境浮现在眼前。当年王维曾与裴迪弥棹往来于此，弄琴赋诗，互为唱和。王维赋：“飞鸟去不穷，连山复秋色。上下华子冈，惆怅情何极。”裴迪应和：“落日松风起，还家草露晞。云光侵履迹，山翠拂人衣。”折向西眺，似有一片绿云滚地涌动，那就是当年的“斤竹岭”。王维曾赋：“檀栾映空曲，清翠漾涟漪。暗入商山路，樵人不可知。”裴迪应和：“明流纡且直，绿筱密复深。一径通山路，行歌望旧岑。”这一对诗友，爱竹，颂竹，借竹之骨节自喻气节、品行，想来定会时常流连于此，顾竹自况，感慨良多。涉过一溪明流，登上一条幽径，穿过密深绿筱，再向东南方向望去，山崖突然壁断，势如猛虎跳涧，当地人称作“老虎岩”。这是当年王维养鹿的“鹿柴”。从《辋川图》上看，这里古时巨木参天，危岩耸峙，岩上麋鹿群集，或奔突撒欢，或仰卧反刍，一副悠然自得，与山水同乐状。再往前走，有一条乡野小径，那就是当年的“宫槐陌”。王维曾赋：“仄径荫宫槐，幽阴多绿苔。应门但迎扫，畏有山僧来。”裴迪应和：“门前宫槐陌，是向欹湖道。秋来山雨多，落叶无人扫。”“宫槐陌”间古槐蔽日，与遍插茱萸的山坡相映成趣。当年，王维就在这陌上一边踱步，一边推敲诗句。有时，他还会于陌上摆上素绢，涂抹丹青。“畏有山僧来”，山僧还是要来的，免不了还会于槐风习习之中谈佛论隐。陌路的尽头，便是“官上村”。村头依

欹湖景色。“湖上一回首,青山卷白云。”

稀天外飞来的一块巨石上,修有一座庙宇。这就是“孟城坳”,传说王维的弟弟王缙曾住在这里。《辋川集》的第一首诗就是咏这里的:“新家孟城口,古木余衰柳。来者复为谁?空悲昔人有。”裴迪应和:“结庐古城下,时登古城上。古城非畴昔,今人自来往。”新家搬至“孟城坳”,可是这里只有古木衰柳,这样疏落的景色,曾牵动起王维伤时的惆怅。自然界的由盛至衰,而又由衰至盛,使他联想起“安史之乱”前后的大唐帝国。他隐于心底的痛苦,有时需要大自然来排解。“南坨”与“北坨”之间是“欹湖”。王维曾赋:“吹箫凌极浦,日暮送夫君。湖上一回首,青山卷白云。”裴迪应和:“空阔湖水广,清荧天色同。舣舟一长啸,四面来清风。”当年欹湖有数百亩大的水面,湖里停泊数只桅船,湖水沦涟,犹如车辋毂心。欹湖南岸有面石坡,当年,每当王维自辋川外出,母亲总要坐在这个石坡上,凝神遥望辋川口,盼望王维早点归来。而王维每次外出回来,只要一到川口,便下船找到一块高地,一边挥手,一边高喊母亲,好让母亲早点得到自己已平安归来的消息,放下悬着的心。如今那面石坡还在,当地人唤作“望亲坡”。欹湖的一侧,就是昔日的“竹里馆”,当年王维曾赋:“独坐幽篁里,弹琴复长啸。深林人不知,明月来相照。”裴迪应和:“来过竹里馆,日与道相亲。出入唯山鸟,幽深无世人。”这里的竹子从唐代一直长到现在,从历史长到现实。遥想当年王维独坐幽篁簇里,一边弹琴,一边啸咏,该是何等逍遥与自在。但转念一想,形影相吊,顾影自怜,又是一种多么无奈的凄凉。王维大概就是在这种境况下带着他的隐情与佛念,带着他的诗心与画魂永远融入了辋川。由此继续前行,可到飞云山怀抱中的“鹿苑寺”。当年寺东有“椒浆奠瑶席,欲下云中君”的“椒园”,寺西有“隅寄一微官,婆娑数株树”的“漆园”。蓝蓝的辋水在这里弯出一泓碧波,鹿苑寺倚山面湖而建,处所清幽,景色秀美,来来往往的船只,从这里可直通长安,使王维身处“世外桃源”,仍可知晓朝廷大事。这里的山坳避风,是绝佳的垂钓之地,王维当年常在湖边垂钓,借以陶冶性情。寺前岸边的一块大石,就是王维当年的钓台。今面水而坐,手执钓竿,仿当年王维垂钓情形,不免在一片静谧中得到心灵的净化。

王维晚年信佛,母亲死后,他把“清源寺”改名为“鹿苑寺”。这一改名,蕴含着一个美丽的传说。过去,飞云山下草长莺飞,水光潋滟,常有鹿群来这里吃草饮水。久而久之,这里成了鹿的乐园。在这水丰草盛的天然牧场,鹿很快地繁殖着,鹿群越来越壮大。后来,一些达官显贵来游山玩水,无意间发现了鹿群,便时常来这里猎鹿,眼看着鹿就要被捕猎完了,鹿王焦急万分,便驾上云朵去灵霄宝殿玉皇大帝那里求救。玉皇大帝听了鹿王的诉说,当即下诏让“摩诘王”查处。鹿王接诏回到人间遍访“摩诘王”,找了一年又一年,还是没有找着。一直找到唐代,鹿王鬼使神差地把“摩诘王”记作“王摩诘”了。这时,他听说当朝尚书省右丞正是王摩诘,便托梦于他。王维在梦中听了鹿王的哭诉,深深地被鹿群的遭遇所感动,他决定买下那片地方,保护鹿群不再受捕猎。可那一片地方是考功员外郎宋之问的“蓝田别墅”。宋之问曾在武后、中宗两朝飞黄腾达,好不容易才得到了这方风水宝地,出价自然很高。王维变卖全部财产也不够,不得已请求母亲把平日积蓄也拿了出来,加上王维与宋之问有过或多或少的关系,才将“蓝田别墅”买下。王维的母亲也由河东迁居这里,保护鹿群。这样一来,鹿又繁殖起来,鹿群渐渐壮大了。为了报答王维一家的恩德,鹿王带领群鹿,从终南山驮来许许多多奇花异石、神草佳木,在辋川建造了一处又一处景致。鹿群和王维家和谐共处,亲如一家。它们时常送来鹿茸、鹿乳,伺奉王维年迈的母亲。王维的母亲去世时,群鹿围着尸体守了三天三夜,还含泪为其用蹄刨了圹穴。为了感谢群鹿的深情厚谊,永远纪念这件事,王维便把“清源寺”改名为“鹿苑寺”……

在辋川,还有那“秋山敛余照,飞鸟逐前侣”的“木兰柴”,“当轩对樽酒,四面芙蓉开”的“临湖亭”,“飒飒秋雨中,浅浅石溜泻”的“栾家濑”,“日下川上寒,浮云澹无色”的“白石滩”……流连于辋川别墅处处遗址,吟诵王维的诗篇,欣赏面前景色,一种无可名状的情感止不住潜滋暗长,似觉处处有王维结伴相随,在幽竹簇篁中,在蔽日古木下,在绮卉蕤草丛,在深林曲径上,在亭台水榭内……都有王维的身影。

王维一生饱经坎坷。他于唐武则天长安元年出生于蒲州的一个世宦之家,其母崔氏笃信佛教,尤对佛门维摩诘居士敬仰有加,便为他取名“维”,别字“摩诘”。其父早逝,靠母亲含辛茹苦抚育成人。他幼年即聪明过人,十五岁时去京城应试,由于能写一手好诗,工于书画,而且还有音乐天赋,很快便在京城站住了脚。二十岁时,妻子因病去世,为了表示对爱情的忠贞不渝,他未再娶。二十一岁时中进士授大乐丞之职,不久因事受到牵连,被贬为济州司仓参军。三十四岁那年,张九龄为中书令执政,他被擢为右拾遗。其时,他曾作诗称颂张九龄反对结党营私和滥施爵赏的主张,体现了他在政治上希望有所作为的心情。开元二十四年(736),张九龄罢相,他感到非常沮丧,但并没就此退出官场。次年,河西节度副使率部战胜吐蕃的消息传来,他以监察御使兼河西节度使幕判官的身份前去慰问,回到长安后,官职逐渐升迁,先后担任吏部郎中、给事中、尚书右丞等职。此时的王维,一方面对当时的官场感到厌倦和担心,但另一方面却又有所留恋,不能决然离去,于是随俗浮沉,长期过着半官半隐的生活。天宝十五载(756),安禄山乱军攻陷长安,玄宗仓皇西逃入蜀,他扈从不及而被俘,并被迫接受伪职。他服药致病,伪装喑哑失声,被软禁于菩提寺中。安禄山后来迁都洛阳,胁迫他前往,并委以给事中职。一天,安禄山与唐降官在太极宫凝碧池举行庆功宴会,命令抓捕来的皇家梨园弟子奏乐助兴。乐师们感慨山河破碎,悲愤不已,眼含热泪。安禄山见状大怒,下令将眼有泪痕者统统斩首。这时,有个叫雷海青的乐师愤然而起,当众将乐器摔得粉碎,并向唐朝廷所在的方向大放悲声。雷海青立即被凌迟处死。诗友裴迪去菩提寺探望他时谈到了这件事,王维听后万分悲痛,写下了一首《菩提寺私成口号》:“万户伤心生野烟,百僚何日更朝天?秋槐落叶空宫里,凝碧池头奏管弦。”是啊,在这愁雾弥漫的秋天,千家万户都感到悲伤,沦陷区的百官何日才能再朝拜天子啊?然而,就在那空荡荡的宫中古槐的落叶凋零遍地时,凝碧池上的乱军头目们正在奏乐寻欢呢!平定安禄山乱军之后,唐朝廷将降乱军的官员下狱定罪。就因为这首当时广为传诵的诗及王维对安禄山乱军的消极态度,再加上其胞弟王缙上疏请削刑部侍郎之职为他赎罪,王维才得以幸免。他自步入仕途起,在朝政的纷争中几次受到牵连,屡遭挫折。特别是经过安禄山之乱,他更是心存余悸。王维早就信奉佛教,坎坷不平的政治生涯的折磨和儒家处世哲学观念的影响,使他的思想更趋消极。中年以后,他曾一度隐居于终南山中,后得宋之问蓝田辋川别墅,便毅然远离了尔虞我诈的官场,深情地扑入了山水林园的怀抱。辋川的灵山秀水抚慰了他官场失意的心头忧伤,使他在清静的心境中寻求到一种新的生活。“晚年唯好静,万事不关心。”同时,也为他的山水田园诗的创作提供了取之不竭的源泉。他怀着对辋川的热爱,把深情的笔触及辋川的一山一水、一泉一石、一林一木、一花一草,触及辋川的四时变换、高空流云,活化出辋川景物的色彩和风骨。山之有形,水之传神,山水交映,形神互衬,自然景色栩栩然跃上笔端,皈依大自然的炽烈力透纸背,看似白描淡写,深邃意境却宁静致远,启迪后人。今天,我驻足于此,禁不住张开想象的羽翼,飞越一定的赏析高空,去鸟瞰心目中构建的辋川胜迹。山水可以肆虐地冲刷掉这里的一切,但这里的一切却建筑在人们的心田里,永远也不会泯灭。我默默地想,辋川是一部山水田园诗集,辋川是一个山水田园画廊,对于自然美的开发,有着无穷的境界,王维只不过是为我们开了个好头。

王维热爱辋川,视辋川为自己心目中的桃花源,视自己为桃花源里的人。他晚年在辋川别墅生活了整整三十年,做了三十年桃花源里人,过了三十年桃花源里人的恬淡闲适、情悠趣逸的生活。他对辋川寄予了全部的感情。他把全部感情凝结为辋川的山水诗和山水画。如今,那诗,仍浅吟在辋河水里;那画,仍高挂在飞云山上,辉映在辋川的阳光和月色下。像那松间明月、石上清流,像那水田白鹭、夏木黄鹂,像那雨中草色、水上桃花,像那……阳光下的暖色,月光下的冷色,暖冷色、冷暖色的交替过渡,构成了辋川诗意画的一年四季。在创作辋川诗意画的境界中,王维得以调理性情,静赏自然。这种充实的生活方式的选择使他在现实世界与虚幻天堂之间游弋徘徊,最终实现了归隐自然和皈依佛门的夙愿。这就是辋川真实的王维。他在辋川边吟诗,边描画,诗画相得益彰,都是为了诗画辋川、理想辋川。他的《江山霁雪图》中,无论是所绘亭榭屋宇、湖水篷船,还是峻岭幽涧,无一不能在辋川找到真实的参照;他的《雪溪图》中,无论是小桥短篱、树林竹簇,还是远山浅径,亦无一不能在辋川的地貌里找到真实的所在。真实是一种美。辋川山水是真实的,因此,辋川山水本质上就是一种美;依据真实的辋川山水创作的作品,自然也是一种美。王维把这种制造美的理论归纳在他的《山水诀》和《山水论》中,对后世山水画的创作产生了深远的影响。“凡画山水,平夷顶尖者巅,峭岭相连者岭,悬石者岩,圆形者峦,通路者川……远山不得连近山,远水不得连近水。”理论和实践的结合不仅使王维成为我国山水田园派的一代诗宗,同时也成为我国山水文人画的一代画宗。同诗歌成就一样,也是辋川的自然风光玉成了他的绘画成就。传说,王维当年曾依据辋川山石画过一幅《巨石》画,画得惟妙惟肖,生动传神。看到这幅画,犹如置身辋川山水之中。一天,突然乌云密布,顿时风雨交加,随着划破长空的一道闪电,“咔嚓嚓”炸响了一声闷雷,只见一块巨石冲天而起,挟风裹雨,杳然不知向何处飞去。此时再看那挂在壁间的《巨石》画幅,只留下一个空空的画轴,众人无不大惊失色。到了唐宪宗时,高丽国派使臣来,说是在高丽的神崇山上,有一天突然从空中飞来一块巨石,人们竞相围观,发现石上有“王维”字印,知道这巨石来自中国。宪宗皇帝听了很惊讶,命人将王维的字迹拿来比较,结果如出一辙。皇帝发现王维的画是宝物,就颁诏在全国各地搜集王维的画,集中于宫中珍藏。传说是美丽的。对于美丽的传说,感性的人往往是宁可信其真而不信其无,有时还会作为一种矢志的空间追求。追求是实现美境的过程,而再艰难困苦的过程也能提供给人以美的享受。王维在辋川诗意地栖居着,画意地栖居着,栖居成一种永恒。王维就是辋川。但现实生活的本身有时也不都是诗和画。王维可以脱离朝廷,脱离官场,但却脱离不了生老病死。他依据人生规律完成了生与死的离合过程,死后躺在了母亲的身边,伴随着母亲静静地安息在飞云山的怀抱里。今王维母子墓地附近的河水边,有一块四角有孔的平滑方石,传说是当年欹湖的遗物,有人猜测是王维以缆绳系船之物。敢问这方山水,王维还像当年一样常乘船出辋川吗?还像当年一样一回到川口便高声呼唤母亲吗?

在王维现存的诗作中,最能代表其创作特色的是描绘山水、田园等自然风景及歌咏隐居生活的诗篇。王维描绘自然风景的成就,使他在盛唐诗坛独树一帜,成为和同时代孟浩然齐名的山水田园诗派的代表人物,史称“王孟”。他继承和发展了谢灵运开创的写作山水诗的传统,对陶渊明田园诗的清新自然也有所吸收,使山水田园诗的成就达到了一个高峰,因而在中国诗歌史上占有重要的位置。王维的山水田园诗作,多用五律和绝句的形式,篇幅短小,语言精美,音节舒缓,善于表现幽静的山水田园风光,反映诗人恬适的心境,在描绘自然美景的同时,流露出隐居生活中缱绻闲逸的情趣。王维的这种诗歌情绪,在他的辋川诗作中表现得尤为灿然。

苏东坡曾经说过:“味摩诘之诗,诗中有画;观摩诘之画,画中有诗。”同王维的诗作造诣一样,他的画也有着很高的艺术成就。对大自然的热爱和长期山居生活的经历,使他对自然美具有细致的观察和独特的感受,因而他画笔下的山水景物既形象逼真又富有神韵,往往是略事渲染便表现出深邃悠远的意境。他尤其善于细致地表现自然界的光色和音响变化,取景状物多以色彩映衬,动中有静,静中有动,极具诗意。他的这种画意,同样在他的辋川画作中得到了淋漓尽致的体现。

王维手植银杏树,深秋一片金黄,一如王维自己身披佛门僧人袈裟,禅意地站在他钟情的辋川

在鹿苑寺旧址,后人曾建了一座王维庙。庙宇早已坍圮,其制不得而知。虔诚的佛教徒王维看重的是这里耸翠的山峦和耐寒的松柏。有绿色的地方就是有生命的地方,因此,即令是再耐得住寂寞与孤独也必须有生命的支撑。庙宇坍圮了也无所谓,其实,有的庙宇是建在人们心里的,想坍圮也坍圮不了。寺前古老的银杏树顽强地活着,活成了饱经沧桑的历史。它是王维别墅的标识,也是见证。银杏树很粗,需数人合抱,树干挺拔,枝叶茂密。高高的枝头上,筑有几个鸟巢,树叶金黄,一如佛门僧人身披的袈裟。这棵银杏树传为当年王维手植,成了现在辋川的代表性遗物。它无语地记下了辋川的过去,只要它还活着,它也会继续无语地记录辋川的将来。我站在树下,仰望着,仰望着,把银杏树望成了王维,望成了一尊王维的雕像。睹物思人,我的心中止不住抽出一丝憾意,眼前的山光湖色也许还似旧时,但无论如何也领略不出王维当年的充满美妙乐曲和画面的诗境。然而,谁又能去否认,当年王维那一幅幅美妙的山水画,一首首动情的山水诗就是在这里完成的呢!如今,王维庙坍圮了,人们应该在这里建一座王维纪念馆才是。

我又把目光投向王维母子墓旁的那件欹湖遗物,依稀又有一只船逆水驶来。当年,王维经常在这里接待诗人来访,或登高啸唱,或临川浅吟,超然尘嚣之上,融入自然之乐。当年,曾在长安留学并长期在朝廷任职的日本人阿倍仲麻吕(晁衡)要回国,曾专程来这里与王维话别,因陶醉于辋川的美丽景色,竟忘记了回国的日期。当时,王维曾为他赠诗送别:“积水不可极,安知沧海东?九州何处远,万里若乘空。向国惟看日,归帆但信风。鳌身映天黑,鱼眼射波红。乡树扶桑外,主人孤岛中。别离方异域,音信若为通!”诗中表达了对晁衡旅程艰难的忧虑和一路顺风的祝愿,也表达出他们之间的友谊之情。“大历十才子”之一的钱起,也多次来到这里拜访王维,求教王维,写下了许多赞美辋川的诗句。在王维去世后的一年春天,他再次来到辋川,看到王维故居前的芍药花又开放了,不禁回忆起同王维一同观赏时的情景,顿觉一阵凄然,止不住写诗抒怀:“芍药花开出旧栏,春衫掩泪再来看。主人不在花常在,更驻青松守岁寒。”

王维归隐于自然的辋川,同时赋予辋川诗画的内涵。王维的生命虽是短促的,但辋川的存在却是长久的,因此归隐于辋川的王维也有了共辋川长久存在的生命。王维永远和辋川在一起,现在的人和将来的人只要想到被王维诗画的辋川,就会同时想到王维。当我即将结束诗牵画萦的辋川之行时,站在飞云山的最高处,纵览三十里辋川,由远及近,犹如缓缓放开一轴风光秀丽的山水画卷,扑面而来的是氤氲的山水诗意。眺望川口内当年的欹湖,只见由周围群峰逶迤而下的条条山峦呈辐射状进入湖中,由周围谷地涌出的条条溪流呈辐射状注入湖中,山峦辐辏,川流沦涟,好一面硕大无比的“辋”的画面,令人止不住感叹辋川得名的象形,象形得惟妙惟肖。再换一个角度来看,山峦汲足了湖水,又向高高的山峰昂首而上,披一脊苍翠,辐辏出生命的骨骼;溪流随山谷而动,像纺车吐出的无数条丝线,沦涟出生命的血肉。辋川成了生生不息的辋川,活成了永恒。

啊,王维的辋川,诗画的辋川!

笔架山的那孔窑洞

——访杜甫故里

在巩义市小住，正赶上春雨贵似油的季节。

巩义市位于黄土高原向东延伸的丘陵地带，历年多旱，对于越冬的小麦、油菜等农作物来说，春雨显得更加珍贵。为赶写一篇通讯报道，我晚上要“开夜车”挑灯写作，夜半时分，听窗外一片窸窸窣窣的响声，推窗一看，浓重的夜幕下，一场春雨正自由自在地飘洒着，顿觉空气格外新鲜。一夜春雨滋润，我的神情分外清爽，面对被春雨染翠灌醉了的原野，止不住脱口朗诵起一首诗来：

好雨知时节，当春乃发生。
随风潜入夜，润物细无声。
……

这是唐代伟大的现实主义诗人杜甫的《春夜喜雨》。杜甫生于巩义市的南瑶湾，故乡人出于对诗人的喜爱和对贵如油的春雨的企盼，几乎妇孺皆能背诵这首诗。感谢诗人故乡这场不期而至的春雨，使我在春雨的沐浴里阅读了南瑶湾里的一座普普通通的窑洞。

笔架山,远远望去犹如一座古人的笔架

南瑶湾是一个普普通通的小山村,和藏在黄土高原褶皱里的所有的村庄并无二致。村子背后有一座远远望去好像古代文人放毛笔的架子一样的山头,诗人故乡的人唤之笔架山,实际上它同黄土高原上大大小小的山头大同小异,裸露的黄土上生长着酸枣树一类的灌木丛。就连它脚下的那一孔窑洞,也普通得在黄土高原上随处可见。这个地方之所以能闻名于世,是因为唐睿宗太极元年农历大年初一,在这座普通山头下的一个普通山庄的一孔普通窑洞里,诞生了一位伟大的世界级的诗人。

我放慢脚步走进这个小小的山村。村前是一片碧绿的沃野,清澈见底的泗水河无声无息地缓缓流淌着。山村静悄悄的,静得能使我面对这普普通通的山村冷静地审视那里的一切。诗人故居门向南开,依山傍水,小巧玲珑的院落在几株新抽芽的树木的掩映里充满诗情画意。这里东踞虎牢关,西邻黑石关,南依中岳嵩山,北濒黄河天险,附近山坡上有隋唐时全国最大的“洛口仓”遗址和著名的“唐三彩”窑遗址。伊水与洛水在这里交汇后注入黄河,孕育出一方山清水秀的宜人风景。

唐代诗人韦应物曾在一首《自巩洛舟行入黄河》的诗中写道:“夹水苍山路向东,东南山豁大河通。寒树依微远天外,夕阳明灭乱流中。孤村几岁临伊岸,一雁初晴下朔风。为报洛桥游宦侣,扁舟不系与心同。”写的就是南瑶湾一带的景物。站在村中向南望去,起伏的冈峦尽头便是雄峙中原大地的嵩山。诗人杜甫就出生在这方物产富饶、民风淳朴、文化积淀丰厚的土地上。

我曾经在一篇文章里阐述过自己的观点:在唐代两个最杰出的诗人中,我喜欢那位浪漫主义的李太白,更十分推崇这位现实主义的杜子美。当我一踏进嵌有门联“穿街过市旁林静,向水依山故里幽”的诗人故居时,我立刻感觉到,就这里的情景而言,即使是李白再世,恐怕也难以“浪漫”起来。紧靠笔架山是一孔坐东向西的砖砌窑洞,左侧一道石碑上写着“唐杜工部讳甫位”几个楷书大字,屋山墙下立有一通河南知府张汉所立的“诗圣故里”石碑,窑门对面,是三间青砖瓦房,现辟为杜甫纪念室。唯此而已,着实难以让人浪漫起来,看来还是现实一点吧。后来成为世人景仰的“诗圣”杜甫就在这里很是现实地度着自己的少年时光。少年的他同山村里的孩子们一样充满童稚童趣。“忆昔十五心尚孩,健如黄犊去复来。庭前八月梨枣熟,一日上树能千回”,其顽皮好动由此可见。但我想,这只能是一个方面的杜甫,他肯定还有另一个方面的性格。如果不具备双重的性格,他很可能就不会是后人心目中的杜甫了。为记住这位曾经天真活泼的少年,故乡人在他的故居前后种了许多梨树和枣树。

杜甫的十三世祖杜预曾做过晋朝的驸马都尉、镇南大将军,注释过《左传》,是位文武双全的人物。杜预的少子杜尹从京兆杜陵迁居襄阳,到了杜甫的曾祖杜依艺时,因出任巩县(即今巩义市)令,举家从襄阳迁到了这里。在这里,杜家出了一位大诗人,他就是杜甫的祖父杜审言。因其诗歌出众,被武则天授予著作佐郎。杜家世系中,十三世祖杜预和祖父杜审言给杜甫以深刻的影响。杜甫常常以他们而自豪并时刻作为自己为人立身的榜样。

杜甫在五六岁时,到郾城观看了名噪一时的舞蹈家公孙大娘的“剑器浑脱”表演。这位女舞蹈家的舞技在幼小的杜甫心中留下了终生难忘的印象,以至50年后,他在奉节看公孙大娘弟子表演时,诗兴大发,追忆在儿童时节那难忘的一幕:“观者如山色沮丧,天地为之久低昂。霍如羿射九日落,矫如群帝骖龙翔。来如雷霆收震怒，罢如江海凝清光……”幼年的杜甫还不会写诗，可这首诗却植根在他的心田里，酝酿在这孔窑洞里。

大概是受祖父的直接影响，杜甫在七岁时便开始吟诗：“七龄思即壮，开口咏凤凰。”至今，故乡人还在传说着一个充满神话色彩的故事——

杜甫七岁那年，一天早晨，他和小伙伴们在村旁的泗水河边玩耍，忽然看见从远处飞来一只美丽的凤凰鸟，翩翩落在了河滩上。小伙伴们蜂拥上前围观，不料凤凰鸟却扑棱棱展开翅膀飞走了。这时，杜甫发现，河滩上凤凰鸟落过的地方，有一颗五彩斑斓的鹅卵石，便抢先一步捡在手里。小伙伴们围上来争夺，他怕被人抢去，就顺手把那颗鹅卵石放入口中，谁知匆忙中用力过大，竟咽进了肚里。杜甫回到家中，感觉腹内一股热气直往上涌，禁不住吐出一团东西，众人定睛一看，却是一串串五彩缤纷的诗行……

传说是奇妙的，尽管在这则传说中附会有神话的成分，但像杜甫这样的大诗人七岁即能写出处女作我深信不疑。而且，在中原这块肥腴的文化沃土上，“少年才子”“神童”也不止杜甫一个。对此，我与其相信泗水河滩上那个美丽的传说，不如去审视笔架山后那个被故乡人称作“洗砚池”的地方，更能观照少年立志成才的诗人。因为，那个巨大的洗砚池会使人联想起什么叫勤奋！天道酬勤，有一分耕耘才会有一分收获。说是洗砚池，其实是块山间的天然小盆地，可故乡人都会不容争辩地告诉你，那就是当年杜甫习文赋诗、练习书法的砚池。他们说，杜甫那数千首不朽的诗篇，就是以故乡的高山作笔架、以天然的小盆地为砚池写出来的。

杜甫母亲早逝，父亲又在奉天任上，少年杜甫常到洛阳的姑母家去住，这使他有机会接触社会，开阔眼界。中州文人荟萃，文化艺术发达，无疑给少年杜甫以广泛的影响，催发他心田里埋下的诗的种子。他十四五岁时，便在唐朝陪都洛阳同当时上层文人崔尚、魏启心等交往，呈送诗文求教。这些文坛前辈对杜甫的诗文极为推崇，有时还把他同汉代著名文学家扬雄和班固相提并论。经他们引荐，少年杜甫结识了唐玄宗的弟弟李范，并成为他邸宅里的常客。在那里，杜甫多次聆听过著名音乐家李龟年的歌唱，对他日后的诗歌创作产生了深远的影响。

站在杜甫故居的小院里审视他诞生的这孔窑洞，不由人在沉思中生发幽幽诗情。人类社会的风风雨雨和自然界的风风雨雨，曾经在这孔窑洞里酝酿成一行行针砭时弊、忧国忧民的诗行。这孔窑洞仿佛洞察古今的慧眼，默默地观测着人世间发生的一切，并把这一切聚焦成瑰丽的诗篇堆砌在唐代诗歌的高峰；这孔窑洞依稀呼吸社会的肺腑，吸入世上劳苦大众的呻吟而喷发出惊世骇俗的呐喊！

712 年农历大年初一，从这孔窑洞里传出的婴儿呱呱坠地声，俨然一首缪斯用醇醪浸泡出的浓烈而又谙练的诗

与杜甫诞生窑对面的平房，现为杜甫纪念室。纪念室中央，安置着杜甫半身铜像。这尊铜像为北京天安门广场人民英雄纪念碑雕像创作者曾行昭教授所作。雕像双目深沉，瘦骨清风。正面墙上挂的蒋兆和先生画的杜甫侧面像，线条简洁，出神入化。在再现杜甫风骨方面，两件作品异曲同工。近前凝视，让人感到他创作的诗歌里那忧国忧民的旋律正在他的眉宇间跳动，脸上写满了沉郁。瞻仰杜甫形容，就如同在读他的诗全集。他在这里度过了青年时期，当他把目光投向更辽阔的世界时，终于离开了那座普通山头下的那个普通山庄的那孔普通窑洞，开始了漫游全国的行程……

天宝三载(744)春天，无论是对于青年杜甫还是唐代诗坛，都是个值得纪念的时刻。这年春天，大诗人李白离开长安东游，路过东都洛阳，会见了杜甫。这是一次平淡无奇却又意义深远的会见，被闻一多先生称为“太阳和月亮走碰了头”。李白长期在长安任翰林供奉，目睹了朝政的腐败，洞察了上层社会的龌龊与黑暗；而杜甫寄居洛阳，因家道中落深刻体察到了世态的炎凉。对社会和人生的共同认知使他们产生了思想上的共鸣。他们结伴一路东去，开始了中原漫游。当行经荥阳时，他们一同登临广武山的汉、霸“二王”城，考察了刘邦与项羽隔涧对垒的战场。

当年,“呼吸八千人,横行起江东”的楚霸王与“按剑清八极”的刘邦曾在此激战,最后刘邦以弱胜强,取得了胜利。魏晋时期“竹林七贤”之一的阮籍看不起刘邦,曾一度说过:“世无英雄,遂使竖子成名。”李白在这里写下了《登广武古战场怀古》:“拨乱属豪圣,俗儒安可道?沉湎呼竖子,狂言非至公。抚掌黄河曲,嗤嗤阮嗣宗。”痛斥阮籍,倾吐了对刘邦的仰慕之情。从广武山下来,他们乘舟东下,到了汴州。在那里,他们荡舟汴水,寻访夷门,凭吊信陵,登临吹台……李白尚任侠,好纵横,对于战国时的夷门侯嬴和屠户朱亥,一向崇拜有加,在大梁城的古吹台上,他写下《侠客行》:“三杯吐然诺,五岳倒为轻”,“纵死侠谷香,不渐世上英”,热情地讴歌了他所景仰的侠义精神。李白的这种豪爽侠义的性格在比他小十一岁的杜甫心中打上了深刻的烙印。有感于斯,杜甫不久写了一首诗回赠李白,诗中写道:“秋天相愿尚飘蓬,来就丹砂愧葛洪。痛饮狂歌空度日,飞扬跋扈为谁雄?”大概是他们当时正一腔热血无以施展抱负,自恃才高却不得其志,所以在游览大梁城时便自然想到了礼贤下士、信用人才的古代明君。这段游历在杜甫心中留下了深刻的印象,以至于杜甫在晚年还清晰地回忆起当时的情景:“忆与高李辈,论交入酒垆。两公壮藻思,得我色敷腴。气酣登吹台,怀古视平芜。芒砀云一去,雁鹜空相呼。”游历汴州之后,他们又到了宋州的梁园。在那里,他们一起登临了梁孝王的平台,思古遣怀,回忆当年梁孝王大宴宾客,司马相如、枚乘等文人吟诗作赋的往事,看眼前梁园废墟一片,宫阙无寻,就连坟墓也被夷为平地,不觉感慨万千。面对世上沧桑变化,他们意识到李唐王朝危机四伏之下的太平表象,总有一天也会像繁华的梁园一样烟消云散。由对社稷、民族的深深忧患联想到自己怀才不遇的境地,他们禁不住连连欷歔,泪沾衣襟。在宋州勾留数月之后,杜甫顷接祖母病故噩耗,遂辞别李白,回到了故乡。这次几乎是横贯中原东西的漫游,不单单增进了两位诗歌泰斗的友谊,更重要的是通过游历,杜甫对中原大地乃至自古以来发生在中原的故事有了实地的勘察和探访,通过勘察和探访,更深层次地了解了中原,熟知了中原,从而深深爱上了他那广义上的家乡。

天宝五载(746),杜甫离开了家乡,去京城长安谋求出路。在长安十年中,他饱尝了生活的艰辛,一直到天宝十四载(755),才谋到“河西尉”这样的微职,后改任“右卫率府兵曹参军”的闲职,干着实在无聊。在仕途渺茫,一筹莫展时,他又遇到了“安史之乱”。战乱中唐玄宗仓皇出走，杜甫则被叛军所获。后来，唐玄宗的第三个儿子李亨在灵武即帝位，是为肃宗。杜甫冒险从长安逃出，投奔肃宗，被任命为左拾遗，后因事得罪，被贬为华州司功参军，管理地方的祭祀、礼乐、选举、考课等事，在白天苍蝇乱飞、夜里毒蝎出没的恶劣条件下，处理堆满案头的文书。乾元元年（758）冬，杜甫由华州返乡探亲，他看到故乡虽然面目如旧，但是经过战乱，已是人烟稀少，万户萧疏。第二年春天，他从故乡回返华州任上时，正值唐朝军队在相州失利，战马万匹，只剩下三千，甲杖十万，几乎损失殆尽。为了补充部队，朝廷到处抓丁派款，一路上号啕声、呜咽声不绝。记得20世纪80年代的一个春天，我在无数次地读过杜甫的“三吏”“三别”之后，沿着当年杜甫返回华州的路线，做了一番考察。出古都洛阳西去，第一站是新安。当年，杜甫走到那里时忽然听到了一片乱嚷嚷的声音，走近一看，知是官府正在征兵，而且征的是没有成丁的少年，于是便上前问新安县吏：“在新安县城，难道连适龄的壮丁都没有？”县吏回答说：“连年打仗，壮丁早已抽光了，州府衙门昨天又下来一道紧急公文，说可以把不足年龄的也征去服役。”听了县吏的话，杜甫再看看面前茫然站着的一个个面黄肌瘦、个头矮小的少年，沉吟道：“这些孩子怎么能守城打仗啊！”但他转念又想，朝廷反叛，没有军队也不行啊！怀着异常复杂的心情，他抖索着笔写出了一首《新安吏》。自新安往西行，到陕县东的石壕村。在宽阔的官道旁，立有一个硕大的路牌，上写“石壕村”三个大字，村庄就坐落在路牌的一侧，参差的房舍，庞杂的树木，错落的村巷，在豫西山地可以称得上是个大村庄。当年，杜甫就在这个村的一户穷苦人家投宿。这家只有四口人：一对老夫妇、一个儿媳妇和一个还在吃奶的孩子。半夜时分，杜甫被一阵凶狠的敲门声惊醒，见那家老翁马上翻过后墙逃走了，老妇人颤巍巍地打开了房门。一看是官兵又来抓人，老妇人哭着说：“我家的三个孩子都到邺城当兵去了，最近一个孩子捎信说，两个孩子已经战死了，家里再也没有别的人了。我虽然是个妇道人家，打仗不行，但行军做饭还可以，你们一定要人，我就跟你们去，连夜赶到河阳，也许还能为大军做早饭呢。”一阵嘈杂之后，渐渐沉寂下来，那老妇人跟官兵走了，只隐隐约约听到远处传来有气无力的喘气声。杜甫再也不能入睡，辗转反侧，思绪翻滚，写下了一首《石壕吏》。天明，杜甫默默启程，踏上新的旅途，心情郁郁地到了潼关。这是一座一夫当关、万夫莫开的天然雄关，为京都长安的天然屏障。此时，杜甫见关上将士正在加紧修筑工事，防御叛军，从前守关的哥舒翰因杨国忠促战而轻易出兵迎敌，以致遭到惨败的往事又浮现在眼前。他想，潼关一旦失守，长安城就朝不保夕了。为了记住那次失败的教训，杜甫又写下了一首《潼关吏》。

考察归来整理思绪，我对出生于中原的这位现实主义的大诗人有了更深层次的认识。从洛阳到潼关，诗人一路上的所见所闻只是当时唐帝国的一个缩影。诗人以“三吏”以及后来又依据此次返华州所见所闻写就的《垂老别》《新婚别》《无家别》（“三别”）之作，中肯地透析了当时那个动乱中的封建王朝。他既无情地谴责了“安史之乱”中胡兵涂炭生灵的罪行，又淋漓地披露了官府征兵抓丁的暴行。在这国家生死存亡之秋，诗人既忧国又忧民，两种“忧”紧紧地缠绕着他、折磨着他。他用现实主义的诗歌创作反映着他的世界观：对人民苦难生活的无限同情，对民族生死利益的深切关注，对丁役平叛的违心安抚与无奈赞扬等，这种既矛盾又统一的复杂感情真实地反映出他当时的思想。正是由于杜甫在动乱年代透过表面现象对社会矛盾的深层思考，他的思想和诗风也有了相应的转变。如果说“安史之乱”之前杜甫着重从艺术技巧方面汲取诗歌营养，偏重于近体诗的创作，那么，他在“安史之乱”后则侧重于思想方面的锤炼，从严酷的现实生活中汲取诗歌创作的素材。忧国忧民的既矛盾又统一的思想和自己身遭战乱的切身体验交织在一起，使他的思想和诗歌创作同时产生了质的飞跃。也正是这些现实主义的力作，成就了他现实主义诗歌创作的高峰，奠定了他在我国乃至世界文学史上的崇高地位，其里程碑式的标志就是他这次由故乡往返华州途中所写的“三吏”“三别”等力作。这是杜甫对故乡最后一次的思想与艺术馈赠。自此以后，他便流落陇、蜀、鄂、湘，沉吟在更广阔的大地上，呼号

杜甫陵园塑像。“世上疮痍诗中圣哲，民间疾苦笔底波澜。”

在更广众的人民中间。

收回放纵的思绪，我把目光投向杜甫纪念室内的杜甫世系表和行迹图。诚然，其十三世祖杜预和祖父杜审言在杜家世系中是显赫的，也是足以引起族人自豪的，他们影响着杜甫以后的生活道路。杜甫“致君尧舜上，再使风俗淳”理想的形成与他们不无关系。但我更关注的是杜甫的人生行迹。那是他一生最宝贵的财富。但究其一生，杜甫在三十四岁以前大部分时间都是在故乡度过的。他在故乡所写的诗，流传下来的虽然不很多，但这个阶段对于他来说异常重要，既有“七龄思即壮，开口咏凤凰”的处女作，又有“三吏”“三别”那样的扛鼎之作。是故乡人民哺育了这位伟大的诗人。他从故乡汲取了丰富的诗歌营养，立足故乡的土地，以自己不朽的诗歌创作，完成了由一个普通诗人向民族诗人、人民诗人的伟大转变。踯躅在杜甫纪念室里，细细咀嚼齐白石等当代画家绘制的杜甫诗意画卷，止不住让人挣脱现实，回到杜甫生活的那个时代，眼前晃动起他在寒风中呼号奔走、在茅屋中拥衾写作的情景。展柜中，还陈列出各种版本的杜甫诗集，有英、俄、匈、罗、越等国的杜诗译本。杜甫已属于整个世界，杜诗已成为全人类共同拥有的文化遗产。

当我写完了那篇报道，将要离开巩义市的时候，在一个春天的清晨，我披一身春风，沐浴着春雨向杜甫墓地走去。我的心情是急切的，然而举步却是那样的沉重。杜诗一向被称为诗史。我喜欢杜子美，自然对他的诗读得就要多些。读多了，对于他生活的那个年代，对于他的生活经历，自然也就知道得多了些。我十分同情诗人的遭遇，一路上，尽管春光无限，但我的眼前却一直晃动着一千多年前湘江岸边那个凄凉的画面。透过历史的烟尘，我仿佛看见，在暮云四合、阴风怒号的湘江危岸，瑟缩着一叶孤舟。江岸积雪飞霜，舟内孤灯残照。就在这样一个凄凉的夜晚，一颗璀璨的诗星失去了光泽。从此，人们再也听不到他为社稷、为民众沉痛的悲吟与壮歌了。那时，他还不到花甲之年。家人无力为他扶柩归里安葬，只好暂厝于岳州平江。一直到四十三年后，贤孙嗣业才遵从父亲宗武的嘱托，把祖父的遗骨迁葬故里巩义的邙岭上。杜甫颠沛流离了一生，在“天下干戈满，江湖行路难”中浪迹大半个中国，最终叶落归根，回到了生育自己的土地上。

这是一片古老而又深情的土地，伊水和洛水孕育了这一带的古代文明。早在两千多年前，这里已建起了“巩伯国”，尽管它没有逮及“七国争雄”就已颓废，但深深影响了人们对这片土地的开发。直到清代，这里的“康百万庄园”还在标榜着封建社会的显赫。邙山地望更是誉满海内，自东汉光武帝刘秀葬于北邙后，又有11个皇帝相继在这里穴居一方风水宝地。后妃、亲王、公侯、达官显贵也竞相葬于此。邙山岭头，陵园处处，墓冢座座，正像唐代诗人张籍诗中写的那样：“山头松柏半无主，地下白骨多于土。寒食家家送纸钱，鸟鸢作巢衔上树。”此刻，我就走在这片土地上，东边不远处，是笔架山下的诗人诞生地南瑶湾；西边不远处，便是康店村西头邙岭上杜甫的安寝地。参谒杜甫的故居时，在那个古老的窑洞里，我依稀听到了他呱呱坠地的第一声啼哭，那俨然一首缪斯用醇醪浸泡出的浓烈而又谙练的诗。就在那座窑洞里，我沉思了大半天。诗魂萦绕，令人久久不忍离去。一直到夜深人静、星斗阑干之时，我才踏着星光往回走。那是一条漫漫的历史长路啊，途中有老妇的啼哭，有酷吏的怒斥；有冻馁的白骨，有罪恶的朱门……走在这条路上，我不时抬头仰望天上璀璨的星群，发现有一颗星特别明亮，光焰万丈，正炯炯地探视着大地。

这天，我就走在这片土地上，寻找陨落的那颗星，自然别有一番滋味涌上心头。晨风拂荡，麦田波浪起伏，刚刚绽开新叶的幼杨呢喃低语，夹道为我指路。前面，是一条黄土高原上常见的黄土沟，刚洒过雨，坎坷的路面上有点泥泞。那条黄土沟好长好长哟，爬得我汗流津津。就在我掠去额头汗珠的一瞬间，我的眼前倏忽一亮，见几朵滴露的小白花正在路旁的崖壁上开放。我停下脚步，轻轻地一朵一朵采来，集成一束。我深情地把这束春雨催开的鲜花捧在手里。这是大自然灵性的赐予，那用意，大自然懂得，我也懂得。

爬到这条山沟的尽头，便看见我神往已久的杜甫墓了。在黄澄澄的土地与绿茵茵的麦苗错综的大地上，隆起三座土冢，最大的是杜甫墓，其余两座系其子宗文、宗武墓。杜甫墓前，立有两座石碑，其中一座刻“唐杜少陵先生之墓”。因杜甫十三世祖杜预是京兆杜陵人，直到曾祖父杜依艺时才迁至南瑶湾村，所以杜甫自称“杜陵野老”。另一座中刻“杜少陵墓”几个大字，旁有数百文字，虽经风雨侵蚀，依然斑驳可辨。碑文记载着杜甫墓变迁和在巩义一带广为流传的“康水采文”逸事：

传说杜甫幼年时曾做过一个梦，梦见一位皓首白须的仙人，踏云驾雾而来，对他说，你是先哲的后代，可去康水采文流芳于世，言毕飘然而去。杜甫一觉醒来，跑到康水边，果然在豆地里寻到一本书，上写着：杜预十三代孙本是天上的文曲星，上天派他下凡，兴盛唐朝的诗歌文章……

春雨潇潇地下着，整个墓地简朴而穆静，新植的幼柏青翠欲滴。我手捧刚刚采撷的那束野花，静静地肃立在杜甫的墓前，思绪犹如密匝匝的细雨那飘忽的长丝，编织出我对他那抽不尽的怀念。这位怀抱“致君尧舜上，再使风俗淳”政治抱负的伟大诗人，一生中饱蘸激情和血泪，写下了一首首揭示社会矛盾、抒发忧国忧民情怀的史诗。在他生活的那个多难的时代，灾荒迭现，兵燹频仍，赋税如虎，徭役似狼，逼得人们走投无路；外寇欺凌，藩镇割据，使王室日渐衰败，社稷岌岌可危。面对这一切，杜甫用自己那如椽巨笔，揭露人间的苦难和不平，控诉吃人社会的罪恶，写出了一系列现实主义的光辉篇章。读这些作品，眼前便会勾勒出一幅幅画面：山河破碎，烽火遍地，白骨盈野，饥民呼号……他深刻而凌厉地把笔锋深入社会的底层，从而使自己的诗歌创作达到了现实主义的高峰。同朝代的诗人元稹称赞说：“诗人以来，未有如子美者。”散文大师韩愈满怀激情地歌颂：“李杜文章在，光焰万丈长。”以至当代，无产阶级革命家们还给杜诗以高度的评价。既是伟大的革命家、思想家、军事家，同时又是杰出的诗人的毛泽东曾说杜诗是“政治诗”，对杜诗作了中的在行的评论。朱老总在参观了成都杜甫草堂后欣然题词“草堂留后世，诗圣著千秋”；1962 年，杜甫被定为世界四大文化名人之一，他又为在岳阳洞庭湖畔新落成的“怀甫亭”题字，以寄托对这位大诗人的思念之情。军旅诗人陈毅元帅在为自己写的集杜诗句联“新松恨不高千尺，恶竹应须斩万竿”所作的短跋中，对杜诗的评价更是允恰中肯：“此杜诗佳句，极富现实意义，余以千古诗人，诗人千古赞之。”当代文化巨匠郭沫若为成都杜甫草堂的题联“世上疮痍诗中

凝视着杜甫墓，我不觉又想起安徽当涂青山的李白墓、洛阳香山的白居易墓来……

圣哲，民间疾苦笔底波澜”，入木三分、恰到好处地把杜甫一生忧国忧民的高尚情怀以及他的现实主义诗篇，从新的高度给予了肯定。杜甫不愧为诗中圣人，人们从他留下的一千多首诗篇中都会得出这样的结论。

春雨还在潇潇地下着，下着，我的全身衣服已被淋了个透，清爽中不免觉得袭来丝丝凉意。这时，我不觉又想起安徽当涂青山的李太白墓、洛阳香山的白居易墓来。若论起中国的诗歌创作，人人都会说唐代是我国诗歌艺术的鼎盛时期，李白、杜甫、白居易是人们公认的唐代诗歌三大巨匠。然而，他们的墓冢却是如此的平凡！比起那些帝王陵墓来，其规模不知要小多少倍！好在人民是公允的，在人民的心中，这三位诗歌巨匠以各自的诗歌成就在唐代煌煌的文坛上矗起的三座直插云霄的高峰，不知比那些帝王陵墓要高出多少倍！想到这里，我把手中那束滴着春雨的野花，恭恭敬敬地摆放在杜甫的墓前。

当我转过身来，远眺春雨朦胧中的南瑶湾，仿佛看到笔架山上的枣树已抽出了新芽，杜甫故居庭院里的梨树已绽开了雪白的花朵，听到那孔窑洞里又传出他坠地的呱呱声。在这细无声的春雨中，我读懂了南瑶湾，读懂了南瑶湾的那孔普普通通的窑洞。

思念的春雨，你尽情地下吧！

香花不改旧时墩

——访包拯故里

20 世纪 80 年代,我供职的杂志上开辟了一个“包公的故事”专栏。为给这个专栏组稿,我曾三下包公当年放粮的陈州(今河南淮阳),约请该县文化馆的杨馆长做撰稿人。初次晤面,杨馆长就不歇气地给我讲了包公“断冤案”“打銮驾”“铡国舅”等许多故事。后来,这些故事就陆续发表在杂志上。由于对包公的崇拜,我又在新任职的报纸上开辟了“清官包公”专版,分设“微服私访”“包公信箱”“龙虎铡”等栏目,曾发表了一大批尖锐辛辣、针砭时弊的稿件,受到了读者的一致好评。那时候,电视台正在播放连续剧《包公》,每天下班以后,人们总忘不了关照一句:“别忘了晚上看《包公》啊!”一个封建时代的官僚,这么多年后还受到人们如此厚爱,不能不使人由此生发出诸多联想。也正是基于这个原因,这些年来,我有意识地趁近水楼台之便,先是游览了包拯在河南的遗迹,接着又游览了安徽合肥城南包河“香花墩”上的包公祠。

时值深秋,恰是包河一年里景色最秀美的季节。岸边垂柳依依,水杉亭亭,簇拥着一汪碧绿,开阔的水面波光潋滟,丝丝清风送来阵阵荷香,宛如一幅王冕笔下的画图。“香花墩”就在这画图中,被绸带般的包河水缠绕着,形成一个三面环水的孤岛,远远望去,好像浮动在碧波上的一颗硕大的翡翠。

波光潋滟的包河，丝丝清风送来阵阵清香……

包公名拯，字希仁，宋真宗咸平二年(999)生于庐州虎山北麓(今安徽合肥肥东县谢集乡包村)，宋仁宗天圣五年(1027)考取进士，先后担任过建昌知县、天长知县、端州知州、监察御史、河北转运使、开封知府、天章阁待制、龙图阁直学士、三司使、枢密副使等职。因为他生前曾官拜龙图阁直学士，所以后人称他为“包龙图”或尊称“包公”。嘉祐七年(1062)五月的一天，包公正在官衙处理政务，骤然间得了急症，几日后与世长辞。噩耗传出，京城里一片痛哭之声。仁宗辍朝一日，亲到包府吊唁，下诏令其女婿护丧回庐州，用石料建造墓穴，由朝廷安葬。在他的遗像边，有这样一首诗：“龙图包公，生平若何？肺肝冰雪，胸次山河。报国尽忠，临政无阿。杲杲清名，万古不磨。”包公病逝后被朝廷追赠礼部尚书，谥号“孝肃”。相传，包公幼年读书、玩耍是在故里一个叫作“香花墩”的地方。包公逝世的第四年，故乡人便在合肥城内的兴化寺内建起了祭祀他的祠堂。后来，宋仁宗把包河上的一个小岛赐名“香花墩”，故乡人遂把他的祠堂移到了这里。明崇祯《庐州府志》记载，包公故宅“在镇淮楼西凤凰桥巷”，那里“有读书台，土人呼为香花墩”。墩址“当在旧北门外濠水上”，那里原有寺院，弘治年间改建为“包公书院”，供包公后裔在此读书。明嘉靖十八年(1539)翻修书院时，“为建家庙，而香花墩之名遂移于城外”，即今包河上的香花墩。邑人张世镃寻访包公遗迹时，曾写下了一首诗：“凤凰桥上几流连，墩见香花感变迁。干秀久移成栋地，月明曾照读书天。空余旧迹樵苏践，尚有芳名父老传。到此低徊怀直道,城南回首景依然。”

“深柳依然读书处,香花不改旧时墩。”当我来到香花墩上的时候,只见杨柳滴翠,花香四溢,廊桥飞架,亭榭棋布,池映蓝天,曲径通幽,仿佛是一处刚刚从苏州移来的古典园林!墩上景物玲珑,玲珑得近乎剔透;景色秀丽,秀丽得颇为娆俏。墩上的包公祠前,雄踞着一对威严的石狮,忠实地守护着这座千年祠院。通过幽深的甬道向前走,迎面便是一堵粉白色的墙壁,上边题写着“包孝肃公祠”五个大字,是那么的肃穆,那么的醒目!大门两侧有一副对联:“忠贤将相,道德名家。”只此寥寥八个字,与一些祠堂门前动辄洋洋洒洒几十个字的长联相比是少了点,却言简意赅地评价了包公的一生。由此拾阶前行,穿过天井,步入祠堂正殿,便可看到包公魁伟的古铜色塑像:面南危坐,身着官服,头戴乌纱,长髯飘胸,双手扶椅,气宇轩昂,俨然正在升堂问案,使人顿生敬畏之感。包公剑眉紧蹙,双目放射出仿佛能洞悉世上一切魑魅魍魉的光焰,是那么的犀利,那么的威严!站在他的面前,正义将伸张出力量,邪恶将显现出猥琐,真善美熠熠生辉,假恶丑黯然无光。塑像的上方,高悬着“庐阳正气”“色正芒寒”等匾额,像一柄柄利剑,直刺得一切贪赃枉法之人原形毕现,望而生畏。两侧镌刻的对联,有合肥知县撰写的“照耀千秋,念当年铁面冰心,建谠言不希后福;闻风百世,至今日妇人孺子,颂清官只有先生”,有庐州知府撰写的“一水绕荒祠,此地真无关节到;停车肃遗像,几人得并性命尊”,还有当年陈州百姓集体赠送的“理冤狱,关节不同,自是阎罗气象;赈灾黎,慈悲无量,依然菩萨心肠”。庐州是包公的故乡,那里的地方官为本地乡贤撰副对联褒扬一番当在情理之中,而陈州百姓自发地集体撰联颂扬包公,就只能是纯之又粹的民意使然了。

香花墩被绸带般的包河水缠绕着,好像浮动在碧波上的一颗翡翠

包公为官一生，执法如山，铁面无私，青史上留下了他的英名。他时常大开衙门，让告状申冤的人直接把状纸送到他的手里，当面诉冤，禁止衙役从中盘剥百姓。据史书记载，他在庐州做知府时，舅舅犯了法，他命人将其押到公堂，亲自审问，依照律令，当场用刑。他任开封知府时，有一年黄河发大水，惠民河水暴涨，危及京城。他经过实地勘察，了解到这是京中权贵豪门、皇亲国戚争相在惠民河上修园筑榭，致使河道壅塞所致。在核对地契以后，他下令凡不该占有的土地，一律归公；有碍河流畅通的园林亭榭，一律拆除。仁宗的宠妃张贵妃的伯父张光佐，妄图利用宫廷后妃关系，阴谋夺取总管朝廷经济命脉的“三司使”大权。对于这样一个心术不正、为非作歹的皇亲，他多次犯颜上书弹劾，当朝以理直谏，竟至“音吐愤激，唾溅帝面”，终于说服了仁宗，挫败了张光佐的阴谋。荆湖南路转运使王逵，依仗朝中有人，残暴凶狠，重赋盘剥，逼得人们逃入山洞。调任江南西路转运使后，王逵继续巧立名目，残害百姓。其劣迹传到京城，众官议论纷纷，王逵疑心是洪州地方官卞咸告发了他，指使人捏造罪证，诬告卞咸，造成株连卞咸亲朋好友五六百人的大冤案。包公一连七次参奏皇上，请求明察，迫使仁宗罢了王逵的官。身为朝廷大臣，包公生前忧国忧民，提出了不少抑制豪强、减轻赋税、兴利除弊的奏议。他平生最恨贪官污吏，做了那么多年的官，始终以清白自守，日常生活除了俸禄，从不多求。一直到官至枢密副使，他仍居家简约，衣服、器用、饮食，一如初宦时。端州（今广东肇庆）出产“文房四宝”中的珍品端砚，历来在那里做官的，常常搜刮来进贡朝廷取宠，或者借机占为私有。包公在端州任职期间，平反了不少冤案，做了不少顺民心的好事，离任时却“不持一砚归”。当地百姓感到过意不去，就偷偷地在他的船舱里放了一方。不料船行至江心，忽然雷电交加，霎时暴雨如注。包公想，自己没有做对不起端州百姓的事，老天爷怎么会给他这个征兆呢？他让书童搜

包孝肃公祠。“照耀千秋，念当年铁面冰心，建谠言不希后福；闻风百世，至今日妇人孺子，颂清官只有先生。”

遍船舱,终于在角落里找到一方端砚。他当即把那方端砚抛进了江里,暴雨也就随之停息,平静的江面上冒出了一座似砚的大沙滩。后来,人们在端州城门上刻下了一副对联:“星岩朗耀光山海,砚渚清风播古今。”

包公塑像的旁边,并排摆放着三口铡刀,上前仔细看,得知那就是代表着包公执法如山的“龙头”“虎头”“狗头”铡。看着那闪着寒光的铡刀,一位铁面无私的“黑老包”顿时出现在我的面前,他正威风凛凛地端坐在大堂之上,两旁站着王朝、马汉,前面放着龙、虎、狗三铡,一个个吓破了胆的贪官污吏被摘掉了乌纱,推到了铡前,随着惊堂木啪啪作响,咔嚓嚓人头落地……看着眼前依稀出现的这番景象,回想起过去在包公戏里看到的那一个个情节,我感到了一股前所未有的力量,这是正义战胜邪恶的力量,光明战胜黑暗的力量,前进战胜倒退的力量!

包公祠正殿的东西两壁各立石碑一座,右壁碑上刻有“包拯家训”:“后世子孙仕官,有犯赃滥者,不得放归本家;亡殁之后,不得葬于大茔之中。不从吾志,非吾子孙。仰工刻石,竖于堂屋东壁,以诏后世。”读着这刻骨铭心的文字,我不由得想起民间广为流传的“不入老坟”这句话,说的是某人要是做了伤天害理之事,族人就会用这句话警示他。这句话从什么时代、什么地方开始传播,恐怕没有人去潜心考究,窃以为,把“包拯家训”作为这一伦理道德的一个凝聚点和发轫点,则是恰切而又中肯的。包公本人为政廉洁,要求后代也要继承他那清廉家风,否则连祖茔都不许进入,其叮嘱之切,教诲之深,规定之严,用心之苦,着实感人至深。试想,若是把“包拯家训”这一伦理道德刻在共和国的基石上,竖于共和国的大厦里,我们共和国的未来将会如何呢?左壁碑上刻有五言律诗:“清心为治本,直道是身谋;秀干终成栋,精钢不作钩;仓充鼠雀喜,草尽狐兔愁;史册有遗训,毋贻来者羞。”这是包公一生中唯一留下的诗作,在电视剧《包公》里是把它作为主题歌演唱的。“清心”“直道”是包公立身处世的座右铭。秉持一颗清心,清心才会寡欲,清心寡欲就能走出一条直道。人民需要清官,历史需要直道,因此,人们心目中就勾画出一位刚正不阿、清廉似水的包公形象,并且世世代代地敬仰着、憧憬着。

包公病逝后始葬于合肥县公城乡公城里(今合肥大兴集黄泥坎东北),20 世纪 80 年代迁安于包河南岸,与香花墩仅一箭之遥。我曾到那里凭吊过。一进墓园,首先映入眼帘的是一堵巨大的绛红色照壁,上书“包孝肃公墓园”六个大字。绕过照壁,便是一对高大的子母双石阙。石阙后便是长长的神道,两侧排列着整齐的翁仲、石虎、石羊。走完神道进入神门,门额上方镶嵌着“无畏无惧,刚正为民”的金字匾额。穿过神门,是一座专供祭祀的享堂,黛瓦彤柱,飞檐翘脊,煞是壮观。享堂内设有神龛,供奉“宋枢密副使包孝肃公拯”之神位,端坐着人们敬仰的包拯。神龛上方,置有“为政者师”等匾额。前来凭吊的人们,大都要在这里燃上香,垂首肃立,寄托自己对包拯的怀念与敬仰。穿过享堂便是覆斗形的包拯墓,绿树掩映,青草如茵。墓前有龟趺螭首碑,上面镌刻着“宋枢密副使包孝肃公之墓”几个大字。沿着墓旁的青石小道拾阶而下,通过拱形墓道进入墓室,只见门额上刻着表示荣华富贵的“缠枝牡丹图”和表示吉祥如意的“云鹤图”,两侧排列着两行长明灯,石壁上刻有《二十四孝图》和《接引图》。墓室正中,安放着内殓包拯遗骨的金丝楠木棺材,在多盏仿古灯的照射下,发出幽黄色的光。棺前放置着包拯墓志铭,方形墓志盖上刻着“宋枢密副使赠礼部尚书孝肃包公墓铭”十六个篆字,铭文由他的当朝同事、枢密副使吴奎撰写。墓志刻有三千多个字,虽有漫漶,但一些铭文仍清晰可辨:“宋有劲正之臣,曰‘包公’。始以孝闻于州闾。”“其声烈表爆天下人之耳目,虽外夷亦服其重名。”“公守法持正,凛凛然有不可夺之节,盖孔子所谓大臣者欤!”“辅世康民,致君立节,可以训臣人之失。”……铭文中所记载的包拯生平事迹,比起宋人的《国史本传》和元人的《宋史本传》,要详尽得多,准确得多,也生动得多,是研究包拯不可或缺的资料。

包拯墓园还有一个附葬区,安葬着包拯夫人董氏及其子孙。漫步坟茔之间,仔细观摩座座石碑,令人不由得想起“包拯家训”。综观包拯家史,其直系子孙中,确实没有“犯赃滥者”,包拯的长子包繶二十六岁早逝,仅做过太常寺太祝,自然不可能“犯赃滥”。次子包绶,初任壕州团练判官,“人称廉洁,思惠爱,异口一辞”。后官至潭州通判,死在赴任途中的船上。家人打开他的箱子,里面除了诰命、书籍、铜印、文具外,竟没有一文钱。孙子包永年,在任开封府咸平县主簿时,“廉勤自守,蔚有政声”,后死在崇阳县知事任上,竟至连丧事也办不起,只好由两个堂弟出钱安葬。在包绶墓前,人们也会自然想起“老包跪嫂”的故事,其实是弄错了,把儿子包绶的事弄到了老子包拯的头上了。有出土的包拯长媳崔氏的墓志铭为证:“绶(包拯次子)犹童孩,节妇(崔氏)迎师教导之,以至成人。为择取良妇,又艰关求访,得

包拯墓。这里埋葬着一片青天，栖息着老百姓心目中一个不朽的魂灵

其所生。绶事节妇如母。”包绶的墓志铭也说：“公(包绶)有寡嫂崔氏，素有节义闻，公以母礼事之。及其亡也，不远千里，助成丧事。”由此可见，以嫂为母者，是包拯的儿子，而不是包拯自己。崔氏十九岁与包拯的长子包繶结婚，不料婚后两年，包繶却因病去世，留下一个婴儿。包拯见崔氏年轻，有意让她改嫁。她却自毁容颜，蓬头垢面，跪在包拯面前，表示自己愿代替丈夫奉养公婆，抚育幼儿。可怜幼儿五岁夭折，眼看包家有绝后之虞，所幸此时被包拯遣回娘家的一位侍女已有身孕，崔氏知道后悉心照管，待婴儿生下后，崔氏抱回自己室内，视作弟弟，精心抚养，九年以后破蒙，起名包绶。崔氏延请名师，教授包绶，以期长大成才，继承包拯遗志，光耀包家门庭。崔氏此举，深得族人尊敬，朝廷特晋封她为永嘉郡君，旌表门闾。敕文为苏东坡所撰：“敕崔氏，汝甲族之遗孤，大臣之冢妇，夫亡子夭，茕然无归。而汝誓死不嫁，抚养孤弱，使我嘉祐名臣之后，有立于世，惟汝之功。昔卫世子早世，共姜自誓，诗人歌之；韩愈幼孤，养于嫂郑，愈丧之期，若崔氏者可谓兼之矣。其改赐汤沐，表异其所居，所以风晓郡国，使薄于孝悌者愧焉。”

在香花墩上，遍布着“回澜轩”“清心亭”“流芳亭”“直道坊”等建筑，每一个地方都铭刻着人们津津乐道的包公故事。回澜轩两面临水，是古时官宦、文士宴饮之处，也是人们听说书人讲《包公案》的地方。清心亭取名包公“清心为治本”的诗意。直道坊以包公“直道是身谋”诗句的头两个字为名。流芳亭是从城内移来的包公读书处。那座醒目的六角方亭，就是有名的廉泉亭，亭内高悬着“廉泉”二字，有井曰“廉泉”。上前探身望去，只见井水清冽，宛如一面可映青天的明镜，毛发可鉴。亭壁嵌石刻一块，上刻清光绪举人李国蘅《香花墩井亭记》，记载着这么个故事：传说，有一个贪官来墩上凭吊包公，临走时喝了这廉泉水，顿时头疼起来，直疼得就地打滚，呼爹喊娘。人们听说了这件事，纷纷来到包公祠，竞相痛饮廉泉水，以试真假，结果却相安无事。那天，我读了这篇碑记，特意舀了一杯廉泉水饮了，只觉得凉沁沁、甜丝丝的，心里泛起说不出的惬意，心想，这廉泉水哪有如此大的功能，只不过是人们变着法子诅咒贪官罢了。

离开香花墩的时候，已是夕阳西下时分了。霞光斜照在包河上，河水里一抹金黄。我跨过长桥，走进包河岸边的林荫小道，听到了习习河风中传来的丝竹管弦之声。那是电视剧《包公》的主题歌，此时听起来是那么清新，那么纯净！就在这纯净清新的歌声中，我的心在激烈地震撼着，把我的灵魂又送回到那香花墩上……

泷冈荻花飘

——访欧阳修故里

欧阳修在《醉翁亭记》里说:“太守谓谁?庐陵欧阳修也。”他的故里永丰县,原属吉安管辖。吉安古称庐陵,《诗经·十月之交》篇云:“高岸为谷,深谷为陵。”因庐陵境内丘陵绵亘,河谷纵横,城傍庐水,故名。从地理位置来看,永丰正处于吉安和临川的中间,而吉安和临川都是我国古代江南西道文化底蕴丰厚、人文景观众多、历史名人荟萃的地方。吉安有杨万里、文天祥,临川有王安石、汤显祖,也许是天意使然,处于庐陵文化与临川文化交汇点上的永丰,出了有宋一代的大文豪欧阳修。

出吉安市区去永丰县,一路上风光也真够旖旎可人的。节令已是暮秋,在我的家乡恐怕也有了点萧索气象,但这里依然绿意盎然,生机勃勃,丝毫没有秋至冬临之感。一进入永丰县地界,山冈明显多了起来,树木也明显密了起来。汽车盘旋在红色的冈陵上,往上看翠绿葱葱,往下看流水淙淙,不住地掠过车窗的风景美不胜收,直看得人眼花缭乱。过了永丰县城,汽车折向南行,沿途的山冈好像高了起来,景致也多了起来。那依偎在山陵褶皱里的古老村落,倔强地扎根在红土地上的身上缠绕着攀缘植物的古樟,还有这里一团那里一簇的凤尾竹,不约而同地挽留着我的视线,是那么的热情,又是那么的深情,都好像有许多话要对我说,有许多故事要对我讲。但此刻我的心早已飞到了一个叫作沙溪的地方,尽管我看过地图,查阅了

沙溪。一千多年前一个孩子从这里悄然走出，我国文学星空从此升起了一颗明亮的星

相关资料，知道它是个很小很小的地方，也是个很偏僻很偏僻的地方。它离吉安城很远，离永丰县城也很远，一般人确实难以想象，就在这个地方，一千多年前竟有一个孩子悄然走出，我国文学星空从此升起了一颗明亮的星。他就是欧阳修。六十六年后，王安石在《祭欧阳文忠公文》中写道："如公器质之深厚，智识之高远，而辅学术之精微，故充于文章，见于议论，豪健俊伟，怪巧瑰琦。其积于中者，浩如江河之停蓄；其发于外者，灿如日星之光辉；其清音幽韵，凄如飘风急雨之骤至；其雄辞闳辩，快如轻车骏马之奔驰……"

就因为这里走出了欧阳修，许多人便记住了这个叫作沙溪的地方。

在急切的期待中汽车已停在了沙溪，我走下车来，看到这个山区小镇近年来也发生了不小的变化，但刻意装饰的时尚还没有完全掩盖昔日的面貌。可以想象，这个地处赣中丘陵地带的古老乡镇在它与外面世界隔绝时的模样：小桥流水，古藤老树，炊烟缭绕，鸡鸣犬吠，弥漫着浓郁的山村气息和古朴遗风。据史书记载，这里虽然是欧阳修的故乡，但他实际在这里生活的时间并不长，尽管如此，故乡的一切在他的脑海里还是留下了深刻的印象，打下了深刻的烙印。他在《寄题沙溪宝锡院》中写道："为爱江西物物佳，作诗尝向北人夸。青林霜日换枫叶，白水秋风吹稻花。

酿酒烹鸡留醉客,鸣机织苎遍山家。野僧独得无生乐,终日焚香坐结跏。”在这首诗里,字里行间漾溢着他对故乡风物的千般钟爱,寄寓着他对故乡亲眷的万般怀恋之情。

早就听人说过,沙溪的西阳宫是欧阳修具体的故里所在。《庐陵风物志》记载:西阳宫“面山枕溪,拱抱明秀,金华桃园翼其左,龙阁凤冈峙其右,地之广袤六亩”。然而,西阳宫具体在沙溪的什么位置呢?打探路旁行人,一个系着红领巾的小姑娘遥指镇南面一个叫作磨盘山的地方抢着说:“那座山的旁边有个‘欧阳修中学’,西阳宫就在校园里,那是欧阳修的老家。”问明了路径,我径直向西阳宫走去。路不远,只有两里多,一会儿就到了。诚如小姑娘所说,西阳宫就在那所校园内,正是学生上课的时候,大门紧锁着,里面静悄悄的。我轻轻地推开传达室的门,向守门的师傅说明了来意。当得知我是千里迢迢来访欧阳修故里的,他顿时热情起来,告诉我西阳宫门上的钥匙在欧阳氏后裔欧阳水秀手里。也真是事有凑巧,说谁谁就到,不一会儿,欧阳水秀来了。这是位热情大方、颇有修养的中年知识妇女,从寒暄中得知,她是欧阳修的第三十五代孙,平时就负责看管西阳宫,接待来访的客人。这既是政府分配给她的工作,也是她作为欧阳氏族人分内的事。欧阳水秀领着我来到宫门前,指着在秋阳照耀下闪闪发光的“西阳宫”三个大字说,这里原是欧阳修父母的坟院,当年欧阳修的母亲去世后,欧阳修从颍州将其母的灵柩运回故乡沙溪,与其早年去世的父亲合葬,同时运回的,还有他二十多年前去世的胥、杨两位夫人的遗骸。那次,他本想在故乡多住一段时间,但因其岳母去世,只好又匆匆北上料理后事,没来得及为父母修建坟院。按照当时朝廷的规定,像欧阳修这样的官品,可以享受请道士为父母祭扫坟墓的待遇。于是,他便委托乡亲们修建道观,住进道士,以便春秋祭奠父母亡灵并洒扫墓地。当乡亲们挖墙基时,却意外地挖出了一口大钟,上边铸有“唐贞观己丑西阳观钟”九个大字,始知这里原来已有个道观。新的道观落成后,他曾想沿用“西阳观”这个名字,但因其父名观,为避父名讳,只好弃之,另起别名。时在宰相任上的韩琦对他说,道家的“宫”“观”之名相似,就叫“西阳宫”吧。但“宫”为帝王所居之地,不敢随便使用,后经皇上特意恩准,才正式命名为“西阳宫”。

这个说法听起来好像有些疑点,在这穷乡僻壤的地方,唐朝贞观年间居然会有一座颇具规模的道观，这里居住的会是何方道士，哪路神仙，皆不得而知。但欧阳水秀说得竟是那么的肯定，丝毫不容人质疑，我也就权且信以为真吧。她一边开门锁，一边继续说，现在的西阳宫门坊是清康熙十年维修过的，“西阳宫”三个字传为康熙御笔。跨进大门，她转过身来，又指着门坊北侧上方“柱国冢宰”四个字说，那是文天祥的手笔。康熙的字我在别的地方见过，确实与“西阳宫”三个字的笔迹相仿；至于“柱国冢宰”四个字是否为文天祥手笔真迹，我不敢妄加评论。进入西阳宫，迎面便是“文忠公祠堂”。它与西阳宫门坊建在同一条中轴线上，是整个西阳宫建筑群的主题建筑。看过墙上的文字介绍，知它始建于北宋时期，合祀崇国公欧阳观、文忠公欧阳修父子。南宋淳熙十三年(1186)，里人陈懋简重修，杨万里作《沙溪文忠公祠堂记》：“沙溪，六一先生之故乡也，有先生祠堂旧矣，屋圮于潦，里之士陈懋简拆而新之……”后经元、明、清各代多次维修，一直完好地保存到今天。祠堂为递进式双层结构，一进三开间，正面有三个大门，左右直墙各开一券门，屋顶为风火山墙式，颇有几分气势。正厅墙上，悬挂着欧阳修的画像，冠冕在身，端庄慈祥，正用传神的双目与前来拜谒者无语交谈。同我国南方大多数民间建筑一样，祠堂中间开着一个天井，秋阳斜射进来，室内光线朗照，四壁熠熠生辉，令人禁不住赞叹古代建筑的微妙奇巧。藻井、天花、川樑、驼峰等大小构件，与明清建筑风格亦相一致，体现出浓郁的江南民居特点。天井里原有一座花坛，曾经是杂花生树，蜂飞蝶舞，今仅存一棵高丈许的“千年矮树”，虬枝龙盘，四季吐翠，于古老的苍劲中吐露着青春的生机。祠前两个大石柱上有一副对联，上联为：“亮节失青春，叹离鸾苦鸣，别鹄凄吟，五夜怆神深渗澹。”下联为：“恩伦褒丹陛，忆弋雁失群，丸熊课读，卅年回

欧阳修塑像。北宋文化史乃至中国文化史上第一位百科全书式的文化巨星

首尚辛酸。”联中高度赞扬了欧阳修母亲郑夫人守节自誓、教子成才的品德。我一边辨析着，一边想，在欧阳观父子的祠堂前，却不见介绍他们生平事迹和为他们歌功颂德的文字，而代之以赞颂郑夫人品德的联语，似可窥见故乡人的良苦用心。沙溪欧阳家族出了个欧阳修，门庭的辉煌达到了顶峰，但欧阳修之所以成为欧阳修，则不能没有郑夫人。欧阳修四岁丧父，含辛茹苦把他养育成人，对他的学识和人品影响最大的，是他的母亲！故乡人特意撰著了这副对联，镌刻在欧阳家祠堂前，昭示着一代又一代的欧阳氏后裔，永远铭记这位有功于欧阳家族的伟大女性。

在西阳宫，最能引起人们关注和深思的当属那座“荻楼”了。它是后人为了纪念郑夫人“画荻教子”而建的，原坐落在位于文忠公祠堂左侧的泷冈书院内，可惜现已不存，但这个故事一直在民间经久不衰地流传着。郑夫人家族是江南一个世家望族，但到她出生时，已是家境衰败，曾经的大家门第也早已风光不再了。她虽然失去了大家闺秀优越的生活条件，但还是在这个有诗书相传的大家族里接受了书香的熏陶，读了不少书，接受了不少知识。到了谈婚论嫁的年龄，她遵从父母之命，嫁给了欧阳观。这显然不是一桩美满的婚姻，因为欧阳观比她年长三十岁，到四十九岁才中了进士。婚后，他们生下一个男孩，但不幸的是，这个孩子不满周岁便被病魔夺去了性命。郑夫人失去爱子，痛不欲生，常常在睡梦中哭醒。一天夜里，她在朦胧中梦见一位仙人按落云头，突然来到她的床前，把一个男婴递到她的怀里。不久，她便怀孕了。宋真宗景德四年(1007)六月二十一日，她生下了一个男婴。当时，欧阳观正在绵州军事推官任上，这个婴儿的来世给他们带来了久违的欢乐。他们取福寿绵长的吉利意思，给孩子取名为“修”，表字“永叔”。后来，欧阳观转任泰州军事判官，郑夫人带着幼年欧阳修也来到了泰州。大中祥符三年(1010)，欧阳观突然病逝于任上，时年五十九岁。他为官清廉，家无长物，孤儿寡母顿时失去了生活依靠。第二年，郑夫人带着四岁的欧阳修回故乡葬夫，得以在故乡小住。正值欧阳修接受启蒙教育的时候，家里却拮据得连笔墨纸砚都买不起。郑夫人看着别人家的孩子读书练字，心中很是不安。她知道，欧阳观家只剩下欧阳修一个男孩，家道振兴的希望全都寄托在他身上了。她在心里默默地说，不管遇到再大的困难，也要把儿子培养成一个有出息的人，以告慰他父亲的在天之灵。一天，她从泷江边捧了些沙子，又从池塘边割了些芦荻秆，回到家后把沙子均匀地摊在地上，拿起一根

“画荻遗徽”坊。看着它，自然会想起欧阳母“画荻教子”的故事

芦荻秆对欧阳修说，这就是你的“纸”和“笔”，从今往后你就在这上面练字吧！欧阳修从母亲手里接过一根芦荻秆，跪了下去，用小手平了平地上的沙子，跟着母亲一笔一画地练了起来。“天”“地”“人”……欧阳修一边读，一边练，不一会儿就学会了好几个字。欧阳修在沙上练字，吸引许多人前来围观，他不怯生，依然旁若无人地用白皙的小手不停地在沙地上画着，口里不时发出童稚的读字声。他觉得，一个字一个意思，一种声音，真是太奇妙了，于是越写兴趣越浓，有时趴在沙地上一写就是大半天，看得郑夫人直心疼。就这样，欧阳修从沙地上练字开始，在母亲的教导下勤奋地读书习字，学识日渐增长。颇有文化素养的郑夫人见儿子聪明颖慧，可堪造就，便注意从多方面加强对他的培养，不但辅导他学习童蒙教材，还鼓励他诵读历代名篇佳作。没有钱买书籍，郑夫人就到读书人家去借，回家抄写后供他读。有时，她还带着儿子到庙堂、佛院里去读碑文。就这样，欧阳修在故乡尽情地吮吸着知识的营养，一步一步地迈进了文学的殿堂。纵观我国历史上，不乏伟大的母亲，她们不仅忍受着巨大的痛苦，分娩出后来可能成为国家栋梁之材的躯体，更值得称颂的是，她们以高尚的人格和智慧，哺育着这些孩子。像“岳母刺字”“孟母三迁”等，历来为人们津津乐道。那么，在这些伟大母亲的行列里，是不是应该有欧阳修的母亲郑夫人呢？“欧阳母画荻”是不是也应该和“岳母刺字”“孟母三迁”一样，受到人们的称颂呢？答案是肯定的，“欧阳母画荻教子”已成为我国古代母教文化的典范，郑夫人也被誉为我国古代“四大贤母”之一。

近年来，人们在“荻楼”的旧址上，建起了一座“画荻遗徽”坊，坊门两侧有对联：“泷冈毓秀贤慈懿范九州仰，香水钟灵太守文章百世师。”默诵这副对联的时候，我惊喜地发现里边正好嵌着我的名字！我感到一阵兴奋，在这诞生文坛一代宗师的地方，居然有这个意外的发现，是偶然的巧合，是天赐幸运，抑或是我的诚意感动了冥冥中的欧阳修？我想，是也好，不是也罢，我能从中受到鼓舞，得到激励，也就够了。这就算是我探访欧阳修故里的一个小小插曲吧。

在西阳宫里，有一件国宝级的文物——《泷冈阡表》碑。欧阳水秀说，这原是立在泷冈欧阳修父母墓前的一座神道碑。因墓前神道在他们那里也称“阡”，因此阡表也称墓表、墓碑，是表彰墓中人生前事迹、赞扬其品行的一种文体。欧阳修逝世前，特意为其父母写下了这篇碑文。这是他传世最大最完整的书法珍品，有着重要的历史、文学、艺术研究价值。为了使它避免长年风侵雨蚀，20 世纪 60 年代，江西省文物部门把它移进西阳宫内，重建碑亭加以精心保护。欧阳水秀领着我来到一座颇具民族风格的双层楼阁前，只见它重檐歇山，飞檐翘角，雕梁画栋，结构精巧，呈现出一派古色古香的气氛。这就是泷冈阡表碑亭。说老实话，我游历过不少地方，见过不少碑亭，包括一些皇家陵寝的碑亭，都没有产生特别的感受，留下深刻的印象，唯有这座碑亭，使我真切地感受到了它的作用和价值，相信它的形象会长久地烙印在我的记忆里。我们跨进亭内，迎面便是一座栅栏围着的墨绿色石碑，不用说，那就是国内咸闻的《泷冈阡表》碑了。看过介绍，得知它是欧阳修在山东青州任知州时，精心选择碑料，请能工巧匠刻上表文制成的。碑文的落款时间是宋神宗熙宁三年（1070），此时，距欧阳观去世已六十年，郑夫人去世也已十八年了。这篇只有一千多字的祭文，下笔如有神的欧阳修怎么会写了那么多年呢？原来，欧阳修早在宋仁宗皇祐四年（1052）回乡葬母时，就开始为父亲写《先君墓表》，可写了许多遍都觉得不能尽意。此后，他的官职不断上迁，直至荣登两府，皇上多次敕封欧阳家祖宗三代荣誉，他才觉得可以告慰父母在天之灵了。于是，他便在《先君墓表》的基础上，几经修改、润色，最后在青州定稿，完成了这篇祭文的写作。从《先君墓表》到《泷冈阡表》，欧阳修写了十八年。据不完全统计，《泷冈阡表》先后收录于一百多种古今权威版本，虽逾千年仍遗韵流芳。

《泷冈阡表》碑阳刻《泷冈阡表》全文，为正楷、阴文、直书，堪称欧阳修为追怀父母养育之恩写下的“动人悲戚、增人涕泪”的家史。其表曰：“呜呼！惟我皇考崇公，卜吉于泷冈之六十年，其子修始克表于其阡，非敢缓也，盖有待也……”他接下来用郑夫人回忆往事的口吻，通过一些看似平常但有着典型意义的生活场景的叙述，颂

泷冈阡表碑亭里珍藏着珍贵的《泷冈阡表》碑，碑文为欧阳修追怀父母养育之恩写下的“动人悲戚、增人涕泪”的家史

扬了父亲为官清廉、乐善好施、宽厚仁爱的品德，也颂扬了母亲勤俭持家、待人礼貌、贤惠通达的亮节。“呜呼！为善无不报，而迟速有时，此理之常也。惟我祖考，积善成德，宜享其隆。”他饱蘸感恩之笔，倾注了对父母的思念之情。《宋史·欧阳修传》称《泷冈阡表》“言简而明，信而通，引物连类，折之于至理，以服人心”。汉魏以来，文人撰写这种祭文，往往阿谀死者，多有言过其实之嫌，而且还常常堆砌一些成语套语，缺少具体描述，因而内容空泛，很难打动人心。这篇祭文打破了以往千篇一律的格式，注重人物的具体表现，有选择地举出几个代表性的事件，“丰而不余一言，约而不失一辞”地予以表述，构思别致，不落俗套，平朴委婉，文情并茂，将其父德母节表现得活灵活现、淋漓尽致，读后备感亲切平易、真实可信。碑阴刻有《欧阳氏世次碑》文。欧阳水秀说，当年欧阳修回乡葬母时，应族亲之请，编写了《庐陵欧阳氏谱图》。他在谱图中特意指出：“今谱虽著庐陵，而实为吉州永丰人也。”由此不难看出，他对沙溪故里的感情是何等真挚，以至于念念不忘！离乡时，他把谱图

带到任上，反复修改多次后才寄回家乡，族亲把其中的世系表也刻在了碑上。他编写的这个谱图，改变了以往“百世不迁”的修谱传统，改“大宗法”为“小宗法”，即采用五世为限，上起高祖，下至玄孙，五世之后，则另立一世系，如此下续，绵延不绝。他首创的这种“小宗法”以时代为经，人物为纬，结构简洁，脉络分明，成为后世人们修族谱的圭臬。由于“小宗法”简便易行，修起来容易，很快便风靡全国，在多姓氏的民族大家庭中发挥出不可替代的社会功能。以它为媒介，使传承了一千多年的儒家忠孝仁义的伦理道德深入民间；以它为纽带，使以家族为基础的我国最底层的社会结构得到进一步维系。“小宗法”带来的社会价值，无论如何评价都不会过分。欧阳修在彪炳史册的文学建树之外，又在社会学方面做出了自己的贡献。

在我国文学史上，欧阳修的《泷冈阡表》和韩愈的《祭十二郎文》、袁枚的《祭妹文》并称为古代碑志的“千古至文”。我肃立在这座碑前，探起身来仔细地辨析着上面的文字，当读到“修不幸，生四岁而孤。太夫人守节自誓，居穷，自力于衣食，以长以教，俾至于成人”“岁时祭祀，则必涕泣曰：‘祭而丰，不如养之薄也。’间御酒食，则又涕泣曰：‘昔常不足，而今有余，其何及也！’”时，眼前仿佛浮现出欧阳修一面挥写，一面哭泣的情景。是啊，情之至者，自然流为至文。碑面上的一千多个字，可谓字字是血，字字是泪！他缅怀父母的教诲，吞吐呜咽，交织着心中长期积淀的复杂情绪，深情地称颂着已经作古安息的双亲，尽情地宣泄着自己的痛悼与哀思。正如前人说的读《出师表》不哭者不慈、读《陈情表》不哭者不孝一样，读《泷冈阡表》者若不是铁石心肠，焉能不扼腕叹息、涕泪俱下？我欷歔着往下读，耳边仿佛响起了韩愈在《祭十二郎文》里对亡侄的哀叹：“呜呼！言有穷而情不可终，汝其知也邪！其不知也邪！呜呼哀哉！”响起了袁枚在《祭妹文》里对亡妹的悲哭：“呜呼！身前既不可想，身后又不可知，哭汝既不闻汝言，奠汝又不见汝食。纸灰飞扬，朔风野大，阿兄归矣，犹屡屡回头望汝也。呜呼哀哉！呜呼哀哉！”“呜呼哀哉”，我顿时感到一种撕心裂肺的痛由心头弥漫开来，笼罩着泱泱华夏，笼罩着悠悠历史。数千年来，华夏民族孕育的人间真情以无形的精神力量维系着一个庞大的家庭，为人类社会的繁衍发展创造出灿烂的文明，从而也使华夏民族永远立于不败之地。我相信，只要是读过这些“千古至文”的人，心灵都会受到洗礼，都会面对着这些“千古至文”扪心自问，是悔恨、悲痛、自责，抑或是自慰、欣喜、感奋？无论如何，只要有真情在，就会有纯真的人性,也就会有和谐的人世间。

《泷冈阡表》碑历尽千年岁月沧桑,见证着千年历史兴衰,是一件十分珍贵的历史文物,也是今人研究欧阳修不可多得的资料。我索得一份碑文拓片,走出泷冈阡表碑亭,只见亭前有一方水塘,秋风拂过水面,皱了一塘绿波,波中树影荡漾,偶有鹅鸭划过,好似轻抚一塘柔弦,依稀听到江南丝竹管弦之音。岸边绿树环抱,枝头有鸟儿嬉戏喧闹,使这方水塘虽静谧而不寂寞。这就是有名的"龟塘"。在塘边,欧阳水秀给我讲起了《龙王借表》的故事。相传当年欧阳修青州任上改写完《泷冈阡表》,特意选了一方墨绿色的上等青州石,刻上表文,然后运回故里。当运石碑的船行至鄱阳湖时,欧阳修梦见有青衣人说,鄱阳水府龙王闻知他的阡表碑刻乃旷世之作,欲借去看个究竟。欧阳修怕有闪失,便委婉地拒绝了。龙王得到青衣人回报,大为不悦,顿生歹意。第二天,船行至鄱阳湖心,忽然雷电交加,风浪大作,船身猛颠,马上就有倾覆的危险。欧阳修知道这是鄱阳龙王在作怪,无奈之下,只好把碑沉入湖里,选择陆路回家。途经浔阳时,他遇到了诗人黄庭坚,忍不住讲起了这件事。黄庭坚十分恼怒,当即写下一篇《檄龙文》,把鄱阳龙王骂个酣畅淋漓。鄱阳龙王读后羞愧难当,遂命一只千年老龟驮起石碑送往欧阳修故里。因碑重路远,刚到沙溪,那老龟便累死了。欧阳家人感念老龟功德,含泪掩埋了它的躯体,为它修起了一座"龟坟"。为了使它的灵魂永远在水中栖居,欧阳家人又特意挖成了这方水塘。今人游览西阳宫,凭吊"龟塘""龟坟",总会想起这个发人深省的传说,生发出真、善、美的联想。

这时,我想去看看泷冈。欧阳水秀陪同我顺着一条石子路向西南方走去。刚离开西阳宫没多远,便看见前面有一条逶迤的山冈,上面遍植油茶,一片蓊郁的景象。欧阳水秀告诉我,那就是泷冈,欧阳修父母的墓地就在那里。我们登上了山冈,沿着油茶树丛中的蜿蜒小路,在一个呈蟠龙形的地方,找到了欧阳修父母的坟墓。墓不算高大,祭祀的香火看起来也不怎么旺盛,待近前看时,见墓柱上有两副对联,内联为:"阡表不磨崇国范,古坟犹带荻花香。"这"崇国",是宋神宗赐给欧阳观的封号;"荻花",是指郑夫人以荻画地教子之事。外联为:"泷冈长拱峙,香水漾环流。""泷冈"即欧阳修父母的安息之地,"香水"就是冈下日夜流淌的泷江。墓左碑刻欧阳观夫妇卒葬的简历,右碑刻清乾隆和嘉庆年间两次修葺墓地的经过。墓后有“望碑”一座，上刻“宋敕封太师欧阳崇国公魏国郑夫人合墓”。据碑文记载，欧阳观在泰州军事推官任上去世的第二年，郑夫人带着四岁的欧阳修回故里葬夫，只在沙溪住了很短一段时间，因此不可能对家乡有多少印象。待他长大后，郑夫人经常向他说起家乡的人情世故、秀美风光，久而久之，思乡的情绪在他的心里潜滋暗长，家乡风物常常出现在他的梦里。郑夫人去世时，他正在应天府任上，曾想把母亲安葬在距应天不远的颍州以便于祭奠。但在守孝的日子里，他的脑海里总是不断地浮现出母亲描绘的家乡的情景，于是便决定将母亲的灵柩运回家乡和父亲合葬在一起。这样做既合礼仪又合情理，还使自己怀恋家乡的心稍稍得到些慰藉。我盘桓在欧阳修父母墓地，只见遍地绿草茵茵，一簇一簇的油茶树开着雪白的小花，好像是对墓中之人寄托着无尽的悼念；微风在油茶树丛中絮语，又好像是在向瞻拜的人们讲述着发生在墓中人身上的故事。在欧阳修父母墓之南一个海螺形的山坡上，还有一座坟墓。据欧阳水秀介绍，那是欧阳修两位夫人胥氏、杨氏的合葬墓。欧阳修是胥氏的父亲胥偃的得意门生，中进士后便与十五岁的胥氏成婚，两年后胥氏“生子未逾月以疾卒”。又过了两年，欧阳修续娶杨氏，然而仅仅过了十个月，杨氏却因病撒手人寰。欧阳修连失妻室，痛心不已，曾写了很多悼念诗词，寄托自己的思念之情。二十年后，欧阳修回乡葬母，将胥氏、杨氏的遗骸也运回家乡，合葬在父母墓旁。今墓前楣碑横刻“钟灵毓秀”四个大字，中碑刻“宋欧阳文忠公胥杨夫人合墓”，左、右碑分刻胥、杨夫人简历。当年安葬两夫人毕，欧阳修曾站在泷冈上对乡亲们说，他死后也要葬在这里。十九年后，欧阳修在颍州去世，按照宋代朝廷规定，像他这样级别的人死后要葬在距京城二百里以内，他因此被葬在开封府新郑县旌贤乡，未能遂生前之愿。欧阳修这次回故乡，是他平生第二次也是最后一次。他葬母后离乡回到京城，先后出任开封知府、枢密副使、参知政事等职，公务虽然缠身，但对家乡的思念却时时萦绕脑际。那里有他淳朴的乡亲，有长眠着的四位亲人，他曾向皇上请求出知洪州，目的就是为了便于回乡祭扫亲人的坟墓。他在十年间共上了七次奏章，“乞江西差遣，庶几近便营缉”，诚陈若“贪宠忘亲”“食言不信”，就会“罪莫大焉”。但不知是何原因，朝廷始终没批准他的请求。未能回乡祭扫父母、亡妻的坟墓，成了他抱愧终生的遗憾。

就在将要离开欧阳修故里的时候，我站在古老的泷冈上，放眼望去，冈下的泷江一碧如洗，悄无声息地向前流着，秋风拂动两岸绿柳白杨，描绘出一幅绝妙的江南风景。在这幅风景画里，我看见一片丛生的芦荻，看见一片飘扬的荻花。荻花飘啊飘，飘进了泷江，飘上了泷冈，也飘进了我的心里。我仿佛看见，漫天荻花里，有一个孩子趴在沙地上，手握一杆芦荻写啊，画啊，口中不时发出稚嫩的读字声。他的母亲慈祥地站在一边，脸上浮现出满意的微笑。啊，泷江，是你哺育了沙溪，哺育了一代大文豪！一千多年前从你的怀抱里走出的那个孩子，如今已走遍了祖国大地，走进了亿万人中间。但是，诚如他自己所说："仕宦而至将相，富贵而归故乡，此人情之所荣而今昔之所同也……"我相信，他永远不会离开故乡，故乡人也不忍心让他远去。想到这里，我看了一眼站在旁边的欧阳水秀，从她的眼神里，我分明看到了故乡人对欧阳修的眷恋。

山乡风物故园情

——访司马光故里

司马光祖籍山西夏县，出生于河南光山县，去世后归葬于夏县祖茔，这些都是有史料准确记载的。那么，要寻访他的故里，到底应该去哪里呢？

为了弄清“故里”的准确概念，我特意查了《辞海》。它的解释很简单：“故里”即“故乡”。引征的是江淹《别赋》中的“视乔木兮故里”和白居易《小阁闲坐》中的“二疏返故里，四老归旧山”句。这一查，更使我无所适从。恰在这时，我意外地收到一封邀请书，邀请我去光山县参加“司马光文化研讨会”。这大概是天意，那就先去光山吧。

光山县地处江淮之间，素有“江南北国，北国江南”之称，历史悠久，文化底蕴丰厚，自古以来就是各种思想观念和学术流派的融汇之地，尤其是风骚浪漫的湘楚文化和雄浑豪放的中原文化，在这里交媾出浓浓的文化氛围。光山县的为政者传承历史，审时度势，这些年来为弘扬光山文化做了大量的工作，在挖掘、整理司马光文化方面更是不遗余力，先后建成了“司马光故居纪念馆”，成立了“司马光文化研究会”，举办了“司马光砸缸纪念邮票首发式”，创办了“司马光教育基金会”，维修了“司马光故居”……使司马光文化在新的历史时期大放光彩。

宋真宗天禧三年(1019)十月十八日，在淮南西路光州所辖的光山(今河南光山县)县衙内,一个婴儿呱呱诞生。其时,他的父亲司马池正在光山县知事任上,便给这个婴儿取名为"光",以纪念他的出生地光山。《光山县志》记载:"宋司马光字君实,山西夏县人。父池,天禧三年已未来知光山县,十月乙亥生光,因名焉。"《司马文正公年谱》亦云:"公姓司马,讳光,字君实,号迂夫,晚号迂叟,世称涑水先生。陕州夏县人。"后来,史书在记述司马光出生于光山时,还不无感慨道:"光虽僻陋,是生温公,光之为光也大矣!"也就是说,光山是司马光的出生地,司马光为光山增添了光彩。自宋代以来,光山人无不因此而自豪,先后为他们仰慕的乡贤建祠、立碑,岁时瞻拜,并悉心保护了司马光故居、司马井、司马祠、司马亭、涑水书院等遗迹。

为了使这次"司马光文化研讨会"的与会者对司马光出生在光山有一个真切的感受,主人特意安排在会前实地参观了司马光在光山的遗迹。

司马光出生的县衙官舍就在与会者下榻的司马光宾馆内。这是一座具有宋代建筑风格的四合院落。大门外,一棵苍劲的古松拔地参天,仿佛物化出司马光一生的勋业和品行,昭示给每一位前来参拜的人。门两侧有石狮雄踞,略略显示出古代衙署的威严。走进大门,只见庭院清幽,官舍俨然,扶疏的花木荫翳出一派古色古香的氛围。院分二进,一进为前厅,左为客房,右为书斋;二进为后堂,左右为仓库和厨房,正屋为寝房,现辟为司马光生平事迹展览室。展览室的四面墙壁上,图文并茂地介绍了司马光幼年在光山的几件事:

司马光出生的光山县衙官舍外,一株铮铮古柏直薄云天

"司马光年五六岁,弄青胡桃,欲脱皮,不得,一婢以汤脱之。女兄来问脱胡桃者,光曰:'自脱也。'父适见,呵之曰:'小子何得谩语?'自是不敢谩语,凛然如成人。"

"闻讲《左氏春秋》,爱之,退为家人讲,即了其大旨。"

"群儿戏于庭,一儿登瓮,跌没水

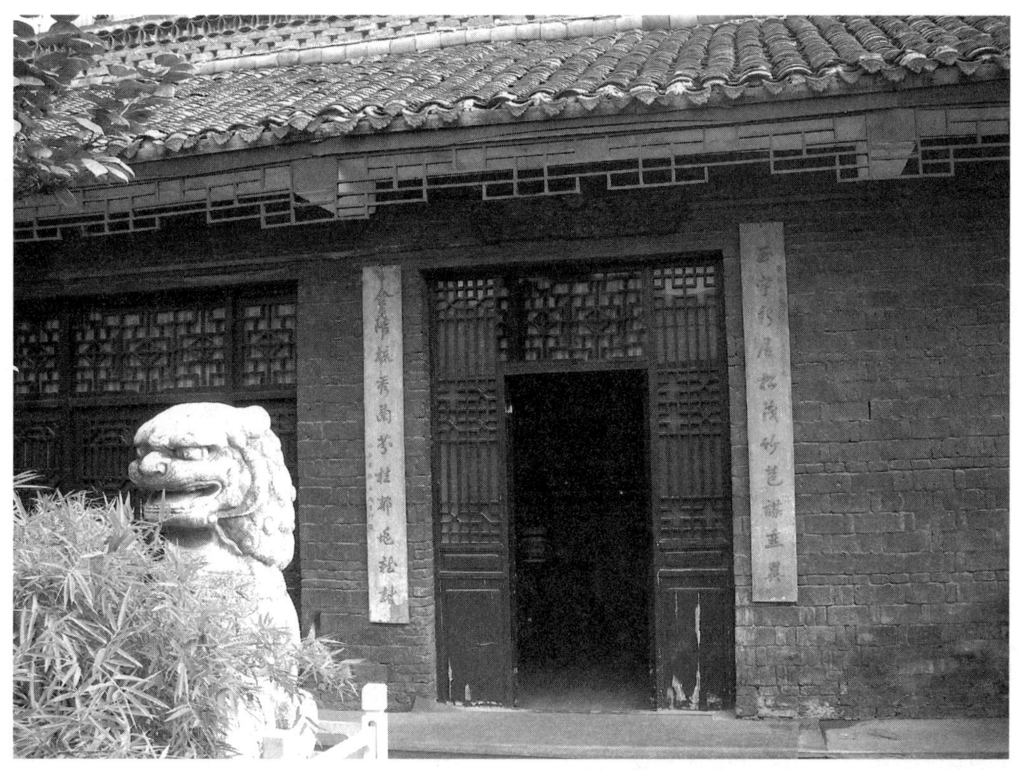

宋真宗天禧三年(1019)十月十八日,司马光就诞生在这座房里

中,众惊离去。光持石击瓮,破之,水迸,儿得活。”

这几个故事,光山人妇孺皆知,耳熟能详。在他们心中,司马光是个神童,从小就很聪明,一生充满了智慧。他们认为,正是因为有了这个先天条件,司马光才编撰出了彪炳史册的《资治通鉴》。

“司马井”就在当年司马池的光山官署内。它原是一眼普通的饮水井,因司马光出生三天时,按照当地的“洗三”习俗,曾用这个井里的水浴过身而得名。明人贺守约有诗曰:“石瓮苔荒岁月深,寒泉一鉴晓光沉。当年司马名犹在,史笔留芳自古今。”邑人早年曾建亭于井上,题曰“养粹亭”,继之又在井旁立了一座碑,镌刻赞颂司马光的铭文。大约在靖康年后,宋廷南迁,金兵扰至光山一带,县城遭到损坏,司马井坍圮,井亭也随之毁弃。明代成化年间,邑人在疏浚司马井、复修井亭时,偶得古琴一张,金徽玉轸毕现,弹起来音韵依然清越,司马井自此又有“琴井”之称。其后,司马井再度瘀塞,至清代乾隆五十年(1785)知县杨殿梓再修养粹亭,并作《司马井养粹亭铭》。铭曰:“井之功,养不穷,匪浚则源壅;德之至,养乃粹,匪诚则颣翳。迹古斯馨,载辟地灵。吁念先型哉,庶养兹渊渟哉!”

光山祭祀司马光的“司马温公祠”,早在宋代就有了。南宋绍兴元年(1131),邑人于光山城迎熏门内修建了一座司马祠,面南一进,为歇山式砖木结构,内祀司马光像。据写于宋宁宗嘉定五年(1212)的《重建光山县儒学记》载:“旧有先正司马温公祠,堂至是亦兴复。翚飞矢棘,轮奂相望。昔时芜秽草莽之区,一变而为衣冠礼乐之地。”这时,距司马光去世已一百多年了。宋宁宗、光宗朝,司马温公祠毁于宋金交战的兵燹,后逐渐坍圮无存。元代至治二年(1322),光山县令帖木儿不花主持在县城迎恩门内的流庆山上又修起了一座司马祠,始名涑水书院,为祠院合一,坐北面南,内有庭院。后因另辟地专建涑水书院,此处方正式定名为司马祠。延至明、清,香火不断。明代汪先岸在《迂叟先生祠记》中记载:“司马君实先生,夏邑人也。其父池,令光山生先生,故以名焉。初,先生与父合祀名宦祠。元帖木令移建北台上,专祀先生,题曰‘涑水书院’,春秋祭一如祀乡贤仪。”

“涑水书院”是以司马光的雅号命名的,正中为七楹正堂,名“粹德堂”,门首高悬“粹德”匾额,内挂司马光画像,岁时祭祀。明隆庆中,光山县知事丁儒懋改“粹德堂”为“司马祠”,后又更名为“温公祠”。清乾隆时,知县德贵以温公祠专祀司马光,于温公祠右另建涑水书院。自此,书院与祠分为两地,各行专用。另建的书院坐北面南,院宇两进,为盝式建筑。当时书院设有租田九十七石一斗,岁征课各二百五十二石,折钱两万八千文。此后,书院一直作为光山育人基地,培养了大批人才。清人戴昌渐有诗赞涑水书院:“涑水渊源传至今,循名还溯古人心。春风隐护葳蕤锁,桃李公门蔼绿阴。”

“儿童诵君实,走卒知司马。”司马光因出生在光山而得名,光山人无不因司马光出生于此而感到自豪。千百年来,人们口碑载道,咸尊司马,悉心维护司马光在光山的遗迹,不断修建关于司马光的纪念性建筑物,使司马光的形象深深地烙印在光山的大地上,植根于光山人的心中。司马光在光山的文化遗产,已成为光山人宝贵的精神财富。他们认为,司马光文化是智慧的文化,司马光的一生是智慧的一生,不管是在他的童年岁月还是仕途生涯,不管是他砸缸的故事还是《资治通鉴》的著述,无不闪耀着智慧的光芒。他们响亮地提出“让智慧之光溢彩光山”的口号,旨在从司马光文化中汲取力量，促进光山经济社会的发展。与此同时，也使司马光文化在新的历史时期得到发扬光大。

就在光山“司马光文化研讨会”结束不久，我趁游览黄河壶口瀑布之机，取道山西夏县，走访了司马光故里。

司马温公祠前的司马光塑像，巍峨如一部皇皇的《资治通鉴》

司马光故里位于夏县城西小晁村北的鸣条冈上，前有太岳耸峙，后有涑水环流，是一个风景优美的地方。司马光生前曾在一首诗里写道：“吾家陕之北，陕事吾能说。孤亭占城隅，形胜最殊绝。云消天宇空，极目鸟飞灭。大河西北来，汹涌地脉裂。万里卷流沙，长驱走溟碣。群山势离合，披靡随曲折。林薄带村墟，郊原如秀缬。祠宫望神禹，闲田指虞芮。高丘想巫咸，空岩怀傅说。圣贤迹已远，缥缈见风烈。”诗中对故里的山川概貌和人文地理给予了详尽的描绘，字里行间寄寓着深厚的感情。由于年代久远，这里的司马家族故居到底是什么样子，已难以看到了，好在还有一座司马温公祠供人凭吊，使人可以走进祠内，近距离地阅读司马光的一生。

司马温公祠前，是近几年修建的司马光文化广场。广场中间，矗立着一座司马光铜像，只见他一身平民打扮，俨然生活在故乡的一位平平常常的老者。司马光生前曾在一首诗中写道：“黄面霜须细瘦身，从来未识漫相亲。居然不肯市朝住，骨相天生林野人。”这首诗当是他一生的形象写照。铜像的基座由四个台阶组成，象征着他一生历仕宋仁宗、英宗、神宗、哲宗四朝，谓之“四朝元老”。基座高 1.9 米，象征着他编撰《资治通鉴》一共用了十九年时间。台基上的人像高 4.9 米，象征着他一生出仕共四十九年。基座和人像通高 6.8 米，象征着他一生活了六十八岁。铜像背面有一台阶，共有十九级，也是寓意他用十九年的时间完成《资治通鉴》这部皇皇历史巨著的。因为这部编年体的著作一共记载了我国一千三百六十二年的历史，故台阶上的小广场特意设计为一千三百六十二平方米以示纪念。所有这一切，都体现出故乡人景仰先贤的拳拳匠心。司马光铜像两侧，分别是“司马光砸缸”和“司马光著书”铜像，一个是智慧的司马光，一个是勤奋的司马光，栩栩然出现在人们面前。

在我接受启蒙教育时，司马光砸缸救儿童的故事就曾使我惊诧不已。上中学时囫囵吞枣地读了他的《资治通鉴》，更使我对他佩服得五体投地。后来我参加了工作，正赶上所谓的“评法批儒”运动，听说司马光与被革命导师列宁称作“中国11世纪伟大的改革家”的王安石是政敌，改革家王安石自然是法家，那么司马光无疑就是儒家了。当时，报刊上连篇累牍地宣传，法家是推动中国历史前进的，儒家是逆历史潮流而动的，弄得人们一时糊里糊涂，司马光的形象也曾一度在我眼前迷蒙起来。后来认真钻研了一些古籍，始知根本就不是那么回事。历史被“评法批儒”扭曲了，颠倒了。司马光一生仕途坎坷，屡蒙灾难，死后九百多年又莫名其妙地遭到“评法批儒”的抨击，真乃咄咄怪事！

走进“司马温公祠”，迎面便是杏花碑亭。它因安放着一座“杏花碑”而得名。这座“杏花碑”就是原来立在司马光墓地神道上的“忠清粹德之碑”。它之所以叫作“杏花碑”，说起来还有一段传奇故事：

在王安石主持变法时，司马光被支持新法的宋神宗贬到了洛阳。神宗死后，年幼的哲宗继位，由太皇太后垂帘听政。太皇太后深知司马光的才能，便召回他委以重任，执掌相印。司马光到任伊始，立即废除了新法，同时把一些支持新法的大臣贬出了京城。遗憾的是，他在相位上仅仅八个月就因病去世了。哲宗追封他为太师，赠温国公，谥号文正公，并在他的墓地神道上立了这座“忠清粹德之碑”。太皇太后病逝后，被司马光贬出京城的那些大臣重新回来，操起了权柄。绍圣初年，章惇、蔡卞等新派当政，以司马光“诬谤先帝，尽废其法”之罪，向哲宗弹劾，要夺回赠给司马光的谥号，发冢断棺，抛弃司马光的尸首。哲宗降旨夺回了司马光的谥号，贬了他的官级，还派人到他的墓地，砸断了“忠清粹德之碑”，凿去了碑文，将其埋在了地下。后来，就在这个埋碑的地方，突然冒出了一棵杏树，“蛲枝蟠曲，周映交护，如帷如盖，春华秋实”，人人称奇，惊羡不已。时有夏县县令王庭直前来祭拜司马光墓,感慨于眼前的一片荒凉景象,决心重整司马光墓园,以告慰司马光的在天之灵。经人指点,他得知当年的神道碑就立于这棵杏树的生长处,便命人从杏树挖起,寻找神道碑的下落。片刻工夫,人们即在杏树下掘得四截断碑,拭去泥土一看,果然是司马光墓神道碑,可惜毁坏惨重,字迹多有漫漶,难以一一辨认。王庭直多方寻觅旧本,终于在司马光后代家中找到了原碑拓片,于是便在原址安放了赑屃座,立四截断碑于其上,加以御篆碑额,重摩原碑文字。至此,这通碑在被埋五十多年后,又得以重见天日。因这通碑是在杏树下找到的,故取名为“杏花碑”。碑文为苏轼奉皇上旨意撰文并书丹,达两千七百多字,内容分别为司马光生前为朝廷建立的功业、死后灵柩经过京师的情景。碑文的最后,苏轼写道:“臣既书其事,乃拜手稽首而作诗曰:‘于皇上帝,子惠我民。孰堪顾天,惟圣与仁。圣子受命,如尧之初。神母诏之,匪亟匪徐。圣神无心,孰左右之。民自择相,我兴授之。其相惟何,太师温公。公来自西,一马二童。万人环之,如渴赴泉。孰不见公,莫如我先。二圣忘己,惟公是式。公亦无我,惟民是度。民曰乐哉,既相司马。尔贾于途,我耕于野。士曰时哉,既用君实。我后子先,时不可失。公如麟凤,不鸷不搏。羽毛毕朝,雄狡率服。为政一年,疾病半之。功则多矣,百年之思。知公于异,识公于微。匪公之思,神考是怀。天子万年,四夷来同。荐于清庙,神考之功。’”苏轼同司马光一样,仕途也多有坎坷,可谓同病相怜。他在写这篇碑文时,情不自禁地把自己的政治抱负和人生遭遇融入对司马光的深深怀念之中,“文既宏肆,琳琅甚音,书法端谨,大存唐晋遗法,文忠第一妙迹也”。读之令人荡气回肠,止不住击节叫绝。为保护这通珍贵的墓碑,守墓僧出私币建亭以护之,故名“杏花碑亭”。

绕过杏花碑亭继续前行,便到了司马温公祠的主体建筑“温公祠堂”。祠堂始建于宋代,绍圣初新政派执政时遭毁,神道碑重立后,守墓僧在墓园法堂之后建起一厅,内置司马光像,门额上悬“温公神道碑堂”牌匾,是为新政派毁祠之后重建新祠之始,自此又有了瞻拜和祭祀司马光之所。明代嘉靖初,巡按山西监察御史朱实昌拜谒司马光墓祠,深感祠堂现状不合体制,“乃遵诏例,命夏令荣察鼎建其祠”,于“应门”上悬“崇贤”牌匾,后又建“先门”一座,上悬“仰德”牌匾。其后,朱实昌陪同前来夏县的巡按王士英、张伯含参拜新祠堂,王士英说:“院门殿貌犹雄,不表厥宅里,树之风声,则过者将无所瞻仰。”于是,朱实昌又于先门外兴建了一座牌坊,上悬

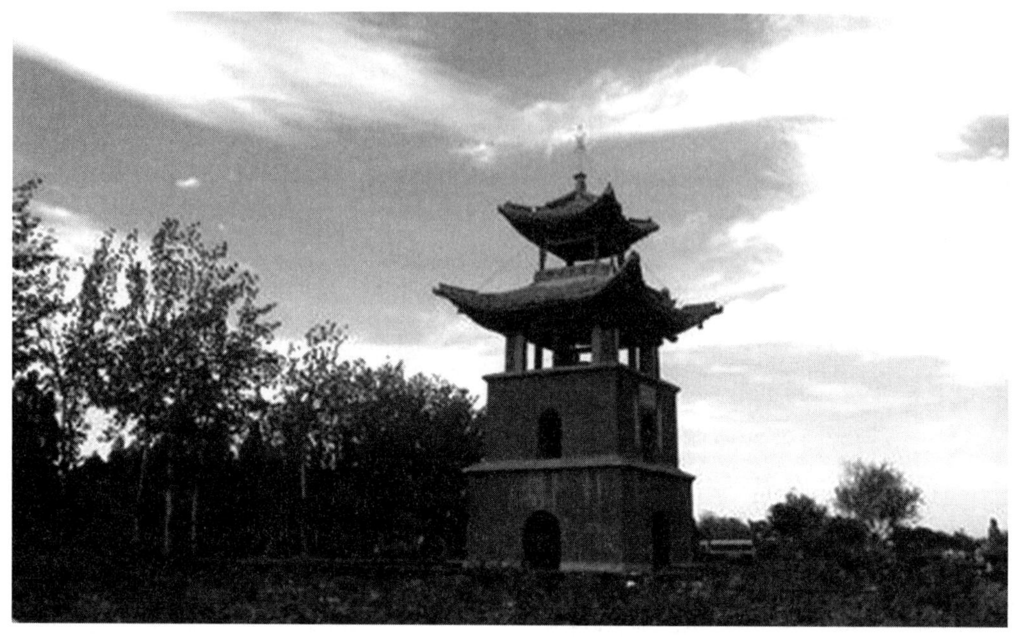

杏花碑亭。几经磨难的"杏花碑",终由守墓僧人出私币建亭得到保护

"司马故里"匾额。因祠院位于鸣条冈上,尽占鸣条冈之胜,故在东边建起一座牌坊,王士英题"鸣条发秀";又因祠院后有涑水环流,四时滋润,故又在西边建起一座牌坊,张伯含题"涑水钟灵"。祠内塑有司马光四代五人像。据史书记载,司马氏的始祖当追溯至原始时代的部落首领颛顼,颛顼的儿子重黎为夏官祝融,传至西周史官程伯休父,因平定徐方有功,改封司马,并赐姓司马。此后,司马氏累经繁衍生息,逐渐发展为一个大家望族。在这个家族中,既有史学巨人司马迁,又有文学泰斗司马相如,还有军事奇才司马懿。司马光一支,按苏轼在"司马温公神道碑"所说,应是河内人,也就是今天的河南沁阳人。"晋安平献王孚之后,王之裔孙征东大将军阳,始葬今陕州夏县涑水乡,子孙因家焉。"唐代以后逐渐衰落,至宋代出了个司马炫,才再次显赫起来。他的孙子司马光更是把司马家族的声望推向了一个高峰。温公祠堂现辟为"司马光生平事迹陈列馆",内塑有司马光坐像,着官服,持笏板,端庄儒雅,慈善可掬。四周壁间,分"家世与童年""游宦四方""谏官五年""变法之争""洛阳修书""居相期间"等部分,简明扼要地介绍了司马光的一生。明代陈凤梧谒司马光祠堂,满怀深情写下了一首诗:"重垣松柏拱坟祠,石虎莓苔认宋时。盛德尚传司马里,忠清再勒子瞻碑。云仍已尽犹香火,昭穆相承是本支。今日

远来瞻扫地，高山流水得吾师。”

诚然，司马光一生可谓政绩累累，但我总觉得，他毕生的辉煌凝聚于一点，就是编撰了皇皇的历史巨著《资治通鉴》。在中国历史上，西汉的司马迁和北宋的司马光被誉为高悬于神州星空的史学巨星。司马迁的《史记》开创了中国史书纪传体的先河，而晚于司马迁一千多年的司马光的《资治通鉴》则成就了一部记述时间最长、体例最完备的编年体通史。《资治通鉴》记载了上起周威烈王二十三年（前403），下迄后周显德六年（959），共十六个朝代、一千三百六十二年的史实。全书共二百九十四卷，三百多万字，前后写作了十九个年头。司马光在进呈神宗的奏疏中写道：为编撰《资治通鉴》，他“得以研精极虑，穷竭所有，日力不足，继之以夜。编阅旧史，旁采小说，抉摘幽隐，校计毫厘”，以致“骸骨癯瘁，目视昏近，齿牙无几，神识衰耗，目前所为，旋踵遗忘”。他还说：“自治平开局，迄今始成，臣之精力，尽在此书。伏望陛下宽其妄作之诛，察其愿忠之意，以清闲之燕，时赐省览。懋稽古之盛德，跻无前之至治，俾四海群生，咸蒙其福，则臣虽委国九泉，志愿永毕矣！”遗憾的是，当《资治通鉴》的定本送杭州国子监雕版刻成开始印制时，司马光却于宋哲宗元祐元年（1086）的九月初一，因病在官邸溘然长逝，走完了他六十八年的人生历程。在他的一生中，有约三十年参与北宋朝政事，最高官至宰辅，还有十九年潜心《资治通鉴》的编撰。他为北宋王朝贡献了毕生精力，至病危时，仍念念不忘朝廷大事。家人在整理他的遗物时，仅见书案上有八张手稿，那是他拟就的上呈皇帝对国家当世要务的奏疏。床头枕边另有《役书》一卷，除此则“床箦粛萧然”，空荡如洗。

司马光病逝的噩耗传出，朝廷顿时沉浸在一片悲哀之中。“太皇太后闻之痛，上亦感慨不已……二圣皆临其丧，哭之甚哀，辍视朝赠太师温国公，遂以一品礼服，谥文正”，用官葬，“赠银三千两，绡四千匹，赐龙脑，水银以敛”。翌日，哲宗遣使召见司马光之子司马康曰：“余之荩臣，尽瘁国家，以损厥寿，朕甚愍焉，其从官葬，以报其力。”司马康跪拜而辞曰：“陛下之先臣实有俭德，平生屡敕子孙以薄葬，自为终，制书尚存也，今朝廷之制盛大崇广，上费县官，下劳民力，惧非先臣之本志也，臣敢固辞。”次日，哲宗复遣使宣诏书给司马康：“若尔，何以报为臣之忠且勤者，予自答乃父。此非乃所得辞也。”司马康见固辞不允，只好回答：“臣奉先臣之训，不敢以不奉先臣之志，若此，陛下以君命夺之无不可者，敢不惟陛下之全。”京城百姓闻知司马光去世,相继罢市,纷纷前往吊唁。画师们把司马光的遗像刻印出来,京城百姓竞相请购,悬挂厅堂,香火供奉。不久,哲宗即诏尚书户部侍郎赵瞻、内侍省押班冯宗道获公器归夏县温公里第,在司马氏祖茔地内"相地卜宅",于十月甲午开始掘土营造墓室。元祐二年(1087)正月辛酉,朝廷派人扶司马光灵柩回故里安葬,"京师之民罢市而往吊,鬻衣以致奠,巷哭以过车者,盖以千万数……"沿途百姓夹道哭祭,搭祭棚送葬者亦不计其数,从各地赶到司马氏祖茔送葬者,竟达数万人之多。下葬时,司马康执意减去了难得的石门和华靡的仪椁,节约安葬费用十之五六。朝廷选命翰林学士苏轼撰写了"司马温公神道碑",哲宗亲笔书篆体"忠清粹德之碑"为碑额,表于墓道。

司马光祠院一侧,是一座千年寺院——余庆禅院。这是怎么一回事呢?原来,在英宗朝,一向政治保守、不思改革的英宗皇帝突然提出要在自己的父亲仁宗皇帝的永昭陵旁建一座佛院,让僧人为死去的仁宗皇帝祈祷求福,超度亡灵。司马光认为此举不妥,便犯颜直谏,建议英宗不要去做这些劳民伤财的事,而应该多关心属下臣僚,在他们的祖茔旁边建一些佛院。因为他们整年侍奉朝廷,祭祀祖茔很不方便,无法对祖宗尽孝。而且,祖茔因无人看管,也多有荒芜,建起了佛院,僧人既能看管他们的祖茔,又可耕种祖茔的土地,这样既不会增加百姓的负担,又解除了臣僚的后顾之忧,臣僚也就安心为朝廷尽忠了。英宗觉得司马光说得有道理,便采纳了他的建议,为一些大臣的祖茔建了佛院。治平二年(1065),朝廷依律在司马光祖茔旁建起了一座佛院。英宗死后,继位的神宗认为司马光家族是"积善"传家,应该年年有余庆,便取"积善之家庆有余"之意,于元丰八年(1085)御赐"余庆禅院"匾额一方,自此,这座佛院便命名为"余庆禅院",成了司马光祖茔的香火院。在余庆禅院的大殿外,立有一座清乾隆年间的诉讼碑,这又是怎么一回事呢?原来,司马光去世归葬祖茔后,余庆禅院的僧人敬重他的高尚人品,精心为其守护坟墓,在参禅诵经之余与司马光的后裔和睦相处,共同耕种坟园里的土地,把每年的收入用于坟园和禅院的维修。到了清乾隆年间,禅院住持僧常瑞和尚不思佛事,肆意侵吞司马家族田产,致使坟园荒芜,禅院香火衰微。司马光后裔在多方交涉无果的情况下,一纸诉状把常瑞告到了县府衙门。知县纪在谱在认真查阅了案卷、详细观看了司马光墓园的碑刻后,认为常瑞等僧人与司马光后裔争田产是毫无道理的,并据此作出了公正的判决。为了让后来的僧人们知道禅院的由来,恪守佛教教义,维护佛法尊严,不要因利欲玷污了佛家的名声,同时也让司马光的后裔们知道朝廷御敕建余庆禅院的用意,牢记祖先的遗训,克己正德,忠君爱国,特意立了这座诉讼碑。碑上刻着“宋太师司马温国文正公香火院”十三个大字,下面是那场官司的判词:“纪大老爷审得余庆禅院原系宋太师司马温国文正公香火院,与僧人常瑞等毫无干涉,着常瑞等仍照前敬奉香火,修理祠墓,至从前常瑞等所欠之麦,即作如今修祠堂之费,俟祠堂造就,依旧年年出麦拾石,以为春秋修补祠墓之用,即刻碑石,以垂永久。”今人读罢诉讼碑文,了解了其中故事,莫不额手称善。

司马光祖茔在司马光祠院另一侧,从围墙上的一个小门穿过即是。祖茔内柏树成林,草长莺飞。这里葬有司马光的远祖、北魏征东大将军司马阳,曾祖司马征,祖父、耀州县令司马炫,父亲、兵部郎中、天章阁待制司马池,叔父司马浩、司马沂以及司马光本人和其儿子司马康等。庆历元年(1041)十二月十七日,司马光的父亲司马池病逝于晋州,司马光和哥哥司马旦一起“泣护旅榇,归于故里”。次年八月,将父母合葬于鸣条冈祖茔。司马光在家为父母服丧守孝三年,这是他一生在夏县居住时间最长的一次。在故乡清静的环境里,他得以静下心来读了很多书,积累了很多知识。读书之余,他走进普通百姓中间,了解民情民意,体察民生疾苦,为日后出仕从政和著书立说做着思想准备和知识储备。后来,司马光虽然离开了故乡,但仍多次回乡省亲或祭祖。嘉祐元年(1056),时在通判并州事任上的司马光前往绛州(今山西新绛县)办理公事,借此机会到故乡拜祭了父母的坟茔,并写下了一首名为《辞坟》的诗:“十年一展墓,旬浃复东旋。岂负襁褓爱,横遭章绶缠。更来知几日,遗恨恐终天。恸哭出松径,悲风为飒然。”诗中倾诉了对父母的一往情深,也流泻出自己为官失意的愤懑情绪。他还在一首名为《重归故乡》的诗中写道:“十六载重归,顺涂歌式微。青松敝庐在,白首故人稀。外饰服章改,流光颜貌非。巫咸旧山色,相见尚依依。”他离开故乡已经十六年了,虽然祖上留下的“敝庐”仍在,但认识的老人已一个个去世了,对故乡的眷恋使他不由得发出无限的感慨。

祖茔内碑碣林立,著名的有司马池撰写的司马炫墓碑,司马光撰写的司马浩、司马谘墓碑,王安石撰写的司马沂墓碑,这些都是目前国内罕见的宋碑珍品。特别是司马池为司马炫所立的墓碑,石料为珍贵的鱼子石,字为规范的“二王”体,堪称

垂首司马光墓前，听柏林里风吹树梢飒飒作响，仿佛万人低诵《资治通鉴》中的篇章

极品。可能是司马光墓园规模过去更大吧，现围墙外边还有一座“忠清粹德之碑”，高高地矗立在雄伟的碑楼之中。据说，这是我国目前最大的一座墓碑，重达七百多吨。它的前身就是司马光的神道碑。因宋哲宗亲笔御篆碑额，用“忠清粹德”四个字高度评价了司马光的一生，故这座碑被人称作“忠清粹德之碑”。现在人们看到的碑首和碑座都是宋代的原物，碑身则是明代复制的。这是因为新政派人物虽然砸毁了原来的那座神道碑，但原碑首上有哲宗亲笔篆额的文字，他们不敢动手去砸，因此保存完好；名叫赑屃的碑座，因为传说赑屃是龙的九子之一，他们怕招致灾祸，也没敢动手去砸。现在的碑身是明朝巡按山西监察御史朱实昌依杏花碑抄写的，是苏轼的文，朱实昌的字。碑身用的是稷王山的石料，据说当年运石料时，朱实昌动用一万多个民工，冬天在道路上泼上水，结冰后放上滚木滑行，一共用了三年时间才运到这里。在通往墓地的神道两旁，排列着几十尊石人石兽，都是宋代的原物。神道的尽头，垒然耸起五座大墓，最上边的是司马炫墓，其次是司马池墓，司马池墓下边一侧是司马光的哥哥司马旦墓，另一侧是司马光墓，最下边的是司马康墓。他们都是遵照家规，依辈分排列的。墓冢由黄土堆成，砌以石圈，上面丛生着荆棘与杂草。墓周林隙里，生长着当地普通的五谷杂粮，大概为守墓人所种植。眼

前的一切,一如司马光生前品行:清廉与俭约。我肃立在司马光墓前,听柏林里风吹树梢飒飒作响,仿佛万人低语,垂首齐诵《资治通鉴》中的篇章。然而,墓中的主人可知就在他尸骨未寒之时,朝中便有人乞毁《资治通鉴》,后经有识之士据理力争,才使这部巨著束之高阁,得以保存并传世。大概就在三十多年前吧,本人曾在即将付之一炬的"四旧"书堆中扒出了一套《资治通鉴》,如获至宝地收藏起来,当时的沉痛心情溢于言表。至今,每当看到书架上那套"死里逃生"的《资治通鉴》时,我的心里仍像打翻了五味瓶一样不是滋味。在司马光墓前,我的眼前又浮现出三十多年前那令人心寒的一幕。但愿历史的悲剧不再重演。

"山乡风物在,恰似故园情。"我在司马光墓园想,即令是随着时间的推移故乡的风物不再存在,但那一腔故园情结是永远不会被忘怀的。因此,司马光的故乡是哪里其实并不重要,重要的是他已走进了千百万人的心中。我如此想着离开了司马光墓园,耳畔仿佛回响起九百九十年前光山县衙署里传出的那个婴儿坠地的呱呱声……

溪山入梦

——访沈括故居

沈括的名字是和镇江的梦溪园连在一起的。

这位我国北宋时期的政治家、科学家和文学家,在宋英宗治平二年(1065)做了一个奇怪的梦,而且这个梦多次出现,时时萦绕着他。

这个梦境是:他“三十许时,常梦至一处,登小山,花木如复锦,山之下有水,澄澈极目,而乔木翳其上,梦中乐之,将谋居焉。自尔岁一再梦,或三四梦,至其处,习之如生平之游。后十余年,翁谪居宣城,有道人天外,谓京口山川之胜,邑之人有圃求售者,及翁以钱三十缗得之,然未知圃何在。又六年,翁坐边议谪厅,乃庐于浔阳之熨斗洞,为庐山之游,以终老焉。元祐元年,返京口,登道人所置之圃。恍然乃梦中所游之地。翁叹曰:‘缘在是矣!’于是弃浔阳之居,筑室于京口陲,巨木蓊然,水出峡中,停萦杳缭,环地之一偏者,目之曰‘梦溪’”。

由是,沈括和长江边上的这个古城镇江结缘,和镇江的东门坡前的古老梦溪园结缘,在这里写成了一部百科全书式的科学巨著——《梦溪笔谈》。从此,中国11世纪的科学坐标上,闪耀着一个明亮的名字:沈括。他先是由“梦”生“园”,后又由“园”而实现了自己的梦想。他的这个梦想很大,是他人生中的宏伟抱负,当这个抱负实现的时候,一部笔记体的《梦溪笔谈》也便完成了。他把它留给了后世,让它去

如今的梦溪园，只是在一片芜杂的民宅之间坐落着的一处逼窄而又简朴的清式庭园

泽惠来人。

我想，人们不会也不应该忘记梦溪园。

在一个春雨潇潇的天气，我来到镇江，并没有按镇江朋友徐君事先的安排去看汉刘备招亲的甘露寺，也没有去金山寻访《白蛇传》的故事。我对徐君说："我想先看看沈括的梦溪园。"

徐君嫣然笑了。他用眼神告诉我，梦溪园没什么可看的。我曾访问过一些历史古迹，遇到过不少类似的情况，但仍坚持说："还是去看看吧。"

在徐君的引领下，我们穿过熙熙攘攘的人群，走进东门坡前的梦溪园巷。巷道很深，与车水马龙的大街相比显得异常寂静，走在石板铺就的路面上，恍然进入幽幽的梦境之中。遥想九百多年前，沈括就在这条巷道尽头的那个庭园里，度过了他一生中最辉煌的岁月。那时的梦溪园是一个文人的庄园，地域开阔，风光宜人，有山坡，有溪水，有茅舍，有亭阁，前人曾有题咏，描绘它的景色："溪水潺潺入郑湖，花如复锦满平芜。梦中山水萦情处，沈括风流绝世无。"他在这个园中居住八年，病逝后归葬钱塘。

千里迢迢为寻梦溪园而来，然而，当我站在它的面前，看到的只是在一片芜杂的民宅之间，坐落着的一处逼窄而又简朴的清式庭园。我望着大门上方砖刻的“梦溪园”三个绿色大字，不知怎的却怀疑起自己的眼睛来。这就是自己梦寐一见的梦溪园吗？这就是沈括一梦再梦的梦溪园吗？这就是中国科学史上赫赫有名的梦溪园吗？我发出了一连串的疑问。

“这就是你要寻的梦溪园。”看着我满脸狐疑的样子，徐君肯定地告诉我。

我屏住气息，迈着沉重的脚步，跨进了梦溪园的门槛，那低矮的硬山瓦房，简陋的普通门楼，被四周林立的高楼大厦包围着，给人一种莫名的历史压抑感。此刻的我，好像走进了沈括的生活氛围，也走进了他生活的那段历史。昔日的梦溪园早已风光不再，今日的梦溪园其实只是一个并不宽绰的庭园。几丛葳蕤的翠竹夹着一条幽幽的小径，绿树荫翳着，鲜花簇拥着，把一个小小的院落打扮得既典雅又幽静。遥想当年，这里曾是亭阁耸峙，茅舍错落，山丘蜿蜒，溪流潺潺，那景色该是何等的优美！难怪沈括一生领略过那么多的风景，却偏偏钟情于此。他毅然在这里定居，度过了自己一生中最后的八年时光。现在看来，这是沈括人生的福祉，更是中国科学史的福祉。可惜的是，历史的尘埃早已湮没了那个如诗如梦的梦溪园，我面前的这个庭园，只是在它原址上修缮起的一小部分。我在这个庭园里细细地寻觅，寻觅沈括当年生活留下的遗迹。春和景明，丽日高照，阳光温柔地抛洒在树影间，风动，影亦动，斑斑驳驳，扑朔迷离，给人以进入梦境的感觉。庭园里的石榴树已绽放出绚烂的花朵，像燃烧着红色的火焰；枇杷树已经挂果，一个个小枇杷缀满了枝头；樱花树虽然还未开花，但繁茂的枝叶已咄咄诱人；芍药大片盛开着，让我这个中原人好像走进了洛阳的牡丹园，徘徊于魏紫姚黄之间；尤其令我惊叹的还有那些金银花，密密的叶随着细细的藤爬满了墙壁，白色的或淡黄色的花朵在叶丛里羞涩地开放着，使整

当年沈括饮用的井水依旧清冽，似可鉴他那颗纯洁的心

个庭园弥漫着浓郁的芳香。那条因之为园的小溪虽然不见了,但园中沈括当年饮水的那眼井宛在,依然向游人无声地讲述着这里曾经发生的一切。我来到井旁,探身向里望去,见井水依旧清冽,似乎可鉴当年那位老人纯净而又高洁的心。置身于这幽静的庭园里,嗅着扑鼻的花香,听着清脆的鸟语,着实让人心静,也让人心动。心静的是那充满诗情画意的自然环境,心动的是那阵阵袭来的人文气息。

端坐在梦溪园里的沈括像,有着对他魂牵梦绕的故园无尽的眷恋

穿过镶嵌着"溪山入梦"字样的圆门,我来到庭园的后边,走进一个小小的院落。那院落着实够小的了,还不及现在农村一般人家的院子大呢!但别看它小,却显得异常地紧凑,紧凑里呈现着玲珑的美。整洁的青砖墙上,镶嵌着"沈括故居遗址"石匾,让人凭借着各自对沈括和他生活的那个时代的理解去想象昔日的情景。小院的北边,是一栋坐北朝南的清式厅房,古朴的雕花门窗,镂刻着岁月的沧桑,也镂刻着历史不可磨灭的记忆。厅内的抱柱上,悬挂着两副对联,一副是"沈酣于东海西湖南川北国之游梦里溪山尤壮丽,括囊乎天象地质人文物理之学笔端谈论自纵横";另一副是"数卷奇文物态天心匀翠墨,一钩初月南航北驾为苍生"。驻足联前细细辨析,脑海里不觉浮现出《梦溪笔谈》中所描绘的"东海西湖南川北国"及其所谈论的"天象地质人文物理",还有那依然散发出淡淡墨香的"数卷奇文"和高挂在天幕上的"一钩初月",一代科学巨匠的高大而又丰满的形象霎时在面前矗立起来……

沈括(1031—1095),字存中,出生于浙江钱塘一个官宦之家,自幼勤奋好学,十四岁时就读完了家中的藏书。《宋史·沈括传》说他"博学,善文,于天文、方志、律历、音乐、医药、卜算,无所不通,皆有所论著"。他二十四岁时,因其父沈周曾做过润州刺史和浙西观察使而荫袭为沭县主簿,开始走上仕途。在沭县,他发动数万民众治理沭水,修渠筑堰,既防治了水灾,又辟良田七千顷,改变了那里"熟不长粮,荒不长草”的萧条面貌。嘉祐六年(1061),他协助宣州宁国县令修复荒芜多年的秦家圩工程,获上田十万余亩,宋仁宗特赐这片良田为“万春圩”。他主持治理的汴渠工程,引水灌溉农田达一万七千多亩。他视察淮南、两浙的农田水利,建议兴筑温州、台州、明州以东堤堰,增辟耕地。他三十三岁时考取进士,被任命为扬州掌管刑讼审讯的司理参军,三年后赴京任职,积极支持王安石变法,历任检正中书刑房公事、提举司天监、史馆检讨等要职。他锐意改革天文历法,制作浑仪、景表、浮漏等仪器,提拔出身于贫民的历算家卫朴,并和他合编《奉元历》。卫朴原是栖身于楚州北神镇一所破庙里的卖卜者,虽然双目失明,却“运筹如飞,人眼不能逐”,而且不用算筹,单用心算加减乘除,推知古今日月蚀。沈括破格推荐布衣天文数学家卫朴,一时传为佳话。熙宁七年(1074),他被任命为河北西路察访使,精心研究城防、阵法、兵车、兵器以及战略、战术等军事问题,编成《修城法式条约》和《营阵法》等军事著作。次年出使辽国,进行两国边境问题谈判,获得巨大胜利,受到朝廷表彰。元丰三年(1080),任鄜延路经略安抚使,次年率部迎战进犯的西夏军七万之众,边防人民为纪念他的功绩,勒石铭记,昭示后人。在近十年的京官生涯中,他从昭文馆编校一直做到主管全国财政的“三使司”。王安石罢相后,他受到株连,顽固派对他肆意排挤打击,被降为均州团练副使,后移秀州,并失去居住自由。在被限制居住的逆境里,他用十二年时间,苦心编绘成了《天下州县图》,并把它献给了朝廷,朝廷赏赐他一百匹绢,并允许他“任便居住”。有了居住的“任便”,他即刻想到早年在润州购置的那个废园,毅然舍弃了在庐山盖的那所预备终其天年的房子,迁居这里,直到八年后去世。

沈括住进了梦溪园,远离了官场的纷扰,眼前展现出一片新的空间和领域。他稍稍整理了一下疲惫的身心,便在这里安顿下来。仕途已走到了尽头,他要在这里完成一生中的重大转折。在一首诗中,他这样写道:“经旬花雨喜新晴,病马缘畦取次行。老态只应随日至,春心无意与花争。山川满目浮烟去,楼阁侵天暮霭横。嗟我有身无处用,强携樽酒入峥嵘。”于是,他在梦溪园僻静的环境里,“所慕于古人者,陶潜、白居易、李约,谓之‘三悦’”,“目之所寓者,琴、棋、禅、墨、丹、茶、吟、谈、酒,谓之‘九客’”,过起了隐居生活。那时的梦溪园,经过沈括的匠心设计,精心建造,景象比他当年梦境中的要精致得多、美妙得多:“溪之上耸为邱,千木之花缘焉

庭园典雅幽静，沈括在这里度过了一生中最后的八年时光

者，百花堆也。腹堆而庐其间者，翁之栖也。其西荫于花竹之间，翁之所憩壳轩也。轩之瞰，有阁俯于阡陌，巨木百寻哄其上者，花堆之阁也。据堆之崩，集茅以舍者，岸老之堂也。背堂而俯于梦溪之颜者，苍峡之亭也。西花堆，有竹万个，环以激波者，竹坞也。度竹而南，介途滨河，锐而垣者，杏簿也。竹间之可燕者，萧萧堂也。荫竹之南，轩于水澨者，深斋也。封高而缔，可以眺者，远亭也。”这是沈括梦境里的那座宅第园林的复活。他把自己的审美情趣、人格气质和精神寄托赋予了梦溪园，赋予了他那个时代的现实。从此，他自号“梦溪丈人”，把自己的肉体“囚禁”于梦溪园里，虽然失去了“身轻几欲随风去，却恨思深不得仙”的豪情，却依然固守着“心随潮水漫漫去，流遍烟村半日来”的赤诚之心。这是一种潇洒的解脱，又是他对自己人生价值追求的开始。机会迟早要投缘于那些有准备的人们，但对于此时的沈括来说，似乎来得太迟了些。也许他比谁都更加懂得这个机会的宝贵和短促，因此百倍地珍惜。没到梦溪园时，他常常做梦，梦的是“溪”；住进了梦溪园，他还是常常做

梦,梦的却是“科学”。他把梦溪园里岸老堂边的“壳轩”当作卧室兼书房,在这里张开科学的翅膀,默默地放飞自己心中的块垒和抱负。朝霞渐渐隐去,晚霞依然灿烂。这位饱经政治风浪颠簸的老人,决心以晚年的余力,继续致力于自己钟爱的科学事业,并以此报国为民。他曾向朝廷奏呈自己的心愿:“身负素志,不能效力于当年;没而百知,尚知酬恩于瞑目。”他说:“予退处林下,深居绝过从,时纪一事于笔,则若有所晤言,萧然移日。”镇江濒临长江,沈括在梦溪园里写作累了的时候,也会偶尔到长江边去,登上金山、焦山、北固山,饱览水天一色的壮丽景象:“楼台两岸水相连,江南江北镜里天”“地从日月生时见,眼到江山尽处回”“流尽古来东去水,又将秋色送楼前”……描不完画不尽的江岸景色稀释着他胸中积郁的闷气,舒展着他疲惫的身心。一次,游金山寺时,方丈神秘地拿出一个木匣,内藏一方石头,说是天降之星,请他观赏。他详细探听了有关情况,回到梦溪园后,作了详细的记述:“治平元年,常州日禺时,天有大声如雷,乃一大星,几如月,见于东南;少时而又震一声,移著西南。又一震而坠在宜兴县民许氏园中。远近皆见,火光赫然照天,许氏藩篱皆为所焚。是时火息,视地中只有一窍如杯大,极深。下视之,星在其中,荧荧然;良久渐暗,尚热不可近。又久之,发其窍,深三尺余,乃得一圆石,犹热。其大如拳,一头微锐,色如铁,重亦如之。”他把流星陨落的全过程:从流星进入地球大气层起,摩擦发生热和光,下坠形成环形陨星坑,直到挖掘出来还有余热等作了详细而又形象的描述。这是我国天文学史上关于陨石的一页杰出的记录。沈括隐居在镇江,隐居在梦溪园,闭门谢客,故“所与谈者,唯笔砚而已”;其潜心著述,也只能“谓之《笔谈》”。因此,他把自己呕心沥血写成的著作题名为《梦溪笔谈》。

中国历史上有着这样的现象:一个人某项事业的失败往往会导致另一项事业的成功。这样的人和事不胜枚举,因此历史上也就有了“塞翁失马,焉知非福”的经验总结。尤其是由官场失意、仕途堵塞而另辟蹊径并有所建树的人,更能让人开列出一串闪亮的名字。这里边应该有沈括。王安石变法失败玉成了他,也玉成了他的《梦溪笔谈》。这是一部笔记文学体裁的科学巨著,林林总总,包罗万象,条析理辨,博大精深。在数学方面,沈括开创了中国古代数学中“隙积术”和“会圆术”的研究方向,并提出了一个求解的近似公式,他被称为“全世界算学史上罕有之人”。在天文历法方面,他以长期观察为基础,对五星运行的轨迹作过翔实的描述,特别是对北极星的观测，使他发现“天极不动处，远极星犹间，纵有两小相并，一岁不过一次。如此，则四时之气常正，岁政不相凌夺，日月五星亦自从之，不须改旧法。唯月之盈亏，事虽有系之者，如海胎育这类，不预岁时寒暑之节，寓之历间可也”。在地学方面，他提出了流水侵蚀作用的自然成因，创造出一种为国防所需的立体地图，把化石解释为生物的遗迹，推断我国华北平原是由黄河等河流的泥沙沉积而成，在我国古代科学著作中第一个使用了“石油”这一名词等。在物理学方面，他观测到物体在凹面镜镜面到焦点之间成正立像，物体在焦点处没有像，物体在焦点以外成倒立像的现象，发展了《墨经》小孔成像的学说。在声学方面，他依据自己做过的共振实验，指出“琴瑟弦皆有应声”。他创造出用纸人来显示这一现象：“欲知其应者，先调诸弦令声和，乃剪纸人加弦上，鼓其应弦，则纸人跃，他弦则不动。声律高下苟同，虽在他琴鼓之，应弦亦震。”在医药学方面，他对药物的一物多名或多物一名，作了证同辨异，校正了前人认识上的错误，“如《神农本草》，最为旧书，其间差误尤多，医不可以不知也”。他主张因时因地采摘中草药：“缘土气有早晚，天时有愆伏。如平地三月花者，深山中则四月花。白乐天《游大林寺》诗云‘人间四月芳菲尽，山寺桃花始盛开’，盖常理也，此地势高下之不同也。”

思索着沈括，思索着他的《梦溪笔谈》，我在梦溪园徘徊着，徘徊着，朦朦胧胧中面前依稀活动着沈括的身影，待定睛看时，才知那是一尊沈括的石雕像。只见他一身布衣装束，头上鹤发飘飘，手里拿着翻开了的书，双眉微蹙，正沉湎于深深的沉思之中。这位中国科学史上罕见的全才式人物，在这里创造了彪炳史册的科学奇迹，受到一代又一代人的景仰，然而在他的脸上却看不出一丝一毫成功的喜悦。也许，他那个时代所折射出的世态万象和他自己在人生旅途中的某些心理状态，此刻正痛苦地折磨着他。他避开了尔虞我诈、勾心斗角的官场，躲过了落井下石、明枪暗箭的伤害，却逃不出家庭桎梏的蹂躏。继妻悍虐，甚至揪住他的胡须唾骂，“捽须堕地，儿女号泣而拾之，须上有血肉者，又相与号恸”。居梦溪园后四年，他染病在身，体质羸弱，形容枯槁，精神恍惚，一次乘船过长江，几乎落水。难怪他的脸上写满了艰辛与冷峻，让人感到这里的空气也有点闷滞。但沈括毕竟是沈括，他在这样的境遇里依然握笔著述不息，终于以其有准备的头脑在他一生中仅余的八年时光里，在这里为中国科学史树起了一座巍峨的里程碑。然后，他默默地把自己的灵魂消在了他所钟爱的梦溪园，终年六十五岁。梦溪园啊，这个他曾经魂萦梦绕的地方，最终成了他朝夕相处的所在，成了他生命里的一部分。

当叶隙间筛下的日光拉长了我的身影，我不得不与梦溪园惜别。也就在那一刻，我感到心头隐隐袭来一丝满足。在这个明媚的春日，我认识了梦溪园，认识了梦溪园里那位真实的沈括。

“欢迎你再来。”徐君握着我的手说。“再来，谈何容易，迢迢千里啊！”我感叹道。徐君笑了：“那就梦游吧，本来就是‘梦溪园’嘛！君不见那墙壁上写着‘溪山入梦’啊！”

三苏祠

——访苏轼故里

在古老的巴蜀大地上流淌着一条秀丽的玻璃江。从乐山市逆玻璃江上行，至七十公里处，有一座闻名遐迩的城镇，这便是眉山。苏轼故里“三苏祠”就坐落在眉山城西南隅的纱縠行南街。那里碧水萦绕，绿荫环抱，鸟语花香，风光旖旎。宋仁宗景祐三年（1036）腊月十九日，一代大文豪苏轼就诞生在这里。传说，苏轼诞生那一年，眉山县境内的一座原本林木葱郁、花草葳蕤的彭老山，突然变得林木枯萎、花草凋谢，连飞禽走兽也不见了踪影。眉山人街谈巷议，终不得解开谜团。直到苏家传出苏轼降临的呱呱声，他们才疑窦顿开。原来，这位旷世之才的诞生，使彭老山的灵秀之气全都聚集于他的身上，才有了这等奇异的自然征兆。六十六年后，苏轼走完了他的人生之路，辞别了人世，才将灵秀之气还给了大自然，彭老山又逐渐恢复了本来面目。这只是一个古老的传说，可信度如何，人们都可以作出各自的评判。然而，这则传说之所以能够流传下来，我想大概也是人们出于对苏轼的敬慕之情吧。

在这里，我们姑且抛开民间传说的附会性、荒诞性不谈，单就苏轼诞生的那个时空，就会给我们很多启迪。先说“地灵”。眉山古城，位于成都平原南部的岷江西岸，“介岷、峨之间，为江山秀气所聚”。这里是成都与乐山之间的交通要冲，商贾辐辏，市井繁荣，经济发达。正是眉山便利的地理环境，使它在社会发生变革的时候，常常得新风气之先。眉山乃至整个蜀地的奇山秀水给了苏轼最早的滋养，使他在这个优渥环境的陶冶中生发出早惠的灵性与聪颖。这应该说是毋庸讳言的。再说“人杰”。眉山乃至整个蜀地浓郁的文化氛围，孕育出的名人更是不胜枚举。汉代的司马相如、扬雄自不必说，单说唐代，随着陈子昂“前不见古人，后不见来者。念天地之悠悠，独怆然而涕下”的一声呐喊，降临了一个诗的王朝。李白率先扛起了唐诗浪漫主义的大旗，杜甫、王勃、卢照邻、杨炯、骆宾王、高适、岑参、刘禹锡等，都曾在游历蜀地时写下千古不朽的诗篇。文人荟萃必然带来文风昌炽，昌炽的文风一定会影响到诞生于此地的那个小生灵。历史和时代就这样造就出一位不朽的文化巨匠。苏轼逝世后不久，著名诗人陆游入蜀来到眉山，拜谒苏轼故里，经过一番实地游历、勘察之后，情不自禁地写下了这样的诗句：

蜿蜒回顾山有情，平铺十里江无声。
孕奇蓄秀当此地，郁然千载诗书城。

面对眉山的钟灵山水，回顾苏轼的文采风流，我想陆游的诗句是发自内心的。人们都知道，在“唐宋八大家”中，缘于苏门的占有三席；在蜀地“千古文章四大家”中，苏轼与司马相如、扬雄、陈子昂并坐。如此斐然的成就，足以令人作出不懈的探究，探究眉山的人文与地理、钟灵与毓秀。

“三苏”故里正门面临大街，“三苏祠”三个大字高悬门额，左右楹柱上题联为“一门父子三词客，千古文章四大家”。仰视联语未及入内，顿使人平添仰慕之情。我们现在看到的三苏祠，是以苏门故宅改建而成的。在宋代，它只是一座普通的老屋，整个院落占地约有五亩大小，明代洪武年间，始改建为祠，并于祠前设“三苏故里”石坊。祠堂中轴线上左右相对，有启贤堂、木假山堂、来风轩等建筑物。祠西有一池塘，苏洵曾于池塘内植莲，故名瑞莲池。随后池塘逐渐扩大，沟通祠东，遂形成池塘环绕祠堂的岛居园林格局。游人至此，看不到任何显赫富丽之景，更多的是在静谧而疏朗的朴素民居中透出的恬淡之气。明末因遭遇战火，三苏祠没于荒烟之中，清康熙四年(1665)，眉州刺史赵惠芽倡导模拟重建，后又屡败屡建，才使“三苏祠”在漫长的历史岁月里，几经兴废，体制不断扩大，以至于达到今天人们看到的规

三苏祠。一门父子三词客,千古文章四大家

模。这足以证明:一代又一代的故乡人对"三苏"的怀念,随着"三苏"离开的年代久远而弥深。

进入三苏祠正门,是一处宽敞的庭院,院内古榕荫翳覆地,银杏挺拔参天,香楠、翠柏交柯,丹桂、绿竹互映,于古朴之中再现一派生机。跨过庭院便是二门,两旁题联:"蜀中多才子,三苏天下奇。"壁上有诗人王海洋在康熙十一年(1672)领兵到眉山,拜谒三苏祠后写下的诗句:"颐山山色腴不枯,玻璃江水如醍醐。眉州城郭劫灰后,水塍漠漠成榛芜。邮亭下马询老卒,苏公故第城西隅。旋来束带荐苹藻,辰良何必烦神巫。往者此地铁脚乱,高门大宅皆焚如。此祠岿然谁所作,维公大节警顽愚……"诗中描绘了三苏祠被战火焚毁的情景以及战后依然争荣吐秀的景象,字里行间洋溢着对"三苏"的景仰之情。穿过天井是正殿,九扇格子花门的后面有三尊栩栩如生的彩色塑像,展示出"三苏"当年的形容风采。苏洵居中,头戴披风,鹤发童颜,儒雅中透着博学;苏轼居左,峨冠博带,双目炯炯,豪放中透着睿智;苏辙居右,头顶盘髻,俯视凝思,温文中透着才气。父子三人各具情态又相互映衬,于活灵的仪容上闪烁出各自的精神内涵。在苏洵塑像的上方,高悬"养气"横匾,取"养吾浩然之气”之意，昭示出苏家治学在于“养气”的宗旨。穿过正殿，即是启贤堂院，堂上悬镶“文献一家”匾额，为后人尊崇“三苏”所敬赠。启贤堂原为苏氏故宅堂屋，苏轼就诞生在这座老屋里。整座院落疏朗有致，轩然错落，徜徉其内，似觉“三苏”文风四面袭来，继而袅袅升腾，融入高天蒸云蔚霞之中。此时此刻置身此情此景，止不住遐想联翩，神思飞扬。

苏氏故宅。1036 年腊月十九，苏轼就诞生在这座老屋

怀着崇敬的心情，我参观了苏轼当年出生的那间老屋。老屋的正中墙上，挂着一幅“八仙”之一的张果老画像。那是苏洵用一只玉镯从市场上换来的。苏轼没来世前，苏洵的长子不幸在四五岁时夭折了，因此，他每天早晚都要向这幅张果老画像祷告，盼望着能早日再得到一个儿子。苏轼降生那天，二十七岁的苏洵在书房里不住地踱来踱去，一会儿心不在焉地翻翻书桌上铺开的《易经》，一会儿看看墙上挂着的泛黄的屏幅，一会儿又忍不住听听里屋有什么动静。随着一阵婴儿坠地的呱呱声，小小的天井院响起“苏家有后代了”的欢呼，苏洵心上悬挂的一块石头才算落了地。全家人无不欣喜万分，祖父苏序立刻让家人张灯结彩，燃放鞭炮庆贺。自从长子夭折以后，苏洵日夜盼望着再有个聪明的孩子来继承他的学业，因此，还没等到里屋收拾停当，他就迫不及待地走了进去，想早一眼见到初生的儿子。当他看见襁褓中的婴儿背上长有一颗黑痣时，便对沉浸在产后痛苦与希望交织之中的程夫人说：“孩子背上有一颗黑痣，状如星斗，兆应才华横溢，如江水浩荡，不纳浊流，可望成才，充当国家栋梁。”程夫人微笑着点了点头。正当夫妇俩商量着要给初生的婴儿起个名字时，东方的一缕晨曦射进窗棂，老屋里顿时泛起灿烂的霞光。苏洵思忖片刻，以商量的口吻对程夫人说：“我早就想好了，就给孩子取名为‘轼’，字‘子瞻’吧。这您是知道的，‘轼’是车前的一种横木，乘车的人可以站在车前，手扶这根横木向远方眺望。我希望儿子长大后能站立车前，出人头地；能瞻望前方，见识高远。”程夫人沉吟了一会儿，说：“就是《曹刿论战》中说的‘下视其辙，登轼而望之’

吧？曹刿这次打败了齐军，为鲁国立了大功，咱们的儿子将来也能为国家立功呢！”程夫人说到这里，脸上泛起分娩后的红晕，接着也以商量的口吻对苏洵说：“按男女分别排行，这孩子的字应该排为‘仲’。长子不幸早夭，为讨个吉利，就定个‘和仲’吧。”苏洵满意地点了点头。后来，苏洵还专门写了一篇《名二子说》：“轮辐盖轸，皆有职乎？车而轼，独若无所为者。虽然去轼，则吾未见其为完车也。轼乎，吾惧汝之不外饰也。”他虽然希望儿子长大后能出人头地，见识高远，同时也不免担心儿子将来不谙人生之道，太直露，不会外饰，招来风波。苏轼的坎坷一生证明，父亲还是言中了的。按照苏轼的生日，他的降生是在天蝎星之下，以他晚年的话说，这就决定了他一生要饱经忧患罹难。正如“唐宋八大家”之首的韩愈一样，也是出生在同样的星座，所以一生中常常被朝廷流放，还险些因谏迎佛骨掉了脑袋。这种认识今天看来固然不可取，但我们也绝不能以现代人的世界观来苛求古人的历史局限。苏轼在北宋较好的皇帝（仁宗）在位期间长大，在一个心地善良的皇帝（神宗）在位期间做官，在一个十八岁的呆子皇帝（哲宗）登上王位之时遭受贬谪，晚年还被流放到琼州海峡对岸的儋州，于颠沛流离中走完了自己的一生。但天蝎星决定的人生命运只能是官运，而他在文学、艺术上放射出的万丈光芒必定使天蝎星黯然失色。巴蜀钟灵之地上，继司马相如、扬雄、陈子昂之后，又走来了一个苏东坡。宋仁宗嘉祐元年（1056），苏轼与弟弟苏辙随父亲苏洵进京赴考，于第二年通过礼部考试和殿试，兄弟双双同登进士及第，一时轰动京师，深受主考官欧阳修的赏识。嘉祐五年（1060），苏轼参加了皇帝主持的制科考试，以优异成绩进入三等，被授予大理评事，从此踏入仕途。虽然他在政治上屡遭挫折，终生不得志，却在文化上建树了辉煌的业绩。无论是其诗、词、文，或是书、画，都代表了一个时代的最高成就。他身后留下《东坡全集》一百卷，收录两千八百多首诗，三百五十多阕词和四千余篇散文。在书法上，他创造了“端庄杂留丽，刚健含婀娜”的风格，终成北宋书法“四大家”之一。在绘画上，他创造了“文人画”的理论，主张绘画要有诗的意境，要体现艺术家的人格和个性，对中国画的发展起了重要的作用。苏轼，这颗从北宋文坛上冉冉升起的新星，千百年来一直闪耀在祖国灿烂的文学星空。

三苏祠的南边，有座清静的小书房。书案上堆满了苏轼读过的线装书，《论语》《春秋》《诗经》《楚辞》《战国策》《庄子》《韩非子》以及陶渊明、李白、杜甫、白居易、王维、韩愈、柳宗元等人的各种选集，旁边还有苏轼使用的铜笔架、狼毫笔和石砚。苏轼少年时，一边在这里自己诵读诗文，一边去眉山镇西边的寿昌小学读书。学校的先生叫刘巨，学问颇深且喜爱诗歌。一天，他在课堂上把自己写的《鹭鸶诗》诵给学生们听。苏轼听着听着，脑海里不时浮现出岷江边那大片大片的芦苇荡。他想，惊起的鹭鸶一定会落到芦苇荡里藏起来，继而又想起《诗经》“蒹葭苍苍，白露为霜”的句子，于是站起来恭恭敬敬地说：“先生，您这首诗的末两句说‘渔人忽惊起，雪片逐风斜’，我觉得把‘逐风斜’改为‘落蒹葭’，也许会更好些。”先生仔细地品味了苏轼修改的诗句，连连夸奖改得既形象又贴切。这件事传到苏洵的耳朵里，让他很是高兴，但他马上想到，自己少年时因疏于学业，结果一事无成，直到二十七岁以后才“始发愤，读书籍”，至今还懊悔不已。他吸取了自己早年不努力学习的教训，发誓不让儿子再走自己的老路。于是，他严肃地对苏轼说：“做学问，要多读、多记、多写，决不能浅尝辄止，心存侥幸！”苏洵一边告诫儿子，一边要儿子背诵当日规定要背的书。苏轼从父亲手里接过《庄子》，从“秋水”篇开始，琅琅地背了起来。背完了书，苏洵又要批改儿子当天写的文章，刚看了几句，便忍不住读出声来：“人能碎千金之璧，不能无失声于破釜；能搏猛虎，不能无变色于蜂虿：此不一之患也。”苏洵读到这里，不禁赞叹连声：“这几句写得很精辟，以后经常能写出这样的句子就好了。”他一边赞叹一边从书架上取出一部《汉书》，郑重地交给儿子，说：“你把它抄出来吧！”苏轼接过《汉书》，不解地问：“这是咱家的书，为什么还要抄呢？”苏洵看着满脸狐疑的儿子说：“抄书，可以加强记忆，加深理解，锻炼毅力，还可以练习书法，这是学习的一种好方法。”从此，苏轼按照父亲的教导，每天除了完成规定的读书、作文，晚上还点着蜡烛，一字一句地抄写《汉书》，经过锲而不舍的努力，终于把几十万字的《汉书》抄完了。苏轼九岁那年，父亲外出游学，由他母亲程夫人教他读书。程夫人是大理寺丞程文应的女儿，是个有文化教养的妇女。有一天，程夫人坐在书桌边，手捧范晔著的《后汉书》，教苏轼读《范滂传》。苏轼站在母亲身边，聚精会神地听讲。程夫人说：“东汉朝廷腐败，政权为宦官把持，贪污纳贿成风，徇私枉法盛行，百姓生活在水深火热之中。有一些正直的读书人，勇敢地站出来反对宦官专政。建宁二年(169)，宦官蛊惑汉灵帝下诏令，逮捕这些读书人。其中有一位叫范滂的，曾因反对宦官获刑，刚刚从监狱里出来，捕杀他的诏令又紧跟着到了县里。他听说后主动到县里就缚，县令劝他逃跑，说：'天下这么大，哪里躲不了你？'范滂回答：'我一死，祸就消了；我要是逃跑了，就要株连大人和我的母亲！'范滂还对他母亲说：'我还有个弟弟孝敬您老人家，我可以到阴间去侍奉我的父亲，这叫作存亡各得其所，母亲就不要再为儿子悲伤了。'范母也是个深明大义之人，慷慨地说：'你今天能与因反对宦官被杀害的李膺、杜密齐名，死有什么遗憾呢！有了美名，又想长寿，世上哪有这样两全其美的事？'人们听了范母的话，个个都泪流满面。"程夫人说到这里，不觉叹了口气。苏轼早已听得眼泪汪汪，抬头望着母亲，说："如果我长大了变成范滂，您同意吗？"程夫人见儿子能说出这样的话，打心眼里高兴，她用双手托着苏轼的脸庞，意味深长地说："你能当范滂，难道我就不能当范滂的母亲吗？你如果能像范滂那样，才是苏家的好儿子！"听了母亲的话，苏轼感动极了，一头扑进母亲的怀里。

在天井院的一角，有一眼小小的古井。如今，这眼苏宅古井已长满青苔，井栏已现斑驳，游人每至此，总会驻足沉思。是啊，正是这眼小小的古井，以汩汩不息的清流哺育了苏氏两代大文豪！院内古木荫翳蔽日，有古拙的黄荆、质朴的丹荔、耸干的梧桐，还有些连名字也叫不出来的树木。特别是堂前那几株金银桂树，银白金丹，争奇斗艳。这是后人为追念"三苏"文章"天香云外"而独具匠心培植的。适逢八月中秋，桂树吐金绽银，溢香流馥，游人至此，无不思而忘返。流连于此，或诵"赤壁"之赋，或歌"大江"之章，体会定会更深切些。故宅现改为"三苏"陈列室，室内展出苏门族谱、"三苏"手迹影印件及拓本，还有后人赞颂"三苏"的作品，如明代仇英所作的《东坡笠屐图》、清代冯会所作的《三苏图》等，都已成为稀世珍品。踯躅其中，似徜徉在一座硕大无比的文学殿堂，又似遨游在深奥莫测的文学海洋，使人在接受琳琅满目的陈列品的熏陶后，心头由衷升腾起对"三苏"的无比崇敬之情。陈列室对面有东西两座碑亭，东亭内立三苏祠祀碑，历代游人，多于此驻足观看，购得拓片珍藏。

过启贤堂院，到了木假山堂。宽敞的堂室里陈列着一座木假山，三峰雄峙，大有"刺破青天锷未残"状。木假山本系高大楠木的根，因在地下长期遭受水泡，颜色变得黝黑，质地不但没有被腐蚀反而更加坚韧、硬朗。苏洵是一位收藏大家，常常为了购置珍藏品而付出高昂代价。一次，他脱下心爱的貂皮袄换回了一座木假山，如获至宝地陈列于私宅中,并为此作了一篇《木假山书》并诗,以木假山的品格自勉,同时以此教诲子孙。因苏洵珍爱此物,嘉祐四年(1059)十月,父子三人离家赴京都汴梁时,将木假山一同运到京城居所南园庭内。今游人看到的木假山已不是苏洵换回的那座,而是清道光年间眉山书院主讲李梦莲,在城外水边见到一个巨楠的根,遂出资购回安置在苏宅原木假山堂,使木假山堂恢复了原貌,从而名副其实。驻足木假山前,见眼前三峰兀立,拔地峥嵘,使人自然想到雄峙祖国文坛的豪迈"三苏"。于此诵读苏文、苏词,观山赏景,也会神思飞扬,想到峨眉三峰,文思如汩汩清泉而出。与木假山堂隔池相望,在茂林修竹之中掩映着一处清雅别致的建筑,那就是来凤轩,左右楹柱上镌刻宋诗的开山祖梅尧臣题赠苏洵的诗句:"日月不知老,家有雏凤凰。白鸟戢羽翼,不敢呈文章。"此轩原为启贤堂西轩,是幼年苏轼、苏辙读书的地方,苏洵改名为"来凤轩",隐含"家有雏凤凰"之意。苏轼兄弟不负父亲殷切希望,果然双双凤鸣于世,振翮于宋代文学长空。与来凤轩隔溪相望,是一座云屿楼,为清光绪年间四川督府张之洞所建。楼高两重,窗牖敞开,登楼凭栏,眺望三苏祠全景,一幅独具特色的西蜀民居图画映入眼帘,古朴的老屋,疏朗的院坝,葳蕤的林木,曲幽的小径,恬淡、朴实、雅致、豁达,一如主人的性格与品行。与云屿楼同时建筑的,还有瑞莲池畔的披风榭。榭为歇山式重檐八角,翼然起姿,若凌空起舞状。榭后一块巨石上,今人塑有苏轼侧身盘坐的雕像,睿智的目光,正炯炯地俯凝着换了人间的大地,似在构思酝酿"大江东去"的鸿篇新作。于此情此景中,与苏轼对目交流,我深深地感悟到,深厚文化积淀的巴蜀灵气,知书达礼的家庭教育,在苏轼一生中起了重要的启蒙作用。

三苏祠内,"三分水面,三分翠竹"。游过三苏祠的人都会不约而同地感到,祠内绿化植物中,尤以修竹为多。一垄垄,一簇簇,连缀成一片竹的海洋,微风起处,竹叶浮动,飒飒作响,蔚然成为一道亮丽的风景。苏门爱竹犹如爱莲,植竹、爱竹、崇竹似乎成了传统。苏轼年少时,常常在功课之余随母亲在修竹夹道的庭院里散步。一次,苏轼问母亲:"我家庭院里,为何绿竹特别多?"母亲启发道:"你祖父和父亲都爱种竹,你知道为什么吗?岂不闻'养成数竿新竹,但愿直似儿孙'!"苏轼点头会意,从此便"朝与竹乎之游,暮与竹乎之朋,饮食竹乎间,偃息竹乎阴",立志效法竹之"直",做一个高风亮节之人。他甚至提出了"宁可食无肉,不可居无竹。无肉

披风榭。翼然起姿,若凌空起舞状,寓意苏轼自幼便有凌云之志

令人瘦,无竹令人俗”的见解。故此,三苏祠也就有了“五亩自栽池上竹,三人同作月中游”“门前万竿竹,堂上四库书”之誉。而那三分水面上,荷叶田田,香远益清,更是吸引众多游人注目赏析。这生长着茂密莲藕的池塘也是当地一大景观,“苏宅瑞莲”自明代以来就是眉州八大景之一。夏秋季节,满池荷花,并蒂开放,苏轼做完功课,常常邀来一帮幼童,于池畔一边赏花,一边泼墨作画。有诗曰“奇池荷极盛,并蒂兆科甲”“瑞莲拥双花,湖光涵万象”,以池中瑞莲花开并蒂相映隐喻苏轼兄弟将来要双双金榜题名。所幸的是诗中的隐喻几年后果然得到应验。而且,莲花的美好品格还启迪了苏轼兄弟的道德情操,以至于他们在人生的路途上不为世俗所污,始终自持操守。这也正是其父苏洵当初于池塘中植莲的良苦用心。流连于瑞莲池畔,与“花之君子”交流心得,与“人之俊杰”畅谈体会,不时从现实回溯到历史,又从历史走向了现实,心灵得到了净化,认识得到了提升,收益绝不是披览“三苏”全集所能得到的。边思边行,边行边思,一路上步步是景,每处景点既是小巧旖旎的自然景观,又是被文学氛围笼罩的人文景观。在竹木掩映之中,有一个呈八角形水池,传为苏轼兄弟少年时期写字、作画、为诗、著文后洗笔砚的地方。苏轼十二岁

那年,偶然于家屋后圃空隙地里,挖出一块沾满泥土的方石头。他用手把石头揩干净,见那石头呈浅绿色,形状有点像青鱼的脊背,质地细腻柔润,而且夹杂着细小的银星。他捡来块石头用力敲了敲,那鱼脊形的石头立刻发出悦耳动听的声音。苏轼如获至宝,抱起那块石头回到家里,交给了父亲。苏洵精心把它磨制成一方砚台,用其研墨,果然细而滑腻。苏洵称其为"天砚",逢人便说:"吾儿掘地得砚,此兆吾儿'文字之祥也'!"从此,苏轼天天以此砚磨墨练字习画,用毕,即去书房旁的小池塘里洗涮。年复一年,苏轼不仅能画一手好画,而且还依王羲之、褚遂良等书法家的字帖临摹练字,终于练成了楷、行、草书都入体传神的好字。后人称此池塘为"苏轼洗砚池"。俯身洗砚池,见那池水绿得透底,可鉴毛发。伸手一撩,又碧又亮,毛发散为涟漪,随波漾开,令人感到"茫然不悟身何处,水色天光共蔚蓝",活灵活现一幅惟妙惟肖的水墨画面。这时,再环顾三苏祠园,那一楼一榭,一亭一台,都朦胧为"三苏"诗词文章的境地;一花一草,一树一木,都氤氲为"三苏"诗词文章的立意;一池一井,一溪一渠,都依稀为"三苏"诗词文章的韵律……

据史书记载,少年苏轼在课余,还常常和弟弟苏辙一起,到城南郊去欣赏一处"松江夜渡"的景色。传说这松江畔的紫柳下,有一只无人撑篙的渡船,每天黄昏时

苏轼塑像。"乱我须与眉,散为百东坡。"

分,那渡船便神奇地穿梭于两岸渡口,巧渡夜行之人。兄弟两人在渡口的柳树下,一边看着那神奇的灵舟夜渡,一边背诵前人的诗句:“郡城南下渡悠悠,行尽烟村水漫流。寄语莫愁前去晚,柳荫河岸有灵舟。”他还经常到城东玻璃江边的蟆颐山去,相传古代那座山上有一棵参天大树,树上高悬万盏天灯,每到夜幕降临时分,天灯齐放如万道霞光,照得眉山城一片灿烂。少年苏轼沐浴着这些神话传说,接受民间文学的熏陶。山下的玻璃江清澈碧透,锦鳞翔集,微波荡漾。每当三五之夜,月出东山,紫气升腾,溶溶月色,轻抚江波,诗情画意,尽在一江夜月之中。苏轼常来此览物寄情,酝酿诗文。城西有座象耳山,传说唐朝时候,就在这山下的澧水边,有个老婆婆将一根铁杵磨成了绣花针。少年李白路过这里,受到老婆婆“只要功夫深,铁杵也能磨成针”的教诲,遂在山上筑台读书,终成一代大诗人。少年苏轼效法少年李白,也常到山上的读书台去读书。有时,苏轼还登上眉山古城墙,远眺被皑皑白雪覆盖的峨眉山三峰,吟诵“名山高与斗牛齐,积雪连云望欲迷”的诗句,心潮起伏,浮想联翩,少年壮志与峨眉齐云共长。

在“百坡亭”驻足小憩,面前的瑞莲池绿得可爱,洇湿了四周的景物,染绿了碧空长天。陶醉于这绿色的海洋,踽踽行走于池中长廊,那亭,那榭,那翠竹,那古树,那幽径,那游人,连同我自己,都浮在这绿海上了。一阵风起,池水乍惊,水中倒影,恍恍惚惚,扑朔迷离。当年苏轼曾在这里吟出了“乱我须与眉,散为百东坡”的诗句,“百坡亭”即由此而来。我倚在栏上想,前人对后学者寄予了希望,他们并不以灵秀之地出了“三苏”而独尊,而是期待着涌现更多的文学大家。不是吗?巴山蜀水,孕育出一代又一代文坛精英,当代的郭沫若、巴金便是其中的代表。想到此,我凝视着树荫下的苏轼塑像,他正以期待的目光注视着游人……

米家山水

——访米芾故里

在一个秋风瑟瑟的日子,我拜访了宋代大书画家米芾的故里——襄阳“米公祠”。

米公祠原名米家庵,位于襄阳西南隅的柜子城头,始建于元代,扩建于明代,清代康熙朝又予以重建,达到了现在的规模。汉江从它脚下奔流而过,站在江堤上,远望烟光凝紫,近视寒潭清澈,在漫天秋风里,这座古老的祠堂看起来是那么的古朴,“米公祠”几个白色大字显得异常凝重。祠前矗立的“米氏故里”和“米家山水”碑刻,标示出米芾故里的所在和他的书画艺术特色。襄阳丰厚的文化底蕴与汉江恢宏的人文气质,在这里共同孕育了我国书画史上一个书画大家。此刻,我站在米芾故里的门前,听江风和着秋风吟唱,依稀从这座古祠中,不,从古老的历史中走出一位老人,正用如椽的巨笔饱蘸着汉江之水在湛蓝的天幕上书写着什么,我仿佛感到有“风樯”“阵马”正“沉着痛快”地阵阵袭来……

米芾,原名米黻,宋仁宗皇祐三年(1051)出生于一个官僚地主家庭,其高祖、曾祖以上多为武职官吏。父名佐,字光辅,始读书学儒,官左武卫将军,赠中散大夫,会稽公;母阎氏,曾为宋英宗皇后高氏的乳娘,赠丹阳县太君。米芾幼时,因母亲做乳娘的原因,也得以生活在皇亲国戚的豪华邸宅里。他自称是楚国芈氏之后,书画

米公祠又名“米家庵”，位于襄阳柜子城头，是瞻仰书法家米芾的一处胜迹

落款常自署“芈黻”或“楚国芈黼”，号“鬻熊后人”“火正后人”。因出生于襄阳，号“襄阳漫士”“米襄阳”。直到四十一岁后，米黻才改名为米芾，字元章。米氏原籍太原，先辈早年迁移到襄阳，居住在柜子城头。米芾中年爱润州（今江苏镇江）江山之胜，曾筑海岳庵于城东，遂号“海岳外史”；后官知淮阳（今江苏邳县），又号“淮阳外史”。此外，还因为官、收藏等缘故，有“中岳外史”“净名庵主”“无碍居士”等别号，而晚年自称“米老”。

米芾十八岁那年，高氏之子赵顼即皇帝位，是为宋神宗。高氏贵为太后，念及阎氏的乳养旧情，特例恩准米芾为秘书省校字郎。这是米芾平生第一次做官，此后，他又历知雍丘、涟水军太常博士，知无为军，召为书学博士，擢礼部员外郎，出知淮阳军等，虽历官十八任之多，但终其一生，只是“三加勋，服五品”，官阶并不大，最高也不过是个“擢列星曹”的礼部员外郎。他尽管官低言微，但为官还算得上清正。在雍丘任上时，他见胥吏催租逼人，闹得民怨沸腾，愤而作诗：“白头县令受薄禄，不敢鞭笞怒上帝。救民无术告朝廷，临庙东归早相乞。”隐隐流露出既不敢获罪朝廷，又不愿向饥民逼租的无奈。他在官涟水时，自然灾害频繁，旱灾之后，继遭水灾，接着又是冰雪，农民几乎颗粒无收。一次，他路过邵伯，看到那些为防旱而用泥土堵塞的通湖河道，因地主豪绅只顾一己私利，仍不疏通放水，以致积潦不能排泄。为此，他写信逐级反映，诉说这些损害农民利益的事情。他在自己的座右铭中写道："进退有命，去就有义，仕宦有守，远耻有礼，翔而后集，色斯举矣。"委婉地道出了对自己为官经历的评价。然而宋代自绍圣以后，元祐旧党朔、蜀、洛三派被贬谪殆尽，朝中奸臣当道，米芾再也无心为官，居然在官邸习起书画来，以至于"任满之时，归橐萧然"。

米芾平生所好，只在于书画。他生活的时代，正是北宋朝文化艺术复兴时期，印刷术的进步，推动了文化艺术领域的革新，各种新思潮不断涌现。就在这样的历史环境中，米芾不断地把传统书画艺术精华融入新思潮之中，躬身实践并逐步完善着自己独具风格的书画艺术创造，最终成为与苏轼、黄庭坚、蔡襄齐名的宋代书画家。米芾在书画艺术上的深邃造诣和深远影响，在我国书画艺术史上独树一帜，吸引众多的书画艺术界人士络绎不绝地到米公祠凭吊、瞻仰。米公故里也因此名扬四海，光芒四射。

襄阳是一座有着悠久历史的古城。它"北通汝洛，西带秦蜀，南遮湖光，东瞰吴越"，有着丰厚的文化底蕴，名胜古迹众多。米公祠便是其中的一个。奔腾不息的汉江日夜不停地从它的旁边流过，膏润着这座书画艺术的殿堂熠熠生辉。是灵性的汉江孕育了这颗人文明珠，这颗人文明珠释放的光泽又使汉江因此增辉。现米公祠庭院清静，碑碣林立，怪石棋布，树木参天，花卉遍地，于一派清静中渗透出幽邃的意境。步入庭院，绕过一堵爬满藤蔓的镂空屏风，人们就会惊讶地看见，一个个奇形怪状的石头仰卧在那里，似在诡秘地向过往行人诉说着什么。米芾生前爱石成癖，明代著名文学家袁宏道曾经把东晋陶渊明之爱菊、宋代隐士林逋之好梅与米芾之嗜石相提并论。在米芾的仕途生涯中，他放着好地方的官不做，却主动请求到偏僻的涟水当了一任小官，就是因为涟水邻近灵璧，而灵璧又是一个盛产奇石的地方。他在任时收藏了不少灵璧石，整日把玩，自得其乐。一次，朝廷派按察使到涟水视察，听到米芾搜玩石头的事，责怪他说："朝廷将涟水百姓交给你去管理，你怎么能丢下他们而整日玩弄石头呢?"米芾听了，不露声色，不慌不忙地从袖中取出一块精致的灵璧石,让按察使看,按察使却无动于衷。米芾将石放入袖中,又取出一块更奇巧的灵璧石,再让按察使看,按察使还是不看。米芾又将石放入袖中,最后取出一块巧夺天工的灵璧石,对按察使说:“这种奇石,怎么能不爱呢?”按察使看着看着,突然从米芾手中夺过那块奇石,说:“这等宝物,谁能不爱?!”现在,游人到米公祠,看着祠内这些奇形怪状的石头,都会不约而同地想起米芾拜石的故事来。传说米芾生前,每每遇到形奇态怪的石头,都要穿起官服,虔诚地三叩九拜。据《无为州志》记载,米芾到无为上任时,见马厩中一石甚为奇特,有一丈多高,大为惊喜地说:“此石足以当吾拜。”遂命左右取袍笏,伏地拜之,呼曰“石丈”,并建亭护之。清人沙白有《拜石亭》诗:“昂然一片石,独立清池边。伛偻屈膝向石拜,为问米公颠不颠?君不见宣和之末天下乱,艮岳嶙峋插霄汉。当时多少衣冠流,袍笏趋跄拜童贯?”另据《宋史·本传》记载,米元章守濡须日,闻有怪石在河堧,莫知其所自来,人以为异而不敢取。公命移至州治,为燕游之玩。石至,遽命设席拜于庭下曰:“吾欲见石兄二十年矣!”为此,元人倪瓒专门写了一首《题米南宫拜石图》:“元章爱砚复爱石,探瑰抉奇久为癖。石兄足拜自写图,乃知颠名不虚得。”米芾又据此诗,自写了《拜石图》,后世画家也多有绘《米颠拜石图》者,故米芾拜石一事,历代传为佳话。今宝晋斋前立有一块异石,据《书异石帖》记载:“西山书院,丹徒私居也。上皇樵人以异石来告余,状类泗淮山一品石,加秀润焉。余因题为‘洞天一品石’,以丽其八十一数,令百夫辇致宝晋斋。又七日,甘露下其石,梧桐、柳、竹、椿、杉、蕉、菊,无不沾也。自五月望至廿六日犹未已。”得异石于甘露下,当属有意神化,但相传米芾有“瘦、透、漏、皱”四字相石法,则该石定为珍品无疑。回味着这些妙趣横生的故事,再仔细地观赏这些石头,我发现它们的确是有的瘦得坚拔,有的透得疏朗,有的漏得淋漓,有的皱得沧桑……瘦的如假山,透的如琥珀,漏的如水帘,皱的如江波……观赏着它们,仿佛是在赏析一幅幅泼墨挥洒的山水画大写意。

穿过“墨园觅胜”门,迎迓游人的是一座翘角翼檐的玲珑亭子,曰“洁亭”。洁亭因何得名,自然有典。据《宋史》记载,米芾一生性好洁,爱洁成癖。有一次,米芾应邀去朋友家作书,字写完后,他用清水一遍一遍地洗着手上的墨渍,就是不用主人送过来的巾帕,而是当众将双手拍得山响,以甩干手上的水分。原来,他是怕朋友家用的巾帕不干净,弄脏了他的手,闹得朋友很是尴尬。还有一次,米芾得到了一方珍贵的玛瑙砚,约朋友来一同欣赏。他向朋友夸耀,说那是稀世之宝,价值连城。朋友知道米芾有洁癖,特意先用巾帕擦了擦手,然后才郑重地拿起那方玛瑙砚端详。朋友边看边说,这方砚看起来的确很好,但不知发墨如何,就吐了一口唾沫在砚上,拿起墨磨了起来。米芾见状,陡然变了脸色,近乎斥责地说:“你怎么能把唾沫吐在砚上呢?这砚已经被你弄脏了,我不要了!你就拿走吧!”米芾有两个女儿,大的已经出嫁,小的尚待字闺中。有个年轻人登门求婚,递上了自己的名刺。米芾接过一看,只见上边写着“段拂,字去尘”,顿时高兴地说:“既拂矣,又去尘,真吾婿也!”就毫不犹豫地把自己的小女儿许配给了那位年轻人。今站在洁亭之中,回味这些颇有些滑稽可笑的故事,似觉米芾正颠颠地向我们走来……

“米家山水”碑,标示出米芾故里的所在及他的书画艺术特色

然而,祠院内最吸引人的,还是镶嵌在墙壁上的琳琳琅琅的碑碣。那简直就是一条书画艺术的长廊,一个书画艺术的海洋,一座书画艺术的殿堂。说实话,于书画艺术,我是个门外汉,小时候曾偶尔习过“米南宫字帖”,但不谙其妙。现在,我悉心观摩着这一方方碑碣,好像一个亟待启蒙的学生,霎时感到书画艺术是那么的博大精深,那么的诱人向往!随之而来的便是强烈的求学愿望,真后悔自己早年没能涉身墨海,追随先贤。这些碑碣,荟萃了米芾书画艺术的精华,笔法或圆润,或奇崛,或苍劲,或纤秀,或浑实,或柔韧,或清峻,或险拔……一撇,一捺,一挑,一钩,巧妙地构成纯天然的意境,就像大江中的风樯、战场上的奔马,气势飞扬,锋芒凌厉。它们原藏宝晋斋内,后因军阀混战,米公祠常被乱军驻扎,碑碣多有被毁坏之虞。米氏后裔为保护先辈遗物,忍痛将这些碑碣剥离下来运到家中。抗日战争时期,日本飞机狂轰滥炸,为避免这些碑碣毁于战火,米氏后裔在院内掘个大坑,把它们深深掩埋,抗战结束后,才将它们挖出置于家中,供人临摹、观赏。后来,米氏后裔献出了这些碑碣,运回米公祠内。这就是我们今天所能看到的镶满祠内壁间的碑碣。

米氏后裔为保护我国珍贵的文化遗产，功莫大焉！

米芾是一位极具书法天赋又异常勤奋的人，自幼便对书画有着很强的悟性。他七八岁时即学颜真卿书法，能作大字。十岁时写碑刻，人夸有李邕笔意，他还不以为然。后来看到柳公权的字紧结，便又学柳。当悟出柳字出于欧阳询书后，又学欧书，兼临褚遂良，接着学“二王”，特别是接受王献之影响。由此可以看出，他学书并非好高骛远，而是从楷书入手，由浅及深，循序渐进，而且不墨守于一家之法，择善而从，长则学，短则弃，博取诸家之精华，融会贯通，终于自成一家。故他在《海岳名言》中说：“壮岁未能立家，人谓吾书‘集古字’，盖取诸长处，总而成之。既老始自成家，人见人，不知以何为祖也。”另外，米芾练书法的勤奋也是令人称道的。他曾经说过：“学书须得趣，他好俱忘，乃入妙；别为一好萦之，便不工也。”又说：“一日不书，便觉思涩，想古人未尝片时废书也。”还说：“智永砚成臼，乃能到右军。若穿透，始到钟（繇）、索（靖）也，可不勉之。”他尤其崇尚晋人书法，因此下了很大功夫去临摹晋人法帖：“孜孜摹学，一戈一点，得意外之旨，出入规矩之中。”《宋史》也说他“尤工临移，至乱真不可辨”。他临摹的晋唐真迹，无一日不展示于几上，手不释笔精心演习。晚上则将所临摹真迹收进锦箧，放在枕侧才能安稳睡觉。久而久之，他临摹的字帖达到了以假乱真的地步。他说：“学书贵弄翰，谓把笔轻，自然手心虚，振迅天真，出于意外，所以古人书各各不同。若一一相似，则奴书也。其次要得笔，谓筋骨皮肉，脂泽风神皆全，犹如一佳士也。又笔笔不同，三字三画异，故作异；轻重不同，出于天真，自然异。”他曾临摹王献之书帖一卷，藏于某官人家中，后来辗转到了当时的大科学家沈括手里。有一天，书朋画友聚会，各人出示所珍藏之书画精品，当沈括展示米芾临摹的那帖王献之书法作品时，米芾当众脱口而出：“这是我写的！”众皆愕然。沈括

米芾塑像。看不出丝毫“颠不可及”的模样

这时才恍然大悟,知米芾临摹功夫已达到真假莫辨、出神入化的境地。如今,祠内壁间镶嵌的碑碣无一不表现出他博采众家之长而形成的“天真自然,超逸洒脱”的“米家山水,自成一派”的艺术个性,标志着他在书画艺术上开创出自成一家的风格。

追溯米公祠的历史,最早是元代至正年间在米芾故宅的基础上修建的。至明代,兵燹频仍,致使旧址荡然,仅留废墟:“三尺残碑卧道旁,剜泥认是米襄阳。一船书画人争羡,半亩荒庄仍自荒。”真实地描绘出当年米公祠的凄凉景象。清代康熙帝喜爱米芾书画,时常收集米芾真迹,临摹米芾字帖。皇帝雅好米字,地方官员心领神会。康熙三十三年(1694),时任襄阳道宪御使的邵嗣尧,召集米氏族人及地方士绅说:“夜梦米南宫,先贤求助建祠。”众皆响应。于是扩庵为祠,立起了“米氏故里”碑。据《襄阳县志》载:“米公祠在樊城朝觐门内,祀宋知淮阳军米芾。祠前有墩,中为衢路。雍正五年(1727),知府高茂选建桥于墩,令与祠接,下作券门,以通行路,筑亭墩上曰面墩亭。又得公墨迹勒石,今祠中存石刻四十五方。祠前有明人陈继儒所撰志林序碑,碑阴刻净名斋记。券门内外有米氏故里新旧二碑。乾隆间,同知王正功改面墩亭曰洁亭,以表公志。”以后,又多次遭受兵火涂炭,祠宇坍圮无存,人们今天看到的米公祠复建于清光绪元年(1875),门额横匾上“米公祠”三个大字是清文渊阁大学士、襄阳人单懋谦的手笔。两边有联句为:“汩汩襄江流不尽米家山水,堂堂华胄最难忘宋代宗师。”堂屋正中,悬挂着一帧米芾自画石刻拓像,两边有“千古临池推逸名,九重拜石仰高风”“衣冠唐制度,人物晋风流”等名家书写的对联。站在米芾石刻拓像前,仰望米芾一身唐人打扮,狂放、诙谐、怪诞的性格所展露的模样和表情一如他的书画艺术,汪洋恣肆、放荡不羁,给人以诙谐的亲切感。

米芾、米友仁父子,人称“大小米”,既是宋代著名的书法家,又是著名的画家和诗人。他们在绘画艺术上都有很高的造诣,世人称赞的“米氏云山”或“米家山”就是米氏父子的独特创造。他们以“天真平淡”“不装巧趣”的画技开创出一种流派,对有宋以来的画风产生了深远的影响。米芾的画法不求工细,多用水墨点染,自谓“信笔作之,多以烟云掩映树石,意似便已”,突破了勾廓加皴的传统技法。友仁继承父法,亦作梅、松、兰、菊等花卉画,晚年并画人物,自称“取顾(恺之)高古,不入吴生(道子)一笔”。如今,知米芾是著名的书画家者甚众,然而,知他是诗人者却寥寥。其实,米芾不仅书法独特,画法犀利,诗亦雄奇诡异。“天排云阵千家吼,地拥银山万马奔”“几番画角催红日,无事沧州起白烟”“断云一片洞庭帆,玉破鲈鱼金破柑”等,都是历代传诵的名句。在中华文化发展史上,诗、书、画某一领域成大器者大有人在,但诗、书、画皆绝者却屈指可数,而米芾就是其中的一位佼佼者。同朝的王安石非常喜爱他的诗,曾摘书扇面,日夕观赏。苏轼对他更是赞赏有加:“但念吾元章,迈往凌云之气。清雄绝俗之文,超妙入神文字……恨二十年相从,知元章不尽。”

穿过堂屋正厅,是一处幽深的院庭,内有一棵古银杏树,虽饱经沧桑仍不失生机勃勃,树干挺拔,繁枝撑天,据传已有四百多年树龄。古银杏树的荫翳下,有堵由《重修米公祠碑记》《米南宫志林序》《净名斋记》《米氏宗谱序》《米氏世系序》等五通石碑组合起来的影壁。这堵石碑影壁,记载着宋代以来米氏家族的变迁,是一个碑立的米氏家谱。据《米氏世系序》碑记载,米氏“子孙世居于樊,裔孙士元为万户,侨居陕西。至正间,孛罗帖木儿入陕,据其省,扩廓帖木儿遣将与凤翔府屯军李思齐合兵,孙讳仲良者万户之裔也,家于陕西凤翔府岐山县塔儿湾。迫于兵燹,复适襄阳,仍觅樊之故地居焉。时襄樊屡陷没,人物一空,幸先迹未尽泯灭。传有米家庵在襄之柜子城,建茔于斯城之隈,营室于襄城之关上,置产于樊城之沟中……”明白无误地介绍了米氏家族的变迁过程。院内两边建有碑廊,共有十六间之多,饰以雕刻,古香古色。廊内陈列着米氏父子及黄庭坚、蔡襄、赵孟頫等人的遗墨刻石,满壁珠玑,琳琅满目。游人从这些碑碣上,除了欣赏米字风范、体会米字韵味,还可欣赏到其他书法大家的作品。其中米芾的《题二王书跋尾诗帖》,笔锋所指,如峭峰摩天,如古藤委地,如快剑砍阵,如砥柱击流,使人感到一种奔马迅疾、酣畅淋漓的气势迎面扑来。他晚年创作的《动静交相养赋帖》,更是达到了炉火纯青的地步。其文为唐代白居易所作,人们可以在欣赏米字艺术的同时,回味白诗所表达的

一条书画艺术的长廊,就像大江中高耸的风樯、疆场上奔驰的骏马,锋芒凌厉,气势飞扬

动静之美。宝晋斋前有一水池,人称“墨池”。传说有一天夜里,万里无云,皓月当空,米芾在池边一边踱步,一边赏月,于心旷神怡之中取出宝砚,汲水研墨,想书一帖得意之作。可是,池中的青蛙却叫个不停,搅得他心烦意乱,他一时性起,用力将宝砚掷入池中,那池霎时变成了“墨池”。当然,这只是传说而已,那个水池是米芾经常洗笔濯砚的地方,天长日久,池水自然就变成墨色的了。古时墨池四周风景绝佳,“池水溶漾,与亭相掩映,天光云影,上下一碧,当瞻眺之。顷境远近,孤峰列嶂,四望皆隐隐然,若起若伏,若趋若拱,若浮若沉,可尽得之于亭之中,于池之上,殆奇观也”。

米公祠后边,是米芾当年吟诗、习书、绘画的宝晋斋。米芾一生“风韵潇远,趋向高洁”,凡写字绘画,“未尝录一篇投豪贵,遇知己则不辞”。他对晋代“二王”书法推崇备至,为收藏“二王”书帖,遂建此斋。米芾以晋代书法为宝,故自为屋命名“宝晋斋”。日久天长,米芾收藏的书画越来越多,宝晋斋遂成为书画艺术的荟萃之所。正如清人卢夺锦所咏:“居官才子雪冰心,宝晋斋藏抵万金。”斋前两旁楹联为“咏楼万山风景聚,墨地濯研龟鱼藏”,横匾镌书“颠不可及”四个大字。据《宋史·本传》记载,米芾“所为诡异,时有可传笑者”。《何氏语林》也记载:“米元章居京师,被服怪异,戴高檐帽,不欲置从者之手,恐为所污。既坐轿,为顶盖所碍,遂撤去,露帽而坐。”时人称米芾为“米颠”。据《钱氏私志》记载:“徽皇(宋徽宗赵佶)闻米芾有字学,一日于瑶林殿张绢图方广两丈许,设玛瑙砚、李廷珪墨、牙管笔、金砚匣、玉镇尺水滴,召米书之。上映帘观赏,令梁守道相伴,赐酒果。米反系袍袖,跳跃便捷,落笔如云,龙蛇飞动,闻上在帘下,回顾抗声曰:‘奇绝陛下!’上大喜,即以御筵笔砚之属赐之。寻除书学博士。”还有一次,徽宗皇帝和蔡京一起谈论书法,谈到了米芾,一时兴起,即召米芾入朝,要他当面书写一幅御屏。米芾毫无准备,空手而来,没备笔砚,无奈之中,便使人回府去取。徽宗见状,便指着御案上的笔砚,让他使用。米芾捋起袍袖,挥起大笔,龙飞凤舞般地书写了一幅御屏,博得满堂喝彩,徽宗更是大加赞赏。这时,米芾捧砚向徽宗跪道:“此砚经臣米芾濡染,不堪皇上再用,请赐予臣米芾。”徽宗见他“颠”得这般可爱,就将那方砚赐给了他。米芾得了御砚,急忙揣在怀里,谢过皇恩,跑了出去,弄得墨渍满身。徽宗看着他那滑稽的样子,笑着对蔡京说:“这米芾,颠名不虚呀!”米芾一生爱砚,爱得是那么的真挚,那么的入痴入迷。他曾著有《砚史》一书,对各种砚的品样,都有精到的研究。一次,他从砚山上弄来了一方砚石,高兴得抱卧三日,不忍释手。他还蓄有砚山数座,其中最著名的一座为南唐李后主故物,后来为了生计,与人换得宅基一处。另有一座,被他的好友薛绍彭换了去,米芾后来追思成图,并题诗曰:“砚山不复见,哦诗徒叹息。唯有玉蟾蜍,向予频泪滴。”

宝晋斋正殿内供奉米氏三代牌位,正中立“宗祖北宋名贤米元章先生之位”,左立“宋敷文阁学士米友仁先生之位”,右立“宋都统江防军米立先生之位”。斋内布满了书画石刻拓片。米芾当年为博采百家之长,精研书画艺术,到处搜集古帖、古画,至今襄阳一代民间还在流传,说米芾在江淮遭贬后辞官还乡,雇了一条木船沿水路回襄阳,有大臣向皇上奏道:“米芾贪赃枉法,收受了不少金银财宝,装了满满一船送回襄阳了。”皇上信以为真,派人火速乘快船追赶,及至赶上一看,才发现满船装的都是书画。从此,“满船书画回襄阳”传为佳话。为此,黄庭坚还特意戏谑地书赠米芾一首诗,诗中写道:“沧江尽夜虹贯月,定是米家书画船。”现在,宝晋斋中

米芾推崇“二王”书法,以晋代书法为宝,故自为屋命名“宝晋斋”

的米芾手书,有许多还是他自己的诗作。米芾一生作诗一百多卷,可惜十有八九已经散失了。后人经多方搜集,仅搜得八卷,辑成《宝晋英光集》《宝晋斋长短句》。米芾将诗歌和书法有机地结合在一起,为后人留下了一幅幅珍贵的艺术精品。

肃立在米芾拓像前,仰望着这位传奇式的人物,心底不由得生起由衷的敬意。是啊,书画艺术同其他艺术品类一样,都是中华文化的重要组成部分,在悠久的中国书画史上,灿若星汉的书画艺术巨匠共同谱写了中华书画的辉煌篇章,而米芾,就是其中一颗最耀眼的明星。研究中国书画艺术史,他绝对是一位不可逾越的人物。这首先是他生活的时代玉成了他,北宋朝大变动时期出现的各种革新思潮,影响着米芾的成长并最终使他取得了成功。其次是他的聪慧。据说他六岁时即能日读律诗百首,七八岁时便在书画艺术上崭露头角;然而,更重要的还是他一生勤学苦练的结果。书画艺术与他齐名的同时代的苏轼曾经深有感触地写了一首诗赠给他,诗中写道:

元章作书日千纸,平生自苦谁与美?
画地为饼未必似,要令痴儿出诨水。
锦囊玉轴来无耻,粲然夺真疑圣智。
忍饥看书泪如洗,至今鲁公馀乞米。

正是由于米芾数十年如一日地勤学苦练,他的书画艺术成就才达到了一扫“二王”的境界。

天色向晚,我依依不舍地走出米公祠,秋日的落霞映得漫天斑斓多彩,秋风依旧和着江风吟唱着,是那么的舒缓与流畅。我站在米公祠外的江堤上,背依耸立在霞光里的米公祠,俯瞰被霞光染红了的江水,一种通古思幽的情思不知不觉地涌上心头,喷涌着,喷涌着,汇入奔流的江水,激起澎湃的浪花。那是米芾书的浪花,画的浪花,诗的浪花。

写在稽山镜水间

——访陆游故里

我去探访陆游故里,是从明丽的鉴湖开始的。

那天天气晴好,一大早,我就从绍兴城往鉴湖赶,来到湖边,登上一只颇具江南特色的画舫,缓缓地向湖中划去。据说,鉴湖过去水面很大,这些年由于江水带来的泥沙淤积,加上人们不断地围湖建筑,水面明显比过去小了。但鉴湖毕竟是一个美丽的所在,泛舟湖上,仍觉一望空阔,湖光潋滟,美不胜收。我坐在画舫里,望着眼前不断变幻的鉴湖景色,脑海里顿时浮现出诗人李白在《送友人寻越中山水》中的诗句:“湖清霜镜晓,涛白雪山来。”试想,湖面平静时,犹如一面撒满霜花的镜子;而一旦有风吹起,湖面上涌起的浪涛又如道道雪山逶迤而来,那该是多么美丽的景色啊!

陆游故里就在鉴湖北岸,那个地方叫作“三山”。陆游曾在一首诗里写道:“我初居三山,同里数十人。”他所说的“三山”,就是在方圆六七里范围内坐落着的行宫、韩家和石堰三座山头。站在画舫上放眼看去,这些山都不算高大,但一座座葱郁苍翠,玲珑秀美。在它们的怀抱里,散布着柳姑庵、塘头、石堰头、江口、祝家岸、塘湾等自然村落。现在这个地方,再也不是“同里数十人”那样萧条,而是一个人们熙来攘往的繁华乡里了。我想陆游若是能驾鹤归来,看看八百多年后的这番景象,就不会发出“岁饥民食糖糠窄,吏惰官仓鼠雀豪”那样的感叹了。

“临山依水偶占家，数间茅屋半欹斜。”陆游故居就在风景秀美的“三山”里

在一个简陋的码头下舫，船家告诉我这里便是陆游的“三山”故里。我听了不觉一阵茫然，这就是“数间茅屋镜湖滨，万卷藏书不救贫”的陆游故居吗？眼前一片空旷，别说是能藏万卷书的茅屋，就是一个小小的茅寮也没有啊！偌大一个地方，到底哪里才是陆游的故居遗址呢？我打开随身携带的资料，翻看起陆游写的那首《开东园路北至山脚下因治路傍隙地杂植花草》，诗中说：“架竹苫茅屋数椽，推开窗户即江天。”在另一首《怀鉴湖故庐》中，他还写道：“临山依水偶占家，数间茅屋半欹斜。云边腰斧入秦望，雨外舞蓑归若耶。”由此推测，可知他的故居距鉴湖边不远。我沿着湖边往前走，不一会儿，果然看见一片菜地中间立着一通石牌，上边镌刻着“陆游故里”几个大字。我的目光紧紧盯着那几个大字，心中霎时泛起阵阵酸楚。陆游在《居室记》中，把自家房屋的尺寸写得清清楚楚，就连门窗开在哪里都一一做了记录，凭着现代人的建筑技术，要仿造几间茅草屋该有何难？我做梦也想不到，蜚声中外的大诗人的故里竟会是这个样子！我想，凡是来此寻访的人，看到这般景象，大概没有人不会感到失望的吧。

这块菜地就在行宫山的南麓，四周被农田包围着，静悄悄的，偶尔可以看到有人在田间劳作的身影。我缓缓地走在菜地的畦埂上，走着，走着，好像陆游至今并没有离开这个地方一样。他出生的年代，正是北宋王朝风雨飘摇的时候。宋徽宗宣和七年(1125)十月十七日，在淮河里一条正在行驶的船上，陆游呱呱降生。他是陆宰的第三子，长子淞、次子浚，名字均从水，三子当然也得从水。因三年前其堂叔陆宣已取第四子为“淮”，不能重复；又因他恰好诞生在“水长流动”之征途中，于是取名为“游”；再因《列子·仲尼》篇有句“务外游，不如务内观”，于是定字为“务观”。那时，陆宰正以朝请郎直秘阁权发遣淮南路计度转运副使公事奉诏朝京师，自楚州携家眷经淮河去宋都汴京。陆游自称其远祖是“风歌笑孔丘”的楚狂接舆陆通，近祖是唐代丞相陆贽，而他的老师曾几则说他是晋代诗人陆机、陆云之后。几十年后，他在《诗稿》卷三十三中记载：“予生淮上，是日平旦大风雨骇人，及予堕地，雨乃止。”就在他出生的那年冬天，我国北方的金兵大举南侵，陆宰调任京西路转运副使，去畿右办理军粮，暂居泽、潞两州。陆游在襁褓中和母亲随往。宋钦宗靖康元年(1126)，金兵再度南侵，渡过黄河，攻陷汴京。陆宰在战乱中带着全家涉过淮水，南来寿春。然而，金兵又在攻陷汴京之后，继续南下，于宋高宗建炎三年(1129)再陷寿春。陆游不得不再次随家逃难，历经千难万险，辗转于兵荒马乱之中，渡江回到了山阴故里。后来，已成为诗人的陆游在回忆这段逃难经历时写道：“我生学步逢丧乱，家在中原厌奔窜。淮边夜闻贼马嘶，跳去不待鸡号旦。人怀一饼草间伏，往往经旬不炊爨。”虽然他的童年一直在颠沛流离中度过，但陆家的家学渊源还是给他以良好的遗传。陆家世代酷爱读书，注重学业，崇尚诗文。高祖陆轸是一位极有才学的人，祖父陆佃曾修撰《神宗实录》《哲宗实录》《使辽语录》等，父亲陆宰也爱好诗文，曾撰写《春秋后传补遗》。陆游从六岁开始读书，九岁依照宋人单岁入学的惯例入家塾。他勤奋好学，“儿时爱书百事废，饭冷韲干呼不来”，常常“苦学至忘寝食”，达到“经史多成诵”的地步。成童之后，他开始入乡校读书。乡校的教师中有位叫陆彦远的，是他的族伯父，推崇王安石的“新学”，特意把王安石所著的《字说》和有关《礼记》的新义传授给了他，在治学与做人上给他以极其深刻的教育。陆宰也时常夜晚为他讲《朝制要览》，扩大和丰富他的经世认识。另外，一些承继北宋文学革新传统的“故老”，也渡江南来陆家，和陆宰一起通宵达旦谈论文学，他也得以“清夜陪坐隅”，受到很多教益，因而他十二岁时便能吟诗作文了。陆家为越州三大藏书家之一，有很多藏书，这给他的读书学习创造了极其有利的条件。十二三岁时，他随父住在鉴湖中的小隐山园别墅，开始读《陶渊明集》，深深地被那淡泊宁静、清新素朴的诗文所感染。随着年龄的增长，他的活动空间也越来越广阔，在故里过着游山玩水的任侠生活，“好结中原豪杰，以灭虏自誓，商贾、仙释、诗人、剑客，无不偏交”。他遍览越中山水,来往于云门诸山之间,探访镜湖附近的名胜古迹,参谒会稽东南的大禹陵,登上蕺山的宇太阁,和志同道合的伙伴们一起谈诗论兵,习武健身,期待着有朝一日报国杀敌。十六岁时,他以荫补登仕郎资格赴临安吏部,参加出官考试,结果未能如愿。十九岁那年秋天,他又参加了在绍兴府举行的以诗赋为主的进士科初试,结果中选,荫补登仕郎。也就在此后不久,他与唐婉完婚。

说起陆游和唐婉的婚姻,就不能不去凭吊沈园。八百多年前,他们在这个地方共同谱写了一曲婚姻悲剧的绝唱。当我踏上洋河弄那条窄窄的石板路的时候,回荡在小巷中的咚咚的脚步声和心脏剧烈跳动的怦怦声急促地叩开了沈园的大门,一部悲烈的历史剧霎时在我的眼前拉开了帷幕……

陆游年幼时,陆家与其舅父家交往甚密。舅父有一位和陆游年龄相仿的千金,名唤唐婉,出息得文静灵秀,如花似玉。陆游和唐婉青梅竹马,两小无猜,相伴欢度着纯洁无瑕的少年时光。随着年龄的增长,埋藏在他们心中的爱情种子也潜滋暗长了。两人都喜爱诗词,常常于花前月下形影相随,吟诗作对,互相酬唱,倾诉爱慕之情。两家人看在眼里,也都认为他们是天造地设的一对。于是,陆家便以一支家传凤钗作为定情物,与唐家订下了这门“亲上加亲”的婚事。绍兴十四年(1144),陆游与唐婉结为伉俪。新婚燕尔,他按捺不住喜悦的心情,为妻子写了一首《菊枕诗》,情真意切,一时“颇传于人”。小俩口婚后恩爱有加,生活幸福美满。然而,“二亲恐其惰于学业,数谴妇”。他们认为陆游迷恋唐婉荒废了学业,一个劲儿地责怪起唐婉来。特别是陆母,一心盼望儿子金榜题名,登科进仕,光耀门庭,目睹儿子沉湎鱼水欢谐,甚为不满,几次对儿媳大加训斥,要她以丈夫的科举为重,淡薄儿女之情。但陆游和唐婉依旧情意缠绵,毫无“回头是岸”之意。陆母因之对唐婉大为光火,认为这样下去儿子的前程将会被断送。她来到城外的无量庵,请尼姑为陆游和唐婉算命。尼姑掐算一阵后说,他们八字不合,互为克星。陆母信以为真,劈头盖脑地抡起了“鸳鸯棒”,强迫陆游速休唐婉。陆游虽然和唐婉感情甚笃,但不敢违抗父母之命,被迫忍痛休了唐婉。这桩天作地合的婚姻,硬是被陆母生生拆散。之后,陆游续娶蜀郡人王氏,唐婉改嫁宗室赵士程,两人都以深切的苦痛,默默地生活着。陆游在严母的督教下,重理科举课业,埋头苦读三年,于二十七岁那年只身离开故里,前往临安参加进士考试,最终以扎实的经学功底和才气横溢的文思博得考官赏识,被荐为魁首。不料,同科试获取第二名的竟是当朝宰相秦桧的孙子秦埙。秦桧深感脸上无光,于是在第二年春天的礼部会试时,以"莫须有"的"喜论恢复"之过错剔除了陆游的试卷,公然勾掉了陆游的名字。进士考试失利,使陆游受到莫大的打击,他怏怏地回到故里,心中倍感凄凉。为了排遣愁绪,他时时独自踟躇在故里的山水之间,放浪形骸,狂饮高歌。山阴人有游春的风俗,在三月初五相传是大禹生日的那天,去禹陵游玩的人特别多,人们几乎倾城而出,携带供飨,来禹陵游赏。绍兴二十一年(1151)大禹生日那天,陆游也来游禹陵。游完禹陵后,他又到附近的沈园去游玩。沈园奇石嶙峋,花木扶疏,碧池如镜,曲径通幽,也是当地人踏青游春的一个好去处。那天中午,陆游正在园中游览,突然看见园林深处走来一位锦衣女子,定睛一看,竟是阔别十几年的前妻唐婉。两人悲喜交集,相对无言,满腹的话儿不知从何说起。沈园的不期邂逅,使陆游无限悲戚,唐婉更是感慨不已。就在陆游暗自神伤之际,唐婉遣人送来酒肴款待陆游,排解各自心中的积郁。哪知,借酒浇愁反而愁上加愁,陆游禁不住忆起往事,遂泛起旧情,陷入极度悲哀之中。他一时难以用言语表达自己的复杂心情,一阵沉思之后,提笔在一堵粉墙上题写了一阕《钗头凤》词:"红酥手,黄縢酒,满城春色宫墙柳。东风恶,欢情薄,一怀愁绪,几年离索。错,错,错。 春如旧,人空瘦,泪痕红浥鲛绡透。桃花落,闲池阁,山盟虽在,锦书难托。莫,莫,莫。"第二年春天,唐婉再次来游沈园,看到粉墙上的《钗头凤》词仍在,不由得想起往日与陆游诗词唱和的情景,禁不住泪流满面。她一边吟诵,一边和词一阕,题写在陆游的词后:"世情薄,人情恶,雨送黄昏花易落。晓风干,泪痕残,欲笺心事,独语斜栏。难,难,难。人成各,今非昨,病魂常似秋千索。角声寒,夜阑珊,怕人寻问,咽泪装欢。瞒,瞒,瞒。"就在写完这阕《钗头凤》不久,唐婉便抑郁而死。

陆游和唐婉的《钗头凤》词,都是蘸着心血和泪水写成的。他们把悔恨交加的凄楚心情诉诸笔端,委婉曲折、如泣如诉地向人们讲述着他们的爱情悲剧。当年,他们在沈园壁间所题的《钗头凤》,曾经保存了很长时间,宋人陈鹄在《耆旧续闻》里记载:"余弱冠客会稽,游许氏园,见壁间有陆放翁题词云:'红酥手……'笔势飘逸,书于沈氏园,辛未十月题。此园后更许氏,淳熙间,其壁犹存,好事者以竹木护之,今不复存矣。"以后因沧桑数易,园林荒芜,《钗头凤》题壁也多有颓圮,今人依据沈

《钗头凤》词墙，记载着一个凄婉的爱情悲剧故事

家后裔保存的沈园原貌图修复了这堵题词壁。那天，我站在题词壁前，凝视着上面的文字，耳畔仿佛依然回响着唐婉那令人心碎的吟诵声。置身园内，思人睹物，沈园的诸多景物都与陆游有关。园中的两块巨石，一曰“断云”，一曰“诗境”，其字古朴苍劲，传为陆游手迹。陆游性喜梅花，酷爱梅花之高洁清香、孤芳自赏，园内特建有“问梅槛”以示纪念。“葫芦池”仍然保留着宋代的原样，葫芦颈上陆游当年曾经走过的三折石板平桥完好如初。池西的宋井，因井有两孔，俗称“双眼井”，井上建有亭子，名“宋井亭”，井水清澈碧透，常年不涸。“半壁亭”则取南宋仅有半壁江山之意，亭柱上有联语：“莫因半壁忘全壁，最爱诗园是沈园。”披露出陆游深刻而又复杂的思想感情。园内的主体建筑“孤鹤轩”气势恢宏，雄浑古朴，也是因陆游晚年常以孤鹤自喻而命名的。“孤鹤轩”的正南，就是世人皆知的《钗头凤》题壁了。园东北角有一所厅院式平房，现辟为陆游事迹陈列室，陈列着有关陆游的文物，有陆游浮雕像的拓本、陆游著作的木版印本等。凝视着这一切，让人感受到陆游“上马击狂胡，下马草军书”的英雄气概，领略了他那不收复中原死不瞑目的爱国情怀。

记不清是在什么样的心境中离开沈园的，因为对陆游爱情悲剧的追忆已占据了我的整个脑际。陆游闲居在故里，时时萦绕在心间的还是对唐婉的思念，而每当思念唐婉的时候，他总会想起同她在沈园邂逅的情景。宋光宗绍熙三年(1192)，六十八岁的陆游缅怀唐婉，追忆往昔，不由自主地再次来到沈园。此时沈园已易主人，他看着墙壁上他们用心血凝成的《钗头凤》，不禁怆然涕落。时值深秋，人入暮年，往事虽历历如昨却已成断云幽梦，他只能面对着断垣残壁徒唤“奈何”：“枫叶初丹槲叶黄，河阳愁鬓怯新霜。林亭感旧空回首，泉路凭谁说断肠。坏壁醉题尘漠漠，断云幽梦事茫茫。年来妄念消除尽，回向神龛一炷香。”宋宁宗庆元五年（1199），七十五岁的陆游再游沈园，见他在粉墙上题写的《钗头凤》词仍在，虽然此时唐婉已去世四十多年，但他的怀恋之情并未消减，反而随着时光的流逝弥深。他独自踽踽行走在沈园的花径上，看着熟悉的一切，触景生情，不胜感慨，在荷花池边写下《沈园》二绝。其一曰：“城上斜阳画角哀，沈园非复旧池台。伤心桥下春波绿，曾是惊鸿照影来。”其二曰：“梦断香消四十年，沈园柳老不吹绵。此身行作稽山土，犹吊遗踪一泫然。”啊，这位曾写过“夜阑卧听风吹雨，铁马冰河入梦来”的英武之夫，对爱情竟是如此的忠贞不渝！他不但行游沈园，还常常梦游沈园。开禧元年（1205），他写下《十二月二日夜梦游沈园二绝》。其一曰：“路近城南已怕行，沈家园里更伤情。香穿客袖梅花在，绿蘸寺桥春水生。”其二曰：“城南小陌又逢春，只见梅花不见人。玉骨久成泉下土，墨痕犹锁壁间尘。”他深情地追念唐婉，记咏沈园，读来止不住欷歔连连。嘉定元年（1208），已届八十四岁的陆游依稀感到自己的人生之路快到尽头，但萦绕自己大半生的对唐婉的怀恋依然挥之不去，他提起笔来，再次表达了自己的爱情：“沈家园里花似锦，半是当年识放翁。也信美人终作土，不堪幽梦太匆匆。”

陆游在遭遇了婚姻的悲剧和科举的失意后困顿在家，一直到秦桧死后，才算有了出头之日。然而，他的仕途之路还是坎坷不平。三十四岁那年，他谋得一个主簿小吏之职，算是进入了官场。以后的几十年里，他在宦海几沉几浮，先后被罢免五次，其间在故里闲居长达十年之久。第一次是因为他多次向朝廷提出勤政建议，引起宋高宗的不悦而被罢职还乡；第二次是被投降派以“交结台谏，鼓唱是非”之罪，罢黜回家；第三次是被主和派扣上“不拘礼法，恃酒颓放”的罪名而免职闲居；第四次是受佞臣诬告“所为多越于规矩”而罢官归里；第五次则是以所谓的“嘲咏风月”之罪被免职的。这次遭免职之后，陆游就在故里长住下来，从六十四岁到八十六岁，除做过一年修史官外，居住达二十年之久，使他得以在故里的稽山镜水间踽踽独行，浅吟低唱，过上了虽清贫却惬意的田园生活。清新的稽山之风拂去了蒙在他身上的垢尘，甘甜的鉴湖之水滋润着他受伤的心灵。他陶然于稽山镜水的怀抱，释解了官场生涯和爱情生活中的双重不幸，在故乡延续着自己的生命。

“行遍天涯千万里，却从邻父学春耕。”综观陆游一生八十六个春秋，大半时间还是在故里度过的。故里的鉴湖是他平生最爱恋的地方，晚年他常常泛舟湖上，“船头一束书，船尾一壶酒”，在湖色里读书、饮酒、赋诗，写下了许多歌颂鉴湖的诗文。在他的笔下，鉴湖边一年四季变幻着旖旎的景色，湖面上荡漾着山阴特有的风情。湖畔的“快阁”，相传为陆游当年所建，曲径回廊沟通着庭院楼阁，小巧玲珑，古朴典雅，具有典型的江南园林建筑风格。阁旁的庭园里，藤萝葳蕤，花木扶疏，锦鳞翔集于池塘，水禽鸣啾于假山，充盈着无限生机。登阁远眺稽山，俯瞰鉴水，湖光山色，尽收眼底，令人目不暇接，流连忘返。这里曾经是陆游读书赋诗和“小楼听雨”的地方，吸引过许多名人不远迢迢路程前来凭吊。著名诗人柳亚子也慕名来缅怀先贤，写下了一首诗：“快阁登临兴无穷，森严门禁幸能通。不嫌冒雨淋漓苦，为访诗人陆放翁。放翁一去已千载，老屋还留香火缘。小隐鉴湖原不恶，那堪挥泪望中原。”鉴湖上有一座名为“卖杏桥”的单孔石桥，其名出自陆游《临安春雨初霁》中的名句：“小楼一夜听春雨，深巷明朝卖杏花。”这句诗明明是写在临安，桥怎么会在鉴湖上呢？这显然是人们凭着自己的想象而附会的，同时也在附会的故事里倾注了自己的感情。试想，陆游在快阁听了一夜春雨，清晨又听到湖面的石桥上传来叫卖杏花的声音，该是何等的心情？

鉴湖畔的快阁，传为陆游当年所建，是他当年读书赋诗的地方

鉴湖畔的行宫、韩家、石堰“三山”，襟山带湖，风景绝佳，陆游把故居安置在它们的怀抱里，并在那里终了一生。当年，他亲自占卜宅第，设计茅屋，命名厅堂，“数椽幸可传子孙，此地他年命陆村”。他在“三山”居所自在而自足、乐观而豁达地生活着，鉴湖那描不完画不尽的景色，化作一首首不朽的诗行，写进了中国诗歌史册。他从心里爱他的鉴湖，爱得那么地深沉，那么地陶醉。在《幽居初夏》这首诗中，他写道：“满山胜处放翁家，槐柳阴中野径斜。水满有时观下鹭，草深无处不鸣蛙。箨

卖杏桥。“小楼一夜听春雨,深巷明朝卖杏花。”

龙已过头番笋,木笔犹开第一花。叹息老来交旧尽,睡来谁共午瓯茶?”他在那里以老农为师,身穿农服,口诵农书,学习田间耕作,参加农业劳动。他甚至在半夜里还要掀开冰冷破旧的棉被起来喂牛:“身杂老农间,何能避风霜? 夜半起饭牛,北斗起大荒。”他关心民间疾苦,用自己所学的医药知识,为乡邻讲授养生之道,治病送药。家乡深厚的历史文化、淳朴的民风乡情,是他取之不尽、用之不竭的诗歌创作的源泉,他吮吸着家乡像鉴湖水一样甘甜的乳汁,写出了大量的田园诗,充实着他的田园生活,也升华着他的思想境界。

陆游在故里闲居时,曾发生过一件令他终生难忘的事,这就是辛弃疾的突然来访。宋宁宗嘉泰三年(1203)六月,同样闲居在江西铅山的辛弃疾被朝廷起用为绍兴知府兼浙东安抚使,他“不以久闲为念,不以家事为怀,单车就道,风采凛然,已足以折冲于千里之外”,不日已到了绍兴,顾不得欣赏古城胜迹,便去拜访久已仰慕的陆游。辛弃疾没有骑马,也没带随从,独自向“三山”走去。走到一个岔路口,他想找人问问路,突然看见前面的山坡上有一个背着背篓、头戴竹笠的老人,正佝偻着身子在采药。辛弃疾走上前去,深深地鞠了一躬,问道:“打搅老丈,敢问去‘三山’该怎么走?”老人停下采药,转过身来,见面前站着一位汗流浃背的官人,便说:“不知官人到‘三山’有何公干?”辛弃疾仔细地打量着这位老人,只见他仪表堂堂,端庄文雅,不像一般山野之人,便说:“老丈尊姓大名,请赐予下官。”“岂敢,岂敢! 敝人乃失意庸人陆游……”没等老人说完,辛弃疾便一把拉过他的手,说:“哎呀,想不到会在这荒山上遇到您,先生在上,请接受下官辛弃疾一拜。”陆游听说是辛弃疾,喜出望外，两人挽手走下山坡，向“三山”住所走去。不大一会儿，来到一处木栅围起的小院前。陆游推开柴扉，把辛弃疾引进草堂，命家人沏了一壶自己种植的苦茶。两人边饮边谈，只恨相见太晚，话语如汩汩心泉流淌。当时，南宋朝廷经过激烈斗争，削除了秦桧的爵位，追封岳飞为鄂王，大造抗金舆论，准备北伐中原。这两位文坛多爱国辞章的沙场抗金宿将，话题自然集中在北伐中原的大事上。“辛老弟在北伐大举前夕，毅然出山为国效力，着实令人敬佩！”陆游一边斟茶，一边由衷地赞叹。“靖康以来，社稷偏安，国家蒙耻，虽草芥也为之伤情，何况五尺之躯！”辛弃疾说到这里，不觉精神振奋，慷慨激昂，“我已制订好北伐方案，待禀告皇上，即刻出兵北伐，收复河洛，直捣黄龙，以雪靖康之耻。”陆游入神地听着，仿佛回到了金戈铁马的战场，胸腔里奔涌起爱国热血。他紧紧地握着辛弃疾的双手，久久不放。从此以后，辛弃疾时常到陆游家里来，赋爱国诗，谈北伐事。到了第二年正月，宋宁宗下诏要辛弃疾入朝，议论北伐之事。辛弃疾一阵激动，临行之前，又匆匆赶到“三山”陆游家中，告诉陆游他将被召回临安的消息。陆游一听，很是为他高兴，便吩咐家人备了一桌酒席，为他饯行。席间，辛弃疾回忆起北伐屡屡受挫，壮志无以施展，不由一阵感慨。陆游便开导他说：“我们都曾被多次贬谪罢官，但那是以前的事了。天下事以国事为大，个人恩怨万不可计较。为了北伐抗金，就是抛头捐躯也在所不惜。只要这次皇上下定北伐决心，收复失地，中兴大宋，便指日可待了。”辛弃疾深深地为陆游的拳拳爱国之心所感动，表示一定不负众望，担当起抗金重任。陆游激动的心情更是不能自已，乘着酒兴，他即席赋诗一首，题曰《送辛幼安殿撰造朝》。诗中写道：“中原麟凤争自奋，残虏犬羊何足赫。但令小试出绪余，青史英豪可雄跨。”诗成，陆游把盏为辛弃疾敬酒，祝他北伐顺利，马到成功。临别时，陆游一直把他送到村外的小河边，两人泪眼相望，依依惜别。

宋宁宗嘉定二年(1209)十二月二十九日，八十六岁的陆游走到了人生尽头。他最后一次提起笔来，写下了一首催人泪下的绝笔诗：“死去元知万事空，但悲不见九州同。王师北定中原日，家祭无忘告乃翁。”陆游就这样走了，在巍巍的稽山下，在汤汤的鉴湖畔，安详地闭上了自己的眼睛，永远离开了他心爱的稽山镜水。没有皇帝的追谥，没有官吏的唁函，孤村僻壤的村民们的哭泣声和着鉴湖的呜咽为他送行。

在即将结束陆游故里采访的时候,我特意登上了行宫山。站在山顶放眼望去,夕阳的余晖把陆游故里照耀得一抹金黄。山下不远处,有两个狭长的水池泛着粼粼波光,那就是陆游在诗里多次提到的“高树鸣双鹊,清池下两凫”的陆家池。池西立着“陆游故里”石碑的地方,就是“柳桥南北弄烟霏,门不常关客自稀”的陆家庵。从稽山上吹来的风掠过鉴湖水面,是那么的清爽宜人,在阵阵清风里,我分明听到了陆游的歌吟……

诗意湴塘

——访杨万里故里

赣中的十月景色，借用杨万里的一句诗，就是“风光不与四时同”。正是一年中收获的季节，广袤的田野里呈现出五彩斑斓的图案：水田里的稻子正在收割，在微风中翻滚着金黄色的波浪，散发出醉人的清香；山坡仍披一身绿衣，果林一片连着一片，成熟的果实压弯了枝头；映入眼帘的黛色，是散落在大地上的古老村舍，袅袅炊烟和鸡鸣犬吠交织出淳朴的民间风情。我国宋代杰出的爱国诗人杨万里的故里——吉水县黄桥乡湴塘村就坐落在这如诗如画的景色里。

人云“唐诗宋词汉文章”，其实，宋代有些诗和唐代比起来也毫不逊色，譬如杨万里的《小池》和《晓出净慈寺送林子方》两首诗，已经流传了八百多年，至今人们仍经久不衰地传诵着。在我接受启蒙教育时，就曾把这两首诗背得滚瓜烂熟。我生长在农村，杨诗中的“泉眼”“蜻蜓”“莲叶”“荷花”等都是我儿时经常看到的景物，因此，读起这些诗句来感到格外亲切。也许是基于这个原因吧，我自幼便对杨万里充满了仰慕之情，总想有朝一日到他的故乡去看一看，亲身感受一番那里的风情。

这个愿望终于实现了。为了接受红色教育，我参加了在井冈山上举办的一个培训班。培训班一结束，我便急匆匆地从山上下来，驱车吉泰平原，跨过赣江，径直向杨万里故里奔去。一路上，随着不断变换的景物扑面而来，我的眼前也不断幻化出杨万里的形象。我曾在一本横排的线装书里看到过杨万里的画像,画面上身着宋代服饰的他是那样的文静而又慈祥,文静得让人无法感悟到他从心中宣泄出的澎湃诗情,慈祥得让人无法捕捉到他生活的那个动乱年代烙印在脸上的沧桑。杨万里和陆游、范成大、尤袤并称为"南宋四大诗人",字廷秀,号诚斋,南宋绍兴二十四年(1154)中进士,初授赣州司户,后调任永州零陵县丞。在那里,他见到了在永州贬所任上的主战抗金的张浚。张浚见他博学多才,德望双全,道高学厚,一表人才,能守所常,遂勉励他以诚意正心为学,他便以"诚"名其斋,号曰"诚斋"。宋孝宗即位后,张浚得以入相,推荐杨万里为临安府教授。但他还没到任,即得到父亲去世的消息,只好回家奔丧,丁忧服满后被改知奉新县。乾道六年(1170)入朝做官,任国子博士,不久迁太常丞。淳熙元年(1174)出知漳州,旋升为广东提点刑狱,不久又遇母丧再次离任,后被召还为吏部员外郎。淳熙十二年(1185)五月,杨万里上书,极论时事,坚决反对朝廷放弃两淮退保长江。两年后,他以太子侍读迁任秘书少监,因受洪迈排挤,出知筠州。光宗即位后,召他为秘书监,不久又出为江东转运副使。时朝廷欲在江南诸郡行铁钱,他以为此举于民不便,拒不施行,得罪权臣,被改知赣州。他见自己的抱负无以施展,拒不赴任,遂乞"祠官"归里。后朝廷数次召他赴京,都被他婉拒,在故里以教书为生,从此不再出仕。晚年的他依然心系国家安危,慨叹"报国无路,惟有孤愤"……就这样,在回忆着杨万里一生的恍恍惚惚中,我感到车子突然停了下来,定睛一看,只见一座巍峨的牌坊兀现眼前,上面赫然镌刻着"杨万里故园"几个大字,两边有联语,上联为"文采倾朝野雄居诗界辟蹊径独树一帜诗名千秋颂",下联为"节操誉神州勇谏权贵挺脊梁首倡四香风范万代传"。午后的秋阳萧瑟地温暖着那座牌坊,那座牌坊便披上一身沧桑。

湴塘村头的"杨万里故园"牌坊

我在那座牌坊旁下了车,沿着一条也许是杨万里生前走过无数次的乡间小道，踏着他留下的宋诗的韵脚，走向生他养他的湴塘，走进那汩汩流出千万首杨诗的诗境，去叩拜那个千年不朽的诗魂。

从远处望去，秋阳朗照下的湴塘村正被一派勃勃的生机包裹着，秋风吹过绿色的山岭，吹过金色的稻田，三五成群的村民们或收打着稻谷，或收摘着秋果，脸上无不洋溢着丰收的喜悦和对现实生活的知足。几方被杨柳树围起来的、四周漫生着茂密水草的池塘，泛着粼粼的波光，不时有叫不出名的水鸟振翩从塘面上掠起，飞向一碧如洗的蓝天。渐渐走近了，再看那坐落在一面山坡上的湴塘村，被重重树影掩映着，恰如一幅时过千年的水墨画。虽然，现代文明已波及我国广大农村，但湴塘的文化积淀还在顽强地固守着本来就属于它们的领地，因此，到处仍可见到古代文明的痕迹。村中依坡就势建筑的房舍鳞次栉比，独具江南特色的古老民居和新建的时尚小楼毫无规则但十分和谐地傍依着，古老的标榜着历史的沧桑，新建的彰显着现实的富有。走进村中那深深的巷道，仿佛听到从那个战乱频仍而又诗情洋溢的时代传来的跫跫之音。农家院落里生长着的古老树木，似乎正在以饱经沧桑的年轮向人们讲述着曾经发生在这里的陈年旧事。我完全有理由相信，它们的讲述会是一首首长长的叙事诗。树荫下长满青苔的老井，井架上转动的咿呀作响的辘轳，打捞出的也似乎不是一桶桶清冽的泉水，而是一首首隽永的诗。房舍上古色古香的画檐和跃跃凌空的飞角，让人不时幻化出恍如隔世的感觉。间或，还会从小巷深处传出唧唧的织机声和嘤嘤的纺车声，那声音沁入人的身心，旋即酝酿成像纺线一样绵长、像土布一样斑斓的诗，直让人陶醉。村民们在村中条条小巷的墙壁上，抹上了水泥，涂上了石灰，写上了一首首杨万里的诗，于是，湴塘的文化品位便从这条条小巷中汩汩溢出，整个村庄也便弥漫着杨万里诗的氛围。徜徉在古老的湴塘，扑面而来的是诗的韵味，心中跳跃的是诗的激情，仿佛任何一个人都会被诗化似的。

我在湴塘村诗意氤氲的小巷里缓缓地移动着脚步，仔细地寻寻觅觅，俯拾当年杨万里不经意间遗忘的诗句，最终把目光停滞在村中的“杨氏忠节祠”上。据说，这里原是杨万里的故居，曾有“旧屋一栋，仅避风雨”，后来旧屋坍塌，杨氏后裔在这里修建了这座祠堂。因为历代战乱和自然灾害的原因，这座祠堂也多有毁弃，在相当长的时间里，虽然构架高大，不失其魁伟风骨，但人们看到的却是一片断垣残壁，只能从斑驳的油漆和齐腰深的荒草中去想象其曾经有过的辉煌。即使这样,历朝历代都不乏迁客骚人纷至沓来和杨万里亲近,拥抱维系在这里的诗魂。今天人们看到的杨氏忠节祠也叫“先贤祠”,前年刚刚被修葺一新,气势恢宏,宽敞明亮,看得出杨氏后裔以祖先为荣耀和弘扬祖德祖风的用心。祠外,两棵传为杨万里亲手栽下的须数人方能合抱的古樟枝繁叶茂,拔地参天,荫翳着这座千年古祠,也荫翳着这片生长诗的土地。树上,交错的虬枝穿插在空中,叶片也就像翻动在空中的云朵。此时正是陈叶、新叶交替的季节,绿色生命的代谢在悄无声息地进行着。我来到古樟下,仰望着它们伟岸的身躯,沐浴着叶隙筛下的暖暖阳光,一种“前人栽树,后人乘凉”的受惠感在心中油然升起,使我不由得想,此时此刻我享受到的绝不仅仅是那看得见的树荫,更多的还是看不见的“诚斋体”诗韵的营养。先贤祠大门两侧镌刻着对联,外联为“湴起宏图发祥庐陵派分江南瓜瓞绵延遍中外,塘泽基地代挺俊杰贤哲辈出文韬武略铄古今”;内联为“天柱峰钟灵锦绣祥瑞盈祠宇,南溪水清泉长流泽沛裕栋梁”。祠内高悬着“天地正气”匾额,匾额下供奉着杨氏祖宗的牌位,一旁有杨万里画像,头戴官帽,宽额广颐,留着三捋短须,剑眉下卧着一双温柔的眼睛,是那么的慈祥,那么的智慧!两厢的陈列室里陈列着“杨万里家世表”,图文并茂地介绍着杨万里的生平。驻足浏览,不禁被他忠贞不渝的爱国精神、勤政为民的忧民情怀、刚直不屈的高尚品质、造福百姓的清廉本色和勤奋好学的优良学风而感染着,感动着。他一生力主抗战,反对投降,在给皇帝的许多奏折里,一再直陈国家利害,驳斥投降言论,拳拳爱国之情没齿不忘。他生活的南宋,是一个朝纲腐败的时代,难能可贵的是,他在这个朝代没有与那些贪官污吏同流合污,而保持了一份少有的清廉。在那个朝代为官,真正清正廉洁的确实很少,他能做到这一点,尤其显得弥足珍贵。他为官只求造福百姓,并不苛求步步高升以享荣华富贵。正因为他心底无私,才敢于无所顾忌地指摘时弊,刚正从事。他在京城做官时,就随时准备丢官去职,预先备好了回家的盘缠,时刻藏在箧里,置于卧室,还嘱咐家人不许买一物,生怕一旦离职回家时行李多成了累赘。他在江东转运副使任上辞职后,把应有的万缗余钱全部弃于官邸,两袖清风而归。回到故里以后,一切入乡随俗,过着简朴的生活。其妻罗夫人年届古稀还时常绩麻纺织,下厨做饭,料理家务。此时韩侂胄执掌朝中权柄,新建一座南园,许以高官厚禄,请他作“记”。他毅然拒绝道:

“官可弃，‘记’不可作。”时人赞他“脊梁如铁心如石”，称他“清得门如水，贫惟带有金”。

杨氏宗祠。这里曾是杨万里故居，“旧屋一栋，仅避风雨”

这座杨氏忠节祠始建于宋代，由前祠、后祠和中间的廊坊相连而成，经过漫长的历史岁月，屋宇虽多有颓圮，但先后经过五次大的扩修，至今仍完好地呈现在世人面前。编撰辽、金、宋史的元代文学家揭傒斯和明代江南才子解缙，都曾为这座祠作过“记”。祠以“记”传，因此有了很高的知名度。据《湴塘杨氏忠节总谱》记载，江南这一带的杨氏始祖辂公系陕西华阴人，唐末出任吉州刺史，因爱庐陵山水之美，遂与诸子来到吉水，在湴塘村开基立业，其后裔也就繁衍于江南各地。此后，杨万里和“江西三瑞”之一的杨丕、“程门立雪”的杨时、抗金名臣杨邦乂、一代廉吏杨长儒、昆山知事杨学文、四朝宰辅杨士奇等贤哲不断地发扬着江南杨氏门庭，他们的忠节事迹激励着一代代杨氏后裔，从而也使杨氏贤哲代代辈出，不乏后继有人。江南杨氏皆以湴塘为发迹根脉，他们秉承祖训，克绍先烈，历代都对氏族宗祠进行精心维护。在2007年杨万里诞辰八百八十年之际，他们再次倡修了这座古老的忠节祠。如今，这座祠堂已成为湴塘村标志性的建筑，湴塘村民以它上光祖德，下报春晖，像纽带一样把江南杨氏宗亲情谊联系在一起。

在杨氏忠节祠琳琅满目的展品中，最珍贵的也最引人注目的就是乾隆十八年(1753)杨万里诗文集的木刻印模了。据陪同参观的杨万里三十二代后裔介绍，这些印模原藏在一个隐秘的阁楼上，有一千多块，装在十几个麻袋里，平时看管很严，要想看到需搬来木梯爬上去。我站在展柜前，看着那一片片凝聚着杨万里毕生心血同时也给祖国的文学宝库增添光彩的无价之宝，心中顿时涌起一阵莫名的激动。我知道，现在图书馆里珍藏的《诚斋诗集》是从日本引进来的宋版影印本，而在湴塘村，居然还保存着如此完整的诚斋诗文集雕版，还可以用来拓印，字迹清晰得堪与宋版影印本相媲美，若不是亲眼所见，实在是让人难以置信。

杨万里一生写了一万多首诗，现流传的有四千二百首。他作诗最初模仿江西诗派，后来觉察到江西诗派有追求形式、艰深蹇涩的弊病，便于绍兴三十二年(1162)在零陵烧掉了他以前写就的一千多首诗，以此表示彻底跳出江西诗派的窠臼，探索新的诗歌创作路径。后来，他在回忆自己走过的诗歌创作道路时曾说，他的诗在摒弃了江西诸君子的诗风之后，又学陈师道旳五字律，后再学王安石的七字绝句和唐人绝句。“戊戌作诗，忽若有悟，于是辞谢唐人及王、陈、江西诸君子皆不敢学，而后欣如也。”自此，他每每作起诗来，常常感到“万象毕来，献于诗材”，“前者未作而后者已迫，焕然未觉作诗之难也”。他作诗，既不妄自尊大，也不妄自菲薄；既不排斥吸收前人的经验与成果，也不墨守前人的成规，拘泥于前人的框框。他是站在前辈诗人的肩上，立志走前人未走的路，创作出比前人更好、更多的诗。他曾说过“笔下何知有前辈”那样在时人看来颇有点狂妄意味的话，还曾作诗抒怀：“传宗传代我替羞，作家各自一风流。黄陈篱下休安脚，陶谢行前更出头。”诗里提到的“黄陈”指的是黄庭坚和陈师道，“陶谢”指的是陶渊明和谢灵运，都是海内咸闻的诗歌大家。但是，正是他这种有悖于循规蹈矩的性格，使他终于“落尽皮毛，自出机杼”，形成了独具特色的诗风，创造了他的“诚斋体”，在历史上成就了一个作为诗人的杨万里。纵观他的诗作，的确是构思奇巧，不拘一格，变化莫测，自成一家，既有“归千军、倒三峡、穿天心、透月窟”的雄健刚毅、回肠荡气的阳刚之作，如“何必桑乾方是远，中流以北即天涯”“只余鸥鹭无拘管，北去南来自在飞”“大江端的替人羞，金山端的替人愁”“携瓶自汲江心水，要试煎茶第一功”等等，也有以物言志、借景传情，看似不经意中信手拈来，但能曲尽其妙的婉约诗品，如“梅子留酸软齿牙，芭蕉分绿与窗纱。日长睡起无情思，闲看儿童捉柳花”“月子弯弯照九州，几家欢乐几家愁。愁钉人来关月事，得休休去且休休”等等。这些诗或气势奔逸、深沉愤郁，或铺叙纤细、细腻委婉，很有思想上的亲和力和艺术上的感染力，使读过《诚斋诗集》的人都会感到一种淳朴的原生态享受。

走出杨氏先贤祠，我信步来到湴塘村外的一方池塘，池塘边的碑楼里镶嵌着一块大理石，上面工整地镌刻着杨万里的《小池》：“泉眼无声惜细流，树阴照水爱晴柔。小荷才露尖尖角，早有蜻蜓立上头。”也许是杨万里当年真的在这方池塘边酝酿并写成了这首传诵千古的诗篇，或许是后人有意依据这首诗再现当年的情景，都使此刻真真切切地站在池塘边的我止不住神思飞扬，浮想联翩。这首诗是杨万里晚年回到故乡写成的，一位老人能写成如此清新可人的诗篇，不能不说是故乡的赤子在经历了官场失意，再次投入故乡怀抱后的真情宣泄。已是老年的他仿佛回归到天真烂漫的少年，以童稚的眼光重新审视着故乡的一切，仍然不断地有美的发现，因此也就有了回到故乡的诗人和回到故乡的诗。试想，若是在“春江水暖鸭先知”的季节，岸柳青青，春燕呢喃，池塘里荷叶田田，莲蕾雕翎利箭似的探出尖尖的角儿，随着微风在池中轻轻地摇曳，蜻蜓在空中盘旋一阵以后，不约而同地立在了嫩嫩的莲蕾之上，振动着嘤嘤的双翅，活了一塘碧水，乱了水中的鱼阵，那该是一幅多么美丽的图画啊！故乡的美景陶冶着他，滋润着他的诗心，催动着他的诗兴，于是便有了这情趣盎然的诗篇。从此，故乡的那个“小池”景色在他的诗中定格，凝固为一幅永不褪色的画面，装帧在我国诗歌的长廊里，已让人赏析了八百多年！

距这方池塘不远，有一座廊桥，横跨在一条叫作“南溪”的溪流之上。廊桥很古老，有名曰“砥柱桥”。桥上拱起长廊的赤褐色柱子和横梁上的金色琉璃瓦，以及桥底下那砥柱一样坚实的桥墩，都会把人们的视线牵引到遥远的宋代。来到桥上，看前面阡陌纵横，冈峦起伏，是一方养育杨万里故乡人的肥田沃土；转过身来，山坡上参差错落地坐落着座座民居的地方，就是杨万里家族世世代代居住的湴塘村。这座桥应该是杨万里再熟悉不过的了，宋光宗绍熙三年（1192），他因不满奸佞弄权，愤然辞官还乡，走的就是这座桥。遥想那时，走在这座桥上的他一定会不能自已地停下脚步，凝视着这既熟悉又陌生的村庄，心中自然会泛起复杂的感情，是落拓归里，还是衣锦还乡？仿佛有许多话要对乡亲们说。廊桥无语，但桥下的南溪则潺潺有声，有声的溪水也是如泣如诉的诗，杨万里就是唱和着这诗走下桥来，走进湴塘村里那所似乎还缭绕着他离开母腹坠地时的呱呱声的茅屋。据说，自从杨万里回到湴塘村后，凡有官员来访经过廊桥，文官要下轿，武官须下马，然后才能一步一步地走进湴塘村。我想，这些官员们来拜访的，绝不是那个被权臣排挤而失意落泊的官吏，而是他们心中那个既有人品又有诗品的崇高偶像。同时，我又想，到这里来访的官员毕竟是少数，更多的还是那些既无马骑又无轿坐的人，这些人中才有杨万里的知音。杨万里回乡家居，经常来到廊桥，一边观赏四周的景色，一边构思歌颂家乡大自然的诗篇。廊桥成了他作诗的好去处，他在那里写出了许多脍炙人口的诗。早春时节,他在桥上看着春汛中的南溪水朗润起来,岸边的柳树已垂下长长的丝绦,田野里的桃树绽开了粉红色的花朵,桃红柳绿,最是一年好景色。他按捺不住心中的喜悦,写下了一首《南溪春早》:“还家五度见春容,长被春容恼病翁。高柳下来垂处绿,小桃上去末梢红。卷帘亭馆酣酣日,放杖溪山款款风。更入新年足新雨,去年未当好时丰。”全诗把一份热爱家乡的真情倾泻在字里行间,面对眼前充满生机的早春景色,禁不住以诗的思维勾勒出这一幅鲜艳夺目的景象。是的,智慧勤劳的乡亲们打扮的家乡是美丽可爱的,杨万里把自己的身心系在了家乡的山水田畴,不断地构思着献给家乡的瑰丽诗篇。一个夏天的夜晚,他推开房门,在皎洁的月光下站了一会儿,又径直来到了廊桥,一边纳凉,一边欣赏着月光下的家乡夜景。这时,远处的竹林和树丛里传来一声声虫鸣,伴随那声音而来的,是扑面的阵阵凉意,他的心里霎时消去了一天的燥热,感到那样清爽和惬意。他陶醉在这良辰美景里,触景生情,就着月光写下了一首诗:“夜热依然午热同,开门小立月明中。竹深树密虫鸣处,时有微凉不是风。”短短的四句诗,就把他瞬间的感觉毫无顾忌地表达出来了。江南的湴塘村,湴塘村夏天的午夜,一位老人在月光里伫立着,他能看到些什么呢?他又在想些什么呢?“时有微凉不是风”,那又会是些什么呢?我想,那只能是大自然宁静的凉意,只能是诗人感悟到大自然宁静的凉意后的那种心境。由于对家乡的那份感情使然,在杨万里的眼里,家乡的一切都可以入诗,或者说他认为它们本身就是诗。山丘、溪流、田畴、池塘,甚至高空流云、竹声树影、春雨秋霜、鸟鸣虫唧等都是他心中的诗,而且,这样的诗是写不完的,因为他对自己的家乡爱得深沉。夏天刚刚过去,秋天就到了,杨万里又把绵绵的诗思撒向收获的原野。突然,夕阳下的一片菜地吸引着他的目光。那只是普普通通的一块菜地啊,里边生长着的也是些家乡常见的蔬菜,但他还是为它写下了一首《初秋行圃》:“落日无情最有情,偏催万树暮蝉鸣。听来咫尺无寻处,寻到旁边却不声。”全诗只此四句,却把初秋时节的菜地小景写得有景有致,有动有静,在重重叠叠的意境中把自己对家乡自然的热爱、对田园生活的热爱描写得情趣盎然。所有这一切,廊桥和站在它旁边的几棵古老槐树都看到了,听到了,也都记下了,而桥下潺潺流淌的南溪水,又载着这些诗,吟哦着,诵唱着,一路曲曲折折地汇入赣江,从遥远的宋代流传到今天,从偏僻的湴塘传播到四面八方。

不知什么原因,朝廷恩赐,在湴塘村外建了一座御书楼,专供杨万里读书之用。古人不像今人,对读书之所很是讲究,可能是杨万里的意愿吧,那御书楼就建在距廊桥不远的地方。如今,楼毁人去,已杳然不知那楼的模样,人们只能踟蹰在荒草离离的墙基里,去细细谛听那抑扬顿挫的读书声,接近灯火阑珊处的杨万里。那天,我坐在御书楼残留的墙基上,背依一棵大树沉吟了许久,许久。一阵秋风吹来,哗哗作响的树叶非但没有打乱我的思绪,反而使我更加清晰地透视出面前的这个空间。八百多年前,这个空间经常出入着杨万里的身影,飘荡出他的读书声。他在御书楼里读书,在廊桥上作诗,生活过得如此充实。他作的诗,除散失的以外,都收集在他的《诚斋诗集》里,让人们一代一代地传诵着。然而,他在御书楼里读了些什么书呢?人们已不得而知,也无须再知了。我这样跨越时空地想着,想着,渐渐地陷入了沉思。当我从沉思中醒来的时候,突然看见眼前有一条明晃晃的小路,一直通到廊桥。哦,我想起来了,那可是杨万里走过无数次的路啊,他在御书楼读书,读累了的时候,或者是有了诗的灵感的时候,就沿着这条路走向廊桥,一边欣赏那里的景色,一边把酝酿在心的诗情化作缤纷的诗行;也许不要多久,他就会享受着诗的喜悦,又从这条路上回到御书楼,捧起书卷,贪婪地吮吸着前人酿造的知识营养。此刻,我走在这条路上,依稀时光倒流,好像回到了杨万里生活的那个年代,一切都似曾相识,一切都挥之不去。我知道,这一切的一切,皆因我刚刚读过了《诚斋诗集》的缘故啊!

这两棵古樟,传为杨万里当年手植

宋宁宗开禧二年(1206)五月八日,杨万里在湴塘村的怀抱里静静地睡着了。他奔波劳碌了一生,写了一万多首诗,实在是太累了,也该休息了。他爱自己的家乡,又一生爱莲,家人特意把他安葬在湴塘村西一箭之地的一个叫作莲花山的向阳坡上。经人指点,我沿着一条雨后尚有泥泞的小路来到莲花山,去拜谒我心中萦绕的诗魂。莲花山并不高大,只是一个在赣中丘陵地带随处可见的山包,但山上植被茂密,苍翠的新松蔚然成林,包裹着整个山体,莲花山也就有了生机,有了灵气。杨万里的坟墓不偏不倚地坐落在莲花山的"花蕊"里,可谓葬得其所。他一生性格清正,使他与莲结下了不解之缘。在他心中,中通外直、不蔓不枝的莲是异乎寻常的高贵、圣洁和典雅,就像他所崇尚的"为人清正,为官清廉"的品格一样。作为一个血肉之躯,他一身洁来又洁去,实现了一生的清正,达到了一个完美的境界;作为一个诗化的人,他的孜孜追求也得到了满足,永远和他心仪的莲形影相随。在这个特定的时空,我默默地寻找着和他灵犀相通的机会,也就在这一刻,在絮絮松涛里,分明传出了他讴歌莲花的绝唱:"毕竟西湖六月中,风光不与四时同。接天莲叶无穷碧,映日荷花别样红。"我知道,那是他的一首叫作《晓出净慈寺送林子方》的诗。西湖的美景很多,但他情有独钟的还是那湖中遮天盖水的莲。我想,他在这首诗里讴歌的莲,并不全是西湖的莲,这幅在西湖畔绘就的浓抹淡写总相宜的风景画,腹稿还是在自己家乡的湴塘打下的。湴塘的莲陶冶着他的心灵,他在家乡莲的耳濡目染中长大,莲也就成了相伴他一生的风景和刻骨铭心的情愫。

杨万里墓为一抔红砂岩土堆就,坐北面南,远处是一片田畴,更远处是起伏的山峦,那里有他生前熟悉的风景。墓前有石碑,碑文为"宋万里公之墓"六个大字,两侧站立着盔甲武士麻石雕像和石马。墓后有砖砌围墙,望碑上刻"宋理学家杨文

杨万里墓,坐落在莲花山的"花蕊"里

节公神道碑”并杨万里生平事略。整个墓地简洁、朴素，但不失浩然、肃穆，令前来瞻拜之人无不顿生敬意。杨万里就这样在故乡的怀抱里，喑哑了诗的歌吟，安安静静地沉睡了八百多年。八百多年来，故乡山水仍如他生前那样自然，时序却依其规律变换着，春来满地绿茵，秋至连天金黄，养育着故乡亲人们的生命，也陶冶着故乡亲人们的情操。山风里依然有他诗的高歌，溪流里依然有他诗的浅吟，他的诗已成为颗粒饱满的种子，深深地植入湴塘村肥沃的原野，同时也植入湴塘人的心田。据湴塘的村民们说，长期以来，杨氏后裔非但没有淡忘他们的这位祖先，相反，随着岁月的流逝对杨万里更是敬仰有加。每到清明、冬至时节，杨氏后裔都要到这里祭奠膜拜，缅怀他的功德。平时，不顾路途迢迢前来拜谒的仰慕者，更是络绎不绝，不计其数。很是幸运，我终于作为仰慕者之一拜谒了他的墓地，得以近距离感悟他的诗和歌。我恭恭敬敬地站在红砂岩土地上，面对那红砂岩土堆成的墓冢闭目而思，怀想翻滚。是啊，湴塘曾经把他送出了自己的怀抱，但最终又把他揽回了自己的怀抱。这是骨肉的情分，也是诗的情结。在杨万里墓前，我好像一下子懂了他的诗，他的湴塘。

正气浩然的地方

——访文天祥故里

每每默诵起文天祥的《过零丁洋》，心里总会涌起一股浩然正气，似乎对生命的意义、人生的价值有了进一步的理解。而每当这个时候，访问文天祥故里的念头也总会萦绕在心头。去年秋天，我从革命胜地井冈山下来，途经富田河的时候，再也抑制不住心中的冲动，决意要去访问文天祥故里了。

我知道，文天祥故里就在古庐陵的富田河畔。南宋理宗端平三年（1236）五月初二日，我国伟大的民族英雄、卓越的爱国诗人文天祥就诞生在江西吉州（今吉安）庐陵县富田镇的文家村。传说文天祥出生那年，他家门前的铁树开出了艳丽的花朵，引来全镇人竞相观瞻，人们无不称奇。他出生的那一刻，祖父梦见有一团紫云从天而降，随又上升，因而给他取名云孙，字天祥。直到他后来中选贡士，才以“天祥”为正名，改字为“履善”。那一年，正是蒙古兵大举攻宋的第二年，金国灭亡的第三年，庐陵一带虽然还维持着表面上的平静，但整个南宋王朝已处于风雨飘摇之中，战争的气息也已蔓延到这个偏僻的地方，因而，这个刚刚降临于乱世的生命及他的命运就和那个动荡的社会联系在一起了。

追溯庐陵富田文氏家族的渊源，应该是西汉蜀郡太守文翁的后裔。据《富田文氏族谱》记载，文家迁居吉州的始祖文时，在五代后唐庄宗时以武功授轻车都尉，镇守江西。他在一次巡视吉州时，娶了当地一袁姓通判的女儿。后唐被后晋灭亡，文时不事二朝，遂落籍于此。这是富田文氏之肇始。文天祥在《先君子革斋先生事实》中曾说："先君子尝考次谱系，文氏系成都徙吉，六世祖炳然居永和镇，高祖正中由永和徙富田。"到文天祥降生时，富田文家并不是袍笏簪缨的豪家世族，而是一个没权没势的庶族地主。他自称起身于"白屋"，祖辈没有给他留下可供炫耀的科名和官职，但文家良好的家风还是代代因袭了下来。父亲文仪，字士表，人称革斋先生，是个立志闻道、苦节读书的士子，毕生无意做官，"名声不昭于时"。他平时除用功于经、史、诗、文以外，还广泛涉猎天文、地理、医药、占卜等杂书，因而知识渊博，每遇人论史，必旁征博引，准确无误地指出典于某书某卷，乡人无不叹服。由于文仪对书的嗜好，文家积书如山，经史子集，应有尽有。丰富的藏书给少年文天祥提供了优渥的读书条件，父亲孜孜不倦的治学精神更是给了他终生的影响。据《文丞相叙》记载，文仪临死时嘱文天祥说："我死，汝惟尽心报国家。"母亲曾氏，名德慈，是邻县儒生曾珏的女儿，自幼有着很好的家庭教养。嫁到文家以后，她勤俭持家，和睦邻里，对自己尤为奉极菲薄，但对子女施教十分慷慨，当延请塾师手头拮据时，曾毫不吝啬地卖掉自己心爱的饰物。文天祥成年后高举抗元义旗转战南北，她以六十五岁高龄随军奔波，"处之怡然"，以致染疫而死。她对文天祥性格的形成，起了至关重要的作用。对此，文天祥异常感激，在《邳州哭母小祥》诗中写道："母尝教我忠，我不违母志。及泉相会见，鬼神共欢喜。"

文天祥五六岁起上学。为了把儿子早日培养成才，文仪特聘名师到家中任教。曾经担任过衢州府学教授、后升任国子监丞的曾凤，早年就是文天祥的塾师。文仪对儿子读书督责很严，有时亲自任教，白天授课，晚上考查，先是背诵，再提出问题让他回答。这位革斋先生自己做学问不但能"抉精剔

"天地正气"牌坊无语地告诉每一个人，这里是一个正气浩然的地方

华,钩索遐奥”,教育儿子更是要“化学来新”,绝不“滞学守固”,从而着重培养他的智力和能力,增加他的历史知识和社会知识。少年文天祥在读书之余,还常常兴致勃勃地游览家乡的山水。他在富田河里游泳,既得以和小伙伴们戏水逗乐,又借以锻炼身体和意志。他几乎踏遍了家乡附近的大山,特别是对唐代行思禅师建庙立寺的青原山,更是情有独钟,曾多次到那里爬山锻炼,流连忘返。庐陵不但有着美丽的自然风光,而且还是历史名人荟萃的地方。文忠公欧阳修、忠襄公杨邦乂、忠简公胡铨、文忠公周必大、文节公杨万里都是乡里引以为豪的人物。旖旎的山水,富饶的田园,高洁的乡贤,丰厚的文化,陶冶着文天祥的性情,激发了他对家乡的热爱。他在被俘后写的《元夕》诗中,一往深情地抒发着对家乡的感念:“孤臣腔血满,死不愧庐陵。”他又在《泰和》诗中写道:“丹心不改君臣谊,清泪难忘父母邦。”这种炽烈的挚情厚意,深深地埋藏在他的心里,也扎根于家乡的土壤里。

富田是一个依山临水、风景优美的江南集镇,中间是纵横的街巷,周围是散居的农家。富田河一年四季从镇旁潺潺流过,伴随着世代繁衍生息在这里的人们度过悠悠的历史岁月。自从这里出了个文天祥,河水便开始吟唱起“笔落惊风雨,诗成泣鬼神”的歌,千百年来,歌声一直没有停歇。乍一走进这个人流熙熙攘攘的集镇,就像走进一幅色彩凝重、意境悠远的水墨画。那盘根错节地生长在街头上、村落里的千年古樟,以繁复的枝、茂密的叶笼罩着这个古老的集镇,让人顿时感到这里好像隐藏着什么千古秘密。秋风阵阵吹来,树上的绿叶翻腾着绿色的波浪,这个千年古镇便荡漾在一片碧波之中,蔚然而成一道复活了的历史风景。镇中那古朴的老屋、古拙的老井,还有那铺着鹅卵石和沧桑岁月的巷道,似乎都能为人们讲述曾经发生在这里的历史故事,讲述它们曾经再熟悉不过的家乡赤子文天祥……

文家村就坐落在富田镇中部的一条街巷里,后来因为文天祥中了状元,那条街巷便被称为“魁巷”。由于年代久远,文天祥的祖居已荡然无存,它到底是个什么样子,现在人们谁也说不清楚了,只有文天祥少年时代经常坐在树下读书的那棵千年古樟还在,依然郁郁葱葱地固守着那份古老的记忆。文家村人世代传说,文天祥的父亲崇慕竹之风骨气节,爱竹成性,一生与竹结下了不解之缘。他曾在宅院里的数丛翠竹之间,特意盖起一间书屋,人称“竹居”,让文天祥在这里读书学习。居室内四壁上,贴满了他亲手抄写的格言警语,时时鞭策着文天祥敦品励学、勤勉进取。

少年文天祥就在这个恍若与世隔绝的居室里,有时开口朗读,童稚的书声飞出窗棂,缭绕着葳蕤的新竹脱衣拔节,茁壮成长;有时掩卷沉思,思绪袅袅,酝酿成一腔少年壮志,融入蓝天上流动的白云。父亲营造的学习环境,使文天祥不但精进了学业,而且洞明了世事,知识与屋外的翠竹一样增长,壮志与高天流云一起翻飞。后来,文天祥回忆起少年时代在“竹居”读书的时光,曾充满感情地写道:“父母俱存,兄弟无故,天下之乐莫加焉!”

漫步文家村中,我仿佛暂时离开了现实,置身于一个特定的历史氛围。村内那翘角飞檐的房舍,古香古色的石雕,描金镂刻的彩屏,琳琅满目的楹联,无一不在彰显着这个古老村落蕴含着的文化色彩。随意走进任何一户农家,都像在披阅一幅历史与现实互见的画轴,历史的凝重与现实的生动交织着,让人瞬间模糊了时空,融入了文家村人的生活,和他们一起迈动历史的脚步,一步一步地走过一个又一个朝代。

循着幽幽窄窄的小巷,踏着圆圆滑滑的鹅卵石小路,我来到村中祭祀文天祥的“文氏宗祠”。据村民们说,文氏后裔祭祀文天祥的地方原来是在“文丞相祠”。它又名“大忠堂”,始建于明代,坐落在镇旁的富田河畔。后来,这座祠堂屡遭兵祸,时有毁坏,然而也多有修建,直到清代初年,祠内厅堂还设有文天祥的神牌,上方还悬挂着“文信国公”的遗像,文氏后裔尚能春秋祭典。至清代中期,不知出于何故,文氏后裔将祭田店房出卖于人,祭祀活动也就此中断。清代后期,南昌籍探花王龙文奉旨亲临文家村拜谒文天祥遗迹,将原有祭田店房悉数收回,并把祠堂大门修葺一新,亲自撰联题词,书“文丞相祠”四个大字于其上。同时,还建起了“状元石坊”,镌刻对联:“衣带空存,留取丹心还大造;幅巾肃拜,愧无籍手见先生。”过去,凡到文家村拜谒文天祥的官员,都必须在“状元石坊”前停下,文官下轿,武官下马,徒步进村,方可走进“文丞相祠”晋谒礼拜。可惜的是,这一切都毁于军阀混战之中,如今只留下一片废墟。文氏后裔出于对先人的崇拜,也为了春秋祭祀的需要,在文家村里修建起这座“文氏宗祠”。它看起来是那么的简朴,就像村中一座普普通通的民居。两个朱砂石狮守卫着祠堂的大门,两扇侧门和左右侧门的门楣上,分别镌刻着“浩然”“正气”“取义”“成仁”八个大字,其中的“取义”“成仁”,取自他的遗墨。文天祥被俘后,曾服冰片二两,自杀未遂,被押送京城。他被囚于顺赣江而下的船里,百感交集，自叹“传语故园猿鹤好，梦回江路风月清”，断然绝食，预期途经庐陵故乡时死去，以便忠骨埋归故里。可是，江船顺风顺水，过庐陵城时，元军为他灌食，使他求死不得。当时，庐陵江边跪满了百姓，望着押解他的船北去，哭声动天。他的部属王炎午，泣血写了篇《生祭文丞相文》，文中写道：文丞相“文章邹鲁，科甲郊祁，斯文不朽，可死”；“二十而巍科，四十而将相，功成名就，可死”；“仗义勤王，受命不辱，不负所学，可死”。这篇祭文被抄了许多份，从赣州一直贴到南昌的码头、驿站、店铺，希望文天祥看到后“速死”而保全名节。文天祥虽未能“速死”，但他抱定了誓死不事元朝的决心，最后在燕京柴市从容就义，身首异处，血染战袍。文夫人和张弘毅等庐陵义士收尸时，在他的衣带里，发现了一纸遗墨：

> 吾位居将相，不能救社稷，正天下，军败国辱，为囚虏，其当死久矣。顷被执以来，欲引决而无间。今天与之机，谨南向百拜以死。其赞曰：孔曰成仁，孟曰取义，惟其义尽，所以仁至。读圣贤书，所学何事？而今而后，庶几无愧！宋丞相文天祥绝笔。

“忠心为国声名在，仪表堪称后世师。”怀着敬仰已久的心情，我走进了“文氏宗祠”。堂内正中，端坐着文天祥塑像，身着宋代官服，头上红带飘拂，双目放射出炯炯之光，好像点燃一股凛然之气。他的伟大形象矗立在自己的家乡，英魂也永驻在自己的家乡。七百年了，家乡人时时刻刻都在缅怀这位引以为豪的赤子，四面八方的人们络绎不绝地前来凭吊那不屈的民族之魂。每至清明、冬至时节，来自全世界的文氏后裔都要在这里虔诚地祭奠先祖，献上自己的哀思。他们中间，有一些是当年追随文天祥勤王而流落他乡的部将之后。因崇拜文天祥，忠于文天祥，为了使纪念文天祥的活动世世代代绵延下去，自愿改成了文姓。文天祥塑像右侧，依次摆放着五块红色木牌，上边分别写着“理学名臣”“状元宰相”“五世公侯”“文庙从祀”“帝庙配飨”，品读着这些赞词，回忆文天祥光耀史册的一生，令人肃然起敬！祠内还陈列着文天祥手迹石刻、功德碑等。正堂对联“兄状元弟进士五世科名照史册，忠比干孝微子一门事业贯乾坤”，概括出这个家族的辉煌与显赫。文天祥生前的手书真迹、遗像、诏敕和血衣战袍等，平时由五位辈分最高的文姓长者共同保管着，从不轻易示人，只有每年农历大年初一，才会神秘而庄重地供奉在祠堂内，仅让本族男丁瞻仰、凭吊。

在古庐陵大地，处处传诵着文天祥的故事，人们无不为家乡有这样的赤子而感到自豪。走出“文氏宗祠”，我又踏访了数百年来家乡人悉心保护的与他有关的遗迹，听到了许多与这些遗迹有关的传说，从中更感受到家乡人对他的崇敬与爱戴——

富田镇旁的富田河上，有一座古老的码头，码头旁边有一座古老的楼阁。这就是宋代即已有之的“龙川阁”。它枕河而立，千百年来立就了一道沧桑风景。阁上楹联“直吞川龙富水，遥接天马文峰”，道出了它的恢宏气势，也道出了文天祥气吞山河的远大抱负。家乡人都知道，文天祥少年时代经常在这座阁上读书，琅琅的读书声伴着哗哗的流水声，曾无数次遏止着从码头上过往富田河的行人脚步。当年，文天祥曾在这里拜谒“庐陵四忠”——欧阳修、杨邦乂、胡铨、周必大的灵位，慨然许下誓言：“若不俎豆其间，非夫也。”那天，我伫立在“龙川阁”下，望着不舍昼夜哗哗流去的富田河水，心中默数着码头上的青石板台阶，耳畔仿佛听到了少年文天祥的读书声。是啊，青山依旧在，碧水仍长流，我们心中的那位顶天立地的英雄已化作一缕忠魂，氤氲在家乡的上空。这时，再看那青山，青山垂首；再听那河水，河水呜咽，就连天空中的云朵也抛出了缕缕雨丝。从这座码头走过的人都知道，那是对文天祥绵绵的祭念。

文天祥雕像，俨然天地间浩然正气凝固而成

距富田镇不远，便是文天祥在诗文中多次提到的文山，山脚下有一座“道体堂”，又名“文山旧隐”。在一位文姓老乡的带领下，我溯富田河而上，去寻找文天祥当年住过的地方。河岸边是一方连一方的稻田，稻子刚刚收割，空气中依然弥漫着淡淡的稻香。我走在井字形的稻田埂上，左边是哗哗流动的像玉带一样的富田河，右边是被松柏林严严实实覆盖着的翡翠一般的文山，心情异常激动，好像是在和他结伴而行。望着这些他再熟悉不过的山水，我的心潮起伏着，犹如文山上的松涛和富田河里的波浪。是啊，家乡的青山造就了他铮铮的傲骨，家乡的绿水孕育了他浩浩的正气，在中状元后，他怀抱鸿鹄之志，希冀成就一番伟业，然而，南宋板荡的社会现实使他屡屡陷入"欲渡黄河冰塞川，将登太行雪满山"的境地，不得不数度辞官归乡。这"文山旧隐"就是他辞官回乡隐居的住所。那天，当我真真切切地看到它的时候，不由得倒吸一口冷气，那只是两间简陋的土夯房，而且经过许多年的风吹雨打，如今已经坍塌，只剩下一片断垣残壁。"斯是陋室，唯吾德馨。"在南宋朝风雨飘摇、国运衰退的危急时刻，身居家乡这个陋室中的文天祥，引用晋代刘琨光复中原和祖逖闻鸡起舞的典故，表明自己关注国家危难，志在为国分忧的"剑心"："少年成老大，吾道付逶迤。终有剑心在，闻鸡坐欲驰。"文氏老乡介绍说，文天祥在这里隐居时，除读书练字、寄情山水外，还有一个嗜好，那就是栽树。每年的冬末和初春，他都要在房前屋后的空地上栽一些树木。屋后的山坡上，他栽种的树木早已蔚然成林，为家乡增添了一道"泉石林壑，四俱华妙"的风景。如今，"文山旧隐"旁还留有他亲手栽下的一棵杉树，人们为了纪念他，把这棵杉树命名为"文山植杉"。

人们崇拜文天祥，怀念文天祥，富田一带七百年来一直流传着许许多多关于他的故事，有些还充满了神话色彩。传说有一天，"八仙"来到富田天马山，得知这里就是天上下凡的文曲星文天祥的故里，都表示要给他送点礼物。于是，韩湘子拿起竹笛说，"文生伴隐士，流波洗征尘"，随着笛声响起，文山上冒出一片竹林，渐渐蔓延开来，成了一片望不到边的竹海；何仙姑把一只海螺高高抛起，说了声"风吹海螺形，此地出大人"，那海螺顿时化作了一座大山，层峦叠嶂处，万木峥嵘，煞是壮观；曹国舅也不甘落后，将"莲花板"往下一扔，口中念念有词，"双童来讲书，故友不寂寞"，山腰处便出现两块若即若离的巨石，宛如两个儿童相拥而立，栩栩然若真人一般；蓝采和见了，便抛出了两颗五色石子，说声"邪魔来搅扰，双狮把隘口"，随着一声巨响，一座大山突然从中间崩裂，形成一座天然关隘，大有"一夫当关，万夫莫开"之势；张果老也施其法术，把随身携带的"道筒"立在河边，说声"下有文笔点水，翰墨留香千秋"，那"道筒"瞬间化作了一座尖塔，塔影正落江心，塔影尖正对着文家祖坟;铁拐李用铁拐捣着一座大山说,“上有铜壶滴漏,龙脉延续万年”,说着说着,那酷似巨大铜壶的山岩下边,有节奏地漏下一滴滴泉水,仿佛能听到珍珠落玉盘的响声;钟汉离运了运气,使出浑身力气摇动手中的扇子,艳阳六月顿时铅云低垂,天空中不期飘起了鹅毛大雪;吕洞宾拔出宝剑,伴着纷飞的雪花上下舞动,剑光闪处,一只千年老龟驮起一方石印,游进富田河里,从此以后,那石印总是浮在水面上,无论河水涨有多高,也不能将其淹没。这些动人的传说,早已凝固成“文竹伴士”“海螺成形”“双童讲书”“双狮把隘”“文笔点水”“铜壶滴漏”“六月飞雪”“石印浮水”等自然景观,植根于文天祥故乡的大地上。它们既是大自然随心着意的造化,同时也寄托着故乡人对文天祥无尽的怀念。

然而,富田最具纪念意义的,还是文天祥墓。

文天祥墓坐落在富田鹜湖大坑村东北的卧虎山上,这是依据他生前的意愿修建的。他在大都狱中时,曾给舅父曾椝写信表达了自己归葬故里的意愿:“天祥自国难以来,间关兵革,鞠躬尽力,百折而不悔,以致家国俱毙。……区区折骨,已分沟壑,当具衣冠,藏于文山之阳,畴昔舅所指之处也。”当年他被押解北上,途经庐陵时,庐陵义士张弘毅跟踪而行,一直到大都,就住在燕狱附近。他不食元朝官饭,张弘毅每日伺候饮食。授首次日,文夫人收殓遗体,张弘毅等庐陵义士也冒着生命危险来为他办理后事,把他的遗体寄葬在大都小南门外五里的道路旁。元世祖忽必烈至元二十年(1283),他的灵柩被运回庐陵,次年安葬于此。

卧虎山距文家村有十五里山路,但新修的柏油路很平坦,驱车不到半个小时就到了。远远望去,那卧虎山俨然一只庞然大虎雄踞在赣江冲积的“人”字形庐陵大地上,虎头高高昂起,左右两侧有两座林木蓊郁的山峦,酷似两只向前伸伏的虎爪。文天祥墓正修在虎的鼻尖上,从山下仰视,最上端是圆形的墓茔,往下是菱形石梯,再往下是狭长而陡峭的石台阶,整个造型犹如一柄长剑不偏不倚地刺入虎口之中。文天祥在就义时曾向旁边围观的人们问:哪里是南方?人们用手指了指,他向南方拜了两次,说:“臣报国至此矣!”然后从容就义。为遂他生前之愿,故乡人特意将其墓地的方位定为正北方向,以寄托他怀念故乡之意。这样的穴葬法,在华夏大地上是绝少见得到的。感谢墓地设计者的匠心,文天祥生前以其铮铮硬骨谱写着人间正气之歌,在他身后,后人还可以从他的墓地感受到天地间永存的浩然正气。当年,他在海丰五坡岭兵败被俘,经数千里行役之苦,被押解到元大都,投入兵马司监狱。在长达三年多的囚禁中,敌人软硬兼施,威胁利诱,终不能动摇他的意志。他曾在《纪年录》中记道:“予誓死决矣!……昔人云:‘姜桂之性,至老愈辣。’予亦云:金石之性,要终愈硬,性可改耶?”又记道:“予死矣,庶几有知予心者。”并写诗明志:“俨然楚君子,一日造王庭。议论探坚白,精神入汗青。无书求出狱,有舌到临刑。‘宋故忠臣墓’,真吾五字铭。”友人汪水云抱琴来访,他就请汪弹奏《胡笳十八拍》排遣心中的愤懑。在狱中,他写下了大量诗词,慷慨高歌,直抒胸臆,表达同敌人决不妥协的坚定信念和宁为玉碎、不为瓦全的英雄气概。其中最著名的,就是他的《正气歌》:“天地有正气,杂然赋流形。下则为河岳,上则为日星。于人曰浩然,沛乎塞苍冥。皇路当清夷,含和吐明庭;时穷节乃见,一一垂丹青。……哲人日已远,典型在夙昔。风檐展书读,古道照颜色。”在这首长诗中,他尽情讴歌了齐国冒死写史的太史兄弟,晋国秉笔直书的董狐,秦国伏击秦王嬴政的张良,汉代被囚十九年仍不失气节的苏武、誓不任伪职而避乱辽东三十年的管宁,三国时宁可断头决不投降的严颜和为蜀汉鞠躬尽瘁、死而后已的诸葛孔明,晋代血溅帝衣的嵇绍和中流击楫誓死北伐的祖逖,唐代嚼碎牙齿坚持督战的张巡和被叛军钩断舌头仍大骂不止的颜杲卿,还有以笏相搏痛斥叛贼的段秀实等十二位气节盈身的人物作为自

“仁至义尽”牌坊矗立在文天祥墓前,彪炳着他的人格

己的人生楷模。

走进文天祥墓园，首先映入眼帘的是一座巨大的石坊，上书“仁至义尽”四个大字。穿越石坊，是一条泉水涓涓的小溪，溪流上横架一座石拱桥，跨过桥去，就是文天祥墓园的神道。神道上的石阶分成三段，分别为十二、八、三级，寓意为文天祥就义于1283年；全长四十七米，象征着文天祥活了四十七岁。神道两旁，一尊尊古朴威严的石佣、石马、石彪、石羊肃立两旁，默默地守护着文天祥的英魂。循石阶向上攀登，便可到达文天祥墓。墓前的石碑上镌刻“宋丞相文信国公之墓”九个大字。过墓碑，就是以山势而建的文天祥墓了。伫立墓前，默诵“志可凌云文能载道，生当报国死不低头”“南宋状元宰相，江西孝子忠臣”“天赋忠烈千秋志，祥赐英名万古存”等楹联，不由得让人回忆起文天祥叱咤风云的抗元壮举……

文天祥二十岁时，怀着“修身、齐家、治国、平天下”的远大抱负，进入吉州白鹭洲书院，受业于大教育家欧阳守道，深受其道德文章的熏陶。南宋理宗宝祐四年(1256)，他赴京参加全国进士考试，以“法天地之不息”为立论，写了一篇洋洋万言的《对策》。考官王应麟认为，“是卷古谊若龟鉴，忠肝如铁石”，予以高度赞扬。理宗亲擢其为第一甲第一名进士。开庆元年(1259)，元军分三路大举南侵，南宋朝野人心惶惶，文天祥上书皇帝，乞斩佞臣以安定人心。不料奏折被截，他气愤地回到了故乡。第二年，他被任命为秘书省正字，兼景献府教授，再次上书，列数佞臣罪状，强烈要求予以惩治，奏折仍未获报。他心灰意冷，准备辞职归里。这时，朝廷却差遣他出知端州，以后又任职江西提刑、知宁国府，湖南提刑、知赣州。南宋恭宗德祐元年(1275)，元军进逼临安，朝廷到了

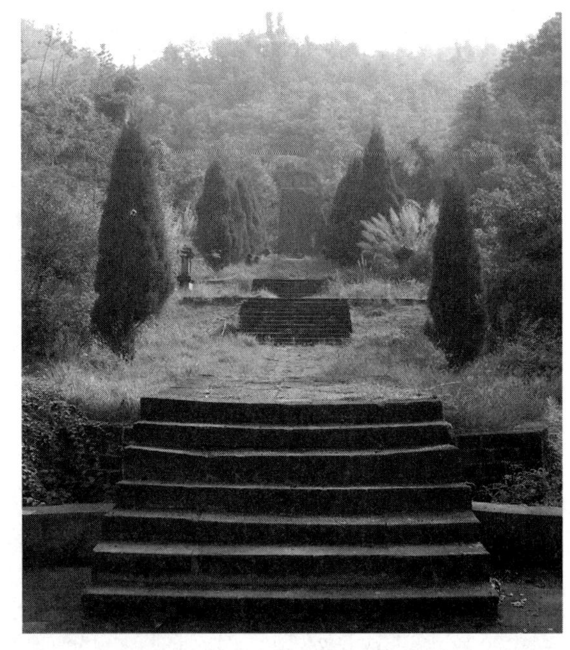

文天祥墓前神道分别为十二、八、三级，寓意为他就义于1283年；全长四十七米，寓意他活了四十七岁

岌岌可危的境地，正在赣州任上的文天祥接到勤王诏令后，变卖自己的全部家产充作军饷，迅速在赣、吉两地募集了数万民兵，进抵临安。他临危受命，被委任为右丞相兼枢密使，只身前往元营谈判，大义凛然地维护了南宋朝廷的尊严。元军无奈将其扣押，挟持北上，当至镇江时，他和随从秘密策划，用计成功脱险，然后渡江经真州、通州，取海道九死一生回到南方。在那里，他再次扯起抗元大旗，点燃了保宋抗元的烽火。各地义兵闻风而动，纷纷投奔他的麾下，不日便汇集数万人。他率领这些兵马，转战赣东、闽西、粤东，旌旗指处，势如破竹，迅速收复了东南大片土地。元军吓破了胆，急忙调集重兵，阻遏宋军。由于敌我力量悬殊，宋军连连受挫，不少将士战死，很多州、县得而复失。文天祥收拾残部，退至粤东，在海丰五坡岭不幸被俘。

文天祥在就义的前一年，曾给家弟文天璧写过一封信，信中嘱咐："……自广(州)达建康，日与中甫邓先生居，具知吾心事，吾铭当以属之。"邓光荐(字中甫)果然不负文天祥重托，为他撰写了墓志铭。铭曰："公高明俊朗，英悟不凡。逾弱冠，即先多士。感激理宗亲櫂，不倚近利，齷齪自弃。故其立朝有木末，谏诤有风烈。治郡持节，廉明有威。及北军渡江，捧勤王诏书，泣数行下。内不谋于亲，外不谋于属，即建旗移檄，以列郡守。举事初，亦冀奉口诏书，多足相和应。已而，诸路阒然若不闻。惟天祥独行其志，坚力直前，百挫而不折，屡蹶而愈奋。至拘留北营，驱逐北去，犹冒万死南走，蒙疑涉险，寄命顷刻，仅而得达。当是时，其飞潜若韵，其变见若神，南北口不想见其风采。故军日败，国日蹙，而自远归附者日众，从之者亡家、沉族、折首而不悔。虽缘人心思向中国，未忘赵氏，亦由天祥之神气意度，足以兴起动悟之也。天所废兴，智勇为困，而况居乏深谋之客，出天制胜之将，用之行阵，类非素简练之兵，大抵瓦合乌散，常抱空志，赤手举事，上不资籍，傍无犄角，是以先声有口，跳身数遁。盖自江南之衄，麾下单弱，因以疾疫、不能出师矣。不幸被执，仰药不死，久系燕狱不死，徒欲信义于前，自白于天下后世，非有秋毫贪生畏死之意也。虽功业不能以尺寸，而志节昭耀乎终古。南北之人无间识与不识，莫不流涕惊叹，乐道其平生。自古节义之大臣，盖不若走之烈云。因属予铭，时未便故传，是以归之。时至元二十一年甲申阳月吉日，邑人邓光荐著，孤子文升泣血立石。"这方墓志铭在整修文天祥墓时曾出土过，后又被埋入墓中，今拓片有些字已漫漶难辨，但读来仍使人唏嘘不止。

文天祥殉难后，自元代始，人们“直以安危系天下，未宜成败论斯人”，反而更加怀念他，敬仰他。“数百年来仰其忠者，以先生生前踪迹之所至，即其精神之所寓，故所在咸立祠虔祀之。”各地相继建起了“丞相祠”“大忠祠”“忠节祠”，缅怀这位集“忠臣、孝子、大魁、宰相”于一身，“古今惟出一人”的抗元英雄。文天祥的浩然正气已化作一缕中华魂升腾在中华上空，激励着后来人在外敌入侵、民族危亡之际挺身而出，为捍卫中华民族而前仆后继，继往开来。明末吉水人李邦华，效法文天祥忠节，至死不事二姓，于甲申三月自缢于北京文丞相祠中。明末清初袁州人袁继成抗清被俘囚入舟中，效法文天祥绝食八日。清末戊戌六君子之一的谭嗣同，自比文山，在《文信国日月星辰砚歌并叙》中慷慨高歌：“天枢绝，坤维裂；潮无信，海水竭；御舟覆，厓山蹶。……迭山之外谁见节！”近代南昌人汪国镇在日本帝国主义侵华时，常常站在自家门口大骂日寇。在被捕以后，索纸书一“死”字，继而大骂：“我江西素有文山磅礴正气，我系读书人，当继承文山气节，誓以生命偿取国人血债！”如此刚烈之人、刚烈之气，一脉相承，汇成中华民族的正气浩歌，黄钟大吕般地回响在中华民族的史册里。

“时穷节乃见，一一垂丹青。”我站在文天祥墓前，放眼望去，远方是无边的山峦，绵延着，起伏着，杳不知哪里会是尽头；藏在山间的村舍，缭绕着袅袅炊烟，笼罩着一派祥和。近处是蓊郁的山林，林中跳跃着欢快的小鸟；山脚下静静流淌的小溪，无忧无虑地流着比满山树叶还要稠的日子。整个墓园寂寞着，空灵着，寂寞得是那么的静谧，空灵得是那么的肃穆！在这个特定的时空，我仰望着湛蓝的苍穹，天幕上的白云不知什么时候幻化出一个硕大的“人”字。俯瞰脚下，我知道那是赣江冲积的“人”字形的庐陵大地，想象着这一切，我的心潮也澎湃不已，忍不住高声朗诵起文天祥的《过零丁洋》：

辛苦遭逢起一经，干戈寥落四周星。
山河破碎风飘絮，身世浮沉雨打萍。
惶恐滩头说惶恐，零丁洋里叹零丁。
人生自古谁无死？留取丹心照汗青。

一阵山风骤起，墓园四周的林涛起伏着，唱和着……

一度行吟一断肠

——访罗贯中故里

许多年来，我在踏访遍布祖国大地上的一个个三国遗迹时，心中一直被一个人物感动着，是他满怀博大精深之才、经天纬地之气，驾驭如椽巨笔，写成了我国历史上第一部流传最广、影响最深、成就最高、气魄最大的章回体古典小说，在我国文学发展史上，建树了不可磨灭的功勋，同时，也为世界文学宝库增添了灿烂的华彩。

他就是《三国志通俗演义》的作者——罗贯中。

罗贯中，元末明初著名的小说家、戏曲家，名本，号湖海散人。今天，当我们捧读《三国演义》，被书中描绘的跌宕起伏、错综复杂的故事情节，性格各异、鲜活生动的人物形象，金戈铁马、刀光剑影的战争场面深深感染的时候，都会情不自禁地叹服他那超人的才华和智慧。然而，在他生活的那个封建时代，戏曲评话作家和“倡优”“妓艺”一样，被视为勾栏瓦舍里的下九流，正史不可能为他立传，人们只能从野史、杂说中寻觅他的踪影。据元明之际的贾仲民在《录鬼簿续编》中记载，罗贯中为“太原人，号湖海散人。与人寡合。乐府、隐语，极为清新。与余忘年交，遭时多故，各天一方。至正甲辰复会，别来又六十余年，竟不知其所终。”至正甲辰年即元惠宗妥懽帖睦尔至正二十四年（1364），他生活在元末明初那个改朝换代时期，大约生于元文宗图帖睦尔天历三年（1330），卒于明惠帝朱允炆建文二年（1400）。这是迄今发现的关于罗贯中里籍的较为详细的资料。但《录鬼簿续编》中并没有提到“罗本”，也没提及罗贯中的性格、爱好、才华等方面的情况；而且，元末天下大乱，有志之士纷纷投身社会意欲干一番事业，可能是罗、贾二人各有所志，罗贯中走进了反元斗争的行列，贾仲民则在元朝管治的地区有着一方天地，以至于再次见面已时隔六十多年了。然而，是什么原因促成了他们这次“复会”？“复会”又是在什么时间？什么地点？文中都未作任何交代。故长期以来，因缺乏权威、具体的文献记载，史学界围绕罗贯中的里籍问题一直争论不休，专家们多依据自己从史迹中钩陈出的有关资料，提出自己的见解，概括起来，主要有山西太原说、山东东原说、浙江钱塘说和浙江慈溪说等，众说纷纭，莫衷一是，把个罗贯中故里搞得更加扑朔迷离。在一次“三晋”之旅途中，我无意间听说晋中的祁县西六支乡河湾村发现了《罗氏家谱》，证明五代后唐时罗氏家族就居住在那里，那里就是罗贯中的故里。这一重大发现，使沉睡了六百年的罗贯中里籍之谜终于被解开了，纷纷纭纭的罗贯中里籍之争尘埃落定，罗贯中也可以在九泉之下安息长眠了。我一时喜出望外，临时改变了行程，马不停蹄地赶到了河湾村。在村头，我遇到了罗贯中的十九代孙、现在管理罗家祠堂的罗作桩，在他的导引下，开始了对罗贯中故里的探访。

河湾村是当地一个比较大的村庄，全村约一千五百口人，全部为罗姓。当然，历年来从外村嫁到这里的媳妇不姓罗，但按村里的习俗，也就进到罗姓家族里来了。据说，村里原有少部分张姓人家，是元末张士诚两个儿子的后裔，于清末民初全部迁走了，又另立神祇。河湾村同坐落在晋中大地上的许多村庄一样，这个村庄的四周被树木掩映着，被庄稼地包围着，显得是那么的宁静而又祥和。这个村庄之所以叫河湾村，是因为古时候祁县境内的昌源河在流出一个叫作“子洪口”的峡谷后，遇到一座小山阻挡，便转弯向西流去，在河道拐弯处形成的。罗作桩领着我沿一条东西向的大街向村里走去，只见街道宽阔整齐，路面平坦洁净，两旁是一座连一座的农家小院，家家户户的大门朝大街洞开着，青一色的瓦舍，古老的门楼，两侧尚新的对联和门前种植的花花草草，不经意间把历史的沧桑和现代的生机交融在一起。走在这条大街上，人们会感到犹如从遥远的历史中走来，又向遥远的未来走去。秋庄稼将熟未熟，正是庄稼人空闲的时候，人们三三两两地聚在街头话家常，一些老年人坐在自家的门前晒太阳，狗温顺地卧在他们的身边，鸡悠闲地踱着步子觅食,构成了一道闪烁着晋中乡土风俗的传统风景。罗作桩告诉我,这条大街叫“贯中街”,因古时候昌源河水经常泛滥,遇到暴雨季节,河水便会溢进村里,由东向西“贯中”而过,故名。今村东头两米深处有过道乐台,台面下是个宽大的门洞,那就是过去的街心过道,也是汛期的应急水道。乐台的西面过去有一座街心桥,至今遗址尚存。它的底部距现在的街面有五米多,由此可以看出过去水贯村中的痕迹。据村民们世代传说,贯中街至迟在宋代就有了,由此可以推测,后来成为小说家的罗贯中的取名同这一条街仿佛有着一定的关系。

跟着罗作桩走街串巷,我来到了位于河湾村南谷恋街二十四号的罗家祠堂。这是罗氏家族的总祠堂,为元末明初所建,后世屡有修葺。它在新中国成立初期分给一贫苦农户居住,才得以完好地保存下来。祠堂的门面不大,乍一看去,与村中任意一个住家户别无二致,只是门口要疏朗些,没有像其他住家户一样堆放着柴草和农机具。大门两侧的门框上贴着红对联,完好无损,色泽鲜艳,看得出罗氏后裔对这座祠堂的管理还是很尽心的。走进大门,我看到约略呈四方形的院落并不是很大,被打扫得干净整洁,正中间有一条砖铺的走道,上面长满了绿色的苔藓,可见平时到这里来的人不是很多,因此院子里一片雅静。有一棵树向祠堂斜依着,高高的树干伸过了屋顶,四周围墙底下,颇为讲究地种着一些月季、昙花等花草,所有这些,都为这座祠堂平添了不少生机。进入祠堂,只见迎面供桌上摆满了罗氏牌位,最早的为元代,由此可知,河湾村的罗氏家谱是从元代开始记载的。村上的老年人说,这座祠堂是他们共同的财产,他们这些罗氏后人一直在尽心地保护着它;自从有了这座祠堂,一代又一代的罗氏后人都在这里供奉自己的祖先,警告自己不要愧对祖先,同时也祈祷祖先能够庇荫后人。问及《罗氏家谱》,罗作桩说,他们的家谱和神祇现在都在祁县文物局里保存着,是珍贵的历史文物,保管得很严格,即使是罗氏后裔平时也很难看到。如果要看它,首先要经县文物局领导批准,然后有两名保管人员同时在场,每人拿出自己的一把钥匙才能打开柜子,取出来在现场观看,看后再由两位保管人员放进柜子里去。罗作桩亲眼看到过《罗氏家谱》,他清楚地记得,家谱里写着:罗氏家族十二世祖罗五训,妻刘氏,生一子名本;十三世罗本,妻卢氏,生五子,长子学财,次子学源,三子学茂,四子学盛,五子学来。神祇为明初遗物,是河湾村罗氏家族永乐十年复制的,里面有着和家谱相吻合的记录。神祇用六幅棉土布缝合而成，上有祭堂、八洞神仙、老寿星、罗氏宗祠门脸、宫灯、碑亭、石碑、旗杆等图案，用石色颜料精工绘制而成。祠堂内悬挂有“罗氏宗祠”“木本”“水源”“本支百世”“春祀”“秋尝”等牌匾。神袛上从立祖人到十三世共一千四百余人，男为全名，女为姓氏，罗本与妻卢氏排列在最后一排，与他的叔伯兄弟罗善、罗经、罗纬、罗绅、罗列同为一排。祠堂内牌位两侧的墙壁上绘着《祈雨图》，虽有剥落处，但整个场面仍很连贯，表达出罗氏家族对风调雨顺年景的祈愿。祠堂顶部原有九条“扶梁签”，现存七条，东一间中梁下的一条上写着“本村扶梁功德祖父罗荣贵祖母陈氏父五训谦母刘氏己身贯中妻卢氏学盛妻王氏施银五钱”。这是当年罗贯中全家对修建祠堂捐赠情况的真实记录，说明当时罗贯中就居住在河湾村里。我久久地站在罗氏牌位前，凝视着扶梁签上那一行异常清晰的字，心想，凭着罗贯中在家族中的地位和影响，遇到像修建本家族祠堂这样的大事，“施银五钱”好像是少了点，因为捐五钱银仿佛不符合他在这个家族中的地位和身份。但转念一想，我国历史上的文人尤其是小说家和戏曲家们，多为家境贫困的穷文人，他们倾尽心血完成的著作，不能像现在一样出版发行，哪会有什么收益？罗贯中虽然著作等身，家境却异常窘迫，能“施银五钱”，也算是对修建家族祠堂慷慨解囊了。

罗贯中故居堂屋。从这里走出了中国章回小说的开山之祖

罗贯中热爱生养自己的家乡，怀恋家乡的父老乡亲。他曾在一首诗里写道：“两岸西风起白杨，沁州存孝实堪伤。晋中花草埋幽径，唐国山河绕夕阳。鸦谷灭巢皆寂寞，并州尘路总荒凉。诗成不尽伤情处，一度行吟一断肠。”诗中殷殷的怀乡之情、思旧之念溢于言表，吟之令人动容。他的后裔也没有把他忘怀，每每谈起他来无不引以为自豪。六百年来，尽管经历了那么多的战乱和自然灾害，他的故居还在一代又一代罗氏后裔的悉心保护下存留着。从罗家祠堂出来，罗作桩领着我来到位于河湾村北街五十八号的罗贯中故居。这是一座古朴的院落，高台阶，高门

楼,门楼上当年挂过匾的桃形铁钉还在,门檐突出,门楣上雕刻精细,一看便知是书香门第。罗作桩说,罗贯中故居的大部分房屋都已毁坏,如今只剩下这处书房院了,罗氏后裔尽管知道它的宝贵,但因为经济困难,保护起来还是力不从心。这是一座明代建筑,清朝曾大修过,站在门前看去,已显得有些破落了。我们轻轻地敲了几下门,一位中年汉子提着瓦刀迎了出来。寒暄中得知,他也姓罗,同是罗贯中的后裔,此时正在修复院内屋檐下的鸡舍。我们跟随他进入院内,见院落并不大,呈四合院形制,显得非常紧凑。院内有一眼青砖砌成的水井,现在的主人说是当年罗贯中用过的。我走上前去探身细看,见那井并不很深,井筒也仅容一只水桶汲水,如今村上各家都用上了自来水,这眼井也就报废了。院内的墙壁为青砖砌成,那砖比现在建房用的砖要大得多,一看就知道有些年代了。正对着大门的墙壁上,有一个巨大的“福”字,很是引人注目。房上的瓦已经有多处脱落,装饰的砖、瓦图案也多有残破,陈旧中透出颓败的景象。堂屋的门虚掩着,里面堆满了杂物,看来已好久没有人住了。东西厢房虽有人居住,但看那冷清劲儿,住的人也不会多。木雕的窗棂因年代太久而显现出斑驳的古铜色,让人看去油然而生一种历史的沧桑感。然而,就是在这座至今仍氤氲着书卷气的院落里,走出了中国章回小说的开山之祖。大概是罗氏先祖为仕宦出身的缘故吧,罗氏家族很重视对后代进行“水源木本”的家族历史教育,一直保持了“耕读传家”“诗礼教子”的家风。在这种家传的影响下,罗贯中从小喜爱读书,村民们世代传说,他自幼聪敏,牙牙学语时便表现出非凡的记忆力,被誉为神童。就在这个普普通通的书房里,他三更灯火五更鸡,夜以继日,伏案攻读,博采众史,积累了渊博的知识。他深知,要在文学上有所成就,不仅是读万卷书,还要走万里路。于是,在他十四岁那年,经一位仙人引荐,离开家乡上麓台山仙洞学艺,十年中间,随师讲学,浪迹天涯、漫游江湖,游历了“三晋”大地,为后来的文学创作打下了深厚的生活基础。而后,他来到了山东东原。东原是八百里水泊梁山所在地,那里广泛流传着梁山泊英雄好汉的故事。他被那些故事深深地吸引着,决定在那里住上一段时间,以便考察当地的风土人情,搜集水浒英雄的故事。现在看来,他之所以能在日后参与创作历史小说《水浒传》,应该说是完全得益于这次东原之行,诚如尺蠖斋评释的《西晋志传通俗演义》序文所说:“罗氏生不逢时,才郁而不得展,始作《水浒传》,以抒其不平之鸣。”在东原期间,他还深入民间，收集了大量的关于“千圣姑”和“贝州王则”的故事。后来，他对这些故事进行了加工、整理，创作出另一部颇具影响的小说《三遂平妖传》。

元代中期，全国经济、文化中心开始由北方逐渐南移，此时的南宋故都杭州不仅成为人口云集、商贾辐辏的繁华都市，同时也成为戏剧演出和“说话”艺术表演的中心，不少北方的知识分子、“书会才人”如关汉卿等，也都趋之若鹜，先后搬迁至这里。受当时社会潮流的影响，已是小说家和杂剧作家的罗贯中也南迁至杭州，与早他先来的一些文人结社，参加他们的活动，共同切磋学问，从而使自己的创作能有很大的长进。有时，他还混迹在说书艺人中间，从他们身上吸取民间文学的营养，以丰富自己的文学创作。当时的元朝，充满了尖锐复杂的民族矛盾和阶级矛盾，蒙古贵族的残酷统治，激起了全国人民的义愤，各地农民起义此起彼伏，波汹浪涌。其中势力比较大的，有朱元璋、陈友谅、张士诚领导的几支起义军。他们把斗争矛头共同直指元朝廷，不断地与元军交战，攻城略地，动摇了蒙古贵族的统治，但彼此之间又为各自的利益勾心斗角，相互倾轧，使整个中华大地陷入一片板荡之中。就在这个社会大背景之下，心怀“有志图王”的罗贯中不甘寂寞，抱着远大的政治志向，来到了起事称霸的张士诚幕府，充任了他的幕客。根据当时的斗争形势，罗贯中建议张士诚联合朱元璋、陈友谅等起义军共同推翻元朝，但张士诚听不进他的劝告，一意孤行。他看张士诚难成气候，自己的抱负在那里无以施展，于是便离开了张士诚，再次来到了杭州，专心致志于文学创作。由此说来，他从事小说稗史的创作，还是得益于政治上的失意。正是由于他政治上的失意，才成就了我国文学史上的一位小说大家。当他真正开始从事文学创作的时候，他已是五十多岁了，积累了丰富的创作素材，掌握了大量的写作技能，同时对历史、人生等重大话题有着深刻的感悟。《三国志通俗演义》的写作，大概就开始于这个时候。

《三国志通俗演义》是罗贯中穷毕生之精力写成的一部鸿篇巨著。这部七十五万字的著作，记述了从东汉中平元年(184)黄巾起义到西晋武帝司马炎太康元年(280)统一中国这段将近一个世纪的历史。他依据陈寿《三国志》中提供的魏、蜀、吴三国历史线索，博采裴松之对《三国志》的补缺、备异、惩妄、论辩，吸取西晋至元一千多年来民间传说的丰富营养，并在此基础上结合自己参加元末农民起义军的生活经历，发挥个人卓绝的艺术才能，纵横捭阖，巧妙驾驭，形象生动地描述三国浩瀚繁复的历史事件,塑造出灿若星汉的三国人物形象。《三国演义》站在人民的立场,深刻地暴露了东汉末年统治者的残暴罪行和那个动乱年代普通百姓所遭受的痛苦,或曲或直地反映出人民对清明政治、太平盛世的真切向往。同时,他也在这部著作中,表明了自己鲜明的爱憎立场,倾注了自己的思想感情,客观地描述了封建统治集团和军阀割据势力之间各种错综复杂的矛盾及彼此之间进行的旷日持久的斗争,刻画出封建统治者和割据军阀互相攻讦、争名夺利的鲜为人知的阴谋诡计和策略手段,揭示了广大劳动人民铤而走险、揭竿起义的真实背景和历史原因。元末明初,我国的小说创作进入了一个新的时期,尤其是章回体小说已发展到日臻完善的阶段,无论是主题表现的思想深度还是写作技巧的熟练程度都已达到了相当的高度。毫无疑问,《三国演义》在当时堪称一部代表之作,它取得了多方面的艺术成就,充分显示了作者在驾驭故事发展和刻画人物上的惊人技巧。综观全书,在作者精心塑造的四百多个人物形象中,无论是曹操、刘备、孙权这些号令一方、叱咤风云的群雄之首,还是诸葛亮、鲁肃、郭嘉等运筹帷幄、决胜千里的神机良谋,以及赵云、吕布、马超等武艺满身、驰骋沙场的骁勇战将,都有着鲜明的个性特色、生动的典型形象,达到了出神入化、呼之欲出的艺术效果。三国时期是一个战争频繁的年代,在罗贯中的笔下,描写了大大小小无数次的战争,其中最著名的莫过于官渡之战、赤壁之战和彝陵之战。他吸取三国至元末明初一千多年间历代总结战争规律的军事著作和描写战争的史传文学方面的成果,并根据自己参加元末农民起义的战争活动,把三国时期一个个惊心动魄的战争场面和瞬息万变的战争形势,描绘得千变万化,各具特色,表现出发生在那个特定时期的战争的多样性和复杂性。他发挥自己高超的语言艺术技巧,“文不甚深,言不甚俗”,把一个个战争场面描绘得跌宕起伏、酣畅淋漓、有声有色、生动传神,简洁而又明快地把历史和文学自然结合起来,既有现实的描绘,又充满了浪漫主义的传奇色彩。后来的文史学家给予他很高的评价,称他是描写战争的妙笔圣手,将他同司马迁和关汉卿相提并论。《三国演义》的出现,标志着我国古代小说从“话本”向长篇章回体过渡的完成,揭开了我国小说发展的崭新一页。它自开始的传抄本到大量面世以来,其普及程度可谓空前绝后,不仅国内家喻户晓、妇孺皆知,而且被翻译成十多个国家的文字,风靡世界,受到各国人民的普遍崇爱。罗贯中被《大英百科全书》称为“第一位知名的艺术大师”,《三国演义》被称为“一部真正具有丰富人民性的杰作”。

罗贯中精通历史学、军事学、智谋学、心理学等诸多学科知识,有着多方面的创作才能。他写过乐府、隐语和戏曲,但以小说创作最多,成就也最大。仅《西湖游览志馀》一书中就说他“编撰小说数十种”,又相传他写过《十七史演义》。他所写的小说,大都以乱世为题材,中国历史上前后只有七个分裂时期,他就取材三个。今存署名罗贯中的作品,除小说《三国志通俗演义》外,还有小说《隋唐志传》《残唐五代史演义》《粉装楼》和《三遂平妖传》,以及与施耐庵合著的《水浒传》。他亲身经历了元末的社会大动乱,目睹了现实残酷的阶级纷争,对普通百姓苦难深重的生活处境寄予了深切的同情,对他们的理想追求也有了新的认识。他从事小说创作的动机,自然有着“无过于泄愤一时,取快四载”的个人愉悦,但更重要的则是为了改变当时话本艺术中存在的弊端,为说话艺人也为民众提供一个有积极意义的说话底本。基于此,他从社会的、文学的需要出发,对当时在民间影响较大、流传广泛的话本小说进行了搜集、充实、整理,创作出一系列脍炙人口的小说佳作。他亦能词曲,所作的杂剧今所知者有《赵太祖龙虎风云会》《忠正孝子连环谏》《三平章死哭蜚虎子》等。其戏剧作品的基本思想和《三国演义》“拥刘反曹”类似,描写的也多是君臣之间的相互关系,并企图通过“正三纲,谨五常”来结束奸雄争霸造成的悲惨局面。

听说村民罗悦琴家珍藏着一方罗贯中生前用过的砚台,我异常兴奋,很想一睹为快。罗作桩十分理解我此刻的心情,离开罗贯中书房院,领着我径直来到了罗悦琴家。罗悦琴家收拾得井井有条、干净利落,一看就知道她是一个治家的好手。听说有人来访,她热情地把我们引进屋里,让座泡茶,像迎接客人一样。大概是这些年到她家看这方砚台的人多起来的缘故吧,还没等我开口,她便进里屋取出一个布包,小心翼翼地放在茶几上,然后慢慢地逐层剥着上面的裹布。当剥到第四层的时候,我看见一个由黄缎包着的核桃木盒子。她打开那个木盒子,取出一方砚台,讲起了它的来历。原来,罗悦琴幼年丧父,母亲把她养育成人,并把这方砚台当作传家宝传给了她。母亲曾不止一次地对她说过,这方砚台是她家祖上一个大文人用过的,嘱咐她一定要保护好,一代一代传下去,家里再穷,就是卖完所有家产,也不能把它卖掉。罗悦琴说:“这方砚台一般人是不想给看的,前几年有外地人想出巨资将它买走,我都没有答应。”听了她的话,我从她手中接过砚台,如获至宝,仔细地察看着。砚台上有一层厚厚的墨渍,很难分辨出它的质地,捧着它觉得心情很沉重。她在茶几上铺好了黄缎,我小心地把砚台放在上面,取出相机拍了幅照片。就在这个时候,我突然发现砚台的背面刻着几个小字——“湖海置”,再仔细看去,左边还有几个笔画很细的字,经辨认为“时年十六”。这些字表明,这方砚台是一位叫作“湖海”的青年人在十六岁时置买的。由于复杂的历史原因,罗贯中没有留下自己的手迹,人们今天已无法核对这几个字的真伪,但我们很自然地会与他的名号“湖海散人”联系起来。大概罗贯中早年曾经叫过“湖海”,在参加元末农民起义前后曾浪迹五湖四海,便在他的名字后加上“散人”两个字作为自己的名号,意为当年的“湖海”已成为无职业、无约束的闲散之人了。然而,正是这个闲散之人,用如椽巨笔饱蘸这方石砚里的浓墨,写出了一部流传千古的长篇历史小说《三国演义》。

罗贯中使用过的砚台,被作为传家宝一代一代珍藏着

就在探访罗贯中故里行将结束的时候,我想起要去他的墓地凭吊。罗贯中的墓地在河湾村北的一块庄稼地里,如果没有人指引,我是无论如何也看不出来的。墓地里没有任何建筑物,刻有“罗本之墓”的墓碑早在抗日战争时期已被日军飞机炸毁。坟墓也在20世纪那场大动乱中被夷为平地,墓砖大部分被移作他用。罗作桩回忆,被毁的墓穴为八角形,村里人称为“八卦墓”,墓砖多为唐、宋两代用过的,而且大小不一,可见当时的罗贯中家是比较穷困的,这与罗家祠堂扶梁签上“施银五钱”的记载颇为吻合。21世纪初,罗氏后裔在原墓址隆起了这座坟堆,供四面八方慕名而来的人们凭吊。我拨开浓密的庄稼,来到这块地中间,看见一座不大的土堆,上面长满了一尺多高的蒿草。罗作桩说,那就是他们的先祖罗贯中的坟墓。我一阵愕然,久久地站在那座坟堆前,心里好不是滋味。罗贯中大约在七十岁那年去

世，而后叶落归根，悄无声息地长眠在自己家乡的土地上，如今那茂盛的蒿草覆盖着的，仿佛不仅仅是他的躯体和不灭的魂灵，而且还伴着历史的苍凉和岁月的萧瑟。这座坟头，就是他一生穷困、窘迫、失意的真实写照，看看它，就好像看到了封建时代一个读书人的身影，让人不禁唏嘘连声。是啊，他生前不是什么高官，当然不会享受什么厚禄，也不是什么巨贾，当然也不会占有那么多财富，因此，在身后还属于他的，只有这一抔黄土。他是中国文人中的一员，在他活着的时候，默默无闻地著述，既无利可逐，也无名可求，自然不会想到自己用心血凝成的《三国演义》能够成为中华民族文学史上的旷世之作。正是这部巨著使他身后成名，一个巨大的中华民族文学巨擘的光环罩在他的坟头，辉煌在辽阔的中国大地上。我把目光缓缓地从他的墓上移开，投向遥远的天际。远处，青山如黛，残阳如血，是啊，青山依旧在，几度夕阳红，伸展出一幅合久必分、分久必合的历史画卷……

奇篇演出西游

——访吴承恩故里

我来到淮安已是中午时分了，为了尽快一睹吴承恩故居风貌，我问明了路径，径直由北门进城，再折向竹巷街，没走多远便看到一座高耸的牌坊，上面镌刻着“吴承恩故里”五个大字。牌坊的石柱上有两副楹联，其一联曰：

旧宅揽胜迹：萧湖、长淮、邗沟水；
故居接芳邻：枚亭、梁祠、钓鱼台。

这副楹联形象而又精当地描绘出吴承恩故居的地理环境和人文环境。淮安是一块美丽而又神奇的土地，史有“壮丽东南第一州”之称，早在明代已是全国漕运的咽喉要冲，朝廷漕运总督曾长期驻节于此。这里交通发达，商贾辐辏，经济繁荣，文化昌盛，名人辈出。上联中提到的“萧湖”即淮安城北运河东岸的“东湖”，是古淮安的一处胜景，古人曾在一首《东湖泛舟》里写道：“晴船如镜画船开，琥珀香浮白玉杯。鸥引开樯寻胜去，山分眉黛隔城来。云卿祠改空留碣，孺子亭高独枕台。怀古情深丝管急，绿波不放酒人回。”“长淮”即淮河，淮水从淮安城北流过，淮安的得名与这条河不无关系，其地“阻淮凭海，控制山东”，“为南北噤喉，江浙冲要”，庄重、典雅、古朴的“镇淮楼”就矗立在古淮安城的中心，如今已成为淮安的标志。“邗沟”即古运河，它作为我国南北水路交通命脉，更为这里提供了舟楫和灌溉之利。吴承恩旧宅就坐落在这美丽的萧湖、古老的淮河和大运河的环抱之中，可谓“地灵”。下联中提到的“枚亭”即“枚皋纪念亭”，他是西汉辞赋家枚乘之子，同时代的扬雄曾说：“军旅之际，戎马之间，飞书走檄用枚皋；廊庙之下，大堂之中，文高典册用相如”，时人称之为“马迟枚速”。“梁祠”即“梁红玉祠堂”，梁红玉乃南宋抗金名将韩世忠的夫人，她曾在京口“亲执桴鼓”，大败金兵。今祠堂大门有对联：“青眼识英雄，寒素何嫌？忆当年北虏鸱张，桴鼓亲操，半壁山河延宋祚；红颜摧大敌，须眉有愧！看此日东风浩荡，崇祠重整，千秋令誉仰淮壖。”“钓鱼台”即“韩侯钓台”，韩侯即淮阴侯韩信，他曾为刘邦创立汉朝立下了汗马功劳，然而并没有逃脱“狡兔死，走狗烹；飞鸟尽，良弓藏；敌国破，谋臣亡”的厄运，后人亦有诗曰：“渔竿焉得滞斯人，龙虎吞屠气早振。豪杰本无终隐志，功名竟换不訾身。只今父老犹哀怨，如此侯王孰假真。莫向大风怀猛士，可知河曲有垂纶。”吴承恩故居就在“枚乘纪念亭”“梁红玉祠堂”“韩侯钓台”这些“芳邻”之间，可谓“人杰”。在这“人杰”“地灵”之区，出了个伟大的小说家，出了部伟大的古典文学巨著，似乎是理所当然的事。

另一联则是围绕《西游记》和吴承恩编撰的：

东土西天，降妖伏魔，万方传颂孙大圣；
楚风淮水，述异志怪，千载推崇吴承恩。

吴承恩故居位于淮安市楚州区河下古镇的打铜巷巷尾，过牌坊不远就到了。据《山阳河下园亭记》载，他的故居“门向东，入门而北，重门编篱为之。院中花木丛茂，春秋尤盛。正厅三楹，迤西更筑二室，分内外为二，颇修洁。西窗外，竹林深密，时有一鹤饮咏”。当时的河下镇处于淮水和运河之间，是一个商埠，从各地来的商人和各种职业的人很多，大都聚居在这里。这些人后来都逐渐入了当地籍。吴承恩家迁淮后落脚于河下，处在一个家家经商的街市之中，受其影响，从事某种小商业来谋生是很自然的事情。从他家在河下的周围环境来看，正是这样的情况：打铜巷、钉铁巷、粉章巷、估衣街在他家的四周。这些巷子里的居民基本上经营着巷名

吴承恩故居。其俨然中国封建时代一个书香老宅再现于一片高楼大厦之中，固守着本来属于自己的古朴与清幽

中所列的行当。可惜的是，他身后无子嗣，故居没有得以保存。所幸的是，在他的诗文里，还能看到故居及其周围的一些情景，体味出他在这里居住时的心境。他在《斋居》中写道：“中岁志丘壑，茅斋寄城郭。窗舞花气扬，林阴鸟声乐。鱼蔬拙者政，鸡黍朋来约。何以陶隐居，松风满虚阁。”试想，坐在茅斋之中，看窗外花絮飞扬，听林中百鸟鸣啼，蔬菜在园圃里生长着，鱼儿在池塘里游动着，不时有友人前来小聚，果真有点陶渊明隐居的味道呢！他又写道：“朝来把锄倦，幽赏供清燕。积雨流满畦，疏篁长过院。酴醿春醉屡，蕉叶新题遍。怅望心所期，层城隔芳甸。”一场春雨过后，园圃得到灌溉，嫩篁不知不觉已长过了墙头；劳作累了的时候，停下来欣赏一番屋梁上呢喃的燕子；再斟上一壶醪酒，以芭蕉叶为纸，题写涌上心头的诗句，此时怅望着远方，该是何等的心情呢？他还在《秋兴》诗中写道：“淮水风吹万柳斜，高楼飞燕识繁华。波翻漂母投金地，海近仙人泛斗槎。日观千樯通贡篚，云旌双廓引清笳。明珠不博枚皋赋，尊酒茅堂岩桂花。”到了秋日，眼前呈现出另一番景色：风吹柳斜，楼堂飞燕，樯通贡篚，旌引清笳……在仲秋桂花馥郁的香袭里，把盏畅饮，高声吟哦枚皋的赋篇，又该是何等的心情呢！？

现在人们看到的吴承恩故居，是他的故里人近年来在吴宅旧址上复建的。古色的门房,古色的客堂,古色的轩厅,尤其是那古色的射阳簃书斋,俨然中国封建时代一个书香老宅再现于一座现代化城市的高楼大厦之中,顽强地固守着本来属于自己的那份清幽,那份古朴,那份雅静,那份端庄,于看似不协调中透出酽酽的古典文化气息。故居的门房上方,悬挂着一幅横匾,上刻"吴承恩故居"五个棕底绿色大字。不知怎的,我乍一看到那幅横匾,心头立刻浮现出规模宏大的《西游记》,唐僧、孙悟空、猪八戒、沙僧一路向我走来,西天取经路上所经历的种种场景又一一浮现在眼前……

穿过门房是一片苍翠的竹林,修竹簇簇,叶叶交通,清风摇曳,婆娑生姿,给人以虚怀有节、幽雅恬淡之感。那片竹林掩映着的,便是故居的正厅,也就是吴家的客厅和堂屋。大门两旁的廊柱上镌刻着一副对联:"搜百代阙文,采千秋遗韵,艺苑久推北斗;姑假托神魔,敢直抒胸臆,奇篇演出西游。"它高度概括出吴承恩的创作源流及文学成就,评判出他的名著《西游记》的历史价值。吴家举行婚丧大典,接待至亲宾客都在这里。厅内高悬着一方棕底绿字的"射阳簃"匾额,书法褚欧,笔法刚劲,沉稳中不乏洒脱,奔放而又不失圆润。"簃"者,书斋也。淮安在西汉置县时因境内有"阔三十丈、长三百里"的射阳湖,故称"射阳县",古之名人大都以自己的居住地或者出生地为号,吴承恩也不例外,为自己名号"射阳居士"。他的好友也是儿女亲家、明代辛丑年状元沈坤曾给他的书斋题了一方匾额,上面写着"射阳簃"。他非常喜爱,便把书斋"射阳簃"的匾额挂在正厅里,此匾额现已遗失,今匾为赵朴初先生所书。射阳簃匾额下方安放着吴承恩半身塑像,这是由中国科学院古脊椎动物和古人类研究所根据吴承恩墓葬中的头盖骨复原塑造的。望着他那清瘦的面庞、深邃的目光,让人油然想起他的那首《赠沙星士》诗:"平生不肯受人怜,喜笑悲歌气傲然。小院朝扃烧药坐,高楼春醉戴花眠。黄金散尽轻浮海,白发无成巧算天。孤鹤野云浑不住,始知尘世有癫仙。"诗中反映出他傲视人生、淡薄功名的生活态度。塑像两侧的对联为:"伏怪以力;取经唯诚。"这副对联的含意已远远超出《西游记》的本意,它向人们揭示一个人间真谛:战胜妖魔鬼怪依靠神力,取得真经凭借诚意。更重要的,还在于它揭示了吴承恩的人生品格,让人们进一步联想到,《西游记》里孙悟空那桀骜不驯的叛逆精神,不正是这位"射阳居士"自身的写照吗?

在吴承恩故居,最令人油然而生凭吊之情的,莫过于他的诞生屋了。由正厅向

吴承恩诞生屋。1500年,吴承恩就诞生在这里

后,经过长廊,即到他父母的住房,也就是他的诞生屋。他父亲吴锐年轻时娶徐氏,生一女,名承嘉,嫁与淮安籍的户部尚书沈翼的族人沈山。中年后,吴锐再娶张氏,生子吴承恩。这是一栋书香之家的老式居室,青砖灰瓦,坐北向南,门窗向阳敞开着,宽大而又明亮。门前庭院幽静,两棵玉兰树分植左右,其右边一棵树下有水井,当为吴宅故井。明孝宗弘治十三年(1500),吴承恩就出生于这栋屋里。吴家祖籍安东,先世为涟水人,元末明初迁居淮安,至吴承恩已五代。吴家开始在打铜巷经商,渐渐有了余利,生活状况得到改善,就向读书做官的方向进取,并且有了一些成效,出现了两代学官。虽然高祖吴鼎还是一介平民,至曾祖吴铭已跻身儒林,做起浙江余姚的儒学训导。祖父吴贞由年例入监,是国子监监生,做过浙江仁和(今杭州)的儒学教谕。"两世相继为学官,皆不显。"明代的学官品级低下,职务清闲,专管教化和训诲全县的秀才,在官场中是微不足道的角色。即令如此,他家也就抛弃了原来所经营的与已经为官的身份不相称的商业,生活来源主要靠做学官的微薄俸禄来维持。父亲名锐,字廷器,自幼随母亲梁夫人住在仁和教谕任所。后来吴贞死了,没有官俸了,全家生活拮据,梁氏只好从仁和教谕任所把他带回淮安原籍。当时吴家已是"家世儒者,无资,且颠沛宦游,归益贫"了。由于门衰祚薄,为生活所迫,吴锐这位"修文二世"的书香子弟,不得不中途辍学,到店堂做起小生意来,一下子又退回到了小商人的地位,吴家也因此由书香门第败落为小商人家庭,饱受着世态炎凉。吴承恩后来在《先府君墓志铭》中沉痛地写道:"以贫故,逾数岁,始遣就社学先生。社中诸学生率岁时节朔持钱物献社学先生,吴氏不能也。社学先生则勤勤教诸学生书,不教先君书。先君辄从旁听窥……梁夫人闻之,叹曰:'嗟乎!吴氏修文二世矣,若此耳,斯孤弱奈何?'于是泣,先公亦泣。"吴锐成年后娶徐氏为妻。徐家是个经营彩缕文縠店的,吴锐也就跟着岳父改做起这个生意。吴锐虽是商人,闲时仍喜欢读书,"性一无所好,独爱玩群籍……诸子百家莫不浏览",读到"屈平见放"

“伍大夫鸱夷”、诸葛亮“出师不竟”、檀道济“被收”、岳武穆“死诏狱”等，“未尝不双双流泪也”。但吴锐又“好谭时政，辄抚几愤惋，意气郁郁云”，他这种颇具正义感的性格，对未来吴承恩的成长不无影响。然而，作为小商人的他在官府和社会的欺凌面前，只能是采取逆来顺受、忍气吞声的态度：“里中有赋役，当出钱，公率先贯钱待胥。胥至，曰：汝钱当倍，则倍；当再倍，则再倍。曰：汝当倍人之庸，则倍人之庸。人或劝公讼理，曰：吾室中孰非官者？然又胥怒，吾岂敢怒胥，又犯官哉？于是众人益痴之。”吴承恩因此在少年时代就被唤作“痴人家儿”，常常“恚啼不欲饮”。这类受屈辱的遭遇深深地铭刻在少年吴承恩的心里。他曾说过他家的境况是“穷孤”的。所谓“穷”，主要是指经济上困难。他家确实不富裕，有时生活过得很是艰难。另外，“穷”也可能兼有指命运不好的含义。几代人经历曲曲折折，坎坎坷坷，没有当上个像样的官，也没有发个像样的财，而且，已经做了两代小官，结果不但没有升迁，反而又回到原来经商的境地。所谓“孤”，大概是指他家人丁不兴旺，势单力薄。生活困难，无人资助；受人欺侮，也没有人撑腰。父亲经商受尽官府胥吏的敲诈勒索，也没有人站出来为他说句公道话。从这里不难看出，他的家族是多么的“穷孤”！种种迹象表明，他家可能是几代单传。

明王朝经过长时期的休养生息，至中叶呈现出一派社会稳定、经济繁荣的局面。而与此同时，朝政日见昏暗，统治集团腐化堕落，各种社会矛盾逐渐凸现出来。吴承恩一生经历孝宗、武宗、世宗、穆宗和神宗五个皇帝的统治时期。武宗四出巡游，随驾文武大臣乘机敲诈勒索，大捞横财，闹得民不聊生。世宗迷信道教，妄图长生，日事祈祷，经年不朝。宦官刘瑾和严嵩父子擅权，卖官鬻爵，贿赂成风，排斥异己，构陷忠良，使朝野为之侧目。作为明王朝中央集权专制统治工具的东、西厂等特务机构更是横行霸道，为非作歹，杀人越货，无恶不作。加之各地官僚豪绅横征暴敛，大量兼并土地，使百姓倾家荡产，走投无路，被迫铤而走险，揭竿起义。武宗正德年间，山东、四川、江西、河南、广西等地的农民起义风起云涌，震撼大江南北，使明王朝迅速由盛转衰。也就在这个时期，传统文学如古文诗词等，正处于衰退过程之中。尽管有前后“七子”雄踞文坛，扛起“文必秦汉，诗必盛唐”的大旗，竭力为文学复古运动推波助澜，但这条路实际上已经走不通了，文学发展的希望只能寄予当时正统文人所不屑一顾的小说、戏曲和民歌身上。那时，中国戏曲已先后出现

《宝剑记》《鸣凤记》《浣纱记》等著名作品。长篇小说已有《三国演义》《水浒》《金瓶梅》相继问世。短篇小说《三言》《两拍》更是深入人心，广为流传。至于民歌，先是在民间普遍流行传唱，后有冯梦龙等人编入《山歌》《挂枝儿》等有影响的集子。吴承恩就生活在这个文学大变革的时代，他把心中孕育的文学种子播入现实的土壤，等待着它萌芽、开花、结果。

和同时代所有的读书人一样，吴承恩从年轻时即参加科举考试，想以此进身，获取功名富贵。每逢乡试，他总是兴致勃勃地赶往应天府应试，结果总是榜上无名。他性敏而多慧，从小博览群书，精通儒家经典，能写出一手令人称羡的好文章，早就受到社会名流的认可。究其科考失败的原因，主要是他的文风求真洒脱，与当时的八股文风相抵牾。嘉靖十三年（1534）秋天，他再次应试落第，归舟镇江，独游金山寺，结识寺僧沫湖，临别赠扇一面，并在扇面题诗："十年尘梦绕中泠，今日携壶试一登。醉把花枝歌水调，戏书蕉叶乞山僧。青天月落江鼋出，绀殿鸡鸣海日升。风过下方闻笑语，自惊身在白云层。"从这首诗中，我们虽然看到了一副乐观者的形象，但也领悟出他由科举失意带来的或悲观或愤懑的情绪。自此以后，他困顿在家，大约在二十六岁那年与叶氏结婚。七八年后，父亲吴锐去世，从此他足不出淮安，居家替人写各种应酬文字，"荐绅台阁诸公，皆倩为捉刀人"，从中获取一些润笔，聊补清贫的生活。嘉靖二十三年（1544），他因老母在堂，单靠卖文鬻字，不足以赡家养室，无奈又参加了一次乡试。按照明代的科举制度，凡是取得秀才资格满一定年限而又屡应乡试落榜，一律由学政官员报送朝廷，"入贡"听后委任。于是，在嘉靖二十九年（1550）的春末夏初，已经四十五岁的吴承恩作为一名岁贡生，到京城吏部等候授职。一路上，"春深水涨嘉鱼味，海近风多健鹤翔""会向此中谋二顷，闲揸藜杖听鸣蝉"的所见所闻，使他黯淡的前途透出了一缕光明。在京城，他过着寄人篱下、仰人鼻息的生活，然而由于心存一线希望，倒表现得相当豁达："东华尘土扑朝衫，车马闹长安。先生个里元无分，黄细暖睡稳茅庵。"如此三年，他才获得浙江长兴县丞的卑微官职，与主簿"分掌粮马、巡捕之事"。据《同治长兴县志·名宦传》载：吴承恩"官长兴时与邑绅徐中行最善，往还唱和，率自胸臆出之。丞廨浮沉，绝无攀援附丽，其贤于人远矣"。然而，由于不谙官场规则，仅仅过了一年多时间，他就遭受诬陷，被革职拘禁。他感慨地说："悠悠负夙心，作吏向风尘。"看来，他宁受拘禁也不愿改变自己的傲岸性格以向上司“折腰”，这正像他在一阕词里诙谐表达的那样：“狗有三升糠分，马有三分龙性，况丈夫哉。富贵无心，只恐转相催。”不久案情大白，他得以释放，被补授为荆府纪善。荆府即荆王府，明代藩王府有纪善的官职，为长史属吏，正八品，“掌讽导礼法，开谕古谊及国家恩谊大节，以诏王善良”。时间不长，他因年老有病，便辞官回家，自此再也无力出仕，一直到万历十年(1582)在贫病交加中逝世。

正厅的西侧，就是人们为之倾心的射阳簃了。四百多年前，这个地方诞生了我国古代四大名著之一《西游记》。射阳簃即吴承恩生前的书斋，它只有斗室两间且分为一内一外。内室放置着条台桌椅、笔墨纸砚，壁间挂满名人字画，一盏素油灯高悬着，好像辉映出熹微的光，很容易让人联想起他常伴荒鸡写作《西游记》的情景。外室陈列着有关吴承恩的历史文物，其中有他撰书的《先府宾墓志铭》《沈公合葬墓志铭》碑刻，有他在长兴任县丞时手书的《圣井铭并叙》《梦鼎记》拓片等。橱窗里保存着各种各样的《西游记》版本，琳琅满目的中文版本自不用说，被译为外文的就达二十多个版本。国外的翻译家们凭着各自的理解和想象，把《西游记》的书名译得五花八门：《猴与猪》《神魔历险记》《中国的仙境》……有的则直接译为《猴子》，在他们眼里，《西游记》里那个大闹天宫和阴曹地府的孙悟空，形象逼真，生动感人。吴承恩一生著作丰富，但因“家贫无子”，绝大部分已散失了，现存的著作仅《西游记》和诗文集《射阳先生存稿》、短篇小说《禹鼎志》、词集《花草新编》。有吴承恩研究专家推测，他散失的著作要比现存的多出数十倍。这无疑是中国文学史的一个重大损失。吴承恩少年时代便聪明颖悟，故里人传说他“生有异质，甫周岁未行时，从壁间以粉土为画，无不肖物”，甚至能画天鹅。“射阳先生髫龄，即以文鸣于淮，投刺造庐，乞言问字者恒相属。”“凡一时金石碑版、嘏祝赠送之词多出其手。”他幼年即爱读“野言稗史”，这种爱好显然与八股举业相背驰，他“惧为父师呵夺，私求隐处读之”。他还爱听神异故事，经常留意阅读各种传奇小说，搜集各种神魔故事，所得素材“几贮满胸中”。他从小生活在淮水岸边，听到过不少淮水神无支祁的故事，又从唐传奇《古岳渎经》记载的无支祁故事得到启发，脑海里酝酿出孙悟空的最初形象。无支祁是个“猴精”，神通广大，“善应对言语，辨江淮之深浅，原隰之远近，形若猿猴，缩鼻高额，青躯白首，金目雪牙，颈伸百尺，力逾九象，搏击腾踔疾奔，轻利倏忽,闻视不可九”。后来大禹治水,“庚辰以战逐去,颈锁大索,鼻穿金铃,徙淮阴之龟山之足下,俾淮水永安流注海也”。这个无支祁的形象与《西游记》里孙悟空的“法身”很有些相似,与孙悟空被压在五行山下的命运也颇有些类似。中年以后,他便结合唐人传奇、佛道经典、民间故事、淮安地方掌故等,在射阳簃里酝酿、写作《西游记》。西游故事起因于唐代高僧玄奘的印度求法取经,这是一个真实的历史事件,后人逐步将它神化,并演绎成故事、话本、戏剧,从唐代到明代,在民间流传了几百年。吴承恩以他卓越的文学天赋,挥动如椽妙笔,主要依据元代《西游记平话》,并以在十万八千里西天取经路途上历经的九九八十一难为结构线索,大量吸收民间故事和传说,经过艰苦的艺术构思,将唐僧西天取经的故事重新组织、加工、润色,终于写成惊世骇俗的章回小说《西游记》。这里面有对前人成果的继承,也有对前人成果的改造,但更多的是他个人杰出的艺术创造。这部著作植根于他生活的那个时代,体现出那个时代的鲜明特色,成为几百年来一直流传的西游故事的最后一个集大成者。他的《西游记》既出,“西游”故事即成定本,后人再也没有超出他的范围。吴承恩的《西游记》通过对“有人情”的神魔和“通世故”的精魅的描写,反映了社会存在的种种弊端,辛辣地讽刺了当时的世态,“不专纪鬼,明纪人间变异,亦微有戒鉴寓焉”,因而能“使神魔皆有人情,精魅亦通世故”。在讽刺世态人情时“每杂解颐之言”,因此幽默诙谐,妙趣横生,其中所寓的“戒鉴”之意,也就显得深刻而有力。如当乌鸡国的国王要让位于孙悟空时,孙悟空回答:“不瞒列位说,老孙若要肯做皇帝,天下万国九洲皇帝,都做遍了。只是我们做惯和尚,是这般懒散。若做了皇帝,就要留长头发,黄昏不睡,五鼓不眠,听到边报,心神不安,见有灾荒,忧愁无奈,我们怎弄得惯?”于揭露、讽刺统治阶级的同时,他也对民间疾苦寄予极大的同情。在著名长歌《二郎搜山图并序》里,他以奔放而又旷荡之笔,首先描写神话中二郎神搜山,使魑魅魍魉、狐妖虺龙或断头授首,或束手就擒的场景:“少年都美清源公,指挥部从扬灵风,星飞电掣各奉命,搜罗要使山林空。名鹰搏拏犬腾啮,大剑长刀莹霜雪。猴老难延欲断魂,狐娘空洒娇啼血。江翻海搅走六丁,纷纷水怪无留纵。青锋一下断狂虺,金锁交缠擒毒龙。神兵猎妖犹猎兽,探穴捣巢无逸寇。平生气焰安在哉,牙爪虽存敢驰骤。”这些狐妖虺龙就像《西游记》里吃人害命的魔怪一样。他由此联想到社会上那些贪官污吏、土豪劣绅、地痞流氓等邪恶势力,恨不得把他们斩尽杀绝:“我闻古圣开鸿蒙,命官绝地天之道。轩辕铸镜禹铸鼎,四方民物俱昭融。后来群魔出孔窍,白昼搏人繁聚啸。终南进士老钟馗,空向宫闱啗虚耗。民灾翻出衣冠中,不为猿鹤为沙虫。坐观宋室用五鬼,不允虞廷诛四凶。野夫有怀多感激,抚事临风三叹息,胸中磨损斩邪刀,欲起平之恨无力。救月有矢救日弓,世间岂谓无英雄?谁能为我致麟凤,长令万年保合清宁功。”他虽然遭际困厄,但毕竟还是一个“衣冠中人”,“胸中磨损斩邪刀,欲起平之恨无力”的强烈激情,使他永远向往着一个文贤武良、国君有道、“五鬼”“四凶”绝迹、“四方民物俱昭融”的社会。这部长达八十万言的巨著以其纵横驰骋的绚丽幻想、曲折有趣的故事情节、开合宏大的谋篇结构和视野辽远的壮阔场景,为人们展现出一个充满想象的神话世界。它自问世以后,不胫而走,很快便家喻户晓、妇孺皆知,深深地烙印在一代又一代人的头脑里。

射阳簃外是一汪波光潋滟的水塘。吴承恩的汉白玉塑像端立在水塘边,手握书卷,凝神遐思,好像正在构思《西游记》中的某个情节……

射阳簃的后边就是吴承恩故居的后花园——“悟园”,这个名字取佛经“觉悟”的意思。清代张潮评价《西游记》是一部“悟书”,故里人以此来为后花园命名,旨在告诉人们,吴承恩就是在这里“悟”出《西游记》的思想真谛的。他幼年即爱听民间故事,爱游览家乡的名胜古迹,长大后爱读志怪书籍,渐渐地萌发创作神话小说的念头。这里是他创作和休憩的地方,园中的许多景点就是儿时父母亲给他讲神怪故事的地方,曾经引起他许多美好的回忆,经常激发他创作《西游记》的灵感。园门楹联“灵根育孕源流出,心性修持大道生”,取自《西游记》第一回的回目,既是《西游记》故事的引子,也是《西游记》思想的根本。进入园内,迎面而立的是一座镂空照壁,人们可透过壁中的方洞看到一块太湖石。

悟园。吴承恩就是从这里“悟”出《西游记》思想真谛的

太湖石名“灵根”，呈倒三角形，中有三个天然小孔，与《西游记》里孙悟空去拜师学艺的“灵台方寸山”“斜月三星洞”暗合。石猴出世后，拜菩提祖师修道，被菩提祖师赐名为“孙悟空”。“灵根”石右边有一组建筑，取名“小尘世”，两边有一副对联“余自生世人，痴心小尘世”，取自他晚年诗作《古意》中的句子，反映出他晚年对所处社会的清醒认识，借以表达他意欲超凡脱俗，避开尘世，到属于自己的小天地里，追求属于自己的真、善、美的强烈愿望。过“小尘世”，又是一番胜景，酷似《西游记》中的“花果山福地，水帘洞洞天”。吴承恩当年为寻求创作《西游记》的灵感，曾游览过连云港附近的云台山。当地人传说，山上的花果山水帘洞即为孙猴子的老家。云台山上有七十二洞，山上的自然环境也与《西游记》所描写的花果山水帘洞十分相像。整个后花园，活灵活现一部西游情景。

走出吴宅后花园，我又看见站在射阳簃前的吴承恩塑像，停下脚步，久久地仰视着，仰视着。在夕阳斜照里，我感到他的形象渐渐高大起来，犹如一座巍峨的山峰。这时，我蓦然想起，大概是20世纪70年代初，一次偶然听到淮安发现吴承恩墓的消息，而且，那发现近乎离奇，离奇得颇有些荒唐。看看还有点时光，我决定到他的墓地去看个究竟。

吴承恩墓地在淮安楚州区马甸镇的二堡村，距他的故居并不远。由他的故居向南，穿过淮安城区，便来到淮安水利枢纽工程运河闸。时已黄昏，红彤彤的晚霞把古老的大运河辉映得一派金黄，泛着波光的河水就像一匹长长的铺向远方的锦缎。泊在闸湾里的船只披一身霞彩，随流动的河水起伏着，俨然一幅扑朔迷离的图画；而正在河中央航行的船只，尾部就像拖着一团火，那火燃烧着，船只也就成了大运河的精灵了。侧耳倾听，

吴承恩之墓上，一簇又一簇的野蔷薇绽放着细碎的白花

有阵阵河涛拍岸声传来,依稀掺和着桨声的欸乃,是那么的遥远,那么的绵长。此情此景,直让人看得出神,听得出神,不得不由衷叹服大运河创造的古老文明。来不及在这里陶醉,我继续乘车沿着翠杨夹道的运河大堤向吴承恩墓地驶去。大约一刻钟工夫,便到了二堡村,村头一片葱郁的松林前矗立着一座高大的石牌坊,上书“吴承恩之墓”。四周娇杨泛绿,垂柳滴翠,给人一种清新而又幽静之感。牌坊后面有两座坟头,居东的是吴承恩父亲之墓,竖有“明吴菊翁之墓”碑。父亲死后,吴承恩挥泪撰写并篆刻了墓志铭,他选取父亲生前典型的生活细节,用小说家刻画人物的手法,塑造出一位诚朴、木讷的商人形象。更铭文开头写道:“呜呼!孤小子承恩不惠于天,天降严罚,乃夺予父。然又荡游不学问,不自奋庸,使予父奄然没于布衣。天乎!痛何方哉!天乎!痛何方哉!”为父亲毕生没于布衣而痛心疾首。按照我国传统的“怀中抱子型”穴葬形制,吴承恩的墓在他父亲的墓的西侧。明代的吴承恩墓是个什么样子,今人已无从知晓了,现在的吴承恩墓,仅仅为一抔黄土而已。在苍茫的暮色里,我踯躅在他的墓地,心中不觉沁出一丝凄凉。遥想当年,他愤世嫉俗,奋笔疾书,倾洒全部心血写就一部皇皇巨著《西游记》,书成之后,他得以歇息,却远离喧闹,避开繁华,孤寂地躺在这里了。他这一躺就是四百多年,斗转星移,沧桑变幻,朝代更迭,换了人间,人们又该怎样去评价他呢?诚然,了解他一生经历的人都知道,是生活的清贫和宦海的失意造就了他,玉成了他。假如,当初他生活无忧,仕途显达,也许这个世界就少了一部巨著,中国也许就少了一位享誉海内外的神话小说家。想到这里,再看眼前的那一抔黄土上边,一簇一簇的野蔷薇绽放着细碎的白花,晚风中弥漫着淡雅的芳香,我心中的凄凉也就糅进了些许安慰。

暮色四合,湛蓝的天幕上出现一颗耀眼的星,那是属于吴承恩的星座。

青藤不朽

——访徐渭故居

从兰亭出来,脑子里还一直回味着王羲之等四十一位文友流觞曲水的故事,陡然间看到路边有一个竹子搭起的门楼,上面写着“徐渭墓园”四个大字。我的心中一阵惊喜,心想绍兴真是个人杰地灵的地方,我所仰慕的古人遗迹到处都是,于是便停下车,去凭吊徐渭墓了。

清明刚过,要是在北国,乍暖的天气还时时有着料峭的寒意,而在江南,却已是草长莺飞了。按照路牌指示的方向,我循得一条弯弯曲曲的山径,向徐渭的墓地走去。四周很静,静得让人感到偶尔从山林里传来的几声鸟鸣也分外嘹亮。会稽山一袭新绿,像着一身青春时装,一扫人们心里的苍老景象。山下的稻田已放满了水准备插秧,水面如镜,映得蓝天上悠悠白云停步。这恰是心旷神怡时绘画写生的意境,但我想即使徐渭再生看到这些时也不会有好心情,因为我印象中他一生很少遇到过顺境。然而,时势造英雄,逆境出人才。他就出道于逆境。就这样胡思乱想着走了大约一里路,抬头看已到了墓园前。站在那里环视一周,目之所及仅几块青石,几棵树木,几簇青竹拥抱着一抔红土,如此而已。这是徐渭的墓地吗?我不觉怀疑起自己的眼睛来。

是的,这就是徐渭的墓地。绍兴史志记载很清楚,兰亭镇姜婆山东北麓有徐氏

徐渭墓地。几块青石，几棵树木，几簇青竹拥抱着一抔红土，如此而已

家族墓地，徐渭死后就葬在祖茔里。今墓园已被垣墙围定，但大门敞开着，随便由人进出，看来平时到这里来的人也不会多。进入墓园，左边就是徐渭墓，墓不高大，下面有青石垒砌，保护着封土不致流失。墓前立一石碑，上书"明徐文长先生墓"。周围有幼松环绕，看上去是近年新植的。所有这一切，让人感到既朴实又简约，既执拗又孤寂，一如徐渭其人。

徐渭，字文长，号天池，晚号青藤，明正德十六年(1521)出生于山阴(今浙江绍兴)一个趋向衰落的大家族。他的别号很多，诸如"田水月""天池山人""青藤居士""山阴布衣""鹅鼻山侬"等。父亲徐鏓以武职出身，做过四川夔州府的同知，原配童氏，生下徐淮、徐潞两个儿子，继娶苗氏，不曾生育，晚年纳妾生下徐渭，在徐渭出生百日后，其母就死了。幼年失怙，徐渭由嫡母苗夫人抚育。苗氏待他如同己出，倾尽全力养育。十四岁时，苗氏去世，他自述这份恩情"累百纸不能尽，粉百身莫报也"。他自幼颖慧，六岁时入学读书，即能读几百字的文章，九岁便能作文，"十二三赋雪词，十六拟扬雄《解嘲》作《释毁》"。家兄引他去见当时的山阴县知县，知县问："童年几何？今学做什么？"家兄代答："亦能举业文字两年矣！"知县大为赏识，特取佳札兔毫相送，并告诫他今后"务在多读古书，期于大成，勿徒烂记程文而已"。据说在一次酒宴上，主人有意为难他，指着席上的一件器物请他作赋。他略作思索，一气呵成，满座顿时皆惊。当地绅士称其为神童，把他列为"越中十子"之一，从此他即以才名享誉乡里。同县的潘克敬慕其名，把长女许配与他，并让他住在家中，潜心读书、习琴、学剑。据他自述，习琴二年，自会打谱，一月能打二十二曲；但因身体较胖，学剑未成。然而，同封建时代大多数靠科举求仕的知识分子一样，这位对功名事业充满向往的天才少年，在科举道路上却连连受挫。嘉靖十九年(1540)，他考取山阴秀才，但乡试落第，以后又连考八次，始终未能中举。究其原因，主要是他不适应科举使用的八股文。他博览群书，尤其对古代散文更是推崇备至,加之个性显露,情感张扬,确实写不出循规蹈矩、阴沉死板的八股文来。科举失意,家庭生活也随之变故:先是兄长去世,继之老家房产被人讼夺;结婚才五年,妻子患肺痨而亡;尽管潘克敬仍尽心帮助,但他已无颜待在老丈人家,只好过起了"居穷巷,蹴数椽,储瓶粟者十年"的清贫生活。

嘉靖时期,我国东南沿海一带经常遭受倭寇侵扰,由于兵备松弛,官吏无能,给人民的生命财产带来惨重损失。嘉靖三十六年(1557),兵部右侍郎胡宗宪总督东南军务,招徐渭入幕府掌文书。入幕之初,胡宗宪手下先后捕获一牡一牝两头白鹿,认为是祥瑞之兆,令徐渭作《进白鹿表》,进献京师。表文文情并茂,辞藻华美,明世宗读后很是欢喜,特地举行了隆重的告庙典礼,还奖赏了胡宗宪。由此,胡宗宪对徐渭更是器重,视为心腹;同时对他放任的性格也格外优容。据说,他时常与朋友在市井饮酒,"大醉嚎嚣,不可致也"。总督府有事找不到他,便深夜开戟门等待。当时胡宗宪权重威严,文武将吏参见时都不敢抬头,而他却戴着破旧的黑头巾,穿一身白布衣,径直入门,旁若无人。在胡宗宪幕府期间,恃才纵诞的性格使他满怀热忱地投入到抗倭战争中,他数次换上短衣,冒险亲临前线,观察地形,记录战事,分析成败的原因,向有司提出破敌的方略。这些见解大都留在《拟上督府书》等奏疏里。嘉靖四十一年(1562),内阁首辅易人。在新任徐阶的策动下,胡宗宪受到参劾,并于次年被逮捕至京。三年后,胡宗宪死于狱中。徐渭对胡宗宪被构陷致死深感痛心,本来就有些偏激的生性更加发狂,以至于对人生彻底失望。他写下一篇文辞愤激的《自为墓志铭》,蓄意自杀,先是以利斧击破自己的头颅,"血流被面,头骨皆折",不死;而后拔下壁柱上的铁钉击入耳窍,流血如迸,又不死;再用槌子砸碎阴囊,仍未死。如此反复自杀达九次之多。在一次狂病发作中,他因怀疑继妻张氏不贞,失手将其打死,因此被关入牢狱。初入狱时,他身戴枷锁,满身虮虱,冬天雪积床头,冷得发抖,朋友送来的食物也被人抢走,如此过了七年牢狱生活,才于万历皇帝即位大赦之年获释。出狱后,他先是游历四方,登山临水,"奇峰绝壁,大水悬流,怪石苍松,幽人羽客",以及"百丛媚萼,一干枯枝,动静如生,悦性弄情",尽数入目入神,入诗入画。后来,他定居山阴老家,或以诗文书画结交朋友,或以出售书画和课徒授经度日。到晚年,他越发厌恶那些富贵者和礼法之士,所交游的大都是过去的朋友和追随他的门生。他"日闭门与狎者数人饮噱,而深恶诸富贵人,自郡丞以下,求与见者,皆不得也。尝有诣者,伺便排户半入,渭遽手拒扉,口应曰:‘某不在’,人多以是怪恨之。”因疾病在身,他有十多年不吃谷物,以蒸糖梨之类为食。晚年两个儿子都不在身边,为消除寂寞,他只好养一只狗陪伴自己。他七十三岁那年,终于在“帱筦破弊,不能再易,至借藁寝”的凄境中,病死在一副铺着稻草的床板上,走完了穷困潦倒的一生……

一阵山风骤起,打断了我对徐渭生平的回顾。望着眼前那一抔红土,我不觉想起唐人的诗句:“曾于青史见遗文,今日飘蓬过此坟。词客有灵应识我,霸才无主独怜君。”是啊,他生前寂寞身后也寂寞,一直寂寞了几百年,他的墓地也就冷清着,冷清得连盗墓贼也不曾光顾。

呜呼,中国的文人!

如果说凭吊徐渭墓地纯属偶然的话,那么拜谒他的故居则完全是我这次江浙行程中的必然。因此,从他的墓地出来,我就直奔他的故居青藤书屋了。

驱车驶向绍兴,进入繁华的市区,满眼都是用文化包装过的茴香豆、霉干菜和乌篷船,穿过几条人头攒动的街道,我走进一个窄窄的青石板铺就的小巷。小巷很静,静得淹没了闹市的喧嚣,走在里边,听到的只有跫然的脚步声。在小巷的深处透过遮道的树叶抬头望天,云丝渺渺,擦拭出一片湛蓝。这便是前观巷大乘弄,它的尽头就是徐渭的青藤书屋。距今四百八十九年前,我国有明一代杰出的书画家、文学家徐渭就诞生在这里。他也真会戏谑人,自己深入简出于这小巷深处,只待有缘的访客。

说实在的,对于书画,我虽是个门外汉,但有点偏爱。而与其说是偏爱书画,倒不如说是偏爱写书作画的人。我爱米芾的癫狂与痴迷,那天拜谒米公祠,在晋宝斋里久久地凝视着他的画像,心中油然滋生起对他的敬意,而那敬意多半来自于对他的性格的倾慕。我更爱徐渭的狂狷与傲岸,不远千里来到青藤书屋,希冀的也是能从他的性格中得到些教益。当我来到青藤书屋院门前的时候,这种希冀愈发强烈了。

到过绍兴的人,都会在百草园、三味书屋里回味鲁迅笔下的世态风情;在碧波荡漾的鉴湖上的乌篷船里,想象女侠秋瑾的风采;在古老沈园的诗壁上重读陆游的《钗头凤》,追寻他暮年心中依旧燃烧的恋情;在兰渚山下的兰亭里,伴随着茂林修

这条逼窄的小巷深处，就是青藤书屋

竹、淙淙清流，品赏书圣的书法碑刻……而在青藤书屋，会看到、想到、得到什么呢？当我推开一扇式样普通的院门时才知道，青藤书屋其实并不是通常人们想象中的书屋模样，而是一个有着鲜明明代建筑风格和江南民居特色的庭院。它不过两亩地大小，南、北、西三面与民居相邻，四周有高高粉墙围起，因而使这一方天地闹中取幽，别有情致。茂盛的树枝探出墙头向外伸展着，焕发出盎然的生机，恣意地向人们展示着这片古老天地的魅力。此情此景，我实在是惊诧于这片闹市区里难得的幽静了。

庭院里宽大的粉墙上，赫然镶嵌着石刻的“自在岩”三个大字，那是徐渭的手书。当年他究竟怎样的“自在”，今人已不得而知，而真实的情况是他的一生并不自在。不自在才找自在，这大概就是古人所说的“境由心造”吧！望着那异常醒目的自在岩，我好像感到当年他真的有过那么一丝雅致。自在岩下边是一个小园，几竿翠竹疏朗有致，微风吹来，竹声沙沙，竹影幢幢，是一道清瘦而又高雅的风景。几株芭蕉雍容而立，肥大的叶片下是盘盘的叠石，叠石上是玲珑而又典雅的盆景。点缀其间的还有诸如石榴、葡萄、兰花、萱草等。这些虽都算不上什么名贵之物，却全是他所喜爱的，常常出现在他的画幅之中。也许是他在冥冥之中匠心独运吧，呈现在人们面前的是一幅意境深邃的水墨画，清幽不俗，足以让人流连脚步。我想，他活着的时候，自寻烦恼与自我解脱可能就在这里吧！今游人穿越四百多年时空，踯躅在这个堪称江南绝景的小园里，仿佛还能感悟到他当年的行止，聆听到他当年的啸吟。“自在岩”三个字，只不过是他精神特质的一种表白而已。

庭院的南边也是一个小园，园门上刻有徐渭手书“天汉分源”四个大字，运笔浑厚，遒劲苍凉，暗示着他那刚直不阿、放荡不羁的性格。园中临窗有一方圆十尺的石砌小池，名曰“天池”。池畔的石栏杆曲曲折折，忠实地维护着那一池清泉。池水一半在屋外，一半在屋内，晴阴相间，扑朔迷离，让人杳不知池边究竟在哪里？传统的风水学说和江南园林艺术浑然一体，相得益彰，使这个小小的水池有了丰富的内涵。徐渭为什么自号“天池生”？其意大概就是出自窗下这个小小的水池吧。他自撰《青藤书屋八景图记》云：“‘天池’方十尺，通泉，深不可测，水旱不涸，若有神异。”“天池”中有一石柱，上书“砥柱中流”四字，也为徐渭亲书。站在池边观赏，仔细揣摩那四个字的含意，百思不得其解。这里既非奔腾咆哮的长江，也非一泻千里的黄河，而只是一池波澜不惊的碧水，谈何砥柱中流？再仔细想想，倒有点埋怨起

“天汉分源”刻石

天池。池水一半在屋外，一半在屋内，晴阴相间，扑朔迷离

自己的浅陋来,徐渭的心胸,哪会是我辈可窥、可知? 俗话说“有容乃大”,“天汉分源”也好,“砥柱中流”也罢,都是他的心胸容纳得下的。他在这池水里看到的,是物欲横流的社会,是混沌苍茫的宇宙,“天汉”应该“分源”,“中流”需要“砥柱”,尽管是一介书生,他也在时时提醒自己不要忘记肩负的那份社会责任。

古朴生色的“漱藤阿”碑刻为徐渭当年手植的老藤做了贴切的注脚

这里既然名为青藤书屋,青藤自然必不可少。“天池”旁的花坛里,有徐渭当年手植老藤,清代康熙年间遭受雷劫,后蘖生旁枝,枯木再荣,却不幸于20世纪六七十年代那场空前绝后的浩劫之中被斩藤挖根。如此看来,人为破坏比起自然界的灾害要残忍得多。现在人们看到的一棵青藤系后来补栽,有旁边的“天池”清泉滋润,藤干已长成碗口粗细,藤茎盘桓而上,昂首云天,使得青藤书屋又名副其实。满架枝蔓与书屋紧紧相连,繁茂的翠叶翳蔽日月,书屋的风景也就幽邃了许多。藤下壁间,嵌有“漱藤阿”三字碑刻,古朴生色,为这挂老藤做了个贴切的注脚。众所周知,藤是一种攀缘植物,它的生长要攀缘他物,仰仗他物。徐渭自号“青藤居士”,他攀缘的却是自己的才气,仰仗的也是自己的天赋。他生活在一个压抑个性的社会,践行中庸被看作是芸芸文人的美德。一个文人纵有超乎寻常的才气和天赋,也只能迈着八字步在自己人生的道路上“走钢丝”。徐渭就是一个“走钢丝”的人,因为他所生活的那个社会没有兼容并蓄、百川归海的气魄。他可以恃才傲物,可以把自己视作另类,但这些只能是在视觉里甚至骨子里,纵然张扬,充其量也就是在这个小小的书屋里。古稀之年,他作的《题青藤道士七十小像》诗曰:“吾年十岁植青藤,吾今稀年花甲藤。写图寿藤寿吾寿,他年吾古不朽藤。”以我看来,这也仅仅是一种无奈的寄托。

一条鹅卵石径静静地铺在庭院里的草地上,芳草萋萋,衬托出石径幽幽。走到石径的尽头,便来到真正意义上的青藤书屋。书屋两侧的抱柱上有一副警联:“读不如行使废读将何以行,蹶方长知然屡蹶讵云能知。”字体遒劲中见奇幻,语意含蓄中露辛酸，未进屋内，便听到徐渭对多舛命运发出的一声叹息。据说，青藤书屋原有一副门联："牵萝补屋王玉瑛，因树作堂陈老莲。"联中的王玉瑛即王端淑，系明末著名理学家王思任之爱女，其书画诗文皆称于时，谓"山阴才女"，清顺治年间曾在青藤书屋隐居；陈老莲即明末清初著名画家陈洪绶，亦在青藤书屋居住两年。现在人们看到的书屋，坐北面南，长长的花格窗依于青石牖槛之上，日月之光透过窗棂，书屋里也便一扫阴暗，使它的主人得以时时凭窗展卷，挥毫泼墨。现在书屋的正房里，一堵薄壁隔成了前后两室。前室为三间平屋，硬山直檩，石柱粉墙，古朴而雅致。室内正中高悬"青藤书屋"匾额，为明末清初同乡书画家陈洪绶手书。匾额下方是徐渭的画像，两边是他生前自拟的一副对联："几间东倒西歪屋，一个南腔北调人。"这虽是他的诙谐之语，自然也难免有夸张的成分，但四百多年来，纵然这里几易其主，仍能保留至今，也不能不说是后人对他的礼敬。只因为有了他的居住，这"几间东倒西歪屋"才有了保留和存在的价值。徐渭不朽！他跨越时空，播撒着一种精神，一种气质，氤氲着这书屋不倒，纵然是人去屋空，但里面依然游荡着那个不朽的幽灵。于是，仰慕其道德的人来了，惊羡其才能的人来了，就这样，叠印在鹅卵石小径上的脚印拉近了与四百年前一位旷世奇才的距离。我相信，对于每一位前来拜谒青藤书屋的人，都会是一次心灵的归附，而且也都会自觉地打上一个无形的情结，挽住中华文化的这个熠熠闪光的亮点。前室的另一方横匾"一尘不到"悬挂在南窗上方，两旁亦有对联："未必玄关别名教，须知书户孕江山。"笔力苍劲奔放，着墨酣畅淋漓，皆为徐渭手笔。他既号"青藤居士"，青藤书屋自然属于自己的身心圣地，那里也就容不得半点尘土，更不能沾染一丝污浊的世俗。他就在这方寸之间，涵养着文人的骨气，修养着文人的高洁。但是，"好高人愈妒，过洁世同嫌"，也就注定了他一生孤寂的命运。这正如他自己所说的那样："半生落魄已成翁，独立书斋啸晚风。笔底明珠无处卖，闲抛闲掷野藤中。"生前，他没有满座的高朋，更没有登门的权贵；身后，坟头上也没有缕缕不绝的香火。但他照样耐得住寂寞，在属于自己的自由天地，恪守着"一尘不到"的信条，操守着属于文人的高洁，让如水般流逝的光阴打磨着自己的形象。

徐渭出生在青藤书屋，病逝于青藤书屋，在七十多年的生涯中，有二十多年是在这里度过的。在这僻静简朴的书屋里，他习性养志，耗尽心血，创作出大量的书法、绘画、诗文、戏曲作品。他自称“吾书第一,诗二,文三,画四”——

徐渭的书法,如他的画一样开大写意之门,如他的诗一样横扫他那个时代的污秽,如他的曲一样意气豪达,具有很高的艺术成就。总体说来,他的书法出自宋人。他说米芾的书法“潇散爽逸”,有那么“一种出尘,人所难及”的境界;评价黄庭坚的书法“书如剑戟,构密使其所长,潇散是其所短”;评价苏东坡的书法“苏长公书,专以老朴胜,不以其人之潇洒,何耶?”评价蔡襄的书法“蔡书近二王,其短者略俗耳。劲净而匀,乃其所长。”他博采“宋四家”书法之长,把米芾的“俊迈豪放”、苏轼的“丰腴跌宕”、黄庭坚的“纵横拗崛”和蔡襄的“浑厚端庄”融为一体,又上追唐怀素、张旭,以及“二王”、索靖,笔墨恣纵,自成风格。他早年练习楷书,其意多含蓄而古拙,其字多为方正之形,变化天然,厚重浑朴,既无轻佻之习,又无铅华之气,乍看用线拙劣,细品始觉有一种特殊之美深蕴其间。然而其狂放不羁的性格不为楷书所束缚,中晚年大量作行书和狂草,尤以别具特色的草书最多。他曾在《题自书一枝堂帖》中说:“高书不入俗眼,入俗眼者非高书。然此言亦可与知者道,难与俗人言也。”这也难怪,四百多年来,真正的“知者”能有几许呢?他的草书,数字连绵,一气呵成,奔放奇纵似写胸中之块垒,运笔洒脱,放荡不羁,气势遒健,情感丰沛。字如狂如醉,形或颠或偃,纯粹是个人内心情感的宣泄。笔墨恣肆,满纸涂鸦,不计工拙,仿佛所有的才情、悲愤、苦闷等,都郁结在他那扭来扭去的笔画中。明代著名文学流派——“公安派”领袖人物袁宏道曾称赞道:“文长喜作书,笔意奔放如其诗,苍劲中姿媚跃出。予不能书,而缪谓文长书法决当在王雅宜、文徵仲之上,不论书法而论书神,先生者诚八法之散圣,字林之侠客也。”虽然在他的书法作品中,偶尔也能见到有放纵失控之笔:“其书有纵笔太甚处,未免野狐禅”,但他能自觉地黜陈规、鄙法度,摆脱传统束缚,另辟新径,追求新意,最终鹤立于书法大家之林,在中国书法史上写下了灿烂的一页。现在存世的《春雨帖七古二章》《墨花十六种诗》《昼锦堂记》《龙溪号篇》等,皆为传世之宝。

徐渭的诗文,历来受到后辈文人的推崇。传说,袁宏道一次在朋友家的书架上随手取出一本书,心不在焉地浏览起来,哪知刚看了几页,禁不住惊叫起来:“这是何人的作品?是古人,还是今人?”他爱不释手地在昏暗的灯光下长啸吟诵,一咏三叹,以至于把已经熟睡的僮仆都惊醒了。当他得知是徐渭的诗文时,便扼腕叹息道:“佞生三十年,而始知海内有文长先生,噫,是何相识之晚也!”他认为他的诗文“一扫近代芜秽之习,百世而下,自有定论”,把他列为明代第一。从此,袁宏道多方搜集材料,写成了著名的《徐文长传》。徐渭的诗既有豪壮纵逸、境界开阔的篇章,也有奇崛险怪、凄清诡异之作。他认为李白、杜甫等人的作品是比较合乎常规的诗,是“菽粟”;而韩愈、李贺等人的诗,别出心裁,迥绝时流,为诗开辟出新的天地,是“龙肝凤髓”。吟诵徐渭的诗篇,那奇崛的造语、诡异的想象和险怪凄清的诗境纷至沓来,让人感到仿佛进入一个光怪陆离的世界。如“帝子悲异代,池馆荒东城,风吹城隅树,似聆歌吹声”,“一岫插天目,宛尔怒猊狞,老释据其口,黄冠复来争”,“宝山门外白蛟宫,独处千年不嫁雄,顿顿淄涎垂燕子,殷殷霹雳懒吴公”等,他在这些诗句中,写荒芜的城池,写峥嵘的山岩,写兴风作浪的蛟龙,令人读后直有鬼语秋坟、惊心动魄之感。又如“蕉叶屠埋短后衣,墨榴铁锈虎斑皮,老夫貌此谁堪比?朱亥椎临袖口时”,借芭蕉和石榴,展开了丰富奇特的联想:由蕉叶而想到劳动人民的短衣百结;由石榴而想到它貌似锈迹斑斑的铁椎,继而想到战国时勇士朱亥“椎临袖口”,刺杀魏将晋鄙紧张刺激的情景,表现出“胸中一段不可磨灭之气”,险怪、幽绝而又大气的诗风洋溢于字里行间。徐渭的散文,不堕某个时代、某个前人的窠臼,着意于自己的创作,尤其是他的小品文,文锋犀利,性灵横溢,状物写景,寓情于理,开晚明一代新风。如他的《豁然堂记》,与欧阳修的《醉翁亭记》、苏东坡的《石钟山记》虽结构颇为相似,但情自己出,文自己遣,情文和谐,风格自现:“于是登斯堂,不问其人,即有外感中攻,抑郁无聊之事,每一流瞩,烦虑顿消。而官斯土者,每当宴集过客,亦往往寓庖于此。独规制无法,四蒙以辟,西面凿牖,仅容两躯。客主座必东,而既背湖山,起座一观,还则随失。是为坐斥旷明,而自取晦塞。予病其然,悉取西南牖之,直辟其东一面,令客座东而西向,倚几以临即湖山,终席不去。”唐宋派古文大家唐顺之对他的散文刮目相看,曾邀他一同宴饮,把盏畅谈,赏识之情溢于言表。

徐渭的画,集文学、书法、篆刻及绘画艺术于一体,山水、花卉、人物、走兽、虫鱼、瓜果等无一不能,亦无一不工。他的画作纵放泼辣,气韵完足,古质淡雅,丰姿绝代,开创有明大写意之风,呈现出鲜明的主观色彩,或嬉笑怒骂,或愤激不平,运笔狂放奇峭,着墨纵横捭阖,往往于简约而又平淡的画幅里寓意着深邃的内涵。同历史上所有身处逆境的先辈们一样,悲剧性的人生导致他义无反顾地走上了叛逆、放纵的道路,多方面的才艺修养为他突破前人的樊篱提供了可能,使他最终成为把大写意花卉画推向巅峰的一代巨匠。在明代文人画潮流中,写意花鸟异军突起,大放异彩。他兼采吴门画派写意花鸟之长而不为其所束,以狂草般的笔法纵情挥洒,淋漓泼墨,在似与不似的形象之间着眼于气韵的表达,气若巉岩枯藤,势如急风骤雨,创造性地走进中国写意花鸟画抒写内心情感的境界,开启了有明以来水墨写意法的新途径,在中国花鸟画发展史上树起了一座巍峨的里程碑。他曾说:“奇峰绝壁,大水悬流,怪石苍松,幽人羽客,大抵以墨汁淋漓,烟岚满纸,旷如无天,密如无地为止。”他还说:“百丛媚萼,一干枯枝,墨则雨润,彩则露鲜,飞鸣栖息,动静如生,悦性弄情,工而入逸,斯为妙品。”他画荷花,着意渲染它们的自然秉性来寄托主体的情感思绪,尤爱画它们在凄风苦雨中的姿态,以倾诉自己的人生苦痛,彰显自己的个性与气质。他画梅,粗笔饱蘸浓墨一扫而过,枯干虬枝便跃然纸上,其间三五竹叶,一蓬细草,或重重涂抹,或淡淡勾就,不拘形似,狂放不羁,惊世骇俗,自成一体,具有传神的艺术感染力。这正如他在一首《题画梅》的诗中写的那样:“从来不见梅花谱,信手拈来自有神。不信试看千万树,东风吹来便成春。”他画葡萄,简直就像在劈头盖脸地倾泻满腔悲愤,在绵延不绝的枝蔓长藤上,凭借那一串串葡萄张扬生命的野性和生命力的顽强,用酣畅淋漓的笔墨,狂放不羁的气韵,向人们展示自己胸中郁积的愤懑,并希冀通过人们的赏析把自己的愤懑洒向那个污浊的社会。“短檐侧目处,天际看鸿飞。”困境中的鸟儿对自由更充满渴望,是他的遭遇成全了他的画,他挥动如椽巨笔,开创出意象空阔的豪情奔放的大写意。

后人评价他的画:“豪放之笔,纵逸之气,千岩万壑,挥洒而成,名士美女情态如见。一兽、一禽、一虫、一鱼、一花、一草,落落数笔,惟妙惟肖,神乎技矣!自是身有仙骨,世人固无从得金丹也。”人们称他为中国写意画派的创始人,绘画史上青藤画派的鼻祖。就连一身傲骨的郑板桥也对他赞誉有加,生前曾刻有一枚印章,文曰:“青藤门下走狗。”近代艺术大师齐白石更有感慨:“恨不生三百年前,为青藤磨墨理纸。”

徐渭的戏曲作品也在明代梨园独树一帜。他是一位艺术全才,不但以诗文书画纵横一世,在戏曲方面也有着高深的造诣。清代有剧评家说:“明当以临川山阴为上乘。”这里的“临川”,指的是大戏曲家汤显祖,“山阴”即指徐渭,说他可与汤显祖比肩。徐渭曾自述因“北杂剧有《点鬼簿》,院本有《乐府杂录》,曲选有《太平乐府》,记载详矣;惟南戏无人选集,亦无表其名目者”,为此辑录“诸戏文名,附以鄙见”而成《南词叙录》一书。这是一本很有见地的戏曲理论著作,对元明时期南戏的状况有着翔实的记述,时至今日,仍不失为研究南戏之圭臬。他的代表剧作就是在中国古代文学史上占有一席之地的《四声猿》。它由四个杂剧组成,其中第一个剧目《狂鼓史渔阳三弄》,写的是东汉狂士祢衡被杀后,在阴司再次击鼓骂曹操的故事。历史上,祢衡以才辨与狂狷知名,徐渭倾注情感写这个人物,旨在宣泄奔突在他心中的那股英雄短路相见的狂潮。剧中的祢衡,已分不清有几分是自己,有几分是他人,那一声声怒言詈骂,是对曹操,也是对黑暗污浊社会上的权势们。他表面上是为祢衡扬名,其实际用意是用他人的酒,浇自己心中的愤懑块垒。第二个剧目《玉禅师翠乡一梦》,取材于南宋妓女柳翠的传说:临安水月寺高僧玉通,因没有参谒新任府尹柳宣教,被官府派去的妓女红莲破了色戒。玉通痛悔而亡,冤魂转世为柳宣教的女儿柳翠,堕入风尘,后被月明和尚点化出家。剧本辛辣地讽刺了那些伪善的道学先生,同时也对传统的宗教思想进行了批判。第三个剧目《雌木兰代父从军》是依据古诗《木兰辞》的情节改编的。剧本歌颂木兰女扮男装代父从军、破敌立功的英雄行为,树立起一位巾帼英雄的光辉形象。第四个剧目《女状元辞凰得凤》叙述的是黄崇嘏女扮男装中状元的故事。剧本深为封建社会妇女受压迫抱打不平,大声疾呼:“裙钗伴,立地撑天,说什么男儿汉!”赞美女扮男装的黄崇嘏得中状元、惠民束吏的杰出才能。在当时的社会背景下,徐渭敢于提倡男女平等,把男尊女卑的观念颠倒过来,反映出强烈的反传统思想。徐渭之所以把“四剧”题名《四声猿》,自称是表示它们微不足道,如猿鸣一声而已。但汤显祖说:“《四声猿》乃词坛飞将,辄为演唱数通,安得生致文长,令自拔其舌。”徐渭的门人、明代的曲学大家王骥德也说:“吾师徐天池先生所为《四声猿》,高华爽俊,浓丽奇伟,无所不有,称词人极则,追踪元人。”

我在青藤书屋后室的文物陈列室里轻轻地迈动脚步,仔细地观赏着徐渭的《驴背吟诗图》《葡萄图》《黄甲图》《白燕诗》等价值连城的书画精品,浏览着《徐文长文集》的多种版本及戏曲名著《南词叙录》《四声猿》等,被他在书画、文学、戏曲等多方面的艺术建树及独特的艺术风格深深地感动着。他一生刚正不阿,傲骨铮铮,虽才艺卓绝，却不为世俗所容，经历了传统命运向人性解放艰难蜕变过程中的全部痛苦和精神折磨。这样的人生遭际，在一个才华横溢的文人生命里，呈现的只能是扭曲断裂的轨迹，而那些生命里不堪忍受之痛，最终总要冲决阻遏的堤坝，让生命的湍流奔涌向前。湍流激起的浪花，“如嗔如笑，如水鸣峡，如寡妇之夜哭，羁人之寒起”。他是人世间的异类，也是上天的宠儿。天地间只有属于他的艺术，其他一无所有。他把目之所及、耳之所闻、感之所悟都交给了心灵，而他的心灵只与上天亲近，回归至纯真的大自然。于是，他笔下的诗文书画，带着他生命的狂野、狷介、落寞、孤寂踽踽走向极致，茕茕孑立为一座后人或仰视、或侧目的人类艺术高峰。最终，他在峰巅郑重地向他所在的那个社会，向那个社会的芸芸众生宣告自己的死亡。

徐渭无悔，青藤长青！

不知不觉地已到了掌灯时分，我不得不离开青藤书屋了。这时，再看那棵青藤，恍若就是徐渭其人，枯干虬枝，是他的铮铮铁骨；藤蔓低垂，是他胸前的长髯，阅尽秋霜仍倔强地站在春光里。告别青藤，告别徐渭，我走进暮色中的江南细雨，走进那个深深的小巷。小巷更加寂静，寂静得只能听见自己孤独的脚步声。我知道，寂静的夜晚属于徐渭的灵魂。此时此刻，他也许正坐在青藤下读书，也许正在“天池”边挥毫泼墨，夜风轻轻，吹拂一壁嫩藤；池水泛起涟漪，醉开了几朵睡莲……

南旸虹影

——访徐霞客故里

我是个喜欢游历的人,也算得上是个业余旅行者吧,前些年为踏访三国遗迹走了不少地方,遗憾的是还不曾到过旅行家徐霞客的故里。但是,可以这么说吧,我的许多游踪,都是踏着徐霞客的足迹的。在雁荡曲径,在黄山云海,在华岳峭峰,在桂林幽洞,在巴蜀栈道……我踏着他的足迹,饱览壮丽山川,领略风土人情,探究自然奥妙,陶冶人生情操……是他导引我走万里崎岖路,读万卷不朽书,开阔了视野,增长了见识,强健了体魄,锻炼了意志,从大自然中撷取了丰厚的收获,至今仍在尽情地享用着。

出于对徐霞客的仰慕和感激之情,多少年来,我的心里一直存着一个愿望,就是到他的故里去做一番考察,同时献上我的敬意。

那是一个江南多有的细雨霏霏的天气,我们一行四人乘汽车从无锡市出发,向着徐霞客故里所在的江阴市马镇南旸岐村驶去。一路上,雨淅淅沥沥地下着,滋润了平畴田园,濡湿了惠风碧空,在我的心头汇成了一股汩汩的泉流,流淌着关于徐霞客的“奇人”“奇文”“奇迹”……不消半个小时,汽车便到了马镇街头。我们走出车厢,各自撑了一把伞,沿着一条绿树掩映的乡间小路,向南旸岐村走去。到了路的尽头,见一湾河浜横在了前面。经打听,这条河叫沈塘河,支港潆洄,有着“九曲十三湾”之称。河面上横卧着一座古老的石板桥，桥上镌刻着对联，内侧为“曾有霞仙居北坨，依然虹影卧南旸”。外侧为“胜景重新舟驶人行通海宇，水影依旧清流激荡映天然”。这座桥叫作“胜水桥”，是这一带远近闻名的古迹。它位于南旸岐村“三百六十亩荡”水网的河埠头上，桥名之所以取“胜水”，既有着祈求吉祥的意思，也是人们对这一带虽屡遭水患仍能战胜灾害、过上平安生活的纪念。这两副对联形象地说明，曾经有位“霞仙”居住在石板桥的北边，如今“霞仙”虽然已经不在了，但是他的精神就像彩虹一样，永远浮现在南旸岐的上空。同时，对联也描摹出徐霞客故里的旖旎风光，寄寓着人们对徐霞客的无限爱戴、怀念之情。据说，当年徐霞客就是从这个河埠头上登船外出旅行考察的；而每次远途跋涉归来，也是在这里弃船登上这个河埠头，扑向故乡怀抱的。此刻，我有幸站在这个河埠头上，遥想当年徐霞客经过这里时的情形，心中霎时升起无名的激动，感到眼前的石桥、河浜、渡船是那么的亲切！徐霞客外出旅行考察时频频回首依恋故乡的深情目光，河风送来的慈母那反复的叮咛，他含泪向母亲挥手远去的情景，所有这一切，都深深地镌刻在这座古老的石板桥上，蕴含在这一湾再熟悉不过的河浜里，隐藏在那个饱经沧桑的船舱中。想到这里，我索性收了伞，一任细雨在我身上尽情地飘洒，滋润着我那绵长的思绪。清新的河风拨开雨帘，我仿佛看到徐霞客又完成了一次山川考察，正向这个河埠头走来……

裹一身思念的情愫，我登上了胜水桥。站在桥上向北望去，古老的南旸岐村笼罩在一片烟雨之中。郁郁葱葱的树木掩映着处处农舍，灰的是瓦，粉的是墙，酷似一幅恬淡的江南特有的水墨画，让人在怡情的朦胧中享受到中国传统的古典美。走下一步一景的胜水桥，顺着一条新修的马路，我来到了村头的徐霞客故居。明代万历十四年(1586)，一代伟大的地理学家、探险旅行家、旅游文学家徐霞客就诞生在这里。

徐霞客故居是一座粉墙灰瓦、飞檐翘角、绛门朱窗的明式住宅建筑，原有七进院落，明末遭受兵燹，一场大火将房屋化为灰烬。清顺治年间重建，现在只剩下三进了。大门两边立有“盘陀石”，门背面镌刻着“绳其祖武”砖额。走进悬挂着“徐霞客故居”匾额的大门，迎面就是一扇古色古香的屏风，上面镌刻着纪念徐霞客的文字，分别从“一介布衣千古奇人”“驰骛万里踯躅卅年”“拓荒巨人时代先驱”等方面介绍徐霞客一生的事迹。屏风的后面安置着徐霞客半身浮雕像，人们从他身边走过，无不驻足注目，以钦敬之心向他致意。门厅的墙壁上，张挂着一幅徐家世系表，表中例述着徐家历代人物和他们的事迹，让人们约略可知这个家族的世系渊源。

“徐霞客故居”匾额

追溯徐霞客的远祖，当为历代读书人都知晓的徐穉，他就是唐代王勃在《滕王阁序》“徐孺下陈蕃之榻”句中提到的那位徐孺子。据《后汉书》记载，后汉豫章南昌人徐穉，字孺子，家贫，常自耕稼，德行为人所景仰。他厌恶朝政腐败，宦官专权，决心隐迹山林。朝廷下诏征聘，他拒不赴职。当时陈蕃为豫章太守，不接待宾客，只特设一榻接待徐穉，他来了就把榻放下来，走了就把榻挂起来。时人引为殊荣，称徐穉为“南州高士”，其后裔也就被称为“南州高士之裔”。徐霞客就出生在这个累世赀财丰厚而且有着耕读传家祖风的封建家庭。其一世祖徐锢为北宋末年开封府尹，在金兵南侵、宋室南渡之际，他携带大批中原文献，扈跸南来，随南宋小朝廷播迁于临安，从此定居江南。至第四世祖徐守诚，在南宋宁宗庆元年间曾任吴县尉，家遂迁至苏州。不久元蒙贵族消灭南宋政权，入主中原，徐守城之子徐名世与子孙相约“俱誓不仕元”，离开繁华的苏州迁至偏僻的农村——江阴梧塍里，即今江阴祝塘镇大宅里。从此，徐家连续九代人就隐迹在这里，过着悠闲的地主生活。这里除祖居、祖产外，还有祖墓和宗祠，以及供子孙读书的万卷楼、梅雪轩，显示荣耀家史的旌义坊、敕书楼等。有着“梧塍先陇”“长寿幽居”“梅窗诗思”“竹屋书声”“璜塘春涨”“毗岭晴岚”“西畴稼穑”“北墅桑麻”“南浦渔歌”“东原牧笛”等十大景观。这围绕着梧塍东南西北的自然景观，融进了春夏秋冬四时景色，春日桑麻，夏日放牧，秋日收稻，冬日捕鱼，再现出梧塍一年四季生机盎然的图景。至九世祖徐麟时，朱元璋推翻元蒙，建立明朝，徐麟凭其才学德行，白衣应诏，奉命出使西蜀，招抚羌人，立功异域，功成身退之后，以一品朝服荣归故里。他在故里大规模辟田垦荒，重农积谷，同时广搜图书文集，成了“辟田若千顷，藏书数千卷”的江南有名的素封之家和藏书之家。他秉承徐家祖风，以“南州”字二子，曰：景南、景州。兄弟二人在遭遇灾荒和边患之际，施谷物赈灾，出鞍马助边，被朝廷旌为义民，数年间皇恩二下，赐以冠服和旌墓。自此，徐家有了对封建士大夫功名利禄的世俗向往。景南把长子徐颐送到京师，谋取职务。徐颐精于书法，终于以楷法入中书科，掌诰敕，擢中书舍人。但他因捐资得官非科举出身而羞于见人，整日郁郁寡欢，不久自称"违养图仕，非志也"，告病归里，从此把科举获名的希望投注到子孙身上，"教子严甚，不侈服，不重肉，馆于后圃，左右图书，不令与闹市相接，而日躬课核，至夜分乃罢"。他还不惜重金，延请文士至家授业，吴中才子文徵明的父祖两代皆曾在徐家授过课。徐霞客的太祖徐元献，博闻强记，文采出众，曾被拔擢为举人第三名，然而至礼部试时却未能及第。他并不气馁，更加发愤读书，寄希望于再次大比高中，但终因用功过度，积劳成疾，二十九岁便夭亡了。其长子徐经在乃祖乃父影响下，自幼乐学不倦，为继承父祖金榜题名之志，藏身于"万卷楼"苦读。据时人记载："兹楼也，储川岳之精，泄鬼神之秘，究古今之奥，焕斗牛之躔，知不可以金谷，平泉视也。"后来，未及弱冠的他便与唐寅同榜中举，又相约同船赴京会试。抵京客于旅舍，"六如(唐寅号)文誉籍甚，公卿造请者阗堙于巷，徐有优僮数人，从六如日驰骋于都市中，都人瞩目者已众矣"。会试结束，蜚语满城，盛传"江阴富人徐经，贿金预得试题"。有人弹劾主考官，事连徐经、唐寅。唐寅耻不就吏，消极颓废，筑"桃花坞"自娱。徐经归梧塍一方面闭门谢客读书，作《贲感集》抒发胸中郁愤，一方面期盼朝廷赦令，北上探听消息，结果不胜旅途劳顿，客死京师，年仅三十五岁。梧塍徐氏遭此打击，家道开始中落。徐元献次子徐洽，为徐霞客曾祖，继承父志，攻举子业，年十七由庠生入太学，由博士弟子补国子监生，然而先后会试七次，均名落孙山，最后只得捐资入鸿胪序班，官至鸿胪主簿，在职九年便辞官归里，优游林泉，以此终老。徐洽有五子，衍芳为长，乃徐霞客祖父，少有文名。徐洽科场连连失意之后，盼子成龙，特在江阴马镇湖庄(南旸岐)筑书屋，令衍芳终年读书其中。湖庄，其实并不是人们想象的"湖中的村庄"，而只是一个水绕溪环的小村。徐家选中这个水中的小片土地筑室构堂，就是要为子孙选个安静的读书地方。衍芳遵从父亲教导，意图在祖上累试失意之后，自己一雪科场失败之耻，于是穷年累月埋头苦读"四书""五经"及科举时文。在兄弟分家时，衍芳身为嫡长却不住祖房，而另就其读书的书屋，出居南旸岐湖庄，以示科场拼搏之志。从此，湖庄便成了徐霞客故居的所在地，今南旸岐"徐霞客故居”即当年的湖庄旧址。徐衍芳有六子,三子有勉乃徐霞客的父亲。他目睹祖辈的科场不幸,特别是每到大比之年全家等候科场消息的惶恐心情,更使他决心摆脱科举羁绊,过隐士那样的生活。加之当时江南农村已是经济发达的地区,一些开明的地主开始商品经济的生产。徐家虽有田产,但有勉夫妇并不单靠收租生活,还从事织布业。徐夫人是当地的织布高手,她在门前开辟大片园地,种植扁豆,搭成凉棚,在里面乘凉纺纱织布。徐家有织机二十余张,能织“轻弱如蝉翼”的优质布,运销至无锡、苏州市场。有了经商之便,也使有勉得以暇日常携三五家僮,乘扁舟往来于苏杭之间,平日在家,爱好木石,筑园自隐。徐霞客出生后,从小就有着优越的读书环境和便利条件,还能在父亲的默允下摆脱科举入仕的困扰,从科举时文的羁绊中解脱出来,摒弃“四书”“五经”,按照自己的兴趣选读有关书籍,最终实现考察祖国名山大川的心愿。

转过轿厅就是正厅,也称“崇礼堂”。堂中张挂着徐霞客画像,两旁对联“春随香草千年艳,人与梅花一样清”出自徐霞客的《题小香山梅花堂诗》。诗中一个“清”字,道出他清隽的骨气、清雅的神采、清正的人格,抒发了他高尚的情怀和纯洁的节操。四壁张挂着历代名人赞颂徐霞客的字画,“徐霞客到过的地方”风光图片更是琳琅满目。陈列的徐霞客生平事迹展览,展出了他的传略、旅行线路图和对岩溶地貌、水道地理等论述及图片,其中《题鸡足山僧妙行七律二首》是他仅存的手迹。特别是那些版本繁多的《徐霞客游记》,更是吸引着众多的游人停步俯览,联想翩翩,把思绪带到16世纪中叶至17世纪——由于商品经济的发达和资本主义生产的萌芽而出现的我国科学技术史上那个群星灿烂的时期。其时李时珍的《本草纲目》、徐光启的《农政全书》、宋应星的《天工开物》、方以智的《物理小识》、朱载堉的《乐律全书》……纷纷在我国科学技术的星空大放异彩。《徐霞客游记》作为世界上第一部地理学巨著,也成为科技星空中耀眼的一颗明星。我徜徉在这个小小的展厅里,俨然进入了徐霞客的旅游天地,也进入了他的思想境界。

在徐霞客故居,最能见证历史的莫过于庭院里的那棵罗汉松和那眼水井了。罗汉松茁壮繁茂,虽有四百年的树龄,但不像其他古木一样到了一定的年岁就显得老态龙钟。它高两丈余,须两人才能合抱,为徐霞客手植。相传,当年他的父亲从京城带回一棵盆松,母亲为鼓励他长大成人后能炼就像青松一样的高洁品格,帮助他把那棵盆松移栽于庭院里。从此，它扎根于南旸岐的肥沃土壤，沐浴着南旸岐的阳光雨露蓬勃生长，成了徐霞客故居的标志，也成了徐霞客精神和品格的象征。那眼水井静静地躺在庭院里，井口并不大，似乎仅能容一只水桶向外汲水。斑驳的石井栏，好像向前来参观的人们诉说着这里的历史沧桑。四周铺着长满苔藓的青砖，湿漉漉的，滑溜溜的，固守着自己那份特有的沉默。我蹑手蹑脚地走到它跟前，探身望去，见井里的水位并不深，水面像一面镜子，白日阳光照射，定会浮光耀金；夜晚月泻银辉，也会洒满碎银。伫立井旁，遥想徐家人当年汲水情景，不由得发出无限感慨。

这棵徐霞客手植罗汉松，成了他故居的标志

徐霞客故居的对面，是近年来新辟的“仰圣园”。这是一座典型的江南园林，布局精巧，清丽秀雅。园内有一汪开阔的湖水，环湖坐落着凉亭、敞厅、水榭、扇轩、曲廊、廊桥等仿明式建筑。叫出名的和叫不出名的植物荟萃一园，千姿百态，争奇斗艳，把偌大个园林打扮得风光迷人。这些植物，大都是徐霞客从昔日游历过的山水间采集来的，它们原本是生长在深山野涧、断崖巉岩的奇木佳卉、野果异花，当年采集时，徐霞客付出了多少汗水，遇到了多少危险，今人谁能知晓呢？它们如今在徐霞客故里生长着，诉说着一个又一个生动感人的故事。园林中央的草坪上矗立着徐霞客高大的塑像，立体地向游人再现了这位“千古奇人”高瞻云天、远瞩四方、凌云觅奇、壮志探险的风采，给人以意志和力量、胆略和智慧。四周回环有致的曲廊里，由书法大家挥毫泼墨，能工巧匠精心镌刻的《徐霞客游记》，汇成了一条浩浩荡荡的书法艺术的碑廊，宛如一幅缓缓展开的山水长卷，令人目不暇接。这是一部日记体著作，除已散失的至少十余万字外，现在整理成书的尚有六十万字，是徐霞客毕生从事旅游考察活动的真实记录。我放缓脚步循着那曲折的、悠长的碑廊向前

徐霞客雕像。毕现高瞻云天、远瞩四方、凌云觅奇、壮志探险的风采

走去,好像自己此刻也踏上了漫漫旅途,和徐霞客一起,“穷九州内外,探奇测幽,至废寝食,穷上下,高而为鸟,险而为猿,下而为鱼,不惮以身命殉”:时而同登“芙蓉插天,片片扑人眉宇”的雁山诸峰;时而同观“山高风巨,雾气去来不定”的黄山云海;时而同游“隔江石峰排列而起,横障南天,上分危岫,几埒巫山,下突轰崖,数逾匡老”的漓江峰峦;时而同探“崆峒如云嘘幔复,外有倒石,界石为门,列而为窗,而内蜿蜒旁通,绕若行廊复道”的粤西诸洞;时而同临“翻空涌雪,鲛绡万幅,满溪皆如白鹭群飞”的黄果树瀑布;时而同赏“裂珠崩玉,飞沫反涌,如烟雾腾空”的云南腾冲奇观……无限风光奔来眼底,令人目不暇接,止不住连声赞叹:“宇宙间不可无此奇人,竹帛中不可无此异书!”

穿过绿茵匝地、嫩枝摇曳的园林,便是我心仪已久的“晴山堂”了。这“晴山堂”之名为徐霞客亲题。他三十五岁那年游福建九鲤湖,祈母寿,得签诗曰:“四月清和雨乍晴,南山当户转分明。”那一年母亲王孺人病疽几危,愈后,他为母亲建新舍,取“晴转南山”之义,故名“晴山堂”。当年,徐霞客“筑堂治圃,以娱寿母,晴山堂有记,秋圃晨机有图。图为无锡陈伯符、苏州张灵石所绘,当世名人题咏甚众,一时传为佳话。今歌咏虽存,图则不传矣”。晴山堂也曾毁于兵燹,所幸石刻得以保存。近年来,徐霞客故里人在他数次登船远游又数次弃船归来的河埠头,建起了一座坐西面东、三面环水的灰色围墙、黑色屋面的堂院。堂内壁间,镶嵌着近百块石刻,其中有称誉徐霞客祖上的诗文、赞扬徐母教子的颂词,还有记述徐霞客活动的史料等。这些石刻原为纸文,徐霞客当年请人镌刻于石,徐母逝世以后,又把它们砌嵌于晴山堂的内壁,从此称之为《晴山堂石刻》。清代学者张之纯曾高度评价《晴山堂石刻》:"梧塍里徐氏,有明一代石刻中,多名人手笔","零篇杂制,亦极一时之选。三百年来,拓本流传,人争宝贵,更阅数世,知必与唐碑宋碣并重矣"。先后在石刻上留下墨宝的达八十八人之多,可谓集有明一代书法之大成,其中不乏像宋濂、董其昌、文徵明、高攀龙那样的大手笔。他们摇橹挥毫,击楫泼墨,真实地述说着徐霞客的家世,生动地记载着徐霞客的活动,高度地评价着徐霞客的事业,为后人研究徐霞客提供了珍贵的资料。

晴山堂正屋中央陈列着"徐母教子"塑像。徐霞客的母亲王孺人,性整洁,克勤俭,善织布,爱种豆,自名豆棚为"碧云龛",豆藤为"长命缕"。她与丈夫同年,有勉因遇盗跌伤病故后,家庭生活重担都落在了她的肩上。她凌晨即起,置纺车于豆棚下,机声轧轧,数十年如一日。徐霞客虽自幼胸怀凌云之志,性好游,欲问奇于名山大川,但受"父母在,不远游"古训的影响,"恋恋菽水温情,不敢请求出游",准备在家侍奉母亲,承欢膝下。徐母知道了儿子的心思,便开导说:"志在四方,男子事也……岂令儿以藩中雉、辕下驹作为?"正是因为母亲的开导和鼓励,徐霞客才有了第一次出门旅游。行前,母亲特为他"制远游冠以壮其行色",并嘱咐儿子说:"第游名胜归,袖图一一示我。游未竟,我不啮指,去亡害。"徐霞客每次"拂长剑以归来",母亲总要"含笑乎机下","问所往来"。当徐霞客说到天地之广大、山崖之险绝、各地民情风俗之奇特时,人们禁不住"瞿目缩舌骇汗"。母亲听了反而更高兴,开玩笑似的说:"你漫游山川很辛苦,我每天在'碧云龛'中,看到'长命缕'垂垂而下,望着白云就知道你要回来了。现在又听你说了那么多稀奇古怪的事,怎能不让我高兴呢?"徐霞客长年在外旅行,心中牵挂老母,徐母却从未流露思念游子之意,反而百般抚慰他,告诉他自己饭量很好,身体不错,反复叮咛说:远游可以"得异书""见异人",开阔眼界,丰富知识,千万"无以我为念"。后来,徐母还以八十岁高龄之身陪儿子游宜兴岩洞和句容茅山,一路上不时抢步在前,以示自己身体健壮。所以,当时就有人说:徐霞客"几所谓州有九,游其八者,孺人成之也"。正是这位"欲成其子之母",以自己的贤德与卓识哺育了徐霞客,将他推上了旷世奇人的漫漫征途,建树了彪炳史册的丰功伟业。

穿过晴山堂,我来到一个花木扶疏、绿树掩映的院落。院落幽静,静得有点神秘,有点肃穆。苍松翠柏之中,矗立着一尊高大的徐霞客全身塑像,正满怀深情地注视着前来凭吊的人们。花丛深处,便是前些年从璜溪之畔马湾搬迁到这里的徐霞客墓。我沿着鹅卵石铺成的甬道,缓缓地走向他的墓冢,心中充满了庄严与崇敬。墓前,矗立着一座清初刻制的石碑,顶端横刻着“十七世”三个字,意即徐霞客系梧塍徐家第十七代传人。碑中直书“明高士霞客徐公之墓”。墓周遍植树木花草,绿树长年阴翳着,花草四时覆盖着,使他那并不怎么高大的墓冢郁郁葱葱,充满了生机。偶尔有小鸟飞来,也不鸣不啾,生怕惊醒了墓中的主人。世上万物也仿佛通了灵性,和前来凭吊的人们保持着同样的心态。是的,徐霞客奔波了一生,也该安息了,大家都不愿惊扰他。在这静悄悄的时空,我轻轻地迈动脚步,踟蹰在他的墓旁,抑制住激动的心情,回想起他生活的那个年代和他那传奇式的一生——

徐霞客自幼聪颖,天赋过人。史书记载他“修干瑞眉,双颅峰起,绿睛炯炯”,也就是身材颀长,眉清目秀,额头前突,双瞳墨绿,炯炯有神。他五岁即进私塾读书,“矢口即成诵,搦管即成章”,所学诗文很快就能背诵,提起笔管就能成文成章,童蒙课业常常烂熟于心,深得塾师的器重与钟爱。但令塾师失望的是,这个孩子志在五岳,曾说:“丈夫当朝碧海而暮苍梧,乃以一隅自限耶?”他从小对仕途毫无兴趣,更不用说为了进仕而去读那些“四书”“五经”了。他幼年受父亲影响,喜爱读历史、地理和探险、游记之类的书籍,“特好奇书,侈博览古今史籍及舆地志、山海图经以及一切冲举高蹈之迹,每私覆经书下潜玩,神栩栩动”。十五岁那年,他应过一回童子试,没有考取。父亲见儿子无意功名,也不再勉强,就鼓励他博览群书,做一个有学问的人。他的祖上曾修了一座万卷楼来藏书,这给他博览群书创造了很好的条件。他读书非常认真,凡是读过的内容,别人问起,他都一一记得。家里的藏书不能满足需要,他就到处搜集没有见过的书籍,只要看到奇书,即使没有钱,也要脱掉身上的衣服去换:“见未见书,即囊无遗钱,亦解衣市之。”久而久之,家里的藏书“冲栋盈箱,几比四库”。他对其中的秘本、手稿、碑刻、史籍、地志、山海图经不知读过多少遍,熟稔到取书时“叩如探囊”的程度。未及弱冠,他的博学多识已闻名四方,被誉为“目空万卷”的“博雅君子”。这些书籍开阔了他的眼界和心胸,培养了他热爱祖国壮丽河山的兴趣,使他更加羡慕历史上周览九州、踏遍五岳的旅行家,开始追求“问奇于名山大川”的生活,并从此“以身许之山水”。

徐霞客二十二岁开始出游,“无它事,无它嗜,日遑遑游行天下名山”,三十多年间,“遇有名胜之区,无不披奇扶奥,一山一水,亦必寻其源而探其脉”,东渡普陀,北历燕冀,南涉闽粤,西北直攀太华之巅,西南远达云贵边陲,足迹遍及大半个中国,直到五十五岁那年身患重病返回家乡,第二年去世。他十九岁丧父,二十岁丧妻,老母高龄需要奉养,孤子周岁尚待哺育,所有这些都未能羁绊着他探索大自然的脚步。他毅然多次离家出游,浪迹于千山万水之间,把毕生精力和心血献给了旅行考察事业。在旅行考察中,他主要是靠徒步跋涉,连骑马乘船都很少,经常是自己背着行李赶路。他寻访的地方,多是荒凉的穷乡僻壤,或是人迹罕见的边疆地区。他不避风雨,不怕虎狼,与长风为伍,与云雾为伴,以野果充饥,以清泉解渴。他几次遇到生命危险,出生入死,尝尽了旅途的艰辛。爬山,他涉险而趋,必登群峰之巅;探穴,他觅奥而逐,务达幽洞之邃;遇盗,他以“吾荷一锸来,何处不可埋吾骨耶”“不欲变吾去志”而答之;断炊,则“以褶、袜、裙三事悬于寓外,冀售其一,以为行资”;径灭,他“衣碍则解衣,杖碍则弃杖”;路绝,他“穿棘则身如蜂蝶,缘崖则影共猿鼯”。二十八岁那年,他攀登雁荡山,想起古书记载那个山顶上有个大湖,就决定爬到山顶探查个究竟。当他艰难地爬到山顶时,只见山脊笔直,无处下脚,古书所载纯属子虚乌有。但他仍不肯罢休,又爬到一个更陡峭的悬崖旁探身观察,发现下面有个小平台,便用一条长长的布带,系在悬崖顶的岩石上,然后抓住布带悬空而下。到小平台上后他才发现,脚底下竟是万丈深渊,别说下去,望一眼就毛骨悚然。他只好抓住布带,脚蹬悬崖,又吃力地向崖顶爬去。爬着爬着,布带突然断了,幸运的是他瞬间抓住了一个树枝,才算保住了自己的性命。一次他到黄山考察,途中遇到大雪封山,当地人告诉他,山上积雪齐腰深,登山的路被深深地掩埋,根本无法上去。他丝毫没有理会,拄着根铁杖便向山上走去。到了半山腰,山势越来越陡,特别是山坡背阴的地方,路上结着厚厚的冰层,又陡又滑,他吃力地用铁杖在冰上凿坑,然后踩着坑一步一步地往上爬去。山上寺院的僧人看了,一个劲儿地赞叹,无不佩服他的胆量和毅力,因为他们被大雪困在山上已经好几个月了。然而,他的游历并不单纯为了寻奇访胜,更重要的是探索大自然的奥秘。福建的黎岭和马岭分别为建溪和宁洋溪的发源地,这两座山岭的高度差不多,但两条溪水入海的流程却相差很大,建溪长而宁洋溪短。他经过实地勘察,终于找出了宁洋溪流急、建溪流缓的原因——“程愈迫则流愈急”,也就是说流程越短,则水流越急。这个地理学上的著名论断就是这样得出来的。他曾对一些河流的水道源进行了探查,像广西的左、右江,湘江支流萧、彬二水,云南南、北二盘江及长江等。长江是我国乃至世界上一条著名的河流,然而它的发源地在哪儿,很长时间里都是个谜。战国时期的地理书《禹贡》中有“岷江导江”的说法,后来人们大都沿用此说。他却对此说产生了怀疑,认为“昔人志星官舆地,多以承袭附会”,“山川面目多为图经志籍所蒙”,于是带着这个疑问,“北历三秦,南极五岭,西出石门金沙”,最终查出金沙江发源于昆仑山南麓,比岷江长一千多里,于是断定金沙江才是长江上源。这个结论比我国江源科学考察队确认长江的正源是唐古拉山的主峰格拉丹冬的沱沱河早了三百多年。他还是世界上对石灰岩地貌进行科学考察的先驱。我国西南地区石灰岩分布很广,他在那一带考察一百多个石灰岩洞,对各种石灰岩地貌做了翔实的描述、记载和研究。在湘南九嶷山,他听说有个飞龙岩,就请当地的和尚引导,带着火把进去考察。飞龙岩是个庞大的洞穴群,洞里有洞,曲曲折折,又是坑又是水,他全然不顾,一直深入进去,就连鞋子跑掉了也不在乎。直到火把快燃尽了,他才恋恋不舍地往回走。当时,他没有任何仪器,全凭目测步量,但考察结果都相当准确。直到他去世后一百多年,欧洲人才开始对石灰岩地貌进行考察。另外,他对火山、温泉等地热现象,气候变化、植物因地势高度不同而变化等自然现象,也做了认真的描述和考察,还生动地描述和记载了各地名胜古迹的演变和少数民族的风土人情。他在旅途中无论多么疲劳,无论在什么地方住宿,都坚持把当天考察的收获记录下来。三十多年间,他写下的旅游日记有二百四十多万字,可惜大多散失了,留下来的经过后人整理,结集为著名的《徐霞客游记》,涵盖地质、地貌、水文、河道、文化、历史、民俗、物

明高士霞客徐公之墓

产诸多方面,笔之所及,有山民樵夫、药农僧侣、舟子轿夫、小贩文士,还有村妇稚童、乡坤官吏,名副其实地成为"古今游记之最"。这部游记既是地理学的珍贵文献,又是艺术性很高的游记文学,书中的文字与徐霞客描绘的大自然一样质朴而绮丽,被人们称作"世间真文字、大文字、奇文字"。读这部游记,让人感到一种真与美的享受,大自然雨、雾、晴、晦的千变万化,山、水、木、石的千姿百态,一一再现于他的笔端,仿佛让后人跟随着他的足迹,跋涉奇峰峻岩、激流险滩,置身于祖国的壮丽河山之中,为之自豪,为之陶醉,心中油然升起对祖国无限热爱。

徐霞客最后一次游历一直到达中缅交界的腾越(今云南腾冲)。崇祯十二年(1639)深秋,他在滇西考察时发病,"忽病足,不良于行",于是留在鸡足山休养,受纳西族首领木增之邀修撰《鸡足山志》,用了一个冬天,至"三月而志成"。此时,他的病情日益严重,木增打点行装,备好竹舆、干粮,准备把他送回江阴故乡。临行前,他对前来探望他的友人自豪地说:"张骞凿空,未睹昆仑,唐玄奘,元耶律楚材,衔人主之命,乃得西游。吾以老布衣,孤筇双屐,穿流沙,上昆仑,历西域,题名绝国,与三人而为四,死不恨矣。"表现出虽死无憾的心情。归途中,他又带病顺道考察了金沙河谷,而后经过一百五十多天的长途跋涉到达湖北黄冈,取水路回到老家。到家不久便卧床不起,床榻之上,他对儿子徐屺说:"吾游遍灵境,颇有所遇,已知生寄死归,亦思乘化而游,当更无所罣碍耳。"在病中,他还翻看自己收集的岩石标本,临死前手里还紧紧地握着考察中带回的两块石头……

江南雨还在悠悠地下着,徐霞客墓地氤氲在一片烟雨之中。在这样的氛围,我的思绪就好像天空中抛洒的雨丝,抽得绵长绵长。墓园外,地肥田美,屋舍参差,水秀林高,翘楚竞茂,徐霞客故里在江南雨的滋润下更加迷人。是啊,"曾有霞仙居北垞,依然虹影卧南旸",一场瑞雨过后,南旸岐村的上空,必然会出现七彩的虹影!

那会是徐霞客的英灵吗?

涛声连云是故乡

——访郑成功故里

乘车西出古城泉州，跨过被誉为鱼米之乡的晋江平原，我来到了民族英雄郑成功的故里——南安市石井镇。

从泉州朋友的口中得知，石井是我国东南沿海著名的侨乡，也是我国古代对外开放的泉州“三湾十二港”之一。作为我国古代海上丝绸之路的东端起点，有着悠久而又辉煌的历史。一踏上石井这片土地，我就被那浓郁的闽南风光和淳朴的侨乡风情包围了。为了节约时间，我租了一辆人力车，穿过热闹的街道和繁忙的码头，径直来到石井镇西，在一栋具有典型闽南传统风格的建筑前下了车。这座建筑就是石井西庭郑氏祖祠，八百年前，郑氏家族从中原迁来石井，一直居住在这个庭院里，到郑成功已经是第十二代了。

当地人们传说，郑成功的父亲郑芝龙当年就是从这里走出去闯荡大海的。他生活的年代，正是欧洲资本主义加速发展时期，海上贸易业逐渐兴盛起来。郑芝龙精通葡萄牙、荷兰、日本等国语言，从事海上武装贸易，控制着台湾海峡的制海权，经常来往于东南亚和日本之间的航线。他到日本长崎经商，娶日本人田川氏为妻，在日本平户市千里滨的海边礁石上生下了郑成功，那里至今仍有“儿诞石”供人凭吊。郑成功六岁之前跟随母亲住在平户，直到父亲受大明朝廷招安任官之后，才被

石井的这座郑氏居住过八百多年的庭院,如今扩建成了规模宏大的郑成功纪念馆

接回当时的泉州府南安县石井镇居住、读书,度过了一生中三分之二的岁月。

怀着崇敬的心情,我走进了这座古老的庭院,抬头望去,只见门柱上镌刻着“王封延郡地拓台湾,祖出武荣人登文苑”对联,驻足辨读,即刻让人念起石井郑氏与祖国宝岛台湾的那份特殊情结,想到一个与台湾紧紧联系在一起的名字——郑成功。明代以前,台湾被称为“海上荒岛”,是石井郑氏等沿海居民到那里垦荒种田,肇始了大规模的对台开发。据考古人员对《郑氏族谱》研究,发现石井郑氏先后有数十人参与开发台湾。正是由于他们一代又一代对台湾的开发,才有了后来郑成功对台湾的收复。石井郑氏书写的这段光辉历史,至今仍被海峡两岸人们津津乐道。

石井的这座郑氏居住了八百多年的庭院,如今改建成了郑成功纪念馆。馆内高悬着“延平郡王”“威风雄烈”匾额,下面矗立一尊威风凛凛的郑成功全身像:身披铁甲,手扶长剑,目光遥望与祖国大陆血脉相连的台湾。仰望着他,不觉让人回忆起他那传奇式的一生——

郑成功名森,字明俨,号大木,明崇祯十一年(1638)参加乡试,成为南安县二十位廪生之一,六年后进入南京国子监就读,拜江浙名儒钱谦益为师。同年,李自成攻破燕京,崇祯帝自缢于煤山,明帝国灭亡。吴三桂引清军入关后,明朝遗臣于南京拥立福王朱由嵩登基,改元“弘光”。次年,清豫亲王多铎率军南下,灭了弘光政权,郑芝龙又于福州拥戴唐王朱聿鉴称帝,改元“隆武”。不久,隆武帝封郑成功为忠孝伯、御营中军都督,赐国姓,改名“成功”。自此,郑成功开始领军,奉命进出闽、赣与清军作战。大学士洪承畴以“三省王爵”为诱饵,诱使郑芝龙降清。郑成功劝阻无果,只好出走金门。清军遂出兵攻打石井,母亲田川氏不幸遭遇这场战乱,自缢身亡。得知母亲死讯,郑成功更加坚定了抗清的决心。他在沿海各地招兵买马,收编郑芝龙的旧部,募集数千精兵,以“忠孝伯招讨大将军罪臣国姓”之名举起了反清义旗,以厦门、金门两岛为根据地,坚持抗清斗争。十余年间,他率领部众出生入死,浴血奋战,先后攻克、收复泉州、潮州、漳州等地,威震一方,逼使清廷不得不遣使与之议和。顺治十五年(1658),郑成功统率水陆大军与浙东张煌言会师,大举北伐,一路势如破竹,接连攻克镇江、瓜州,兵临南京城下。然而就在这时,他却误中清军缓兵之计,致使功亏一篑。顺治十八年(1661),郑成功亲率将士两万五千人、战船数百艘,自金门料罗湾出发,经澎湖向台湾进军,经过八个月的浴血奋战,驱逐了盘踞台湾达三十八年之久的荷兰殖民者,收复了祖国的神圣领土。康熙即位后,下达了“迁界令”,在山东至广东沿海毁坏船只,断绝了郑成功的经贸财源,同时残忍地杀害了郑芝龙,挖掘了石井郑氏祖坟。郑成功闻听噩耗,悲愤交加,于康熙元年(1662)六月二十二日突患急病,大呼“我无面目见先帝于地下”,抓破脸面而死,年仅三十九岁。

“开辟荆榛逐荷夷,十年始克复先基。田横尚有三千客,茹苦间关不忍离。”郑成功收复台湾的壮举,在中华民族反抗外敌侵略的历史上书写了光辉的一页。他的民族气节与所建树的丰功伟业,可谓惊天地泣鬼神。今天的纪念馆内,分四个部分图文并茂地再现了他短暂而又不平凡的一生。第一部分是“文韬武略,少年英俊”,展品主要有郑成功诞生地的“儿诞石”、童年故居图片及回国后在南安读书的图片、《郑氏家谱》等;第二部分是“北伐抗清,威震东南”,展品有郑成功壮志焚青衣、受知隆武帝、率众抗清的历史图片,还有将士们使用过的土炮、刀枪实物及“国姓瓶”“养马槽”等,其中郑成功的遗墨五言诗“只有天在上,而无山与齐,举头红日近,回首白云低”,尤为珍贵。第三部分为“收复台湾,建设宝岛”,这是郑成功一生中最辉煌的时期,展品以大量的图片和文字再现出他所建树的不朽功绩。第四部分是“丰功伟绩，流传千古”，展示有从他的墓里出土的头发、玉带、龙袍碎片、靴鞋面、墓志铭、神主牌等珍贵的原始文物，以及《台湾外记》《从征实录》等记述郑成功辉煌业绩的原始文献，其中还有日本明治四十三年天皇钦差大臣瞻仰石井时写的诗：“礼乐衣冠第，文章孔孟家。南山开寿域，东海酿流霞。”流连在郑成功纪念馆里，睹物思人，心潮止不住像大海的波涛一样澎湃！

郑成功碑林。一帖帖碑文发自肺腑，如竹帛一般铭记着对他的爱慕

从郑成功纪念馆出来，我来到了与之毗邻的郑成功碑林。走近那飞檐翘角的碑林牌坊，郑成功亲笔书写的“养心莫善寡欲，至乐无如读书”对联赫然眼前，凝视着它，仿佛看到一位宁静致远、淡泊明志的儒将正款款从历史中走来。两厢的碑廊依山而建，蜿蜒而上，气势恢宏，墙壁间镶嵌着琳琅满目的碑刻，集真、草、隶、篆于一壁，汇诗词、名言、警句为一体，熔中华儿女爱国情怀于一炉，形成了颇具特色的长廊。“故垒想雄风，海天一望中。漳州军饷在，二字属成功”“沧海楼船辟荆榛英明万世，金戈铁马驱荷虏功业千秋”……一幢幢碑碣直抒胸臆，如青山一样挺立；一帖帖碑文发自肺腑，如竹帛一样铭记着对他的爱慕。浩浩然，天风裹着海啸；泠泠然，丝竹伴着天籁！徜徉在长长的碑廊里，我思想的潮水在放纵奔流，荡涤着一腔“血浓于水”的情怀。这时，我突然想到，大概是在十年以前吧，我在古老的黄河岸边寻到一方石头，上面清晰地显现出我们伟大祖国的版图。黄河是中华民族的母亲河，作为伟大的母亲，她一刻也没有忘记自己的台湾儿女。在整个祖国的版图上，台湾宝岛异常醒目，就像一个可爱的孩子，紧紧地依偎在母亲的身旁。也许是此情此景的气氛感染吧，我即刻决定把这方石头定名为“国石”，永久地珍藏在我的“厚石簃”里。

参观罢郑成功碑林，我穿过熙熙攘攘的鱼市，登上石井镇东南的鳌峰山。站在山巅眺望大海，只见碧波荡漾出点点白帆，彩云浮长起粼粼鸥翅。此时此刻，大海是那么的祥和！暖暖骄阳下，融融海涛中，显现出一簇淡淡的山影。石井人告诉我，循金门岛再往前眺望，就是祖国的宝岛台湾。虽然，大海的浩渺使我双眼不能看见，但宝岛台湾的轮廓已在我的心中显影。我多想托只海鸥、托片白帆捎去我对骨肉同胞的一句问候啊！石井人告诉我，当年郑成功率领部众跨海东征，驱逐荷夷于宝岛以后，曾先后招募家乡三万多人到台湾定居，并带去了种子、农具、耕牛等。如今台南一带的院里、溪东、井江等村庄，就是当年石井人繁衍生息的聚居地。现在遍植在石井的香蕉、甘蔗，就是居住在那里的石井宗亲返乡拜祖探亲时移植过来的。

在郑成功的故乡踏访，到处都能看到他当年的遗迹，听到人们传颂着他的故事——

在星塔村有一座小巧玲珑的五层砖塔，相传为郑成功的堂叔郑芝鹏倡建。据志书记载，离砖塔咫尺之遥就是郑芝鹏于明崇祯二年(1629)建造的府第，郑成功自日本回国后就在这里读书。民间传说，这里的小山坡上有个卧牛穴，穴里卧着一头牛，只要它整日酣睡，地里的庄稼就没有收成。村里人为了生活，经常敲锣打鼓，以便把牛唤醒，喧嚣的锣鼓声搅腾得郑成功不能专心读书。于是，他想出一个办法，让人造起了这座塔，每天阳光照在塔身上，形成的塔影就像鞭子一样抽打在牛穴上，那牛再也不能睡觉了。从此，郑成功不但能专心读书，田地里也呈现出一片五谷丰登的景象，村民们过上了好日子。星塔村里有三棵立地参天的大榕树，传说田川氏在日本的海边礁石上生郑成功时，曾用手扶着一棵榕树的斜枝。后来，她从分娩处挖出三棵小榕树，分别植入三个盆里。七年后，郑成功随母亲回国，把它们带到了星塔村，并亲手移栽到村中的池塘边。当年东征台湾时，郑成功特意从榕树上折了一些枝条，培育成一棵棵小榕树。收复台湾热兰遮城后，他把热兰遮城改名为安平镇，把那些小榕树栽在了那里。现在，大陆星塔村的大榕树垂髯拂起，绿冠连天，人们站在树下，都会不约而同地想到台湾安平镇上的那些榕树，想到植树人郑成功。

在安海镇，有一座古老的“朱文公祠”，相传朱熹父子曾在这里传播儒家思想。明末，郑芝龙出资将其扩建，更名为“石井书院”。郑成功从七岁起便在这里延师课读，接受儒家思想教育，孕育忠君爱国思想。他性喜《春秋》，兼爱孙吴兵法，除制艺外，则日舞剑驰射。他从小敏而好学，成绩优异，十五岁补县学生员，后又从这里考入南京国子监太学。如今,故乡人在郑成功少年读书的地方兴建起一所成功小学,每天从那里传出的琅琅读书声便是对他的绵绵怀念。

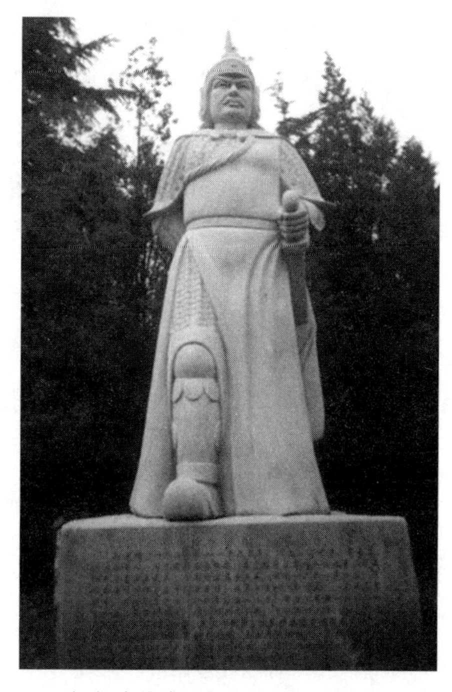

郑成功雕像,时时刻刻都在瞭望宝岛的方向,盼望着骨肉同胞踏浪归来

在丰州镇的南安孔庙遗址上,有一座“郑成功焚青衣处”纪念碑。文献记载:“三年秋,大师入闽,唐王败,芝龙降,强成功不从。我贝勒王以芝龙送京师,成功母死于兵,遂谋为寇,携所着青衣,焚于南安孔庙。”郑成功在焚毁青衣时仰天长叹:“昔为孺子,今为孤臣。向背去留,各行其是。谨谢儒服,唯先师昭鉴。”他于大操场里摆下香案,身着白甲素袍,在将士们的一片呐喊声中,将自己读书时穿过的青衣、儒巾付之一炬,跪地拜天,表达自己投笔从戎、坚持抗清的决心。那一年,郑成功二十二岁。在纪念碑的北面,有一座叫作“招贤桥”的石拱桥,传说当年的招贤桥畔就是郑成功招贤纳才、秣马厉兵的地方。

在石井镇东,有一座花岗岩建筑“成功楼”,它是明代石井人抵御倭寇修建的一座烟火台,虽经数百年的潮浸汐蚀,至今仍岿然屹立在郑成功的故乡。“成功楼”的墙围、拱门、垛堞、观台,都是花岗岩垒就,俨然一座固若金汤的城堡。当年,郑成功经常迎着浩浩长风在这里运筹帷幄,指挥歼敌。在距此不远的白鹤山麓有一方巨石,上面镌刻着宋代朱熹手书的“海上视师”四个大字,相传为郑成功指挥水师演练的地方。遥想当年战旗猎猎,螺号声声,战船齐发,劈波斩浪,该是何等的壮观啊!

在白沙古战场,有一座“国姓城”遗址,原为郑成功的亲军驻扎之地。这座城池规模宏大,沿着弧形的白沙海岸自西向南延伸,如同一弯月牙,因此又叫“半月城”。虽然,当年壮观的城池早已残缺不全,但这里出土的大炮和铁甲残片,还在印证着郑成功率众鏖战的情景。当地百姓说,当初建城时,人们受郑成功抗清精神的感召,不论远乡近里,不分豪门寒户,日夜奋战,抬沙垒石,建成了这座城池。郑成功在这里训练士兵时，因缺乏淡水，他便亲自踏勘，带领大家找水源。一天，一位士兵发现沙滩上有一只正在爬行的蚂蚁，便顺着蚂蚁的行踪找到一个蚂蚁窝。郑成功告诉士兵："蚂蚁没有淡水不活，此处打井，定有淡水。"他迅速地解下腰间的玉带，把蚂蚁窝围了起来，让士兵们在那里挖井。果然，还没有挖到五尺深，就冒出了清冽甘甜的泉水。这眼井一直使用了几百年，至今仍泉水旺盛，汲之不竭，被人们称为"国姓井"。

郑成功逝世后原葬台湾台南州仔尾，康熙二十二年(1683)，其孙郑克塽归附清朝，入京受封。他念及台湾远隔溟海，祭扫祖父之墓维艰，具疏请乞迁葬内地。康熙三十八年(1699)，康熙帝颁诏："郑成功系明室遗臣，并非我朝之乱臣贼子，其忠贞爱国之志，朕深感钦佩。"即允许成功及其子灵柩归葬故乡福建南安祖坟，并建祠奉祀，饬令地方官吏刻日守冢。康熙还亲赐挽联："四镇多贰心，两岛屯师，敢向东南争半壁；诸王无寸土，一隅对志，方知海外有孤忠。"随同迁葬于祖坟的有郑成功的父亲郑芝龙的木主，以及他的日本母亲田川氏、妻子董氏、儿子郑经等的灵柩。迁葬完毕，重立石碑，碑文曰："明，石井，乐斋郑公，淑慎郭氏，桥梓五世孙，六世孙，七世孙茔域。"现在郑成功墓厝落的地方叫覆船山，是闽南一带随处可见的一座山

覆船山上的郑成功墓，是海峡两岸的人们共同景仰的地方

岭,自从郑成功归葬以后,这座山岭便耸入中国人民特别是青少年心里,成了人们景仰的地方。我怀着同样景仰的心情,沿着一层层石阶向覆船山攀登,去参拜这位民族英雄的英灵。山风起处,松涛呼啸,有如大海拍岸的潮声。一座用三合土堆成的古朴的坟茔,掩映在郁郁葱葱的相思林里。墓冢坐东南朝西北,墓碑用花岗岩雕砌成"山"字形,墓缘碑座也是用精雕的花岗岩砌成。墓埕两侧,矗立着两杆顶端雕有雄狮的华表,好像一对肃立的卫兵,日夜守护着这位英雄的英灵;两侧立着的九对石板旗杆夹,不由得让人联想起郑成功当年树起的驱荷大旗;诵读《民族英雄郑成功陵墓碑记》,更使人永远记着一个响彻海峡两岸的名字——郑成功!是啊,大海的波涛可以淘尽一个又一个千古风流人物,然而却淘不去千千万万人民心中的英雄形象。郑成功的英魂永远和波涛汹涌的大海联系在一起,和祖国宝岛台湾联系在一起,与日月同辉,与山海共存。

……

郑成功故乡,处处都有他的遗迹,每凭吊一处,都会澎湃起爱国主义的情怀。夕阳西下,我徜徉在辽阔的海岸线上,目光凝视着祖国宝岛台湾的方向,心早已乘上了郑成功渡海东征的船队,向那里驶去。海岸线上,一行行相思树在海风中飒飒絮语,似在念叨着海外的亲人何时归来团聚。海鸥衔来片片晚霞,给碧绿的大海铺上了迎接亲人归来的彩色航路,我依稀看见,斑驳的海面上驶来一队帆影。啊,我们的骨肉同胞踏浪回来了……

我站在海岸线上,抚摩着相思树那淡黄色的小花,一直到晚霞褪尽。

晚霞褪尽,海面上升起一轮圆圆的明月。

鬼狐有性格，笑骂成文章

——访蒲松龄故里

当我来到蒲家庄东头那座古槐掩映的向阳门楼前,望着“蒲松龄故居”镏金匾额的时候,心头一阵激动。啊！我终于可以近距离地聆听这位“世界短篇小说之王”的教诲了。

这是一座我国北方农村随处都可见到的宅院。明代崇祯十三年(1640)农历四月十六日,蒲松龄就诞生在这里。蒲家原是一个没落地主兼商人家庭,也是一个世代书香之家。远祖鲁浑曾为元代般阳路总管。元末,蒲家遭凌夷之祸,只剩下一个孩子逃到外祖父杨氏家避难,改姓为杨,明代洪武年间恢复蒲姓。这个人就是淄川蒲家一直尊为始祖的蒲璋,现蒲家庄的《蒲氏世谱》就是从蒲璋记起的。蒲松龄高祖世广,是廪生,因有个孙子生池做官,他被赠为文林郎。曾祖继芳,是庠生。祖父生汭,一生没有进取。蒲松龄的父亲蒲槃,字敏吾,原是读书人,生前久困屋场,连个秀才也没考中,后弃学经商,疏于治家理业。蒲槃年届四十还没有孩子,但此后连得四子,蒲松龄为嫡母董氏所生第二子,而排行则为三,故蒲氏后裔称其为“三老祖”。蒲松龄出生的年代,正是明王朝腐朽没落、农民起义风起云涌的时代,就在他出生后的第五个年头,李自成率农民起义军推翻了明朝的统治。不久,吴三桂引清兵入关,铁骑扬尘,战乱、饥荒、天灾、人祸在他童年的生活里留下了深深的印象。

蒲松龄故居,位于蒲家庄东头的一个世代书香之家

他幼年时家境败落,请不起塾师,蒲槃就自己教儿子们读书。蒲松龄自幼聪明过人,记忆力超群,经史子集,过目不忘。蒲槃特别器重他,希望他发愤读书,走仕途之路。顺治十四年(1657),十八岁的蒲松龄遵从父命同本县“文战有声”的刘国鼎之次女刘孺人完婚。第二年,蒲松龄应童子试,以县、府、道三个第一中了秀才,得到当时的山东学政施闰章的赏识,称他的文章“观书如月,运笔如风”。顺治十六年(1659),蒲松龄与同县好友李尧臣、张笃庆等共结“郢中诗社”,吟诗对歌,相晤切磋。后应社友李尧臣之邀,假馆于李家,与李同窗共读,潜心治学。蒲松龄曾作过一篇《醒轩日课序》,序中写道:“日诵一文焉书之,阅一经焉书之,作一艺,仿一帖焉书之。每晨兴而为之标日焉,庶使一日无,则愧、则惊、则汗涔涔下也。”康熙九年(1670),因连遭自然灾害,蒲家生活陷入窘境,应同乡好友江苏宝应县县令孙蕙之聘做了一年幕僚。在那里,他目睹了宦海的黑暗、官场的腐败和达官贵人的奢靡,同时也得以体察了南方的风土人情,写下了《南游诗草》和《鹤轩笔札》等著作。一年后,蒲松龄因厌倦官场应酬,又牵挂着临近的应试,回到了家乡。他在家中同妻

儿一起度过了近十年的困苦日子，于四十岁那年应同邑西铺村毕际有之聘，在其家中设帐，坐馆授徒。对于蒲松龄的学识，毕家早有所闻，故对他分外器重，并不像对待一般私塾先生那样对待他。毕家为世代官宦人家，家居豪华，藏书很多，这对蒲松龄的著述无疑是大有裨益的。蒲松龄在毕家教书、读书、著书，有时与毕际有吟诗唱和，谈论世情，就这样度过了他后半生三十个春秋的时光。在这三十年里，他本人虽衣食无虞，却始终忍受着不为人知的内疚。他常年在外，无法照料贫寒的家庭；教授他人的子弟，自己的子女却无人教读："我为糊口耘人田，任尔娇惰实堪怜。几时能储十石粟，与儿共读蓬窗前。"无法摆脱的为人歌哭、刀笔舌耕的生活使他陷入深深的痛苦之中。然而更使他苦恼的是，他多次参加乡试，年年都垂翅而归。所幸的是，他并没有就此醉生梦死在功名利禄上，虽然没有实现他所追求的"他日勋名上麟阁，风规雅似郭汾阳"的宏愿，但黑暗社会所引起的愤懑长久累积胸中，使他时刻觉得如鲠在喉，不吐不快。于是，他紧握七寸笔管，假借鬼狐之口，酣畅淋漓地把个封建王朝批驳得体无完肤。他在毕家时，《聊斋志异》已有相当可观的积稿，引起了当时一些文人名士的兴趣和赞赏。康熙四十八年(1709)，已届七十高龄的蒲松龄因再也难以往返于蒲家庄与西铺村的六十里山路，最后与毕家依依惜别，撤帐返里。回家后的第二年，蒲松龄依照惯例成为岁贡生，得到了一套袍褂。这一年春天，县里举办乡饮酒礼，他被推为乡饮介宾。他抚今追昔，百感交集："忆昔独歌共夕晨，相期矫首跃龙津。谁知一事无成就，共作白头会上人。"他晚年居家，心闲意适，享受了一段时间的天伦之乐。但好景不长，康熙五十一年(1712)，他的几个小孙子相继被天花夺去了生命："学步方初成，一朝尽夭逝。眼泪忍不流，鼻酸不成涕。"偏偏祸不单行，与他相依为命、操劳一生的夫人刘氏不久也在呻吟床褥四十多天后去世。这更使他悲痛欲绝："欲呼墓中人，班荆诉烦冤。百叩不一应，泪下如流泉。"自此，蒲松龄心灰意冷，疾病缠身："迩来信觉无生趣，死后方为快活人。"康熙五十四年(1715)农历正月二十二日，蒲松龄在这个宅院的"聊斋"里倚窗危坐，离开了人世。

回忆着蒲松龄的生平，我跨进了这座宅院的向阳门楼。门楼内西侧开着一个月门，里外爬满了蔓生的披荔攀萝，把这个不大的门楣装饰得荫翳蔽日，绿意盎然。进入月门便是一座恬淡的庭院，院内挺拔的松树、葳蕤的青竹、苍劲的腊梅、多姿的垂柳和各得其所的花花草草,把这个不大的空间点缀得情趣横生,既古色古香又清新典雅。这里的一景一情,与蒲家庄那参差错落的户院,鳞次栉比的屋舍,饱经沧桑的石碾石磨,悠闲自得的鸡鸭豕犬,构成了一幅典型的中国北方古老农村风情画。在这里,人们可以感受到,透过历史尘埃弥漫出的阵阵书香驱散了达官贵人的浓浓脂粉,依然屹立在历史风雨中的农家小舍取代了风流名士的园林庭景,依稀蒲松龄当年的生活环境历现眼前。据史书记载,在蒲松龄婚后不久,因妯娌不睦,弟兄们分了家,他"居惟农场老屋三间,旷无四壁,小树丛丛,蓬蒿满之"。我们现在看到的故居面貌,就是他生前在三间老屋的基础上翻新扩建的。他曾说过,他扩建过的院子是"一亩之庭几无隙地"。我此时此刻站在这个院里,看着那疏密有致的庭除设置,合乎民俗的屋舍布局,遥想当年蒲家情形,似觉蒲松龄还是一位操家理事的能手。是的,他是我国古代一位享誉世界的大作家,但他在本质上仍是我国古代北方农村一位普普通通的农民啊!

沿着一条青砖铺设、百草掩护、绿荫覆盖的幽径,我来到一座古藤缠绕的八角门前。门旁,有两丛小树吸引着不少人驻足观看。我也挤上前去仔细看了,只见那小树上枝枝扁如刀状,煞是奇异。经询问方知那叫"斩鬼剑",若是真、善、美之人到此方可过去,若是假、恶、丑之人就要在这里断魂了。这种说法在别的地方可以被唾弃为无稽之谈,但在这里却让人信以为真了。因为蒲松龄曾说过"鬼有善恶分,狐有忠奸别"之类的话。穿过八角门,便是闻名中外的"聊斋"小院。院内有三间明清风格的普通民房,门窗古朴,茅草缮顶,房檐下挂着串串黍穗、豆角、辣椒和艾蒿,体现出我国北方农村特有的乡土风情。这就是蒲松龄的"聊斋",也是他诞生、著述和过世的地方。"聊斋"前,有两株枝叶茂密的石榴树,夏日榴花似火,秋来硕果盈枝,成为人们瞻仰"聊斋"的一道景致。院墙下一架金瓜,叶儿染绿,瓜儿滴翠,仿佛移来的一幅田园景色。"聊斋"内青砖铺地,竹席顶棚,显得那么素朴简洁,肃穆雅静!勾留于此,不觉念起清初文坛泰斗王士祯看罢《聊斋志异》书稿后写的一首诗:

姑妄言之姑听之,豆棚瓜架雨如丝。
料应厌作人间语,爱听秋坟鬼唱诗。

“聊斋”。这里是蒲松龄诞生、著述、过世的地方

蒲松龄就在这花木古藤掩映的三间陋室里，逢酷暑，日日案头挥汗雨；遇严冬，寒夜每拥床上衾，四时不辍，呕心沥血，针对当时社会制度的腐朽和堕落，联系自己坎坷不幸的人生遭遇，将一再激发起来的愤世嫉俗的思想感受注入笔端，创作出惊天地、泣鬼神的《聊斋志异》。如今，人们倚“聊斋”而立，置身于蒲松龄的创作氛围，解读他的孤愤与怨恨、同情和钟爱，未及展卷，似乎已懂了几分《聊斋志异》的意蕴。

“聊斋”正间，高悬一方黑漆“聊斋”匾额，望着那古朴浑实的字迹，不觉想起蒲松龄在世时一次挂匾的轶事：康熙五十一年十一月二十七日，淄川县令谭襄出于对蒲松龄的仰慕，曾赠给他一方匾额。蒲松龄对于这等荣誉自是鄙夷，但碍于面子，既没有拒纳，却也没有悬挂，只写了一首小诗以作备忘：“白首穷经志愿乖，惭烦大令为悬牌；老翁若复能昌后，应被儿孙易作柴。”那方在世俗人眼中应是无上光荣的传家宝贝，至今已不知去向，大概真的是蒲氏后人遵照蒲松龄的遗训把它化为灰烬了。正中墙上挂着蒲松龄的画像，这是在蒲松龄七十四岁生日那天，儿子们特意请当时江南著名画家朱湘鳞为他绘的写真画。临画前，儿子们极力撺掇他穿上七十一岁援例成为岁贡生时得到的那身袍褂，拗不过，他就穿了。画完后，他越琢磨越感到别扭，挥笔在画像上端题写了两则跋语，其一曰：“尔貌则寝，尔躯则修，行年七十有四，此两万五千余日，所成何事，而忽已白头，奕世对尔孙子，亦孔之羞。”其二曰：“癸巳九月，筠嘱江南朱湘鳞为余肖此像，作世俗装，实非本意，恐为百代后所怪笑也。”跋语后加有钤记两方。这不仅是蒲松龄内心世界的真实写照，也是后人考证他的身世及其著述的珍贵资料。我怀着仰慕的心情肃立在蒲松龄先生像前，看他手捻银须，刻满皱纹的脸上带着冷峭的微笑，眉宇间流泻出风霜磨砺的刚毅，双目放射出睿智的光芒，感受到了一位真实的蒲松龄。人真才能文真，我也因此审视到一部《聊斋志异》的美学价值。当代大文豪郭沫若手书的楹联“写鬼写妖高人一等，刺贪刺虐入骨三分”，分挂画像左右，更使人联想到蒲松龄在这“萧斋瑟瑟，案冷凝冰”的环境里踏平世上坎坷，熬干孤夜青灯，写百代奇书，抒人间真情的情景。“聊斋”东间是蒲松龄的卧室。南窗下一盘土炕，上面铺着农家粗布被褥，炕头是老式箱柜，窗台上摆着从他的墓中出土的锡架灯、烟袋等，枕头边放着一匣古书。所有这一切，都在无声地诉说着蒲松龄当年的生活情形。“聊斋”西间是蒲松龄的书房，南窗下是一个古香古色的两屉书桌，上边摆放着蒲松龄曾经使用过的砚台、手炉、笔筒等。靠西墙边有一个博古架，架上堆满了线装古书。北墙下是清代式样的衣架、帽架和坐榻。另外，“聊斋”里还陈列着他生前朝夕相伴的海岳石、三星石、蛙鸣石等石景。看着这些，禁不住睹物思人，浮想联翩。那一桌一榻，一灯一砚，无不幻化出他写作《聊斋志异》时的身影。如今，他那不朽的《聊斋志异》依然深深地影响着当代的人们，给人以跨越时代的沉思与启迪。在这些文物当中，特别值得提及的当属由蒲氏后代当作传家之宝保存下来的那两方砚台。乍一看去，那不过是两方极普通的砚台，石质既不华贵，雕工也称不上精致，但那快要被磨透的砚底和残留在它们上边的累累笔痕与墨迹，都在无语地证明着它们各自的非凡。蒲松龄活了七十多岁，那两方砚台伴随他六十多年。顺治十五年(1658)蒲松龄考秀才时用的是它们，此后多次进考场用的也是它们。蒲松龄曾带着它们上宝应县任幕宾，又带着它们去西铺村教私塾。在那终年不知肉味的岁月里，蒲松龄就是饱蘸着那砚台磨出的墨汁写作他的《聊斋志异》的。那两方缺棱少角的砚台，忠实地记录了蒲松龄辛勤笔耕的一生。还有那只黄铜制作的、熏得漆黑的手炉，也是值得大书特书的。凝视着它，又仿佛让人看到了在寒风凛冽、滴水成冰的冬夜，蒲家庄的一座门缺窗破、漏风透雪的茅屋里，蒲松龄正危坐在窗下的书桌前，一边在纸上奋笔疾书，一边用手炉烤僵手的情景。他写写烤烤，烤烤写写，一页一页的稿纸堆满了桌面，一个又一个生动的人物形象从稿纸上走出来，一直走进千千万万个读者心中。我由此想到，蒲松龄是多么的贫穷，同时又是多么的富有，他把贫穷一生一世地留给了自己，而把富有千秋万代地奉献给了人民。虽然，蒲松龄在那读书做官的年代未能品尝到光宗耀祖、衣锦还乡的滋味，但他收获了文学创作丰收的喜悦。中国历史上，并不少他一个封建时代的巨宦或乡绅,但少不得这样一位描情述事的圣手。正所谓“福兮祸之所伏,祸兮福之所倚”,屡试不中的不幸玉成了他一生的大幸乃至中国文学史上的大幸!多少个不眠之夜啊,蒲松龄挑灯达旦,奋笔疾书,以其神来之笔,写尽世间沧桑,道尽人世真情。终于,金石为情挚而开,锦心被彩笔生花,荡气回肠凝屈子,主文谲谏胜庄生,真是“鬼狐有性格,笑骂成文章”了。现在,那两方砚台上的墨迹虽已干涸,那只手炉虽已失去了温暖,然而,蒲松龄于“惊霜寒雀,抱树无温,吊月秋虫,偎阑自热”中写就的皇皇巨著《聊斋志异》已风靡世界了。

“日上南窗竹影碧,短榻信抽引睡书”。如今静坐在竹丛旁的蒲松龄,正沉思什么呢?

“聊斋”小院南端篱墙是一片竹林,林中翠竹摇曳,蔚然一道景观。同我国历史上许多文人一样,蒲松龄也爱竹,爱竹的风姿,更爱竹的气节。我徜徉在这片竹林里,仿佛听到清风送来蒲松龄当年的吟竹之声:“日上南窗竹影碧,短榻信抽引睡书。”当年,蒲松龄曾在“聊斋”小院里植竹,据此,后人在原址复植了这片竹林,既增添了“聊斋”的生气,又映照出“聊斋”主人的高风亮节。竹林里的一盘石桌、一个石凳、一把茶壶、一匣古书,仿佛再现蒲松龄当年在这里会客读书、吟诗酬答的情景。如今竹在人去,不禁使人倍生思念之情。从竹林一侧向前望去,见一片绿荫下有几只黄褐色的狐狸,翘着长长的尾巴,瞪着圆溜溜的眼睛警惕地注视着远方,为“聊斋”增添了浓厚的狐仙色彩。我由它们联想起蒲松龄笔下的那些美丽而又善良的狐女,感到她们是那么的可爱。

在蒲松龄故居,最能吸引人目光的当属“聊斋”著作展室里那琳琅满目的数百种各种各样的版本了。在各种版本中,最珍贵的是蒲松龄的半部手稿《聊斋志异》。说起它,还有一段近乎传奇的故事:蒲松龄辞世后,《聊斋志异》书稿由其长男蒲箬保存并逐代后传，传到蒲松龄的八世孙价人时，价人却不知何故举家离开淄川去闯关东，那部手稿也由蒲家庄被带到了东北。后来，价人之子英灏将手稿上半部供给清盛京守将依克唐阿阅看。依克唐阿一看便爱不释手，看完上半部又向英灏换下半部看。正在这时，清廷传他进京议事，他便带上下半部《聊斋志异》手稿进京了。此时，八国联军入侵，战事不断，依克唐阿死于北京，他随身带着的下半部手稿也从此杳无音讯。英灏死后，其子文珊带着仅有的上半部手稿迁居辽宁西丰县，又不幸在战乱中把那上半部手稿也丢失了。至此时，《聊斋志异》手稿全部消失了。1948年中共西丰县委的同志下乡检查土地改革工作时，偶然从一户农家发现了那上半部手稿，及时予以收缴并献给国家珍藏。这就是我们今天看到的《聊斋志异》上半部手稿，下半部却再也无法看到了。除此之外，展室里还展出了多种珍贵的《聊斋志异》抄本。在没有刊印本以前，《聊斋志异》的流传主要靠的是传抄。在传抄本中，济南朱子青本亦即殿春亭主人本尤为后代蒲松龄研究家所推崇。该传抄本是蒲松龄生前挚友张永跻的儿子、为蒲松龄书写《柳泉蒲先生墓表》的张元从蒲家借出手稿后，由他的儿子张作哲带到济南朱子青家，由朱家传抄的。随后，同为济南人的张希杰以朱氏抄本为底本，在他的书房“铸雪斋”又抄录了一部世称铸雪斋本的抄本。由于这两种抄本直接来源于蒲松龄手稿，因此显得格外珍贵。另外，在距蒲家庄不远的周村发现的二十四卷抄本，虽然已无法知晓抄写者身份，但与铸雪斋抄本相比，就其规模来看，仍不失为集大成之举，也有很高的研究价值。在展出的刊印本中，最重要的要数青柯亭本，这是蒲松龄逝世五十年后问世的第一部刊印本。该本是莱阳人赵起杲于清乾隆三十一年(1786)在浙江严州任太守时主刻的，可惜的是他没有看到刻印出来就死了，后来由刻书家鲍廷博刻成刊印。青柯亭本经过削删，仅存四百三十七篇，以后依据青柯亭本又翻印了数十种版本。蒲松龄从青年时代便开始文学创作，至四十岁时，已初步写成了《聊斋志异》这部巨著，后又不断补充修订，直到逝世前，仍伏在书桌上秉笔而书。《聊斋志异》凝聚了蒲松龄一生的心血。此刻，我凝视着那一部部散发出陈年墨香的《聊斋志异》，蒲松龄匠心塑造的一个个栩栩如生的文学形象正排着长长的队列从我眼前走过。那贪赃枉法的冥间城隍、郡司，那充斥衙署的人间官虎、吏狼，其面目是何等的阴森狰狞。那被逼得家破人亡的山叟村妇，有情却不能终成眷属的痴男怨女，又是何等的令人同情不已。这些典型的文学形象,来源于蒲松龄自己的生活经历和他对生活的那个时空的直视。他将直视的现实经过一番深思熟虑,以深微的寄托手法,“集腋为裘,妄续幽冥之录”,“浮白载笔,仅成孤愤之书”,向人类社会奉献了一部划时代的皇皇巨著。

说到蒲松龄,说到蒲松龄和他的《聊斋志异》,就不能不提及柳泉。在蒲松龄创作《聊斋志异》的生涯中,蒲家庄东边那眼柳泉成了他取之不竭的生活源泉。在一定意义上可以说,那柳泉就是蒲松龄,就是《聊斋志异》!柳泉飘拂的柳絮里有他的故事,柳泉涌出的清流中有他的情思。是柳泉滋润了他生花的妙笔,才有了他笔下那魅力四射的人妖鬼狐的艺术世界,才有了《聊斋志异》这部中国文言短篇小说的登峰造极之作。蒲松龄也因此戴上了“世界短篇小说之王”的桂冠,他与柳泉结下了不解之缘,他不能没有柳泉!

柳泉距蒲松龄故居不远,出蒲家庄仙乡门不远便到。它本是一泓躬身即可掬而饮之的清泉,故又名“满井”。蒲松龄所居住的村庄也因此叫过“满井庄”。到了明末,蒲姓人多了,才改名为蒲家庄。当年,这里井水润翠柳,熏风醉四野,田园风光真够旖旎可人的。蒲松龄爱柳泉,自号柳泉居士,曾谓“予蓬莱不易也”。还在他幼年时,柳泉就已成为他的乐园。白天他和小伙伴们玩水捉蟹,上树摸鸟,夜晚钻进大人堆里听狐狸精的故事,直听得如痴如迷。及至年长,他在那数十棵垂柳环衬的泉水旁,搭建一个茅草棚子,沏一壶清茶,放一袋薄烟,在此读书、写作。“一曲清泉数行柳,此中可许我诛茅”“帘纹如洗碧荫澄,沉李浮瓜解暑蒸”“月黑忽来星一点,流萤飞上读书灯”,这就是他当年柳泉生活的真实写照。柳泉旁边,是当年青州通向济南府的古道,终日里客商、行人络绎不绝,蒲松龄时常在那个茅棚里招待行旅疲乏、饥肠辘辘的路人。凡来往而过的人,既可啜茶品烟,又可歇息喘气,自然也会扯上几句闲话,讲些道听途说。一旦打开话匣子,上下古今,花妖鬼狐,滔滔不绝,信马由缰,想怎么说就怎么说,想起什么就说什么,不会引起口角之争,更不必担心会引起官司诉讼,说完拔腿就离开,再路过时接着说。蒲松龄就是在那些毫无顾忌的扯谈中听取社会底层人民的心声,搜集创作素材,汲取文学营养的。那天,我选择一棵柳树下席地坐了,一股凉风摆动柳条擦身而过,顿觉初夏的热燥消去了许多,心头的闷躁也消去了许多。那古泉旁边,绿柳荫下,恰是谈天说地的好空间。

我于神怡情逸之中,环顾柳泉环境,从古书中读到的往日情形仿佛历历如旧:茅棚一座,绿柳数十,茶香袅袅,流萤扑灯,俚曲飘逸,笑语朗朗……身临其境,感悟其情,《聊斋志异》的创作氛围团团萦绕,氤氲不散。遥想当年,蒲松龄就是在这样的氛围中遍采生活中的苦甜酸辣,揣摩世态人情,琢磨人生要义,妙笔生花为千古不朽的艺术珍品的。由此,我突发奇想,当今当世要是有哪位后学之人效法先贤,仍在这里搭一茅棚,摆个茶摊,和过往行人海阔天空地开怀畅谈,也不知能挖掘出多少个文学艺术的源泉!

蒲松龄的墓地距柳泉不足一里地,从柳泉沿着一条绿树荫翳的乡间小道东行,不一会儿就到了。这是一处古老的家族墓地,蒲松龄上上下下几代人都葬在这里。古墓数十座,古柏数十株,烘托出一派庄严肃穆的气氛。蒲松龄辞世后与夫人刘孺人合葬在这里,东傍父母,怀抱长孙,据说这是他生前亲自选定的风水宝地。他头向西南、足向东北而葬,当地人有蒲松龄头枕万山,足踏黉山之说。墓前,立有雍正三年同邑后学张元撰写的《柳泉蒲先生墓表》石碑。蒲松龄辞世后,儿子蒲箬等"泣血稽颡","痛父殁后泯灭无传","哀恳仁人君子俯赐不朽之章,以光泉壤"。一直到十一年后,张元才应邀写出了墓表。张元比蒲松龄小三十二岁,虽系晚辈,却与蒲家是世交,其父张永跻为蒲松龄生前好友,曾有文酒互酬,故张元对蒲松龄敬重甚笃。加之他继承家学,造诣至深,其诗作"于近体已入中唐境地,觉大历十子去人不远;于古体则幽光古色,动人心目,横逸其宕,大有石破天惊逗秋雨之意",因此,撰写蒲松龄墓表应该说是再合适不过的人选。他在墓表中写道:"先主讳松龄,字留仙,一字剑臣,别号柳泉。以文章意气雄一时,学者无问亲疏远迩,识与不识,盖无不知有柳泉先生者,由是先生之名满天下。"又写道:"其孤将为碑以揭其行,而以文属余,以余于先生为同邑后进,且知先生之深也!"还写道:"学者目不见先生而但读其文章,耳其文望,意其人必雄谈博辩,风义激昂,不可一世之士。及近而接乎其人,则恂恂然长者,听其言则呐呐不出诸口。"这篇墓表仅用了六百八十多个字,就介绍了蒲松龄76年坎坷的一生。表中写到雄浑激越处,意气播天下;写到悲愤郁结处,惨淡笼天地;写到细致入微处,连蒲松龄口吃这样的特征也没有放过,读来令人击掌叫绝。若没有平日和蒲家的密切关系,无论如何也不会写得如此具体而细致。表成即勒文于碑,蒲箬等族人于当年清明节立于墓前。

蒲松龄头枕万山，足踏黉山，安息在这里

在满天暮色笼罩之中，我静静地肃立在蒲松龄墓前，轻轻地抚摩着墓碑上的文字，心不知不觉地回到了他生活的那个年代。我依稀看见，在阵阵松涛声里，从古老的齐鲁大地上款款走出一位鹤发童颜、身裹长衫的仙人。渐渐走近了，我认得出，那就是蒲松龄！啊，就是他，一点儿没错。他有一支“神来之笔”，他的笔下有仙气。他写的人和事，大多不是现实中的人和事，而是时而托狐时而喻鬼，久而久之，他也就习惯于用仙人的眼光来观察社会，用仙人的心态来剖析尘世。请仔细想想吧，《聊斋志异》中所赞扬的真、善、美，所鞭挞的假、恶、丑，是多么的鞭辟入里，多么的一针见血！他不仅洞察人的行为，还把触角伸入到人的精神，如若不是仙人，能做得到吗？凡人做不到，仙人却能做到。仙人可以调用多种视角，不管是天上的、人间的还是地下的，还可以调来各种角色——神、妖、鬼、狐，等等，来透视人世，宣泄愤懑，抒发情怀。仙人可以冲破一切樊篱，不受任何约束，说实话、诉真情、做实事，那该是何等的自由啊！尽管蒲松龄的《聊斋志异》在文体形式上用的主要是小说，在语言形式上用的是古文，但他毕竟是仙人，仙人自有独到处。请看一看吧，他笔下的人物形象是多么的传神，传神到使读者能真切地看到他们的眼睛怎样眨动，能清晰地感到他们的鼻孔怎样呼吸，能真实地扪到他们的心脏怎样跳动。他生前曾不止一次进过考场，无庸置疑，他的身上也有过学究气，但只要看看他塑造的人物，单是那种自由的意识，就足以让人为之咋舌。特别是那众多的女性人物，是那么的光彩，那么的鲜活，那么的富有反叛个性和纯人性质感，似乎她们早已超越了时空，走进了新的时代，涌入了新的潮流。他就是这样引领读者于人性探微的深处，把握普通百姓深沉的脉搏，聆听来自社会底层的呼声。与此同时，他也在从三间陋室到一抔黄土的人生道路上完成了一架仙风道骨的铸造。“一生遭尽揶揄笑，伸手还生五色烟”，长眠于斯的蒲松龄先生，大概已化作仙鹤，正驾祥云遨游神州，管窥换了人间的大地吧。

家在烟波里

——访郑板桥故里

这些年来,我逛过不少书画店,不管在哪家书店几乎都会看到郑板桥的"难得糊涂"帖。开始时也没去多想它,后来看到买它的人很多,心中不免犯起了嘀咕:书画店里出售的古今字帖很多,人们为什么对这幅帖情有独钟呢?思来想去,郑板桥是位书画大家,有着众多的拥趸,他的作品受到人们的普遍青睐,那是自然的事。毛泽东就曾说过:"你再看郑板桥的帖,就又感到苍劲有力。这种美不仅是秀丽,把一串字联起来看有震地之威,就像是奔赴沙场的一名勇猛武将,好一派威武之姿啊!郑板桥的每一个字都有分量,掉在地上能砸出铿锵的声音,这就叫掷地有声啊!"但更深层次的原因,亦如鲁迅先生早就揭示的,只不过是他"叉手叉脚"地"表现了一点名士的牢骚气",引起了一些人的思想共鸣而已。人们因喜爱他的作品而买之,那是冠冕堂皇的理由;而为迎合自己的某种心理去购买,那理由就只能是不愿说也不能说的了。

但刨根说起郑板桥的"难得糊涂"来,还是一件颇具传奇色彩的事儿。他当年在山东潍县任上,一次到山野游览,至天晚游兴未尽,便借宿在山间一户人家。那家有一老翁,自称"糊涂老人",一身雅儒打扮,待他彬彬有礼。他万万没有想到,这户人家里会摆放着一方桌面大小的砚台。他把目光盯在那砚台上,久久不愿离开。

老翁见状，便向他索取墨宝。他也不谦辞，提笔挥毫，即兴题写了“难得糊涂”四个字，后面盖上“康熙秀才、雍正举人、乾隆进士”方印。随后，他请老翁写一段跋语。老人提笔写道：“得美石难，得顽石尤难，由美石转入顽石更难。美于中，顽于外，藏野人之庐，不入富贵门也。”也盖上一块方印，字为：“院试第一、乡试第二、殿试第三。”他见之大惊，方知老人是隐居于此的高人，便又提笔补写道：“聪明难，糊涂难，由聪明而转入糊涂更难。放一着，退一步，当下心安，非图后来福报也。”两人彼此都如遇知音，相见恨晚，遂结为忘年之交。

也许是由这个故事引起的好奇心，也许是自己有某种心理需要迎合，我早年曾购得一幅“难得糊涂”，装裱成一块匾，悬挂在书房里，以供时时赏析。而每当沉湎于其中时，我的脑海里总会浮现出那个一生由糊涂而变得聪明的郑板桥。往往是在这个时候，心里就要泛起一个念头，什么时候能到他的故里去走一遭呢？

“烟花三月下扬州。”郑板桥故里兴化现为扬州市所辖，我选择一个春光明媚的日子前去探访，先到了扬州。那天，我在扬州瞻仰了鉴真纪念堂，凭吊了史可法墓园，便驱车北上向兴化驶去。兴化是一座历史悠久的城镇，也是一个著名的水乡。从扬州去兴化，一路上河汊纵横，水网密布，大小船只穿梭河上，一派繁忙的水上运输景象。河岸上，无数垛田星星点点镶嵌在水网里，勾勒出一幅扑朔迷离的水墨画，一个劲儿地迎着车窗向我扑来。兴化人为了防御洪水，不断疏浚河道，抬高田地，使得块块农田宛如漂浮在水面上的座座岛屿，兴化因此也就有了“万岛之国”的称谓。正值油菜花盛开的季节，四野一片金黄，放眼望去，灿灿地铺向遥远的天际。再定睛细看，垛田里的油菜花倒映在明镜般的水里，随风摇曳出迷人的风采。阵阵花香弥漫开来，飘进车厢，直令人陶醉。再往前行，便是四面水抱的兴化城，此时此刻，我不觉想起前人咏叹它的诗句：“芦歌鱼浦添寒水，木落人家住晚晴”“孤城野水带斜曛，西望高原楚将坟”“村墟晚树回鸦阵，芦荻秋风气雁群”“一霎时波摇金影，蓦抬头月上东山”……咏着，咏着，怀古之情油然升腾，仿佛和这座古城接近了许多，也和郑板桥亲近了许多。

车子停了下来，我终于走进了兴化，踏上了早已向往的养育“扬州八怪”之一郑板桥的地方。躲开熙熙攘攘的人流，进入一条幽幽的小巷，拐过一个又一个逼窄的弯道，穿过一座又一座古朴的民宅，我在那条小巷的一角、一幢青砖灰瓦房前，找到

兴化东门外古板桥郑家巷的这座低矮的瓦舍,便是郑板桥故居

一块白底金字的匾额,上面写着"郑板桥故居"五个大字。我凝视着那五个大字,凝视着那五个大字后面的一片低矮的瓦舍,心里一阵激动。是啊,这里就是郑板桥长期居住的地方,青年时代以前,他都是在这里度过的,中年以后外出卖画、当官,但家居仍在这里。这里位于兴化东门外古板桥郑家巷,原是护城河与城墙的一个夹角,人称"牛角尖"。后面就是古老的城墙,上面刻满岁月的沧桑,东侧便是蜿蜒流过的护城河,旁边有一条叫作"竹巷"的巷子,因沿街住户多为经营竹制品而得名。护城河上原有一座古板桥,郑板桥幼年几乎天天由此经"竹巷"进城出城。他"自喜其名",号"板桥"即由此而来。驻足这里,我不觉想起郑板桥对自己故居的描写:"吾家家在烟波里,绕城秋藕花芦叶。"它的东南方不远处,是烟波浩渺的水面,那里有建于明代的文峰塔,塔顶装有用铜锡浇铸的葫芦形塔刹,无论是在阳光或是月光下,都能放射出诱人的宝刹奇光。每层的飞檐翘角上都挂着风铃,风吹铃响,满城尽享悦耳之音。每至节日,百姓竞相爬上塔去,凭栏俯瞰全城风光。西南方向的水中央有一小洲,洲上一年四季百花盛开,故称"百花洲"。由于地处半城半郭之间,四周有着"三间遗庙""景范明堂""沧浪馆亭""龙舌春云"等人文、自然景观,是个读书、游览的好去处。明代文学家宗臣曾在那里筑屋读书,后人因此在洲上建起了

故居庭院里翠竹盎然。郑板桥曾说:“凡吾画竹,无所师承,多得于低窗粉墙日光月影中耳。”

“宗公祠”以示纪念。明代以降,多有诗人学子到此凭吊,清代的刘熙载曾在祠壁间题诗:“先生大节湛千古,不独才名噪艺林。闽越孤城谁破敌,椒山忠愤几知心?襟期卓荦权门远,烟树苍茫别业深。太息一声羁薄宦,空余壮志未消沉。”郑板桥对自家所处的人文、自然环境颇为自豪,曾在门上写下“东邻文峰古塔,西近才子花洲”的对联。这里既是他全家居住的地方,同时又是他父亲课徒之处,自牙牙学语开始,他就在这里生活,并接受父亲的启蒙教育。兴化的水韵桥影、深巷长街和文化熏风、乡俗民情哺育着这位诗、书、画俱绝的旷世奇才。

跨进郑板桥故居门槛,迎面而立的是一堵砖砌影壁和几竿挺拔的翠竹。竹影摇曳处,是一方砖刻的“福”字,四角是寓意吉祥的砖雕,彰显出兴化浓郁的古朴乡风和浑厚的酽酽民情。影壁后面的庭院里点缀着几盆花草,使这方小小的天地少了几分寂寞,多了几分生机。院内南墙下是一个长方形的花坛,里边生长着数丛嫩竹,中间石笋挺立。郑板桥自称“无竹不居”,他爱竹,更爱竹子虚心劲节、傲岸不屈的品格。他在《题竹》中说:“余家有茅屋三间,南面种竹,夏日新篁初放,绿荫照人,置一小榻其中,其凉适也。”“风和日暖,冻蝇触窗纸上,冬冬作鼓声,于时一片竹影零乱,岂非天然图画乎!”庭院的北边是正屋,穿斗式结构,檐柱下有鼓形础,当地唤作“郑家大堂屋”。清代康熙三十二年(1693)农历十月二十五日,郑板桥就出生在这里。他家祖籍苏州,先祖于明代洪武年间迁来,到他这一辈时已是第十四代了。他的曾祖父新万,是个庠生;祖父清之,是个儒官。在他出生前,家道已经中落,生活十分拮据,父亲立庵虽有学养,仅考得个廪生,只好绝意官场,枯老在家。正屋客堂里,供奉着郑板桥的全身塑像,正面墙上悬挂着《郑板桥先生行吟图》和他的手迹自挽联:“三绝诗书画,一官归去来。”东房间内,放着一张苏北乡里人家常用的“钱柜床”和两扇门的“站柜”,这些都是郑家祖传的家具。玻璃橱中陈列着郑板桥的遗物:一方古砚,一个笔筒,以及他青年时代读书所用的朱批等,这些都已成为珍贵的历史文物。西房间是他的乳母费氏生活之处。郑板桥是独子,三岁时生母汪夫人不幸去世,不得不依靠乳母费氏抚养。费氏善良、勤劳、朴实,原是郑板桥祖母的侍婢,为答谢主人之恩,她不顾自己的丈夫与孩子,继续留在郑家照顾郑板桥的生活。每天清晨,她背着幼小的郑板桥到集市上去做小贩,宁愿自己饿着肚子,总是先买个烧饼给郑板桥充饥。后来,她的儿子当了官,请她回去享福,她也没有答应。郑板桥特为乳母写了一首诗,叙述乳母与自己患难与共的情景,感念她的抚育之恩:“平生所负恩,不独一乳母。长恨富贵迟,遂令惭恧人。黄泉路迂阔,白发人老丑。食禄千万钟,不如饼在手。”正屋对面有下屋三间,门楣上方镶嵌着一方他手书的砖刻

站在绿竹、兰花和太湖石装扮的环境中,郑板桥一副神态安详的样子

郑家大堂屋。1693年农历十月二十五日,郑板桥就出生在这里

“聊避风雨”。庭院的西首厨房内,有他撰写的对联:“白菜青盐粯子饭,瓦壶天水菊花茶。”大概就是他在这里生活时的真实写照。庭院的东北角是一个别致的六角门,门又窄又小,仅容一人通过,两旁是茂密的修竹,竹丛中躺卧着几块虎劈石。几竿瘦竹,数根石笋,勾勒出一片淡泊宁静、简朴清雅的气氛。跨进六角门,又是一处幽雅的天地。这里原是他的父亲郑立庵课徒授业之处,幼年的他就在这里随父读书。他从小读书专心,背诵经典时常常忘记了一切:家人喊他吃饭,他竟忘了拿筷子;别人与他谈话,他也不知回答什么才好。这个地方后来成为他的书斋,书斋很小,门两侧有他自书的一副对联:“室雅何须大,花香不在多。”书斋正北开有一个六角花窗,窗两侧亦有对联:“课子小书斋聊可借观鱼鸟,连家新竹枝何须多构湖山。”南面是格窗,墙根生长着一簇修竹,微风摇曳处,令人想起郑板桥《题画》中的另一段话:“凡吾画竹,无所师承,多得于纸窗粉壁日光月影中耳。”庭院的西侧是一个小巧玲珑的花园,兰、竹、石错落其间,别有一番雅趣,再加之绿影婆娑,暗香浮动,令人流连忘返。踯躅于郑板桥故居,给人以“地仅方寸大,意境无限阔”之感。我在这方寸之地,踏着郑板桥的脚印,与他形影相随,领略不尽的是他创造的艺术之境,感受不竭的是他的诗、书、画所产生的艺术魅力。

走出郑板桥故居,步行不远,就是20世纪末修建的郑板桥纪念馆。这是一座仿古建筑,粉墙黛瓦,在一片现代化高楼大厦的包围中分外醒目。进入馆里,迎面便是一幅巨大的壁画,上面荟萃着郑板桥诗、书、画的代表作。驻足仰视,令人不觉想起徐悲鸿跋郑板桥《兰竹石轴》中说过的话:“板桥先生为中国近三百年来最卓越的人物之一,其思想奇,文奇,书画尤奇。观其诗文及书画,不但想见高致,而其寓仁慈于奇妙,尤为古今天才之难得者。”壁画前,神态安详地站立着郑板桥花岗岩雕像,周围是由太湖石围成的花圃,里面生长着绿竹和兰花,俨然郑板桥毕生为之着迷的兰、竹、石世界。纪念馆的陈列室里，图文并茂地展出了郑板桥“读书教馆”“卖画仕游”“做吏山东”“罢官归里”的人生经历和他在艺术上的成就。

郑板桥自幼聪慧，三岁开始识字，至八九岁时便在父亲的教导下作文联对。据《板桥自叙》载：“父立庵先生，以文章品行为士先。教授生徒数百辈，皆成就。板桥幼随其父学，无他师也。”大约在他十六岁前后，在家乡又随邑人陆震学作词。他在《词钞 · 自序》中说：“陆种园先生讳震，燮幼从之学词。”陆震是兴化有名的词人，“少负才气，傲睨狂放，不为龊龊小谨。宋冢宰荦，巡游江南，期以大器。震淡于名利，厌制艺，攻古文辞及行草书。贫而好饮……家无儋石储，顾数急友难……诗工截句，诗余妙绝等伦。郑燮从之学词焉。”正因为陆震学识渊博，立庵才把年幼的郑板桥交给他教导。郑板桥后来的诗词成就深受陆震影响。迫于生计，郑板桥约在二十五六岁时来到真州江村，设塾教书。“教馆本来是下流，傍人门户度春秋。半饥半饱清闲客，无锁无枷自在囚。课少父兄嫌懒惰，功多子弟结冤仇。而今幸得青云步，遮却当年一半羞。”他在那里度过三四年光景，和那里的文士、老农、酒家、道士等结下了深厚的友谊。相传，一天他正在教馆讲古文，一个头戴毡帽、身披蓑衣的老汉拉着一个跣足垢面的孩子走了进来。没等郑板桥发问，那老汉便“扑通”一声跪在他的面前，央求道：“我已年过半百，身边只有这个孽种，整日打架滋事，屡教不改，求求您收下他，替我管教管教吧！”郑板桥忙将老汉搀起，安慰道：“教者，师之责也，天下只有不尽责的先生，没有教不好的孩子，您放心吧，我一定把您的孩子教育好。”老汉走后，郑板桥把那孩子带到教馆后院，递给他一套木制的刀枪，指着墙上的挂图说：“孩子，你就按照挂图上的格式，尽情地玩吧。”那孩子点了点头，操起刀枪耍了起来。几个月后，老汉来看儿子，见他在舞枪弄棒，不由得大吃一惊。郑板桥劝道：“您尽管放心，孩子会变好的。”又过了几个月，当老汉再次来到这里时，孩子正坐在书桌前用心念书哩。老汉见孩子真的变好了，于是放心走了。三年后，那孩子已是学有所成，远近教馆的塾师闻之，莫不感到惊奇，纷纷前来向郑板桥讨教教育之法。郑板桥对他们说：“善教之道，恰如治水，须因势利导，专一以收其心；然后教之以次序，晓之以事理，指导得法，朽木可雕矣。”江村的教书生涯，使郑板桥淡忘了功名利禄，每日教授学童，见他们日有所进，自己也甚感欣慰。纯朴的乡亲们都把他当成自己人，东家送来鸡鸭，西邻送来新茶，酬谢这位教馆先生。为此，他曾写过一首题为《村居》的诗，抒发了当时的心情：“雾村溟濛叫乱鸦，湿云初变早来霞。东风已绿先春草，细雨犹寒后夜花。村艇隔烟呼鸭鹜，酒家依岸扎篱笆。深居久矣忘尘世，莫遣江声入远沙。”在他三十岁时，父亲去世，此时他已有二女一子，家境更加困苦，无奈转至扬州以卖画为生，实救困贫，托名风雅。“十载扬州作画师，长将赭墨代胭脂。写来竹柏无颜色，卖与东风不合时。”扬州地处东南漕运中心，富商巨贾、官僚豪绅在那里建造了豪华的住宅和旖旎的园林。他们追求纸醉金迷的生活，竞相附庸风雅，因此，书画艺术品也就成了他们厅堂、书斋里的装饰品，这就给像郑板桥一样的穷文人提供了“以画代耕”的条件。于是，郑板桥便在这“千家养女先教曲，十里栽花算种田”的繁华之地，一边卖画谋生，一边游览山水。后来，他曾怀着十分眷恋的心情，回忆起那时的生活情景：“十年梦破江都，奈梦里繁华费扫除。更红楼夜宴，千条绛蜡；彩船春泛，四座名姝。醉后高歌，狂来痛哭，我辈多情有是夫。”隋堤、廿四桥、雷塘、竹西亭、平山堂，都留有他的足迹，有时还涉足于古松荒寺、平沙远水、峭壁墟墓之间。他结交的诗书画友，游历的名胜古迹，对其艺术思想的形成和艺术风格的奠定产生了最初的影响。雍正十年（1732）秋天，郑板桥四十岁，赴南京参加乡试，中举人。为准备丙辰年的会试，他赴镇江焦山读书，今焦山别峰庵仍有他的手书木刻。乾隆元年（1736），四十四岁的郑板桥赴北京参加礼部会试，中贡生。同年五月，于太和殿前丹墀参加殿试，中进士，为赐进士出身。他特作《秋葵石笋图》，并题诗“我亦终葵称进士，相随丹桂状元郎”，喜悦之情溢于言表。乾隆七年（1742）春天，五十岁的郑板桥始为范县令。对范县的淳朴民风，他很是钟爱，所写的四言《范县诗》清醇古淡，颇有《诗经》遗韵。他居官谨慎，生怕怠于民情，“县门一尺情狭隔，况是君门隔紫宸”。官范期间，他时常深入民间，探视农桑，体察民情，“喝道排衙懒不禁，芒鞋问俗入林深”，“几回大府来相问，陇上闲眠看耦耕”。他还曾沿着大河在范县东北的平阴道和西北的邯郸道上考察，并作诗抒怀。范县南濒黄河，渔民有着捞捕之利，但他们的生活却异常清苦：“卖得鲜鱼二百钱，籴粮炊饭放归船。拔来湿吊烧难着，晒在垂杨古岸边。”郑板桥对贫困渔民表示深切的同情。他在范县做了四年知县，五年后调署山东潍县。当时山东正闹饥荒，地绝收，人相食。他“开仓赈货，令民具领券供给。又大兴工役，修城筑池，招远近饥民就食赴工，籍邑中大户开厂煮粥轮饲之。尽封积粟之家，责其平粜，活万余人。秋以歉收,捐廉代输,尽毁借条,活民无算”。潍县饥民出关觅食,他感慨系之,作《逃荒行》。灾情缓解以后,饥民也由关外络绎还乡,他又作《还家行》以记其事。这两首诗描写灾民妻离子散的惨苦之状,生动逼真,亲切感人。“沧海茫茫水接天,草中时见一畦田。波涛过处皆盐卤,自古何曾说有年!”他看到灾后留下的痕迹,心情十分沉痛,为防水浸寇扰,他捐资倡众修潍县城墙,并书《修潍县城记》。他力改弊政,有效地维护平民和小商贩的利益,使得潍县富商云集,人们以奢靡相容。他在潍县为官期间,“无留牍,亦无怨民”,“囹圄囚空者数次”,深受百姓爱戴。这期间,他在文学艺术上也取得了很大的成就,被称为“吏治文名,为时所重”。

郑板桥生活的时代,清朝的武力征伐业已结束,“康乾盛世”的背后已隐隐呈现出各色人等的众生相,每每有尔虞我诈、勾心斗角的丑闻从官场传出。郑板桥起于青萍之末,很想用进仕的机会施展自己的政治抱负。那个时候,科举考试是士子飞黄腾达的唯一途径,他为此付出了大量的心血,“康熙秀才、雍正举人、乾隆进士”就是他这个追求历程的一个缩影。他对于这个追求的结果寄予很大的希望,期待着能有朝一日跻身官场,一展自己的远大抱负。但是,当时的严酷现实是,他寄予的希望越大,失望也就越大。在那个黑暗龌龊的社会里,要想混迹官场,除非能与贪官污吏同流合污。他要以德泽加于民,为百姓做点事情,又不会阿谀奉迎,拍马溜须,官场上怎会有他的一席之地呢?他的为官,正是做不到糊涂圆融,因此时常得罪上司,那种结局也就可想而知了。虽然,他也曾以耿介自许,放言高论,臧否人物,但最终还是不得不在他写了“难得糊涂”仅仅一年后,自忖“立功天地,字养生民”的抱负难以实现,便“以请赈忤大吏,乞疾归”,回到了家乡兴化。郑板桥离开潍县时,“一肩明月,两袖清风”,唯携黄犬一条、兰花一盆。百姓遮道挽留,家家画像以祀,并自发于潍城海岛寺为他建立了生祠。他在惜别潍县绅民所画的一幅竹子上题诗:“乌纱掷去不为官,囊橐萧萧两袖寒。写取一枝清瘦竹,秋风江上作渔竿。”还为惜别僚属画了一幅菊花,也题了一首诗:“进又无能退又难,宦途踌躇不堪看。吾家颇有东篱菊,归去秋风耐岁寒。”以其豁达的心胸,流泻出挥一挥手离开官场的“明月”“清风”般的潇洒。

“民于顺处皆成子,官到闲时更读书。”回到故乡的郑板桥来往于扬州、兴化之间,得以日与汪士慎、黄慎、金农、高翔、李鱓、李方膺、罗聘诸人同游,形成著名的扬州画派，时人称之为“扬州八怪”。此时，他的艺术创作进入了旺盛期和成熟期，正如他自己所说：“四十外乃薄有名……其名之所到，辄渐加而不渐淡”，“又以余闲作为兰竹，凡王公大人、卿士、大夫、骚人词伯、山中老僧、黄冠炼客，得其一纸只写书，皆珍惜藏庋”。清人张维屏也在《国朝诗人征略》中说：“板桥大令有三绝，曰画，曰诗，曰书。三绝之中有三真，曰真气，曰真意，曰真趣。”郑板桥画竹、兰、石、松、菊等，以体貌疏朗、风格劲健的兰、竹最为著称。他主张不泥古法，自然天成，“极工而后写意”，把深思熟虑的构思与熟练的笔墨技巧结合起来，强调“意在笔先”“趣在法外”，提出了“眼中之竹”“胸中之竹”“手中之竹”的绘画三阶段说，并身体力行，付诸实践。他画竹，“以草书之中竖长撇法运之”，气韵生动，形神兼备，栩栩然若闻风吹竹叶的飒飒声，收到了“多不乱，少不疏，脱尽时习，秀劲绝伦”的艺术效果。他画兰，以山野之兰为多，施以重墨草书，写尽兰之烂漫天性。他画石，先勾出石的外貌轮廓，再作少许横皴，有时配以兰竹，极具谐趣。而他的诗文，“自出己意，理必归于圣贤，文必切于日用”，直抒胸臆，切中时弊，“道着民间痛痒”。他的《逃荒行》《思归行》《还家行》等诗篇，直接反映社会底层人民的生活，颇有杜甫《三吏》《三别》的遗风，实为史诗性佳作。再就是他的书法，在清代书坛更是负有盛名。早年，他为博取功名，曾习过一时流行的“馆阁体”，后又学苏东坡、黄庭坚等书体。一次，他在夜间学书，竟然误用手指在夫人的体肤上练习起来。夫人问道：“人各有体，为何画我体？”他从夫人的问话中得到启发，从此师古而不泥古，独辟蹊径，以隶书为主，熔各种书体于一炉，并“以画之关钮，透入于书”，从古人的书体中学一半，撇一半，创立了独具特色的“六分半书”，或称“板桥体”。这种书体通篇字大小相间，浓淡并用，还常常杂以古体、异体字或篆籀，如“乱石铺街”，既古朴苍劲，又机智灵动，呈现出很强的立体感。作为一位诗、书、画全才，他追求的是三者之间的有机而又完美的融合，借以扩大艺术的包容量，升华艺术的境界。他的画幅，常用六分半书，或穿插题诗，或避让题句，巧妙地贯通整个画面，浑然一体，妙趣天成。再加上他那构图新颖、章法奇特的印章，令人耳目一新，大大增强了作品的形式美。

综观郑板桥的一生可以看出，一个人要想把政治抱负与艺术创造集于一身，是多么的不易！虽然，就其基本素质和评价标准而言，两者并非水火不相容，但同时都要有所成就，其难度可想而知。要实现自己的政治抱负，就要去当官，而当官就要费尽心思去洞明人事,还要具备运筹于股掌之间的本领;要在艺术上有所造就,则需要有一种与世无争的淡泊心态,耐得住寂寞,不断地从民间汲取生活的活水,去浇灌自己心灵的圣地。“塞翁失马,焉知非福?”郑板桥正是因为有了“一官归去来”的经历,后来才有了“三绝诗书画”的收获。当然,我们不能简单地以他的艺术成就去感谢官场对他的恩赐,但他在“难得糊涂”后迷途知返,并由此带来无论是对中国还是他本人来说的艺术幸事,却是铭之竹帛的事实。他晚年的生活,在他的《靳秋田索画》里有过详尽的表述:“终日作字作画,不得休息,便要骂人,三日不动笔,又想一幅纸来,非以供天下人之安享也。”其实,无论是魏晋时期的“竹林七贤”也好,还是有清一代的“扬州八怪”也罢,都是一些狂放的文士。他们各自的性格与生活的那个时代肯定是不适宜的,性格的“囚徒”于时代的“囹圄”有着一番命运的抗争,那是自然的事。要么是“囚徒”冲出了“囹圄”,要么是“囹圄”囚死了“囚徒”,整个过程都会处于一种困顿之中。然而也不尽然,他们的苦衷绝不仅仅在于表面上的“我与困顿已无辞”,而是他们在更深层面上揭示的艺术观对时代的超越和由此带来的对他们的无尽误解。即使他们与那个时代达成某种程度的妥协,那个时代仍然会认为他们不够彻底。“束狂入世犹嫌放,学拙论文尚厌奇。”既然如此,郑板桥也只好和“八怪”一起,在艺术追求的道路上“怪”下去了。

郑板桥晚年有时寓居扬州:“日日红桥斗酒卮,家家桃李艳芳姿。闭门只是栽兰竹,留得春光过四时。”有时在兴化故里居住,“甲申秋抄,归自邗江,居杏花楼”。杏花楼在兴化城内西北区鹦鹉桥附近,他在《范县署中寄舍弟墨第二书》曾提到过要买这个地方“结庐”居住。乾隆三十年十二月十二日(1766年1月22日),这位卓越的诗书画全才默默地辞去了人间,病逝于兴化城内升仙荡畔的拥绿园中。享年七十三岁,遗嘱葬

郑板桥墓地连贯着周围流来的五条河,形同游龙戏珠状,故有“五龙戏珠”之说

于兴化大垛镇之管阮村。

为瞻拜郑板桥墓，我在参观了郑板桥展览馆之后，又驱车去了三十公里外的管阮村。车到了大垛镇，转向一条傍河的乡间公路，径直向南驶去。这条河叫塘巷河，岸柳夹堤，郁郁葱葱，染绿了的河水，似彩带一般浮动在广袤的原野上。放眼望去，阡陌纵横，绿树织网，油菜泛金，碧水长流，一派田园风光里洋溢着浓浓的乡土气息。车子穿过一条水杉树簇拥的绿色通道，一直开进了管阮村。下了车，一座高大的石牌坊便耸立在面前，上面镶嵌着五个绿色的大字："郑板桥陵园"。伫立石牌坊前，我恍惚感到郑板桥微笑着迎面走来，是那么的随和，那么的亲切！绕过石牌坊，便是郑板桥墓园，杂花生树，绿意盎然。沿着一条长长的砖铺小路，我走向绿树掩映中的墓冢，去瞻拜心目中的诗书画全才。汉白玉墓碑上，镌刻着"郑板桥之墓"四个大字，苍劲而又洒脱。墓冢并不高大，但也不算矮小，和田野里的农家坟头毫无二致，两侧是两片竹林，青枝绿叶，郁郁葱葱，流泻出清高俊雅的神韵。在这萋萋芳草覆盖的墓冢下边，静静地安息着有清独领风骚的一代诗魂、书魂、画魂！我肃立在他的墓前，心想："扬州八怪"在艺术上诚然各有千秋，但能被写进中国艺术史的，只有郑板桥。这不是艺术家对他的偏爱，而是他光彩照人的人格魅力。他自树一帜的创新精神和寄情于艺术所表达出的生命意识，使他在中国艺术史上必然地占有重要的位置。

瞻拜郑板桥墓地，不免会发出这样的疑问，他为什么要葬在这个地方呢？原来，这个地方叫作郑家大场，是郑家祖上早就买下做墓地用的。郑家之所以要买这块地，图的是这里的风水。这里地势外凸，三面环水，而且连贯着周围流来的五条河流，形同游龙戏珠状，因此有"五龙戏珠"之说。一般说来，三条河汇聚在一起，可谓是少见；四条河汇聚在一起，已是更少；能有五条河汇聚在一起，则为罕见，因此在中国传统的风水学上，这里当为绝佳的风水宝地。郑家祖上迷信风水，选择这里作为墓地，自然无可厚非，但郑板桥并非笃信风水之人，他自己寄身于此，也就不全是从风水上考虑了。一则，他的晚年已是穷困潦倒，无力再去置买新的墓地，不如从了祖上；二则，这里地处穷乡僻壤，远离市井繁华，也好安息灵魂。自己劳碌了一生，也该找个安静的地方歇歇了。

为了不打扰郑板桥先生的休息，我悄悄地离开了他的墓地，来到墓后的河埠头,只见由五条河水交汇的水面泛着绿波,轻轻地拍打着翠柳垂荫的堤岸,发出诱人遐思的沉吟。“衙斋卧听潇潇竹,疑是民间疾苦声。些小吾曹州县吏,一枝一叶总关情。”此时此刻,我又想起了他的这首诗。聪明乎?糊涂乎?抑或由聪明变糊涂乎?由糊涂变聪明乎?那心态也真是不愿表达也无法表达了。

那就权且作为一种境界吧!

恭敬桑梓地

——访吴敬梓故里

我们一行人到达全椒的时候,天下起雨来,大地一片空蒙。早春的空气格外清新,杨柳风惬意地掠过,旅途的劳累不觉已然全释,身心同时感到异常的爽快。沿襄河迤逦西行,右边是古老的舟门涧,也就是古代全椒的护城河,今更名为新襄河。河面宽阔,像一个狭长的湖泊。雨丝悠悠地轻拂水面,潋滟出一汪碧绿。过了河上的敬梓桥,面前呈现一片丹青水墨:一带高丘之上,烟树粉墙掩映,青堂瓦舍端坐,殿阁楼台耸峙,在淅淅沥沥的烟雨里呈现出朦胧的美。

那便是吴敬梓纪念馆。

“外史一部写儒林,全椒从此属敬梓。”20世纪80年代,为纪念全椒历史上的这位名人,人们在吴敬梓的故里修建起这座古朴典雅、气势恢宏的吴敬梓纪念馆。站在纪念馆门前的台阶上向河的对面望去,是吴敬梓的故居“探花第”故址。吴敬梓在《移家赋》中所说“晏婴爽垲,先君所置”,指的就是这个地方。清顺治十五年(1658),吴敬梓的曾祖吴国对高中一甲第三名探花后,在卜地全椒城北永安门外、拖板桥西的襄河北岸河湾街上大兴土木,建起了一处宅院,名曰“探花第”。这座宅院面临襄河,视野开阔,大门两旁竖有两对旗杆,煞是壮观。历史上,全椒城北是没有门楼的,吴国对中探花后,特别受顺治帝的赏识,亲自召见他谈话,“三殿胪传,九重温语”，赐给书籍，询问家世。当问到他家住全椒何处时，吴国对随口答道：“永安门。”本来是为迎合君意，取个“长治久安”的吉利，但后来一想，这是犯欺君之罪的，于是即刻派人回全椒兴建了这座城门楼。吴国对是顺治朝的翰林院庶吉士，工于诗赋古文，善书法，还擅长八股文，著有《赐书楼集》二十四卷。20世纪末，全椒还发现了吴国对《赐书楼集》之外的逸诗《吴玉随诗翰》，从中不仅可以看出他的诗文成就，而且还能领略他的书法造诣。探花第后面有一座大花园，名曰“遗园”，取“遗世而独立”之意。园内楼台高耸，亭榭错落，佳木垂荫，奇卉吐馥，景色宜人。古老的舟门涧从园北缓缓流过，一带溪水引流入内，遗园也便有了灵动与生机。园内还有两座建筑：一座名“赐书楼”，内藏皇帝的赐书和自家收藏的典籍。吴家是累世官宦的书香门第，可想而知那里的藏书一定很多。另一座名“文木山房”，吴敬梓晚年自号“文木老人”，他读书写作的书房因以名之。在那个“万般皆下品，惟有读书高”的时代，赐书楼和文木山房无疑是这个家族诗书传家的象征。遗园后边有一座山岗，名为“走马岗”，岗不高而蔚秀，起伏着，蜿蜒着，成了一道优雅的风景。这个“遗世而独立”的宅第以襄河为明堂，以走马岗为屏障，静静地坐落于全椒大地上，述说着这个家族兴盛与衰落的历史。襄河对面分别为“薖园”和“远园”，薖园为吴敬梓伯曾祖吴国鼎所建。吴国鼎字玉铉，号朴斋，明崇祯十六年(1643)进士，官中书舍人，是可以接近崇祯帝的官员之一。清人入主中原后，他矢志不仕二朝。薖园为他进士后所治之宅。《诗经·卫风·考槃》有“硕人之薖”句，“薖”，即宽大貌。园名之“薖”，也显现出其时的规模。远园是吴敬梓叔曾祖吴国龙的私家园林。吴国龙明末与长兄国鼎同榜进士，授户部主事。入清后，任监察御史，礼科掌印给事中。远园堂额“心远”，取陶渊明之“结庐在人境，而无车马喧。问君何能尔，心远地自偏”诗意。全盛时期，园内亭台楼阁星罗，轩堂斋坞棋布，远远超过薖园，也超过了探花第。襄河在吴氏三园之间分流三

吴敬梓故居(探花第)。“一门三鼎甲，四代六尚书。”

汊,遗园、蓪园、远园各居一汊,占尽了这一带的风水。目光掠过烟雨中的吴氏三园,西北方有秀出林表的“北极阁”,南面有端庄儒雅的“尊经阁”……满目皆是吴敬梓青少年时代生活过的场所和描绘在《儒林外史》许多章节里的风土景物。凝视着这一切,思古幽情就像天空中飘洒的雨丝一样绵绵不绝,《儒林外史》里刻画的各类人物从烟雨茫茫中一一走过,由此不难理解故乡人在这里建馆的良苦用心。

吴敬梓纪念馆。“外史一部写儒林,全椒从此属敬梓。”

吴敬梓纪念馆依地势而建,三厅四庑两回廊,为仿明清风格的古典式建筑,既收南方园林之秀丽,又纳北方古建之雄浑。门厅两侧安放着四座鼓形旗杆石,为探花第之遗物,建馆时迁移至此,象征着吴氏家族历史上的兴盛与显赫。吴敬梓的《儒林外史》中“一门三鼎甲,四代六尚书”,就是在影射他这个家族的荣耀。清代的王又曾说,“国初以来重科第,鼎盛最数全椒吴”,指的也是他这个科举世家、官宦世家。入门厅即为过厅,门楣上高悬“讽谐寓真”匾额,下有楹联。上联为“儒林轶事施罗笔”,“施”指的是施耐庵;“罗”指的是罗贯中,意即《儒林外史》这部小说的文学价值并不低于施耐庵的《水浒传》和罗贯中的《三国演义》。下联为“史册外篇迁固文”,“迁”即司马迁,“固”即班固,说的是尽管《儒林外史》是以当时社会并不入流的小说的形式写成的稗官野史,但它在文学史上的地位也毫不逊色于司马迁的

《史记》和班固的《汉书》。过厅中央直立着一座碑碣，正面刻着鲁迅先生的手书："迨吴敬梓《儒林外史》出，乃秉持公心，指擿时弊，机锋所向，尤在士林；其文又戚而能谐，婉而多讽；于是说部中乃始有足称讽刺之书。"这段话高度概括了《儒林外史》的核心内容和它的批判矛头及语言艺术风格，充分肯定了这部著作在中国文学史上的地位。鲁迅先生是著名的讽刺文学巨匠，他如此推崇《儒林外史》，足以说明吴敬梓的讽刺手法对他的影响。

"讽谐寓真"过厅里的石碑上，镌刻着鲁迅先生的手书，高度评价《儒林外史》的艺术成就

这座碑的背面，镌刻着吴敬梓生平。清代康熙四十年(1701)五月，吴敬梓出生于全椒有清一代最为知名的科举世家。封建时代官宦之家给儿女取名，不仅取其吉利，而且往往讲求寓意、来历和出处。吴敬梓降生前，未曾听说有什么梦兆，也谈不上是凤凰、麒麟托胎转世，可五月正是石榴花火红的季节，祖上的灵光或许会照耀在他身上吧。于是，父亲吴霖起便取《诗经》中"维桑与梓，必恭敬之"的意思，为他起名"敬梓"。按古时候民间习俗，宅院里都要种植桑树和梓树，以供衣衾和器用。所谓"恭敬桑梓"，就是要他铭记家风祖训，承继家业，光宗耀祖。他天资颖异，平日除读经史典籍外，还广泛涉猎野史杂记、诗词曲赋，而且见解过人，才华日渐显露出来。吴霖起又以《尸子·止楚师》中"楚有长松文梓"以及《论语》中"敏而好学，不耻下问，是以谓之文也"等语，把他的字叫作"敏轩"。他十三岁丧母，十四岁随父到赣榆县学教谕任所读书。在父亲的督导下，他通宵达旦，孜孜不倦，"读书才过目，辄能背诵"，不久便掌握了八股文写作的门道，即所谓的"溺管为文摧齐偶，渐得佳境啖蔗甘"，"下笔丽丽千言就，纵横食叶如春蚕"。他期盼有朝一日在科场夺魁，跻身仕途。十八岁那年，他回滁州应安徽学使院试，进学为秀才。"浩荡天无极，潮声动地来。鹏溟流陇域，蜃市作楼台。齐鲁金泥没，乾坤玉阙开。少年多意气，高阁坐衔杯。"在这首题为《观海》诗里，少年吴敬梓意气风发地敞开了自己的胸怀，抒发了自己的政治抱负。康熙六十一年(1722)，吴霖起因病辞官，他陪父亲从

赣榆返回故里。也就在这年，父亲病故，宗族之间开始围绕遗产引起纷争。“兄弟参商，宗族诟谇。”孤立无援的吴敬梓终因势单，没有得到他应得的那份遗产。分家之后，病弱的妻子陶氏也因不甘忍受族人的欺凌，饮恨离他而去。悲愤中的吴敬梓从此“倾酒欢呼穷日夜”，不顾礼法，寄情风月，遇贫即施，尽卖田庐，不及十年，仅有的遗产被他挥霍一空，从此开始了穷困潦倒的生涯。与此同时，他在科举道路上也屡屡失意，多次参加乡试，每次都名落孙山，一直没能中举。因为科场上的失败，亲友故交或拒之门外，或避于路途，他受尽了冷嘲热讽。雍正十一年(1733)二月的一天，他怀着“逝将去汝”的愤懑心情，携新娶的续弦夫人叶氏和十五岁的儿子吴烺在襄河码头登上小船，离开了全椒，移居南京秦淮水亭，开始了他一生中带有转折性的生活……

过厅后面是一处古香古色的院落，绿树葳蕤，芳草覆地，酷似一座偌大的花园。院落正中矗立着一尊吴敬梓铜像：身着长衫，双眼微睨，长髯飘拂，手握长卷，挺胸而立，若有所思，儒雅里透露出狂荡不羁，让人感受到他构思《儒林外史》的情形。吴敬梓生前没有留下任何画像，也没有留下任何关于自己肖像的文字，我们想象吴敬梓，难免会从《儒林外史》里众多的人物形象中来寻找他的影子。但在这座铜像身上，我们既看不到王冕的冲淡恬远，也看不到杜少卿的潇洒倜傥，更看不到范进中举发疯的辛酸。这座铜像是后人参照他的裔孙炽棨的容貌、结合他一生的生活经历所创作的。站在铜像前凝神仰望，依稀看到他那饱经沧桑的脸上写满了冷暖浮沉，严肃的表情中不无沉痛悲叹，宽阔的胸膛里好像依然郁结着难平的块垒。再看他那摆动的长衫，好像他刚刚完成了一次人生之旅，稍事喘息后又将涉足苍茫的人海。是啊，此时的他毕竟已是天命之年了，经历的世态也毕竟太多了，这位封建社会反科举、反八股的斗士，把他对吏道腐败、科举黑暗的诅咒和愤怒写进了他的《儒林外史》，完成了由孝子、逆子和人豪、文豪的人生过程，面对生养自己的故乡大地和乡里乡亲，应该说是交上了一份心满意得的答卷。两百多年后，另一位大文豪胡适毫不违心地说：“我们安徽的第一个大文豪不是方苞，不是刘大櫆，也不是姚鼐，而是全椒的吴敬梓。”

吴敬梓铜像后面，便是纪念馆的正厅，门两侧楹联“儒冠不保千金产，稗说长传一部书”，真实而又凝练地刻画出吴敬梓的一生作为。走进大厅，迎面就是吴敬梓的石膏坐像，神态若院中铜像再现。正上方有三方匾牌，其中的“惊才旷逸”，是称颂吴敬梓文采飘逸洒脱，才华惊世骇俗；“名重儒林”是指《儒林外史》这部小说在我国文学史上的地位和影响；“天独予文”则是吴敬梓对自己的评价。他在《移家赋》中曾说：“千户之侯，百工之技，天不予梓也，而独文梓也！”意思是说，上天没有赐予我什么荣华富贵，也没有教给我什么谋生的技能，唯独赋予我诗赋辞章的能力。这句话里虽然有着李白式的狂放与自信，但人们从他后来的文学成就中还是得到了验证。厅里壁间镶嵌着琳琳琅琅的碑碣，其中记载吴敬梓家世的尤为引人注目。驻足“西墅草堂”碑前辨读，使人对这个家族有了进一步的了解。全椒县城西南的一片岗垄之上，有一个古老的村庄，因它的四周多为垄墩，村里的人家也以吴姓居多，故名山吴村。那里就是吴敬梓的故居地——西墅草堂的旧址。吴氏先祖自江苏六合迁至全椒后一直定居于此，直至吴敬梓祖辈迁居全椒城里，时间长达百余年，发轫了吴氏家族的空前繁荣。据清康熙年间的《全椒县志》记载：明朝初年，温州人吴聪随燕王朱棣“清君侧”立有战功，朱棣即位为永乐帝后，封吴聪为世袭骁骑尉，邑安徽六合。吴聪的后人吴凤因让袭迁居全椒巨镇。吴凤之子吴谦一生至孝，在父亲去世后，从浙江余姚请来一位风水先生，为去世的父亲卜择茔地。那位风水先生是当时江南闻名的风水大师，在全椒一连找了三年，也没找到合适的吉地。三年之中，吴谦始终待他为上宾，这使他尤感内疚。第三年的冬天，巨镇下起了大雪，他提出回家，吴谦不忍其愧疚，便在镇上的一爿酒楼设宴为他送别。几杯热酒下肚，他无意中推开窗子，忽见对面梅花垄上隐隐有龙气升腾。他惊叫一声，冒着大雪朝梅花垄奔去，在龙气升腾的地方确定了穴位，让吴谦把父亲葬在那里，并说：“葬后，君子未即发，至孙乃大发，发必兄弟同之。对面文峰秀绝，发必鼎甲，然稍偏，未必鼎元，或第二人第三人，亦不仅一世而止。”吴谦的儿子吴沛，是一个十四岁入博士员的神童，万历三十四年(1606)应乡举，做出一篇锦绣文章。全椒县令关骥深为折服，以举人第一名向主考官推荐。主考官同意录为举人，但不同意第一。关骥不忍屈才，说不取第一，宁愿下科再考。然而，正是关骥的“关心”，使吴沛失去了中举的机会。后来，关骥升任宛陵太守，欲召其委以重任，他却以“大丈夫不能生致青云，有负知己”，予以拒绝，并在吴凤的茔侧筑西墅草堂，读书课子，以此终老。西墅草堂初建时，仅有两栋草房，上面缮的是茅草，院内种的也是些全椒民间常见的树木,院外有一方水湾,湾里生长着茂密的蓼花,每至金秋,河水清澈,蓼花飞白,别有一番韵致。吴敬梓的曾祖吴国对在《先君遗稿跋言》中写道:“西墅草堂为先君旧居也。对垂髫依侍于此。草堂仅两栋,上覆以茅,土垣周之,外皆野隙地。古人陋巷,殆不过是。先君唯读书课子怡然也。”草堂前有副门联:“涵盖要撑持,须向澹宁求魄力;生平憎诡故,聊将粗懒适形神。”内有书斋,亦有门联:“君子蒙养作圣功,须向此中求建白;秀才天下为己任,还期不朽着勋名。”果然,吴沛的五个儿子有四个中了进士,一个虽为布衣也入了《孝友传》,应验了风水先生的预言。五兄弟四成进士,当时在全国引起轰动。自此以后,全椒吴氏科甲连运,名声大震,西墅草堂也得以重建。但由于明末战乱,不久又遭毁坏,大约在吴敬梓二十岁那年,他随父亲吴霖起回到西墅草堂,又对其进行了一次大修,还种上了松树和竹子,并交代上了年纪的吴氏后裔看护。后来,吴敬梓写了一首题为《西墅草堂歌》的诗:“先人结识深山中,布衣蔬食一亩宫。青山层叠列画嶂,绿树槎枒映帘栊。门迎流水蓼花湾,牧唱樵歌竞往还。琴樽无恙尘器静,指点深林墓霭间。”从诗的字里行间不难看出,他对自己的祖居是多么的钟爱。

正厅陈列最多的,还是各种各样的《儒林外史》版本,其中古本有“卧闲草堂”本、“群玉斋”本、“齐省堂”本等。吴敬梓移家南京时,他在族人眼中已是“传为子弟戒”的“败家子”。定居秦淮河畔的桃叶渡以后,“白门三日雨,灶冷囊无钱”“近闻典衣尽,灶突无烟青”,冬夜苦寒,每夜绕城数十里,以此“暖足”,过着颠沛流离、饥寒交迫的日子。他生活的康、雍、乾朝代,虽然呈现出一些表面的繁荣景象,但深层次的社会矛盾日渐凸显,统治者在镇压各地起义的同时,大兴“文字狱”,以设博学宏词科作诱饵,考八股,开科举,使许多士人堕入追求利禄的圈套。“如何父师训,专储制举才。”全椒家道的中落,场屋的失利,使他体验了世态炎凉,更使他对举业由热衷转而失望。久而久之,他逐渐看清了朝政的腐败、官场的黑暗、官僚豪绅的平庸昏聩、纨绔子弟的腐化堕落……所有这一切,都使他那愤世嫉俗的情感如火山一样喷吐不止。于是,他把体验的世情、经历的人事、饱受的冷暖、心灵的感悟诉诸笔端,开始了长篇讽刺小说《儒林外史》的创作。“外史记儒林,刻画何工妍;吾为斯人悲,竟以稗史传。”为了避开不必要的麻烦,他把书中的故事假托发生在前朝,而真实描写的却是当时的社会生活,血淋淋地揭示出大批文人的科举厄运。他身

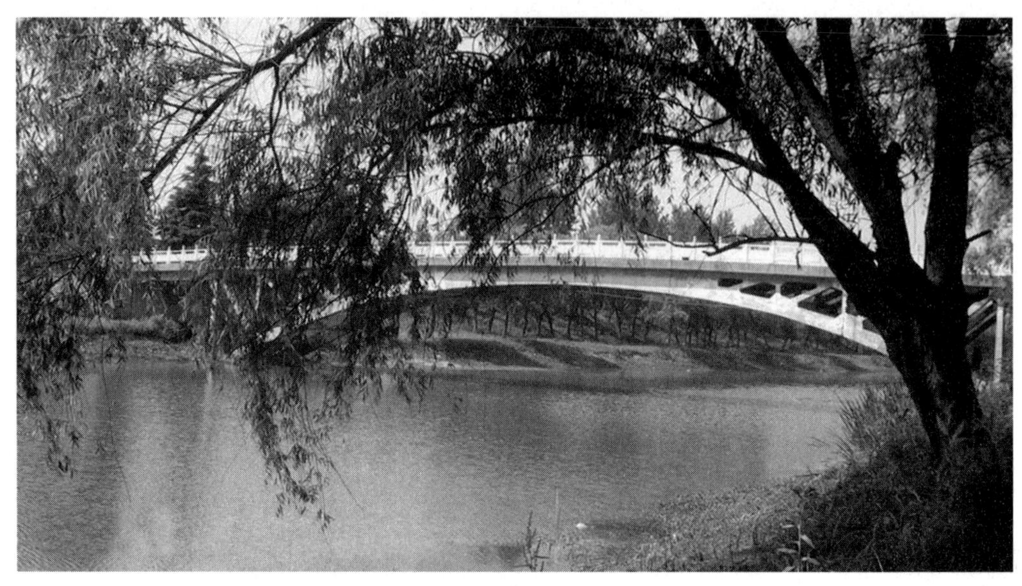

全椒襄河风光。柳丝拂水,“敬梓桥”掩映在绿柳碧波里

为士人,对科场的黑暗早有探究,因此暴露其丑行尤为深刻,刻画起人物来更加真实、生动。鲁迅先生评论《儒林外史》:“如集诸碎锦,合为帖子,虽非巨幅,而时见珍异。”《儒林外史》的故事情节虽没有一个主干,但围绕着反科举这个中心,上演了一幕又一幕的人间戏剧,展现了一个又一个人物形象。他们中既有翰林、进士、举人、贡生、秀才和斗方名士,也有官吏、乡绅、衙役、书办和豪奴,还有地主、盐商、艺人、医生、侠客、和尚、道士和节妇,无论是嵚崎磊落的王冕、离经叛道的杜少卿,还是中举发疯的范进、狡诈无赖的严监生及待人厚道的虞育德、闭门著书的庄绍光等,一个个性格鲜明的人物形象展现在世人面前,构成中国18世纪的全景社会风俗画。诚如与吴敬梓同朝代的惺园退士在同治版《儒林外史》序言中所说:“《儒林外史》一书,摹绘世故人情,真如铸鼎像物,魑魅魍魉,毕现尺幅;而复以数贤人砥柱中流,振兴世教。其写君子也,如睹道貌,如闻格言;其写小人也,窥其肺肝,描其声态,画图所不能到者,笔乃足以达之。评语尤为曲尽情伪,一归于正。其云:‘慎勿读《儒林外史》。读之乃觉身世酬应之间,无往而非《儒林外史》。’”

《儒林外史》几乎倾尽吴敬梓毕生心血,历时近二十年,直到他四十九岁时才得以完成。乾隆十九年(1754),吴敬梓寓居扬州。当年冬天,与他神交已久的王又曾从大运河行舟来到这里,两人饮酒谈古论今,得慰多年渴思,至兴尽方散。不料,当天夜半时分,吴敬梓突然痰涌流澌,救治不及,顷刻逝于扬州后土祠客寓中,时年五十四岁。这位堪与意大利的薄伽丘、西班牙的塞万提斯、法国的巴尔扎克齐名的伟大的讽刺作家,走完了他的人生历程……

从吴敬梓纪念馆出来,雨仍在淅淅沥沥地下着。走在吴敬梓故乡的大地上,雨濡湿了我的衣衫,也濡湿了我的思绪。就在这朦胧的烟雨里,我仿佛看见吴敬梓的身影,依然是身着长衫,双眼微睨。

不如著书黄叶村

——访曹雪芹故居

我这次到北京西山,并不是去欣赏那里的红叶,而是去踏访曹雪芹故居。那是一个秋高气爽的天气,正是西山上的红叶如火如炬的时候,我顾不得欣赏杨朔笔下的景色,径直向山脚下的黄叶村奔去。曹雪芹晚年在这里花费整整十年工夫,完成了鸿篇巨著《红楼梦》的写作,于乾隆二十八年(1764)除夕逝世,走完了他清贫不屈、辛勤写作的一生。

由于历史的原因,有许多名人的身世至今不为人们所知,有的已成为千古之谜。曹雪芹生活的时代距离现在并不算遥远,但他一生的活动尚有诸多不为人知的地方。他晚年著书的居所,因与《红楼梦》研究有关,尤其引人关注,招致不少猜测和争议。与曹雪芹交往甚密的朋友张宜泉曾写过一首《题芹溪居士》的诗:"爱将笔墨逞风流,庐结西郊别样幽。门外山川供绘画,堂前花鸟入吟讴。羹调未羡青莲宠,苑召难忘立本羞。借问古来谁得似?野心应被白云留。"据此,人们推断曹雪芹是居住在北京西郊的。但具体是在西郊的什么地方?同是曹雪芹的好朋友、英亲王阿齐格的五世孙敦诚在《寄怀曹雪芹》诗中说"劝君莫弹食客铗,劝君莫扣富儿门。残杯冷炙有德色,不如著书黄叶村",明确指出曹雪芹是在北京西郊的一个叫作黄叶村的地方著书的。

曹雪芹于康熙五十四年(1715)生于南京利济巷的一个显赫的官宦世家。他的曾祖父曹玺任江宁织造,曾祖母孙氏做过康熙帝的保姆。祖父曹寅做过康熙帝的伴读和御前侍卫,后任江宁织造,兼任两淮巡盐监察御使,备受康熙帝的宠信。康熙帝六下江南,其中四次由曹寅接驾。曹寅病故后,其子曹颙、曹頫先后继任江宁织造。他家祖孙三代四人担任此职多达六十年之久。曹雪芹自幼生长在这秦淮风月之地,过着无忧无虑的生活。雍正初年,由于康熙、雍正皇位的更迭,曹家在这一政治变故中受到株连,进而遭受一系列打击。曹頫以行为不端、骚扰驿站和亏空公款罪名革职,下狱治罪,枷号一年有余,家产被抄没。这一年,曹雪芹才十二三岁,随着全家递解北京,开始了在北京的生活。在北京,他虽然身在家塾或官学"正学举业",心里却非常厌恶"仕途经济",常常和一些愤世嫉俗的朋友诗酒往来,工诗泼墨,高谈阔论,养成了放荡不羁的性格。这样过了六七年,曹家在经过又一次重大变故后,终于一蹶不振,青年曹雪芹也就结束了"锦衣纨袴之时,饫甘餍肥之日"的生活,沦入日益贫困之中。大概在这个时候,他开始孕育起"醉余奋扫如椽笔,写出胸中块垒时"的宏大抱负。后来,为了糊口,他先后在内务府做过整理文书档案的工作,又在专为皇室子弟开设的官学当了两年管理日常事务的差事。在那里,他结识了宗室子弟敦敏和敦诚,共同的身世使他们成了一生的至交。到了乾隆十五年(1750),曹雪芹的家境更加窘迫,以至于"悲歌燕市,卖画为生"也难以为继,在京城连个立足之地也没有了,不得不离开京城,来到当时偏僻的西山脚下,真正过起了"著书黄叶村"的生活。

现在的黄叶村与曹雪芹居住时的黄叶村地理位置依旧,早在明代,这里就有"西山脚下黄叶村"的称呼,只是到了清代,这里被人称为"西山脚下正白旗"了。与曹雪芹同时代的诗人、画家郑板桥曾于乾隆元年(1736)来北京参加礼部考试,中了进士,这年他多次

黄叶村头的几株古槐,树瘦凸怪,树影斑驳,树枝或昂首苍天,或匍匐于地……

去西山卧佛寺拜访住持和尚青崖，并有诗词酬唱："西风肯结万山缘，吹破浓云作冷烟。匹马寻径黄叶寺，雨晴稻熟早秋天。"卧佛寺在今黄叶村北一里地，郑板桥在诗中索性就把它称作"黄叶寺"了。这个村的三十九号院，就是当年曹雪芹居住的地方。时值正午，这里显得幽中更幽，静中更静。我沿着一条小路向曹雪芹故居走去，不知不觉地便走近了曹雪芹，走进了他创作《红楼梦》的那个氛围。站在黄叶村头举目四望，山衔水抱，翠竹环绕，门薜巷萝，阶柳庭花，古槐和银杏在秋风里浅吟低唱，把天空和大地皴染得一片橙黄，让人于心旷神怡之中去读各自心目中的曹雪芹和他的《红楼梦》。村头的几株古槐，树瘦凸怪，树影斑驳，树枝或昂首苍天，或匍匐于地，是那么的古雅，那么的肃然。树下有一溪流水，潺潺地流淌着悠悠的岁月，溪畔的野芹菜仍在倔强地生长着，随风翻飞的黄叶依旧铺满横跨在溪流上的小桥。我知道，这座小桥曹雪芹曾无数次走过，溪畔的野芹菜曹雪芹也曾无数次采撷过。如今，他走了，走进了一个不为人知的世界，同时也往生于一个不为人知的世界。然而，他的《红楼梦》还在，只要《红楼梦》在，曹雪芹就永远不朽！此时此刻，我感觉时间早已凝固，时空早已定格，山川依旧，日月依旧，才情依旧，曹雪芹依旧活着，还在这里写他的《红楼梦》。

我走进黄叶村，走到村里三十九号那个叫作"抗风轩"的房屋前。这是一座年代久远的房屋，它的屋檐，它的缮瓦，它的窗棂，它的梁柁，尽管看起来并不是那么破旧，难以掩盖现代人精心修葺的痕迹，但依然是那样的古老，一如佝偻在西山脚下的一位历史老人，喘息着，沉吟着。院子里空荡荡的，黄叶洒满了一地，金灿灿的，让人不忍心挪动脚步，生怕踩了这些大自然的精灵。门紧锁着，好像是有意不让人轻易进去打破里边的宁静，打扰沉默了两个半世纪的这座房屋的主人。我轻轻地走到窗前，用手打起眼罩向里望去，只见粉白的西墙上写满了字，这就是曾经轰动一时的"题壁诗"。按照满族的传统，屋中以西墙方位为尊，是摆放祖先牌位供奉和祭祀的地方，相当于汉族房屋的北墙。墙上最醒目的地方，是一副呈菱形排列的对联："远富近贫，以礼相交天下少；疏亲慢友，因财而散世间多。"据说，曹雪芹有一位叫鄂比的朋友，两人一次饮酒，杯觥交错之时，曹雪芹说到世事人情，无限感慨。鄂比深表同情，遂说了以上两句话。曹雪芹回到家中，细细品味，觉得是天下至理，便顺手写在了墙上，并在后边加上了"真不错"三个字。除这副对联外，西墙

黄叶村三十九号院，就是当年曹雪芹居住的地方，现辟为曹雪芹纪念馆

上还抄录了明代名士高启、江南才子唐伯虎和凌云翰、聂大年等人的诗作。其中有一首诗为“抗风轩”主人所作：“蒙挑外差实可怕，惟有住班为难大。往返途中走奔驰，风吹雨洒自喷嗟。借的衣服难合体，人都穿单我还夹。赶宅画稿犹可叹，途劳受气向谁发。”这首诗酷似一篇顺口溜，形象、生动地反映了清代满人为充当差役，借衣奔波的辛苦情景。此外，墙壁上还有一些散句，诸如“蒿中自有灵芝草”“污泥陷着紫金盆”“困龙也有上天时”“甘罗发早子牙迟”等，充分表达了屋主人自傲其才而不被朝廷所用的牢骚宣泄，颇有些屈原的《离骚》笔法。所有这些，无一不印证着曹雪芹生活的时代及他当时的心境。这是清代西山旗下一座普通的老屋，也是曹雪芹一生最后的命运栖息处。在这里，一个伟大的灵魂沉吟着，呐喊着，向着自己，同时也向着包围他的那个社会。他固守着心中那份亘古不变的痴情，就在这座老屋里，用辛酸的眼泪、滚烫的心血磨开僵硬的墨锭，颤抖着手腕握笔摹写着那绝代昙花一现的繁华，还有那无数次浮现的梦境，那明了又灭、灭了又明的生命之光，

以及那一朵朵令人赞慕过又怜惜过的花。窗外的风雨摇曳着如豆的灯光,老屋的寂静荡涤着纷繁的思路,西山上传来的晨钟暮鼓伴随他送走无边的夜色迎来一个个小鸟啁啾的黎明。他在这里支撑着羸弱的身躯,叹息着,思索着,痴情着,抗争着,拂去了中年丧妻、晚年夭子之痛,批阅十载,增删五次,完成着一部伟大著作的写作,也完成着一个伟大人格的创造。艰难困苦,玉汝于成。冷清无情的历史抛弃了曹雪芹,而西山脚下的抗风轩却成就了另一个曹雪芹。此时此刻,我那痴迷的辛酸泪光里,又朦胧出抗风轩里摇曳的灯光,还有那灯光映衬在墙壁上的羸弱的身影……

曹雪芹长期生活在北京,他在北京完成的《红楼梦》里,自然会有许多北京的印记。就说贾府的那座大观园吧,红学家考证就有北京王府花园的影子。再如薛宝钗家开设的"恒舒当"商号、贾琏偷娶尤二姐住的"小花枝巷"、贾宝玉到过的"天齐庙"等,也都能在北京找到真实的所在。移家西山黄叶村后,那里的山川景物更是激发了他的创作灵感,每每走进他的写作中,妙笔生花为《红楼梦》里一段段精彩的描写。传说曹雪芹写作《红楼梦》时痴迷得像着了魔一样,随身带着笔墨,只身行走在西山的山水间,只要有了灵感,便以石作书桌,铺开纸写起来。《红楼梦》开卷第

"满纸荒唐言,一把辛酸泪"。斜坐在竹丛旁的曹雪芹好像是写作累了正在小憩

一回提到一僧一道席地坐在青埂峰下，“见着这块鲜莹明洁的石头，且又缩成扇坠一般，甚属可爱，那僧托于掌上，笑道：‘形体倒也是个宝物了！只是没有实在的好处……’”后来人们发现，在黄叶村西北方的樱桃沟里，的确横卧着一块大石头，形状酷似个大元宝。传说曹雪芹当年经常来到这里，面对着这块石头仔细观赏，脑海里酝酿着他的《红楼梦》。他借用这块元宝石的外表特征，经过精心构思，终于塑造出一个有血有肉的贾（假）宝玉。这个艺术形象既是青埂峰下迄今仍在的那块石头，又是生长在“昌明隆盛之邦、诗礼簪缨之族”中的一位花花公子。从坠落投胎之时起，他就口含一块“灵通宝玉”，并在历尽一生的悲欢离合之后，便返璞归真，“那僧道仍携了玉到青埂峰下，将‘宝玉’安放在女娲炼石补天之处”。试想，若没有樱桃沟里的那块元宝石，怎来贾宝玉这个文学形象？过去，黄叶村西的河滩里曾有一种天然黑石，是妇女们描眉画目的好颜料，京城的妇女们每年春季到西山寺院进香，回去时大都要拣些或片状或柱状的黑石。《红楼梦》第三回写道：宝玉问黛玉尊名？黛玉说了名，宝玉又道：“表字？”黛玉道：“无字。”宝玉笑道：“我送妹妹一字，莫若‘颦颦’二字极妙。”探春道：“何处出典？”宝玉道：“《古今人物通考》上说，西方有石名黛，可代画眉之墨。况这妹妹眉尖若蹙，取这个字岂不美？”黛玉者，黑石也。曹雪芹正是这样巧借西山河滩里的黑石，才塑造出《红楼梦》里那个“两弯似蹙非蹙笼烟眉，一双似喜非喜含情目”“心较比干多一窍，病如西子胜三分”的林黛玉形象。在樱桃沟里，离元宝石不远处还有一块大石头，上边奇迹般地生长一棵古柏，坚挺的树根一直伸进石中。大石头的底部有一个凹槽，里面蓄满了泉水，冬夏不涸不溢。这个神奇的“石上生树”现象，启发了曹雪芹的灵感，因此确立了贾宝玉和林黛玉“木石前盟”的关系，进而有了《红楼梦》里绘声绘色的宝黛爱情描写。至今，西山一带民间还流传着这么一首歌：“数九隆冬冷冰冰，檐前那个滴水结冰凌。林黛玉好比那个山上的灵芝草，贾宝玉是块大石头有了灵性。什么人留下那个半部《红楼梦》，剩下的那半部谁也说不清……”至今，西山一带民间仍在传说，曹雪芹生前已把《红楼梦》写完，在他死后，邻居老妪见他家连祭奠的纸钱都买不起，就在他家的柜底桌下找出一些写了字的纸，剪成了纸钱。这些纸钱烧了一些，送葬时又沿路撒了一些，后四十回珍贵的遗稿就这样被焚为灰烬或随风飘逝了。剩下的那半部，不仅有人在私下传抄，庙市上也有人在抄了卖钱，以至于北京到处流传着“开谈不说

《红楼梦》,读尽书诗也枉然”的谚语。

当西天的晚霞为西山的红叶又涂上一层色泽的时候,我把目光移开了诞生《红楼梦》的抗风轩,漫步在那个古色古香的小院。蓦地,我看见一簇葳蕤的竹丛旁,斜坐着一尊曹雪芹雕像:伛偻的身躯,清癯的面庞,倔强的胡须,睥睨的眼神,栩栩然写作累了的曹雪芹此刻正在那里小憩。晚霞为他披上了一抹沧桑,他好像正沉思在历史的岁月里。一阵秋风骤起,我仿佛听到一个声音伴随着沙沙的树叶声传来:“满纸荒唐言,一把辛酸泪,都云作者痴,谁知其中味!”

后 记

这里呈现给读者的,是记录历史上一些名人故里的文字。这些名人,都是我所景仰的。读了史书上关于他们的记载,凭吊了他们的墓地,我自然会想起,还要去瞻仰他们的故里。

多少次了,我抱着朝圣的心,穿越历史时空,走进那一个个心仪已久的地方。而每当那时,我首先感受到的是脚下地脉的涌动,是那么的厚重,那么的雄健,那么的深沉。涌动的地脉,使我想起了王勃在《滕王阁序》中说的“人杰地灵”那句话。是啊,人有英杰,地有灵气,在我们这个古老的国度,江山毓秀,人才辈出,那是世人的共识。但是,也就在那些地方,我忽然感到,王勃的那句话似乎是颠倒了的。地无灵秀之气,焉有人之英杰?分明是“地灵人杰”才对!当我行走于孟母三迁的小路上,徜徉在流经鄂西的香溪畔,沉醉于明丽的稽山镜水,忘情于诗意氤氲的涟塘……当我仰望着围镇的圆月,沐浴着南旸的虹影,唏嘘着不朽的青藤,伴随着溪山入梦的时候,我更加坚定了自己的想法。这绝不是通俗意义上的风水命题,也不是人们毫无根据的任意附会,更不是文人墨客的无病呻吟。那么,这会是什么呢?

——这便是地脉!

就说司马迁吧,历史记载“迁生龙门”,黄河流经“龙门”时突然山开岸阔,水流自高而下,奔放倾泻,声如惊雷,试想,若没有这“龙门有灵秀”,怎么会有那“钟毓人中龙”?再说屈原和王昭君,他们都出生在鄂西的大山里,而且是在同一个山岭的两个山洼里,一条如诗如画的香溪流过王昭君的门前又流过屈原的门前,在古老的中国大地上,这么近距离地产生两位名垂青史的人物,真可称得上是一个十分奇特的文化现象。同样,“襄阳属浩然”。孟浩然若没有对襄阳的鹿门山执着热烈的爱恋,就不会写出那么淳朴、亲近、情真的诗句,是鹿门山的山水田园、风土人情成就了诗人孟浩然。在这个意义上我们完全有理由说:“浩然也属于向阳,属于襄阳的鹿门山。”还有,王维晚年在辋川生活了三十年,过了三十年恬淡闲适、情悠趣逸的生活。他把全部情感凝结为辋川的山水诗和山水画。那诗,至今仍浅吟在辋川的河川里;那画,至今仍高挂在辋川的山岭上。他归隐于自然的辋川,又赋予辋川诗画的内涵,于是便有了共辋川长久存在的生命。

……

名人是我们这个民族的骄傲和荣誉,也是我们这块土地的骄傲和荣誉。民族的骄傲和荣誉书写在绵绵的史册上,土地的骄傲和荣誉涌动在汩汩的地脉里。因此,我在景仰心中那些名人的时候,也由衷地对诞生他们、养育他们的那片土地献上我的敬意。在生育他们的故里,多少次了,我都把目光久久地勾留在那一座座昏暗的老屋、一棵棵沧桑的大树、一眼眼斑驳的水井……而每当这时，我的景仰也就会沿着那弯弯曲曲的石子小路，随着村头巷尾飘来的乡语俚曲走进悠长的历史，来到他们生活的那一个个特定的时空，一起津津有味地憧憬着他们的未来，回忆着我们的过去。一个深深扎进大地的慧根，就这样无形地把不同的朝代、不同的人物紧紧地连接在一起。涌动的地脉，源源不断地以特质的营养，哺育着这个巨大的慧根。有了这个慧根，我们这个民族才得以长久地屹立于世界民族之林；有了这个慧根，古老的华夏大地才人才辈出，群星灿烂。

感谢这些名人，是他们和芸芸众生一起创造出中华民族辉煌的历史；感谢地脉，由于它的不息涌动，才有了生活在华夏这块古老大地上的人，也包括这些名人。